www.bbulmedia.com

www.bbulmedia.com

김도령의 은밀한 사생활

김도령의 은밀한 사생활

초판 1쇄 찍음 2014년 3월 12일
초판 1쇄 펴냄 2014년 3월 18일

지은이 | 서이나
펴낸이 | 정 필
펴낸곳 | 도서출판 **뿔미디어**

편집장 | 이재권
기획 · 편집 | 주종숙
편집디자인 | 이진선

출판등록 | 2002년 9월 11일 (제1081-1-132호)
주소 | 경기도 부천시 원미구 상동로 117번길 49(상동) 503호
전화 | 032)651-6513 / 팩스 | 032)651-6094
E-mail | dahyangs@naver.com
블로그 | http://blog.naver.com/dahyangs
홈페이지 | http://bbulmedia.com

값 9,800원

ISBN 979-11-7003-283-0 03810

김도령의 은밀한 사생활

서이나 장편 소설

DAHYANG ROMANCE STORY

목 차

화제의 문장가, 김 도령	7
제1장 꽃은 꽃에 숨는다	11
제2장 호색한 의학교수	39
제3장 의외의 모습	77
제4장 살인 사건	104
제5장 왜 자꾸 떠오르는 것이냐?	134
제6장 홍와여림	170
제7장 일장춘몽	227
제8장 일촉즉발	264
제9장 한성애사	323
제10장 화적(花賊)을 품다	380
제11장 기억의 파편	407
제12장 연판장	469
제13장 양귀비가 바라본 하늘	525
제14장 간절히 지키고 싶은 것	548
제15장 새벽이 떠오른다	561
제16장 한성애사의 마지막 장	575
작가 후기	591

화제의 문장가,
김 도령

운종가에 즐비한 책방 안으로 갓을 깊이 눌러쓴 한 도령이 들어섰다. 눅눅한 책 냄새와 함께 여러 선비들이 점잖게 책을 살피고 있었고, 간간이 여인들이 수줍은 시선으로 지나가는 도령을 살폈지만, 그는 그런 시선이 꽤 익숙한 듯 태연하게 책방 아주 구석진 곳으로 걸음을 옮기며 누군가를 찾기 시작했다.

그때, 어디선가 아주 작은 목소리가 새어 나왔다. 도령은 소리를 따라 좀 더 안쪽으로 들어갔고, 이내 그의 시선으로 허리를 잔뜩 구부린 채 무언가에 열중하며 온갖 감탄사를 연발하고 있는 책방 주인 박씨가 보였다.

"자색빛이 휘늘어지게 떨어지며, 그 사이로 수줍게 비춰 오는 여린 살결 위에 작은 바람이 조금씩, 조금씩! 크!"

"흠흠흠!"

"마침내, 흔들리는 고름을 움켜쥐고서 조심스럽게 스르르르!"

"어허허흠!"

"어, 어이쿠!"

책에 정신 팔려 있던 책방 주인은 바로 귓가에서 헛기침 소리가 크게 울려 퍼지자, 화들짝 놀라며 마치 금덩이라도 숨기듯 책을 숨기고서 고개를 휙 돌렸다. 그러자 갓을 깊게 눌러쓴 한 도령이 스르르 미소를 그리며 살며시 입을 열었다.

"무엇에 그리 정신이 빠져서 손님이 왔는데도 보는 척도 하지 않는가?"

"아, 아닙니다요. 한데 무슨 일로?"

"소리까지 내어 가면서 읽던데. 그게 대체 뭔가? 응?"

한참 중요한 부분을 방해한 것도 모자라, 자꾸 귀찮게 치근대는 낯선 도령의 모습에 박씨는 손님이라는 사실도 망각한 채 미간을 찡그렸다. 그도 그럴 것이 정말로 어렵게 구한 비색고름의 마지막 권인데. 지금이 가장 중요한 장면인데!

"찾으시는 서책이 있으신……."

얼른 쫓아 버릴 요량으로 목소리를 높이려던 박씨의 목소리가 그냥 쏘옥 들어가고 말았다. 그도 그럴 것이, 깊게 눌러썼던 삿갓의 그림자가 살며시 사라지면서 사내라고 하기엔 너무나도 아름다운 얼굴이 드러났다. 웬만한 여인만큼이나 여리고 가는 선을 지닌 얼굴, 부드러움을 머금고서 휘어진 눈매. 너무나도 곱디고운 그야말로 꽃 도령이었다. 비록 야무지게 묶은 상투 위로 조금 큰 것 같은 갓이 그의 하얀 얼굴 위로 살짝 그림자를 지게 만들지만 말이다.

"저, 저, 저기……."

"무슨 책이냐니까? 응?"

마치 교태를 부리듯, 커다란 눈망울을 살짝 찡그리며 재차 물어보는 통에 박씨는 눈앞에 있는 도령이 사내라는 사실도 망각한 채, 침을 꿀꺽 삼키고선 아까와는 달리 굉장히 상냥한 목소리로 뒤로 숨겼던 책을 슬그머니 내놓았다.

겉으로는 평범한 책인 듯 보였지만, 박씨는 저도 모르게 목소리에 흥분을 감추지 못하며 입을 열었다.

"이게 그 유명한 비색고름의 마지막 권입지요. 도성에 풀린 지 얼마 되지 않았습니다요. 이름 높은 규방가에서도 구하려고 난리이지만, 헤헷. 제가 오늘 새벽에 아주 어렵게 구해 왔습죠."

"오호, 그런가? 헌데 비색고름이 뭔가?"

꽃 도령이 의아한 표정으로 되묻자, 박씨는 마치 자신이 모욕을 당한 것처럼 성을 내기 시작했다.

"아니, 김 도령의 신작. 비색고름을 모르는 것입니까요? 이 얼마나 대단한 책인 것을! 요즘은 양반댁 도령들께서도 다 알고 있습니다요. 게다가 궐 안까지 얼마나 파다한데. 혹, 조선 분이 아니십니까?"

박씨는 묘한 시선으로 꽃 도령을 힐끔 쳐다보았다. 도성 사람이라면 자신이 모를 리가 없을 터. 혹시 명에서 온 것인가? 명은 워낙 넓으니. 저런 미색을 가진 도령이 있을지도 모르지.

"그렇게 대단한 책인가?"

"대단하다 뿐이겠습니까? 다음 작품은 언제 나오느냐며 규방 아씨들이 아주 난리입니다요. 감탄이 절로 나오는 문장력에 기가 막히고도 대담하기까지 한 묘사력! 저절로 온몸이 후끈거리면서, 마지막엔 감동이 절로 밀려옵죠."

박씨는 책을 꼭 끌어안고선 저도 모르게 눈물을 찍어 냈다. 꽃 도령은 그 모습에 피식 웃고는 짐짓 모른 척 다시 입을 열었다.

"그 책을 쓴 자가 김 도령이라고?"

"예. 아주 대단한 분이십니다요. 하지만 누구도 본 적이 없습지요. 풀리는 책 모두가 필체가 전혀 다른 데다가, 출처도 불분명하고. 그저 김 도령이란 필명만 알고 있습니다요."

"그런가? 대단한 사람인가 보군."

"예! 정말 죽기 전에 꼭 한 번 만나 보고 싶습니다요."

그 말에 꽃 도령은 피식 웃으면서 쓰고 있던 갓을 좀 더 높이 들어 올렸다.

순간, 박씨의 가슴이 울렁거렸다. 대, 대체 뭐야. 아무리 곱다 하여도 사내인 것을! 요즘 홍와여림에 좀 뜸했다고, 정신을 못 차리고 미쳤나!

"실컷 보았는가?"

"예, 예?"

"허면 책 많이 파시게. 그 비색고름은 마지막 장의 시 구절이 일품이니, 놓치지 말고."

꽃 도령은 다시금 갓을 깊숙이 쓰고서 유유히 책방을 빠져나갔다. 박씨는 마치 꿈을 꾸듯, 꽃 도령이 지나간 빈자리를 바라보았다. 그러다 문득 그 도령이 한 말이 생각나 서둘러 비색고름의 마지막 장을 확인했다.

일장춘몽(一場春夢)

한바탕 덧없이 꾸었던 꿈처럼. 그대가 남긴 비색의 옷고름만이 눈물자락의 흔적을 남기며, 내 손 끝에서 아련히 떠나갔네.

"일장춘몽이라. 정말 한바탕 꿈을 꾼 것 같군. 설마, 저 도령이 김 도령?"

에이, 그럴 리가. 박씨는 곧바로 고개를 절레절레 흔들었다. 그리고는 나머지 부분을 읽기 위해 서둘러 걸음을 뒤로 돌렸다.

제1장
꽃은 꽃에 숨는다

"어휴, 도대체 왜 이렇게 안 오는 거야. 대충 책만 전하고 온다고 했으면서!"

허지는 발을 동동 구르면서 연신 마을 밖 어귀를 서성거리며 운종가로 나간 언니를 기다렸다. 그런데 그때, 저 멀리서 화려한 옷차림새의 낯익은 여인이 두리번거리며 빠른 걸음으로 걸어오고 있었다. 잠깐. 멀리서도 한눈에 보이는 저 기가 막히게 화려한 옷차림새. 어디서 많이 본 것 같은데?

"허지 아씨!"

'젠장. 망했다!'

여인은 굉장히 반가운 표정으로 간드러지는 웃음을 띠며 허지의 앞으로 달려왔다. 가까이 다가온 그녀에게선 굉장히 진한 분내가 물씬 풍겨왔고, 전모 사이로 풋내 나는 외모가 수줍게 숨겨져 있었다. 바로 홍와여림의 기생인 홍목이었다.

"아니, 네가 이 시간에 무슨 일이냐? 곧 있으면 홍와여림의 등불이 켜질 시간이 아니더냐?"

허지는 썩 반갑지 않은 기색으로 언제라도 뒤돌아 달아날 수 있는 자세를 취했다. 그도 그럴 것이 지금 이 아이가 제게 어떤 부탁을 할지 아주 뻔했으니까.

"아씨, 부탁이 있습니다."

역시나.

"무슨 부탁? 내 여기서 말하는데, 저번과 같은 부탁이면 사양이다. 더 이상 우리 언니 괴롭히지 마라. 의원도 아닌데 한낱 의녀가 병자를 시료했다는 사실이 들통 나면 혜민서에서 쫓겨나게 된다고!"

"부탁이어요, 아씨. 아씨밖에 부탁할 곳이 없습니다."

홍목은 냉큼 허지의 팔목을 붙잡고서 간곡하게 외치기 시작했다. 어디서 같은 여인에게 남정네들에게나 통할 법한 유혹을 하고 난리야!

"이것 좀 놓아라. 내가 너희들 치마폭에 놀아나는 그런 한심한 사내놈들인 줄 아니?"

"어찌 아씨를 그런 것들과 비교하겠습니까? 하지만 부디 이 미천한 것에 청을 들어주시와요. 벌써 몇 달째 밥도 제대로 먹지 못하고 있습니다. 벌써 탈수증세도 일어나는데. 이러다간 정말로 죽습니다! 어려운 일이신 거 압니다. 허나, 저희 같은 것들이 의원을 찾는 것이 얼마나 어려운지 아시지 않습니까? 그러니 한 번만, 한 번만 몸을 살펴주십시오."

역시나 이런 부탁일 줄 알았다. 의원을 찾기 힘든 처지가 딱하여 의술을 공부한 언니가 몇 번 봐 준 것이 화근이었다.

"안 된다. 절대로 안 돼. 사정은 딱하지만!"

"애령이입니다."

"……뭐?"

"애령이가 지금 아픕니다. 아씨께선 애령이를 많이 아끼시지 않았습니까?"

허지는 애령이라는 말에 얼굴색이 차가워졌다. 애령이라면 자신의 오랜 동무이자, 서로의 처지를 누구보다 잘 아는 유일한 벗이기도 했다. 그런 애령이가 아프다고? 하지만 저번에 갔을 때는 그런 내색을 하지 않았는데.

"하지만 저번에 내가 갔을 때는 그런 말은……."

"애령이는 숨기려고 했습니다. 아씨의 사정을 잘 아니까요. 하지만 이러다간 정말로 애령이가 죽을 것 같습니다. 부탁입니다. 애령이를 봐서. 제발, 부디 한 번만!"

홍목은 다시금 애처롭게 허지에게 매달렸고, 그런 그녀를 아까처럼 냉큼 떼어 낼 수가 없었다. 그 아이가 얼마나 어렵게 기생이 되었는지 알고 있으니까. 정말로 싫었을 텐데. 죽기보다 싫었을 텐데. 양반으로서, 그런 선택을 한 그 아이의 심정을 양반으로서 의녀를 선택한 자신이 너무나도 잘 알고 있으니까…….

"……알았다. 일단 언니에게 말은 해 보마."

"고맙습니다, 아씨. 고맙습니다!"

그렇게 홍목이 먼저 걸음을 돌렸고, 허지는 한숨을 내쉬고서 언니를 기다리다 이내 자신의 집으로 향하였다.

저녁때라 곳곳에서 밥을 하는 연기가 피어올랐지만 그녀의 발걸음이 멈춰진 곳은 밥 짓는 연기는커녕 등잔불조차 없는 낡은 초가집이었다. 한때는 제법 이름 있는 의원인 아버지 밑에서 다른 양가댁 규수처럼 곱게만 살았다. 하지만 아버지가 갑자기 세상을 떠나시면서 급격히 가세가 기울었고, 거의 숨어 살다시피 하는 지금은 간신히 한 끼, 한 끼를 연명하고 있었다.

"어머니, 소녀가 왔습니다."

허지가 바깥에서 정중히 입을 열자, 쿨럭이는 소리와 함께 늙은 어미의 목소리가 들려왔다.

"너무 늦었구나. 네 언니는?"

"그게, 혜민서에 일이 좀 남아서……."

"그래, 들어가 쉬어라."

"예, 어머니."

잠시 희미하게 흔들리는 어머니의 그림자에 살짝 고개를 숙인 허지가 몸을 뒤로 돌릴 때, 누군가 그녀의 뒤로 불쑥 나타났다.

"아, 읍!"

"쉿, 조용!"

인영은 소리를 지르려는 허지의 입을 냉큼 틀어막았고, 허지는 너무나도 낯익은 목소리에 고개를 끄덕이며 함께 뒷마당 쪽으로 걸음을 옮겼다. 그리고 이제야 제 입을 틀어막고 있던 손이 사라졌다.

"캑, 캑, 캑!"

"괜찮아? 그렇게 놀랄 줄 몰랐어."

"산도깨비 흉내 내는 거야? 어쩜 기척도 없이."

"미안. 헤헷."

허지는 밉지 않게 상대방을 흘겨보았다. 하지만 그녀의 입가엔 어느새 미소가 흐르고 있었다. 어느새 구름 속에 숨어들었던 달빛이 서서히 내려오면서 그림자의 너울을 살포시 거두어 갔다. 허지의 눈앞에 있는 이는 책방 주인 박씨의 마음을 들썩였던 바로 그 꽃 도령이었다.

"왜 이렇게 늦은 거야? 책만 전해 주고 오는 거 아니었어?"

"그냥 책이 잘 팔리고 있는지, 얼마나 반응이 좋은지 겸사겸사 알아볼 겸."

"그래서 어땠는데?"

꽃 도령은 옷 춤에서 묵직한 돈주머니를 꺼내 들고선 여유롭게 휘파람을 불었다.

"당연히. 이 정도로 대단했지."

몇 달 전부터 운종가의 규방으로 은밀하게 남녀상열지사나 질펀한 애정사, 아니면 달달하고 애절한 사랑 이야기가 담긴 소설이 빠르게 번져가고 있었다. 그저 그런 음란소설이라고 하기에는 수려하고 아름답기까지 한 문장력과 흡입력. 게다가 성별조차 알 수 없는 다양한 필체까지.

그저 필명이 김 도령이라는 것 외에는 아무것도 알려지지 않은 도깨비 같은 작가. 그 김 도령이 바로.

"언니도 못 말려. 또 책방 주인어른들 골려 먹은 거 아니야?"

"골려 먹긴. 그냥 죽기 전에 내 얼굴 한 번 보고 싶다기에. 죽은 사람 소원도 들어준다는데, 산 사람 소원 못 들어주니?"

"그러다가 들키면 어쩌려고!"

"누가 상상이나 하겠어? 운종가 최고의 소설 작가 김 도령이, 사실은 여인이라는 사실을?"

언지는 유쾌하게 웃으면서 답답하게 조여든 갓을 풀어 헤쳤다. 그러자 달빛 아래로 곱고 말간 얼굴이 생기 있게 모습을 드러냈다. 계집보다 어여쁜 꽃 도령이라 생각했더니, 꽃보다 아름다운 계집이 싱긋 미소를 짓고 있었다.

김가의 장녀인 언지는 가세가 기울자마자 양반의 자존심을 버리고, 의원이셨던 아버지의 뒤를 이어 곧장 혜민서 의녀의 길을 택했다. 급료를 받을 수 있는 간병의녀가 되기는 했지만, 턱없이 모자랄뿐더러 매번 받을 수 있는 것도 아니었다. 그래서 처음엔 돈을 좀 벌어 볼 목적으로 글을 몇 자 쓰기 시작했다. 하지만 그렇게 시작한 소설이 궐 안에까지 나돌 만큼, 폭발적인 인기를 얻게 될 줄은 몰랐다. 같은 양반가 규수의 입장에서 매번 조신한 척, 얌전한 척, 그렇게 억눌렸던 자신의 욕망을 조금씩 풀었을 뿐인데. 역시, 그녀들도 다 뜨거운 피가 흐르는 청춘들이었어.

"그나저나, 내게 할 말이 있지?"

그녀는 다 아는 듯한 눈초리로 허지에게 입을 열었고, 허지는 안절부절못하더니 이내 뚱한 입을 열었다.

"어찌 안 거야? 혹시 홍목이가 언니도 찾아간 거야? 그러면서 괜히 부탁이니 어쩌니 하면서 날 붙잡은 거고?"

"그런 거 아니니까, 열 내지 마."

"하지만 정말 갈 거야? 언니도 알잖아. 이번에 혜민서가 싹 물갈이가 되면서 불법 시료 집중 단속에 나선 거. 괜히 까딱 잘못 나섰다가 덜미라도 잡히면."

"애령이 일이잖아. 못 본 척할 수 없어. 게다가 행수께서 내게 직접 부탁을 하시더라. 그만큼 큰일인 것 같아."

"홍와여림 행수가?"

행수가 직접 부탁했다는 말에 허지는 당황한 기색을 띠었다. 그도 그런 게, 이곳 한성 운종가에서 가장 큰 기방인 홍와여림의 행수 신월은 온갖 은밀하고 다양한 정보를 움켜쥐고서 지금도 높으신 분들의 은밀한 일을 봐주거나 처리해 주는 등 그쪽에선 큰손으로 알려진 기세 높은 여인이었다. 그런 행수가 직접 부탁을 했다니. 정말로 애령이한테 큰일이 생긴 건가?

"그러니 어서 서둘러. 시간이 급해. 날이 새기 전에 홍와여림에 다녀와야 해."

언지는 장독대 안에 몰래 숨겨 온 보자기를 움켜쥐고선 서둘러 헛간으로 숨어들어 갔다.

그리고 희미하게 스며드는 달빛을 빛 삼아 숨을 고르고서 하얀 도포를 벗어 내려 두었다. 그다음 저고리, 바지 등 하나하나 옷을 벗기 시작했다. 그러자 옷자락에 숨겨진 그녀의 여리고 새하얀 속살이 달빛에 수줍게 모습을 보이고 있었다.

가슴 언저리에 꽁꽁 묶어 둔 가리개를 풀어내자마자 마치 참았던 숨을 내뱉듯 하얗고 동그란 어깨선과 그 사이로 탐스런 여인의 가슴이 꽃처럼 피어났고, 야무지게 묶어 두었던 상투를 풀어내자 길고 탐스러운 머리카락이 마치 물 흐르듯 부드럽게 휘늘어지며 아래로 뻗어 내려왔다. 한 손에 품을 수 있을 만큼 가늘고 잘록한 허리선과 낭창낭창하게 뻗어 내리는 선이 그저 우아하고 단아한. 마치 붓으로 섬세하게 그려 낸 듯, 너무나도 아름다운 여인이 그곳에 서 있었다.

그녀는 보자기를 풀어 준비해 둔 여인의 옷으로 갈아입은 뒤, 마지막으로 전모를 꼼꼼히 쓰고서 밖으로 고개를 쏙 내밀었다.

"우와. 그 옷 되게 예쁘다. 어디서 난 거야?"

"행수께서 주셨어. 꽃은 꽃으로 숨는 거라면서."

"하아? 아주 머리 꽤나 쓰셨구만."

홍와여림은 운종가의 어여쁜 기생들이 가장 많이 모여 있는 곳이었다. 그런 곳에 기생 차림으로 숨어들면 알아차리기 어렵긴 하겠지. 그래도 허지는 다시금 걱정이 물밀듯 밀려들었고, 언지는 옷매무새를 가볍게 매만지면서 사뭇 교태스런 눈빛을 띠며 속삭였다.

"걱정 마. 꽃 속에 꽃으로 숨으면 절대 모를 거야. 내 미모 역시 홍와여림의 기녀들한테 꿀리지 않는다고. 너도 알지? 혜민서의 절세가인이 나라는 거. 김 도령일 때도 사내들이 나한테 껌뻑 죽어."

제 걱정을 덜어 주기 위해 괜스레 콧대 높은 척하는 언지의 모습에 허지는 허탈한 미소를 지으면서 전모의 너울을 푹 내려 주었다.

"알았어, 이왕 저지를 거 후딱 끝내고 오자."

허지는 캄캄한 주위를 살피고선 쓰개치마를 둘러쓰고서 먼저 앞장을 섰고, 언지 역시 전모 아래로 내려온 너울을 잘 붙잡고서 길을 나섰다. 막상 괜찮다고 호기롭게 떵떵거리긴 했지만, 자신 역시 긴장되긴 마찬가지였다. 정말로 들키는 날에는 의녀의 목숨은 바람 앞의 촛불보다 더 쉽게 훅 가 버릴 테니까.

운종가 최고의 기방인 홍와여림의 붉은 기와가 눈이 아플 정도로 환한 빛을 띠며 아주 넓게 펼쳐져 있었다.

허지는 연신 주위를 살피며 쪽문으로 걸음을 옮겼고, 멀리서 사내들의 웃음소리와 그보다 더 간드러지게 울리는 여인들이 웃음소리에 귀를 기울이며 언지 역시 조심스럽게 쪽문 안으로 몸을 숨겼다. 그렇게 안으로 들어서니 이미 기다리고 있던 홍목이 거의 울 것 같은 표정으로 허지에게 달려들었다.

"아씨! 목이 빠져라 기다렸습니다!"

"내가 무슨 네 기둥서방이라도 되더냐? 뭔 눈물 바람이야!"

"그만큼 애타게 기다렸다는 거지요. 그나저나?"

홍목은 혹시나 듣는 귀가 있을까, 말을 조심했고. 허지가 곁눈질로 뒤를 가리키자 언지가 살포시 앞으로 나서서는 간드러지는 목소리로 속삭였다.

"어머, 나를 기다리는 손님은 어디 계시나?"

홍목은 제법 기생 티를 내는 언지의 모습에 웃음을 꾹 누르고서 새침한 눈빛으로 몸을 돌렸다.

밤중이라 그런지 뒤채에는 남아 있는 기생들이 별로 없었다. 그들은 마치 첩첩산중을 걸어가듯 구비로 되어 있는 복도를 지나, 방을 건너고 또 건너 드디어 작은 쪽방 앞에 걸음을 멈추었다.

얼마나 위중한 병자기에 이렇게도 꼭꼭 숨겨 둔 것인지. 허지 역시 언지와 같은 생각을 하며 홍목에게 말했다.

"왜 이리 꼭꼭 숨긴 것이야?"

"그건 제가 지시한 것입니다."

그때, 군더더기 없이 서늘하게 울리는 목소리가 그들의 시선을 사로잡았다. 홍와여림의 행수, 신월이었다. 조선 최고의 경국이자 양귀비라는 별호에 어울리게 굉장히 화려한 미색을 지닌 여인이었다. 붉고 탐스런 입술이 서늘하게 휘어졌고, 제법 날카로움을 머금은 눈빛에선 요염함과 동시에 당돌함이 묻어나고 있었다.

허지는 그런 신월의 모습에 입술을 쭉 내밀었다. 기척도 없이 언제 온 건지.

"여기 밤 도깨비가 또 있었군."

날이 선 허지의 목소리에 신월은 그저 눈매를 부드럽게 늘어뜨렸다.

"그만큼 위중한가요?"

어느새 언지의 목소리가 사뭇 진지해졌다. 신월은 대답 대신 홍목에게 눈짓을 하였고, 홍목은 고개를 끄덕이며 굳게 닫혀 있는 문을 열었다. 그렇게 쪽방의 문이 열리면서 그 안으로 미세한 열기가 잔뜩 피어오르고 있었다. 이따금씩 들려오는 병자의 신음 소리. 언지가 두말하지 않고 안으로 들어가니, 너무나도 야윈 모습에 애령이 정신도 제대로 차리지 못한 채 숨을 헐떡이고 있었다.

"애, 애령아!"

저번에 보았을 때와는 너무나도 달라진 모습에 허지는 사색이 되어선 애령에게 달려갔다. 그리고 그 목소리에 애령이 힘겹게 눈을 뜨고선 허지를 바라보았다.

"……허, 허지야……."

"대체 이게 무슨 일이야. 이렇게 될 때까지 왜 나한테 말을 안 했어!"

하지만 애령은 고통스러운 듯 입을 다물었고, 그 모습에 언지는 허지를 밀어내고 서둘러 애령의 맥을 짚었다. 순간, 그녀의 눈동자가 살며시 흔들리더니 다시금 맥을 짚기 시작했다. 대체, 이 맥은…….

신월은 그런 언지의 낌새를 눈치채고선 먼저 입을 열었다.

"어떤지요?"

허지 역시 언지를 향해 시선을 돌렸고, 그녀는 거듭 맥을 짚다가 이내 무겁게 입을 열었다.

"음맥이 강하게 뛰고, 소음맥의 움직임이 거셉니다."

언지의 말에 허지의 표정이 삽시간에 굳어졌다. 아무리 초학의녀(간병의 전 배우는 단계의 의녀)라도 그게 어떤 맥인 줄은 알았다. 저 맥은, 맥은.

"자, 잠깐. 그건 회임맥이잖아."

"……회임인 듯합니다."

허지는 당황스런 표정으로 애령을 향해 외쳤다.

"회임이라니. 너 머리를 올린 거야?"

순간, 애령이 표정을 일그러뜨리며 고개를 돌려 버렸다. 그리고 홍목 역시 당황한 기색을 띠며 고개를 숙이는 것을 보아 정식으로 머리를 올린 것은 아닌 듯했다.

"그럼 뭐야. 강제란 말이야?"

"그런 거 아니야. 그런 거 아니라고!"

결국 애령은 참고 있던 눈물을 토해 내며 이불 속에 얼굴을 숨겨 버렸다. 언지는 이 상황에서도 마치 이 모든 사실을 알고 있었던 듯 태연하기만 한 신월을 향해 입을 열었다.

"행수께선 알고 계셨지요?"

"그저 명확히 해야 했습니다."

언지는 한숨이 절로 나왔다. 분명 회임이 확실했다. 자궁을 나타내는 척맥이 촌관의 맥보다 강하게 뛰고 있었다. 그런 상태에서 회임을 숨긴다고 제대로 먹지를 못하고, 또한 정신적으로도 힘들었을 테니 몸이 많이 쇠약해진 듯했다.

"떼어 내실 겁니까?"

언지는 마음에도 없는 소리를 하였다. 그러자 지금껏 울고 있던 애령이 흠칫하며 고개를 들고서 소리를 질렀다.

"안 됩니다. 죽어도 안 됩니다. 절대로, 절대로 지우지 않을 것입니다! 그분의 아이를 절대로!"

순간, 신월의 눈빛이 매섭게 애령에게 향했고 애령은 그 눈빛에 숨을 꿀꺽 삼키며 고개를 돌려 버렸다. 찰나의 순간이었지만 언지는 그 모습을 정확히 보았다. 대체 이 두 사람을 무엇을 숨기려고 하는 건지!

"애령아, 진정해. 진정해!"

허지와 홍목은 거의 쓰러질 듯한 애령을 진정시켰고, 신월은 그 모습을 냉정히 바라보며 말했다.

"보시다시피, 저렇게 완강합니다."

언지는 연신 신월을 살폈다. 굳이 회임을 알고 있으면서 자신을 부른 이유가 무엇일까? 무엇을 확인하고 싶어서 저를 부른 것일까? 그때, 신월이 그런 언지에게 살짝 눈짓을 주고서 쪽방을 빠져나갔고, 언지는 곧바로 그녀의 뒤를 따랐다.

바깥으로 빠져나오니 제법 서늘한 바람이 불어오고 있었다. 얼마나 외진 곳인지 홍와여림의 안이면서도 음악소리며 웃음소리가 너무나도 머나먼 곳에서 들리는 듯 희미하게만 느껴졌다. 그리고 그 아래에 신월이 어울리지 않게 처연한 표정으로 난간을 짚고 서 있었다.

“아비가 누구인지도 행수께선 아시지요?”

언지는 어쩐지 그럴 거란 느낌이 들었다. 그리고 신월 역시 부정하지 않고 곧장 답을 내놓았다.

“우리 같은 것들은 결코 입에도 담을 수 없는 분이시지요. 아마도 저 아이는 평생 제 아비가 누군지 모른 채 살아가야 할 것입니다. 목숨이 아깝지 않다면 말입니다.”

그렇게 대단한 사람인 건가? 그렇다면 왜. 대체 왜 자신을 부른 걸까?

“그럼 어째서 저를 부른 거예요? 이미 알고 있었으면서…….”

“정말인지 알고 싶었습니다. 게다가 애령이가 정녕 그분의 씨를 낳고 싶어 하는지도 알고 싶었고요.”

미묘한 표정이 그녀의 얼굴 위로 스쳐 지나갔다. 대체 목적이 뭐지? 도통 저 속내를 알 수가 없었다.

“그나저나 송구합니다. 요즘 혜민서의 사정을 뻔히 알면서도.”

“괜찮아요. 제 외모가 워낙 꽃 같아서 쉽게 들키진 않을 거예요.”

언지의 능청스럽고 당돌한 언사에 신월은 피식 웃으면서 슬쩍 운을 띄웠다.

“그렇겠지요. 아, 요즘 운종가를 들썩이는 김 도령에 대해 들으셨습니까? 요즘 들어 그 글 솜씨가 더욱 대담해지고 있다 하더이다. 그러면서도 어찌나 문장이 어여쁜지. 꼭, 아씨의 얼굴처럼 참으로 꽃답습니다.”

모든 것을 꿰뚫은 듯한 신월의 말에 언지는 흠칫하다 이내 허탈한 웃음을 지었다. 하여튼 귀신같은 여인. 모르는 것이 없었다. 저 눈동자로 무엇을 얼마나 알고 있는지, 무서우면서도 궁금하기도 했다.

"뭐, 김 도령의 외모도 꽃답겠지요."

하지만 언지는 제법 당차게 말을 되받아쳤고, 신월은 그런 그녀의 당돌함에 절로 깊은 웃음을 내지었다. 확실히 다른 양반가의 규수와는 달랐다. 대나무마냥 곧기만 한 양반가의 자존심을 굽히고서 의녀의 길을 택했고, 그것도 모자라 유교를 섬기는 조선 여인들답지 않게 대단한 배포와 발칙함으로 화제의 문장가 김 도령으로 세상을 감쪽같이 속이고 있었다.

"헌데, 어찌 홍와여림의 나비들이 조용한 듯해요."

언지는 의아한 기색을 띠며 주위를 두리번거렸다. 물론 지금도 멀리서 음악소리가 들려오긴 했지만, 어쩐지 전보다는 뜸해진 것 같았다. 그렇다고 손님이 없는 건 결코 아닐 텐데.

"한쪽에 핀 꽃향기에 잔뜩 몰려 있을 것입니다. 조금이라도 그 꽃내를 묻히려고 애를 태우고 있을 테지만, 글쎄요. 차가운 바람에 날개나 찢어지지 않으면 다행이지요."

"예?"

"아, 그러고 보니 서두르셔야겠습니다. 아씨께서 마주치면 썩 좋지 않을 분이 계시거든요."

내가 봐서 좋지 않을 사람? 그런 사람이 있던가? 게다가 지금은 그 누구도 날 알아보지 못할 텐데.

"대체 누구?"

"이번에 혜민서에 새 의학교수께서 오신다 하셨지요?"

"아, 뭐. 아주 싹 물갈이를 했지요. 내가 그거 때문에 밤새 장부 정리한 것만 생각하면!"

갑자기 혜민서에 피바람이 불었다. 능글능글하고 뺀질뺀질거리던 의학교수의 모가지가 갑자기 댕강 잘리고, 그 자리로 새로운 의학교수가 들어

온 것이었다. 그 때문에 분위기도 꽤나 어수선해지고, 덕분에 언지의 일은 어마어마하게 늘어나 신작 집필은 생각도 못 하고 있었다. 그러고 보니 이제 내일이면 그 대단한 면상 한 번 보겠네.

"지금 홍와여림에 와 계십니다."

"그 대단한 면상이 홍와여림에……. 자, 잠깐. 지금 누가 어디에 있다고요?"

"혜민서의 새 의학교수님이요. 그러니까, 어서 서둘러야……."

"망할!"

언지는 그녀의 말을 잘라 내고서, 거칠게 쪽방 문을 열었다. 그곳에선 애령과 홍목, 그리고 허지까지 덩달아 울음을 터트리며 별 이상한 신세타령을 해 대고 있었다.

"아이고, 우리 애령이. 우리 곱디고운 애령이! 으흐흑! 괜찮아. 내가 너 먹여 살려 줄게. 그 애기도 내가 먹여 살려 줄게!"

허지의 되지도 않는 말에 언지는 기가 막혀 얼른 그녀의 팔을 잡아끌었다. 지금 저러고 팔자 좋게 있을 때가 아니라고! 만약 이대로 얼굴이라도 마주치게 되면…….

"허지야, 정신 차려. 이러다가 우리 둘 다 혜민서에서 끝장난다고!"

홍목과 신월이 가까스로 허지를 쪽방 밖으로 내몰았고, 언지는 그래도 할 건 해야 했기에 마지막으로 애령의 맥을 짚어주며 지금부터 해야 할 것을 챙겨주었다.

"일단 몸부터 추슬러야 해. 이렇게 몸이 약해선 아기씨한테도 좋지 않아."

"명심할게요, 언니."

떨리듯 내뱉는 목소리에 언지는 그런 애령을 잘 다독여 주었다.

그렇게 쪽방을 나선 언지는 이제야 좀 진정이 된 허지를 데리고 신월에게 인사를 했다.

"허면, 가 보겠습니다."

“지금은 마주치는 이가 별로 없을 것이나, 조심하십시오. 특히 큰 너울터로 가시면 안 됩니다.”

거기에 있구나! 언지는 신월의 당부에 고개를 끄덕이고서 허지를 이끌고 뒤채를 빠져나가기 시작했다.

어디선가 여인네들의 간드러지는 목소리가 수군거리며 들려왔다.

“어쩜, 그림자마저도 저리 고고하실까.”

“역시 허 도련님이야. 이런 곳에서도 서책을 읽으시다니. 절대로 공부를 게을리하지 않으셔.”

“저 눈빛으로 내 몸도 샅샅이 봐 주시면 얼마나 좋을까?”

“저 책장 넘기는 손길로 내 옷고름을 스윽 풀어 주시면, 아윽!”

“하루 종일 더듬어지는 저 서책이 되고 싶어라!”

신월의 말대로 홍와여림의 어여쁜 나비들이 한 꽃의 향기에 애달아하며 차마 가까이도 가지 못한 채, 그저 그림자만 연신 훑고 있었다. 그녀들의 시선을 한 몸에 받고 있는 꽃은 나는 새도 떨어뜨린다는 좌상 대감, 허선죽의 금쪽같은 아들 허겸이었다.

“이것들이 아직도 여기서 난리네! 너희들 손님 안 받을 거야?”

때마침 홍목이 나타나 모여 있는 기생들에게 핀잔을 던지자, 그녀들은 못내 아쉬운 듯 여전히 시선은 뒤로 돌리면서 삐쭉삐쭉 자리에서 일어섰다.

“어차피 오늘은 손님도 별로 없는데.”

“허 도련님이 얼마나 오랜만에 오셨는데.”

“지금 많이 봐 둬야 하는데…….”

홍목은 그녀들의 말에 혀를 차면서 자신도 슬그머니 먼발치에 흔들림 없이 책을 넘기고 있는 그림자를 향하였다.

"오늘따라 계속 책만 읽으시네."

그녀의 한마디에 기생들은 슬쩍 풀어져서는 참았던 말을 토해 내기 시작했다.

"그러게 말이야. 술도 더 마시지 않으시고. 그 핑계로 좀 더 가까이서 보면 좋겠는데."

"최 판관님이 안 오셔서 그런가? 매번 같이 술을 드시잖아."

"그러고 보니 안 오시려나? 최 판관님의 그 부드러운 목소리만 들어도 난 정말 미치겠더라."

기생들 사이에서 허겸만큼이나 가까이 가고 싶어 몸 닳아 하는 사내가 바로 최이영이었다. 성균관 대제학의 자제로 대대로 문과 집안에서 처음으로 무과의 길로 접어들어 현재 한성부 판관을 지내고 있는 그는 온화하면서도 반듯한 이미지의 사내였다.

한참 허겸의 모습을 바라보다 한 명이 문득 생각난 듯 말했다.

"근데 언니, 그 말 사실이어요? 허 도련님이 혜민서 새 의학교수라고 하던데."

"괜히 쓸데없는 데 관심 갖지 말고 어여 손님들한테 돌아가. 너희 이대로 장사 공치고 싶니? 어서, 어서!"

기생들은 하는 수 없이 무거운 걸음으로 그곳을 떠났고, 홍목 역시 마지막으로 뒤를 힐끔 쳐다보고서 옷자락을 살짝 움켜쥔 채 살랑살랑 떠나갔다.

바깥에서 그런 소란이 있든지 말든지, 겸은 오늘따라 유난히 밝은 달빛을 벗 삼아 술잔 하나를 떠 놓은 채 책에 푹 빠져 있었다. 기생들의 생각과는 달리, 조선의 근본인 유학을 전하는 대학도 아니고, 중용도 아니고, 그렇다고 구구절절 아름다운 시가 담긴 시경도 아닌! 시경만큼이나 아름다운 문장과 인간의 근본적인 욕망을 전하는 장안의 화제작, 김 도령의 비색고름이었다.

거의 마지막 장에 이르러서는 굉장히 아쉬운 시선으로 책장을 움켜쥐었다. 그때, 덜컹 문이 열리면서 찬바람과 함께 기생들이 그토록 기다리던 최 판관, 이영이 안으로 들어섰다.

하지만 겸은 그가 온 것도 눈치채지 못한 채, 마지막 책장을 차마 넘기지 못하고 있었다. 사실 그가 읽고 있는 비색고름은 마지막 권이 아닌 그 전 권이었다. 그것도 가장 중요한 순간에 끊길 것 같은 이 불길한 느낌!

"대체 뭘 그렇게 읽고 있는 거냐?"

겸은 그제야 화들짝 놀라며 책을 재빨리 숨기려고 했지만, 그보다 더 빨리 이영이 그의 손에서 책을 휙 낚아챘었다. 젠장, 망했구나.

책의 표지를 슬쩍 살핀 이영의 표정이 딱딱하게 굳어져 가기 시작했다. 그리고 그 표정을 보자마자 겸은 슬며시 고개를 돌렸다. 하필이면 들켜도 저 녀석한테 들키다니! 남들은 저놈이 온화하고 다정한 성품이라 알고 있지만. 지랄, 그야말로 개지랄이다. 하는 일이 사람을 망친다고 한성부에서 몇 년 굴러먹더니 아주 팍팍한 노인네가 따로 없었다. 물론 겉으로는 부드럽고 다정한 척, 하면서 사람들을 속이고 있었지만.

"네놈도 이런 난잡한 걸 읽고 있는 거냐?"

그리고 역시나, 날이 선 화살이 정확히 자신을 향하자 겸은 애써 먼 곳을 바라보며 이제야 처음으로 술을 머금었다.

"읽고 싶어서 읽은 것이 아니다. 이것도 다, 나라를 위한 일."

"얼어 죽을 나라 타령."

오늘따라 유난히 까칠하게 구는 것이 한성부에서 무슨 일이 있었던 게 분명했다. 이럴 때는 무조건 살살 구슬려 주는 게 상책이지.

겸은 어느새 이영과 눈을 맞추고서는 능청스럽게 술잔을 그의 손에 쥐여 주었다.

"자자, 열 내지 말고 술이나 들자고. 오늘따라 우리 영이 어찌 이리 골이 난 겐가? 한성부에서 자네를 막 굴려 먹던가?"

"이 책 때문이다, 책!"

이영은 신경질적으로 책을 바닥에 내려놓고서는 겸이 따라 준 술을 거칠게 받아 마셨다.

"이 책이 왜?"

그러자 그는 품속에서 또 다른 책을 하나 꺼내 들었다. 그 순간, 겸의 눈빛이 경이로움으로 반짝이기 시작했다. 아니, 저것은! 그토록 찾아 헤맸지만 도통 구할 수가 없었던 비색고름의 마지막 권!

"이 귀한 것이 어찌 여기!"

겸은 슬그머니 손을 뻗었지만, 이영의 싸늘한 눈초리에 찔끔하며 아쉽게 손을 내렸다.

"네놈이 저걸 어디서 구했어?"

"수란이가 가지고 있더라. 내 참 기가 막혀서."

"수란이가? 대체 어디서 구했다더냐? 나도 도성 곳곳을 뒤졌는데도 아직 구하지 못했는데."

"그 발칙한 아이가 어머니 심부름을 핑계로 밖에 나가서는 운종가 박가 책방에서……. 아니, 지금 그게 중요한 게 아니지. 너란 녀석은 내일부터 혜민서에 나가야 하면서 고작 기방에서 이런 책이나 읽고!"

"이런 거라니. 이게 얼마나 대단한 문장가의 실력인데. 웬만한 선비들은 쓰지 못하는 과감하고 대담한 묘사를 담고 있지. 그러면서도 글 한 자, 한 자에서 묻어나는 그 은밀함. 크, 그게 기가 막히거든."

이영은 그런 겸을 한심한 눈초리로 노려보며 혀를 찼다. 성균관대제학의 여식이 이런 잡다한 책을 읽는다는 사실에 기함했더니. 이젠 자신의 벗까지! 게다가 내일부터 얼마나 중요한 일을 해야 하는데!

"그래, 기가 막히다. 아주 기가 막혀! 대체 이런 걸 쓴 작자가 누구인지, 그 머릿속을 한번 봤으면 좋겠다."

"해서, 네가 좀 찾아 주었으면 한다."

"뭐?"

겸은 어느새 굉장히 진지한 표정으로 바닥에 놓인 비색고름을 천천히 살폈다.

“이 필체. 사내인지, 계집인지조차 판가름할 수 없는 다양한 필체.”

“필사를 하는 거겠지.”

“한성부 판관이라는 놈의 눈이 고작 그 모양이냐? 이건 한 사람이 쓴 필체다.”

그는 비색고름 두 권을 펼쳐서는 서체를 비교해 주었다. 물론, 두 권의 필체는 마치 다른 사람이 쓴 것처럼 너무나도 달랐다. 하지만 겸은 순간, 날카로운 시선으로 글자의 받침 하나를 가리켰다.

“다른 듯 보이나, 받침을 쓸 때 특유의 버릇이 나온다. 각기 다른 사람이 이런 비슷한 버릇을 보일 리가 없지. 아마 이 김 도령이라는 작자는 굉장히 다양한 필체를 가지고 있을 것이다. 모든 이를 완벽하게 속일 정도로.”

갑자기 진지해진 겸의 모습에 이영 역시 그가 가리킨 필체를 바라보며 짐짓 무거운 기색을 띠었다.

“하지만 찾기가 쉽진 않을 거다. 출처가 굉장히 불분명하니까. 게다가 네 말대로 필체로는 확인이 불가능하고.”

“해서 네놈이 해야지. 네 말대로 난 이제부터 혜민서에 틀어박혀 있어야 하는데.”

“말은 쉽지. 그나저나, 주상 전하는 뵈었느냐?”

그러자 그의 표정이 살짝 어두워지면서 이미 텅 비어 버린 말간 술잔을 만지작거렸다. 꽤나 시린 기운이 손안을 감돌며 흩어졌다.

“그날 이후로는 단 한 번도 뵙지 못했다. 전하의 주변에 보는 눈이 많아졌으니까. 특히 차선대군이 딱 버티고 있으니. 종친께서 꽤나 한가하신가 보더군.”

그의 입술이 다시금 곡선을 이루며 올라갔다. 하지만 아까와는 달리 굉장히 서늘한 미소였다.

몇 달 전, 젊은 주상께서 갑자기 승하를 하셨다. 원인을 알 수 없는 심장 발작에 의한 급사였다. 후사가 없는 상태에서 주상 전하의 어린 동생인 홍영대군이 보위에 올랐지만 왕권이 너무나도 불안정했고, 나이 역시 고작 12살에 어린 왕이었다. 그리고 그런 어린 왕을 뒤흔들고 있는 것이 숙부인 차선대군이었다.

살아생전 선왕에게도 차선대군은 가장 큰 위험인물이었다. 그런 그가 어린 왕을 제대로 모실 리가 없었다. 아주 은밀한 소문으로는 선왕의 갑작스런 급사에 차선대군이 있는 게 아니냐는 말도 떠돌았지만, 그것을 입밖으로 낼 만한 간 큰 자는 있지 않았다. 그만큼 조정 대신들이 왕보다도 차선대군의 눈치를 살피고 있으니 그것이 설사 사실이라 하여도 전부 덮어둘 게 뻔했다.

하지만 그 일을 제대로 파헤치려는 간 큰 놈이 차선대군의 가장 가까이에 있다는 건 아무도 모를 것이다. 그 누구도 의심하지 못할, 상상도 하지 못할 인물. 바로 지금의 어린 왕이었다. 자신이 양반들은 대부분 천시한다는 의학. 그것도 고작 혜민서의 의학교수로 들어가는 이유도 어린 왕의 은밀한 밀명 때문이었다.

"아마 이 일이 끝날 때까지 주상 전하는 뵙지 못할 거다. 자칫 잘못하여 차선대군에게 꼬리를 밟히게 되면, 나도 무사하지 못할 테지만 주상 전하께서는 더더욱 설 자리를 잃게 되실 테니."

"그렇겠지. 아마 폐위의 명분을 주게 될지도 몰라. 지금도 살얼음판인데."

"그러니 이 김 도령의 필체가 우리에겐 필요한 거다. 차선대군. 더불어 궐 안의 모든 눈과 귀를 속일 만한 필체가. 그러니 반드시 찾아야 해."

이영은 무겁게 고개를 끄덕이며, 얼마 남지 않은 술을 털어 마셨다.

"그나저나 네놈의 일을 좌상 대감께서는 뭐라 하시더냐? 아니면 대감께는……."

"말하지 않았다. 이 일을 아는 건, 너와 나 둘뿐이야. 애석하게도 우리 아버지 역시 정치를 하시는 분이니까. 처음엔 역정을 내시더니, 그래도 넘어가 주시더군. 어차피 가문은 형님이 이으면 되니까. 문제는 우리 어머님이지. 앓아누우셨어. 귀한 아들이 고작 혜민서 의학교수로 발탁이 되었으니."

겸은 어제의 일을 떠올리고선 몸서리를 치면서 슬그머니 아래로 시선을 내렸다. 그의 시선 끝엔 비색고름의 마지막 권이 유혹적인 자태로 놓여 있었다. 하지만 이영은 그런 그의 시선을 알아차리고선 냉정하게 비색고름 두 권을 쥐고서 자리에서 일어섰다.

"아무튼 나도 이 김 도령이라는 자의 행방을 잘 찾아볼 테니, 너도 혜민서에서 할 일 잘하고 있으라고. 이런 데 눈 돌리지 말고."

"이 매정한 놈! 뒷내용이 얼마나 중요한데! 비색 낭자의 고름이 풀리는가, 안 풀리는가. 하여 사랑이 이루어질 것인가, 아닌가!"

하지만 이영은 그의 말을 들은 척도 하지 않고서 방을 빠져나갔고, 겸은 그런 그의 뒷모습을 바라보며 연신 아쉬움에 툴툴거렸다.

"저놈은 진정 사내도 아니야. 어찌 사내가 저토록 기가 막힌 책을 보고도 아무런 느낌도 들지 않아? 어찌 아랫도리가 얌전히 있을 수 있냐고! 내 언젠가 저놈의 바지를 제대로 벗겨 사내인지, 아닌지를 확인하고 말 테다! 어쩌면 거기가 조막만 해서 그런지도 모르지, 암!"

말은 그렇게 해도 겸은 슬그머니 자리에서 일어나 이영의 뒤를 따라나섰다. 현재 그는 집으로 들어갈 수가 없었다. 어머님께서 자신만 보면 눈물을 쏟아 내며 통곡을 하시는 탓에, 일단 며칠은 이영의 집에 머물면서 피해 있어야만 했다.

그렇게 은근슬쩍 이영에게 달라붙기 위해 밖으로 나온 그는, 어쩐지 심상치 않은 표정으로 한 곳을 응시하는 이영의 모습에 의아한 표정으로 입을 열었다.

"거기서 뭐 하는가?"

그때, 멀리서 소란스러운 목소리가 들려왔다. 살려 달라고 외치는 것 같기도 하고, 의원을 부르는 것 같기도 하고.

"무슨 일이 생긴 듯싶다."

"그러냐?"

하지만 겸은 별 신경 쓰지 않고 흐트러진 옷매무새를 정리하며 슬쩍 운을 띄웠다.

"그나저나, 내가 당분간은 우리 집에 들어가지 못할 것 같은데. 이 불쌍한 벗에게 조그마한 자비를……. 아, 아! 뭐하는 짓이냐!"

하지만 겸의 말이 끝나기도 전에 이영이 그런 그의 목덜미를 잡고서 집과는 전혀 다른 방향으로 끌기 시작했다.

"뭐하는 거냐고!"

"사건이 생겼다는데. 그냥 가?"

"그게 나랑 무슨 상관이냐!"

"의원을 찾는 소리는 못 들었냐?"

"내가 의원이냐? 고작 의학서 몇 자 읽은 게 전부인데!"

겸은 그의 손아귀에서 벗어나기 위해 발버둥을 쳤지만, 글이나 읽은 선비가 칼을 휘두르는 무관의 힘을 이겨 낼 리 없었다. 결국, 소리가 난 쪽으로 개마냥 질질 끌려갈 수밖에 없었다.

"내 발로 갈 테니까, 일단 이것 좀 놓고!"

"의원, 의원을 불러라! 아이고, 도련님! 도련님! 이런 천하의 못된 년 같으니라고! 도련님이 잘못되면 네년도 무사하지 못할 것이다!"

현장에 도착하니 한 기생이 거의 찢긴 옷자락을 움켜쥐고서 바들바들 떨고 있었고, 그 아래로 어느 양반댁의 도령인 듯한 사내가 기절한 듯 엎어져 있었다. 딱 보아도 기생 한 명을 마음대로 취하려다 변을 당한 듯싶었다.

"안 가냐?"

"뭐가?"

"의원을 찾잖아."

"난 밀명을 위해서 의학을 익힌 거지, 저런 놈 목숨 건져 주려고 그

개고생을 한 게 아니란 말이지."

"그래서 못 본 척하겠다?"

"당연하지. 게다가 난 좌상의 아들인데 저런 일에 직접 손을 쓰다니, 말이나 되는 소리인가?"

겸은 태연하게 고개를 가로저으며 걸음을 뒤로 돌리려고 하자, 이영이 다시금 그의 뒷덜미를 낚아채며 힘으로 밀어붙였다. 결국, 거의 코앞까지 당도하자 겸은 신경질을 내며 이영의 손을 뿌리쳤다.

"알았어, 알았다고. 하여튼 저 망할 놈의 성실함. 너 같은 녀석만 이 나라에 쫙 깔렸으면 백성들이 세를 내는 게 아깝다 여기지 않을 것인데."

"잔말 말고 얼른! 난 사건의 진상부터 파악해야 하니까."

그렇게 이영은 저 양반댁 도령의 종놈인 듯한 녀석에게 다가갔다. 겸이 그런 그의 뒷모습을 향해 연신 툴툴대면서 병자에게 다가가려고 할 찰나, 누군가 그의 곁을 빠르게 스쳐 지나갔다. 곱디고운 다홍빛의 너울이 스치면서 은은한 약초향이 물씬 풍겨 왔다.

'여인에게서 약초향?'

그를 스쳐 간 여인은 곧장 병자의 앞에 무릎을 꿇었다. 겸은 갑작스럽게 벌어진 상황에 눈만 깜빡였다. 그리고 그 깜빡이는 눈동자 위로 저 정체를 알 수 없는 여인의 모습이 선명하게 새겨지고 있었다.

제법 날도 많이 깊어졌다. 어머니께서도 걱정하실 터인데.

"빨리 걸어, 이것아. 그만 뚝 그치고! 누가 보면 네가 애령이 어미라도 되는 줄 알겠다."

"당분간 애령이 얘기하지 마. 또 눈물 날 것 같단 말이야."

"그나저나 이쪽으로 가면 큰 너울터지? 거긴 피해야 해. 돌아가더라도 안전하게 가야 한다고."

"갑자기 왜 이렇게 서둘러? 물론 좀 늦어지긴 했지만."

"지금 여기에 누가 있는 줄 알아? 새 혜민서 의학교수……."

하지만 언지가 말을 채 끝맺기도 전에 어디선가 비명 소리와 더불어 다급하게 의원을 찾는 목소리가 울렸다.

"여, 여기 도련님이 쓰러지셨습니다! 의원, 의원을 불러 주십시오!"

사람이 쓰러졌다고? 순간, 언지의 걸음이 우뚝 멈춰 섰고, 허지는 설마 하는 표정으로 언지를 바라보았다.

"설마, 언니가 가려고? 아니지? 지금 우리 엄청 바쁘잖아. 그렇지? 언니도 서둘러 여길 나가야 한다며!"

"그렇긴 한데."

하지만 뭔가 심각해 보이는 상황에 차마 걸음을 돌릴 수가 없었다.

"허지, 너 먼저 나가 있어."

언지는 마음을 굳히고서 전모의 너울을 꼼꼼하게 내렸다. 일단, 이렇게라도 얼굴을 가려 보자.

"무슨 말이야? 갈 거야, 진짜!"

"미안, 금방 갔다 올게, 금방!"

언지는 치맛자락을 꽉 움켜쥐고서 발걸음을 빠르게 놀렸다. 소리가 들리는 방향이 큰 너울터라는 게 영 마음에 걸리긴 했지만, 그래도 설마하니 이 넓은 홍와여림에서 만나기야 하겠는가? 게다가 이렇게 너울로 얼굴도 가리고 있으니. 일단 얼른 보고, 얼른 빠져나가는 거야!

그렇게 사람이 웅성웅성 모여 있는 곳에 도착한 언지는 멀리서도 바닥에 쓰러진 병자를 단숨에 볼 수 있었다. 주변으로 이런저런 시끄러운 소리가 들렸지만 언지는 신경 쓰지 않았다. 일단 병자를 살피는 것이 급선무였다.

그렇게 사람들을 헤치면서 병자 가까이 다가온 언지는 살짝 거슬리는 너울을 위로 슬쩍 올리고서, 옆에서 바들바들 떨고 있는 기생을 잠시 바라보다 이내 병자를 살피기 시작했다. 얼굴 부분으로 심한 열꽃이 보였다. 그녀는 병자의 혓바닥과 눈동자 등을 살피고선 천천히 심호흡을 하고서 맥을 짚었다. 맥이 굉장히 둔하고 탁했다. 이건…….

"저 계집은 또 뭐야! 감히 우리 도련님 몸에 손을!"

그때, 이영에게 지금 벌어진 상황을 설명하던 종놈이 불같이 화를 내며 다가와 언지를 밀치려고 하자, 그녀는 그런 그를 노려보며 꽤나 매섭게 외쳤다. 안 그래도 바빠 죽겠는데 이 자식은 또 뭐야!

"의원을 부른 건 자네가 아닌가! 이대로 네놈 주인이 죽어도 상관없단 말이지?"

순간, 사내는 저도 모르게 언지의 목소리에 움찔했다. 게다가 자신을 노려보는 눈빛에서 꽤나 위압감이 느껴졌다. 하지만 고작 계집, 그것도 차림새를 보아하니 이곳 홍와여림의 기생이라 생각하며 애써 목소리를 높였다.

"그, 그래서 네년이 의원이라도 된다는 소리더냐! 우리 도련님이 어떤 가문의 도련님인 줄 알고, 감히 네까짓 계집이!"

"혹, 네놈 주인이 요즘 약을 먹지 않느냐?"

"야, 약?"

그저 뒤에서 이 상황을 보고만 있던 겸은 꽤나 사건이 흥미롭게 흘러가자 오호, 하는 표정으로 여인을 바라보았다. 좀 더 자세히 보고 싶은데. 휘날리는 너울 때문에 좀처럼 얼굴이 제대로 보이질 않았다.

"대체 저 계집은 누구냐?"

어느새 이영이 겸의 옆으로 다가왔지만, 겸은 그런 그의 말조차 듣지 못한 채 저 의문의 여인에게 시선을 고정시키고 있었다.

"약이라니."

"제대로 말해라. 아니면 네놈 주인을 살릴 수 없다."

주변으로 서서히 사람들이 더 많이 몰리기 시작하자 마음이 촉박해졌다. 그런데 대체 저놈의 입은 아까는 잘도 나불거리더니, 왜 이렇게 느려 빠졌어!

"빨리 제대로 말하지 못하겠느냐!"

"그, 그래. 그런데 그게 대체 어쨌다고!"

"최음제(催淫劑)겠지."

"그건!"

언지는 다시금 병자의 맥을 살폈다. 역시나 맥이 뭔가에 막혀 제대로 뛰지를 못하고 있었다. 그녀는 이자의 체온을 살폈다. 술기운으로 인해 체온이 너무나도 높았다. 하지만 아무리 그렇다고 해도 이 정도로 체온이 올라가지는 못할 터. 최음제 때문에 몸 안의 체온이 과도하게 올라가, 기를 흐리게 하여 병자의 숨을 막고 있었다. 이대로 가다간 위험하다. 일단 막고 있는 열기를 밖으로 내보내야 한다. 그녀는 품속에서 침통을 꺼내 들었다. 그리고 망설임 없이 병자의 혈에 시침을 하기 시작했다.

그러자 뒤에서 이를 지켜보는 겸의 눈동자가 점점 더 흥분으로 반짝이기 시작했다.

"여인이 시침을? 의녀인가. 하지만 복색이……."

"여인의 손치고는 꽤나 대범하군. 그러면서도 역시나 세심해."

"뭐?"

겸의 입술이 짙은 곡선을 이루기 시작했다. 그리고 그것을 옆에서 바라보는 이영 역시 그러한 겸의 표정에 헛웃음을 내지었다.

마지막 시침까지 하고 나자 병자의 맥이 조금씩 원래의 상태로 돌아오기 시작했다. 하지만 이는 임시방편일 뿐. 제대로 치료를 받아야만 했다. 하지만 자신의 역할은 여기까지였다. 여기서 더 손을 쓴다면, 내 목숨이 더 위험해질 것이다.

"일단 막고 있는 열기를 풀어 주었네. 하지만 이건 임시일 뿐. 제대로 의원을 찾아가 정식으로 시료를 해야 할 것이야. 그것도 빨리."

꽤나 어리둥절하고 있는 종놈을 뒤로한 채, 언지는 서둘러 이 자리를 뜨려다가 이내 다시 멍하니 서 있는 종놈에게 한쪽 손을 턱 하니 내밀었다.

"뭐, 뭐냐?"

"돈. 네놈의 금쪽같은 도련님을 살려 냈으니, 당연히 돈을 내야지."

종놈은 갑자기 돈을 내놓으라며 손을 벌리는 여인의 모습에 기가 막혀 말이 나오지 않았다. 그리고 그건 지켜보던 겸과 이영 역시 마찬가지였다.

"얼른 내놓아라. 네놈의 말을 듣자 하니 제법 대단한 양반댁의 도령 같은데. 그런 도령의 목숨값이 작진 않겠지? 그렇지? 또한 이 도령이 잘못되었다면 네놈의 목숨도 날아갔을 터인데. 내가 네놈 목숨도 살렸으니, 정당한 것이 아니더냐? 오히려 공짜를 바라는 것이 염치없는 일이지. 암!"

사실 시간도 없고, 어쩌면 여기 어디에 혜민서 의학교수가 있을지도 모르니 서둘러 자리를 떠야 했지만, 언지는 왠지 이대로 그냥 가기엔 뭔가 좀 억울했다. 특히 저 건방지기 짝이 없는 종놈의 태도! 내가 비록 양반답지 않은 양반이라고는 하나 그래도 저 종놈한테 하대를 받을 정도는 아니다, 이 말이지. 안 그래도 돈이 좀 궁한데, 제대로 뜯어내야 속이 좀 풀릴 것 같다고!

"그렇게 보고만 있을 것이냐? 물론 내 미모가 워낙 꽃다워서 눈을 떼지 못하는 네놈의 심정은 이해하지만, 그렇다고 계속 이러고 있을 순 없지 않느냐?"

언지는 그놈의 코앞까지 손바닥을 들이밀면서 마구잡이로 밀어붙였다. 종놈은 그런 그녀의 과감한 행동에 저도 모르게 얼굴이 서서히 달아오르기 시작했다. 처음엔 몰랐는데, 이리 가까이에서 보니 정녕 이 여인의 말대로 꽃처럼 어여쁜 얼굴이었다. 원래 온갖 미색의 꽃들이 모여 있는 홍와여림이지만, 지금 눈앞의 여인은 그런 기생들과는 어쩐지 조금 달라 보였다.

"이놈이 서서 자는 것이냐? 얼른 돈을 달라고! 돈!"

새침하게 올라간 눈꼬리로 돈을 달라고 닦달을 하는 모습에 종놈은 이내 넋을 잃고서는 저도 모르게 제 주인이 맡겨 두었던 돈주머니 전부를 그녀에게 건네주고 말았다. 언지는 생각보다 큰 액수에 좀 놀라긴 했지만, 웬 떡이냐 싶어 싱긋 웃으면서 돈주머니를 옷 춤에 잘 챙겨 넣었다.

“그래, 이렇게 나와야지. 네 주인은 아주 운이 좋은 줄 알아라. 그리고 최음제 그런 거 너무 많이 사용하지 말고. 아랫도리 더 크게 세우려다, 골로 가 버릴 수는 없지 않느냐?”

시간을 너무 지체해 버렸다. 언지가 다시금 너울을 아래로 내리고서 서둘러 이 자리를 피하기 위해 한 사내의 옆을 스쳐 지나가려는 순간, 누군가 그녀의 손목을 덥석 잡아챘다. 그리고 굉장히 낮고 깊은 목소리가 울려왔다.

“잠깐, 나 좀 볼 수 있겠소?”

사내의 목소리. 그것도 낯선 사내의 목소리! 언지는 저도 모르게 마른 침을 삼켰다. 서, 설마! 에이, 아니겠지. 절대로 그럴 리가. 그럴 리가 없지! 혜민서를 물갈이시킨 그 대단한 면상을 이렇게 쉽게 볼 수 있을 리가 없지.

그래도 혹시나 하는 생각에 언지는 최대한 얼굴을 숙였다.

“저기, 제가 좀 바빠서…….”

그리고 최대한 정중하게 말을 하고서 손목을 빼내려고 했지만, 이 사내가 제법 강하게 그녀의 손목을 잡고 있었다. 대체 뭐야. 남녀가 유별하거늘! 그것도 낯선 여인의 손목을 덥석덥석 잡고서!

“잠깐이면 되는데…….”

“제가 잠깐도 되지 않는데…….”

용기를 내서 말을 했지만, 어쩐지 사내가 움직이지 않았다. 언지는 그 틈에 다시금 손목을 빼려고 돌린 찰나, 사내의 가벼운 웃음소리와 함께 그녀의 몸이 휘청거리면서 저도 모르게 고개를 돌려 자신을 끌어당긴 사내를 정면으로 바라보았다. 다행히 너울 때문에 제대로 보이진 않았지만, 휘청거리는 순간 휘날리는 너울 사이로 알 수 없는 사내와 눈이 마주쳤다. 살짝 휘어진 눈동자가 자신을 빤히 바라보았다.

굉장히 수려하고 준수한 귀남자. 언지는 저도 모르게 귓불이 발그랗게 달아오르면서, 사내의 손에 잡힌 손목의 맥이 뜨겁게 뛰어오르기 시작했다.

김언지, 미쳤어? 지금 이러고 있을 때가 아니잖아!

"정말 잠깐이면 되오. 뭐 좀 묻고 싶은 게 있어서……."

그래, 이판사판이다. 꽃은 꽃 속에서 숨고, 끝까지 꽃처럼 행동하는 것!

"이러지 마시와요. 남녀가 유별한데, 어찌 여인의 손을 이리 덥석덥석 잡으시옵니까? 아무리 높으신 도련님이라 하여도 이년, 너무 부끄럽고 민망하옵니다."

그러면서 갑자기 눈물을 찍어 내며 가녀린 어깨를 떨기 시작했다.

"아니면 웃음 파는 여인이라고, 이리 쉬이 대하시는 것이어요? 정녕 그러한 것이라면, 어쩔 수 없는 것이지만……. 으흐흑. 허나 이년도 수치심이라는 감정은 있는 여인이옵니다. 흐흡!"

주변의 시선이 전부 이쪽으로 쏠리기 시작했다. 제대로 보진 못했지만 분명 제 손목을 잡고 있는 사내도 꽤나 당황하고 있을 것이다.

그래, 모름지기 사내는 어여쁜 여인의 연약한 눈물에 약한 법. 특히 저런 고고해 보이는 선비는 여인의 눈물을 절대 당해낼 수 없지. 살짝 미안하기는 했지만, 어차피 다시 만날 일도 없을 터. 일단 내가 살고 봐야 할 일이 아니던가! 그러니까.

'얼른 좀 놓으라고!'

제2장
호색한 의학교수

"정녕, 정녕, 너무하시옵니다! 흐흐흡!"

그녀의 여린 어깨가 더욱 파리하게 떨리기 시작하며 눈물이 절정을 이루었다. 어느새 주변으로 몰려든 이들은 그런 그녀에게 동정을 보내기 시작했지만, 정작 언지의 손을 잡고 있는 겸의 표정은 그야말로 태평했다. 아니, 오히려 입꼬리가 서늘하게 올라가면서 그녀를 내려다보는 눈동자가 묘하게 일렁이고 있었다.

제법, 아니 굉장히 발칙한 계집이었다. 여인의 눈물을 이런 식으로 이용해 보시겠다? 은근슬쩍 나를 천하의 호색한 나쁜 놈으로 만들어 놓고? 다른 얼빠진 사내놈들에게는 통했을지 몰라도 내겐 씻나락 까먹는 소리지. 여인의 눈물 따위에 흔들릴 정도로 순해 빠진 성질머리가 아니라서. 안타깝지만, 상대를 잘못 골랐다.

겸은 좀 더 시선을 아래로 두어 제가 잡고 있는 그녀의 손을 슬쩍 바라보았다. 얼굴은 제대로 보지 못해 어떨지는 몰라도, 손만큼은 기생의 손이 아니었다. 곱디고운 손이 아닌 일을 꽤나 많이 한 투박한 손이었다.

"제발, 오늘은 이년의 손을 놓아주시와요. 흐으흐흡!"

흔들리는 너울 사이로 그녀의 목소리가 더욱 애처롭게 울려왔다. 이렇게까지 숨기니 갑자기 저 너울 너머가 궁금해졌다. 대체 어떤 얼굴을 지녔기에 이리 발칙하게 나올 수 있는 것인지. 대체 어떤 계집이기에.

겸은 순간 남들에겐 보이지 않을 사악한 미소를 지었다.

일단 이 여인이 궁금한 건 사실이니. 어디 한번 저 장단에 제대로 놀아나 볼까?

언지는 여전히 눈물을 글썽이며 최대한 불쌍한 어조를 띠었건만, 꿈쩍도 하지 않고서 제 손만 잡고 있는 사내의 모습에 정말이지 미쳐 버릴 것 같았다. 가타부타 말을 하라고! 설마하니 너무 당황스러워서 굳어 버린 건 아니겠지? 내가 너무 심하게 굴었나? 아무리 그렇다고 사내가 저리 간이 콩알만 하면 어째!

"저, 저기……."

혹시나 하는 생각에 언지가 조금 목소리를 가다듬고서 슬쩍 고개를 돌리자, 그가 드디어 그 입을 열었다. 생각대로 굉장히 당혹스러워하는 목소리였다.

"저, 저기. 그런 뜻은 아니었는데……. 미안하오."

정확히 원하는 대로 흔들려 주는 사내의 목소리에 언지는 속으로 되었다, 쾌재를 부르며 아주 천천히, 천천히 그에게 잡힌 손을 아래로 내렸다.

"도련님의 마음은 잘 알았습니다. 그러니, 이제 제 손을……."

그때, 천천히 아래로 내리려던 손을 그가 다시금 꽉 움켜쥐었다. 그것도 모자라 잡은 손을 앞으로 힘껏 끌어당겼다. 생각지도 못했던 반응에 언지는 속수무책으로 그에게 이끌렸고, 어느새 그 사내의 코앞까지 다가가갔다. 흔들리는 너울 사이로 그의 짙은 그림자가 숨 막힐 듯 흔들리고 있었다.

'대, 대체 뭐야!'

"허나, 이리 말로만 사과하여 무엇하겠소. 이미 그대의 고운 옥루를 흘리게 하였는데. 내가 흘리게 한 눈물이니, 내가 닦을 수 있게 허락해 주시오."

'자, 잠깐. 뭐라고?'

하지만 언지가 말릴 틈도 없이, 그의 다른 손이 너무나도 자연스럽게 그녀의 허리를 단단히 붙잡으면서 또 다른 손길이 흔들리는 너울을 천천히 올리기 시작했다. 그리고 이내 차가운 바람이 슬쩍 와 닿는가 싶더니 이내 앞을 가렸던 그림자가 사라지면서 두 사람은 정면으로 서로를 바라보았다.

겸은 드디어 너울에 가렸었던 그녀의 얼굴을 똑바로 바라보았다. 물기를 머금은 까만 눈동자가 황당함에 젖어 미세하게 흔들리고 있었고, 처음 느꼈던 쌉싸름한 약초향이 그의 코끝으로 물씬 풍겨 왔다. 겉모습은 홍와여림의 꽃다웠으나, 풍기는 향은 그녀들과 전혀 달랐다.

어느새 그의 손길이 천천히 그녀의 뺨으로 다가와 거짓으로 말라 버린 눈물을 슬쩍 닦아 주었다. 그러면서 서늘한 표정과 전혀 어울리지 않은 아련한 어조를 내지었다.

"다시 한 번 사과하겠소. 낭자의 고운 눈에 눈물짓게 하여 미안하오."

남들이 보았다면 숨이 넘어갈 듯 아련하고 부드러운 손길과 눈빛이었지만, 언지는 순간 등골이 오싹해졌다. 이 남자, 처음부터 내가 거짓으로 꾸며 냈다는 걸 다 알고 있으면서도 일부러 이러고 있는 거야? 뛰는 놈 위에 나는 놈 있다고. 대체 뭐야. 이 작자 대체 뭐하는 작자야!

언지는 제 꾀에 제가 넘어가 이러지도 저러지도 못하는 상황에 미칠 것 같았다. 그냥 두 눈 질끈 감고 확 밀쳐 버리고 도망갈까? 그런데 내가 밀친다고 순순히 뒤로 물러나 줄까?

'아오, 이제 어떡하느냐고!'

그 순간, 언지의 귓가로 구원처럼 한 줄기의 목소리가 울려 왔다.

"허 도련님, 이런 곳에 계셨습니까."

멀리서 들려오는 신월의 목소리! 그리고 그녀의 목소리가 떨어지기가 무섭게 홍와여림의 수많은 기생들이 간드러지는 목소리를 내며 겸과 이영에게 달려들기 시작했다. 마치 나비들이 꽃을 향해 날아가는 것처럼. 아니, 좀 더 정확하게 말하자면 조금 굶주린 나비들이었지만.

"도련님! 어찌 이런 곳에 계시는 것이옵니까?"

"그 아이만 신경 써 주시는 것이옵니까? 이년들 정말 섭섭하옵니다!"

"저희들도 봐 주시어요! 허 도련님, 최 판관님!"

현장을 수습하던 이영은 겸의 어울리지 않은 행동에 넋을 잃고 있다가 갑자기 고삐 풀린 망아지마냥 달려와서는 붙기 시작하는 기생들 때문에 미칠 것 같았다.

겸의 상황도 이영의 상황과 다를 것이 없었다. 그 때문에 잡고 있던 언지의 손을 놓쳐 버리고 말았고, 언지는 기회는 이때다 싶어 치맛단을 꽉 붙잡고 순식간에 그곳을 빠져나가 버렸다.

겸은 그런 그녀의 뒷모습을 연신 좇았지만, 점점 더 안겨드는 기생들의 모습, 특히 홍와여림의 행수가 직접 나선 모양새에 이미 텄다는 걸 깨닫고서 제 손을 잡으려는 기생을 차갑게 떼어 내었다.

"당장 물러서지 못하겠느냐!"

서슬 퍼렇게 울리는 그의 짧은 한마디에 기생들은 움찔하며 한두 걸음 뒤로 물러나기 시작했다. 언지에게 속삭였던 그 아련하고 다정한 어조는 흔적조차 볼 수 없었다.

겸은 낮게 가라앉은 시선으로 고개를 돌렸다. 하지만 이미 신월은 자리를 뜬 듯싶었다. 처음부터 이럴 작정으로 모습을 드러낸 것이겠지. 그렇다면 이곳 행수와 잘 아는 사이란 말인가?

겸의 지랄 맞은 성격 덕분에 기생들에게서 벗어난 이영은 헝클어진 옷자락을 털어 내며 입을 열었다.

"아는 여인이냐?"

"아니다."

"헌데 너답지 않게 그리 흥미를 보인 것이냐? 물론 기생 주제에 의술을 하는 게 좀 놀랍긴 했다만."

"기생이 아니다."

"뭐?"

"아마 조만간 다시 만나게 될 거다. 아주 꼬리가 밟힐까 전전긍긍하며 도망쳤건만. 이를 어쩌나? 난 이미 그 꼬리를 아주 제대로 밟아 버렸는데. 훗."

겸은 꽤나 재미있다는 표정을 지으며 영문을 모르는 이영의 곁을 스쳐 지나갔다. 이영은 그러한 그의 뒷모습을 바라보며 어째 불안한 기색을 내비쳤다.

누가 보든지 말든지, 거슬리는 치맛자락을 꽉 붙잡고서 걸음아, 날 살려라 홍와여림의 쪽문까지 달음질을 친 언지는 쪽문을 열었다. 그러자 저를 기다리고 있는 허지의 모습에 이제야 살았다 숨을 내쉬며 그녀를 있는 힘껏 끌어안았다.

"허지야! 기다리고 있었구나!"

"마음대로 뛰쳐나가더니. 잘한다, 잘해."

허지는 비비적거리는 언지를 떼어 내고선 밉지 않게 눈을 흘겼다.

"혹시 네가 행수에게 말한 거야?"

"혹시나 해서 좀 도와 달라고 했어. 근데 왜? 정말 무슨 일 있었어? 설마 혜민서 사람들을 만난 거야?"

"에이, 아니야. 만나긴 누구를 만나."

'그래. 안 만났을 거야.'

언지는 일부러 더 과장되게 웃어넘겼고, 허지는 그 모습에 굉장히 의심스런 눈초리를 띠었다. 분명 뭔가 일이 있었긴 한 것 같은데…….

"자, 자. 얼른 집에 가자. 어머, 벌써 이렇게 늦었네. 어머니가 걱정하시겠다. 얼른!"

언지는 애써 허지의 등을 떠밀면서 살짝 미심쩍었던 그 도령을 떠올렸다. 정말로 수상했던 사내. 제 미모에도 넘어가지 않고서 오히려 한술 더 뜨다니.

처음엔 정말 혜민서의 새 의학교수인가, 의심도 했지만 얼굴을 마주친 순간 그런 생각은 사라졌다. 어쩐지 굉장히 귀한 댁의 도령 같았다. 그런 사람이 고작 혜민서에 올 리가 없지. 어차피 다시 볼 일 없는 인연이다. 잊자, 잊어버리자. 왠지 위험한 사람 같으니까.

그렇게 생각하면서도 제 볼을 쓰다듬었던 손길과 마주쳤던 그 묘한 눈동자가 잊히지가 않았다. 굉장히 서늘했던 시선. 하지만 제법 따스하고 다정했던 손길.

'악! 김언지 무슨 생각을 하는 거야. 잊자, 잊어. 잊자고! 그거 다 거짓말이야! 그 사내의 속임수라고!'

그렇게 언지는 억지로 그 사내에 대한 생각을 털어 내며 부지런히 발을 놀려 집으로 향했다.

이른 아침, 허지와 언지는 서둘러 혜민서에 들어섰다. 허지는 초학의녀이기 때문에 곧바로 교육당으로 건너갔고, 언지는 우물에 잠시 제 모습을 비추며 복색을 고쳐 잡았다. 아침부터 유난히 빛이 나는 말간 얼굴 위로 마치 붓으로 그린 듯한 새침한 눈동자가 화사하게 휘늘어졌고, 깨끗한 하늘빛 옥색 저고리와 새앙머리 위에 두른 흑단 가리마가 그 어떤 의녀보다도 단정하고 우아하게 보였다. 자칭 혜민서의 절세가인(絕世佳人)다운 자태였다.

"좋았어."

언지는 준비를 마치고서 다른 의녀들이 모여 있는 곳으로 걸음을 옮겼다. 그런데 어쩐지 오늘따라 유난히 들떠 보이는 모습이었다. 새 의학교수 때문에 그런 건가?

"그 소식 들었어? 새 의학교수님 말이야."

"나도 들었어. 좌상 대감댁의 도련님이라면서?"

"그 소문이 사실이었어? 난 헛소문이라 생각했는데……."

슥!

"무슨 얘기를 그렇게 재미나게 하시나?"

"흐윽!"

소리 없이 다가온 언지의 모습에 의녀들은 흠칫 놀란 가슴을 쓸어내렸다.

"깜짝이야! 왔으면 왔다고 말을 해야지!"

"그래서 물었잖아. 무슨 얘기를 그렇게 재미나게 하냐고."

혜민서에서 그녀는 굉장히 밝고 붙임성이 좋은 편이었다. 그래서 다른 의녀들과 의관들, 심지어는 병자들과도 꽤나 두루두루 친한 편이었다.

언지가 싱긋 웃으면서 한쪽 팔을 와락 끌어안자, 다른 의녀들이 키득키득 웃으면서 조금 전 이야기를 늘어놓았다. 그 순간.

"수의녀님!"

그녀들의 뒤로 수의녀가 걸어왔다. 수의녀는 이른 아침부터 굉장히 피곤한 기색이었다. 오늘 새 의학교수가 오시는 것도 그랬고, 혜민서의 제조 영감께서 자리를 비운 탓에 할 일이 두 배 가까이 늘어난 탓도 있었다.

"어찌 이곳에 다들 모여 있는 것이냐. 그리도 할 일이 없는 것이냐?"

"아, 아니옵니다. 수의녀님."

수의녀는 영 못마땅한 표정을 하고서 언지에게 자신이 들고 있던 의생교육서를 건네주었다.

"너는 이것을 새로 오실 의학교수님께 건네주어라. 아마 지금쯤이면 교육당에 계실 것이다."

"예, 알겠습니다."

언지가 교육서를 받아 들려는 순간, 갑자기 다른 의녀들이 눈에 불을 켜고서 앞다투어 입을 열기 시작했다.

"수의녀님, 그거 제가 하면 안 될까요?"

"아니요, 수의녀님 제가 하고 싶습니다!"

"제가 더 잘할 수 있습니다, 수의녀님!"

너무나도 속이 뻔히 보였다. 아무래도 새 의학교수를 가까이에서 보고 싶은 모양이다. 듣자 하니 좌상 대감댁 도령이라니 눈도장을 찍고 싶겠지. 하지만 수의녀는 다른 의녀들을 싸늘한 시선으로 흘겨보며 외쳤다.

"너희들은 너희들의 할 일은 다 한 것이냐? 최 의녀는 오늘 아침에 새로 들어올 약재를 잘 살피라고 했더니, 지금 여기서 무엇을 하는 것이냐?"

"그, 그것이, 아직 약재가 들어오지 않았기에."

"무슨 소리를 하는 게야. 아까 전에 들어왔다고 의관님께서 찾고 계시더라. 그리고 서 의녀는 강치 환자의 갈근탕은 어찌하고 여기 있는 것이냐? 장 의녀는 오늘 초학의녀들의 교육을 도와야 하는 것이 아니더냐? 어찌 제 할 일은 고사하고 이러고 허송세월을 보내고 있는 것이야!"

"소, 송구하옵니다. 수의녀님."

수의녀는 그저 한심한 눈빛으로 의녀들을 노려보며 당장 서두르라 윽박을 질렀고, 의녀들은 몸을 흠칫 떨면서 언지를 향해 부러운 시선을 보이며 아쉬운 걸음으로 모두 제자리로 돌아갔다.

"너도 서두르거라."

"예, 수의녀님."

심기가 불편한 수의녀에게 언지는 정갈한 목소리로 대답하며 걸음을 뒤로 돌렸다.

나중에 어떻게 생겼냐고 꽤나 물어보겠네. 그나저나 좌상 대감의 도령이라면서. 그런 대단한 집안의 자제가 대체 이곳 혜민서로 오는 이유가 뭐야? 공부를 지지리도 못했나? 아니면 좌상 대감께서 내놓은 자식인가?

어쨌든, 어제 홍와여림에선 못 보았겠지. 암, 그렇게 넓은 곳에서 나를 봤을 리가 없어.

언지는 한 손에 교육서를 끼고서 아주 사뿐사뿐 교육당을 향해 걸어갔다.

이번 의생들의 얼굴은 어떨까나. 풋풋하려나? 신작의 소재로 쓸 만하면 좋을 텐데. 나도 눈요기도 좀 하고. 그러고 보면 어제 그 홍와여림에서 만난 그 사내의 얼굴이 참 귀하긴 했는데. 대체 어느 댁의 자제이기에…….

순간, 언지의 시선이 한곳에 멈춰 들면서 걸음 역시 우뚝 멈춰 섰다. 아직 혜민서의 문이 열리지도 않았는데, 병자들을 시료하는 평상에 누군가 누워 있었다. 하지만 그게 문제가 아니었다.

그럴 리가. 설마 그럴 리가, 그럴 리가 없는데! 평상에 누워 있는 사내는 어제 홍와여림에서 만난 그 사내였다. 그런 귀남자의 얼굴이 이리 흔할 리가 없지. 게다가 어제 그 꼴을 당했는데 어찌 잊을 수가 있겠어! 그런데 왜 여기 있는 거야? 다시는 안 볼 줄 알았는데, 왜 여기 이러고 있냐고! 설마, 정말로 새 의학교수? 아니지. 의학교수가 왜 교육당에 안 있고 여기서 저렇게 자빠져 있겠냐고!

언지는 재빨리 고개를 돌려 버렸다. 혹시나 의식을 되찾고 자신을 알아보면 큰일이었다. 큰일이었는데, 왜 내 두 다리는 다시 저 사내한테 가고 있는 거냐고!

“어디 아픈 건가?”

결국, 오지랖이 넘쳐흐른 언지는 어쩐지 정신을 차리지 못하고 있는 사내의 모습에 한숨을 내쉬고선 자세를 고쳐 잡고서 살짝 그의 맥을 짚어 보았다. 맥은 정상인데. 그러고 보니 그냥 자고 있는 것 같기도 하고. 숙취인가? 그나저나 잘생기긴 정말 잘생겼네.

언지는 저도 모르게 그 사내의 얼굴을 빨려 들어갈 듯 바라보았다. 밝은 데에서 보니 역시 곱상한 사내의 얼굴이 아니었다. 굵직굵직한 선을 띤 얼굴 위로 새까만 눈썹과 뚜렷하고 반듯하게 서 있는 콧날. 야무지게 닫혀 있는 붉은 입술. 서늘하게 뻗은 눈매를 보고 있자니, 어제 일이 또 다시 생생하게 떠올랐다. 꽤나 깊고 날카로운 눈동자를 지니고 있었다. 그래서 그 시선에 저도 모르게 묶여 버렸고, 가끔 떠올랐던…….

'헉, 김언지. 정신 좀 차려! 이러고 있을 때가 아니잖아!'

언지가 고개를 붕붕 돌리고서 얼른 그에게서 떨어지려는 순간, 감고 있던 그가 눈을 번쩍 뜨면서 그녀를 빤히 쳐다보았다. 그리고 언지는 너무나도 놀란 나머지 머릿속이 새하얗게 타 버리면서 그대로 목석이 되고 말았다.

"괜찮소?"

그의 짧은 한마디에 집 나간 정신이 다시 그녀를 붙잡았다. 세상에! 설마, 날 알아본 건가? 들킨 건가? 들켰나! 아니야. 설사 그렇다고 하더라도, 일단 시치미를 떼야 해. 그래, 막 나가자!

"어찌 그리 빤히 보십니까?"

보기는 제가 먼저 봤으면서 언지는 오히려 겸에게 뒤집어씌우기 시작했다. 겸은 그런 그녀의 모습에 기가 찬 표정을 지었다. 얼씨구? 이 여인이 또 무슨 꿍꿍이속인 건지.

"왜요? 혜민서 의녀로 썩기엔 너무 아까운 외모다, 그리 생각하고 계십니까?"

"뭐?"

너무 황당한 나머지 겸은 저도 모르게 말을 내뱉었다. 하지만 언지는 얼굴에 제대로 철판을 깔고서 당돌하게 밀어붙였다. 이 사내의 넋을 쏙 빼놓은 뒤 재빨리 도망쳐 주겠어!

"뭐, 물론 그렇겠지요. 한 나라를 휘어잡을 경국지색(傾國之色)인데. 그러니 도련님은 아침부터 참 운이 좋으십니다. 허나 계속 이리 빤히 보시면 제가 부끄럽고, 민망합니다."

수줍게 얼굴까지 붉히면서 고개를 돌리는 품새에 겸은 허탈한 웃음을 지었다. 정말 살다 살다 이런 여인은 처음이었다.

"보통 그리 말하면 사내들이 전부 넘어가오?"

하지만 언지는 끝까지 제 눈앞에 사내를 처음 본다는 듯 시치미를 떼며 순진무구한 눈빛을 띠었다.

"무슨 말씀이온지?"

"뭐, 그건 그렇다고 치고. 그럼 그냥 묻겠소. 혹, 우리 어디서 만나지 않았소?"

하지만 언지는 끝까지 시치미를 뗐다. 여기서 무너질 수는 없었다. 절대로. 무조건 못 본 거야. 당신은 지금 어제 본 그 여자와 날 착각하는 거라고!

"글쎄요, 전혀요."

"정말이오?"

"정말입니다. 대부분의 사내가 제게 그리 물어보시지만, 제 대답은 한결같습니다. 정말 도련님을 처음 뵙는 것입니다."

겸의 입꼬리가 슬며시 올라가기 시작했다. 이런 식으로 계속 시치미를 떼어 보시겠다? 물론 복색은 어제와 달랐지만 확실히 그녀가 맞았다. 보는 순간 이상하게도 어젯밤의 얼굴이 바로 떠올랐으니까. 이 쌉싸름한 약초향과 더불어 저렇게 능청스럽고 앙큼한 계집이 조선 팔도에 흔한 것도 아니니.

하지만 그는 꽤나 능청스런 어조로 말을 이었다.

"이런 미색의 여인을 내가 착각할 리가 없는데. 분명 그대와 닮은 여인을 내가 어제 이렇게 쑤욱."

그는 어제처럼 그녀의 손을 잡고서 확 끌어당겨 너무나도 자연스럽게 허리를 끌어안았다.

"어찌 이리도 무례하십니까!"

"아, 정말 미안하오. 이리 가까이에서 보니, 아닌 것 같소. 어제 그 여인이 훨씬 더 어여뻤거든."

겸은 순순히 손을 풀어 주었다. 그러자 언지는 재빨리 뒤로 한 걸음 물러나서는 화끈거리는 두 볼을 움켜쥐었다. 김 도령으로 온갖 남녀상열지사를 써 보았지만 그건 그저 상상일 뿐, 이렇게 사내와 가깝게 붙어 있었던 적은 처음이다. 뭐 저런 호색하고 가벼운! 하지만 일단은 속아 넘어간 것 같지? 물론 살짝 기분 나쁘긴 했지만. 지금 내 미모가 뭐가 어때서!

언지는 애써 불쾌한 내색을 감추고서 짐짓 무거운 목소리로 그를 향해 약간의 감정을 실어 앙칼지게 외쳤다.

"귀한 댁의 도령 같으신데, 대낮에 이리 의녀를 희롱하시다니. 참으로 실망스럽습니다."

이쯤에서 언지는 얼른 이 자리를 뜨려고 했다. 더 이상 얼굴 마주 보고 있어 봤자 좋을 것도 없고, 또 지금 그녀는 교육당으로 얼른 가 봐야 했다. 분명 새 의학교수께서 이미 도착을 했을 터인데! 하지만 몇 발자국 걸어갔던 언지는 이내 미간을 찡그리며 다시 겸에게로 돌아왔다. 겸은 그런 그녀의 모습에 뭐지? 하는 표정으로 그녀를 빤히 바라보았다.

"맥은 정상인데. 숙취가 아직 몸 안에 남아 있는 듯합니다. 숙취엔 헛개나무가 좋으니, 꼭 달여 마십시오."

그리고는 이번엔 정말로 과감하게 몸을 돌렸다. 젠장! 얼른 피하지는 못할망정 쓰러져 있던 모습이 눈에 밟혀서 결국엔 이런 오지랖을 떨고야 말았다.

겸은 잠시 멍하니 그녀의 말을 되새기다 이내 참았던 웃음을 터트렸다.

"훗, 푸하하하하!"

무슨 말을 하나 싶었더니. 쓰러져 있던 제가 그리도 신경에 쓰였단 말인가? 다른 건 몰라도 의녀로서 마음가짐 하나는 대단한 것 같았다. 어제 홍와여림의 일도 그러하고. 물론 겸은 쓰러져 있던 것이 아니었다. 언지의 말대로 숙취 때문에 머리가 울려 좀 누워 있었던 것뿐. 어젯밤, 홍와여림을 나와 이영의 집에서 하루를 묵었는데, 하필이면 이영의 둘째 형님을 만나 아주 거하게 또 한잔을 하고야 말았다. 아마 영이도 지금쯤 머리가 꽤나 아플 것이다.

겸은 느긋한 표정으로 한 손으로 턱을 괴고선 허겁지겁 사라지고 있는 언지를 빤히 바라보았다. 그러다 그녀의 한 손에 끼워진 의생교육서를 보고선 입술이 음흉하고 위험스런 곡선을 그렸다. 이제야 좀 한숨을 돌리고 있을 터인데. 정녕, 진심으로.

“지지리 복도 없는 여인일세. 훗!”

이젠 정말로 다시는 그 사내를 만나지 않을 거라 확신했다. 그래, 아마 숙취 때문에 혜민서로 오게 된 것 같아. 물론 숙취 때문에 그것도 혜민서가 아직 열리지도 않았는데 들어온 것이 영 의심스럽긴 했지만. 워낙 높은 댁의 도령이라면 가능할지도 모르지.

언지는 제대로 정신을 차리고서 교육당의 앞에 당도했다. 혹여나 옷차림새가 흐트러졌을까 봐, 그리고 그 사내의 말이 조금 신경이 쓰여서 마지막으로 꼼꼼히 살피고선 조금 긴장된 표정으로 서책을 소중히 움켜쥐고서 천천히 교육당으로 들어서자, 예상대로 이번에 뽑힌 젊은 의생들의 환호성 소리가 그녀를 먼저 반겨 주었다.

그래, 이런 반응이 와야지. 그 사내가 숙취로 지금 제정신이 아닌 거야.

언지는 아까보다 훨씬 기분이 좋아져서 그들을 향해 살포시 눈웃음을 지어 주었다. 그나저나 새 의학교수가 있어야 할 자리가 텅 비어 있었다. 설마 아직 안 온 거야? 아무리 좌상 대감이라는 빽이 있다고 해도 이렇게 날로 먹으려고 하다니.

‘정신이 아주 빠졌구만.’

그 대단한 면상 한번 보려고 했더니.

언지는 하는 수 없이 책을 내려놓고서 괜히 자기 때문에 분위기가 더 소란스러워질까 봐 얼른 교육당을 빠져나가려고 했다. 하지만 이상하게 갑자기 분위기가 조용해졌다. 그러고 보니 뒤에서 누군가 다가오는 기척이 느껴졌다.

드디어 새 의학교수가 도착했구나! 어쩌면 앞으로 자주 보게 될지도 모르니 좋은 인상을 보여 나쁠 것도 없다고 생각한 채 특유의 눈웃음을 가득 지으며 고개를 돌린 순간, 언지의 웃음은 1초도 가지 못해 정말 돌처럼 딱딱하게 굳어지고 말았다.

그녀의 시선 끝에 이로써 벌써 세 번째나 마주하고 있는 징글징글한 그 사내가 아주 부드러운 미소를 띠며 저를 똑바로 보고 있었다.

아니야, 이건 아니야. 아니면, 정말 의학교수? 정말? 에이, 아닐 거야. 의생. 그래, 지각한 의생!

하지만 그녀의 간절하고도 절박한 바람은 그저 바람처럼 훠이 훠이 날아가 버렸다. 겸은 조금 안쓰러운 시선으로 딱딱하게 굳어진 언지를 향해 뚜벅뚜벅 걸어왔다. 그리고는 그녀의 바로 옆에 걸음을 멈추고서 현실에서 도피하고 있는 그녀에게 앞으로 벌어질 현실을 정확하게 짚어 주었다.

"오늘부터 너희의 교육을 담당할 혜민서 의학교수, 허겸이다. 잘 부탁한다."

마, 말도 안 돼. 이건 정말로 말이 안 돼. 꿈이야, 꿈이야. 지독한 악몽이야!

"거기."

하지만 그는 꿈이 아니라고, 지금 눈앞에 보이는 이것이 당신의 현실이라고 아주 잔인하게 일러 주었다.

"이 수업이 끝나는 대로 잠시 나 좀 보자꾸나. 우리가 서로 할 말이 좀 남아 있는 것 같은데……."

언지는 아까와는 달리 그의 딱딱하게 굳어진 하대에 살짝 굳어진 미소를 지으며 고개를 숙였다.

"그리하도록, 하겠습니다."

그리고 그 순간 떠오른 단어는 딱 하나였다. 망. 했. 다.

◈ ◈ ◈

집무실 앞에 선 언지의 표정은 비장했다. 결국은 절대로 만나지 말아야 할 사람을 홍와여림에서 만나고 말았고, 거짓으로 상황을 피하려고까지 했다. 그 사내의 눈에 제 모습이 얼마나 우스웠을까. 하지만 그렇다고 여기서 주저앉을 수는 없었다. 이왕 이렇게 된 거, 갈 데까지 가야만 했다. 고작 의학교수 하나 때문에 지금껏 공들였던 탑을 무너뜨릴 수는 없지!

그녀는 마지막으로 제 옷차림새를 잘 가다듬고서 천천히 입을 열었다.

"교수님, 김 의녀입니다."

하지만 안에선 대답이 없었다. 언지는 다시금 입을 열려다가 살짝 열린 틈을 보고선 이내 문을 그냥 밀어 버렸다. 그러자 아직 채 정리가 되지 않은 집무실 사이로 그가 태연하게 앉아 의학서의 기본인 의방유취를 뒤적거리고 있었다. 안에 있으면서 못 들은 척하다니. 하지만 언지는 겉으론 내색하지 않고선 입구에 서서 그가 먼저 입을 열 때까지 기다렸다.

겸은 의학서를 끼적이는 척하면서 곁눈질로 언지를 살폈다. 역시나 저 입만 열지 않으면 굉장히 단아한 여인이었다. 평범한 의녀복을 입었음에도 다른 의녀들과는 다른 기품이 느껴졌고, 가만히 양손을 모으고 있는 자세에서 어쩐지 양반 특유의 예가 묻어나는 듯했다. 의녀라면서 저런 규방에서나 묻어 나올 듯한 모습은 대체 무엇인지. 볼수록 그 정체를 알 수가 없었다.

"이젠 아예 모르쇠를 할 작정인가?"

한참 동안 말이 없던 겸이 이제야 입을 열자, 언지는 천천히 고개를 들었다. 그리고는 정확히 그와 시선을 마주했다. 아까는 고고한 척 서책만 보고 있더니. 언제부터 계속 날 보고 있었던 거지?

"먼저 입을 열어도 되겠습니까?"

"훗, 처음엔 그 발칙한 입을 잘도 놀리더니."

“제가 어찌 교수님을 두고 그런 짓을 하겠습니까.”

물 흐르듯 정갈한 목소리가 집무실을 울렸다. 어느새 겸은 읽는 척만 하던 서책을 내려놓고선 턱을 괸 채 이젠 아예 대놓고 언지를 바라보았다. 그리고 언지 역시 그의 시선을 절대로 피하지 않았다.

“그래? 난 끝까지 잡아뗄 거라 생각했는데. 고작 의녀 따위가 의술을 행하였으니, 그게 중죄라는 건 알고 있지 않은가? 해서, 그 같은 발칙한 행동을 한 것일 테고.”

날 선 목소리와 시린 눈동자가 정확히 언지를 꿰뚫었다. 그녀는 저도 모르게 그 시선을 피하고 싶었지만, 저번처럼 꽉 묶여서 등골부터 발끝까지 서늘한 땀방울이 송골송골 맺혀 왔다.

처음 얼굴을 딱 보았을 때부터 제 뺨의 마른 눈물을 닦아 주던 그 손길과 목소리가 이 사내의 본모습은 아닐 거라 생각했지만. 이리 정면으로 한 꺼풀 벗겨진 모습을 보고 있으니, 저도 모르게 다리가 후들거렸다. 이렇게 겉과 속이 다르기도 쉽지 않을 텐데. 어떻게든 오늘 일을 잘 마무리한 뒤, 절대로 두 번 다시 엮여서는 안 된다. 안 그러면 내 평탄했던 인생이 이상하게 뒤틀릴 것 같은 그런 불길한 예감이 든다고!

겸은 꽤 기대감이 섞인 시선으로 언지를 내려다보았다. 이젠 정말 궁지에 몰릴 대로 몰린 것이다. 보통 이런 식이 되면 알아서 꼬리를 내리며 빌기 마련인데. 특히나 여인이니까, 저번처럼 가짜 눈물이 아니라 진짜 눈물을 보여 주려나? 그럼 좀 시시할 것 같긴 한데. 그때, 그녀의 눈꼬리와 입매가 부드럽게 휘어졌다. 그를 향해 정말 아무렇지도 않게 눈물 대신 화사한 미소를 지었다.

“무슨 말씀이신지요?”

“또 발뺌을 해 보겠다? 홍와여림에서 날 만난 사실을?”

“전 모르는 일입니다. 홍와여림이라니요? 그런 곳에 간 적은 한 번도 없었습니다. 누군가와 착각을 하신 모양입니다. 아침에도 그러지 않으셨습니까. 홍와여림에서 만났던 여인의 미색이 저보다 빼어나셨다면서요.

저도 그 여인이 무척이나 궁금합니다. 제가 어디 가서 외모로 빠진 적은 없었는데.”

그래, 어차피 저쪽도 이쪽도 만났다는 증거가 없으니까. 갈 수 있을 때까지, 할 수 있을 때까지 발뺌을 해 보자. 아니, 해야만 해. 그래야 내가 살아!

가만히 턱을 괴고 있던 겸이 냉랭해진 시선으로 입을 열었다.

“대부분 그런 식인가? 그리 말하면 정녕 사내들이 그냥 그렇게 넘어가고 마는가?”

“일부러 넘어가라 한 적은 없었습니다.”

“흣, 미색을 이용하여 사내를 움직인다. 어떤 미친 얼빠진 것들이 넘어가는지는 모르겠지만, 치맛자락 휘둘러 사내의 아랫도리를 이용하고자 하다니. 홍와여림의 기생들과 다를 것이 없군. 이만 물러가라. 홍와여림에서 보았던 여인은 정녕 너 같은 계집은 아닌 것 같으니.”

겸은 그녀에게 향했던 시선을 거두고선 다시금 서책을 들어 올렸다. 지나치게 차갑고도 차가웠다. 게다가 은근히 담겨 있는 멸시와 경멸까지. 물론 일이 덮어지기는 했다. 넘어가기는 했다. 이대로 다시는 보지 않으면 그만이다. 하지만 저 사내는 지금 자신을 모욕했다. 아무것도 모르는 주제에. 양반이라는 잣대로 감히 자신을 창기 취급을 하면서.

양반으로서 모든 걸 버렸다고 하나, 한 가지는 가슴에 챙겨 넣었다. 바로 자존심. 유일하게 챙겨 넣을 수 있는 것이 자존심밖에 없었으니. 이대로 지고 넘어가고 싶지 않았다. 절대로! 차라리 벌을 달게 받고 말지.

“물러가라 했을 텐데?”

“신체발부 수지부모(身體髮膚受之父母)라 하였지요. 신체와 터럭과 살갗은 부모에게서 받은 것이다. 그러니 모든 신체를 소중히 여기라. 그것이 효의 시작이다.”

겸은 움직임을 멈추고서 다시 시선을 돌렸다. 제법 눈에 독기가 서려 있었다. 역시 이런 식으로는 못 넘어가겠다는 건가?

"제 외모 역시 어머니와 아버지께서 주신 소중한 것입니다. 그 소중한 것을 더 소중히, 자랑스럽게 여기는 것인데 무엇이 잘못인지요? 그렇다고 제 얼굴을 숨기고 살 수는 없지 않습니까? 또한, 일부러 부정하며 살 필요도 없지 않습니까? 그것은 오히려 모욕이지요. 제 부모님께서 주신 것을 부끄럽게 여긴다는 것이 아닙니까?"

"……."

"저는 제 외모가 꽃답다고 말만 하였을 뿐, 거기에 넘어가 홀로 아랫도리를 움찔거린 것은 교수님께서 말씀하신 그 사내들입니다. 그런 것까지 제가 어찌할 수는 없지요. 그리고 그로 인한 모욕을 제가 받을 필요 역시 없지 않습니까. 이렇게 빼어나게 타고난 것을 어쩌겠습니까?"

저 입에서 효가 나올 줄은 몰랐다. 특히나 외모를 가지고 공자의 효경을 논하다니. 해서 제가 하는 행동이 전부 효를 하는 것이다?

겸은 정말 보면 볼수록 기가 막히다 못해 어이가 없었다. 정녕 천하디 천한 의녀가 맞는 것인가? 아니, 아무것도 모르기에 저리 뚫린 입이라고 막말을 할 수가 있는 것인가?

"정말 한 마디도 지려고 하지 않는구나. 말은 아주 청산유수야. 그리고 그 말만큼, 실력도 제법이고."

감히 양반. 그것도 좌상 대감의 자제이니 그 자존심이 얼마나 하늘을 찌를까. 그런 자를 가르치려 했으니 얼마나 불호령이 떨어질까 각오하고 있었는데. 갑자기 제 실력을 칭찬하는 모습에 언지는 눈을 동그랗게 떴다. 또 무슨 말을 하려고 대체!

"근데 내가 한 말만 기억하고, 네가 한 말은 기억하지 않는가 보군."

그게 무슨?

"이미 네 입으로 홍와여림에서 나와 만났다는 사실을 말했으니 말이야."

저 사내가 무슨 소리를 지껄이는 거야? 내가 언제? 대체 언제? 내가 아무리 오지랖이 넓다고 내 목숨이 달린 일을 나불거렸을 리가 없잖아! 괜히 나를 떠보는 거야. 그래, 떠보는 거라고!

"제가 언제?"

"했었다. 아침에 날 만났을 때. 내 맥을 짚었지 않았는가. 그리고 숙취라 말했었지, 아마?"

순간, 언지는 아차 하면서 얼굴이 하얗게 질려 갔다. 그리고 그 모습에 겸은 처음 그녀와 만났을 때의 그 부드럽고 다정한 어조로 속삭였다. 하지만 지금 그녀의 귀에는 자신을 약 올리는 것으로밖에 들리지 않았다.

"네가 실력이 좀 있는 의녀라면 알겠지. 맥으로 숙취를 어찌 알겠느냐? 뭐, 그 당시라면 알 수 있었을지도 모르지만, 하루가 지났는데. 게다가 나한테서 술 냄새가 났었던 것도 아니고. 내가 술 마셨다는 사실을 어찌 알고 그렇게 당연한 듯이 그런 판단을. 그렇지 않은가?"

처음으로 언지의 입이 막혀 버렸다. 그 생각은 꿈에도 하지 못하고 있었으니까. 그리고 드디어 저 여인의 입을 제대로 막았다는 사실에 겸은 속으로 쾌재를 부르며 처음으로 자리에서 일어나 언지에게 서서히 다가가기 시작했다. 역시나 그때와 마찬가지로 쌉싸름한 약초향이 풍겨 왔다. 그리고 그 향이 그 어떤 분내보다도 달콤하게 느껴졌다.

"결국, 넌 처음부터 내가 술을 마셨다는 걸 알고 있었다는 것이고. 난 어제 홍와여림에서밖에 술을 마시지 않았다. 또 그 모습을 보았던 여인. 그리고 그 여인 중 의술을 할 줄 알았던 여인은."

물론 홍와여림에서는 고작 입술만 약간 적셨을 뿐. 숙취는 영이의 집에서 마신 술 때문이었다. 하지만 뭐, 그런 말까지는 할 필요가 없지.

어느새 언지의 코앞까지 다가온 겸이 슬쩍 시선을 낮추어 살짝 삐져나온 그녀의 머리카락을 귀 뒤로 살며시 넘겨주었다.

"딱 한 여인밖에 없었다. 네 말처럼 너무 꽃다워서 잊을 수가 없더군. 바로 내 앞에 있는 그대처럼."

차가운 손길이 여린 귓가에 스치면서 언지는 저도 모르게 움찔하며 뜨거운 바람이 훅 불어왔다. 또 여인을 희롱하기 시작했다. 다른 건 몰라도 한 가지 확실한 건, 이 사내가 무척이나 가볍고 호색하다는 것! 그건 확실해. 그리고 내 망할 놈의 오지랖이 결국엔 사고를 쳤다는 것. 이젠 정말 빼도 박도 못 하겠구나.

"말, 하실 것입니까?"

이제야 실토를 하는 그녀의 모습에 겸은 웃음을 꾹 누르고서 짧게 답했다.

"아니."

"예?"

그리고 놀란 듯 고개를 들며 눈을 동그랗게 떴다. 안 그래도 커다란 눈이 더욱 커다랗게 보였다. 맑은 호수처럼 잔잔하게. 그 속에 제 얼굴이 스며들어 있었다.

"언제 내가 말을 한다고 했던가? 그리고 난 오늘부터 혜민서 사람이다. 어제 일은 나도 모른다. 난 나한테 주어진 일만 하는 성격이라, 내 벗처럼 나서는 그런 오지랖은 없다."

그, 그럼 정말 이대로 넘어가는 건가? 봐주는 건가?

어느새 긴장으로 굳어진 표정이 슬그머니 풀리려고 하자 겸은 다시금 엄하게 입을 열었다.

"대신, 벌은 받아야 한다. 전에 의학교수가 대체 일을 하기는 한 건지, 문서가 아주 엉망이다. 네가 전부 정리해라. 그 정도는 할 수 있겠지? 설마 공짜로 넘어갈 생각이었느냐? 내가 네 목숨을 살려 준 것이나 다름이 없는데. 누가 말하더군. 목숨을 살려 주는데 공짜로 넘어가려는 생각 자체가 염치없는 짓이라고."

—내가 네놈 목숨도 살렸으니, 정당한 것이 아니더냐? 오히려 공짜를 바라는 것이 염치없는 일이지. 암!

완전 좀생이 같은 작자. 저걸 다 기억하고 있었던 거야? 기억할 일이 그렇게도 없냐, 없어!

하지만 역시나 겉으로는 별다른 내색 없이 언지는 흐트러짐 없는 어조로 고개를 끄덕였다.

“예, 알겠습니다. 당연히 그리해야지요. 제 목숨을 구해 주셨는데.”

하지만 겸은 저 여인이 머릿속으로 자신을 얼마나 욕하고 있을지 훤히 보였다. 별 희한한 여인 덕분에 아주 오래오래 살겠군.

그는 그녀의 작은 어깨를 가볍게 툭툭 두드리며 어느새 진심으로 싱긋 웃음을 흘리고 있었다.

“허면, 수고해라. 내일까지 다 끝내 놓아야 한다.”

어깨에 와 닿았던 손길이 사라지고 이내 쿵 하는 소리와 함께 적막이 흘렀다. 언지는 그제야 참았던 숨을 토해 내었다. 역시 가볍고 호색한 사내. 나보고 제 미색을 이용해 홀린다고? 그럼 자기는 저렇게 아무렇지도 않게 웃음을 흘리고 다니면서!

“……그래도 봐준 건 봐준 거니까 고맙다고 해야 하나?”

언지는 그가 있었던 빈자리로 걸어갔다. 그러자 눈앞에 어마어마하게 펼쳐진 자료와 기록서들이 그녀를 반기며 그자와 똑같은 어조로 속삭이고 있었다.

—내일까지 다 끝내 놓아야 한다.

“고맙기는 개풀 뜯어먹을! 저 망할, 가볍고, 호색하고 좀생이 같은 자식!”

집무실을 빠져나온 겸은 입가로 여유로운 미소를 지으며 귀를 탈탈 털어 내었다. 어쩐지 오늘은 하루 종일 이 귀가 가려울 것 같았다. 앞으로 혜민서에서 꽤 복잡한 일을 하거나, 위험한 일에 끼어들어야 할 텐데. 그 중에 전혀 재미있는 일은 없다고 생각했는데.

“훗, 내가 이리 웃을 줄이야.”

그러고 보니, 어째 저 말도 안 되는 성격이.

“비색 낭자를 닮은 것 같기도 하고. 그나저나 비색고름의 마지막 권을 어디서 구한단 말인가. 나중에 영이의 방을 슬쩍 뒤져 볼까?”

혜민서의 첫날이 무척이나 빠르게 지나가고 있었다. 이미 날이 어둑어둑해지고 있었고, 하얗게 변했던 달이 서서히 제 빛을 되찾으며 어제와 같은 보름이 지속되고 있었다. 하루를 정신없이 보낸 겸은 이제 막 집으로 가기 위해 걸음을 옮기던 찰나, 저를 보고 수줍게 인사를 하는 의녀들을 보며 문득 그녀가 스쳐 지나갔다. 아마 아직도 집무실에 남아 있겠지? 얼핏 보아도 양이 상당했으니까. 아니면 그 성격에 도망쳤을지도 모르지. 그러고 보니.

"이름도 모르는군."

겸은 저도 모르게 걸음을 멈춰 서 집무실 쪽으로 시선을 돌렸다. 그러곤 그쪽으로 한 걸음을 뗀 순간, 누군가 먼저 그를 붙잡아 세웠다.

"허 교수님."

그를 부른 사람은 조황복이라는 의관이었다. 그는 무척이나 가증스러운 미소를 짓고 있었고, 겸은 그런 그의 모습에 뭔가 알 것 같다는 표정을 지었다. 그래, 어째 조용히 넘어가나 싶었다.

"무슨 일이십니까?"

"말씀 낮추십시오. 괜찮습니다."

"그럴 수야 없지요. 저보다 나이도 많으신데. 헌데, 무슨 일로?"

"혜민서에 새 식구가 들어오지 않았습니까. 원래는 제조 영감께서도 계실 때 했으면 좋았을 테지만, 일이 급하신 것 같아 미리 모시려고 합니다."

"모시다니요?"

겸이 짐짓 모른다는 표정으로 묻자, 황복은 여전히 부드러운 표정으로 말을 이었다.

"저희 의관들과 얼굴도 트고, 안면도 익힐 겸 마련한 자리입니다. 부디 사양치 말아 주십시오."

"아하, 술 한잔하자는 소리로군요? 그거 좋지요. 저도 오늘따라 술과 꽃이 그리웠는데. 장소는 역시 홍와여림이겠지요?"

그의 은밀한 목소리에 황복은 의외라는 표정을 지으며 호들갑을 떨었다.

"당연하지요! 어서 가시지요. 이미 홍와여림에서 준비를 마치고 기다리고 있습니다."

"이거, 오랜만에 술맛 제대로 보겠습니다."

겸이 일부러 기다렸다는 듯 가볍게 웃음을 내보이자 조 의관의 눈빛이 탐욕스럽게 번뜩거렸다. 그 모습에 겸은 속내를 감춘 채 걸음을 옮겼다. 아마도 의관들이 나를 통해 어떻게든 좌상 대감이라는 동아줄을 잡아 보려는 심산 같은데.

'이게 네놈들의 기회일지, 아니면 내 기회일지 한번 가 보자고.'

먹을 잔뜩 묻힌 붓끝에서 쉴 틈 없이 글자가 쏟아져 나왔다. 그러다 문득 고개를 드니 어느새 달빛이 창가로 스며들고 있었다. 언지는 초에 불을 붙이고서 다시금 글자를 쓰려다 이내 신경질적으로 붓을 탁 내려놓았다.

"해도 해도 줄어들지가 않잖아!"

언지는 부글부글 끓어오르는 화를 누르며 문 쪽을 쳐다보았다. 하지만 마치 자신을 비웃는 것처럼 굳게 닫혀 있는 문. 마치 그 의학교수 같았다. 어쩌다 그런 자에게 꼬투리를 잡혀서. 인정머리 없고, 가볍기는 엄청 가볍고, 호색하기 짝이 없는! 대체 내가 무슨 복을 타고나서 의학교수들한테 이렇게 시달려야 하는 거냐고! 왜 하필이면 이런 혜민서야? 좌상 대감씩이나 되는 빽을 가지고 있으면서. 왜 하필이면 여기 혜민서냐고!

"하아. 그래도 속은 좀 풀리네."

비록 대놓고 욕을 하진 못했지만, 그래도 속이 좀 풀리는 것 같았다. 언지의 손이 다시금 빠르게 움직이기 시작했다. 붓끝에서 쏟아지는 필체는 무척이나 정갈하면서도 깔끔했다. 이것은 김 도령의 필체가 아닌, 의녀 김언지의 필체였다. 그나저나 아무리 용을 써도 오늘은 여기서 날밤을 새워야 할 것 같았다. 그러니 허지에게 늦지 말고 집으로 가라고 얘기해 줘야 하는데. 안 그럼 어머니께서 또 속을 무지 썩이실 테니까.

결국, 언지는 다시금 붓을 내려놓고서 자리에서 일어섰다. 잠깐 요기도 좀 하고. 정신도 좀 차리고…….

"언니!"

하지만 그러기도 전에 허지가 집무실 문을 열고서 고개를 쏙 내밀었다.

"여기 있었네."

"나 여기 있는 거 어떻게 알았어?"

"의녀님들이 말씀해 주셨어. 언니, 오늘 여기 하루 종일 박혀 있다면서? 대체 무슨 일이야? 여기 새 의학교수님 집무실 아니야?"

소문이 돌고 있는 건가. 그저 단순히 일을 도와주는 정도의 소문이겠지? 그 이상도, 이하도 돌아선 안 돼.

"뭐, 그냥 문서 정리하는 거야."

허지는 그녀가 정리하던 문서를 슬쩍 살펴보았다. 언제 보아도 언니의 필체는 무척이나 깔끔했다. 물론 김 도령의 필체는 이보다 더 화려하고 예뻤지만.

"아무튼, 이거 정리 때문에 오늘은 날밤을 새워야 할 것 같아. 너라도 먼저 집에 들어가서 어머니한테 말 좀 잘해 줘."

"어? 언니, 오늘 집에 안 들어가?"

"응. 그럴 것 같아."

아직도 방대한 문서가 그녀의 발목을 붙잡고 있었다. 언지는 어쩐지 이젠 초월한 듯한 헛웃음이 밀려들었다.

"그럼 어쩌지? 나도 오늘은 좀 늦을 것 같은데."

"왜? 무슨 일 있어?"

"오늘 초학의녀들 전부 혜민서에 남아 있어야 해. 조 의관 나리께서 부르셨거든."

"이렇게 늦은 시각에 초학의녀들 전부?"

"응. 무슨 일인지는 나도 모르겠어. 그나저나 언니는 새 의학교수님은 본 거야? 어때? 괜찮은 사내야? 오늘 하루 종일 혜민서에 새 의학교수님 얘기밖에 없었어. 그래서 말인데, 언니. 우리 이번 새 신작…….”

하지만 언지는 허지의 말이 들리지 않았다. 지금 시각이 얼마나 되었지? 날은 이미 어둑해졌고. 이런 시각에 의관. 아니, 분명 의관들일 것이다. 의관들이 초학의들을 전부 남게 했다는 건.

“언니, 내 말 듣고 있어!”

“응? 아, 뭐라고?”

“새 의학교수님 말이야. 어땠냐고!”

“아, 그 호색한…….”

자, 잠깐. 좌상 대감댁의 도령. 그런 사람이 혜민서로 들어왔다. 그런 사람을 의관들이 가만히 둘 리가 없잖아! 그렇다는 건.

“허지야, 너 지금 당장 집에 가.”

“뭐? 무슨 말이야. 아까 말했잖아. 의관 나리께서 찾으신다고.”

“그거 내가 대신 갈 테니까, 넌 당장 집으로 돌아가. 집에 어머니 혼자 계시게 할 순 없잖아.”

“그렇지만.”

“난 어차피 여기 일 마무리하고 가야 하니까 내가 대신 갈게. 너 지금 바로 집으로 가. 곧장.”

어쩐지 뭔가 이상해 보이긴 했지만, 허지는 하는 수 없이 그러겠다고 말하고서 집무실을 빠져나갔다. 잠시 후, 언지는 주먹을 꽉 움켜쥐고서 밖으로 나와 혜민서 앞마당 쪽으로 향했다. 역시나 그곳에 초학의녀들이 전부 모여 있었다. 그리고 잠시 후, 조 의관이 아닌 다른 의관이 그녀들의 앞으로 걸어왔다. 이미 의관복을 벗어 내고 값비싼 비단을 휘두른 그의 모습에 언지는 저도 모르게 욕이 목구멍 끝까지 차올랐다.

“다 모였느냐?”

“예.”

“허면 지금부터 너희들은 나와 같이 홍와여림으로 갈 것이다. 새 의학교수님이 오신 건 이미 다 알고 있겠지? 그냥 의학교수가 아닌 좌상 어른의 자제분이시다. 알아서 잘들 모셔야 할 것이야."

그리고 예상했던 말이 흘러나오니, 입술이 저절로 싸늘한 곡선을 이루었다. 어떤 관직이든 그런 자리에 앉은 자들의 머릿속은 하나같이 똑같았다. 어떻게 하면 더 높은 곳으로 갈 수 있을까. 어떻게 하면 튼튼하고 값비싼 동아줄을 잡을 수 있을까 하는. 그런 자들에게 좌상이라는 엄청난 동아줄이 내려왔으니, 어떻게든 연을 맺으려고 안달을 하겠지. 발정 난 수캐 마냥. 그리고 그러한 수캐의 희생양으로 저 어린 의녀들이 필요한 것이다.

의녀들을 다른 이름으로는 약방 기생이라고도 불렀다. 기생들처럼 몸을 파는 건 아니지만, 그들의 장단에 맞추어 술을 따르고 웃음을 흘리는 것. 그것이 여인으로서 의술을 하는 것에 대한 한계였고, 천하디천하다 손가락질받는 이유이기도 했다.

홍와여림을 향해 움직이기 시작한 의녀들 틈으로 언지가 조심스럽게 파고들어 갔다. 이런 일을 허지에게 하게 할 수는 없었다. 물론, 그렇다고 자신 역시 쉽사리 그들이 원하는 대로 웃음 흘리며 놀아줄 생각은 눈곱만큼도 없었지만.

'하여튼 그 망할 의학교수. 아주아주 악연이야. 질긴 악연이라고!'

조 의관을 따라 홍와여림으로 들어선 겸은 이곳으로 오는 내내 입바른 소리를 하는 그를 그저 넉살 좋은 미소를 띠며 지켜보았다.

"자, 자. 여기입니다. 어서 들어가시지요."

조 의관이 고개를 숙이며 안내한 곳은 홍와여림의 큰 너울터로, 그중 최고의 명당자리였다. 갖가지 진귀한 음식이 눈이 휘둥그레질 정도로 펼쳐져 있었고, 혜민서에 난다 긴다 하는 의관들이 죄다 모여 고작 새 의학교수 하나를 반겨 주고 있었다.

이런 걸 눈앞에서 직접 보니 새삼 자신이 좌상 대감의 아들이라는 사실이 몸소 실감이 되었다. 지금까진 벼슬 근처에도 가지 않았고, 만나는 사람이라 봤자 영이가 고작이었으니.

"어서 오시오, 허 교수."

"이리 오시게. 오늘 술맛이 아주 좋으니!"

나이가 많고 적은 의관들이 서로 겸을 데려가려고 안달을 했지만, 겸은 대충 가운데에 능청스럽게 자리를 잡고 앉았다.

"이거 이렇게 환대해 주시니, 참으로 감사합니다."

"아닐세, 아닐세. 당연히 맞아 주어야 하는 것을. 이번에 처음 벼슬길에 올랐다 하였지? 혜민서 일이 그리 만만하지는 않겠지만, 걱정 말게. 우리가 다 알아서 해 줄 테니. 게다가 좌상 대감께서 계시는데 무슨 걱정이겠는가?"

"하하, 그렇지요. 아버지께서 제 걱정을 많이 하시는데. 의관님들이 잘 챙겨주신다 하니, 시름을 좀 더시겠습니다. 제가 잘, 아주 잘 말씀드리도록 하지요."

"이거, 고맙네! 자, 어서어서 마시게. 뭐하는가!"

겸은 그들이 주는 술을 넙죽넙죽 마시면서 그들이 원하는 대답을 아주 쭉쭉 해 주었다. 그렇게 분위기가 아주 물 흐르듯 흐르면서 황복은 그 모습에 괜한 걱정을 하였다 싶었다. 역시. 제아무리 좌상 대감의 아들이라고 해도 아직 머리에 피도 안 마르고, 이쪽으론 영 숙맥이라 살살 구슬리기가 쉬울 것 같았다. 이렇게만 가 준다면 좌상 대감의 눈에 드는 건 시간문제. 이 지긋지긋한 혜민서를 벗어나 내의원으로. 아니지, 수의 영감의 직속으로도 갈 수 있을지 모른다.

'흐흐흐, 아주 넝쿨째 봉이 들어왔구나!'

겸은 빈 술잔에 술이 들어 있는 척을 하면서 날카로운 시선으로 한 명, 한 명을 꿰뚫어보았다. 사실 여기서 저들의 장단에 맞춰 주면서 시간 낭비를 하는 이유는 따로 있었다.

제조 윤주석에 대한 정보. 사실, 오늘 혜민서의 제조를 만날 생각이었는데 현재 그가 혜민서를 비운 채 궐에 입궐해 있다며 헛걸음을 치고 말았다. 혜민서의 제조 윤주석. 예전 내의원에서 수의(首醫)를 맡았던 자로서, 차선대군과 사돈 관계를 맺고 있는 자였다. 선왕이었던 이헌이 승하한 이후, 책임을 지고 죽어야 마땅했지만 차선대군의 호의로 혜민서 제조로 가게 되었다. 분명 선왕에게 죽음의 비밀이 있다면 가장 의심스러운 자였다.

'뭐, 이렇게 쉽게 얻은 정보면 별 가치가 없을지도 모르지만. 그래도 사람 일은 모르는 법이지.'

어느새 경쾌한 가야금 소리에 맞춰 덩실덩실 춤을 추기 시작하는 의관들 사이로 그는 자신의 봉이 되어 줄 자를 열심히 찾아보았다. 그때, 누군가 그의 술잔에 술을 따라 주었다.

"아이고, 술잔이 비셨습니다."

"의관님의 술을 기다린 모양입니다."

그의 옆으로 나타난 것은 조황복이었다. 처음부터 바로 제 옆에 앉지 않은 것은 아마도 때를 노린 듯싶었다. 생각보다 머리가 없는 자는 아닌 듯했다. 그렇다면 이자를 한번 찔러볼까?

황복은 자신이 따라 주는 술을 순진하게 받아 마시는 그를 보며 살짝 풀어진 미소를 지었다. 그렇게 어느 정도 주거니 받거니를 하던 겸은 슬쩍 술잔을 내려놓으며 살며시 운을 띄웠다.

"이렇게 좋은 날에 제조 영감께서도 함께 자리했다면 좋았을 텐데요."

그의 입에서 제조 영감이 튀어나오자 황복은 살짝 굳어진 표정을 지었다. 사실 황복은 제조 영감을 썩 좋아하지 않았다. 그 늙은이 뒤에 차선대군이라는 든든한 빽이 있다는 사실을 알고서 그 동아줄을 잡아 볼까 싶어 접근했다가 아주 호되게 망신을 당한 적이 있었기 때문이다.

때문에 황복은 혹여나 이 순진한 녀석이 제조 영감의 손아귀에 들어갈까 싶어 살짝 조바심이 난 목소리로 입을 열었다.

"그러게 말입니다. 하필이면 이런 날에 내의원에 가시다니."

"그곳에 자주 가십니까?"

“뭐, 가끔 가십니다. 사실 우리끼리라 하는 말이지만 자주 가셔서 뭐가 좋겠습니까? 말은 안 하셔도 속이 굉장히 쓰릴 것입니다.”

“무엇이 말입니까?”

겸이 황복의 빈 잔에 술을 따라 주면서 대수롭지 않은 듯 물었지만, 이미 신경은 그의 말 한마디에 전부 쏠려 있었다.

“아, 모르실 만하시겠네요. 지금 내의원의 수의가 누군지 아십니까?”

지금 내의원의 수의? 지금 내의원의 수의라면 꽤 젊은 자라고 들었는데.

“문인수라고, 제조 영감의 제자였던 의관이었습니다.”

“제조 영감의 제자라고요?”

뭐야. 또 이렇게 엮여 있는 거야?

“예. 꽤 실력이 출중하다고 들었지요. 그래서 제조 영감께서 수의였던 시절에 양자로 거두었지요. 선왕 전하께서 승하하신 후, 영감께서 혜민서로 물러나시고 곧바로 내의원 수의가 되었는데 그 당시 꽤나 놀라웠죠. 나이가 꽤나 젊었는데, 그 누구도 수의가 되는 것을 반대하지 않았으니까요.”

내의원 수의의 자리가 어디 보통 자리던가? 삼의사인 내의원, 전의감, 혜민서. 그중 으뜸인 내의원의 최고 수장의 자리였다. 아무리 실력이 출중하다고 하지만 젊은이가 수의에 오르는 데 그 누구도 반대하지 않았다는 건, 처음부터 의도했던 일이라는 것이다. 윤주석 혼자의 힘은 아닐 것이고. 아마 차선대군의 입김이었겠지. 그럼 뭐야. 결국 차선대군이 삼의사 전체를 잡고 있는 거나 마찬가지잖아? 이거, 어린 주상 전하의 목숨이 차선대군 손바닥 위에 있는 거나 마찬가지군.

생각보다 심각한 상황에 겸의 표정이 차갑게 굳어졌지만, 이를 눈치채지 못한 황복은 계속해서 입을 나불거렸다.

“아무리 제자라고는 하지만 그래도 제 자리를 꿰차 버린 건데. 그 속이 좋겠습니까? 하긴, 목숨을 건진 것만 해도 대단한 일이긴 하죠. 아무리 차선대군께서 뒤에 계시다고는 하나 선왕 전하의 일이니. 언제 어떻게 다시 터질지도 모르고…….”

황복은 은근슬쩍 겸에게 겁을 주었지만, 겸은 그런 그를 신경조차 쓰지 않고 있었다. 생각보다 차선대군이 궐 안 깊숙이 제 사람들을 심어 둔 상태. 그것도 주상 전하의 목숨을 다루는 내의원이라니.

'서둘러 이 사실을 전하께 고해야 하는데.'

어쩐지 겸의 신경이 다른 곳으로 간 것 같자, 황복은 화제를 돌리기 위해 의관들과 은밀한 눈빛을 주고받으며 텅 빈 술병을 내려놓았다.

"이거, 이렇게 술만 마시기 심심하지 않으십니까?"

어쩐지 주변으로 음악소리가 멎고, 의관들의 춤 놀이도 끝이 난 듯싶었다. 솔직히 겸은 이 정도면 어느 정도 챙길 건 챙겼다는 생각이 들었다. 이쯤에서 일어나고 싶긴 한데, 저들은 아직 시작도 하지 않은 거겠지. 게다가 일부러 홍와여림으로 온 이유가 무엇이겠나? 아직까지 기생들을 부르지 않은 것이 더 놀라운 일이었다.

"글쎄요. 그래도 체면이라는 것이 있어서……."

겸이 슬쩍 몸을 뒤로 빼자, 황복은 그럴 줄 알았다는 표정으로 고개를 가로저었다.

"홍와여림의 기생들이 아닙니다. 혜민서에 새 의학교수께서 오셨으니, 의녀들과도 친하게 지내는 것이 좋지 않을까, 해서 자리를 마련한 것입니다."

의녀라는 말에 그의 입꼬리가 부드럽게 올라갔다. 의관들은 그리 보였겠지만, 무척이나 냉랭하기 그지없는 시선이었다.

"아, 의녀들 말입니까? 뭐, 안면을 트고 지내는 것도 나쁘진 않겠지요."

황복은 그의 말이 떨어지자마자 의녀들을 불러들였다. 그러자 홍와여림의 기생들이 오는 건지 의녀들이 오는 건지 알 수 없을 만큼, 하나같이 야릇한 옷을 입은 초학의들이 조금만 움직여도 슬쩍슬쩍 드러나는 맨살을 가리며 창백하게 굳어진 낯빛으로 들어서고 있었다.

정녕 저리 꾸며 놓으니, 기생들과 다를 것이 없었다. 그 누가 저들을 의녀라고 보겠는가. 아무리 혜민서 의녀들이 약방 기생이라고 불린다고는 하나, 이런 하급 의관들이 마음대로 좌지우지하다니…….

그때, 냉랭하게 가라앉은 그의 시선이 한곳에 사로잡혀 가볍게 떨려 왔다. 자신의 집무실에서 밤새 케케묵은 문서들과 뒹굴고 있어야 할 그녀가 초학의들과 함께 이곳으로 들어서고 있었다. 그것도 의녀 중 가장 꽃다운 웃음을 지으며. 거기다 다른 초학의와 마찬가지로 속이 훤히 보이는 저고리가 그녀의 움직임에 맞춰 새하얀 허리선을 은밀히 보이고 있었다.

떨리던 그의 눈에 어느새 기막힘과 동시에 힘이 들어가고 있었다. 대체 저 여인이 왜 여기에 있는 것인가? 벌써 그 엄청난 문서를 다 했을 리는 없고. 게다가 초학의도 아니면서 여기는 대체 왜!

겸은 저도 모르게 손아귀에 힘이 들어가 술잔을 꽉 움켜쥐며, 사뿐사뿐 걸어가는 그녀의 뒷모습을 연신 눈으로 좇았다. 그리고 그러한 그의 시선을 언지 역시 느낄 수 있었다. 그녀 역시 이곳으로 들어서자마자 바로 겸을 발견할 수 있었으니까. 늙은 의관들과 그저 그런 의관들 사이에 앉아 있는 그의 모습은 군계일학마냥 눈에 띄지 않으려야 않을 수가 없었다.

'잘난 놈은 어딜 가도 잘난 놈이네. 역시 이 연회는 저자를 위한 거였어. 어쩜 속이 이리 뻔히 보이는지.'

언지는 술병 하나를 쥐고서 대충 아무 의관 옆에 자리를 잡았다. 하지만 본능적으로 그와는 조금 멀리 떨어진 자리였다. 그런데 왜 자꾸 날 쳐다보는 거야? 설마 시킨 일 다 안 하고 여기 있다고 노려보는 거야? 지금 누구 때문에 이 고생을 하고 있는데!

그녀는 그의 따끔따끔한 눈초리에 옆통수가 화끈거렸지만, 결코 고개를 돌리지 않았다. 이제부터 어떻게든 자연스럽게 여길 빠져나가야 하는데…….

"아니, 넌 김 의녀 아니냐? 초학의도 아닌 네가 여긴 어쩐 일이냐?"

언지는 너무나도 낯익은 의관의 목소리에 움찔하며 설마 하는 시선으로 이제야 제 옆에 앉아 있는 의관을 확인했다. 그리고는 저도 모르게 욕설이 튀어나올 뻔했다.

"나, 나리. 여기 계셨습니까?"

"그래. 헌데 정말 네가 어쩐 일이냐? 뭐, 하기야 그게 무슨 상관이겠느냐. 반갑구나, 우리 언지."

순간, 소름이 쫙 피어올랐다. 우리 언지? 우리 언지? 대체 언제부터 내가 저 호색한 의관의 언지가 된 건지! 젠장. 아무리 급해도 사람 가려 앉아야 했거늘. 하필이면 자신이 가장 싫어하는 의관 나리였다. 그것도 혜민서에서부터 항상 야릇한 시선으로 저를 희롱했던 나잇값도 못하는 호색하디호색한 영감탱이!

"저, 저도 반갑습니다, 나리."

언지는 자꾸만 슬금슬금 제 엉덩이 쪽으로 다가서는 그의 손길에 흠칫하며 얼른 빈 술잔을 들어 그에게 건네주었다.

"일단 술부터 받으십시오."

의관은 닿을 듯 닿지 않는 손길에 영 아쉽게 입맛을 다시며 술잔을 받아 들었다.

"오냐, 한잔 따라 보거라. 네가 따라 주는 술인데. 얼마나 달콤하겠느냐."

늙은 의관의 축 늘어진 입술이 괴상망측하게 휘어 오르고 있었고, 언지는 온몸으로 돋아나는 소름을 꾹 누르며 미리 준비해 둔 술을 따라 주었다.

"어서, 어서요."

간드러지는 목소리와 재촉하는 손길에 의관은 헤벌쭉해진 표정으로 별다른 의심 없이 술을 냉큼 비웠다. 그러자 언지의 눈꼬리가 반짝하고 빛이 났다. 사실, 그녀가 미리 준비해 둔 이 술은 그 어떤 술보다 빨리, 그것도 몸도 가누지 못할 정도로 거나하게 취하게 하는 약초가 들어 있었다.

어떻게든 오늘 일이 기억도 나지 않을 만큼 취하게 만들어서 슬쩍 빠져나가 김 도령으로 분한 다음 내뺄 작정이었다. 그러니까 얼른얼른 마시라고! 게다가 이상하게 의학교수가 신경에 거슬렸다. 왠지 모르게 무섭다고 해야 하나? 얼른 여기를 빠져나가고 싶다고!

"크, 역시 술맛이 죽이는구나."

"나리, 술잔이 어찌 비셨습니까."

혹여나 또 딴마음을 품을까 봐 언지는 부지런히 술을 따랐지만, 이 영감이 술은 뒷전이요, 자꾸만 제 옆으로 바짝바짝 다가오기 시작했다.

"내 네가 혜민서에 왔을 때부터 눈여겨보았느니라. 어찌도 이리 고운지. 의녀를 하기엔 너무 아까운 외모지 않느냐. 네년 때문에 내가 아주 죽을 것 같구나."

그래, 죽기는 죽었네. 성치 않은 아랫도리가 아주 폭삭 죽었어. 그런 몸뚱이를 얻다 들이밀어!

"나리, 어서 술잔을 비우십시오. 제가 술을 더 드리고 싶습니다."

"술이 문제더냐? 네가 내 옆에 있는데. 술보다 더 단내가 나는구나."

하지만 이미 의관은 술에 관심을 거둔 지 오래였다. 어느새 그의 손이 그녀의 허리를 감싸며 질퍽이는 목소리가 언지의 발목을 붙잡았다.

"어떠냐? 의녀 따위 관두고 내 옆으로 오는 것이. 매일 밤마다 내 너를 아주 어여삐 여겨 줄 것이다."

언지는 의녀고, 나발이고 저놈의 손모가지를 똑 분질러 버리고 이런 상황에서도 힘조차 내지 못하는 그의 아랫도리를 확 걷어차, 아예 사내구실도 못 하게 만들어 버리고 싶었다. 정녕, 정녕 그리하고 싶지만!

'그래, 똥이 무서워서 참냐? 더러워서 참지!'

언지는 살며시 옆으로 움직이며 영감의 손을 어떻게든 떼어 내려고 용을 썼다.

"나리, 그러지 마시고 일단은 술부터……."

"에잉, 술은 무슨 술이냐. 일단 너부터……."

영감의 손이 아주 과감하게 그녀의 허리선을 타고 오르기 시작했고, 이 더러운 짓 더는 못 참겠다 싶어 손가락 하나를 확 잡아 꺾으려는 순간!

"나리께서 싫으시다면, 제가 대신 그 의녀의 술잔을 좀 받아도 되겠습니까?"

어느새 가까이 다가온 겸의 목소리가 그녀 대신 의관의 손목을 꺾어 냈다. 언지는 너무나도 뜻밖이라 놀란 눈동자로 고개를 들어 그를 올려다

보았지만, 겸은 그런 그녀의 시선을 외면한 채 여전히 그녀의 허리를 잡고 있는 의관의 손모가지만 차갑게 노려보고 있었다.

갑작스런 상황에 언지를 잡고 있던 의관도 어안이 벙벙하여 움직임을 멈추었다. 그도 그럴 것이 이제야 언지가 준 술의 약발이 돌기 시작하는지 머릿속이 꽉 막혀 버린 듯했다. 하지만 겸은 그런 그를 기다려 주지 않고선 의관의 손을 꽉 움켜쥐었다.

"일단 그 손부터 놓으시고 말입니다."

"아, 아! 그러시게. 내가 좀 거하게 취했나?"

의관은 마른침을 꿀꺽 삼키고선 비틀거리는 걸음으로 자리에서 일어섰고, 겸은 그 모습을 잠시 바라보다 이내 언지의 옆에 털썩 주저앉았다. 그녀는 그런 그의 옆모습을 물끄러미 바라보았다. 설마, 멀리서 계속 날 보고 있었던 건가? 그래서 날 도와주려고 일부러…….

그때, 그녀의 코앞으로 겸이 술잔을 내밀었다.

"뭐하느냐? 어서 따르지 않고."

"예?"

"아까 듣지 못했느냐? 네 술 한번 받아 보겠다고."

"아, 예."

언지는 얼른 그의 술잔을 채워 주었다. 그래, 내가 미친년이지. 날 도와주려고 했다고? 어림 반 푼어치도 없는 소리였지! 내가 쉰 생각을 했어, 했다고!

겸은 그녀가 따라 준 술을 단숨에 비웠다. 그러곤 다시금 그녀에게 술잔을 건네면서 입을 열었다.

"혜민서에서 내가 시킨 일은 다 하고 여기 있는 것이냐?"

"물론!"

"……."

"다 할 것입니다. 걱정 마십시오. 약속한 날짜 안에 꼭 끝낼 것입니다."

"훗, 내 분명 내일이라 했다."

"알고 있습니다."

"네가 잘못 알고 있는 것 같아서. 그렇지 않고서야 여기서 이리 노닥거릴 리가 없는데 싶어 걱정이 되더란 말이다."

"저 같은 것도 이리 살피고 걱정해 주시니 감사합니다. 하지만 걱정 마십시오. 꼭 다 할 것입니다. 꼭!"

역시나 한 마디도 지지 않는 그녀의 모습에 겸은 저도 모르게 입가로 미소를 흘렸다. 이곳으로 와서 처음으로 스치는 봄바람 같은 미소였다. 그리고 그 미소에 언지는 움찔하며 저도 모르게 잡고 있던 술병을 놓쳐 버릴 뻔했다.

하여튼 가벼워. 가벼운 저 웃음에 넘어가선 안 돼! 실체는 완전 좀생이라고, 좀생이. 그나저나, 술병이 비어 버렸다. 근처에는 없는 것 같고. 계속 마실 건가? 나도 지금 이러고 계속 있을 수는 없는데…….

겸은 언지가 따라 준 술잔을 멍하니 바라보다 슬쩍 고개를 옆으로 돌렸다. 주변으로 온갖 향긋한 분내가 느껴졌지만, 그는 그녀에게서 맴도는 알싸한 약초향이 더 달콤하게 느껴졌다.

하지만 조금만 움직여도 슬쩍슬쩍 드러나는 겨드랑이 아래 하얀 속살과 야릇한 실루엣이 눈에 거슬렸다. 저런 복색을 하다니 정신머리가 있는 거야, 없는 거야? 어쩐지 다른 의녀들보다 더 짧은 것 같기도 하고. 게다가 더 야릇해 보이기도 하고.

겸은 저도 모르게 얼굴이 열기로 화르르 달아올랐다. 술이 돌기 시작한 건가? 뭐가 이리 답답하지? 왜 이렇게 짜증이…….

"술병이 비었습니다. 잠시 밖에 나가서 구해 오겠습니다."

언지는 이 틈에 빠져나가 다른 방법을 모색할 작정이었다. 하지만 그녀가 자리에서 일어서려는 순간, 그가 다짜고짜 손목을 잡고서 아래로 끌어당겼다. 그리고는 언지가 일부러 아래에 숨겨 두었던 술병을 꺼냈다. 잠깐, 저건 마시면 안 되는데. 저걸 마시면 완전 골로 가 버릴 텐데! 아무리 가볍고 호색한 자라지만. 그래도!

"여기 술이 있는데, 굳이 나갈 필요가 있겠느냐?"

"하, 하지만 그 술은."

마시면 안 되는데!

"아니면 그 너풀너풀한 옷을 입고 사방팔방 사내들 눈에 띄려고 일부러 그러는 건가?"

"예?"

그게 무슨 소리야. 사내들 눈에 띄려고? 내가? 내가 왜? 그렇게 안 해도 사내들이 죄다 나만 따갑게 쳐다보고 있어서 어떻게 도망가야 하나, 미치겠는데!

겸은 스스로 술잔에 술을 채워 단숨에 마셨다. 그녀가 움직일 때마다 속이 끓어올랐다. 하지만 술을 마시니 이젠 온몸이 타올랐다. 젠장, 더는 안 되겠다. 어제오늘 마셔 댔더니, 몸이 버티질 못하는 것 같았다. 그런 상황에서 저 여인이 팔랑팔랑 돌아다니니, 머리가 더 깨질 듯 아팠다. 눈앞에서, 눈앞에서 치워야 해.

"신체발부 수지부모(身體髮膚受之父母)."

"……."

이왕 이렇게 된 거, 상대가 바뀌긴 했지만 처음 계획대로 술에 잔뜩 취하게 해서 빠져나가려고 했더니, 그가 갑자기 뜬금없는 말을 내뱉었다. 슬슬 취하기 시작한 건가? 그런데 갑자기 효경은 왜?

"신체와 터럭과 살갗은 부모에게서 받은 것이다. 결국, 부모에게서 물려받은 몸을 소중히 여기는 것이 효도의 시작이다. 해서 네 외모 역시 소중히 여긴다, 그리 말했던가?"

어쩐지 그의 목소리에 비아냥거림이 섞인 듯했다. 저번처럼 턱을 괴고서 저를 빤히 보는 시선에 언지는 또 무슨 말을 해서 속을 뒤집어 놓을지 몰라 살짝 긴장된 마음으로 미소를 지었다.

"헌데, 어찌?"

"아, 해서 지금은 네 외모를 귀히 여겨 이러고 있는 것인가? 너는 홍와여림의 기생들과 다르다 하였지만, 지금 이 모습이 무엇이 다른 건지 모르겠군."

또 서서히 신경을 건드리기 시작했다. 저번부터 궁금한 건데. 이자는 왜 자꾸 내 외모를 걸고넘어지는 거지? 내 어디가 뭐가 마음에 안 들어서!

"취하셨습니까?"

취했으면 곱게 그냥 뻗으라고!

하지만 겸은 그런 그녀의 말을 무시한 채, 손을 뻗어 그녀의 어깨를 붙잡았다. 반쯤 잠긴 눈. 슬쩍 달아오른 홍조. 거기다 움직임도 굉장히 느렸다. 그래서 그런가? 나도 모르게 몸이 바짝 긴장했다.

"살결이 훤히 보이는 그런 옷. 사내의 손길이 조금만 닿아도 스르르 풀려 버리는. 아니면, 혹 기다린 것인가? 이런 것을."

그때, 그의 손길이 그녀의 동그란 어깨선을 타고 흘러내리는가 싶더니 이내 잘 매어진 옷고름을 잡으며 아래로 스르르 풀어 버렸다. 그의 손가락에 휘감겨 힘없이 저고리 자락이 펄럭였다. 순간, 언지의 얼굴이 하얗게 변해 갔고, 겸은 슬쩍 고개를 들어 매섭게 눈을 번뜩였다. 이, 이 호색한 자가 드디어 정녕 미쳤는가! 더는, 더는 못 참는다. 젠장!

짜악.

언지의 손에 쥐어졌던 술병이. 상대방을 골로 보내기 위해 만든 비장의 술이. 겸의 머리 위로 차갑게 쏟아져 내렸다. 뭐, 의도와 다르긴 해도. 골로 보내긴 보냈네.

"송구합니다, 교수님. 손이 미끄러져서 말입니다. 헌데 교수님께서도 손이 미끄러진 모양입니다. 제 옷고름이 이리 풀어졌으니."

"……."

"그러고 보니, 여기 손이 미끄러진 의관 나리들이 참 많으십니다. 옛말에 이런 말이 있었지요. 암탉이 울면 집안이 망한다. 하지만 그건 틀린 듯합니다. 보아하니, 여기선 암탉이 울어야 집안이 잘되는 것 같아서 말이지요."

결국, 저질러 버렸다. 이 망할 성격. 언젠가는 이 성격 때문에 네년 목숨이 왔다 갔다 할 거라고, 용한 무당이 그런 적이 있었는데. 하지만 속은 시원하네. 그래, 성격대로 살아야지. 안 그러면 화병 걸려 저세상 갈지도.

삽시간에 찬물을 끼얹은 듯, 웅성거리던 목소리가 뚝 끊겨 버렸다. 그 누구 하나 먼저 이렇다 입을 열지 못한 채 얼어 버린 그 순간에, 유일하게 당사자인 겸은 고개를 숙인 채 제 머리에서 뚝뚝 떨어지는 술을 가볍게 털어 냈다. 그러곤 슬그머니 미소를 지었다. 차가운 웃음이 아닌. 진짜로 그냥 웃는 그런 미소.

그 누구도 보지 못했지만 바로 앞에 있던 언지는 그 미소를 볼 수 있었다. 대체 뭐야. 왜 웃는 거지? 너무 화가 나서 실성을 해 버렸나? 하긴 웃는 게 더 무서운 사람이니까. 하지만 그는 아주 짧게 속삭였다. 언지만 들을 수 있게. 정말 제대로 들은 게 맞나 싶을 정도도 어이없는 한마디.

"잘했다."

잘했다고? 대체 뭘? 정말 머리가 어떻게 된 거야?

하지만 겸은 그 누구보다 정신이 멀쩡했다. 오히려 아까보다 더 개운해진 느낌이었다. 절대 그냥은 안 넘어갈 거라 예상은 했지만, 이런 식으로 아주 통쾌하게 명분을 만들어 줄 거란 생각은 못 했다.

그래도 고작 의녀일 뿐이고, 제 목숨줄을 쥐고 있는 의관들이 바로 코앞에 있는데. 저런 걸 정녕 용감하다고 해야 할지, 아니면 무모하다고 해야 할지. 아무튼, 이젠 자신이 저 여인의 위태로운 목숨줄을 잡아 줄 차례였다. 분명 의관들은 펄쩍 뛸 테고.

"네, 네년이 감히! 의녀 주제에!"

분명 실수를 하게 될 테니까. 그 실수를 잘 이용해서.

'어디 한번, 제대로 놀아 볼까?'

제3장 의외의 모습

"네, 네년이 감히! 의녀 주제에!"

넋을 놓고 있던 황복이 먼저 정신을 차리고선 언지를 향해 달려들었다. 맞을까? 맞으려나? 젠장. 그래, 때려라, 때려! 내 꽃다운 얼굴이여, 당분간 안녕이다.

언지는 피할 생각 없이 천천히 자리에서 일어나려고 했지만, 이번에도 겸이 그녀의 손목을 아래로 잡아당겼다. 그러곤 그녀 대신 일어나 옆에 벗어 두었던 도포를 그녀의 머리 위로 던지고선 황복의 앞을 가로막았다.

그제야 언지는 지금 제 꼴이 얼마나 망측한지 깨닫고선 그가 준 도포로 대충 몸을 숨겼다. 그리고 제 앞에 든든하게 막아서고 있는 그의 뒷모습을 바라보았다. 아까부터 자꾸 도와주고 있다는 느낌이 드는 건 착각일까? 아니면 정말 도와주는 거? 그렇다면 대체 왜?

언지에게 달려가던 황복은 갑자기 겸이 자신의 앞을 가로막자 끓어오르던 화를 억누르며 입을 열었다.

"괜히 저런 년 때문에 좋았던 술자리를 망쳤습니다. 제가 알아서 할 테니, 너무 신경 쓰지 마십시오."

"너무 그러지 마십시오. 아무래도 제 실수 같으니 말입니다. 제가 취기가 돌아 그만 해서는 안 될 짓을 한 것 같습니다."

언지는 겸의 말에 영 믿지 못하겠다는 눈초리를 띠었고, 그 역시 그녀가 지금 어떤 표정을 짓고 있을지 짐작은 갔지만 시선을 황복에게서 떼지 않았다. 지금부터가 무척이나 중요하니까.

"아닙니다! 이년이 잘못한 것이지요. 고작 의녀 주제에 분수를 모르고! 오히려 예쁘게 봐 주면 감사하다 생각할 것이지."

황복은 겸의 눈치를 보면서 뒤에 있는 언지를 노려보며 외쳤다. 굉장히 의기양양한 기색이 역력했다. 하지만 겸은 적당히 웃고 있던 미소를 얼굴에서 지워 버렸다.

"제가 예뻐해 주었다라……. 그건 좀 말이 이상합니다."

순간, 황복과 더불어 이 자리에 있던 의관들도 살짝 몸을 움찔했다. 아까까지만 해도 서글서글했던 표정이 삽시간에 싸늘해지면서 입꼬리가 비릿하게 휘늘어졌다. 그리고 그런 표정을 정면으로 바라보고 있는 황복은 저도 모르게 마른침을 꿀꺽 삼켰다. 자신이 무슨 말을 잘못한 건가? 아니 그것보다, 저보다 나이도 어린 것 같은데 등골이 오싹해질 정도로 기백이 매서웠다.

하지만 언지에겐 별 놀라운 일도 없었다. 처음부터 저런 사람이라는 걸 알고 있었으니까. 모르고 덤벼든 의관들이 멍청한 거지. 아무리 봐도 그저 그런 의학교수는 아닌 듯했다.

"저, 저기……. 제 말뜻을 오해하신 것 같은데……."

"의녀들을 이곳으로 부른 이유가 단순히 안면을 익힌다는 명분은 아닌 듯합니다. 그렇지 않고서야 어찌 제 눈에는 여기 있는 의녀들이 의녀가 아니라 기생들처럼 보이는지 모르겠습니다. 조금 전 제가 취기로 이 의녀에게 무례를 범하였는데, 순간 제 눈에 이 의녀가 의녀가 아닌 기생인 줄 알았습니다. 그만큼 의녀들이 입기엔 옷이 너무 과한 것이 아닙니까?"

한 마디, 한 마디가 떨어질 때마다 마치 살얼음판을 걷듯, 공기가 위태롭게 흔들렸다. 그저 그런 양반댁 도령이라 생각한 것이 낭패였다.

"누가 보아도 사내들 손길이 저절로 가는 복색 아닙니까. 이런 복색으로 혜민서에 있다가는 병자들이 혜민서를 홍와여림이라 착각하겠습니다. 설마하니 고작 하급 관리들 아랫도리나 충족시켜 주려고 오늘 이 자리에 의녀들을 부른 것은 아니겠지요? 정녕 이 의녀가 말한 대로 암탉이 울어야 하는 그런 자리는 아니겠지요?"

"설마요. 아닙니다. 절대로 아닙니다!"

황복의 말에 다른 의관들도 그런 것이 아니라며 의녀들을 끼고 있던 손을 슬그머니 내려놓았다. 그러자 어느새 겸의 표정도 스르르 풀리기 시작했다. 하지만 이 자리에 있는 이들은 전부 그 모습이 더 무섭다는 생각이 들었다.

"당연히 그렇겠지요. 제가 착각을 한 것일 겁니다. 그게 아니라면 나라에서 뭐 하려고 어렵게 의녀들을 선발하겠습니까? 차라리 홍와여림의 기생 몇 명 의녀로 뽑으면 그만일 테지요."

"그, 그렇습니다. 아무래도 허 교수의 인물이 너무 훤해서 오늘 의녀들이 너무 힘을 준 듯합니다. 이러고 계속 있다가는 오해가 깊어질 것이니, 내보내도록 하겠습니다. 나중에 정식으로 제대로 된 자리를 마련하지요."

황복의 말이 끝나자마자 의녀들은 전부 옷가지를 챙기고서 서둘러 그곳을 빠져나갔다. 언지 역시 천천히 자리에서 일어섰다. 이번엔 그도 그런 그녀를 말리진 않고, 다시금 정중히 사과를 했다. 양반이, 그것도 좌상 대감의 도령이 한낱 의녀에게 이렇게 사과를 하는 일은 없었다.

"다시 한 번 무례를 용서하게."

"아닙니다. 이리 사과를 해 주시고, 신경도 써 주셔 그저 감사할 뿐입니다. 그리고 이게 어디 교수님의 실수이기만 하겠습니까? 의관 나리들의 의도를 제대로 파악지도 못하고 이런 복색을 한 제 잘못이기도 하지요. 하긴, 제가 워낙 가만히만 있어도 눈을 뗄 수 없는 외모인 것도 잘못이지요. 하지만 교수님께서도 너무 신수가 훤하시니, 의녀들이 이리 딴

맘을 품고 이런 일을 벌인 것이 아닙니까. 교수님의 잘못도 있으십니다."

언지는 생글생글 웃으면서 말했고, 겸은 역시 그녀답다는 생각을 했다. 절대로 저 입에서 겸손함은 찾아볼 수가 없지.

그녀는 겸의 어깨 너머로 딱딱하게 굳어 있는 황복에게 살며시 고개를 숙이며 말했다.

"다음에도 이런 일이 있다면, 꼭 나리의 의도를 제대로 파악하고 단정한 복색으로 인사만 드리겠나이다."

"그, 그래. 이만 물러가거라."

"예, 의관 나리."

이 정도의 쐐기는 박아 줘야 한동안 딴생각을 안 품겠지.

그녀는 치맛자락을 살포시 쥐고서 그곳을 빠져나왔다. 이미 의녀들은 뿔뿔이 흩어진 상태였다. 일이 이 정도로 마무리되어 다행이지. 만약 그 자가 나서지 않았다면, 의녀들 중 몇은 의관들과 하룻밤을 지내야 했을지도 몰랐다.

언지는 그가 준 도포를 살짝 열었다. 그러고 보니 그가 풀었던 옷고름도 채 여미지 못하고 있었다. 아마도 일부러 그런 거겠지. 어떤 식으로든 명분이 필요했을 테니까. 그리고 그 명분은 아마도 자신이 만들어 준 듯했다. 그래서 제게 잘했다는 그런 말도 안 되는 말을 한 거였어.

왠지, 그의 손바닥 위에서 놀아난 것 같아 기분이 나쁘긴 했지만. 그래도 의관들에게 확실하게 물 먹일 수 있는 사람은 그 사람뿐이니까.

'완전히 호색하기만 한 자는 아닌 것 같네.'

아무리 그래도 그렇지, 여인의 옷고름을 이렇게 쉽게 풀어 버리다니. 그녀는 슬그머니 붉어진 얼굴을 숨기고서 풀린 옷고름을 단단히 묶고는 서둘러 걸음을 옮겼다.

이미 자리는 엎어져 버렸고, 분위기도 서로서로 눈치를 살피는 분위기가 되어 있었다. 황복은 이 일을 어떻게든 수습해야겠다는 생각에 겸에게 먼저 다가가자, 그가 먼저 굉장히 미안한 표정을 지으며 입을 열었다.

"이거 참, 제가 괜한 착각을 해서 분위기를 전부 망친 것 같습니다."

"아닙니다! 저희가 실수를 했던 것이지요. 그리고 이미 시각도 늦었으니……."

"죄송합니다. 다음엔 제가 거하게 술자리를 마련할 테니 꼭 자리를 함께해 주십시오."

"물론입니다!"

황복은 그렇게 기분 나빠하지 않는 듯한 그의 모습에 안도의 한숨을 내쉬었다. 그래도 이번 일을 만회하기 위해선 다음엔 꼭 실수 없이 그의 환심을 사야만 했다.

겸은 마지막으로 의관들과 인사를 나눈 뒤, 서둘러 그곳을 빠져나왔다. 아직은 혜민서에서 빼내야 할 정보가 있었기에 그 조황복이라는 자와 의관들 사이에 제대로 벽을 두어선 안 되었다. 앞으로도 적당한 밀고 당기기가 필요할 듯했다.

그나저나.

겸은 잠시 주위를 두리번거렸지만, 그 어디에도 의녀들의 모습은 보이지 않았다. 정확히 말하자면 그녀의 모습이었지만.

"그 꼴로 대체 어딜 또 간 거야?"

아까는 어떻게든 눈앞에서 치워 버리려고 했는데, 막상 그 꼴로 사라졌다 생각하니 또 신경이 쓰였다. 여인으로서의 부끄럼이라든가, 조신함까지는 바라지 않더라도 제발 여인이라는 자각으로 조심성은 가졌으면 했다. 물론, 자신이 옷고름을 푼 거긴 했지만.

겸은 한숨을 내쉬며 가까운 곳을 위주로 그녀를 찾기 시작했다. 물론 머리가 썩 나쁜 여인은 아닌 만큼, 자신이 왜 그런 짓을 했는지 눈치챘을 테지만. 그래서 마지막에 그렇게 한 방을 먹였을 테지만.

그래도 그 많은 사내들 앞에서 옷고름을 푼 것은 조금 마음에 걸렸다. 그렇게까지 할 필요는 없었는데. 정말 조금 취했던 건가? 대체 뭐가 마음에 들지 않아 그렇게 심통을 부린 건지.

정각을 빠져나와 홍와여림 안으로 제법 깊이 들어갔지만, 이미 이곳을 빠져나간 건지 역시나 모습이 보이진 않았다. 그때, 담벼락 너머로 인기척이 느껴졌다. 겸은 혹시나 하는 마음에 그쪽으로 걸어갔지만, 이내 고개를 돌려 버렸다.

'이런.'

"요 앙큼한 것. 어찌 이리 애를 태우는 것이더냐."

"아이참, 도련님. 민망하옵니다. 어찌 그리 불기둥을 세우시는지요."

굉장히 젊은 도령이 웬 기생과 낯 뜨겁게 뒤엉켜 있었다. 그 여인 때문에 순간 이곳이 기방이라는 사실을 깜빡했다. 그런데 대체 왜 이렇게 그 여인을 신경 쓰고 있는 거야!

"그래, 알아서 잘 갔겠지. 그 성격에 다른 사내한테 휘둘릴 리도 없고."

겸은 여전히 남우세스럽게 서로를 부둥켜안고 있는 도령과 기생의 뒷모습을 힐끔 쳐다보고서는 얼른 걸음을 돌려 버렸다.

그의 걸음 소리가 점점 멀어지고 이내 주변으로 아무런 인기척도 들리지 않자, 낯익은 목소리가 거친 숨을 토해 냈다.

"푸하! 진짜 들키는 줄 알았네."

겸이 낯 뜨겁게 훔쳐보았던 도령이 숨을 헐떡이며 고개를 쏙 내밀었다. 낯익은 얼굴, 도령치고는 너무나도 꽃다운 외모. 바로 언지, 김 도령이었다.

"어머, 전 굉장히 두근거렸는데. 이렇게 멋있는 도련님이 절 거칠게 안아 주셔서."

"행수님, 그리 놀리지 마세요. 불기둥이라니, 너무 민망스러워서……."

"후훗, 그보다 더한 글로 여인들 애간장을 녹이시면서 그러십니다."

그리고 그런 언지와 함께 뒤엉켜 있던 신월은 장난스럽게 웃음을 내지었다.

"그나저나 저 인간은 왜 여기까지 들어온 거야."

혹시나 중간에 다른 의관들과 부딪힐까, 신월에게 부탁했던 옷을 갈아입고 이왕 온 김에 애령이도 좀 봐 줄 겸 했는데. 갑자기 그를 이렇게 딱 만나게 될 줄은 몰랐다.

"누굴 찾고 있는 것 같은데."

"누굴?"

"글쎄요. 누굴까요?"

신월은 묘한 미소를 띠며 언지를 바라보았고, 언지는 그 눈빛이 왠지 부담스러워 슬쩍 고개를 돌려 버렸다. 하여튼 뭐든 다 알고 있는 듯한 눈빛이야. 내 전부를 꿰뚫어보는 것 같아, 가끔 무섭기까지 하다. 그런데 정말 날 찾고 있었던 걸까?

"……그래도 조금 미안하긴 한가 보지."

언지는 미간을 찡그리며 잠시 고민하다 이내 신월에게 말했다.

"오늘 일은 정말 고마웠어요. 저번 일도 그렇고. 갑자기 부탁해서 당황스러웠을 텐데."

"아닙니다. 아씨께서 저희에게 해 주신 게 얼마인데. 혹, 새 의학교수님께 들키시진 않으셨지요?"

"아, 뭐. 그럭저럭. 오늘 온 김에 애령이도 좀 보고 가려고 했는데. 사실 그것 때문에 일이 있어서……."

신월은 언지를 잠시 바라보다 이내 고개를 끄덕였다.

"신경 쓰지 마십시오. 애령이는 잘 지내고 있으니까. 요즘은 손님을 받는 대신 자잘한 일을 도와주고 있습니다."

"그럼 다행이고요. 언제 한번 꼭 다시 올게요."

"김 도령의 신작도 기대하고 있겠습니다."

언지는 놀리는 듯한 신월의 말에 어색하게 웃고서는 서둘러 걸음을 돌렸다. 일단 홍와여림를 빠져나간 뒤에 옷을 갈아입고 혜민서로 가야 할 것 같았다. 일단 내일까지 끝내겠다고 신신당부를 했으니, 이 손목이 부서지는 한이 있더라도 전부 끝내겠어!

그렇게 옷을 갈아입은 언지는 서둘러 집무실로 향했다. 그 인간이 거기서 날 찾을 리가 없지. 행수께서 이번만큼은 잘못 안 게 분명해. 그래도 혹시나 하는 마음에 천천히 집무실 문을 열었지만, 흔들리는 촛불 너머로 그녀가 하다가 남긴 문서들만 덩그러니 있을 뿐이었다.

"찾기는 개뿔."

그런데 내가 나가기 전에 초를 안 껐던가? 안 껐다기엔 초 길이가 하나도 안 줄어들었는데…….

"이리해서 내일까지 정녕 끝낼 수 있는 것이냐?"

"악!"

갑자기 등 뒤에서 들려오는 사내의 목소리에 언지는 저도 모르게 소리를 질러 버렸고, 겸은 움찔하면서 휘청이는 언지를 붙잡았다.

"뭐, 뭐냐?"

"간 떨어질 뻔했잖습니까! 밤 도깨비십니까? 뒤에 계시면 계시다고 기척을 내야!"

"지금 내고 있지 않으냐?"

겸은 태연하게 입을 열었고, 언지는 그 모습에 기가 막혔다. 이 사내가 여기 있는 게 의아하긴 했지만, 절대로 자신 때문에 여기 있는 게 아닐 거다. 아니, 나 때문이 맞기는 한가? 지금 저 일을 다 할 수 있나, 없나 확인하기 위해서!

"일단 이 손 좀 놔주십시오, 허 교수님."

"넘어질 뻔한 거 잡아 줬으면 먼저 고맙다고 말해야 하는 게 아니냐?"

"네, 고맙습니다. 그러니까 손 좀……."

겸은 순순히 손을 놔주었다. 사실, 이 여자와 티격태격 말을 섞을 정신이 아니었다. 아까는 괜찮았는데, 자꾸만 머리가 멍해지면서 사물이 흐릿하게 보이기 시작했다. 갑자기 취기가 오르는 건가? 하지만 갑자기 왜?

언지는 어쩐지 말이 없어진 그의 모습에 의아한 시선을 띠며 슬쩍 훔쳐보았다. 벽을 짚고 있는 모습이 뭔가 이상했다. 게다가 얼굴색도 좀 달아오른 것 같기도 하고…….

"저기, 교수님 손 좀."

"손은. 놓지 않았나."

"그게 아니라, 아무튼 잠깐."

그녀는 겸의 손을 억지로 끌어다가 맥을 짚었다. 역시, 맥이 꽤나 빠르게 뛰고 있었다. 다른 어디가 아픈 게 아니라…….

'설마 술기운이 이제 돌기 시작한 거야?'

역시. 한 잔만 마셔도 골로 가 버린다는 전설의 독주!

갑자기 제 맥을 짚는 그녀의 모습에 겸은 벽에 어렵사리 몸을 기대고서 입을 열었다.

"해서, 내 상태는?"

"술기운이 도는 듯합니다."

"그래? 어제오늘 너무 무리해서 그런가?"

언지는 그의 손을 내려놓으려다 갑자기 크게 휘청이는 그의 모습에 놀라 온몸으로 그를 받쳐 들었다. 하지만 워낙 저보다 덩치가 큰 사람이라 순간 자신의 다리가 후들거렸다. 젠장! 그냥 뿌리치고 싶은데, 그럴 수가 없는 게 그 독주를 만든 게 나고, 마시는 걸 열심히 말리지 않았잖아!

"교수님, 괜찮으십니까? 교수님! 아오, 좀 똑바로 서 보십시오!"

언지는 필사적으로 그를 받치고 있었지만 무리였다. 뭐가 이렇게 더럽게 무거운 거야!

겸은 저도 모르게 자꾸만 다리에 힘이 풀렸다. 어제오늘 마셔서 몸이 말이 아니긴 했지만, 이건 좀 심한 것 같았다. 설마 누군가 독이라도 푼 건가? 내가 어린 왕의 밀명을 받은 걸 알고서 일부러?

'하, 지나친 생각인가.'

겸은 제 아래에서 끙끙대고 있는 언지를 멍하니 바라보았다. 이러고 있으니 생각보다 훨씬 가녀리고 작은 몸집이었다.

이 여인을 안 지 얼마 되지는 않았지만, 그래도 사내들 앞에서 한마디도 지지 않은 모습에 저도 모르게 참 크다고 느꼈던 모양이었다. 오늘도 의관들 앞에서 그렇게 한 방을 먹여 줬으니. 하여튼 맹랑한 계집.

"후훗."

귓가로 그의 낮은 웃음소리가 가늘게 흘러 들어왔다. 지금 뭐가 좋다고 실실 웃고 난리야. 이렇게 웃음이 헤픈 사람이었어? 하여튼 가벼워. 깃털보다 가벼운 사내라고! 그러니 내 옷고름을…….

그때, 갑자기 몸이 가벼워졌다. 겸이 슬쩍 몸을 일으켜 세운 것이었다. 언지는 이때다 싶어 얼른 고개를 들었지만, 순간 숨을 크게 삼키고서 그대로 딱 굳어지고 말았다. 바로 코앞에 그의 얼굴이 있었다. 몸을 일으켰는지 알았는데, 그냥 슬쩍 비켜선 것뿐이었다. 이대로 숨을 내쉬면 내 숨이 그의 입술에 와 닿을 만큼.

자, 잠깐. 왜 이자의 입술만 눈에 들어오는 거야. 얼른 돌려, 돌려!

"미안, 하다."

순간, 그의 입술이 아주 나지막이 열리면서 나온 생각지도 못했던 말이 더더욱 그녀를 붙잡아 세웠다.

"네, 네?"

"옷고름. 그렇게 막 풀어 버린 거."

뭐, 뭐야. 그럼 정말 날 찾아다녔던 거야? 그 일이 걸려서? 미안하다고 말하려고?

"비색고름에서 그러던데. 여인이 옷고름을 허락하면 다 허락하는 거라고. 그런 귀한 것을 낯선 사내가 막 풀어 버렸으니. 아무리 의관들 때문에 그런 거라고 하지만, 수치스러웠다면, 미안하다."

비색고름……. 뭐야, 내 소설 애독자였어? 하긴 워낙 호색하고 가벼운 자니까. 그래도 좀 의외였고, 조금, 기뻤다.

겸은 자꾸만 무거워지는 몸을 억지로 일으켜서는 어렵사리 자리까지 걸어가 거의 쓰러지듯 의자에 털썩 주저앉았다.

점점 취기가 온몸을 짓누르는 듯했다. 갑자기 정말 왜 이러는 거지? 찬바람을 쐬면 괜찮아져야 하는 거 아닌가? 오히려 더 화끈거리고……. 특히, 이 좁은 공간에서 저 여인이 눈앞에서 또 저리 나풀거리니 머릿속이 미칠 듯이 울려왔다. 이거 정말 취기 맞아? 정말 독 아니야?

"아까 맥 짚을 때……."

"네?"

"다른 이상한 맥은 없었나? 독이라든가. 취기라고 하기엔 너무 이상한데……."

"아, 아닙니다. 독 같은 건 아닙니다. 단순히 취기인 듯하니, 오늘은 일찍 들어가서 푹 쉬시는 것이……."

언지는 속으로 찔끔했다. 독은 독이지. 전설의 독주니까. 그러기에 그거 마시면 안 된다고 그렇게 말렸는데! 아니. 뭐, 그렇게 적극적으로 말리진 않았지.

언지는 영 신경이 쓰였다. 그래서 슬쩍슬쩍 그에게 다가가서는 애써 그 일을 덮기 위해 말을 돌려 버렸다.

"아까 전 일, 너무 신경 쓰지 마십시오. 전 괜찮습니다. 일부러 그렇게 하신 것이 아닙니까. 만약 교수님께서 나서 주시지 않았다면 의녀들은 더 위험했을 것입니다. 게다가 사과도 해 주셨고."

"……."

"뭐, 그래도 교수님께서 제 꽃다운 속살을 조금 보셨으니 문서 정리, 저거 조금만 미뤄 주십시오. 네?"

언지는 한껏 꽃웃음을 흘리며 겸을 빤히 바라보았다. 그리고 그 역시 별다른 말없이 그녀를 빤히 바라보았다. 그들 사이로 초의 불빛이 희미하게 흔들리고 있었다. 그 너머로 살며시 가리어진 그림자.

언지는 미안한 마음과 이 기회를 슬쩍 이용해야 한다는 생각에 한껏 목소리를 부풀었건만, 역시나 꿈쩍도 하지 않는 모습에 허탈한 표정을 지었다. 뭐야, 그건 안 된다는 거야? 좀생이 자식! 미안하다면서!

그 순간, 희미하게 흔들리던 그의 눈동자가 아주 환하게 휘늘어지더니 이내 정녕, 정녕 말도 안 되는 말이 그의 입에서 튀어나왔다.

"……그래, 정말 꽃답더군."

언지는 너무 놀라 저도 모르게 뒷걸음질 치면서 떨리는 손으로 벽을 짚었다.

저, 저자가 지금 뭐라고 말했지? 미쳤나? 미쳐 버렸나? 내가 저 술에다가 뭘 잘못 탄 건가? 갑자기 왜 저래! 그것보다 내 심장. 심장이…….

그래서 얼른 제 맥을 짚었다. 나도 어디가 이상하게 된 건가. 맥이, 맥이. 너무 뜨겁다.

"그러고 보니 이름이 무엇이냐?"

"……김언지입니다."

"언지라……."

영 몸이 무거워 보였는데, 그가 갑자기 자리에서 벌떡 일어섰다. 뭐지. 또 뭘 하려고? 또 뭘! 정말 술에다가 이상한 걸 탄 듯했다. 안 그래도 조금 미안했는데, 더 미안해지잖아!

하지만 그 마음은 몇 식경도 가지 않았다. 자리에서 일어선 그는 어느 정도 정신을 차린 듯 조금 흐트러진 옷매무시를 가다듬고서 입을 열었다.

"내 도포. 그거 비싼 거니 꼭 가져오너라. 돈 없다고 딴 곳에 팔아먹었다간 두 배로 갚아야 할 테니, 그럴 생각 눈곱만큼도 하지 말고."

"누, 누가 그걸 팔아먹는다고 그러십니까! 내일 꼭 가져다 드리겠습니다."

"아, 그리고 문서 정리. 아마 내일까지 절대로 못 끝내겠지? 안 그래?"

아마도 그럴 것 같았다. 곧 있으면 첫닭이 울음을 터트릴 테니. 그러니 좀 봐주겠지? 나한테 미안한 것도 좀 있고. 술김이라지만 그래도 꽃답다고 하기도 했잖아!

"약조한 날짜까지 끝내지 못했으니, 더 추가될 것이다. 기간은 다음 날까지. 그날까지도 못하면 더 추가될 테니, 혜민서에서 썩고 싶지 않으면 부지런히 붓을 놀리거라."

뭐, 뭐라고?

어느새 말짱한 정신으로 저번처럼 제 어깨를 툭툭 두드리면서.

"허면, 수고해라."

그러곤 집무실을 빠져나가 버렸다. 망할 인간. 미안하긴 개뿔! 좀생이, 호색한, 인정머리는 쥐뿔도 없는 자식! 더 독한 술을 먹여 버렸어야 했는데!

"악!"

집무실을 빠져나온 겸은 살짝 울리긴 하지만 그래도 아까보단 괜찮아진 머리를 문지르며 뒤에서 흘러나오는 그녀의 절규에 피식 미소를 띠었다.

"언지, 언지라……."

그는 슬며시 제 손의 맥을 짚어 보았다. 아직 취기가 다 가시지 않아서 그런지 조금, 뜨겁게 뛰고 있는 것 같기도 했다.

짙게 물든 저녁. 달조차도 그 빛을 감춘 묘한 밤이었다.

인적조차 드물고 풀벌레조차 목소리를 죽이던, 불길한 정적이 공기 속에 맴돌던 찰나, 혜민서 제조 윤주석이 주위를 살피며 사랑채 안으로 들었다. 그리고 잠시 후, 스르르 사랑채의 문이 열리면서 시커먼 그림자 속에서 차선대군이 저승사자처럼 모습을 드러내었다. 순간, 주석은 흠칫한 표정을 지으며 자리에서 일어나 고개를 숙였다.

"이거, 너무 늦은 시각에 부른 건 아닌가 모르겠소."

"아닙니다. 당치도 않으십니다, 대군 대감."

"앉으시오. 곧, 술상을 받아 올 것이외다."

차선대군은 윤주석과 마주 보고 앉아 진한 웃음을 내지었다. 주석은 그러한 차선대군의 표정을 살펴보았지만, 역시나 그 속내를 읽을 수가 없었다. 하지만 갑자기 이리 늦은 시각에 자신을 부른 이유는 단 하나뿐일 것이다. 단 하나뿐.

어느새 둘 앞으로 술상이 차려지고 차선대군이 윤주석의 잔에 먼저 술을 채워 주고서 입을 떼었다.

"혜민서의 일은 어떤가? 이젠 어느 정도 적응이 된 건가?"

"예, 덕분에 편히 지내고 있습니다."

윤주석은 고작 안부나 묻자고 자신을 부를 차선이 아님을 알기에 작은 움직임도 놓치지 않고 그를 꿰뚫어보며 술잔을 들어 올렸다. 차선 역시 그러한 윤주석의 시선을 느끼며 함께 술잔을 들었다. 그리고 이내 나지막한 목소리가 제법 날카로움을 머금고서 흩어졌다.

"입궐을 하였다 들었네. 수의를 만난 것인가?"

"그렇습니다. 아직은 부족함이 많은 제자입니다."

"그렇군. 다른 별다른 말은 하지 않던가?"

"무슨?"

"곧 한성부가 발칵 뒤집어질 걸세."

순간, 윤주석의 술잔이 살짝 비틀리면서 술잔 위로 작은 파동이 일렁였다. 하지만 여전히 차선대군의 표정은 온화하였고, 입술에 머금은 술잔에도 태연함이 묻어나고 있었다. 하지만 이미 주변으론 알 수 없는 한기와 긴장감이 팽팽히 당겨지며 주변으로 가지를 치고 있었다.

"이번에 녀석이 재미있는 걸 길러 냈더군. 어차피 제거해야 할 놈이었고, 겸사겸사 확인해야 할 것도 있었고."

"인수가, 제겐 아무 말도 하지 않았습니다."

"내가 입을 다물고 있으라 했네. 그래서 그대를 내가 이리 부른 것이야. 기분이 상하였나?"

"아닙니다, 대감. 그만큼 중한 일인 것일 테지요."

"그래. 곧 궐도 한 번 뒤집어질 테니."

둔탁한 소리와 함께 그의 술잔이 아래로 내려왔다. 하지만 마셨다고 생각했던 그의 술잔의 술은 그대로였다. 윤주석은 떨리는 눈동자로 서서히 차오르는 그의 그림자를 바라보았다. 비록 전부 말하지 않았어도, 그의 속내가 조금씩 보이는 듯했다. 그래, 이제 시작인 것인가. 어린 왕의 주변부터 천천히, 아주 천천히.

"그러고 보니 재미있는 소문이 있더군. 좌상의 둘째 아들이 혜민서 의학교수로 들어갔다고?"

"아, 예. 저도 듣기만 하였을 뿐, 아직 보지는 못했습니다. 하지만 그래도 좌상 대감의 핏줄인데 고작 의학교수로 들어온 것이 좀 걸립니다."

"좌상의 곧은 성품이라면 그럴 만도 하지. 허선죽. 그자의 속내도 알 수가 없어. 하지만 우리에겐 필요한 인물이지. 반대로 적이 된다면 반드시 제거해야 할 만큼."

"무슨 방도라도 있으십니까?"

그때, 사랑채 너머로 무척이나 단아한 목소리가 흘러들었다.

"아버님, 주안상을 가져왔습니다."

주안상이라는 말에 주석은 의아한 표정으로 아직 채 다 먹지도 못한 주안상을 바라보았다. 하지만 차선은 기다리고 있었다는 듯 들어오라 하였고, 잠시 후 천천히 문이 열리면서 웬 여인이 안으로 들어섰다.

주석은 뭔가 묘한 느낌의 여인에게서 시선을 떼지 못했다. 머리부터 발끝까지 틈이 보이지 않을 정도로 움직임이 단정하였고, 단아하고 말간 얼굴 위로 살짝 휘어진 눈매와 아무지게 다물어진 입술까지. 어딘지 누군가를 닮은 것 같기도 했다.

"내 부족한 여식일세."

"예?"

뜻밖의 말에 주석은 눈을 동그랗게 뜨고서 어느새 제게 고개를 숙이고 있는 여인을 바라보았다. 차선에게 여식이 한 명 있다는 말은 들었지만, 사돈지간을 맺고 있음에도 불구하고 단 한 번도 본 적이 없었다. 헌데, 갑자기 이렇게…….

"이가예라 합니다."

종친의 여식답게 그 어디 하나 부족함이 없는 모습이었다. 오히려 차선대군의 서늘함과 고집스러움이 제대로 묻어나는 듯 보였다. 차선은 가예에게 눈짓을 하였고, 그녀는 살며시 고개를 끄덕이고서 사랑채를 빠져나갔다.

"이 아이가 이제 혼기가 차올랐다네."

은밀한 목소리. 미묘하게 휘어진 차선의 눈동자. 윤주석은 속으로 아, 하며 고개를 끄덕였다.

"좌상 대감 댁에 혼담을 넣으실 생각이십니까?"

"다는 아닐지라도 조금은 좌상의 속내를 알 수 있을 테지. 받아들인다면 우리로서는 더할 나위 없을 테고, 만약 거절한다면."

주변의 공기가 낮게 울려오고, 그 속에서 윤주석은 촛불에 흐트러지는 차선의 시선을 바라보며 손끝으로 느껴지는 긴장감과 불길함을 애써 떨쳐 내려 주먹을 움켜쥐었다.

"좀 더 예의주시하며 좌상을 살펴야겠지."

"……."

"하지만 아직은 때가 아니네. 그전에 먼저 계획한 일을 실행할 예정이니, 제조께서는 좌상의 그 둘째 아들을 잘 살펴보게. 그래도 내가 귀히 여기는 딸아이의 혼사인데. 제대로 된 녀석인지 말이야."

"알겠습니다, 대감."

아침을 준비하는 혜민서 의녀들은 그 누구보다 굉장히 분주했다. 병자들을 맞이할 준비도 해야 했고, 아침에 들여온 약재도 확인해야 했으며, 의관 나리들과 의생들의 준비도 도와야 하는 등, 의녀들이 해야 할 일은 너무나도 많았다. 그런데, 그렇게 눈코 뜰 새 없이 바빠야 할 의녀들이 갑자기 하던 일을 멈추고서 멍하니 한 곳을 바라보기 시작했다.

의녀들의 뜨거운 시선이 닿은 곳에선 아침부터 아주 훤한 모습으로 걸어오고 있는 겸이 보였다. 머리부터 발끝까지 눈이 시릴 정도로 푸른색

도포 자락을 펄럭이며 당당히 걸어오는 모습에 의녀들은 떨리는 여심을 불태우며 눈을 떼지 못하고 있었다.

어디 겉모습만 멋있던가? 어제 홍와여림의 초학의들을 도와주었다는 소문까지 돌아서는 의녀들 사이에서 그의 인기는 가히 폭발적이었다.

하지만 겸은 그러한 의녀들의 시선을 뒤로한 채 꽤나 가벼운 걸음으로 집무실로 향하고 있었다. 어쩐지 그의 눈빛에서 꽤나 즐거움이 묻어나는 듯했다. 그도 그럴 것이 어젯밤 내내 제 욕을 하면서 문서 정리를 했을 그녀의 모습이 선했으니까. 아마 굉장히 피곤에 찌들어 있는 모습이겠지? 그런 모습을 하고도 꽃답다고 말할 수 있을지 궁금했다.

그렇게 집무실 앞으로 온 겸은 기대감에 찬 표정을 애써 누르고선 헛기침을 몇 번 했다.

"흠흠!"

하지만 안에선 아무런 소리도 들리지 않았다. 혹시 아직까지 자고 있는 건가, 하는 생각에 천천히 문을 연 그는 순간, 비춰 오는 햇살에 미간을 찡그렸다. 그리고 그 햇살 너머로 자고 있을 거란 생각과는 달리 옷매무새를 매만지고 있는 언지의 모습이 어렴풋이 보였다. 자고 있기는커녕, 피곤해 보이는 기색도 없었다. 오히려 평소보다 굉장히 수려해 보이는 모습이었다.

느긋한 손길로 새앙머리를 올리고, 그 위를 살포시 얹은 흑색 가리마를 매만지며 마지막으로 옷고름을 반듯하게 내리고서 멍하니 서 있는 그를 빤히 바라보았다.

겸은 이제야 정신을 차리고서 다시금 헛기침을 뱉어 냈다.

"다 한 것이냐?"

그러자 언지는 굉장히 의기양양한 표정을 지으며 눈짓으로 가리켰다. 거의 절반 정도 해 놓은 상태였다. 그 어마어마한 자료를 절반이나. 그것도 아주 깔끔하고 완벽하게! 훗, 김 도령의 실력이 어디 가겠어?

"내일까지 하라 하셨지요?"

겸은 얼핏 해 놓은 걸 훑어보고선 고개를 끄덕였다.

“해 놓은 것은 정리하여 제자리에 두어라.”

“확인 안 하십니까?”

“네가 한 일에 자신이 없느냐?”

“당연히 완벽하지요!”

“그럼 굳이 확인할 필요가 없지.”

괜히 귀찮아서 그러는 거면서. 하여튼 그렇게 귀찮으면 뭐 하러 혜민서에 들어온 거냐고!

언지는 그런 마음을 애써 숨기고서 마지막으로 조금 삐쳐 나온 머리카락을 단단히 고정시켰다.

그때, 문득 주변이 너무 조용한 것 같아 고개를 돌리니 아까부터 자꾸 저를 빤히 쳐다보는 그의 시선과 마주쳤다. 언지는 슬그머니 장난기가 발동해서는 입가로 특유의 꽃다운 미소를 흘치며 속삭였다.

“어찌 그리 보십니까? 피곤한 모습마저도 어여뻐서요? 교수님께서는 얼마나 운이 좋으십니까. 이런 완벽한 미모를 아침부터 보게 되었지 않습니까. 그렇지요?”

이젠 그녀의 저런 발칙한 말도 적응이 되었는지, 겸은 그러려니 하는 표정을 지었다. 그래, 오히려 하루라도 제 잘난 말을 안 하고 넘어가면 오히려 이상하지, 암 이상해.

“내가 보고 있었던 걸 어찌 알고? 너 역시 날 보고 있었던 것이냐? 그러고 보니 여기까지 오는 내내 의녀들의 시선이 영 따가웠지. 네가 어제 한 말처럼 아침부터 신수가 훤하다 못해 빛이 나는 모양이다. 이래서야 혜민서가 제대로 돌아갈 수 있을는지. 이거 참 미안하군. 허나 어쩌겠나? 이렇게 태어난 것이 내 잘못도 아니고.”

“호호호, 그러시겠지요.”

“하하하. 물론이지.”

이런 둘의 모습을 다른 이가 보았다면 참으로 기가 막혀 했을 노릇이었다.

잠시 후, 언지는 정리가 끝난 자료를 옆구리에 챙기고서 그를 향해 고개를 숙였다.

"허면, 저는 이만 가 보겠습니다."

"오늘도 일이 끝나는 대로 집무실로 와서 나머지 다 해 놓아라. 내가 말했지? 내일까지 못 끝내 놓으면 더 늘어난다고. 뭐, 아침마다 내 얼굴을 정 보고 싶다면 천천히 해도 난 신경 쓰지 않으마."

"걱정 마십시오. 내일까지 꼭 끝낼 것입니다."

내가 미쳤냐? 댁 면상을 매일 아침 보게? 내일로 끝낼 거다. 반드시!

얼굴은 웃고 있었지만, 겸은 언지가 지금 무슨 생각을 하는 뻔히 보였다. 어쩐지 오늘도 영 귀가 가려울 것 같았다.

"허면, 정말로 이만."

"이거 받아라."

정말로 집무실을 나가려고 하는데, 그보다 먼저 그가 그녀의 손에 무언가를 쥐여 주었다. 바로 따끈따끈한 흰쌀주먹밥이었다. 뭐지? 갑자기 이런 걸 왜 주는 거야?

"꽃다운 외모도 먹어야 사는 거 아니냐?"

"아, 예. 감사합니다."

하지만 그녀는 영 떨떠름한 기분으로 주먹밥을 쥔 채 집무실을 빠져나왔다. 그러곤 무척이나, 아주아주 의심스런 눈빛으로 주먹밥을 노려보았다. 설마 여기다가 뭐 이상한 거 넣은 건 아니겠지? 정말 먹어도 되나? 하지만 나한테 이런 걸 챙겨 줄 그런 다정한 성격도 아니잖아?

언지는 그저 평범한 주먹밥 하나를 들고 요기조기 살피다가 이내 냄새를 킁킁 맡았다. 그러자 고소한 참기름 냄새가 이제껏 참고 있던 허기를 건드리면서 침샘을 자극했다. 망할. 설마 이런 걸 노린 건 아니겠지? 안 돼. 고작 이런 주먹밥 하나에 무너지면 안 돼!

하지만 그녀의 손안에서 탱글탱글한 밥알에 참기름으로 단장을 하고선, 고소하고 윤기마저 흐르는 것이. 때깔과 광채가 동시에 흐르는 듯했다. 그래도 내가 양반인데. 반가의 규수인데!

"젠장, 배고픔 앞에 그런 게 어디 있어?"

먹고 죽은 귀신이 때깔 곱다는 소리는 들어 봐도, 양반댁 규수니, 뭐니 하는 귀신이 때깔이 곱다는 얘긴 없었어!

결국, 언지는 주먹밥을 한입에 쏘옥 넣고 무척이나 행복하게 우물거렸다. 어제저녁부터 거의 먹은 게 없었던 터라, 이렇게 꿀맛일 수가 없었다.

그리고 그 모습을 집무실 창문 틈으로 지켜보던 겸은 정말이지 배꼽이 집을 나갈 것 같았다.

"푭, 푸하하하하핫!"

하여튼, 야무진 것 같아 보이면서도 가끔 저렇게 맹한 모습이 보였다. 물론 호의로 준 주먹밥을 그냥 맛있게 먹을 거란 생각은 안 했지만. 이상하게 저 여인과는 투닥거림으로 계속 얽히고 있었으니.

겸은 자꾸만 삐져나오는 웃음을 꾹 누르고서 집무실에 남아 있는 문서들을 바라보았다. 그렇게 쌓여 있던 문서들이 이젠 제법 많이 줄어 있었다. 겸은 저도 모르게 살짝 서운한 시선으로 남아 있는 문서를 잠시 멍하니 바라보았다.

오늘따라 유난히 혜민서에 병자들이 몰려들었다. 날이 더워지기 시작하니 음식 때문에 탈이 나는 병자들이 많아진 탓이었다. 언지는 시료를 하는 의관의 옆에서 이런저런 증상들을 기록하며 병자들을 꼼꼼히 살폈다.

"저는 어제부터 영 숨을 제대로 쉬질 못하겠습니다."

"일단 맥을 짚어 보세."

언지는 맥을 짚기 시작하는 의관의 손을 보지 않고 병자의 안색과 더불어 그의 행동을 유심히 살펴보았다. 옆구리를 움켜쥐고 간간이 기침과 더불어 안색이 창백하게 질려 있었다. 아마도 오한이 드는 듯싶었다.

'폐적이로군.'

"폐적(폐와 관련하여 생긴 통증을 유발하는 덩어리)일세. 일단 시침을 해야겠군."

그때, 다른 의녀가 급하게 의관을 찾았다. 어제 시료를 끝낸 병자의 상태가 악화된 모양이었다.

"네가 시침을 해라. 할 수 있지?"

"예, 나리."

언지는 혜민서의 의녀들 중 침을 제대로 다루는 몇 안 되는 침기였다.

그렇게 의관이 먼저 자리를 떠나자, 언지는 자신의 침통을 열고서 시침을 할 혈 자리를 찾았다. 취해야 할 혈은 주용혈과 배용혈. 주용혈을 중심으로 강자극을 주고, 배용혈엔 유침(혈자리에 침을 꽂아두는 것)하여 간헐운침(일정한 시간을 두어 침을 돌려 주거나, 혹은 끌어 올렸다 내리꽂았다 하는 침법)을 해야만 했다.

그렇게 몇 식경을 공들여 시침을 완료한 언지는 이제야 안도의 숨을 내쉬며 장문에 뜸을 뜨는 것으로 시료를 마쳤다. 그 뒤로도 여기저기 불려 다니면서 기록을 하고, 가끔 시침을 하는 등, 정신없이 오후를 보내고서야 늦은 점심을 먹을 수 있었다.

"아오, 삭신이야. 오늘따라 왜 이렇게 바쁜 건지."

언지는 마치 늙은이처럼 어깨를 통통 두드리면서 점심 도시락을 먹기 위해 허지를 찾아 나서려고 했다. 그런데 때마침 수업을 마친 허지가 언지를 발견하고서는 아주 발바닥에 불나듯 달려오고 있었다. 그런데 왜 빈손이야? 도시락은!

"야, 김허지. 도시락은! 설마 네가 다 먹었어? 엉!"

"지금 도시락이 중요해? 나, 어제 일 전부 다 들었어. 다!"

"무슨 말?"

"시치미 떼지 마. 홍와여림에서의 일! 초학의들이 전부 다 그 얘기만 하고 있다고. 언니는 미리 알고서 나보고 가지 말라고 한 거지? 그리고 거기 언니가 대신 간 거지? 그렇지!"

"아니, 그게……."

"무슨 일 있진 않았지? 뭐, 의학교수님께서 잘 해결했다고 하기는 했지만, 아무리 그래도 엄청 위험할 뻔했잖아. 어떻게 그런 걸 그렇게 아무렇지도 않……."

순간, 허지의 말문이 턱 하고 막히면서 언지의 어깨 너머로 보이는 후광에 믿어지지 않은 시선을 띠며 굳어졌다.

"야, 김허지. 왜 그래? 어디 아파? 맥 좀 보자."

언지는 허지의 맥을 짚어 보았다. 그러자 평소보다 훨씬 빠르게 뛰고 있었다. 이거 진짜 어디 아픈 거야?

"후, 후광이……."

"뭐? 후광?"

허지의 시선 끝으로 새 의학교수와 눈부신 후광을 지닌 한 사내가 함께 서 있었다.

어젯밤, 갑자기 터진 사건으로 결국 집에도 들어가지 못한 이영은 살짝 굳어진 표정으로 혜민서 앞에 섰다. 아무래도 겸의 도움이 필요할 듯했다.

사실, 이번 일로 따로 겸을 끌어들일 생각은 없었는데……. 그가 혜민서에 있는 동안엔 되도록이면 한성부와 좀 떨어져 있을 생각이었다. 보는 눈과 귀가 있었으니까. 하지만 상황이 꽤나 급했다.

결국, 혜민서 안으로 들어선 판관을 보고서 흠칫 놀란 의원 하나가 조르르 달려왔다.

"판관 나리께서 혜민서엔 어쩐 일로?"

"갑자기 불쑥 찾아와 미안하오. 혹, 허 교수를 좀 만날 수 있겠소?"

"아, 예. 잠시만 기다리십시오."

얼마 기다릴 틈도 없이, 멀리서 제법 의학교수 태가 나는 겸이 손을 흔들며 이영을 부르고 있었다.

"어이, 영이. 어제는 집에도 안 들어오더니, 혜민서로 일부러 날 만나러 올 정도로 내가 그리웠나?"

하지만 이영은 그런 겸의 말장난도 받아 줄 시간이 없었다.

"급한 일이다."

그리고 그런 이영의 낮게 가라앉은 목소리에 뭔가 일이 생겼다는 걸 느낀 겸은 그에게 좀 더 바짝 다가와 입가엔 미소를 띠며 짧게 물었다.

"무슨 일이냐?"

"일단 가면서 설명해 줄 테니까, 나랑 한성부에 좀 잠시 가자."

"한성부라니?"

"시신을 좀 봐 주었으면 한다."

"그런 건 오작인들이 하는 일이잖아. 잠깐. 설마?"

뭔가 낌새를 눈치챈 겸의 태도에 이영은 묵직하게 고개를 끄덕였다. 이영이 자신을 찾아왔을 정도의 일이라면 역시 그 일밖에 없다. 이영이 몇 달 전부터 은밀하게 뒷조사를 하고 있었던 의원. 바로 선왕께서 승하하자마자 내의원에서 바로 파직을 당한 유일한 의원이었다.

내의원에서도 워낙 별 볼 일 없었던 의원이었지만, 그래도 그 당시 수의였던 윤주석이 데리고 있었던 유일한 의원이다. 그렇기에 뭔가 단서를 찾을 수 있을까, 하여 이영이 몇 달 전부터 그의 뒤를 쫓고 있었는데 아마도 목숨이 끊어진 듯했다.

그렇다면 어떤 이유로 죽었는지, 시신을 확인해야 할 텐데. 한성부의 오작인도 이영은 믿지 못하는 듯했다. 믿을 만한 자. 그리고 실력이 어느 정도 있는 자. 자신이 직접 보면 좋겠지만, 겸은 아직 그 정도까지 깊이 있게 의술을 배우질 못했다.

"골치 아프군."

"그래도 일단은 확인을 해야……."

그 순간.

"교수님."

바로 옆에서 들려온 여인의 목소리에 겸과 이영은 흠칫하며 동시에 고개를 돌렸다. 그러자 그곳엔 아주 못마땅한 표정을 지으며 어정쩡하게 서 있는 언지와 오직 이영만을 호기심 가득한 시선으로 바라보고 있는 허지가 서 있었다.

"네가 어쩐 일이냐?"

겸이 의아한 목소리로 언지에게 넌지시 말을 던지자, 언지는 억지로 입꼬리를 틀어 올리며 여전히 이영에게서 시선을 떼지 못하는 이 망할 동생을 가리키며 입을 열었다.

"조금 남아 있는 문서 정리 말입니다. 그것 때문에 따로 할 말이 있어서 말입니다."

할 말은 개뿔. 하지만 그렇다고 사실대로 말할 수는 없지 않은가? 이 망할 동생이 지금 눈앞에 서 있는 판관 나리에게 뿅 가서 이곳까지 절 끌고 왔다고.

"문서 정리?"

"아니, 그게……."

"헌데 이분은 어디 아프십니까?"

언지 옆에 서 있던 허지는 결국 참지 못하고서 이영을 향해 입을 열었고, 이영은 저도 모르게 움찔하고서는 고개를 가로저었다.

"아닙니다. 그저 벗을 만나러 온 것인데."

"아!"

겸은 그녀의 옆에 서 있는 의녀를 의아하게 쳐다보았고, 언지는 한숨을 푹 쉬며 소개를 했다.

"제 누이 동생인 김허지라고 합니다."

소개를 했음에도 불구하고 인사를 하지 않고서 여전히 이영에게서 시선을 떼지 못하는 허지를 보고선 겸은 대충 이 이상한 상황을 이해했다.

누가 동생 아니랄까 봐, 자매가 아주 당돌한 것이 똑같네, 똑같아. 그런데 하필이면 저런 팍팍한 사내를 찜하다니. 마음고생 좀 심하게 하겠군. 그런 쪽으로는 영 숙맥이니. 아마 저 여인에게 조금이라도 다정하게 해 주었다면, 그건 아마 투철한 사명감 때문이었을 터. 어쩌면 여인에겐 저 녀석이 제일 몹쓸 놈일 것이다.

그나저나.

겸은 언지를 빤히 쳐다보았다. 언지는 그런 그의 시선에 흠칫하였지만, 역시나 겉으론 내색하지 않고 그저 미소를 지었다. 또 왜 저렇게 빤히 보는 거야. 저렇게 보면 불길한데. 분명 불길한 일이 생기는데!

"앞으로 남은 문서 정리를 빼 줄 테니."

"네?"

"나를 좀 도와주겠느냐?"

갑작스런 겸의 말에 언지보다 놀란 건 이영이었다.

"무슨 말씀이십니까?"

도와 달라니. 대체 또 뭘 시켜 먹으려고?

"이자는 최이영이라고 나의 절친한 벗이다. 한성부의 판관으로 지내고 있지. 헌데, 도성에서 시신이 발견되었다. 그 시신을 네가 좀 살펴봐 줄 수 있겠느냐?"

시신이라는 말에 언지는 의아한 표정을 지었다. 그도 그럴 것이 원래 그런 일은.

"허나 그런 일은 오작인들이 하는 것이 아닙니까?"

"그 오작인의 말로는 급사라 하는데. 벗의 생각은 그게 아닌 듯해서 말이지."

"허면?"

"살인."

짧고 강한 한 마디에 언지의 표정이 살짝 굳어졌다. 이영 역시 대체 저 여인이 뭐길래 겸이 이 일에 끌어들이려 하는지 알 수가 없었다. 하지만 겸은 초지일관 덤덤한 표정으로 언지에게 할 말만 계속 늘어놓았다.

"누구의 말이 맞는지, 네가 좀 봐다오. 혜민서 의녀들은 가끔 한성부에서 시신을 살피는 일도 하는 걸로 아는데?"

"그, 그렇긴 하지만 어찌 제가?"

그러자 이번엔 그가 성큼성큼 그녀에게 다가와서는 언지의 눈을 똑바로 바라보며 말했다.

"네 실력만큼은 인정하니까. 그리고 왠지 너라면 내가 믿을 수 있을 듯하여 그런다."

믿을 수 있다니. 저런 말을 저렇게 아무렇지나 않게 하다니. 역시 가벼워, 가볍다고!

하지만 이상하게 그의 목소리가 그녀의 심장이 아릿하게 울렸다. 가끔, 이자의 눈을 빤히 보고 있으면 맥이 민감하게 반응을 했다. 특히 서늘하게 뻗은 눈매가 휘늘어질 때는 더더욱. 얄밉기도 하면서도 저 웃음이 다가 아니라는 걸 알면서도…….

그때, 가만히 듣고만 있던 허지가 갑자기 언지의 한쪽 팔을 와락 끌어안으며 겸을 향해 외쳤다.

"당연히 해야지요! 교수님의 부탁이니 당연히 하고말고요!"

"야! 김허지."

이 망할 년. 사랑에 눈이 멀어 언니를 팔아넘기는 것이냐?

하지만 겸은 허지의 말에도 오직 언지만 바라보았다.

"네가 직접 대답해라. 굳이 강요하진 않겠다. 난 너에게 지금 부탁을 하는 것이니."

그녀의 대답이 중요했다. 그러니 굳이 강요하고 싶지 않았다. 겸은 진심으로 그녀에게 부탁을 하고 있는 것이기에. 그리고 언지는 그런 겸의 진지한 부탁에 차마 거절할 수가 없었다. 저런 식으로 말하는데 어떻게 거절을 해? 차라리 명령이라 했으면 콧방귀라도 뀌어 줄 텐데. 확실히, 사람이 약았어.

"……알겠습니다. 일단 살펴보기는 하겠습니다. 너무 큰 기대는 하지 마십시오."

"고맙다."

허지는 방방 뛰고 싶은 것을 꾹 참고서 언지와 먼저 걸음을 뒤로 돌렸다. 돌리면서도 이영에게서 시선을 떼지 못했고, 언지는 그런 허지를 억지로 끌어당겼다. 그렇게 두 사람의 모습이 멀어지자 이영은 참고 있던 말을 내뱉었다.

“대체 무슨 생각이냐? 어쩌면 선왕 전하와 관련된 인물일지도 모른다. 그렇게 중요한 일에 저런 여인을 끌어들이다니. 대체 저 여인이 누구길래? 어찌 네가…….”

“홍와여림에서 그 발칙했던 기생을 기억하냐?”

“뭐? 서, 설마?”

“실력은 믿을 수 있다. 그리고 다른 것도 믿을 수 있을 것 같다. 어차피 시간도 별로 없잖냐?”

“그렇긴 하지만.”

“그나저나, 김 도령은?”

“아직. 생각보다 쉽지가 않아.”

“제법 꼭꼭 숨었나 보군. 나도 같이 찾아볼 테니, 비색고름의 마지막 권을…….”

슬그머니 손을 내밀었지만, 이영은 매섭게 내려치면서 단칼에 잘라 냈다.

“네 속을 모를 줄 알고? 그 일은 내가 알아서 할 테니 꿈 깨라. 수란이한테도 내 단단히 말해 놨으니. 허튼 생각하지 말고.”

“쯧쯧, 불쌍한 수란이. 어찌 저리 팍팍한지.”

저런 놈에게 반한 김 의녀의 동생에게도 왠지 안타까운 마음이 들었다. 그나저나 정녕 왜 그녀에게 부탁을 했을까. 이렇게 중요한 일에. 아무리 급하다고 하지만.

겸은 언지가 있던 빈자리를 잠시 멍하니 바라보았다. 하지만 한 가지 확실한 건. 하겠다고 답한 그녀의 대답에 조금, 기뻤다는 사실이었다.

제4장
살인 사건

"왜 하필이면 이리 야심한 시각이야. 아까는 일찍 갈 것처럼 말해 놓고선. 오늘따라 달도 보름이 아니라 얼마나 어두운데……."

"최 판관님이랑 같이 가는 줄 알았는데. 영롱한 후광을 보지 못해 이 길이 더 어둡게 보이는 거지. 최 판관님이 옆에 계시지 않아 어쩐지 내 옆구리가 더 시린 것 같고."

"이런 야심한 시각에 여인네가 돌아다니는 것이 얼마나 위험한 일인데……."

"그것도 우리 최 판관님이 있으면 무척이나 든든할 텐데……."

뒤에서 일부러 들으라고 쫑알쫑알 혼잣말이 아닌 혼잣말을 하는 두 자매 때문에 겸은 결국 참지 못하고 고개를 획 돌렸다. 그러자 언제 그랬냐는 듯 입을 꾹 다물고서 옅은 미소를 띠며 왜 그러세요? 라는 표정을 짓고 있는데, 정말이지 속이 뒤집어질 것 같았다.

저 발칙한 계집이 한 명도 아니고 두 명이라니. 똑같은 계집이 두 명이라니! 영이 이놈. 지는 편하게 한성부에서 기다리고!

결국, 겸은 그나마 제일 만만한 언지의 앞으로 다가갔고, 언지는 천진

난만하게 눈만 동그랗게 뜨고서 그런 겸을 바라보았다.

"대체 무엇이 문제냐?"

"그게 무슨 말씀이십니까, 교수님."

"도와주겠다고 하였으면서 대체 뭐가 불만이야! 내가 이리 좋게 말할 때 그냥 말해라. 나중엔 정녕 들은 척도 하지 않을 테니까. 내 인내심이 얄팍해서 말이지."

그러시겠지. 언지는 속으로 혀를 차고선 슬쩍 눈꼬리를 내리며 입을 열었다.

"하지만 이리 야심한 시각에 한성부로 가는 줄 참으로 몰랐습니다."

"네가 언제부터 그런 걸 신경 썼다고 하는 것이냐? 홍와여림에서 만난 날은 그럼 아주 대낮같이 환했더냐?"

"그때는 보름이 밝아 주변이 환하지 않았습니까. 오늘은 하늘에 구름이 잔뜩 끼어 어둡기 그지없습니다."

"해서, 설마 무섭다고?"

"저도 여인입니다. 게다가 제가 어디 그냥 여인입니까? 꽃다운 절 누가 잡아가기라도 하면 어찌합니까?"

"어머, 언니는 교수님 앞에서도 그렇게 꽃답다고 당당하게 말하는 거야?"

"사실을 말하는 건데 뭐 어때. 그리고 교수님도 나보고 꽃답다고 했고."

허지가 그 말에 까르르 웃으며 아예 앞장서서 걷기 시작했다. 그리고 그 모습에 겸은 고개를 절레절레 흔들면서 여전히 불만에 가득 찬 언지를 힐끔 쳐다보았다.

도대체 뭐가 문제야? 다른 때는 여인이 겁도 없이, 그것도 기생집을 밤에도 잘만 돌아다니면서. 이제 와 연약한 척해 보겠다는 거야? 이미 들킬 대로 다 들킨 사이에?

"걱정 마라. 건장한 사내가 이리 있는데 여인 두 명도 못 지키겠느냐? 이래 봬도 내가 무예를 좀 익혔다."

그러자 언지는 저도 모르게 피식 웃었고, 겸은 어쩐지 저 웃음이 무척 거슬렸다. 뭐가 우습다는 거야? 내가 거짓말을 하는 줄 아는 거야? 물론 영이만큼은 아니더라도 가끔 녀석의 연습 상대가 되어 줄 정도는 익혔다. 그 정도면 되는 거잖아!

"왜 웃느냐? 못 미더워서 그러냐?"

"어찌 교수님을 믿지 못하겠습니까. 그래도 조금……."

언지는 겸의 머리부터 발끝까지 쓰윽 살펴보며 속삭였다.

"신수가 훤한 것과 힘쓰는 건 다르지 않습니까."

"걱정 말래도! 그리고 어느 누가 감히 좌상의 아들이 가는 길을 막을 것이냐!"

"얼굴에 좌상 대감의 아들이라 쓰여 있는 것도 아닌데……."

"뭐?"

"아닙니다! 교수님만 믿겠습니다. 우리 교수님을 누가 감히 건드리겠습니까? 오히려 지나가던 여인네가 휙 채어 갈까, 제가 조심해야지요. 암요!"

그녀는 발끈하는 겸을 살살 구슬리며, 앞장서서 걸어가는 허지에게 쪼르르 달려갔다. 겸은 그 모습에 기가 차면서도 평소 자신답지 못한 행동이 영 못마땅했다. 하지만 사내가 여인에게 비실거린다는 소리를 들어 누가 기분이 좋을까? 언제 한번 내가 얼마나 건장한 사내인지 직접 두 눈으로 보여 줘야 할 것 같았다.

마침내 한성부에 와 닿자, 입구에서 그들을 기다리고 있는 이영의 모습이 보였다. 그리고 누가 먼저라 할 것도 없이 허지가 최 판관님! 하며 아주 애절하게 부르며 그에게 달려갔다. 그 모습이 흡사 헤어진 가족을 만난 듯, 애처롭기 그지없었다.

이영은 달려오는 허지를 다정하게 맞아 주었다. 솔직히 마음이 조금 걸렸었다. 이리 늦은 시각에 여인들을. 그것도 한성부로 끌어들이는 것이.

"밤길이 위험하지는 않으셨습니까?"

"조금 무서웠지만 그래도 괜찮았습니다."

무섭긴 개뿔. 오히려 앞장서서 걸어간 주제에. 겸과 언지는 허지의 저 기막힌 모습에 동시에 똑같은 생각을 하다 이내 눈이 마주쳤다.

"참, 누가 자매 아니랄까 봐."

"됐습니다. 말씀하시지 않아도 다 압니다. 원래 저 망할 것이 뭔가에 미치면 눈에 뵈는 것이 없습니다."

"허면. 너도 그런 적이 있느냐?"

"무엇을 말입니까?"

언지가 의아한 시선으로 되묻자, 그 역시 제가 왜 이런 말을 했는지 움찔했지만, 그냥 뻔뻔하게 밀어붙였다. 사내가 한 번 한 말을 주워 담을 순 없지.

"사내에게 저런 식으로 말이다."

뭘 묻나 했더니.

언지는 실없는 소리에 피식 웃음을 흘렸다. 하지만 어쩐지 눈가에 씁쓸함이 묻어나왔다.

"저런 한가한 여유 따윈 없습니다. 게다가 그 어떤 사내도 너무 아깝습니다."

"뭐가?"

"저를 어느 사내에게 주기 너무 아깝단 말입니다."

"훗, 그래. 그래야 너답지."

멀리서 허지가 얼른 오라고 손짓을 하였고, 언지는 겸을 재촉했다.

"바쁘신 거 아닙니까? 그런 실없는 소리 그만하고 후딱후딱 끝내죠. 이런 야심한 시각에 여인이 한성부를 서성이는 걸 들켰다간 제 혼삿길 막힙니다. 그러면 교수님께서 책임지실 겁니까?"

"책임져야 한다면 져야지."

"네?"

하지만 겸은 점잖이 뒷짐을 지면서 한성부로 향했고, 언지는 멍한 표정으로 그의 뒷모습을 바라보았다. 책임을 진다는 게 무슨 뜻인지 알고 저러는 거야? 하긴 호색하고 가벼운 자이니, 저런 농도 쉽게 하는 거겠지. 언지는 쏜살같이 달려 겸의 앞을 앞지르고선 외쳤다.

"돈으로 책임지십시오! 평생 먹고살!"

그러곤 한성부로 쏙 사라져 버리는 그녀의 모습에 겸은 웃음을 꾹 누르고서 가던 길을 재촉했다.

남들의 이목을 피해 한성부 안으로 들어선 그들은 생각보다 한산한 모습에 의아한 표정을 지었다. 그러자 이영은 자신이 번을 서겠다 자청했다며 서둘러 시체실이 있는 곳으로 앞장을 섰다.

그렇게 한성부 안에서도 조금 떨어진 곳으로 내려가자 커다란 별채 아래로 조그만 문이 나타났다. 이영은 능숙하게 시체실의 문을 열었다. 그러자 마치 지하실을 내려가는 듯한 구조에 생각보다 굉장히 좁고 어두워 보였다. 언지는 순간 표정이 창백해져서는 앞장서서 걸어가던 허지의 옷자락을 본능적으로 움켜쥐었고, 그 모습에 허지는 걱정스런 기색을 띠며 이영에게 말했다.

"너무 어두운데, 불을 밝히면 안 되는 것입니까?"

그러자 이영이 조금 난처한 표정을 지었고, 옆에 서 있던 겸이 대수롭지 않게 말했다.

"불을 밝히면 누군가 볼지도 모른다. 은밀히 해야 하는 일이니 조금 참아라."

"하지만 그래도 조금만 밝히면."

하지만 언지는 허지의 손을 꽉 붙잡으며 고개를 슬쩍 흔들었다.

"그렇지만, 언니."

"괜찮아. 그리 오래 있는 것도 아닌데."

겸은 어쩐지 아까부터 말수가 줄어든 언지를 의아한 시선으로 살펴보았다. 하지만 하필이면 하늘도 구름이 잔뜩 끼어 달빛조차 스미지 않아 얼굴이 제대로 보이질 않았다.

"일단 저희가 먼저 앞장을 서겠습니다."

그렇게 이영과 겸이 시체실로 먼저 걸음을 옮겼고, 두 사람이 사라지자마자 허지를 붙잡은 언지의 손이 파르르 떨리기 시작했다.

"정말 안 되겠어. 이러다 안에 들어가면 쓰러져!"

"하지만 하겠다고 했잖아. 게다가 정말 다급한 일 같은데. 괜찮을 거야. 혼자도 아니고, 네가 옆에 있을 거잖아."

"그렇긴 하지만."

언지는 천천히 시체실 입구로 시선을 돌렸다. 남들에겐 그냥 조금 어두운 입구로 보일 테지만, 언지의 눈에는 시커먼 입을 쩍 하고 벌린 도깨비 소굴처럼 보였다. 겉으론 당차고 그 어떤 두려움도 없을 것 같은 그녀로서는 의외의 모습이었다.

언지는 길게 심호흡을 삼켰다. 저도 모르게 소름이 쫙 돋으면서 식은땀이 흘렀지만, 그녀는 입술을 꽉 깨물었다.

"가자."

그러곤 용기를 내어 먼저 걸음을 옮겼고, 허지는 그런 언지를 걱정하며 함께 시체실 안으로 들어섰다. 죽음이 함께하는 공간. 캄캄한 어둠 위로 한기가 스멀스멀 피어올랐고, 굉장히 탁한 냄새가 온몸을 기어 다니는 듯 굉장히 기분이 나빴다. 그 누구에게도 들켜선 안 되기에 이영이 아주 조그맣게 열린 창문만 살짝 열었지만, 구름이 잔뜩 가린 밤이라 별다른 도움이 되질 못했다.

겸은 아까부터 영 상태가 안 좋아 보이는 언지가 신경 쓰여서, 하는 수 없이 횃불을 밝혔다. 하지만 워낙 어두운 곳이라 조그만 횃불로 전체를 밝힐 수는 없었다.

"밝혀도 되는 것입니까?"

애써 떨리는 기색을 숨기며 언지가 묻자, 겸은 그런 그녀에게 조금 가까이 다가와서는 말했다.

"너무 어두워서 아무것도 안 보이지 않느냐. 이런 상태에서 어찌 시신을 살피겠어."

말은 그렇게 해도, 겸은 횃불이 아른거리는 언지의 얼굴을 유심히 살폈다. 어쩐지 조금 창백한 것 같기도 하고, 아닌 것 같기도 하고.

"얼른 후딱 하고 나가죠. 뭐 좋은 곳이라고."

"아, 이쪽입니다."

이영이 한곳에 잘 보관해 둔 시신을 가리켰고, 언지는 준비한 입 가리개를 끼고서 천천히 흰 천을 아래로 내렸다. 죽은 지 얼마 되지 않아서 그런지 생각보다 시신의 상태는 깨끗했다. 허지는 몸을 움찔하며 이영의 옆에 딱 붙어 있었고, 겸과 이영은 혹여나 방해될까 언지가 하는 행동을 지켜만 보았다.

그녀는 시신 구석구석을 더듬거나 만지고, 눌러 보았다. 입안과 코 안을 살피고 복부나 손끝, 발끝 등을 만지거나 냄새를 맡았다. 시신이라 생각지 않고 병자라는 마음으로 언지는 그렇게 아까와는 달리 겁도 없이 굉장히 신중한 모습을 띠었고, 이영은 굉장히 의외라는 표정으로 그런 그녀를 지켜보았다.

"급사라 하셨습니까?"

한동안 말이 없던 언지가 나지막이 묻자 이영이 고개를 끄덕였다.

"예. 오작인의 말로는 그러합니다."

"발작으로요?"

"그렇습니다."

"급사가 아닙니다."

"허면 역시 살인이냐?"

겸이 조급하게 물었지만, 언지는 마지막으로 시신의 손끝을 매만졌다.

"허나 살인을 한 흔적도 발견되지 않았을 것입니다. 그렇지요?"

"그렇습니다."

"이 병자에게는 꽤 오래전부터 사기가 퍼져 있었습니다. 그리고 그때가 되어 목숨을 잃은 것입니다."

사기라는 말에 겸과 이영은 동시에 입을 열었다.

"사기라면 혹, 독입니까?"

"하지만 독이라면 이상하지 않나. 알아차리지 못할 리가 없는데."

언지는 품 안에서 은침을 꺼내어 시신의 손끝에 찌르고, 입안을 찔렀다. 하지만 은침은 변화가 없었다. 하지만 언지 역시 독이라 생각했다. 하지만 그 독이 직접적인 원인이 되진 못했을 것이다.

"그저 제 생각일 뿐이지만. 독은 독이되, 그 독이 직접적인 원인으로 이자의 숨을 끊은 것은 아닌 듯합니다."

"독이 원인이 아니다?"

"제가 아까 말했지요? 오래전부터 몸에 이상이 있었을 거라고. 허나 별로 신경도 쓰지 않았을 것입니다."

겸은 언지와 눈을 마주했다. 분명 뭔가를 발견한 듯했다.

"그래서 그게 무엇이냐?"

언지는 마지막으로 시신의 입안과 코 안을 확인하며 확신에 찬 어조로 말을 이었다.

"제 생각엔 위기(면역력)가 굉장히 약해진 듯합니다. 몸의 흔적이 그렇습니다. 몸 구석구석에 부스럼의 흔적이 많고, 이곳저곳 부기가 빠진 흔적도 보입니다. 입안이 부어 있으며 특히."

그녀는 시신의 코를 올려 콧구멍을 보여 주었다.

"코 안이 굉장히 부어 있습니다. 아마 풍열(콧물이 누렇게 나며 코피가 나는 경우로 염증이 있는 상태)이 있는 듯 보이고. 폐한(콧물이 맑게 흐르며 재채기가 많이 나는 경우)도 있었을 것입니다. 그것도 굉장히 오랜 시간 동안이요. 이는 위기가 약해졌을 때 가장 많이 발발하는 것입니다."

"그렇다면?"

"예. 위기가 이 정도로 약해지면 조금만 독한 약재를 써도 그것이 사기로 변해 목숨을 잃게 됩니다. 하지만 올해는 흉년도 아니었고, 전염병이 돌았던 것도 아닌데. 이 정도로 위기가 떨어졌다면, 누군가 일부러 위기를 약하게 만드는 독을 아주 지속해서 사용한 듯합니다. 하지만 그런 독이 있다니…….”

언지의 말에 이영과 겸의 표정이 심각해졌다. 독. 독을 다룬다. 그것도 겉으로 나타나지도 않는 의문의 독. 원래도 독을 다루는 자는 위험하면서도 까다로웠다. 그런데 그런 자가 차선대군의 밑에 있는 거라면…….

“이제 다 끝났으니 나가도 되지요?”

옆에서 연신 안절부절못하며 언지를 살피던 허지는 대충 상황이 마무리되는 듯하자 다급하게 입을 열었고, 이제야 겸은 언지의 상태가 이상하다는 걸 깨달았다. 아까는 긴가민가하긴 했는데, 이젠 명백히 횃불 너머로 그녀의 얼굴이 창백하게 질려 식은땀으로 얼룩져 있고 어깨와 손끝이 바들바들 떨리고 있었다. 분명 시신을 살필 때는 괜찮았는데!

겸은 횃불을 이영에게 던지듯 맡기고선 언지의 떨리는 어깨를 꽉 붙잡았다.

“무슨 일이냐? 어디 아픈 것이냐?”

언지는 거친 숨을 내쉬었다. 그러곤 괜스레 그의 손을 떼어 내려고 했다. 이런 나약한 모습, 왠지 그에게 보여 주고 싶지 않았다.

“아무것도, 아닙니다. 혼자 나갈 수 있…….”

“언니!”

순간, 잘 참고 있던 그녀의 다리가 휘청였고 겸이 거칠게 그런 그녀를 끌어당겼다.

“몸이 이 지경인데 어떻게 혼자 가겠다고!”

“하아, 하아…….”

그녀답지 않게 축 늘어진 모습에 겸은 저도 모르게 당황하여 그녀를 업고 재빨리 시체실을 빠져나왔다. 이영도 갑작스레 벌어진 일에 시신을 수습하고서 그 뒤를 따라나서려 하자, 허지가 그런 그의 손을 꽉 붙잡았다. 이영은 저도 모르게 흠칫했지만, 허지는 그의 손을 순순히 놓아주지 않았다.

"의녀님?"

"아마도 언니가 구토를 할 것입니다. 사실 저희 언니가 이렇게 어둡고 좁은 곳에 잘 있지를 못합니다. 그런 모습을 여러 사내가 보면 부끄러워 할 것입니다. 그러니 여기서 조금만 있다가 나가는 것이……."

솔직히 언지를 혼자 내보낸 것이 마음에 걸리긴 했지만, 조금 전 새 의학교수의 표정이 마음에 걸렸다. 당황해 어쩔 줄 몰라 하면서도 굉장히 걱정스러워하던 표정. 고작 의녀에게 그렇게까지 흔들린다라.

'뭔가 냄새가 나긴 하는데.'

"허면, 잠시 여기 있다가 나가는 게 좋겠습니다. 헌데 의녀님은 괜찮으십니까? 그래도 여기는 시체실인데……."

이영의 따스한 목소리에 허지는 살짝 홍조를 띠며 속삭였다.

"조금 무섭지만 괜찮습니다. 그러니 이 손을 조금 더 잡아도 될까요?"

무섭기는. 지금 무서운 게 대수냐? 캄캄한 밤. 아무도 없는 밀실. 비록 시체실인 게 조금 걸리긴 하지만 이렇게 임과 단둘이 있다는 게 중요한 거지! 최 판관님과 함께라면 이런 시체실도 꽃내 나는 낭만적인 곳!

"그리하십시오. 괜히 이번 일 때문에 고생시켜 드려 죄송합니다."

"아닙니다. 저는 괜찮습니다."

이영은 살짝 어색하긴 했지만 그래도 미안하고 고마운 마음에 그녀의 손을 살포시 쥐어 주었다. 단단하고도 탄탄한 손이 제 손을 부드럽게 감싸자, 허지는 저도 모르게 탄성이 흘러나올까 입술을 꽉 깨물었다. 소설에서만 보았던 온몸이 애탄다는 표현을 이제야 실감하는 듯했다.

시체실을 빠져나오자마자 언지는 겸을 밀어내고선 어둠 속에서 미친 듯이 헛구역질을 토했다. 겸은 생각지도 못한 모습에 안절부절못하며 가까이 다가가 등이라도 두드려 주려고 했지만, 언지는 손을 휙휙 휘저으며 오지 말라고 신호를 주었다. 하긴, 여인인데 그런 모습 보여 주고 싶지 않겠지.

쓴물이 나올 때까지 속을 게워 낸 언지는 이제야 숨통이 제대로 트이는 듯했다. 아까는 정말 누군가 두 손으로 제 목을 꽉 움켜쥐는 느낌이었으니까. 그나저나 뭐라고 설명해야 하나. 갑자기 어울리지도 않게 약한 모습을 보였으니.

"괜찮은 것이냐?"

슬그머니 가까이 다가온 겸이 언지의 모습을 힐끔 살폈고, 언지는 애써 입꼬리를 올리며 고개를 들었다.

"괜찮습니다. 그냥 속이 좀 안 좋았던 것뿐입니다."

"그래도 혹시 모르니 맥이라도……."

"아닙니다. 제 상태는 제가 더 잘 압니다."

언지는 치맛자락을 움켜쥐고서 천천히 걸음을 옮겼고, 겸은 혹시나 또 휘청일까 노심초사하며 그런 그녀의 뒤를 따랐다. 언지는 그런 그의 기척을 느끼며, 제대로 설명하지 않으면 끝까지 물어볼 것 같아 하는 수 없이 걸음을 멈추고선 고개를 돌렸다.

"정말 괜찮습니다."

"안다. 혈색이 아까보다 좋아 보이니."

그 짧은 사이에 혈색도 살펴본 것인가?

"교수님은 역시 운이 좋으십니다. 안 그래도 뽀얗게 빛이 나는 얼굴인데, 역시 아파도 제 꽃다움은 없어지지 않……."

하지만 언지는 말을 끝까지 맺을 수 없었다. 그의 손가락이 아주 조심스럽게 그녀의 한쪽 뺨을 쓸어내렸다. 꼭 죽을 것처럼 하얗게 질렸던 얼굴 위로 혈색이 피어나면서 수줍게 홍조가 오르고 있었다.

겸은 그녀의 홍조를 쓸어내리며 놀랐던 제 가슴도 함께 쓸어내렸다. 정말로 아주 많이, 놀랐으니까.

그리고 그런 그의 조심스런 손길 탓에 언지는 다시금 숨이 벅차면서 손가락이 스치는 곳마다 화끈거렸다. 아까는 온몸이 떨리더니, 이번엔 심장이 엄청난 소리로 쿵쾅대며 떨려 왔다. 갑자기 왜 이래. 왜 이렇게 다정하게 그래!

겸 역시 어색해진 분위기에 헛기침을 하며 손을 떼었다. 그러고는 평소 퉁명스럽고 차가운 어조로 애써 말을 툭 내뱉었다.

"꽃답기는. 하얗게 질린 것이 꼭 처녀 귀신 같았다."

"원래 처녀 귀신들은 어여쁘다 하였습니다. 그래야 사내들을 홀릴 것이 아닙니까?"

언지 역시 자꾸만 후끈거리는 제 얼굴을 감싸며 시선을 돌렸지만, 자꾸만 그의 출렁이는 목울대와 쓸어내리던 손길, 다정하게 감싸던 시선, 그리고 그 눈빛 아래로 단단히 자리 잡은 입술……. 헉, 김언지. 너 무슨 상상을 하는 거야. 미쳤니? 미쳤어? 그래, 이건 습관인 거야. 김 도령 때문에 사내들을 관찰한다고 생긴 습관!

"그나저나 정녕 왜 그런 것이냐? 오늘 몸이 안 좋았던 거냐? 그러면 그렇다고 말을 할 것이지. 미련하긴."

"그런 것이 아닙니다. 뭐, 믿지 못하실지도 모르지만. 저도 여인인지라 좁고 어두운 곳에 오래 있지를 못합니다."

그때, 이제야 시체실에서 이영과 허지가 빠져나왔다.

"괜찮으십니까?"

"예, 제가 도움이 되었는지 모르겠습니다."

"아닙니다. 많은 도움이 되었습니다. 허면 밤길이 어두우니 모셔다 드리겠습니다."

하지만 언지는 허지의 눈치를 슬쩍 살피며 고개를 가로저었다.

"아닙니다. 여기서 멀지 않으니 그냥 가겠습니다. 괜히 여인네가 낯선 사내와 같이 있으면 보기 더 안 좋을 것입니다."

겸은 어쩐지 그녀를 그냥 보내기가 영 신경 쓰였지만, 자신은 이영과 남은 얘기를 해야 했기에 움직일 수가 없었다. 그렇게 언지는 이영과 겸에게 인사를 하고선 허지와 함께 한성부를 빠져나갔다.

겸은 멀어지는 그녀의 뒷모습을 끝까지 좇고서야 서늘한 어조로 이영에게 짧게 속삭였다.

"이제 어쩔 거냐?"

하지만 이영도 뾰족한 방법이 없었다. 만약 그녀의 말이 사실이라면…….

"이쯤에서 넌 그만 손 떼라."

"뭐?"

"만약 이 일의 주모자가 차선대군이라면, 저자가 더 이상 필요 없으니 가차 없이 죽인 거야. 그리고 뒤도 안 돌아볼 작자지. 그리고 어차피 캐 봤자 아무것도 안 나와. 그 일에 관련된 사람이었으면, 그 자리에서 바로 죽였을 사람이야."

하긴. 의원의 뒤를 아무리 캐 봐도 그때와 관련된 그 어떤 것도 얻을 수가 없었다. 그저 그 당시 윤주석의 밑에 있던 말단 의원. 윤주석이 혜민서의 제조로 내려가면서, 그가 챙기지 않고 내쳐 버린 그런 의원일 뿐.

"오히려 우리가 더 파고들면 꼬리가 밟혀."

"그렇겠지. 그나마 우리가 여기서 확실히 얻은 수확은."

"차선대군이 독을 쓴다는 것. 아니면 독을 쓰는 자를 옆에 두고 있다는 것."

그리고 그것이 분명 선왕 전하의 죽음과 관련되어 있을 거란 것.

"내가 차선대군의 주변을 조사할게."

"한성부에 박혀 있는 네가 무슨 수로?"

"그나마 너보단 내가 나아. 그리고 넌 혜민서 일이나 잘해. 지금으로선 차선의 가장 최측근이 거기 있으니까. 만나 보긴 했냐?"

윤주석. 그러고 보니 이래저래 아직 못 만나 봤네.

"아니. 뭐, 혜민서 제조가 어딜 가겠냐? 조만간 마주치겠지. 일단 우리는 여기서 당분간 만나지 말자. 김 도령을 찾을 때까지."

"아마 얼른 찾아야겠지?"

상황이 이렇게 된 이상. 지금의 주상 전하와 연통을 할 방법. 김 도령이 절실히, 그리고 빨리 필요했다.

한성부를 빠져나와 집에 도착한 언지와 허지는 마당에서 그녀들을 기다리고 있는 윤씨 부인의 모습에 흠칫하고 말았다. 그러고 보니 너무 늦어지고 만 것이다.

"어찌 이제야 들어오는 것이냐."

"그, 그것이 혜민서의 일 때문에."

허지가 언지의 옆구리를 꾹 찌르자 그녀는 반사적으로 혜민서 핑계를 대었고, 윤씨 부인의 눈빛이 한없이 흔들리며 생각지도 못한 말을 꺼내었다.

"솔직히 나는 너희들이 혜민서에 나가는 것이 달갑지는 않구나. 네 아버지처럼 사는 것 같아서. 네 아버지처럼 살길 바라지 않으니까."

그녀의 말에 언지는 치맛자락을 꽉 붙잡았다. 허지 역시 언지의 눈치를 살피며 고개를 푹 숙였다.

"물론 네 아버지, 무척이나 훌륭하신 분이시다. 양반으로서 편하게 갈 수 있는 길 포기하시고, 집안을 등지면서까지 평생을 베풀며 그리 사셨으니까. 하지만 그건 네 아버지로 족해. 나는 너희가 모두 반듯한 양반댁의 규수로서 좋은 집안으로 시집가, 그 집안에서 지아비의 그림자가 되어 평생 사랑받고, 편하게. 편하게 살았으면 좋겠다."

어느새 그녀의 목소리로 물기가 젖어들었다. 그리 대단한 집안은 아니었지만, 한 집안의 장손이었던 아버지는 집안의 기대를 저버리고, 벼슬길을 포기한 채 잡학이라 멸시하는 의술을 공부하여 양반으로서 의원의 길을 걸으셨다.

그 때문에 결국 아버지는 가문과 등을 지게 되었고, 이날 이때까지 아버지가 돌아가셨다는 비보에도 가문에선 그 누구도 얼굴을 비춘 사람이 없었다. 마치 처음부터 아버지가 이 세상에 없었다는 것처럼…….

윤씨 부인은 지아비를 공경했다. 그렇기에 자신은 어떤 삶을 살아도 상관없었다. 하지만 자식들은 아니었다. 곱디곱게 커야만 했을 딸들이 혜민서의 의녀로서 온갖 멸시를 받고, 고되고 힘든 일에 남들처럼 꽃다워야 할 손이 갈기갈기 일그러지는 모습을 보고 싶지 않았다.

"그러니까 허지야, 언지야……."

하지만 언지는 마음을 독하게 먹고선 고개를 들어 옅은 미소를 지었다.

"시집은 갈 것이어요. 어머니 말씀대로 좋은 집안에 좋은 서방님 만나서, 평생 서방님의 그림자가 되어 마지막까지 그 댁의 귀신이 될 것이어요. 하지만 그러기 위해서. 전, 아버지를 되찾고 싶어요."

"언지야!"

부인은 안타깝게 언지를 불렀지만, 그녀는 흔들림 없이 말을 이어 갔다.

"분명 저는 알고 있어요. 아버지가 어떻게 돌아가셨는지. 그리 억울하게 가실 분 아니라는 거. 어머니도 잘 아시잖아요. 절대 그냥 돌아가신 거 아니에요. 분명해요. 저만 기억해 내면 돼요. 저만 기억해 내면 되는 거잖아요."

지금껏 독하게 제자리에 서 있던 언지가 처음으로 흔들렸다. 허지는 그런 그녀의 뒷모습을 바라보며 입술을 깨물었다.

아버지가 갑작스럽게 세상을 떠나셨을 때, 그때 언니도 아버지와 함께 있었다. 하지만 살아 돌아온 것은 언니 혼자였다. 마치 미친 사람처럼 넋을 잃고 집으로 돌아와서는 그대로 실신해 버렸고, 몇 달 동안 죽을 고비를 몇 번이나 넘겼다. 발작을 하기도 했고, 발광을 하기도 했다. 차마 눈 뜨고 지켜보지 못할 정도로. 살아도 산 사람이 아닌 것 같은 그런 모습으로.

그러던 어느 날, 갑자기 언니의 정신이 돌아왔다. 그날의 일을. 아버지와 있었던 그 마지막의 일을 전부 잊어버린 채. 잊어버린 후에야 언니는 제대로 숨을 쉴 수가 있었다.

윤씨 부인은 끝내 참았던 눈물을 내지으며 방으로 들어가 버렸다. 언지는 그런 어머니의 울음소리만을 귀에 담고 있었다. 천하의 불효녀다. 매일 밤, 얼마나 속으로 저리 삭이셨을까. 온몸에 얼마나 많은 눈물을 담고 계실까.

"괜찮아, 언니?"

"난 괜찮아."

"그래도 오늘 많이 무리했잖아."

아버지를 잃은 뒤, 기억이 사라진 것뿐만이 아니라 심각한 정신적 병까지 얻었다. 어둡고 좁은 곳에 갇혀 있는 느낌만 들어도 온몸이 비명을 지르며 공포감에 휩싸여 어찌할 바를 몰랐다. 그나마 지금은 많이 나아진 것. 예전엔 방에서 잠도 자지 못할 정도였다.

지금도 창문을 활짝 열고 초를 켜 놓고 잠들면, 허지가 끄고선 언지의 손을 꼭 잡아 주곤 했다.

이 정도로 그때의 기억은 그녀를 옥죄고 있었다. 그만큼 중요한 기억일 터. 그녀가 혜민서에 있는 이유는 제 기억을 되찾기 위해. 아버지가 걸으셨던 길을 그대로 걷다 보면, 어쩌면 기억을 찾을 수 있을 것 같아서. 그래서 아버지의 억울한 죽음을. 이 세상에 살아 계셨다는 흔적을 되찾을 수 있을까, 하는 마음 때문이었다. 그렇기에 아직은 어머니의 소원대로 혜민서를 나올 수가 없었다.

작은 채로 들어온 허지는 언지의 기분을 풀어 주기 위해 애써 밝은 목소리로 분위기를 돌렸다.

"언니가 보기엔 최 판관님 어때?"

언지는 애써 씁쓸한 기분을 털어 내며 잠시 그를 떠올렸다. 하지만 별다른 느낌이 들지 않았다. 물론 무예를 익힌 자답게 풍채도 당당하고 훤하니 헌헌장부(軒軒丈夫)이기는 했다. 거기에 비해 그자는 헌헌장부보다는 옥골선풍(玉骨仙風, 살빛이 희고 아름다우며 신선과 같은 풍채)에 더 어울리지만. 잠깐, 내가 누굴 생각하고 있는 거야!

"내가 보기엔 최 판관님, 꽤 목석같은 사내야. 네가 정말로 그 사내에게 마음이 있다면 웬만해선 안 될 거다."

그에 비해 그자는 깃털같이 가볍지. 바람처럼 가벼워. 잠깐, 왜 또 그 사람이야!

"역시 그렇겠지? 역시 최 판관님은 쉬운 사내가 아니야. 내가 어찌한다고 쉬이 넘어올 그런 분이 아니시라고."

그렇다면 이젠 대놓고 흔드는 수밖에 없었다. 그런 목석이라면 눈치도 없이 둔할 터. 다른 사내들처럼 살랑살랑 흔드는 것은 씨알도 먹히지 않을 것이다.

허지는 얼른 종이를 한 장 꺼내어 먹을 묻히고선 무척이나 신중하게 네 글자를 적어 내렸다.

한성애사(漢城愛詞)

그리고 그것을 지켜보던 언지는 의아한 시선을 띠었다.

"한성애사?"

"김 도령의 야심작이야. 한성에서 사랑을 말하다. 주인공은 역시 최 판관님이지만 이름을 그대로 쓰면 티 나니까, 최윤이라 하고. 여주인공 역시 너무 티 나면 안 되니까, 언니 이름을 좀 섞어서 김헌지! 심장이 저릿하고 찌릿찌릿하면서 오직 최 판관님을 사모하는 헌지의 절절한 이야기가 될 거야. 물론 후반부로 가면서 최 판관님이 나한테 목을 매며 애닳은 장면도 나오게 되고, 그리고……."

마치 눈앞에 최 판관이 있는 것마냥 발그레 달아올라선 주절주절 늘어놓기 시작하는 허지의 말은 어느 순간 언지의 귀에 들리지 않았다. 그저 딱 한마디만 그녀의 머릿속을 맴돌았다.

'심장이 저릿하고 찌릿찌릿하면서 오직 최 판관님을 사모하는 헌지의 절절한 이야기가 될 거야.'

심장이 저릿저릿 찌릿찌릿. 맥이 뜨겁게 요동치고, 숨이 턱 하니 막히면서 그자의 모습이 하나하나 선명히 새겨지는…….

순간, 언지는 정신을 번쩍 차리고서 어느새 종이 위에 적힌 이름에 화들짝 놀라며 누가 볼까 얼른 찢어 버렸다. 허겸. 허겸. 어째서 그자의 이름을 쓴 거야! 왜 이러지? 정말 왜 이래? 나 정말 미친 건가?

'그래. 요즘 들어 붓을 들지 못해 욕구불만이 쌓인 거야. 그런 거야! 내일은 오랜만에 김 도령으로서 욕구를 풀어야겠어!'

어스름이 내려앉은 시각. 허지가 오늘 혜민서에서 번을 서는 날이라 홀로 일찍 온 언지는 어머니께 인사를 여쭌 뒤, 옷 꾸러미를 끌어안고서 헛간으로 들어가 조심스럽게 불을 밝혔다.

흔들리는 불빛 너머로 그녀의 눈동자가 아주 비장한 빛을 띠고 있었다. 오늘 하루 종일 혜민서에서 그를 피해 다니느라 눈알이 돌아갈 뻔했다. 어찌나 눈에 힘을 주며 혹여나 그와 마주칠까 봐, 얼마나 조심조심 다녔는지. 하지만 이것도 하루 이틀이지, 이러고는 살 수가 없었다. 가장 중요한 건 대체 내가 왜 그자를 피해 다녀야 한단 말인가!

"그 호색한 자가 괜히 쓸데없는 짓을 해서는."

언지는 다시금 슬그머니 피어오르는 그의 손길과 손길에 닿아 뜨겁게 치솟았던 체온과 다정했던 시선이 제 볼을 따끔하게 때렸다. 안 돼. 더 이상 이리는 못 살아. 정말로 욕구가 쌓인 것이야.

글을 쓰면서 규방 여인들의 억눌러진 욕망을 해소시켜 주기도 했지만, 그녀 자신도 언젠가는 이런 연모를 꿈꿔 보고 싶다 하는 욕망을 풀어내기도 했다. 요즘 혜민서 일이 눈코 뜰 새 없이 바빠 제대로 붓을 들지 못해서 괜스레 눈앞에 사내가 아른거리는 것뿐. 거기에 운 좋게 그자가 걸린 것뿐!

그녀는 천천히 옷을 벗기 시작했다. 찬 공기가 맨살에 닿기도 전에 봉긋 솟은 가슴을 커다란 무명천으로 단단히 묶고선 그 위로 사내의 속적삼을 입고 혹여나 풀리지 않게 매듭을 단단히 묶었다. 그 위로 그녀의 새

하얀 피부를 돋보이는 하얀 도포를 입고서 허리에 세조대를 야무지게 둘러매고선 마지막으로 조막만 한 얼굴을 쏙 가리는 갓을 둘러썼다.

꽃보다 아름다운 김 도령의 행차였다.

김 도령이 되면 뭐든지 자유로워 마음이 편했다. 유교로 인해 여인들은 뭐든 감추고 숨겨야만 하는 조선에서 사내라는 감투만 써도 바깥에서 훨씬 자유로워지니 말이다.

그렇게 도성 쪽으로 걸음을 옮긴 언지는 오늘따라 유난히 인적이 많은 장시의 모습에 의아한 표정을 지었다. 오늘 무슨 날인가? 어찌 이리 장시가 대낮처럼 환한 거지?

"이보시오, 말씀 좀 묻겠소."

언지가 갓을 살짝 올리며 지나가던 아낙네를 붙잡자, 아낙네는 곱디고운 언지의 모습에 얼굴을 붉히며 속삭였다.

"무슨 일이십니까?"

"오늘 무슨 날이오? 어찌 이리 사람들이 몰려 있는 것이오."

"올해의 풍년을 감사하는 풍등놀이를 할 것입니다."

풍등놀이라. 꽤나 오랜만에 보겠네.

언지는 아직은 말간 까만 밤하늘을 올려다보며 엷은 미소를 지었다. 예전엔 아버지의 손을 잡고 함께 오색찬란한 풍등을 올리곤 했었는데. 그나마 이 기억도 가물가물했다. 어서 빨리 기억과 함께 아버지도 되찾고 싶은데…….

언지는 애써 처지는 기분을 털어 내며 책방이 있는 곳으로 서둘러 걸음을 옮겼다.

풍등놀이 탓에 책방에 더 이상 손님이 들지 않자, 책방 주인 박씨는 자신도 풍등놀이나 구경 가야겠다 하는 생각에 일찌감치 장사를 접으려고 했다. 그런데 때마침 사뿐사뿐한 발걸음 소리와 함께 하얀 도포를 입은 선비가 안으로 들어섰다.

“어서 오십시오! 하도 손님이 없어서 장사를 접으려 했는데, 잘 오셨습니다요.”

언지는 저를 반겨 주는 박씨의 모습에 웃음을 띠며 입을 열었다.

“잘 지냈소?”

“예?”

“설마 날 잊어버린 것이요?”

박씨는 제법 살갑게 구는 손님의 목소리에 고개를 갸우뚱했다. 누구지? 단골손님인가? 그렇다면 제가 목소리를 잊었을 리 없는데. 하지만 아무리 생각해도 저런 곱상한 목소리는……. 잠깐!

“호, 혹시. 그때 그 꽃 도령?”

박씨는 저도 모르게 나온 말에 화들짝 놀라며 입을 막았지만 이미 새어 나간 말을 언지가 못 들었을 리가 없었다. 그녀는 슬슬 피어오르는 장난기를 애써 누르며 슬쩍 갓을 들어 올렸다.

하얀 얼굴 위로 역시나 꽃다운 미소가 흐르자 박씨는 저도 모르게 냉큼 가슴을 붙잡았다. 역시 그때 그 꽃 도령! 어찌 저 미모를 잊을 수가 있을까.

“아이고, 도련님 오랜만입니다요!”

“잘 지냈는가?”

“물론입죠! 헌데, 어쩐 일이십니까요? 찾으시는 서책이라도? 어제 명에서 진귀한 서책들이 많이 들어왔는데.”

“흠, 그것보다는 자네가 그때 읽었던 책 말일세.”

“예? 제가 읽었던 책이라굽쇼?”

“그래, 저번에 자네가 읽었던 비색고름의 마지막 권. 혹, 남아 있나?”

비색고름이라는 말에 박씨의 표정이 환해지면서 어쩐지 우쭐한 표정이 되었다.

“물론 저번 권은 바로 나갔습죠. 그게 지금껏 남아 있는 줄 아십니까요? 그나저나 김 도령에 대해서 드디어 눈을 뜨셨습니다요.”

"자네 말대로 대단하더군."

그의 말에 대충 맞장구를 쳐 주자 박씨의 표정이 더욱 으쓱해졌다. 마치 자신이 쓴 것마냥. 그리고 그 모습이 언지는 꽤나 우스워 웃음을 틀어막느라고 죽을 것 같았다.

"해서 이젠 없는가?"

"운이 좋으십니다, 딱 한 권이 남아 있었는데."

박씨는 신이 나서는 비색고름 마지막 권을 찾아 그녀에게 건네주었다.

"여기 있습니다요. 하도 귀한 것이라 다른 마님들이나 아씨께 팔려고 했는데, 도련님이 요 재미를 알게 되었다니, 제가 다 기뻐서 드리는 것입니다요."

언지는 싱글벙글하는 책방 주인의 모습에 재미있기는 했지만 이를 어쩔까 싶었다. 솔직히 필요는 없는데. 그렇다고 이제 와서 안 받는다고 할 수는 없고. 뭐, 어쩔 수 없지.

그녀가 고맙다고 하며 책을 잡으려는 순간, 갑자기 누군가의 손이 덥석 나타나면서 비색고름을 꽉 움켜쥐었다.

"이 책, 나한테 양보 좀 하면 안 되겠소! 무척이나 급한 일이요!"

문제는 너무나도 낯익은 목소리. 언지는 저도 모르게 등골이 오싹해지면서 식은땀이 주르르 흘렀다. 에이, 설마 그럴 리가. 아닐 거야. 아니겠지? 그럴 리가. 혜민서에서나 들어야 할 그자의 목소리가 대체 왜 여기서!

언지는 끝까지 아닐 거라고 간절히 속삭이며 책을 붙잡은 간절한 사내의 손을 쭉 따라 올라가다 이내 창백해진 낯빛으로 고개를 휙 돌려 버렸다. 혜민서에서 그토록 피해 다녔던 그 얼굴. 허겸. 허 교수! 왜 하필이면 여기서 마주친 거야, 왜!

"허나, 나리. 이 책은 이미 이 도련님께서……."

"아닙니다. 급하신 듯하니 제가 양보하겠습니다."

언지는 망설임 없이 책에서 손을 떼고선 갓을 더욱 깊숙이 끌어내렸다. 저번 홍와여림에서 들킨 것도 모자라 지금 이 모습마저도 들킨다면 평생을 그에게 시달리며 살지도 모른다. 그건 절대로 안 돼, 절대로!

너무나도 쉽게 책을 포기하는 모습에 박씨가 의아한 목소리로 그녀를 잡으려고 했지만, 언지는 최대한 얼굴을 가리면서 얼른 책방을 빠져나가려 했다. 그런데 겸이 그런 그녀의 손을 덥석 잡아 버렸다. 도대체, 왜!

"정말 감사하고, 미안하오. 해서 내가 이 책값을 도령에게 주고 싶은데……."

"아닙니다. 괜찮습니다!"

언지는 손목을 슬쩍 비틀었다. 그러고 보니 이자와의 첫 만남도 이랬던 것 같은데. 왜 만날 이런 식으로 엮이는 거야?

"그래도 이건 정말 도리가 아닌 것인데. 내가 정말 급히 이 책이 필요해서."

"정말 괜찮습니다. 정말이니 신경 쓰지 마십시오. 어, 저기!"

언지가 반대 방향을 보며 목소리를 높이자, 겸과 박씨의 시선도 절로 그쪽으로 향했다. 그 틈을 타 언지는 잽싸게 겸의 손을 뿌리치고서 뒤도 돌아보지 않고 책방을 빠져나가 버렸다. 겸은 뭔가에 홀린 듯, 도령을 붙잡았던 제 손을 물끄러미 바라보았다.

이영이 녀석 몰래 수란이에게 수소문하여 어렵게 책방을 찾았는데 눈앞에서 다른 이에게 팔리려고 하는 비색고름을 보자마자 체통이고 뭐도 없이 저도 모르게 손부터 뻗고 보았다. 그런데 생각보다 순순히 포기해 주는 도령이 그저 정말로 고마웠을 뿐인데, 왜 저리 급하게 가는 건지. 그것도 도망이라도 치는 모양새로. 뭔가가 영 찜찜했지만, 갓이 하도 아래로 내려와 얼굴조차 제대로 볼 수가 없었다.

'그런데, 좀…….'

겸은 도령을 붙잡았던 손을 다시금 물끄러미 바라보았다. 사내의 손목치고는 굉장히 얇고 부드러웠다. 마치 여인처럼. 게다가 어딘지 굉장히 낯이 익은 목소리까지……. 설마.

"저 도령은 누구요?"

넋을 빼고 있던 박씨는 겸의 목소리에 고개를 번쩍 들었다. 그러고 보니 이 도령도 제법 신수가 훤했다. 물론 꽃 도령처럼 여리여리한 것이 아닌 사내다운 훤칠함이었지만. 게다가 차려입은 복색에도 귀티가 흐르는 것이, 제법 사는 댁의 도령 같았다. 장사꾼의 눈은 결코 속일 수가 없는 법. 박씨는 저도 모르게 목소리가 굉장히 간사해졌다.

"저도 잘 모르지만, 미모가 기가 막힌 꽃 도령입니다요. 처음엔 김 도령이 저자가 아닐까, 했지만."

"김 도령?"

순간, 겸의 시선이 번뜩였지만 이를 눈치채지 못한 박씨는 고개를 절레절레 흔들며 말했다.

"아닙죠. 오늘 보니 아닌 듯합니다요. 제 생각엔 조선인이 아닌 저 멀리 명에서 온 듯한데. 하여튼 사내면서 미모가, 어우. 여인네뿐만 아니라 사내놈들 심장도 벌렁이게 할 듯합니다요."

박씨는 절대로 저는 아니라는 말을 덧붙였지만, 겸은 그의 말을 귀담아듣고 있지 않았다. 김 도령. 김 도령. 하지만 그것보다 머릿속에 말도 안 되게 떠오르는 사람은 딱 한 명이 있었다. 겸은 저도 모르게 시선이 흔들리면서 옷 춤에서 돈을 뭉텅이로 꺼내 박씨에게 던지듯 주고서 책방을 빠져나왔다.

이미 거리는 풍등을 날릴 준비로 굉장히 많이 사람들이 몰려나와 있었다. 겸은 비색고름을 붙잡고서 방금 전의 그 도령을 찾기 위해 여기저기를 뛰어다녔지만 역시나 찾을 수가 없었다. 하긴, 이리 많은 사람들 틈에서 그것도 제대로 보지도 못했는데 찾는 게 더 웃기는 일이지. 책방 주인의 말처럼 김 도령일 리가 없고 더더군다나.

"그 아이일 리가 없지."

저도 모르게 언지, 그 아이를 떠올렸다. 홍와여림에서 처음 만났던 모습과 너무 흡사해서. 게다가 잡았던 손목과 어쩐지 들어 본 듯한 목소리.

게다가 꽃답다는 말.

"정녕 내가 미친 것인가?"

'자꾸만 그 말도 안 되는 계집이 아른거리니!'

고작 그 아이일지도 모른다는 생각에 앞뒤 생각하지도 않고 무작정 뛰어다녔다. 정말로 무작정. 게다가 가지고 있던 돈도 전부 줘 버리고. 가서 다시 달라고 하기엔 양반의 체통이…….

겸은 허탈한 숨을 내쉬며 뒤를 돌아선 순간, 뭔가와 부딪히면서 본능적으로 손을 뻗었다. 아까 그 도령의 손목처럼 굉장히 여리고 부드러운 손목이 덥석 잡혀 왔다.

"괜찮으십니까?"

부딪힌 것은 한 여인이었다. 그것도 굉장히 단아하고 고운 여인. 그녀는 쓰고 있던 장옷을 깊숙이 내리며 무슨 말도 하지 못한 채 고개를 숙이자, 겸은 이제야 낯선 여인의 손목을 잡은 것을 깨닫고선 얼른 놓아주었다.

"아, 미안합니다. 제가 미처 뒤를 보지 못했습니다. 그리고 손목도……."

"아닙니다. 앞을 보지 못한 제 잘못이지요."

여전히 고개를 돌린 여인에게서 굉장히 청아하고 정갈한 목소리가 흘러나왔다. 겸은 어쩐지 그런 여인의 모습이 좀 새로웠다. 매번 고개를 빳빳이 들고서 어여쁘니, 꽃답니, 왜 자꾸 쳐다보니, 하는 그녀만 보다 보니 그런 듯했다.

만약 언지였더라면 제 귀한 손목을 잡은 교수님께선 행운이라는 둥, 영광인 줄 알라는 둥, 또 발칙한 말을 했을 테지. 원래 규수라면 저런 모습이 정상이거늘.

"제가 괜히 나리의 앞길을 막았습니다. 소녀는 신경 쓰지 마시고 가시옵소서."

저도 모르게 언지 생각을 하느라, 눈앞에 여인을 잠시 잊고 있었다. 겸은 그런 저 자신이 마음에 들지 않아 저도 모르게 냉정한 어조가 흘러나왔다.

"정녕 괜찮으십니까? 허면……."

그때, 사람들의 환호성 소리와 함께 하늘 위로 오색의 풍등이 하늘로 오르기 시작했다. 그와 동시에 사람들이 그들의 주변으로 몰리면서 여인의 몸이 다시금 위태롭게 휘청거렸다. 안 봤으면 몰라도, 눈앞에서 그런 여인을 두고 갈 수는 없었기에 하는 수 없이 여인의 앞을 가로막았다.

"잠시 실례하겠습니다."

그러고는 부딪히는 사람들 틈에서 여인의 어깨를 잡아 온몸으로 보호를 하며 인적이 드문 곳으로 걸음을 옮겼다.

정말 뒤도 돌아보지 않고 허겁지겁 도망쳐 나오느라 흐트러진 갓끈을 움켜쥐고서 사람들 틈으로 파고든 언지는 이제야 거친 숨을 몰아쉬었다.

제기랄. 도대체 무슨 질긴 인연이기에 오늘 하루 혜민서에서 잘 피했나 싶었더니, 책방에서 만나게 되냐고! 그것도 그 많은 책방 중에서! 일부러 안 만나려고 그렇게 애를 썼는데.

어느새 숨이 좀 잦아든 언지는 삐뚤어진 갓을 고쳐 쓰고 갓끈도 새로 매고서는 조금 전, 책방에서 아주 간절하게 비색고름을 움켜쥐었던 그의 모습을 떠올렸다.

'급한 일이오!'

급하긴 개뿔. 규방의 아씨들이 즐기는 그런 서적을 의학교수가 뭐에 급하다고 가져갔겠어? 하여튼 가벼운 사내라니까.

그러면서도 자꾸만 슬그머니 피어오르는 미소를 감출 수는 없었다. 자신이 김 도령이라는 사실을 알면 어찌 나올지 왠지 궁금했으니까.

그때, 사람들의 함성 소리와 함께 주변으로 화려한 풍등이 하늘 위를 가득 수놓기 시작했다. 새까만 밤하늘 위로 마치 지상에서 별을 쏘아 올리듯, 하늘하늘 춤을 추며 떠오르는 풍등. 하지만 예쁜 건 예쁜 거고, 어느새 인파에 밀리면서 언지는 조금만 방심해도 넘어질 듯 휘청휘청 위태롭게 서 있었다.

괜히 사람들에게 밟혀 봉변당하기 전에, 그리고 혹시나 그자를 또 만나게 될지도 모르니까 어서 집으로 가야겠다 생각했다. 그리고 사람들 틈에 잔뜩 구겨지고 있는 도포 자락을 가지런히 모아서는 그곳을 빠져나가려는 찰나, 그 많은 사람들 틈에서 그녀의 시선이 정확히 한곳에 멈춰 들었다. 장옷을 둘러쓴 한 여인을 보호하듯 안으며 인파를 빠져나가고 있는 겸의 모습.

언지는 저도 모르게 그에게 시선을 빼앗겨 버렸다. 얼른 걸음을 뒤로 돌려야 하는데, 휘청거리는 탓에 흔들리는 시선으로 그 모습을 응시했다. 여인의 얼굴은 제대로 보이지 않았지만 멀리서 보아도 굉장한 집안의 규수인 듯 보였고, 그런 그녀를 감싸 안은 그의 손길에도 조심스러움이 묻어나고 있었다.

어느새 주변의 소리가 잦아들고, 마치 시간이 멈춘 듯 하늘 위로 오르는 풍등 아래 두 사람의 모습이 그림처럼 자꾸 언지의 시선 앞에 아른거렸다. 썩, 잘 어울려 보였다. 좌상 대감의 자제답게 어디에 내놓아도 귀한 빛이 흐르니 수많은 사람 틈에서도 남중일색(男中一色, 얼굴이 뛰어나게 잘생긴 남자)이었고, 그런 그와 함께 가는 여인도 아담하니 잘 어울려 보였다.

언지는 저도 모르게 제 복색을 쓰윽 쳐다보았다. 집을 나설 때까지만 해도 깔끔했는데, 사람들에게 이리저리 치여 구겨지고 흐트러진 도포에 갓도 찌그러진 상태였다. 하지만 그녀는 눈을 새침하게 뜨고서 찌그러진 갓을 벗어 버렸다. 그러자 그림자에 가려졌던 그녀의 고운 얼굴이 어여쁜 풍등처럼 둥실 떠올랐다.

"뭐, 나도 저렇게 입으면 저 여인보다 훨씬 단아하고 어여쁜 여인이야. 혜민서의 절세가인이 누군지 알고."

게다가 보는 눈이 이리 많은데. 그새 저 여인에게 뿅 가서는 잡은 거야? 아무튼 가벼워, 가볍다고.

언지는 괜스레 툴툴거리며 고개를 휙 돌리고선 걸음을 옮겼다. 저자가 누구를 만나든, 그래서 뭘 하든 나랑은 상관없는 일이다. 그런데, 걸음을 옮기면 옮길수록. 사람들의 목소리가 잦아들면 잦아들수록. 심장이 그의 손길이 닿았던 그때만큼 저릿해졌다. 하지만 그때와 똑같은 느낌은 아니었다.

좀 더 욱신거리면서 울렁이는 느낌과 더불어 아까까지만 해도 좋았던 기분이, 썩 이상했다. 아주, 아주.

인적이 드문 곳으로 걸어온 겸은 어쩔 수 없이 그녀를 감쌌던 손을 거두었다. 그러자 장옷을 단단히 뒤집어쓴 여인이 역시나 시선을 아래로 내린 채 다소곳이 입을 열었다.

"이리 신경 써 주셔 감사합니다."

"풍등을 구경하러 온 것이면, 조심하십시오. 사람이 꽤 많습니다. 몸종은 어디에 가고?"

"곧 올 것입니다. 잠시 제가 시킨 것이 있어서……."

그때, 드디어 여인이 살며시 고개를 들어 겸과 아주 조심스럽게 시선을 마주했다. 역시 몸가짐만큼이나 굉장히 아름다운 여인이었다. 티 없이 말그란 얼굴, 곱고 동그란 이마 아래 고운 아미를 따라 서늘한 콧대와 곱게 다문 붉은 입술 너머로 깨끗한 울림이 느껴졌다. 영락없는 양갓집 규수의 모습. 그것도 빈틈없이 단아한 모습이었다.

그 아이도 입만 열지 않으면 참으로 단아할 것인데. 제 앞에 있는 여인만큼이나 아름다울 것인데. 자, 잠깐. 자꾸 누굴 생각하는 것이야!

"민망하옵시면, 송구합니다. 하오나, 감사 인사를 계속 아래만 보고 하는 것은 도리에 어긋난 듯하여……."

"아닙니다. 신경 쓰지 마십시오."

그때, 여인이 겸의 어깨 너머로 저를 찾는 몸종을 발견하고서는 다시금 장옷을 뒤집어썼다. 고운 얼굴이 다시금 장옷 너머로 살포시 사라졌다.

"허면, 저는 이만."

그렇게 그녀의 모습이 그의 시야에서 사라지고, 겸 역시 별다른 미련 없이 걸음을 옮기려다 제 발치로 뭔가가 툭 하고 걸렸다. 바로 여인의 노리개였다. 그것도 굉장히 화려하고 값비싸 보이는……. 이런 물건이 이런 장시에 그냥 뒹굴 리는 없었고, 혹 그 여인이 떨어뜨린 것인가? 그러고 보니 얼핏 이런 노리개를 보았던 것 같기도 하고. 하지만 여인은 이미 사람들 틈으로 사라진 후였다.

겸은 하는 수 없이 그 노리개를 주어다가 잠시 살펴보았다. 푸른 비취옥으로 만들어진 나비 모양을 중심으로 갖가지 값비싸 보이는 보석과 붉은 비단이 멋스럽게 매어져 아래로 술을 떨어뜨리고 있었다.

왠지 그 여인이 하기엔 좀 과한 장식. 이런 노리개는 그 여인보다는 언지에게 더 어울릴 것 같았다. 하긴 그 아이가 이런 비싼 노리개를 가질 수가 있나. 하지만 하면 정말 어울릴 것 같기는 한데. 매번 입으로 꽃답다, 꽃답다 하긴 하지만 정말 꽃다울 때가 있기는 하니까.

순간, 겸은 흠칫하며 노리개를 움켜쥐었다. 대체 왜 또 생각이 그 여인에게로 뻗어 버린 것인가. 어여쁜 여인을 앞에 두고서도 그 아이 생각. 심지어는 조금 고운 사내를 보고서도 그 아이 생각이라니!

"정말 안 되겠다. 얼른 가서 비색고름으로 이 허한 마음을 달래야지. 도저히 안 되겠어."

겸은 노리개를 품 안에 넣고선 자꾸만 어지러운 속내를 흔들며 발걸음을 돌렸다.

몸종을 찾았다는 핑계로 겸에게서 멀어진 여인은 노리개를 줍고서 걸음을 돌리는 그를 확인한 뒤에야 안도의 미소를 띠었다. 그리고 어느새 그녀의 옆으로 헐레벌떡 뛰어온 몸종이 헐떡이는 숨을 억지로 누르고서 울상이 된 표정으로 속삭였다.

"아씨! 갑자기 그리 사라지시면 어찌합니까. 쇤네, 아주 깜짝 놀랐습니다. 이리 늦은 시각에 홀로 나오신 것도 나리께서 아시면 크게 경을 치실 텐데."

"역시 잘 나온 것 같다. 한 번은 직접 만나보고 싶었는데 말이다."

"예?"

그녀는 다시금 장옷을 아래로 내렸다. 조금 전 보았던 사내가 아직도 눈에 아른거리면서 뚜렷하게 떠올랐다. 그는 저를 모르겠지만, 그녀는 그를 아주 똑똑히 알고 있었다. 좌상 대감댁의 둘째 자제. 무슨 이유인지는 모르겠지만, 혜민서의 의학교수로 지내고 있는 허겸. 어쩌면 저와 혼사를 치를지도 모를 사내. 그녀는 바로 차선대군의 여식 이가예였다.

"아씨, 그게 무슨. 허, 헌데. 아씨 노리개가!"

여종은 가예의 저고리에 있어야 할 노리개가 보이지 않자 사색이 되어선 몸을 떨었다. 그건 그냥 단순한 노리개가 아니었다.

"잃어버리신 것입니까? 그게 어떤 노리개인데!"

"그래. 내겐 무척이나 귀하고 중한 노리개이지. 내 어머니께서 마지막으로 남기신 유품이니까."

"쇤, 쇤네의 잘못입니다. 쇤네가 잘 단속하지 못하여서! 찾아오겠습니다. 아씨, 쇤네가 꼭!"

"반드시 찾아야지. 반드시 찾아야 해. 내가 직접, 찾으러 갈 것이다."

의아해하는 여종을 남겨 두고서 가예는 다시금 장옷을 둘러쓴 채 가마가 있는 쪽으로 걸음을 옮겼다. 그저 답답하여 잠시 나온 것인데, 이리 우연찮게 그를 만나게 될 줄은 몰랐다. 그는 제 얼굴을 모르겠지만 그녀는 그의 얼굴을 잘 알고 있었다. 딱 한 번 보았던 얼굴인데도 단 한 번도 잊어 본 적이 없는 얼굴이었다.

가예는 제 어깨를 감쌌던 그의 손길을 떠올리며 옅은 미소를 지었다. 제 귀한 노리개를 그가 주웠으니 만날 명분이 생겼다. 그러기 위해서 일부러 떨군 노리개였으니까.

다음번에는 혜민서에서 그 역시 저를 기억하며 마주할 수 있을 것이다. 두 번의 우연. 아니, 이젠 인연이 된 것일까.

❖ ❖ ❖

집으로 돌아온 언지는 다시금 제 모습으로 돌아와서는 구겨진 도포를 잘 정리하여 옷장 깊숙이 집어넣었다.

여전히 기분이 뒤숭숭했다. 가슴 위로 칼바람이 스치듯, 허지도 없이 적막하니 앉아 있으니 자꾸만 그 사람의 모습과 얼굴 모를 여인의 모습이 겹쳐 떠올랐다. 대체 그자가 무엇이기에 제 머릿속을 이리 휘젓는 건지. 괜히 기분 좀 풀어 보려고 했다가, 오히려 더 기분이 나빠지다니. 그것도 그 사람 때문에. 처음부터 지금까지 그 사람 때문에!

문득, 허지가 이름만 써 놓은 채 내려놓은 한성애사가 눈에 띄었다. 그녀는 잠시 그 책을 빤히 쳐다보다가 이내 붓을 들고서 먹을 잔뜩 묻혀 흔들리는 촛불 아래 첫 장을 넘겨 글자를 써 내려가기 시작했다.

지금 써 내려가는 서체는 김 도령의 서체가 아니었다. 그렇다고 평소 김 도령의 소설을 필사하며 써 내려갔던 서체 역시 아니었다. 누가 보아도 여인의 서체라 할 수 있는 아름답고 정갈한 서체. 언지, 그녀의 서체였다.

그에게 제 모습은 보이지 않을 것입니다. 허나, 그 수많은 사람들 틈에서 저는 그 사람의 모습이 뚜렷하게 보입니다. 마음이 담긴 풍등이 바람을 타고 떠오를 때, 제 마음에도 풍등이 하나 떠올랐습니다. 저조차 알 수 없는 풍등이 떠올라 제 시선이 머무는 그곳으로 향합니다. 저도 모르게 와 닿는 그곳으로…….

"……허겸."

언지는 순간 붓을 멈추고서 살며시 그의 이름을 불러보았다. 도저히 알 수 없는 미묘한 마음이 붓끝에 먹물이 되어 그렇게 종이 위로 그녀의 목소리를 조심스럽고, 은밀하게 속삭이고 있었다.

제5장

왜 자꾸 떠오르는 것이냐?

풍등놀이 이후, 겉으로는 고요한 듯 혜민서의 시간이 흘러가고 있었다.

처음엔 그냥 단순히 겸을 피했으나, 풍등놀이 이후 언지는 대놓고 그의 얼굴을 보기가 싫었다. 그날은 제가 정신이 집을 나가서 그자의 이름을 쓰는 그런 말도 안 되는 행동을 한 것이다. 그래! 그의 그 가벼운 행동에 어이가 없어서 나도 모르게 붓이 움직인 거야. 한성애사의 첫 장은 풍등놀이에 취해서 쓴 것뿐이고. 당연하지, 그 이야기는 나랑 전혀 상관없어, 없다고.

언지는 겉으로 보일 정도로 머리를 붕붕 흔들면서 달이고 있는 탕약에 집중하려고 했다.

그런데 그때, 발자국 소리가 들렸다. 초학의 수업 도중 잠시 쉬러 나온 허지가 굉장히 불만이 가득 찬 표정으로 언지에게 걸어오고 있었다. 언지는 허지가 왜 저런 표정인지 뻔히 안다는 듯, 한숨을 쉬며 들고 있는 부채를 좀 더 세게 흔들었다.

"계속 그렇게 인상만 찡그리고 다니면, 네 얼굴에 내천 자가 생길 거다."

허지는 언지를 잠시 바라보다 이내 그 자리에 털썩 주저앉으며 참아 왔던 속내를 털어놓기 시작했다.

"내천 자가 생기기 전에 내 마음에 참을 인 자가 새겨지는 것 같아. 도대체 언제까지 참아야 하는 거지? 도통 최 판관님을 만나러 갈 구실이 없잖아! 그렇다고 무작정 한성부로 쳐들어갈 수도 없고. 내가 아무리 지금은 의녀라고 하지만, 그래도 반가의 규수로서 체통이 있는데."

"그보단 최 판관님이 싫어하실지도 모르지. 그리고 곤란해지실 테고. 한성부가 어느 아녀자들이 쉽게 들락날락할 수 있는 곳이 아니니 말이야."

어느 정도 약을 달인 언지는 힘껏 약을 짜내면서 여전히 멍하니 앉아 있는 허지의 모습에 또다시 한숨을 내쉬었다. 저리도 깊이 빠졌다니. 정말 간이고 쓸개고 다 내줄 표정이네.

언지는 어쩔 수 없이 입을 열었다.

"최 판관님께서 내게 부탁했었던 일이 있었어."

"뭐?"

최 판관이라는 말에 금방 눈이 번뜩이면서 허지는 어느새 언지를 꿰뚫을 듯한 시선으로 바라보았다.

"집안에 위기가 약한 분이 계시다고. 그 처방전을 적어 달라 하셨어."

사실 이는 거짓말이었다. 그의 진짜 부탁은 시체실에서 시신을 살폈던 그때의 일을 시료지로 만들어 달라는 부탁이었다. 절대로 누군가에게 들켜선 안 되고, 은밀히 해 달라고 했기에 좀처럼 전해줄 기회를 만들지 못하고 있었다. 물론, 허지에게 거짓을 말하는 게 좀 걸리긴 했지만. 그래도 누구도 알아선 안 된다고 했으니. 게다가 왠지 단순한 사건이 아닌 것 같아서, 그런 일에 허지를 끌어들이게 하고 싶지 않았다.

"초학의 수업이 끝나는 대로 나한테 와. 시료지를 줄 테니까."

"알았어. 역시 언니밖에 없어! 오늘따라 우리 언니 유난히도 꽃답다니까!"

"난 원래 꽃다웠어."

허지는 다시금 언지를 꽉 끌어안았고, 순간 언지는 몸을 부르르 떨었다.

"언니, 왜 그래? 내가 안아주는 게 그렇게 싫어?"

"아, 아니. 그게 아니라. 갑자기 왜 이렇게 오한이……."

순간 갑자기 등줄기로 오한이 스치면서 굉장히 불길한 느낌이 엄습했다. 갑자기 왜 이러지?

'불안해, 불안해.'

언지는 영 떨떠름한 표정으로 저도 모르게 의생들의 교육당이 있는 방향으로 시선을 잠시 돌렸다.

아직 의학교수가 도착하지 않은 교육당의 분위기는 침묵과 적막이 동시에 흐르며 무거운 공기가 가득했다. 보통 의학교수가 오지 않으면 의생들은 자유로운 분위기에 왁자지껄하며 떠들어야 정상이지만, 의생들의 표정에선 하나같이 긴장한 표정이 가득했다. 새로 오신 의학교수께서 조금 까다롭고 무섭긴 했지만, 요 며칠 사이에 그 정도가 심해진 탓이었다.

그때, 천둥소리처럼 벌컥 문이 열리면서 겸이 뒷짐을 진 채 우아하게 걸어 들어왔고, 의생들은 잔뜩 긴장된 모습으로 고개를 푹 숙이며 한입으로 예를 표했다.

"교수님, 오셨습니까."

빈틈없이 너무나도 완벽한 그들의 모습에 겸은 저도 모르게 피식 미소를 띠었고, 의생들은 곁눈질로 그런 겸을 보고서는 몸을 부르르 떨며 시선을 내려 버렸다. 웃는 것이 더 무서웠다. 웃으면서 뒤통수 쳤던 적이 하루 이틀이 아니었으니! 의녀들은 꽃웃음이라 여기며 가슴 설레겠지만,

의생들에겐 저승사자의 미소를 보는 듯 가슴이 쪼그라들었다.

겸은 의생들의 그러한 속내를 꿰뚫어보고 있었다. 하긴, 요즘 통 마음이 심란했다. 그리고 그 심란한 마음이 저도 모르게 밖으로 새어 나오고 말았다. 하지만 오늘은 무척이나 기분이 좋았다.

"오늘은 실습을 할 것이다."

실습이라는 말에 의생들은 마른침을 꿀꺽 삼키고서 그의 말을 끝까지 기다렸다.

"너희가 배운 것을 토대로 성심성의껏 병자들을 시료해야 할 것이다."

"허면, 혜민서에서……."

"아니다. 혜민서가 아니다."

혜민서가 아니라는 말에 의생들이 조금씩 술렁이기 시작했고, 겸은 여전히 엷은 미소를 띤 채 말을 이었다.

"빈촌. 빈촌으로 갈 것이다."

"비, 빈촌 말씀이십니까?"

"그렇다. 혜민서가 존재하는 이유가 무엇이냐? 선왕 전하들께서 백성들의 병을 구료(救療)하고자 세운 곳이다. 돈 없고 힘없는 백성들을 위한 곳이지. 헌데, 빈촌의 백성들은 이곳 혜민서에조차 제대로 올 수가 없다. 허니, 너희가 직접 그곳으로 가야 하지 않겠느냐."

빈촌은 도성에서 가장 가난한 이들이 머무는 곳이었다. 물론 그들을 위해 도성에서 구휼미를 내리기는 했지만, 그것으로는 그들의 삶이 나아지지 않았다. 병이 들어도 혜민서를 찾기는커녕, 그저 죽을 날을 기다리는 그러한 곳. 겸은 오늘 그들을 직접 찾아갈 생각이었다.

"빈촌의 백성도 주상 전하의 백성들이요, 혜민서에서 구료해야 할 백성들이다. 목민심서에 백성들은 토지로 밭을 삼고 관리는 백성으로서 밭을 삼는다는 말이 있다. 즉, 너희들의 녹봉은 모든 백성들이 주는 것이니, 그만큼 베풀어야 하는 것이 옳은 것이 아니더냐. 너희들이 베푼다는 것은 역시 그들의 병을 굽어살피는 일이겠지."

의생들은 겸의 말에 고개를 끄덕였다. 하지만 빈촌에서 시료를 하는 일은 쉬운 일이 아니었다. 특히나 경험이 없는 저희끼리 가는 것은 더더욱 무리였으니. 의생들 중, 가장 나이가 많으면서 장을 지내고 있는 의생이 손을 들었다.

“무엇이냐.”

“저희끼리 가는 것입니까? 교수님도 아시다시피 저희의 의술은 턱없이 부족합니다.”

“물론 그렇지. 해서 너희를 도와줄 의녀님을 데려갈 것이다.”

“의녀님이라면?”

순간, 겸의 입가에 머물던 미소가 더더욱 짙어졌고, 그에게 질문을 했던 의생과 더불어 그곳에 있던 다른 의생들도 그의 사악한 미소에 몸을 떨며 더는 묻지 않고 고개를 숙였다. 어느 의녀님이 가실지는 모르겠지만, 어쩐지 안타까운 마음에 저절로 애도를 표했다.

“지금 무슨 말씀이십니까?”

언지의 목소리가 수없이 떨려 왔고, 그것을 눈치챈 겸은 여전히 여유만만한 표정으로 친히 다시금 말을 해 주었다.

“의생들을 도와 빈촌으로 갈 것이다. 너도 함께 말이다.”

다시금 내뱉는 그의 말에 언지의 주먹이 파르르 떨려 왔다. 대놓고 싫은 티 내며 피해 다녔는데. 저쪽도 조용하기에 이대로 영영 안 부딪히고 잘 살겠다 했더니. 이런 뒤통수를 맞았다.

“허나, 지금은 일이 바쁩니다. 다른 의관 나리의 처방에 따라 탕약도 달여야 하고, 그리고 또…….”

“이미 수의녀에게 허락을 구해 놓았다. 그래도 거부할 참이냐?”

이미 앞뒤로 도망칠 구멍 없이 꽉꽉 막아 놓은 상태. 거부라는 말에 강압적인 어조를 보니, 이미 내가 대답할 말은 오직 하나뿐이었다. 그러면서 마치 선택의 여지가 있는 것처럼 말한 거야, 지금?

그녀는 눈에 힘을 잔뜩 주고서는 그를 노려보며 입으로는 미소를 띤 채 천천히 고개를 숙였다.

"어찌 교수님의 말을 거부하겠습니까. 따라야지요. 가겠습니다."

일부러 이러는 것이 틀림없었다. 문서 정리가 끝나니, 이런 식으로 나를 또 부려 먹으려고! 게다가 의생들까지 저렇게 주르르 데리고 온 이유 역시 순순히 대답하게 하려고. 보는 눈도 있는데 감히 의학교수의 말을 어겼다간 의생들에게 건방지다 손가락질당할 것이 뻔하니까.

'망할 인간!'

겸은 겉으로는 고분고분한 듯 미소까지 띤 그녀의 모습에 절로 헛웃음이 터져 나올 뻔했다. 스치듯 노려본 눈빛과 냉꽃을 피울 듯 싸늘한 목소리. 아마 속으로는 엄청나게 저를 욕하고 있을 테지.

요 며칠 그녀를 쭉 지켜본 결과, 아주 대놓고 저를 피하고 있었다. 하지만 이 좁은 혜민서에서 피한다고 피할 수 있겠는가? 문서 정리를 시키지 않는다고 했지, 다른 건 시키지 않는다고 한 적이 없었으니까.

풍등놀이 이후, 비색고름을 읽으며 마음을 달래 보았지만 어쩐지 영 나아지지가 않았다. 오히려 더 이상했다. 책장 하나하나에 비색 낭자 대신 다른 이가 숨을 쉬고, 걸어 다녔으며 미소를 짓고 있었다. 그래서 겸은 결국, 문제의 그녀 앞에 서 있게 되었다.

이참에 요 계집을 제대로 볼 생각이었다. 얼마나 당돌하고 발칙한 계집인지. 김언지. 도대체 그녀가 무엇인지. 그렇게 제대로 알게 되면, 더 이상 제 머릿속에 둥둥 떠다니진 않겠지. 더 이상 제 심기를 어지럽히지는 않겠지. 다시 원래대로 돌아가 제대로 된 생각을 할 수 있겠지.

그렇게 겸과 언지는 함께 빈촌으로 향했다. 각자 서로 다른 마음을 품었지만 어쩐지 묘하게 비슷한 것을 품은 채…….

해가 정확히 일직선으로 떠올랐다. 제법 따사로운 날씨가 스미고 있었고, 언지는 연신 손으로 부채질을 하며 빈촌에 도착했다. 이미 그들이 온다는 소식을 들은 빈촌의 병자들은 하나같이 고개를 숙이며 고마움에 고개를 조아렸고, 언지는 가장 넓은 곳에 자리를 펴고서 의생들을 도울 준비를 마쳤다.

겸은 의생들의 앞에 서서 그들을 빠르게 훑어보며 낮은 어조로 한 마디, 한 마디, 신중하게 입을 열었다.

"지금부터 너희들은 병자들의 시료를 맡을 것이다. 나와 여기 있는 김 의녀가 너희를 도울 테지만, 많은 병자들을 상대해야 하니 분명 전부를 도울 수는 없을 것이다. 너희들의 실력은 부족하나 망(望:보고), 문(聞:듣고), 문(問:물어보고), 절(切:맥을 짚어보는). 가장 기본이 되는 이것들을 명심한다면 처음으로 의원이라는 이름으로 너희들이 병자를 살릴 수 있을 것이다."

의생들은 겸의 말을 깊이 새기고서 고개를 숙인 채, 물러났다. 그리고 가까운 병자들부터 시료를 하기 시작했다. 겸은 그들을 직접적으로 도와주진 않았다. 그저 지켜보며 가끔 조언해 줄 뿐이었다.

언지는 다른 의생들을 도우면서 그의 모습을 저도 모르게 슬쩍슬쩍 바라보았다. 의생들을 가르치는 모습은 처음인 듯했다. 그것도 교육당이 아닌 이곳 빈촌. 새삼 그가 의학교수라는 점과 더불어 예전의 의학교수보다 훨씬 괜찮은 것 같다는 생각이 들었다. 이런 빈촌을 신경 쓰는 의학교수, 아니 의관들조차 없으니까. 좌상의 아들이 혜민서에 온다기에 그저 띵가띵가 놀면서 시간만 축낼 거라 생각했는데.

그녀는 어느새 손을 놓고서 멍하니 그를 바라보았다. 역시 신분은 속일 수 없는 듯, 멀리서도 귀한 빛이 흘렀다. 그러면서도 백성들을 위해 무릎을 땅에 굽히고 허리를 숙이며 눈을 맞추었다. 그러고는 얼핏 미소를 띠는 모습은 더없이 따스해 보였다.

'뭐, 기본은 된 양반인 것 같기는 하네.'

하긴, 좌상 대감의 성품이 얼마나 곧으신데. 다는 아니더라도 그분의 영향을 조금이라도 받기는 했겠지. 조금 가볍고 호색한 것만 빼고는.

"의녀님, 이 병자는……."

"아, 예."

언지는 얼른 시선을 거두었다. 정신 차리자. 그렇게 피해 다녔으면서 이렇게 넋이 나가도록 보고 있을 건 뭐야!

그녀가 시선을 돌리자마자 겸의 시선이 그녀에게로 향했다. 아직은 부족한 의생들을 대신하여 능숙하게 병자를 살피고, 가끔은 시침을 하는 모습이 그 어느 의관 못지않게 꼼꼼하고 신중했다. 하긴, 처음 만났을 때도 그랬고 지금도 그렇지만 병자들을 대하는 그녀의 모습은 진심이었다. 그리고 그 모습이 가장 어여뻐 보이기도 했다.

한창 시료를 마치고 나니, 어느새 해가 저물고 있었다. 병자들이 너무 많아서 그들은 빈촌에서 하루를 묵어가기로 했다. 언지는 마지막 남은 병자의 냉기를 시침으로 풀어 주고서는 담당 의생에게 맡기고선 잠시 밖으로 나와 이제야 숨을 좀 골랐다.

정말이지 갑작스럽게 이곳으로 끌려와서는 혜민서에서보다 더 바쁘게 보낸 것 같았다. 이곳의 병자들은 대부분 냉기에 오래 노출된 한독이 많았다. 하지만 그에 못지않게 피부에 발진이 돋아난 곳이 많았다. 발진이 전염병이 아닌 만큼, 한곳에 이렇게 많은 병자들이 있다는 건 분명 그 발진의 원인이 이곳에 있다는 소리인데.

언지는 잠시 주위를 살폈다. 의생들도 다들 피곤한 듯 일찍 자리를 뜨고 있었고, 그 누구도 자신을 신경 쓰지 않는 듯했다. 그렇다면.

'잠깐 살펴볼까.'

언지는 사람들에게 이런저런 것들을 묻다가 조금 의심스런 구석을 발견할 수 있었다. 바로 나라에서 지급하는 구휼미를 저장하는 곡창이었다. 이들이 공통적으로 이용하는 곳은 그곳과 우물이니. 일단은 곡창을 우선으로 확인해 보는 것이 좋을 듯했다.

그녀는 어렵사리 열쇠를 챙겨 들고서 그들이 가리킨 방향으로 걸음을 옮겼다. 곡창은 마을에서 가장 한기가 도는 곳에 자리 잡고 있었다. 아마도 곡식을 신선하게 보관하기 위해서 인 듯했다.

어느새 날이 완전히 저물어 버렸고, 횃불을 든 그녀의 손이 차츰 떨려 왔다. 낮에는 그리도 따사롭더니 밤이 되니 꽤나 날씨가 쌀쌀맞았다. 그녀는 걸음을 재촉하다가 순간, 뒤에서 제 어깨를 잡은 손길에 흠칫 놀라며 횃불을 휘두르려고 하자 낯익은 목소리가 재빨리 그녀를 붙잡았다.

"날 태워 죽일 셈이냐?"

"교, 교수님."

언지를 붙잡은 것은 겸이었다. 차림새를 보아하니 잠시 산책을 나온 듯 무명옷을 입은 조촐한 차림이었다. 하지만 하얀색이 무척이나 잘 어울렸다.

"달밤에 횃불 휘두르며 뭐하는 짓이냐?"

그러는 자기는 이 달밤에 여기까지 산책을 나온 거야?

언지는 영 의심스럽긴 했지만, 별다른 말없이 그의 질문에 대답만 했다.

"곡창을 조금 살펴보려고 합니다."

"곡창을?"

겸은 의아한 시선으로 횃불에 아른거리는 언지의 표정을 살폈다. 표정보다는 안색을 살폈다. 언지는 이 사람이 그냥 순순히 물러날 것 같지가 않아, 하는 수 없이 모든 사실을 밝히며 말했다.

"해서, 곡창부터 살펴보고자 합니다."

"그 창고는 마을에서도 굉장히 중히 여겨 함부로 들어가지 못하는 곳에 숨겨 두었다고 했다. 아마 그 안이 굉장히 어둡고 캄캄할 것이야."

그가 왜 그런 말을 하는지 언지는 순간 깨달았다. 걱정하는 건가? 그때의 일을 기억하고서? 어쩐지 미세하게 열이 피어올랐다. 하지만 언지는 웃으며 고개를 가로저었다.

"그저 잠시 살피면 될 일입니다. 교수님께서는 가던 길을 가시지요."

그러자 겸은 무거운 한숨을 쉬고선 언지가 들고 있던 횃불을 빼앗았다. 어차피 산책을 나온 이유도 그녀를 찾기 위해서였다. 잠시 한눈을 판 사이 시야에 보이지 않아 의생들에게 물으니, 저녁도 거르고서 어디론가 바삐 갔다는 말에 걱정하던 찰나였다. 그런데 여기서 이러고 있을 줄이야. 아무튼 눈을 뗄 수가 없지. 조신함과는 거리가 하도 멀어서.

"교수님?"

하지만 그는 들은 척도 하지 않고 몇 발 앞장서서 걸음을 옮겼다. 그러고는 평소 툴툴 맞은 어조로 말을 내뱉었다.

"밤길이 어둡다. 특히 빈촌은 위험한 곳이야. 저번에 꽃다운 널 잡아가면 어쩌냐고 걱정하지 않았더냐. 그러니 같이 가 주겠다. 저번에도 말했지만, 너 하나 지켜 줄 실력은 되니까."

언지는 그 모습에 저도 모르게 웃음을 지었다. 지켜 줄 실력이 된다고 저렇게 강조하는 걸 보니, 그때 자신이 한 말을 꽤나 마음에 담아 두고 있었던 모양이다.

"뭐, 교수님의 실력을 의심하는 건 아닙니다. 비록 제 눈으로 보지는 못했지만. 설마 제게 거짓을 말씀하시겠습니까?"

"거짓이 아니라니까?"

"누가 거짓이라 하였습니까?"

겸은 이내 제자리에 멈춰 서서는 언지를 똑바로 바라보며 말했다.

"그 눈빛! 항상 의심하고 있지 않느냐. 물론 내가 영이보다는 실력이 못하지만 그래도 꽤 검을 다룰 줄 안다. 언제 한번 네 앞에서 제대로 보여 줄 테니 그리 알아."

"기대하겠습니다. 설사 그렇지 않다고 해도 누가 교수님을 함부로 건드리겠습니까? 좌상 대감댁의 도련님이신데. 목숨이 아깝지 않다면 말입니다."

"흣, 네가 그러지 않았던가? 내 얼굴에 좌상 대감댁의 자제라고 쓰여 있는 것도 아니라고 말이다."

정말 쪼잔하게 별의별 것을 다 기억하고 담고 있네.

"그것도 기억하고 계셨습니까?"

"나에 대한 얘기는 꽤나 귀담아듣는 성격이라 말이다. 아무튼 갈 테냐, 말 테냐. 이러다 더 날이 깊어지겠다."

언지는 그가 절대로 혼자 돌아갈 것 같지 않자, 하는 수 없이 그의 옆으로 다가와서는 새침하게 웃으며 말했다.

"하는 수 없지요. 교수님은 영광이십니다. 이 밤길에 저 같은 미인과 함께하니 말입니다."

"훗, 그 당돌한 말도 꽤 오랜만이구나. 그동안은 네 얼굴 보기가 정녕 주상 전하를 뵙는 것만큼이나 어려웠는데."

"본디 경국지색(傾國之色)은 보기가 어렵다 합니다."

"하여튼 그 입에서 결코 겸손을 찾을 수가 없지."

"허면 조금 겸손을 갖추어 설부화용(雪膚花容, 흰 살결에 고운 얼굴)? 화용월태(花容月態, 아름다운 여자의 고운 용태)?"

"됐다, 됐어."

겸은 졌다는 듯 말을 하며 먼저 걸음을 당겼지만, 뒤에서 그녀의 작은 발자국 소리가 들리는 걸 확인하고서야 마음 놓고 횃불을 슬쩍 움직여 그녀의 앞길을 밝혀 주었다.

그렇게 두 사람은 횃불의 옅은 불길에 의지하여 함께 걸음을 옮겼다. 어쩐지 횃불의 열기가 가슴까지 스며든 듯, 심장이 뜨겁게 울리면서 요 며칠 사이 답답하기만 했던 마음이 조금씩 조금씩 풀리는 듯한 기분이 들었다.

겸과 함께 빈촌의 곡창 앞에 도착한 언지는 가지고 온 열쇠로 문을 열었다. 안은 생각보다 깊고 어두웠다. 언지는 저도 모르게 움찔하며 제 옆에 있는 겸의 팔목을 움켜쥐다 이내 떼어 내자, 겸은 그런 그녀에게 다시금 손을 내밀었다.

"무섭다고 하지 않았나."

"그렇긴 하지만……."

언지는 그가 내민 손을 그저 빤히 보기만 했다. 아무리 그래도 사내의 손을 덥석덥석 잡을 수는 없지. 특히 그의 손은 더더욱 그랬다.

"아니면, 이제 와서 정숙한 여인 흉내라도 내어 보려고?"

"흉내라니요? 제가 정숙하지 않은 것은 또 무엇입니까?"

"정숙한 여인은 제 입으로 경국지색, 설부화용 같은 소리는 하지 않지."

겸의 삐딱한 어조에 언지는 참고 있던 화가 다시금 화르르 달아올랐다. 그래? 하긴, 풍등놀이에서 뽕 간 여인은 그런 소리를 하지 않겠지.

"아하, 그러십니까? 그 여인은 교수님이 원하는 딱 그런 정숙한 여인이었나 봅니다."

"그 여인?"

하지만 언지는 괜히 꼬투리를 잡혀 김 도령의 정체가 발각될까 봐 길게 말하지는 않고, 그의 손을 덥석 잡았다.

"허나 저는 이런 여인입니다. 교수님이 원하는 정숙한 여인이 아니어서 송구합니다. 그리고 제 섬섬옥수를 잡은 걸 영광으로 아십시오."

겸은 어쩐지 삐딱하게 가시가 돋친 그녀의 어조가 영 거슬렸지만, 이내 부드럽게 감겨 오는 그녀의 손끝에 저도 모르게 헛기침을 하고서는 그 손을 마주 잡고서 창고 안으로 들어섰다.

특별히 이상한 부분은 없었다. 제법 잘 정돈된 곡식과 낡아서 허물어진 곳은 보였지만 그 사이로 쥐 같은 동물이 드나들 것 같지는 않았다. 하지만 구조가 꽤나 복잡해 보였다. 겉으로는 한 층으로 되어 있는 줄 알았더니, 지하로 통하는 아래층이 더 있었다. 아마 처음부터 곡창으로 쓰던 건 아닌 듯했다.

"아래는 가지 않는 게 좋겠다."

겸이 횃불로 아래를 비추며 고개를 가로저었다. 언지의 안색이 창백해지면서 식은땀이 맺힌 것을 보았기 때문이었다. 그녀 역시 저도 모르게 그의 옷깃을 움켜쥐었지만, 이대로 그냥 돌아갈 수는 없었다. 원인을 알아내기 위해 온 것인데 하나라도 빠뜨릴 수는 없는 노릇이었다.

"교수님과 함께 가니 괜찮을 것입니다. 제게 말씀하지 않으셨습니까. 저 하나 지켜 줄 정도는 되신다면서요."

"하지만."

"괜찮습니다. 제가 그리 약해 보이십니까?"

언지의 강단 있는 어조에 겸은 한숨을 내쉬었다. 자신이 지금 어떤 상태인 줄 뻔히 알면서도 고집을 부리다니.

"전에도 말했지만."

"……."

"난 너의 그 창백한 안색이 싫다. 귀신 같아 보여."

"그래서 제가 말씀드렸지요? 원래 귀신들이 아리따운 거라고요. 완벽한 설부화용이 아닙니까?"

겸은 하는 수 없이 언지와 함께 아래로 천천히 내려갔다. 하지만 아래쪽은 텅 비어 있었다. 아마도 습기가 많은 곳이라 곡식을 두기엔 부적절하여 그런 듯했다.

"더는 볼 필요가 없는 것 같다. 네 말대로라면 어쩌면 우물에도 문제가 있을지 모르니, 일단 돌아가서 날이 밝으면 그쪽을 살펴보도록 하자."

언지도 더는 고집을 부릴 수가 없었다. 떨림이 멈추질 않았다. 거기다 천천히 숨이 막혀 오기 시작했다. 거대한 어둠이 제 발목을 움켜쥐었다. 온몸이 너무나도 답답했다.

하지만 그녀는 제 손길에 구겨진 그의 옷자락을 보고선 손을 놓아 버렸다. 그 역시 그것을 눈치챘지만 일단 여기서 나가는 것이 중요했기에 신경 쓰지 않고 위층으로 올라왔다. 그러고는 문 쪽으로 걸어가 당연한 듯 문을 밀었지만, 부드럽게 열려야 할 문이 꼼짝도 하지 않았다.

"이게 어째서?"

누군가 이곳의 문을 잠가 버린 듯했다. 사람을 불렀지만 그 누구도 대답하지 않았다. 그는 저도 모르게 흥분하여 더더욱 주먹으로 문을 세게 두드렸다. 귓가에 자꾸만 언지의 끊어질 듯한 숨소리가 맴돌았다.

"밖에 누구 없느냐! 누구 없냐고 물었다! 여봐라, 아무도 없느냐!"

언지는 더더욱 세게 두드리는 그의 손등이 빨갛게 달아오르는 것을 보고선 재빨리 그의 손을 붙잡았다.

"아마도 누군가 창고가 열린 것을 보고 잠가 버린 듯합니다. 아침이 되어서야 사람들이 찾을 것입니다."

"하지만 네가."

"저는 괜찮습니다. 그보다 교수님 손이……."

거친 나무문에 이리저리 쓸려 살결이 벗겨져 살짝 피가 맺혀 있었다. 언지는 그 모습에 인상을 찡그리며 옷 춤에 넣어 두었던 침통에서 침을 감싸던 천을 꺼내어 그의 손을 꽉 묶어 주었다. 하지만 자꾸만 손끝이 떨려서 제대로 묶기가 어려웠고, 그 모습에 겸의 얼굴이 차갑게 일그러졌다.

"괜찮다고? 하나도 괜찮지 않은 주제에."

"……."

횃불이 점점 작아지고 있었다. 게다가 여긴 곡물이 쌓인 곳이라 함부로 불을 더욱 키울 수가 없었다. 겸은 떨고 있는 그녀의 손목을 잡고서 어깨를 감싸려고 하자 언지가 흠칫 놀라며 자리에서 일어서려다 몸을 비틀거렸다. 순간, 겸이 재빨리 그녀의 어깨를 끌어당겼다.

"무서우면 그냥 아무 말 하지 말고 기대어라. 네가 그런다고 해서 나무랄 사람도 없고, 널 약하다고 보는 사람도 없으니까."

"그런 것이 아닙니다."

"네가 강하다는 건 안다. 발칙하고, 당돌하고, 그 어떤 때도 기죽지 않는 계집이라는 것도 알아. 하지만, 그런 모습으로도 감추지 못할 만큼 지금 이 상황이 무섭다는 것이 아니냐. 그렇다면 그냥 내가 못 본 척할 테니 억지로 숨기려고 하지 마라. 그게 더 위태로워 보이니까."

겸은 어깨를 감쌌던 손을 풀어 주고서 고개를 돌려 제 등을 빌려 주었다. 기댈 수 있도록. 제 시선이 부담된다면 그저 기댈 수만 있도록.

그리고 언지는 그 모습에 잠시 망설이다 하는 수 없이 그의 등에 제 등을 기대어 앉았다.

그녀의 미세한 떨림이 등을 타고 느껴졌다. 겸은 그 떨림에 저도 모르게 주먹을 꽉 움켜쥐었고, 그 탓에 상처가 난 곳에서 통증이 느껴졌다. 하지만 그보단 가슴이 더 아팠다. 안쓰럽고, 화가 나고, 지켜 준다고 했으면서 그저 등밖에 빌려 주지 못하는 지금의 제 모습에 더더욱 화가 치밀어 올랐다.

"지켜 준다 하였는데. 이 어둠 하나 밝히지 못하는군. 내가 허풍이나 떠는 사람이 됐구나."

언지는 슬쩍 고개를 돌려 그의 옆모습을 훔쳐보았다. 그러다 이내 피식 웃으며 말했다.

"지켜 주셨습니다. 만약, 제가 여기 혼자 갇혔더라면 저는 정말 무서워서 견딜 수 없었을 테니까요. 허니, 교수님이 여기에 있다고 계속 말해 주세요."

그는 그녀의 말에 너무나도 자연스럽게 입을 열었다.

"……괜찮다. 괜찮아. 내가, 네 곁에 있으니."

어둠 속에서 그의 목소리가 너무나도 낮고 다정하게 울려왔다. 어느새 온몸을 뒤흔들던 떨림이 잦아들고, 제 몸을 억누르던 어둠도 그의 체온에 녹아내리고 있었다. 저도 모르게 살짝 눈을 감아 보았다. 어쩐지 뜨겁게 뛰어오르는 맥박이 느껴지는 것 같았다. 아마도 그의 것인 듯했다. 굉장히 뜨겁고 빠르게 움직이며 소용돌이치듯 그렇게 울리는 맥. 그러면서 가슴이 아릿하고 짜릿하며 온몸으로 열기가 퍼지는, 너무나도 이상했던 자신의 맥과 비슷한 것 같기도 했다.

어쩐지 너무나도 부끄러웠다. 내가 먼저 피하고, 숨고, 밀어냈는데. 결국은 내가 먼저 그를 잡은 것 같았으니까. 하지만 이상하게 마음은 너무나도 편안했다. 풍등놀이에서 느꼈던 그 묵직함이 사라지면서 나도 모르게 감았던 눈가로 미소가 스치며 그의 이름을 한 번 더 떠올렸다.

'허겸, 허겸.'

붓끝에 몰래 적었던 그때보다 훨씬 더 묘한 파장이 되어 바깥에서의 떨림이 안으로 진하게 스며들었다. 어째서, 어째서.

'도대체 왜 이리 나는 이 사람을 신경 쓰고 있는 걸까.'

등을 맞대고 몇 식경이나 있었을까. 어쩐지 자꾸만 묘한 분위기에 어색해진 두 사람은 속으로 미칠 것 같았다.

특히 언지가 그랬다. 그 누구보다 이런 야릇한 분위기를 잘 아는 김 도령이지 않은가! 누구도 오지 않는 곡창. 그것도 야밤에. 남녀가 단둘이 갇힌 상황! 남녀상열지사에 결코 빠지지 않는 아주 절호의 기회가 아닐 수 없었다.

하지만 상대방은 자신이 연모하는 사내가 아닌 가볍고도 가벼운 허 교수! 그런데도 왜 이렇게 뭔가가 낯 뜨겁단 말인가. 그의 조그만 움직임에도 반응하며 움찔하는 제 몸뚱어리가 이토록 미울 수가 없었다.

'어떻게든 이 상황을 깨뜨려야 해!'

언지와 겸은 사내와 여인으로서의 욕망을 꾹 누르며 눈을 요리조리 굴려 보았다. 그때, 언지의 시선으로 조그맣게 열린 창문이 보였다. 뭔가를 밟아서 올라서기만 하면 창문 틈으로 바깥을 살피거나 도와 달라고 소리를 지를 수 있을 것 같았다.

겸 역시 그녀와 같은 곳을 바라보며 같은 생각을 했다. 그러고는 기가 막히고 동시에 고개를 돌렸고, 마주친 시선에 움찔하며 재빨리 몸을 일으켜 세웠다.

"흠흠! 너도 본 모양이지?"

그가 손가락으로 창문을 가리키자, 언지는 아무렇지도 않다는 듯 행동하며 고개를 끄덕였다.

"교수님도 저와 같은 생각을 하셨나 봅니다."

그와 동시에 언지와 겸은 몸을 움직였다. 창문 가까이로 나뒹굴고 있는 나무 상자를 옮겨 층을 쌓았다. 하지만 뭔가가 불안정해 보여 누군가 잡아 주어야 할 것 같았다. 겸은 당연히 자신이 나무 상자 위로 올라가려고 했지만 언지가 먼저 나서서 말했다.

"제가 올라갈 테니, 잡아 주십시오."

"네가?"

"예. 딱 보아도 낡은 상자인데, 자칫 교수님이 올라가셨다가 부서지면 어찌합니까?"

겸은 혹시나 그녀가 저를 걱정해 주는 건가 싶어 저절로 옅은 미소가 스쳤지만 뒤이은 그녀의 말에 곧장 인상을 찡그렸다.

"더 이상 쌓을 상자도 없는데. 정녕 꼼짝없이 갇히는 것이 아닙니까."

"뭐냐? 내가 다칠까 봐 걱정은 되지 않느냐?"

"다쳐 봤자 얼마나 다치겠습니까. 어, 그러고 보니 조금 걱정이네요."

그래, 지금이라도 걱정하는 마음이 든다면, 누워서 절 받기이긴 하지만…….

"그러다 잡고 있던 제가 다치면 어쩌지요? 천만 냥짜리 미모에 흠집이라도 나면 안 되는데. 역시 안 되겠습니다. 제가 올라가야겠습니다."

언지는 호기롭게 치맛자락을 움켜쥐었고, 겸은 허탈한 표정으로 그럼, 그렇지, 하면서 상자를 꽉 붙잡았다. 그런데 조금 걱정이 되었다. 자칫 잘못하다 떨어져서 다칠까 봐. 역시 제가 하는 게 나을 것 같은데.

"정말 괜찮겠느냐? 내가 하는 게 나을 것 같은데."

"미모뿐만 아니라 몸무게도 깃털 같으니 걱정 마십시오."

그러고는 언지는 상자를 밟고 일어섰다. 그런데 조금 키가 모자란 것 같았다. 하늘이 제게 미모와 뛰어난 머리를 내려 주셨지만, 안타깝게도 키까지는 허락지 않으셨다. 그래도 조금만 하면 보일 것 같아서 한껏 까치발을 들었다. 하지만 아직 아슬아슬하게 닿지가 않았다. 오기가 생긴 그녀는 점점 펄쩍펄쩍 뛰기 시작했고, 겸은 밑에서 불안한 마음에 입을 열려는 찰나.

"그렇게 뛰다가는 넘어지는……."

"악!"

아니나 다를까. 발을 헛딛으면서 나무상자가 크게 흔들리며 겸이 말릴 틈도 없이 그녀의 몸이 기우뚱 넘어지려 했다.

'망했다. 이대로 넘어진다!'

"언지야!"

언지야?

결국 우당탕 소리가 나면서 엄청난 고통이 밀려 올 걸 예감하고선 눈을 질끈 감았다. 하지만 단단한 손이 그녀의 허리를 강하게 끌어안으며 바닥 대신 물컹한 무언가가 느껴졌다. 언지는 천천히 눈을 떴다. 그러자 인상을 찡그리고 있는 그의 얼굴이 보였다.

"교, 교수님."

넘어지려는 그 찰나의 순간에 겸이 재빨리 그녀를 끌어안으며 함께 넘어졌다. 하지만 그는 바닥으로 떨어졌고, 언지는 그의 위로 떨어져서 아무런 통증도 느껴지지 않았다. 물론 언지의 무게와 더불어 바닥으로 정확히 떨어진 겸은 예외였지만.

"괜찮으십니까?"

"너는 제발 좀!"

겸은 화를 내려다 등 뒤로 느껴지는 싸한 통증에 입술을 깨물었다. 언지는 제 실수 때문에 다쳤다는 생각에 어쩔 줄을 몰라 했다. 그러다 아직까지 제가 그를 깔아뭉개고 있다는 생각에 얼른 자리에서 일어나려는 순간 움찔했다. 그리고 겸 역시 몸이 빳빳하게 굳어지고 말았다.

몸을 일으키려고 엉덩이를 움직였는데, 뭔가 단단한 것이 아래를 쿡쿡 찔러왔다. 움직이면 움직일수록 더했다. 그리고 그러면 그럴수록 겸의 표정 역시 희한하게 일그러지면서 터질 듯이 빨갛게 달아올랐다. 잠깐. 서, 설마. 지금 내 아래를 쿡쿡 찌르는 저것의 정체가!

"언제까지 날 깔아뭉개고 있을 참이냐?"

보다 못한 겸이 그녀를 밀어내며 얼른 자리에서 일어났다. 그러고는 헝클어진 옷자락을 끌어내리며 속으로 너무나도 솔직한 제 본능을 미친 듯이 저주했다. 평소엔 잘도 참아 내면서. 오늘따라 대체 왜 이러는 것인지! 하지만 그녀의 동그란 엉덩이가 제 위에서 꿈틀꿈틀하는 감각은 참을 수 없이 뜨거웠다. 게다가 가까이에서 연신 움찔거리던 그 붉은 입술과 시선까지.

순간, 끝까지 가 버릴 것 같은 제 상상에 겸은 도리질을 쳤다. 아무리 이 묘한 밤이 저의 이성을 미혹한다고 하여도 절대 넘어가서는 안 된다. 그래, 너는 좌상 대감의 자제이자 점잖은 선비이다. 선비의 고결한 정신력으로 이 순간을 이겨 내야만 해.

'정신 차려라, 허겸!'

그녀 역시 헛기침을 하면서도 너무나도 생생했던 감각에 몸 둘 바를 몰랐다.

역시 그도 의식하고 있구나. 건장한 사내로구나. 게다가 생각보다 훨씬 크다. 이게 바로 남자와 여자가 맞닿았을 때의 느낌인가. 글로만 썼던 그 감각이 이런 것인가. 만약, 좀 더 가까이 붙게 된다면.

언지는 말도 안 되는 생각에 얼른 고개를 가로저었다. 정녕 미친 것이야. 대체 무슨 상상을 하는 거야! 그러고 보니 왜 이렇게 덥지? 덥다고.

그녀는 더운 숨을 삼키면서 슬쩍 그의 옆모습을 살폈다. 그러고 보니 내 이름도 불렀었지.

'언지야.'

너무 다급하고 갑작스러워서 생각을 못 하고 있었는데, 어쩐지 더더욱 부끄러워 미칠 것 같았다.

"허리는 괜찮으십니까?"

"신경 쓸 것 없다. 네 말대로 아주 깃털처럼 가벼웠으니까."

왠지 비꼬는 듯한 말투가 영 거슬렸지만 언지는 어떻게든 분위기를 풀기 위해 미소를 지었다.

"그건 당연하지요."

"그래, 꽃다운 여인을 바로 코앞에서 봤으니, 영광이다 못해 망극하구나."

"교수님은 역시나 운이 좋으십니다."

서로 주거니, 받거니 하다가 겸은 다시 나무상자를 쌓고선 말했다.

"이번엔 네가 잡거라."

"예."

언지는 상자를 단단히 잡았고, 겸은 그 위로 올라가 단숨에 창문 너머로 주위를 살폈다. 누군가를 부르려고 해도 인적이 없었고, 들리지도 않을 것 같았다. 너무나도 캄캄한 밤. 하현달의 한 줌 빛만이 유유히 흐를 뿐이었다. 결국, 별다른 수확 없이 내려선 겸은 어쩔 수 없다는 표정으로 입을 열었다.

"아무래도 오늘은 여기서 하루 있어야 할 것 같다."

"괜한 생고생을 했네요."

"생고생은 아니지. 이 난리 덕분에 네가 조금 괜찮아진 것 같으니까."

그러고 보니 아까보다는 두려움이 덜했다. 아니, 오히려 잊고 있었다. 겸은 조심스럽게 다가와 그녀의 손목의 맥을 짚어 보았다. 조금 빠르긴 했지만 정상적이었다.

"맥도 정상이고. 다행이다."

그가 제 맥을 짚고 있다는 생각에. 그리고 그의 목소리를 따라 울리는 손끝에 언지는 다시금 호흡이 빨라졌다. 그러고는 얼른 손을 내리고서 고개를 돌렸다. 그 모습에 겸은 또다시 공포가 밀려드는 건가 하며 걱정스럽게 물었다.

"세상 겁 하나 없을 것 같으면서. 왜 그리 무서워하는 거냐."

언지는 떨리는 심장을 가다듬으며 입술을 몇 번 들썩이다 이내 담담한 척, 말을 이었다.

"사실. 저도 왜 이리 이런 곳을 무서워하는지 모릅니다."

"뭐?"

"기억이 나질 않으니까요. 어릴 적의 기억을 거의 잃었습니다."

"어디, 아팠던 것이냐?"

"아프긴 하였는데, 몸이 아닌 마음이 아팠습니다."

그녀는 여전히 희미하기만 한 기억의 파편들을 억지로 끌어 올리려 했지만 역시나 헛수고였다. 자신의 머릿속 한 부분을 누군가 억지로 파헤친 것처럼 어지럽기만 했다.

"제 아버지가 갑자기 돌아가시고, 제 기억 역시 함께 사라지고 말았습니다. 그때부터 어둡고 좁은 곳이 싫습니다. 누군가 제 목을 조르는 것처럼 숨을 쉴 수가 없습니다. 자꾸만 끔찍한 무언가가 제 귓가에 속삭이면서 두려움을 멈출 수가 없습니다."

아버지가 돌아가신 이후, 전혀 알 수 없는 악몽에 시달려야만 했다. 그래서 그 악몽을 버텨 내지 못하고 스스로 기억을 지워 버린 건 아닐까. 어쩌면 그 기억에 아버지가 돌아가신 그 이유가 있지 않을까. 언지는 그리 생각했다.

겸은 처음으로 그녀가 제대로 보였다. 항상 발칙하고, 당돌하며, 강하기만 한 그녀의 또 다른 모습. 그 속에 조그맣게 웅크리고 있는 여린 언지의 모습. 겸은 안타까움과 더불어 그녀의 아픔이 제게로 전해지는 듯해 손끝을 꽉 움켜쥐었다.

동이 트려면 아직도 시간이 꽤 많이 남아 있었다. 두려움이 가시기는 했지만 피곤함까지 몰아낼 수는 없었다. 정녕 이 상황에서도 잠이 오는 제 둔한 감각에 경이로움마저 들었지만, 어쩔 수 없었다. 정말 오늘은 하루 종일 병자들에게 시달리고 지금 이 일까지 겹쳐 긴장이 한꺼번에 쌓여 있었으니까.

'피곤하긴 해. 하지만 이대로 자도 될까?'

언지는 어쩐지 말이 없는 그를 슬쩍 살폈다. 일단 그가 건장한 사내라는 걸 알게 되었으니까. 하긴 평소에도 가볍디가볍고 호색하니. 그래도 좌상 대감댁의 도령인데. 자는 여자를 덮치거나 그러기야 하겠어? 순간,

고개를 돌린 겸과 시선이 마주친 언지는 움찔하다 혹여나 표정으로 그런 불신이 드러날까 봐 얼른 미소를 지었다. 하지만 이미 그녀의 속을 꿰뚫은 겸은 속으로 혀를 차며 퉁명스럽게 입을 열었다.

"잠시 눈을 붙여라. 내일도 엄청 바쁠 텐데, 그리 약 먹은 닭마냥 비실거리면 내가 더 힘들어지지 않느냐. 부려 먹으려고 널 데려온 거지, 네 뒷바라지하려고 데려온 것이 아니다."

"그러시겠지요."

뭐, 그러시겠지. 저 성격이 어딜 가겠어?

언지는 툴툴거리면서 아무렇게나 엉덩이를 붙이고서 포대에 머리를 기대었다.

겸은 괜히 그녀가 저를 의심할까 봐. 그리고 자신 역시 그녀가 누워 있는데 아무렇지도 않게 잘 자신도 없었기에 천천히 몸을 움직이면서 언지를 슬쩍슬쩍 살폈다. 어쩐지 잠을 통 자지 못하는 듯했다. 혹시.

'또 무서운 건가?'

"혹 내게 궁금한 것이 있느냐?"

말이라도 좀 걸어서 혼자가 아니라고. 내가 여기 있다는 걸 알려 주면 좀 나을까 싶어서 겸은 그답지 않게 쓸데없는 입을 놀렸다. 그리고 그런 그의 속내를 알 리 없는 언지는 순간 멀쩡해진 정신으로 눈을 깜빡였다. 갑자기 궁금한 걸 물어보라니. 대체 무슨 뜻이지?

"예?"

"혹시 있다면 지금 허락할 테니 물어 보아라. 아니면 날 싫어하는 이유. 네가 혜민서에서 날 피한 이유 같은 것도 상관없다. 화내지 않으마. 이런 기회는 흔치 않아."

아주 큰 인심을 쓰는 것처럼 말하는 그의 모습에 언지는 피식 웃음을 흘렸다. 뭐야. 그걸 마음에 담고 있었던 거야?

겸은 그 웃음에 발끈하여 움직이던 걸음을 멈추며 외쳤다.

"왜 웃는 것이냐?"

"아, 아닙니다. 그저, 푸하핫!"

"쯧쯧. 여인이 웃음소리마저도 참."

하지만 그래도 웃으니 다행이었다. 자신이 괜한 걱정을 한 것일까.

"정녕. 다 물어도 되는 것입니까? 불평불만도 해도 되고요?"

"굉장히 많은 모양이다?"

"당연히 많지요!"

언지는 어느새 눈동자 가득 장난기를 가득 품고서 턱을 괴며 생각하더니 이내 입을 열었다.

"어째서 의학교수를 하시는 겁니까? 교수님이 이런 잡학을 하실 이유가 없지 않습니까. 그냥 양반도 아니고 나는 새도 떨어뜨린다는 좌상 대감 댁의 도련님이신데."

"내가 의학교수가 된 이유라. 별것이 다 궁금하구나."

"별것이 아니지요. 모든 이들이 궁금해할 것입니다. 좌상 대감께서 그것을 승낙하신 것도 대단한 일입니다."

"승낙하진 않으셨다. 그저 지켜보고 계시는 중이지."

겸은 한동안 잊고 있었던 기억을 더듬었다. 영이는 제가 의술에 관심을 가진 이유가 어린 주상 전하의 밀명 때문이라 생각하겠지만, 그것은 틀렸다. 지금 꺼내는 말은 영이에게도 하지 않았던 자신의 본심이자 그리운 기억이었다.

"한 의원이 있었다. 그 의원은 양반이었지. 그렇다고 몰락한 양반도 아닌, 어느 정도 집안이 튼튼한 그러한 가문의 자제였다."

꽤나 진지한 그의 모습과 목소리에 언지는 저도 모르게 침을 꿀꺽 삼키고선 그의 이야기에 집중했다.

"그는 의술에 꽤나 뛰어난 소질이 있는 듯했다. 그 정도라면 양반이니 내의원의 의관이나 수의까진 아니더라도 제조 자리까지는 할 수 있었을 텐데. 그는 내의원도, 혜민서에도 얽매이지 않고 오직 제가 하는 의술의 길을 걸었다."

처음 그를 보았을 때는 멍청하다 생각했다. 양반들이 멸시하는 잡학에. 그것도 사내로서 벼슬에 대한 욕심도 없이 허송세월하는 것처럼 보였다. 하지만 아버지를 통해 벼슬에 대한 회의감과 온갖 구정물이 판을 치는 조정을 보면서 그 양반의 모습을 다시 보게 되었다.

"벼슬길에 나가 정치를 하려는 양반들의 이유가 무엇이겠느냐. 나라를 다스리는 자신의 주군을 도와 나라를 평안히 하고, 백성들을 잘 먹고 잘 살게 하려는 것이지. 하지만 지금의 정치는 그게 아니다. 내가 잘 먹어야 하고, 내가 잘 살아야 한다. 그렇게 하기 위해서 그들에게 왕이 필요하고, 백성이 필요하다. 혹여나 자신에게 해가 된다면 가차 없이 백성을 자르고, 필요하다면 왕도 바꾼다."

'그것도 아니면 그냥 내가 왕이 되어 버리든가. 제 조카니, 혈육이니 그런 것도 연연하지 않고 죽이면서 말이지.'

하지만 겸은 마지막 말은 삼켜 버렸다.

왕을 바꾼다는 말을 내뱉는 순간, 겸의 목소리는 지나치게 냉담했고, 언지는 저도 모르게 소름이 끼쳤다.

"그 양반은 그러한 벼슬에서 내려와 그런 것에 구애받지 않고 진정 백성들을 위해 가장 가까운 곳에서 그가 양반이기에 해야 하는 일을 했지. 의술이 잡학이든 양반에게 멸시받는 직업이든 그런 건 상관 하지 않았다. 백성이 필요로 하기에 그는 백성을 위해 의원이 된 거야. 그래서 나도 그 모습을 본받고 싶었다."

그 모습이 겸을 울렸다. 자신이 진정으로 원하는 정치가 저런 모습이라고 그런 생각을 했다. 그래서 의술을 익혔다. 뭐든 배워서 남 주냐는 생각을 하면서. 그러던 도중 어린 왕의 밀명을 받았고, 스스로 혜민서의 의학교수가 된 것이었다. 물론 지금의 어린 왕이 진정 자신이 바라는 주군인지는 몰랐으나, 그래도 제 욕망을 채우기 위해 혈육도 죽이는 자가 왕이 되는 것보다는 나았기에. 그런 자가 왕이 된다면 한 번 피를 묻힌 손으로 더 많은 피를 묻힐 수도 있기에. 그래서 겸은 차선대군이 아닌 어린 왕을 선택한 것이었다.

겸은 입을 다물었다. 그리고 언지는 그 모습을 한 치의 흔들림도 없이 바라보았다. 제 아버지도 그런 의원이었는데. 양반이면서도 평생 의술을 하며 제 자세를 굽혀 백성들을 바라보는 그런 의원. 설마하니 저 사람 역시 그런 이유가 있는 줄은 몰랐다. 그와 자신의 공통된 모습. 가슴이 다시금 미묘하게 떨려 왔다.

머릿속으로 가득 차오르는 것은 왠지 모를 기쁨. 언지는 저도 모르게 떨리는 숨을 내쉬며 고개를 숙였다. 이 낯설면서도 낯익은 느낌. 내가 자꾸만 저 남자에게서 시선을 떼지 못하는 이유. 그러면서도 자꾸 떼려고 하는 이유. 밀어내려고 하면서도 밀어내지 못하고. 피하려고 하면서도 피하지 못했다. 결국 그를 의식하지 않을 수가 없었다. 어느 순간. 어느 순간.

'난 저 사람을 찾고 있었다는 건가. 내가, 보고 싶어서?'

순간 깨달으며 떠오른 단어에 언지는 믿을 수가 없었다. 어떻게 이럴 수가 있지? 내가 정말로 저 사람을 보고 싶어 했다고? 그리워했다고? 풍등놀이에서 만나지 말아야 하면서도 반가웠던 것도. 다른 여인을 안고 있던 것에 기분이 나빴던 것도. 한성애사에 그의 이름을 적은 것도. 전부다.

"왜 그러느냐? 또 어디가 이상한 것이냐?"

겸은 어쩐지 낯빛이 얼룩덜룩한 모습에 당황하며 그녀에게 손을 뻗으려 하자 언지가 대놓고 그것을 피해 버렸다.

"아, 아닙니다. 전 이만 피곤하여 눈을 좀 붙여야겠습니다."

언지는 그렇게 말하고선 다시 자리를 잡고서 눈을 감아 버렸다. 겸은 왠지 허탈한 느낌에 살금살금 그녀에게 다가가서는 다시금 으름장을 놓았다.

"정녕 그게 끝이냐? 내게 하고 싶은 말이 더는 없어? 정녕 이런 기회는 흔치 않은데. 내가 좋아하는 것이나. 아니면 싫어하는 것. 그것도 아니면. 좋아하는 여인……."

하지만 눈을 감은 그녀에게선 아무런 미동도 보이지 않았다. 그저 숨

쉬는 소리만이 규칙적으로 들려올 뿐. 겸은 그런 그녀의 모습을 물끄러미 바라보았다.

하현달의 어설픈 빛이 그녀를 제대로 비추지는 못했지만, 식은땀에 말라 헝클어진 까만 머리카락 사이로 서늘하게 뻗은 코끝을 타고서 더운 숨을 내쉬는 입술에 시선을 뗄 수가 없었다. 그녀의 숨결을 따라 그 역시 떨리는 숨을 내쉬었다. 꽃답디꽃다운 여인. 하지만 겉모습보다는 그 속에 품고 있는 향이 더 그윽한 여인.

한 번도 알지 못했는데. 알기는커녕 그저 비웃기만 하였는데. 이런 것인가. 이렇게 떨리고, 안타깝고, 항상 염려하고, 억지를 부려서라도 옆에 있게 하고 싶고, 보고 싶은 것. 연모(戀慕).

'내가 저 발칙한 계집을. 당돌하기 짝이 없는 저 계집을. 담고 만 것인가.'

하지만 곧바로 그의 낯빛이 어두워졌다. 그러다 문득, 왜 자신이 비색 고름을 읽고 난 뒤 마음이 허하였는지. 그토록 갈구하던 그 책의 마지막 장을 넘기면서 화가 나고 쓰라렸는지. 그 이유를 깨닫게 되었다. 비색 낭자와 도령이 끝내는 서로의 사랑을 이루지 못하며 마지막에 일장춘몽(一場春夢)이라 슬퍼하던 장면.

'한바탕 덧없이 꾸었던 꿈처럼. 그대가 남긴 비색의 옷고름만이 눈물 자락의 흔적을 남기며, 내 손끝에서 아련히 떠나갔네.'

그 소설 속에 비색 낭자는 양반집의 여종이었고, 그녀를 마음에 품은 이는 그 댁의 도령이었다. 천민과 반가가 맺어지는 것은 국법으로 금하는 일. 그것이 아무리 소설이라 하여도 이루어질 수 없는 인연.

자신 역시 그냥 양반가도 아닌 좌상 집안이 아들이었고, 그녀는 고작해야 천출의 의녀였다. 결단코 이루어질 수 없는 연. 하여 그리 마음이 아팠던 건가. 해서 그리 화가 났던 것인가. 처음으로 김 도령을 원망했을 만큼. 그게 그자의 잘못도 아닌 것인데.

겸은 천천히. 아주 천천히 손을 뻗어 흐트러진 그녀의 머리카락을 단정히 정리해 주었다. 그러고는 저도 모르게 내뱉었던 그녀의 이름을. 해서 쑥스러워 그냥 넘겨 버렸던 그녀의 이름을. 이번엔 제대로 한 글자, 한 글자를 입 밖으로 내뱉었다.

"언지, 김언지."

이름을 입 밖으로 내뱉은 그 순간, 뭉클하고 뜨거우며 아릿하고 뭐라 표현할 수 없는 것들이 벅차올랐다. 왠지 이 감정이 처음이자, 마지막이 될 것처럼.

"첫정이라……."

천민인 그녀에게 제 마음은 독이었다. 그 독은 자신이 아닌 그녀를 죽음으로 몰아넣을 것이다. 그래도 오늘 밤은. 아무도 보지 않는 오늘 밤만큼은. 마음 편히 너를 담을 수 있겠지. 사내의 마음으로 너를 보아도 되겠지. 한바탕의 춘몽일지라도…….

그리고 그런 그의 마음을 알지 못하는 언지는 어느새 굉장히 달콤한 꿈에 잠겨 있었다. 절대로 깨어나고 싶지 않을 만큼. 다정하고 따뜻한 그의 손길에 그렇게 취해 있었다.

보드라운 살결이 너무나도 감질나게 와 닿았다. 하지만 맞닿은 곳에서 시작된 열기가 목덜미를 타고 가슴을 지나 좀 더 은밀한 곳까지 부끄럽게 열기를 피워 냈다. 언지는 자꾸만 간질거리는 그 느낌에 온몸을 비틀었지만 빠져나가고 싶지는 않았다. 아니, 오히려 더 간절히 원했다. 하지만 온몸에서 힘이 빠진 듯 축 늘어져 손가락 하나 까딱할 수가 없었다.

그때, 내쉬는 숨결에 다른 이의 숨결이 뒤섞여 들어왔다. 사내의 다정하고도 열띤 숨결. 머릿속을 새하얗게 만드는 은밀하고도 야릇한 사내의 숨결. 언지는 파르르 떨리는 손끝에 힘을 주고서 애써 떨어지지 않는 눈을 깜빡거렸다. 그리고 이내 흐릿한 잔상이 점점 또렷해지면서 너무나도 낯익은 얼굴을 그려 냈다.

'교, 교수님. 허 교수님?'

잠깐. 누구라고?

"하아!"

언지는 정신을 번쩍 차리고서 몸을 일으켰다. 알 수 없는 감각이 온몸을 훑으면서 아래쪽이 이상했다. 지금 무슨 꿈을 꾼 거야. 대체 그 꿈은 뭐야. 설마, 남자들이 꾼다는 그런 꿈? 그 꿈속에. 그 사람이 나온 거야?

"김언지. 너 지금 제정신이니!"

그녀는 미친년처럼 제 머리를 쥐어뜯으면서 정말 말도 안 되는 상황에 이제야 창피함이 목구멍 끝까지 차올랐다. 이게 대체 무슨 추태야. 남들에게 이런 느낌을 주게는 해 봤어도, 자신이 이런 적은 처음이었다. 김도령으로서 글을 쓸 때도 이런 적은 없었는데. 평생 이런 경험은 처음이다, 처음!

"아으으윽!"

돋아나는 소름을 억지로 억누르며 언지는 이제야 주위를 둘러보았다. 어느새 날이 밝아 있었다. 곡창 안도 스며드는 햇빛에 환한 상태였다. 그런데 문제의 그 사람이 보이질 않았다. 설마 나만 두고 나간 건가? 어제 보니 그렇게까지 매정한 것 같지는 않던데.

그녀는 천천히 몸을 일으켜 구겨진 옷차림을 천천히 쓸어내린 뒤, 조심스럽게 걸음을 옮겨 보았다. 그러자 저 끝에서 그 사람의 옷자락이 보이는 듯했다.

"교수님, 여기서 무엇을?"

하지만 언지가 가까이 왔음에도 불구하고, 겸은 뭔가 심각한 표정으로 구휼미를 살피고 있었다. 언지는 그 모습에 대체 뭔가 싶어서 그 옆에 쭈그리고 앉아 그가 움켜쥐고 있는 구휼미를 함께 살폈다.

"이건……."

"교수님?"

겸은 이제야 바로 옆에서 들리는 그녀의 목소리에 흠칫하며 고개를 돌렸다. 그러자 눈을 동그랗게 뜨고서 저를 의아하게 쳐다보고 있는 그녀가 앉아 있었다.

그는 애써 놀란 기색을 보이지 않고서 입을 열었다.

"왔으면 왔다고 기척을 내거라."

"아까 불렀었습니다. 그나저나 무얼 하고 계십니까?"

겸은 자신이 잡고 있던 구휼미를 바라보다 이내 그녀에게 그것을 건네주었다.

"이걸 좀 살펴보아라."

"예?"

"어서."

언지는 그가 건네준 구휼미를 천천히 살펴보았다. 별로 특별할 것이 없는 평범한 쌀이었다. 물론 최상품의 쌀과는 비교할 수는 없지만, 모양도 색깔도 그리고 향……. 잠깐. 이게 무슨 향이지?

그녀는 한 움큼 움켜쥔 쌀을 제 코끝으로 갖다 대어 냄새를 맡았다. 겸은 그 모습에 역시나 하는 생각을 하며 좀 더 그녀에게 가까이 다가섰다.

"어떠하냐."

"어째서 이런 향이. 이건……. 흡!"

"뭐냐. 왜 이래?"

언지는 순간 흠칫하며 벌떡 일어섰다. 그러자 겸은 대체 뭐냐는 삐딱한 시선으로 그녀를 바라보았지만, 언지는 그 시선을 피하고선 입술을 깨물었다. 그도 그럴 것이 왜 이렇게 가까이 붙어 있냐고! 안 그래도 아까 그 이상한 꿈 때문에 자꾸 신경 쓰인단 말이야!

"뭐냐니까."

겸은 어쩐지 저를 피한 것 같은 느낌에 슬쩍 불쾌감이 올라왔지만 억눌렀다. 지금은 그것보다 저 구휼미. 저것이 더 문제였으니까.

언지 역시 슬쩍 발걸음을 뒤로 당겨 그와 적당한 거리를 유지하고서야 다시금 구휼미의 냄새를 맡으며 확신에 찬 목소리로 말했다.

"비향의 냄새입니다."

"역시."

"원래 이것은 신경제로 사용하는 약초이나, 장기 복용할 경우 위기를 떨어뜨려 온갖 병증을 일으킵니다. 그러니 일정한 양을 잘 조절하여 사용해야 하지요. 앵속(양귀비)만큼이나 조심히 다뤄야 할 약재인데. 어째서 이것이 구휼미에서……."

그녀의 말이 끝나자마자 겸의 표정이 차갑게 일그러졌다. 이것도 죽은 그 의원과 관련 있는 것인가. 위기를 떨어뜨린다라. 아마 목적을 이루기 전, 빈촌의 천민들에게 먼저 사용을 해 봤겠지. 이용하기도 쉽고, 들키지도 않고, 설사 들킨다고 해도 빠져나가기가 쉬울 테니. 만약 이 일도 차선대군이라면, 마지막 그들의 목적은.

'전하.'

생각만으로도 피가 마르고 심장이 떨려 왔다. 언지는 어쩐지 말이 없어진 그의 모습에 저도 모르게 두려움이 일어 그의 표정을 살폈다.

그때, 바깥에서 의생들의 목소리가 들려왔다. 드디어 그들이 자신들을 찾기 시작한 모양이었다. 겸은 재빨리 생각을 접고서 언지의 손에 쥐어진 구휼미를 다시 원래대로 집어넣었다. 그러고는 아무 일도 일어나지 않은 듯, 애써 태연한 표정으로 언지에게 강하게 속삭였다.

"이 일을 함구해라. 넌 절대로 모르는 일이다."

"하오나."

"내가 알아서 할 테니, 절대로 네 입에선 아무것도 나와선 안 된다. 머리에서 완전히 지워 버려."

겸은 살짝 불안한 시선으로 언지를 바라보며 외쳤다. 이 일이 만약 차선대군과 관련되어 있다면, 그녀가 알아서는 안 되는 일이었다. 혹여나 그녀가 휘말려 화라도 당하게 된다면. 화를 넘어서 목숨이라도 잃게 된다면.

차선대군이라면 그러고도 남을 작자이니까. 절대로 그럴 수는 없었다.

절대로!

"하지만 지금 이곳에 돌고 있는 발진은 분명 저 구휼미의 비향 때문일 것입니다. 당장 이 사실을 한성부에……."

"함구하라 하지 않았느냐!"

생각지도 못한 그의 날카로운 모습에 언지는 저도 모르게 흠칫했다. 하지만 그의 표정은 좀처럼 풀리지 않고 더더욱 싸늘하게 굳어졌다.

"괜히 위험한 일에 휘말리면, 바람 앞에 촛불처럼 쥐도 새도 모르게 죽을 수 있는 목숨이다. 해서 함구하라 하였는데. 그런데 의녀 주제에 어디서 함부로 입을 놀려!"

한 번 터진 말을 주체할 수가 없었다. 겸은 정녕 그녀가 더 이상 이 일에 개입하지 않았으면 했다. 정말로 위험하니까. 처음부터. 그래 처음부터 그 시신을 살피는 일을 시키지 말았어야 했는데. 자신의 생각이 짧았다. 그러다 정말로 목숨이라도 잃는다면. 그들에겐 언지 같은 천출의 의녀 따위, 짐승의 목숨보다 쉽게 죽이는 이들인데. 처음으로 뭔가 두려움이 일었다. 하지만 그 속을 알 수 없는 언지는 왠지 모르게 서운한 감정이 밀려들었다. 게다가 그의 입에서 자신의 처지가 고스란히 나오자 더더욱 그랬다. 그렇게 상기시켜 주지 않아도 다 알고 있는데. 자신과 그가 다르다는걸. 괜히 건방지게 나서선 안 되는 거라는걸. 다 알고 있기는 하지만.

'그래도 좀 좋게 말해 줄 수도 있는 거잖아. 하긴, 저 사람한테 그런 걸 원한 내가 바보고 멍청이지. 내가 등신이지!'

"송구합니다. 고작 의녀 따위가 나설 일이 아니지요."

"그것이 아니라."

겸은 이제야 조금 수그러진 어조를 띠었지만 이미 언지는 고개를 돌려 버렸다.

"걱정하여 그런 것이다. 정녕 네가 끼어들 일이 아니니까. 내가 영이한테 잘 말하여 그쪽에서 알아서 할 것이다. 혜민서가 나설 일이 아니야. 나 역시 마찬가지고."

그는 아까보다는 부드럽게 그녀를 달래려고 했지만 이미 토라진 언지가 그런 말에 넘어갈 리 없었다.

“됐습니다. 그리 재차 확인시켜 주지 않아도 교수님이 무슨 말씀을 하시는지 잘 알아들었습니다. 제가 고작 의녀긴 하지만 머리도 나쁜 것은 아닙니다. 얼굴만 어여쁘고 머리만 텅 빈 그런 여인이 아니란 말입니다.”

“그런 뜻이 아니라고 하였잖아!”

때마침, 곡창의 문이 열렸다. 빈촌의 사람들은 혹여나 화를 당할까 어쩔 줄을 몰라 했고, 의생들 역시 불똥이라도 튈까 싶어 호들갑스러울 정도로 겸에게 고개를 숙이며 괜찮으시냐고 외쳤다.

“교수님, 괜찮으십니까!”

“저희들의 불찰입니다!”

“혹여나 몸이라도 상하신 건…….”

언지는 그 모습을 아니꼬운 모습으로 보다가 겸을 향해 고개를 숙이며 딱딱하게 말했다.

“허면, 저는 제가 필요한 자리로 가 보겠습니다. 저 자리는 제 주제에 딱 맞는 그런 자리이지요?”

“김 의녀!”

하지만 언지는 커다랗게 콧방귀를 뀌면서 뒤돌아섰다. 물론 저를 걱정해서 하는 말이긴 하겠지만. 게다가 저렇게까지 하는 걸 보면 정녕 위험한 일인 것 같기도 하고.

‘그에게도 위험하지 않을까?’

어쩐지 조금 걱정이 밀려들었지만, 언지는 이내 고개를 가로저었다. 나같이 바람 앞의 등불 같은 목숨인 의녀도 아닌, 좌상 대감 댁의 귀한 금지옥엽이신데 무슨 걱정이야? 김언지. 걱정도 팔자다. 저 사람 말처럼, 네 걱정이나 해. 네 걱정!

빈촌에서 빠져나오자마자, 겸은 혜민서로 향하지 않고 곧장 한성부로 향했다. 때마침 한성부에서 일을 처리하던 이영은 갑작스런 그의 모습에 의아한 표정을 지으며 먼저 주위를 살피며 다가섰다.

"어쩐 일이냐."

"일단 자리를 피하자."

겸의 은밀한 목소리에 이영은 고개를 끄덕이고서 자신의 집무실로 그를 데려갔다. 그의 집무실이 어쩐지 굉장히 어수선해 보였다. 이영의 성격대로라면 이런 꼴을 절대로 그냥 봐주지 않을 것인데.

거의 병적으로 깔끔한 체하는 녀석이 웬일인가 하여 겸은 어수선하게 흩어진 수사지 하나를 집어 들었다. 순간, 그의 눈빛이 날카로워지면서 옆으로 다가온 이영에게 시선을 돌렸다.

"수의를 조사 중인 것이냐?"

"대번에 맞추는구나. 일부러 위장하여 뒷조사 중이었는데."

이영은 그의 손에 쥐어진 종이를 빼앗아 대충 정리하고선 한쪽으로 밀어 넣었다.

"하여, 뭐라도 잡힌 것이 있느냐?"

"일단 네 얘기부터 해 봐라. 무슨 일이냐?"

겸은 어쩐지 영이가 조사하는 이와 이번 일이 관련이 있는 듯싶은 표정으로 곡창의 구휼미에 대해 털어놓았다. 그의 얘기를 잠시 듣고 있던 이영은 뭔가 잡히는 구석이 있는 듯 눈을 크게 떴다.

"관아로 가 볼까 하다 한성부로 온 것이다."

"구휼미는 관아에서 관리하지만, 내의원에서도 확인을 한다."

"구휼미를 내의원에서?"

"혜민서에 있으면 알 텐데? 비록 작년이 흉년이 아니라 다행이지만, 그래도 항상 이맘때쯤엔 전염병이 돌았었지. 해서 혹여나 곡식과 식수에 오염이 있을까 하여 내의원에서 확인을 하고 있다. 특히 구휼미의 감시가 철저하지. 빈촌 같은 곳에서 전염병이 돌면 도성으로는 순식간이니까."

혜민서에서도 예방차 적지만 병자들을 대상으로나, 주변 마을의 위생을 관리하기는 했다. 그런데 구휼미를 그것도 내의원에서 관리할 줄이야.

"하지만 그리된 것은 그리 오래된 일이 아니다. 문인수. 그자가 수의에 오르면서 시작된 일이야."

"문인수라."

겸은 살며시 눈을 감았다. 현재 내의원 수의를 하고 있는 자. 역대의 수의 중 가장 나이가 젊었으며, 듣자 하니 그 실력도 출중하다 들었다. 하지만 오직 왕실의 의술에만 전념하고 싶다 하여 결코 겉으로 나서지 않는다고 들었는데.

헌데 그것이 더 꺼림칙하기는 했다. 뒤에서 무슨 짓을 하고 있는지 알기가 더 어려웠으니까. 게다가 현 혜민서 제조로 있는 윤주석의 오랜 제자이기도 하니, 분명 차선대군과도 어떻게든 닿아 있을 것이다. 어쩌면 그를 수의로 올려 준 이가 차선대군일지도 모르고.

"내의원의 수의, 그자의 움직임이 발견되었다."

"뭐?"

"아까 네가 본 것이 그 내용이야. 어젯밤. 내 수하가 그자의 동태를 살피던 도중, 혜민서의 제조를 만나더군."

"혜민서의 제조를? 물론 겉으로는 사제관계이니 이상할 것이 없겠지만."

이영과 겸은 같은 생각을 하였다. 윤주석과 문인수가 만나는 것이 결코 단순한 사제관계로 만나는 것이 아닐 것임을. 문인수는 몰라도 윤주석은 차선대군의 사람이다. 그것도 사돈 관계로 맺어진 사이.

물론 선왕께서 돌아가신 뒤, 차선대군이 윤주석을 도와줄 거란 예상을 깨고 윤주석이 수의의 자리에서 밀려 혜민서 제조가 되었다고 하지만. 결론적으론 그것이 도와준 것이었다. 목숨을 부지하게 하였으니. 게다가 그의 제자가 내의원 수의가 되었다. 결국, 그의 영향력은 아직도 삼의사를 움직인다는 뜻이었다.

이 모든 것이 차선대군의 눈속임일 터. 그렇게 그들은 차근차근 삼의원의 핵심인 혜민서와 내의원을 제 발아래에 둔 것이나 마찬가지였다.

"아직 두 사람이 만나 무엇을 말하였는지는 알 수가 없다. 겉보기엔 정말 안부나 묻는 그런 만남인 듯 너무나도 짧았으니까. 게다가 그전에도 그런 짧은 만남은 있었기에 심증은 있지만, 물증이 없다."

"그것도 아니라면, 그건 시작일 뿐. 진짜 만나야 할 날을 따로 잡은 것일지도 모르지."

직감으로는 문인수가 차선대군의 새로운 패인 것 같은데. 앞서 벌어진 일만 봐도 이건 시작일 뿐, 뭔가 원하는 것이 따로 있을 것인데. 하지만 차선대군이 쉽사리 문인수를 직접 만나거나 하진 않을 것이다. 그런 꼬리를 남겨 둘 작자가 아니니까. 능구렁이도 그런 능구렁이가 없지.

"하지만 조금이라도 움직인 걸 보니, 뭔가 시작하려는 일이 곧인 것 같기는 하군."

"일단 계속 뒤를 따라붙기는 했지만, 오래가지 못할 거다. 그러다 오히려 우리가 잡히면 끝이니까."

겸은 자리에 털썩 주저앉으며 피곤한 듯 미간을 문질렀다. 하지만 온몸으로 화기가 맴돌았다. 정확한 물증은 없어도 심증으로는 그들이 무언가를 빈촌을 대상으로 실험하였다. 그런 끔찍한 일을 했을지도 모르는 자가 일국의 수의라니. 그리고 그것을 묵인하고 어쩌면 지시했을지도 모를 이가 이 나라의 종친. 정말 치가 떨리는 일이 아닐 수 없었다.

그런 자들에게 어린 왕이 둘러싸여 있다. 하루하루 어떻게 목숨을 잃을지도 모른 채. 일국의 왕이 바람 앞의 촛불이 되고 만 것이다. 아무 말도 어떤 것도 남기지 못한 채 세상을 떠나 버린 선대왕. 이헌 전하처럼…….

"오늘, 혜민서 제조를 직접 만나봐야겠군."

겸은 싸늘해진 시선으로 허공을 응시했다. 일단 아무것도 얻는 것이 없을지라도, 그를 직접 만나 봐야만 했다.

"겸아."

하지만 영은 걱정스럽게 그를 불렀다. 어쩐지 그의 속을 알 것 같기도 했기에 그 역시 답답하기만 했다. 이러한 경고를 주상 전하께 전하고 싶어도 쉽사리 그럴 수도 없는 처지. 손발이 묶인 채, 만약 지금 무슨 일이 일어난다 하여도 주상 전하에게 통할 방법이 없었다.

그렇기에 하루라도 빨리 그 김 도령을 찾아야 했다. 그런데 도대체 어떤 작자인지 단 한 명도 그를 아는 이가 없었다. 단 한 명도! 산 사람이 아니란 말인가. 혹, 귀신인 건가? 정녕 귀신에 홀린 것 같았다. 하지만 그렇기에 찾는다면 차선대군의 눈을 피해 자신들과 주상 전하를 잇는 좋은 눈과 입이 되어 줄 것이다.

"나가자. 나도 이만 혜민서로 돌아가 봐야겠다."

"조심해라."

"너야말로."

그렇게 집무실을 빠져나온 순간, 한성부 안으로 겸을 부르는 목소리가 울려왔다.

"도련님! 겸이 도련님!"

"아, 아니. 쇠돌이 네가 여기까진 어쩐 일이냐?"

겸은 침을 꿀꺽 삼켰다. 쇠돌이가 갑자기, 그것도 한성부까지 저를 찾으러 왔다니. 뭔가 느낌이 좋지 않았다. 어머니가 결국은 몸소 나서신 건가. 내 목덜미라도 붙잡아 오라고! 하지만 부르긴 부르되, 어머니가 아니었다.

"대감마님께서 찾으십니다. 어서 가셔야 합니다."

"아버지께서?"

"예, 도련님."

이영 역시 뜻밖의 표정을 지으며 겸과 시선을 마주했다. 이거, 차라리 어머니라면 미소를 흘리며 달래 드릴 수나 있지만. 아버지께서 부르시다니. 어쩐지 굉장히 불안한 느낌이 들었다.

제6장
홍와여림

허지와 언지가 혜민서에서 아직 돌아오지 않은 시각. 윤씨 부인은 입에 풀칠이라도 하기 위해 길쌈할 것들을 모아 바느질을 하고 있었다.

"마님, 마님!"

한창 바느질을 하던 윤씨는 바깥에서 들리는 낯익은 목소리에 움직임을 멈추었다. 하지만 믿을 수 없는 목소리였다.

"마님, 안에 안 계십니까?"

윤씨는 떨리는 시선으로 문을 열었다. 그러자 예전에 자신의 밑에서 일하였던 노비 복이댁이 눈물을 글썽이며 서 있었다.

"아, 아니, 자네는."

"마님! 저를 기억하십니까? 아이고, 우리 마님!"

대뜸 무릎을 꿇는 복이댁의 모습에 윤씨 역시 눈시울을 붉히며 서둘러 밖으로 나왔다.

"이 무슨 일인가. 여기까지 어쩐 일이야."

"도성을 지나는 길에 마님이 생각나서 들렀습니다. 어찌 제가 마님을 잊고 편히 지내겠습니까."

"이 사람."

윤씨는 복이댁을 일으켜 세워서는 평상에 자리를 마련해 주었다. 복이댁은 어쩔 줄 몰라 하면서 엉거주춤 엉덩이를 붙였다.

"어디 아픈 곳은 없고?"

"마님이 잘 보살펴 주신 덕분에요. 마님께선 괜찮으십니까? 제가 끝까지 마님을 살펴드려야 하는데."

"아닐세. 난 괜찮네."

그녀는 복이댁의 손을 다정하게 잡아 주었다. 오랜만에 만난 손님이 무척이나 반가웠다. 특히나 옛사람이니 더더욱.

"마님께 드릴 말씀이 있습니다."

"무슨 일인가?"

복이댁은 잠시 주위를 살피다가 이내 목소리를 낮추며 속삭였다. 그녀의 말이 끝나자마자 윤씨는 눈에 보일 정도로 얼굴이 창백해졌다.

"그분께서 아직도 나리의 일가를 찾고 계십니다."

"……모른 척하였는가?"

"당연하지요. 마님께서 제게 그리 당부하셨으니까요. 하지만 차라리 그분께 모든 걸 말씀드리고 도움을 청하는 것이 어떠십니까? 그렇다면 지금보다는 나아질 것입니다. 아직까지 찾고 계신 것을 보면 분명 그분께서는 도움을……."

"아닐세. 그건 아니야. 자네는 끝까지 모른 척하게. 절대로 내가 사는 곳을 그분께서 아셔선 안 돼."

윤씨는 애써 떨리는 손끝을 꽉 붙잡으며 잊고 있던 기억을 더듬었다. 지아비를 그리 허망하게 보낸 뒤, 언지가 이상해지면서 윤씨는 본능적으로 더 이상 세상밖에 드러나며 살 수 없다는 걸 깨달았다. 그래서 도망치듯 고향을 빠져나왔다. 아무도 모르도록. 아무도 알 수 없도록. 특히 언지를 위해서. 한때는 지아비의 절친한 벗이자 스승과도 같았던 그분의 눈까지 피하면서.

하지만 그분이기에 더더욱 모습을 보일 수 없었다. 어쩐지 왕실의 조정과 엮여선 안 될 것 같은 불길한 느낌이 그녀를 끌었기 때문에. 그렇기에 너무나도 높으신 좌상 대감과는…….

'다행히 그분께선 언지와 허지를 모르니, 나만 잘 피한다면 눈에 띄지 않을 것이다. 등잔 밑이 어둡다고 일부러 도성에 숨은 것이 다행이었다. 하지만 이것도 마음을 놓을 수는 없구나. 하지만 아직도 찾고 계시다니.'

고마우신 분. 그리 대단하신 분이 아직도 제 지아비를 잊지 않고 계신다는 것만으로 감사하고 고마울 뿐이었다.

'어쩌면 여기도 위험할지도 모른다. 이곳을 곧 떠나야 하는 것인가.'

그때, 바깥에서 웅성거리는 소리가 들렸다. 어찌나 우렁찬 지 몇 리 밖에서도 허지의 목소리가 들리고 있었다. 복이댁은 서둘러 자리에서 일어섰고, 윤씨 역시 다급한 표정을 지었다.

"아이들도 못 본 척해 주게."

"예, 마님. 그리하겠습니다."

"미안하네. 오랜만에 만났는데, 무어라도 주지 못하고. 내 말을 기억하여 이리 찾아주어 고맙네."

"아닙니다, 마님. 또 무슨 일이 있으면 들르도록 하겠습니다."

복이댁은 서둘러 문밖을 나섰다. 그리고 스치듯, 언지와 허지를 보면서 다시금 눈시울을 붉혔다. 워낙 어릴 적에 아씨들을 보냈는데, 역시나 곱디곱게 장성하신 것 같아 다행이면서도 다른 규수들처럼 지내지 못하는 것이 너무나도 마음이 아플 뿐이었다.

"어머니! 어찌 나와 계십니까?"

허지는 평소보다 높은 목소리로 마당에 서 있는 윤씨에게 달려갔고, 언지는 조금 전 집에서 나온 웬 아낙네를 수상하게 생각하며 윤씨를 바라보았다.

"무슨 일이 있는 것입니까?"

"아니다. 그런 일 없다. 오늘은 일찍 들어왔구나."

"예, 어머니."

"그만 들어가 쉬어라. 오늘은 같이 저녁을 먹을 수 있겠구나."

어쩐지 어머니의 모습이 평소와 달라 보였다. 하지만 그녀는 서둘러 안채로 들어가 버렸고, 옆에서 계속 최 판관님이 어쨌다는 둥, 최 판관님이 저쨌다는 둥 하는 허지의 목소리 때문에 그냥 기우라 생각하고선 허지를 노려보았다.

"알았어. 알았다고. 네가 한성부로 가다가 위험에 처했는데, 최 판관님이 구해 주셨다고? 칼 한 번에 그들이 오줌까지 질질 짜면서 두려워했다고? 그 모습이 정녕 빛이 나다 못해 세상에 전부인 것 같았다고?"

"어머, 내가 그렇게 까진 말 안 했다 뭐. 아무튼, 우리 최 판관님은 세상에 모든 걸 가지셨어. 전생에 나라라도 수백 번 구하셨나?"

"구하셨긴 했겠지. 하지만 전생에 무슨 업보도 있으셨을 거야."

"무슨 말이야?"

"너 같은 촐싹대는 계집이 최 판관님께 붙었으니. 업보가 아니면 무엇이니?"

"언니!"

"그래서 그 시료지는 잘 전해 준 거지?"

"당연하지!"

언지는 피식 웃으면서 허지와 함께 작은방으로 들어섰다. 안채에서 아이들의 목소리가 잦아들 때를 기다렸던 윤씨는 이제야 안도의 한숨을 내쉬며 떨리는 시선으로 옷장 깊숙한 곳에 숨겨 두었던 보자기를 꺼내 들었다. 숨이 빠르게 오르내리며 보자기를 푸는 손길에선 조심스러움과 더불어 안타까움과 그리움이 함께 묻어 나왔다.

보자기에서 나온 것은 굉장히 낡은 서찰과 일지였다. 그것은 그녀의 지아비이자 양반이면서 의원으로서 평생 한길을 갔던 김윤광이 마지막으로 유일하게 남긴 유품이었다. 그가 그리 허무하게 세상을 떠나고, 갑작스럽게 집에 불이 나면서 모든 것이 허망하게 사라지는 그 순간에도 윤씨가 목숨을 걸고 가지고 나왔던 그의 마지막 목소리.

딱 한 권을 빼놓고는 전부 언문으로 쓰여 있어서, 그녀도 쉽게 읽을 수가 있었다. 물론 전부 자신을 찾아왔던 병자들의 대한 기록만이 빼곡히 적혀 있었지만. 그래도 지아비가 마지막으로 남긴 것이기에 이날 이때껏 아주 소중히 간직하고 있던 것이었다.

윤씨는 그것을 애처롭게 쓰다듬었다. 손끝이 바들바들 흔들리면서 꾹 참았던 눈물이 한두 방울씩 아래로 흩어지며 그리운 기억이 사무치게 가슴을 울렸다.

"나리……. 서방님……."

어쩌면 서방님의 갑작스러운 죽음이 누군가의 모살일지도 모릅니다. 그리고 그것을 언지가 알고 있을지도 모르고요. 하지만 지난날 언지가 죽을 고비를 넘기면서 그 기억을 잃어버린 순간, 저 역시 그 기억을 지웠습니다. 그런 저를 부디 이해해 주십시오. 그 아이를 위험하게 하고 싶지 않습니다. 다시금 그 끔찍한 고통을 겪게 하고 싶지 않습니다. 언지와 허지만큼은.

좀 더 시간이 지난 뒤, 양반의 규수답게. 저처럼 힘들지 않게, 좋은 사내를 만나 그리 살게 하고 싶습니다. 허니, 원망하시려거든 저를 원망하십시오. 달게 받겠습니다. 그러니 서방님. 제발 저 아이들을 지켜 주십시오. 제가 서방님을 가슴이 묻고 결코 잊지 않을 것이니, 저 아이들만은 지켜 주십시오.

"흐흐흐흡!"

윤씨는 일지와 서찰을 가슴에 묻으며 흐느낌을 억지로 틀어막았다. 수년 동안 혼자 간직해온 오열이 차마 밖으로 새나가지 못한 채, 그녀의 가슴에 다시금 차곡차곡 쌓이며 지아비를 끝까지 지켜 내지 못한 죄책감과 보고 싶다는 그리움이 그녀의 눈물에 담겨 소리 없이 흘러내리고 있었다.

❖ ❖ ❖

방 안에서도 끊임없이 계속되는 허지의 최 판관님 타령에 언지는 귀를 틀어막고서 한성애사의 두 번째 장을 펼쳤다. 마른 붓에 먹을 잔뜩 묻히고 허지가 꼭 써야 한다고 말한 얘기를 쓰려다 저도 모르게 다른 내용을 써 내려가고 있었다.

곡창에 갇힌 일. 하현달의 오묘한 빛에 눈과 마음이 먼 일. 꿈속에서 그런 망측한 꿈을 꿀 정도로 그를 생각하던 일. 밀어내려 해도 밀어내지 못한. 그 모든 사소한 일들에 행복했던.

"……미치겠네."

언지는 문득 붓을 멈추고서 허탈한 웃음을 내뱉었다. 결국, 두 번째 장 역시 그에 관한 이야기가 가득 넘쳤다. 꼭꼭 숨겼던 제 마음이 붓끝의 입이 되어 책장으로 목소리를 가득 내고 있었다. 그를, 연모하고 있다고……. 어느새 이렇게 그를 제 가슴 한편에 담아 버렸다고.

하지만 그녀는 먹이 다 마르기도 전에 책장을 덮어 버렸다. 품어선 안 되는 마음이다. 감히 쳐다볼 수도 없을 정도로 귀한 사람이다. 좌상 대감의 자제가 아니던가. 그에 비해 자신은 허울뿐인 양반일 뿐.

닿고 싶다고 닿을 수 있는 그런 사람이 아니다. 오히려 자신보다는 풍등놀이에서의 그 여인이 더 어울릴지도 모른다. 하지만.

'보는 건 내 자유잖아. 그저 보는 거라면. 욕심부리지 않고 지금처럼만. 지금처럼이라면…….'

언지는 다시금 한성애사를 펼쳤다. 그리고 다시 글을 써 내려가기 시작했다. 이 글은 온전히 자신의 것이다. 그 누가 뭐라고 할 수 없는. 제가 그리고 싶은 것을. 담고 싶은 것을. 온전히 담을 수 있는 김 도령의 소설.

언지는 난생처음으로 김 도령의 진심을 써 내려갔다. 주인공인 현지와 윤의 마음을 빌려 그녀의 은밀한 속마음을 쓰고 있었다. 어차피 김 도령의 소설은 자신의 바람과 규수들이 바람을 풀어내기 위해 시작한 것이니,

이번엔 내가 그 덕을 봐도 되겠지. 이 소설에서만큼은 원 없이 그를 연모하여도 되는 것이겠지.

어느새 붓이 점점 더 빠르게 속도를 내어 정갈하고 다정한 필체로 절절한 연심을 그려내고 있었다.

쇠돌이의 재촉에 겸은 의복을 정제하였다. 오랜만에 아버지를 뵙는 자리인데 한 치의 흐트러짐도 용납할 수가 없었다. 흔한 장신구조차 달지 않았지만, 신수가 훤한 그가 입으니 양반댁 도령의 귀한 빛이 제대로 흘러나왔다.

쇠돌이는 연신 감탄을 하면서 겸을 댁으로 모셨다. 오랜만에 하는 발걸음에 겸은 저도 모르게 긴장감이 쏟아졌다. 그리고 마침내 집 안으로 들어선 겸은 괜스레 갓끈을 매만지며 긴 숨을 내쉬고는 우아하게 뒷짐을 지며 주위를 둘러보았다. 그다지 변한 곳이 없는 집. 하긴, 워낙 검소함을 달고 사시는 분이라 세월이 지난 흔적만 있을 뿐, 집 안의 돌멩이 하나라도 바뀌는 법이 없었다. 그저 세월 따라 나무들만 그 옷을 갈아입을 뿐이었다.

“잠시 기다리십시오, 도련님.”

쇠돌이는 얼른 사랑채로 달려갔다. 겸은 어머니도 뵈어야 하나 생각하며 마른침을 삼키고 있을 때, 다시금 쇠돌이가 달려와서는 고개를 조아리며 말했다.

“사랑채로 드시지요.”

“흐흠, 그래.”

겸은 느리지도 빠르지도 않은 걸음으로 사랑채 앞에 섰다. 그러고는 문 너머로 아른거리는 아버지의 그림자에 그답지 않게 굉장히 정갈한 목소리로 입을 열었다.

"아버지, 소자 허겸이옵니다."

"들어오거라."

군더더기 없이 깔끔한 목소리가 흘러나왔고, 겸은 벌써부터 고개를 조아리며 천천히 사랑채 안으로 들어섰다. 사랑채 안에선 허선죽이 자리에 앉아 난을 치고 있었다. 아버지의 곧은 성품답게 그의 손에서 뻗어 나오는 난은 한 치의 삐뚤임도 없이 우직하기만 했다.

겸은 그에게 고개를 숙이며 몇 발 떨어진 거리에 천천히 자리를 잡았다. 주변으로 흐르던 먹물 향이 짙어질 때쯤, 선죽은 붓을 내려놓고서 고개를 들었다.

세월의 의연함이 묻어나는 얼굴. 이 나라 조정의 한 기둥이라 일컫는 좌상 허선죽은 생각보다 훨씬 검소하면서도 부드러운 인상을 띠고 있었다. 하지만 그 부드러움이 품은 서릿발 같은 냉철함으로 지금껏 조정에서 흔들리지 않고 그의 위치를 지키고 있는 것이었다.

"참으로 오랜만에 보는 듯하구나."

"송구합니다."

"네가 왜 그러는지 다 알고 있으니, 송구할 것 없다."

선죽은 정좌로 앉아 있는 아들을 살폈다. 항상 어릴 것 같기만 했던 막내가 어느새 저리 장성하여 제 길을 가고 있었다. 첫째와는 달리 어릴 적부터 자유분방하고 좀 유별난 아이이기는 했지만, 의술을 공부하여 의학교수까지 할 줄은 몰랐다. 하지만 그는 그 아이가 왜 의술을 하는지 어렴풋이 알고 있었다. 어쩌면 자신 때문일 테니. 자신이 존경하였던 벗이자 스승의 영향을 받은 것일 테니 말이다.

잠시 후, 문이 열리면서 술상이 들어왔다. 간단한 술상이긴 했지만, 겸은 살짝 의아한 표정을 지었다. 하지만 선죽은 태연하게 술잔에 술을 따라 그에게 건네주었다.

"한 잔 받아라."

"아닙니다. 소자가 먼저 드리겠습니다."

"되었다. 오랜만에 본 아들에게 아비가 먼저 주는 술잔이다. 거절하는 것이 더 불효이니라."

겸은 그가 건네는 술잔을 받아 냉큼 마시고서는 얼른 그의 술잔에도 술을 채워 주었다. 선죽은 오랜만에 술잔을 들고선 옅은 미소를 띠었다.

"나가 보니 좋더냐?"

"아직까지는 좋습니다."

"아마 주위에서 이런저런 얘기를 들을 것인데."

"결코 아버지의 이름에 먹칠하는 일은 하지 않을 것입니다."

"나보단 네 이름에 먹칠하는 일을 하지 말거라. 스스로에게 떳떳해야 남들에게도 존경을 받는 것이다."

그 뒤로도 몇 잔의 술잔이 오고 갔다. 하지만 겸은 이 술상이 영 불편했다. 분명 무슨 이유로 부르신 것일 텐데. 고작 술잔이나 기울자고 부르신 것이 아닐 텐데.

선죽은 그런 아들의 눈치를 깨닫고서 빈 술잔을 이제야 내려놓았다.

"사실, 네 어미 때문에라도 좀 더 있다 널 부르고자 했었다."

역시, 아직 어머니께서는 자신을 용납하지 못하고 계시구나. 그렇다면 오랜만에 아들 노릇을 제대로 하여 달래 드려야 하나.

"허나, 일이 일인 만큼 더는 미룰 수가 없었다."

"무슨 일이십니까?"

선죽은 잠시 침묵하다 이내 겸의 깊은 눈동자를 바라보며 흔들림 없이 말을 전했다.

"너에게 혼담이 들어왔다."

"……."

"차선대군의 여식이니라."

혼담이라는 말에도 놀랐는데 그 상대가 차선대군의 여식이라는 말에 겸의 표정이 삽시간에 굳어졌다. 하지만 가슴 깊은 곳에서는 이런 일이 일어날 거라 예상은 하고 있었다. 하고 있기는 했지만, 아주 찰나의 바람처럼 언지의 얼굴이 스쳐 지나갔다. 아주 예전이었다면 상상도 하지 못했을 일. 하지만 이미 가슴에 품은 여인이기에 가장 먼저 떠올리는 것은 어쩔 도리가 없었다.

'내 가슴 한편에 너를 품는 것을 아주 잠시도 허락지 않는구나.'

마치 절대로 안 될 인연이라 다그치는 것처럼…….

"그토록 중한 혼담을 저를 따로 불러 말씀하시는 이유는 제 생각을 알고 싶다는 말씀이십니까?"

선죽은 대답 없이 겸을 바라보았다. 하지만 겸은 그의 대답을 들은 것 같았다. 있기도 하고, 없기도 하다. 당장에 받아들일 수도, 그렇다고 확실하게 거절할 수도 없다는 것을 의미했다. 그렇다면.

"잠시 그 혼담을 미루어 주십시오."

그는 고개를 숙이며 간곡하게 청하였다. 선죽은 아들의 예상대로의 답변에 담담하게 입을 열었다. 어차피 저 녀석이 순순히 혼담을 받아들일 거라 생각하지 않았기 때문에.

"그리하겠다."

아주 잠깐의 시간이라지만 그래도 시간은 시간이었다. 미룰 수 있을 만큼 미루겠다고 생각하며 겸은 다시금 고개를 숙이고서 자리에서 일어섰다.

"허면 밤이 너무 깊었으니, 소자는 이만 물러가겠습니다."

"서로 신념이 다르더라도."

"……."

나지막이 울린 선죽의 목소리는 고요하면서도 사랑채를 꽉 채울 만큼 힘이 느껴졌다. 그리고 그러한 기백에 겸은 가슴으로부터 떨림을 느꼈다.

"네가 믿는 길이라면 그것을 믿고 가거라. 항상 자신이 선택한 일에 후회 따윈 없어야 한다. 설사 그것이 잘못이라고 해도. 옳고 그른 것은 너의 판단이다."

"예, 아버지."

그렇게 겸은 조만간 다시 뵙겠다고 말하며 사랑채를 빠져나왔다. 몸 안에 감돌던 열기가 순식간에 빠져나가면서 한기가 밀려들었다. 분명 자신이 하는 일을 아버지께서는 절대로 모르실 텐데. 어느 누가 어린 왕이 밀명을 내렸다고 생각을 하겠는가. 그것도 자신의 숙부이자 이 나라 최고의 권력자인 차선대군을 감시하는 일을.

그런데 마치 모든 걸 꿰뚫어보는 듯한 아버지의 말에 겸은 여전히 오금이 저려 왔다. 당분간은 아버지도 조심해야 할 것 같았다. 만약 이 일이 밖으로 새어나간다면 가장 먼저 듣게 될 이가 아버지인 듯싶으니.

겸은 걸음을 두어 걸음 옮기다 먹빛으로 물든 하늘을 잠시 바라보았다. 촘촘하게 쏟아지는 별빛 사이로 하현달의 처연한 빛이 일렁였다. 어제와 같은 달. 하지만 어제와 같은 이는 없었다.

정녕 그녀와 함께했던 밤이 춘몽처럼 느껴졌다. 특히나 혼담이 오고 간 지금, 착잡해지는 마음을 달랠 길이 없었다. 지금은 미루었지만 계속 미룰 수는 없었다. 그저 혼담의 문제만이 아니니까. 어차피 그녀와 닿을 수 있는 연이라고는 생각하지 않았지만. 그래도 조금만. 지금처럼이라도 닿길 바라는데……. 순간, 제게도 낯설기만 한 자신의 모습에 헛웃음이 절로 나왔다.

"미치겠군."

욕심이 생기고 있었다. 하나가 더 하나. 더 하나가 더 하나. 연모라는 것이 내 마음, 내 뜻대로 되는 것이 아니구나. 참, 성가시면서도 사람을 이리 들썩이게 하는구나. 정녕 바라보기만 하는 것이 가능할까. 그저 바라보기만 하다가, 아무렇지도 않게 밀어내어 다른 여인과 혼인을 하고 살을 섞을 수 있을까. 아니, 그보다 다른 놈이 그 아이를 데려가는 것을 생각만 해도 피가 거꾸로 솟을 것 같은데. 그 어여쁜 아이의 얼굴도, 숨결도, 미소도, 그 발칙한 언사까지 모조리 다른 이의 것이 된다고 생각만 해도 미칠 것 같은데.

"허겸. 정녕 네가 미쳤구나."

어쩐지 그녀의 당돌하고 앙칼진 목소리가 들리는 듯했다. 저 같은 경국지색을 얻기가 그리 쉬운 줄 아십니까? 이렇게.

겸은 그녀의 목소리를 상상하는 것만으로도 입가에 가는 미소가 스치면서 짧게 속삭였다.

"그래, 참 쉽지가 않구나. 않아."

겸이 사랑채를 빠져나가자, 선죽의 표정이 그답지 않게 어둡게 내려앉았다. 오늘은 이런저런 너무나도 많은 일들이 그의 어깨를 무겁게 짓눌렀다.

차선대군이 어떤 마음으로 자신에게 혼담을 건넨 것인지 안다. 어린 왕인지, 아니면 차선대군 자신인지 이제는 선택을 하라는 뜻. 그리고 그 선택을 겸은 이미 내린 듯싶었다. 아마도 어린 왕이겠지. 누구보다 윤광. 그 사람의 신념을 가장 많이 닮았으니.

선죽은 짙은 한숨을 내쉬면서 아래에서 서찰을 꺼내 들었다. 그토록 기다리던 소식이었지만, 그에게 기쁨 대신 허망함을 안겨 주었다. 바로 윤광의 식솔들을 끝내 찾지 못하였다는 내용이었다. 그들을 아는 이조차도.

그는 서찰의 더 아랫부분을 더듬었다. 그러자 굉장히 낡아 보이는 서찰들이 무척이나 귀하게 쌓여 있었다. 선죽은 아련한 시선으로 그것을 오랜만에 펼쳐 보았다. 그러자 빛바랜 종이 위로 바라지 않은 먹선이 굉장히 정갈하고 뛰어난 서체를 그려내고 있었다.

바로 김윤광, 그의 벗이자 스승이었던 그의 필체였다. 비록 그와 나이 차이가 났었지만, 정신적으로 그러한 숫자를 뛰어넘어 마음이 통하였던 벗. 그리고 배울 점이 너무나도 많았던 스승.

그의 끔찍한 비보 이후, 딸아이들의 이름이라도 알고 있었다면. 얼굴이라도 알았다면. 조금은 쉽게 찾을 수 있었을 텐데. 몇 년이 지난 지금도 선죽은 도저히 포기할 수가 없었다.

"광이, 이 사람. 마지막까지 인사 한 번 못하게 하더니. 참, 무정한 벗으로 만드는군."

선죽은 살아생전 단 하나도 버리지 않았던 그의 편지를 바라보며 평소 술을 멀리하는 그답지 않게 조금 더 오랫동안 술잔을 기울였다. 이런저런 기억들이 자꾸만 그의 머릿속을 어지럽게 흩트려 놓았다.

하현달의 어둑한 달빛 아래, 차선대군이 진지한 시선으로 붓을 들어 망설임 없이 아래로 그었다. 새하얀 한지 위로 거친 선의 먹이 뻗어 나가며 마치 야생화처럼 흩날렸다.

그가 치는 난은 그만큼 격렬하고 거칠었다. 그의 성품을 그대로 빼어 놓은 것처럼. 한 번 뻗은 것에 망설임 역시 없었다. 그것이 잘못 뻗은 것이라 하여도, 이미 그의 손을 지났다면 그것은 더 이상 잘못 친 난이 아닌 하나의 작품이었다. 그에게 실패 따윈 없으니까. 후회 역시 없으니까. 용상을 향한 길 역시도…….

그는 먹이 마르는 것을 바라보며 술잔을 기울였다. 평소보다 꽤 오랫동안 잠자리에 들지 않고 있었다. 오늘, 좌상의 집에 혼담을 넣었다. 과연 좌상이 어찌 나오게 될지.

되도록이면 좌상과 척을 두고 싶지 않았다. 굉장히 존경할 만한 공신이고, 앞으로 이 나라 조정에 꼭 필요한 위인이니. 게다가 한때는 여러 번 전쟁에서 큰 공을 세운 장수로서, 현재 아버지 대신 군권을 장악하고 있는 좌상의 맏이 탓에 그는 꽤나 강력한 병권(兵權)을 쥐고 있는 자이기도 했다.

그때, 바깥에서 그를 부르는 목소리가 바람처럼 스쳤다. 어느새 바깥 창호지 너머로 그림자가 짧게 흔들렸다.

"나리."

"왔구나, 여후야."

자신의 칼, 여후. 그런 그에게 차선대군은 마지막 남은 술잔을 기울이며 말했다.

"그가 곧 내의원에서 나올 것입니다. 대군 대감께 그리 전해 달라 하였습니다."

잔이 비워지는 걸 보면서 차선대군은 먹이 다 마른 난을 바라보았다. 역시, 난이라고 보기엔 야생초에 더 가까웠다. 하지만 그러한 바람 같고 출처 없는 거친 모습이 꽤나 마음에 들었다. 앞으로 그가 가야 할 길은 이처럼 거칠고 험하기만 할 테니까.

"그래, 허면 오랜만에 더 향긋한 술을 한 잔 마셔 볼까."

한창 밖에서 서성이던 겸은 멀리서 뛰어오는 쇠돌이의 표정에 잔뜩 긴장한 표정으로 입을 열었다.

"해서, 어머니는 어떠시냐?"

"마님께서는 이미 잠자리에 드셨다고 합니다. 인사를 드리시려면 내일 일찍 하셔야 할 듯합니다."

"그래? 그렇구나. 참으로 아쉽군."

말로는 아쉽다고 했지만, 그의 표정엔 안도하는 기색이 역력했다. 하지만 그래도 고작 몇 식경. 분명 며칠 동안 코빼기도 보이지 않아 어머니의 분노가 하늘을 찌를 것이다. 안 그래도 자신이 의학교수 따위가 된 것을 억울하고 억울해하고 계시는데, 이를 어찌 풀어 들여야 할지.

다른 건 몰라도, 어머니의 눈물 앞에선 저도 모르게 심장이 쪼그라들었다. 하지만 눈물을 넘어서 그것이 분노로 바뀌게 되면 쪼그라들었던 심장은 이내 콩알만 하게 바뀌게 된다. 아버지조차도 어머니를 이기지 못하니, 이 집안에서 어머니를 이길 수 있는 이는 그 누구도 없었다.

그래, 내일 일은 내일 생각하도록 하자. 어찌 되겠지.

"그래, 쇠돌이 너도 이만 들어가 쉬어라."

"저기, 도련님."

어쩐지 뭐 마려운 강아지마냥 쩔쩔매는 모습에 겸은 의아한 표정을 띠며 말했다.

"왜 그러느냐?"

그러자 쇠돌은 밤이 깊어 주위로 인적조차 없는데, 굉장히 주위를 경계하면서 마치 아주 커다란 비밀을 말하는 양 목소리를 죽이며 속삭였다.

"영이 도련님이 별채에 들어계십니다."

"영이가?"

"예."

그러고는 제 할 일을 제대로 마친 것에 굉장히 뿌듯한 표정을 지었고, 겸은 그런 그의 순박함에 저도 모르게 미소를 띠며 걸음을 별채로 빠르게 옮겼다. 아까 한성부에서 만났는데 그가 직접, 그것도 이 시간에 찾아온 것을 보면 혹시.

'문인수가 움직인 것인가?'

그 생각까지 미치자 겸의 발걸음이 더더욱 빨라졌다. 그리고 마침내 별채 앞에 도착하자 평소의 판관 복색이 아닌 평범하고 단정한 선비의 복색을 한 이영이 보였다.

"대체 무슨 일이야? 혹시 문인수가 움직인 거냐?"

"그보다 더한 소식이다. 차선대군이 움직였어."

"뭐라고?"

"차선대군이 지금 홍와여림으로 향했다. 그와 동시에 문인수도 함께 내의원에서 빠져나갔어. 지금은 행방이 묘연하다."

생각보다 더한 소식에 겸의 시선이 미세하게 흔들렸다. 문인수와 차선대군이 함께 움직였다? 그렇다면 두 사람이 만나게 되는 것인가. 아니면 함정? 이영은 겸과 똑같은 생각을 했다. 한성부에서 여기로 오는 내내 얼마나 치열하게 갈등하고 생각했는지 모른다. 하지만 두 사람은 결국 같은 답을 내놓았다. 함정일지도 모르지만, 그냥 넘기기엔 너무나도 아깝다는 사실.

"해서 옷을 그리 입고 온 것이군. 홍와여림에 숨어들기 위해서?"

겸은 이영의 복색을 위아래로 훑어보았다. 워낙 검소함이 몸에 밴 것도 밴 것이지만, 화려하고 어수선한 것 자체를 싫어하는 탓에 어떤 문양도 없이 너무나도 깔끔한 도포 자락에 흔한 장신구 하나 달려 있지 않았다. 전형적인 성균관 유생의 모습. 요즘 유생들도 이렇게까지 밋밋하지는 않았다. 그런데, 운종가 최고의 기방이자 최대의 향락가로 가면서 저런 복색으로 간다고?

"왜? 어디가 이상한 것이냐?"

그러자 겸은 혀를 차며 목소리를 높였다. 하여튼 사내라고 하기에도 민망한 놈. 대체 저놈의 머릿속은 얼마나 완전무결한 건지.

"장난하는 것이냐? 어느 사내가 기방에 그런 한 치의 틈 없는 복색으로 가겠느냐? 여인들의 손길이 조금만 닿아도 스르르 녹아내리는 차림을 해도 모자를 판국에. 그런 복색으로 갔다가는 단번에 들키고 말 거다. 망나니 소굴엔 망나니로 가는 것이 제격이다. 홍와여림이라니 차라리 잘되었다. 결코 들키지 않게, 아주 망나니 한량의 끝을 보여 주지."

흐르는 가야금 소리를 타고서 홍와여림에서도 가장 귀한 손님만을 받는 신월의 별채에서 차선대군이 살짝 흐트러진 모습으로 술잔만 기울이고 있었다. 주변에 이토록 어여쁜 꽃들이 많은데 그는 눈길 한 번 주지 않으며 마치 뭔가를 기다리는 듯 문 쪽을 응시하던 찰나, 드디어 천천히 문이 열리면서 그의 입가가 처음으로 진한 곡선을 이루었다.

안으로 들어선 이는 홍와여림의 행수, 신월이었다. 그녀는 단아하기 그지없는 보랏빛 치맛자락을 움켜쥐고서 엷은 미소를 띤 채 그를 향해 살며시 고개를 숙였고, 차선대군은 이제야 술잔에서 시선을 뗀 채 굉장히 귀한 것을 바라보듯 가볍게 손짓을 하였다.

"어서 오거라, 월이야."

"송구하옵니다, 대군 대감. 급하게 오려고 하였는데, 하던 일이 있어서……."

"아니다. 홍와여림의 양귀비를 내 품에 안는 것이 그리 쉬운 일이더냐?"

신월은 다른 기녀들에게 눈짓을 하였고, 그녀들은 알아서 자리를 피해 주었다. 행수이자 조선 최고의 기생으로서 얼굴 한 번 보기도 어려운 그녀가 손수 술 주전자를 쥐고서 차선대군의 술잔에 또르르 술을 따랐다. 움직임 하나하나가 어찌나 조심스러우면서 아름답던지. 너풀거리는 옷깃 사이로 꽃향기가 풍기는 듯, 그저 향긋하기만 했다.

차선대군은 그녀가 따라 주는 술을 단숨에 마시고서 그녀의 얼굴 하나하나를 늘어진 시선으로 살피며 속삭였다.

"이리 보는 것도 오랜만이구나."

"너무 뜸하셨습니다."

신월은 다시금 그의 빈 잔에 술을 따르려 했지만, 차선대군이 손을 뻗어 그녀의 고운 섬섬옥수를 움켜쥐고선 가볍게 끌어당겼다. 그러자 그녀의 몸이 스스럼없이 그의 가슴에 살포시 안겨 들었다. 마치 꽃을 한 아름 끌어안는 듯한 기분이었다. 어느새 그의 목소리가 굉장히 나른해지면서 평소 차선대군이라고 할 수 없을 정도로 부드러운 사내가 앉아 있었다.

"이 술보단 오늘은 더 단술을 마시고 싶구나. 너무나도 향긋하여 잊을 수가 없는."

그의 은밀한 속삭임에 신월은 묘한 미소를 흘리며 부드럽게 손을 뻗어 감히 대군의 목덜미를 더듬으며 이내 과감하게 먼저 입을 맞추었다.

차선은 그러한 그녀를 소중히 안아 주면서 귓가에 엷은 숨을 내쉬었다. 목소리가 탁해진 듯하면서도 차갑게 이성을 붙잡고 있었다.

"내가 준비하라 하였던 것은 어찌 되었느냐?"

"곧 구해질 것이옵니다. 아시지 않사옵니까? 조선에서는 구하기 매우 힘든 귀한 서역의 것임을 말입니다."

"해서 너에게 부탁한 것이 아니더냐. 하지만 역시 월이답구나. 내 기대를 저버리지 않아. 그래서 네가 어여쁜 것이다."

"헌데, 그런 것을 어디에 쓰실 것입니까? 그저 단순한 약재가 아닙니까?"

"아주 귀히 쓰일 약재지. 바로 너처럼 말이다."

차선은 여전히 그녀의 부드러운 속살을 지근거렸고, 신월은 그 품에서 잠시 눈을 감고 있을 때, 뜻밖의 말에 눈을 번쩍 떴다.

"애령이는."

"……."

"그 아이의 장례는 제대로 치러 주었느냐."

그가 스스로 애령의 이름을 담을 줄 몰랐기에 신월은 살짝 어두워진 낯빛으로 고개를 가로저었다.

"한낱 꽃이 저물었을 뿐입니다. 무슨 장례를 치러 주겠습니까? 어차피 제삿밥 챙겨 줄 사람도 없는데. 그저 바람에 날렸을 뿐입니다."

차선은 그 말에 미련 없이 고개를 끄덕이며 그녀의 탐스런 엉덩이를 쓸어내렸고, 위에서 출렁이며 쏟아지는 머리카락을 연신 쓰다듬었다.

"헌데, 정녕 어쩐 일이십니까?"

신월의 뼈 있는 한마디에 차선은 역시 그녀는 속일 수 없다 생각했다. 그래서 이 여인을 믿었고, 또한 가까이에 두려 하는 것이었다.

"사냥도 하고, 등잔 아래도 좀 가려 주고. 내 부탁을 들어주어 고맙구나."

"그 정돈 부탁도 아니지요."

그녀는 간드러지게 웃으면서 그가 홍와여림으로 오기 전, 서찰로 부탁했던 내용을 떠올렸다. 갑자기 이곳으로 오겠다는 전갈과 함께 별채에 머무른다는 소식을 다른 기생들에게 전부 흘리라고 말을 한 것이었다. 보통은 은밀히 다녀가곤 하였는데. 게다가 다른 기생들은 부르지도 않으셨으면서 오늘은 다른 기생들까지 별채에 들이시고. 그래서 지금 알게 모르게 기생들의 입방아에 차선대군의 이름이 오르내리고 있었다. 일부러 그것을 바라는 것처럼.

그때, 밖으로 사내의 그림자가 나타나면서 여후의 목소리가 들려왔다.

"대군 대감."

그러자 마치 차선은 그를 기다렸다는 듯 입을 열었다.

"들어오거라."

잠시 후 문이 열리면서 여후가 안으로 들어섰다.

"그래, 제조와 수의가 만났느냐?"

"예. 무사히 만나셨습니다."

"사냥감들은?"

"홍와여림으로 들어온 듯합니다. 시작할까요?"

"그래, 시작해라. 반드시 그 정체를 파악하는 게 급선무다."

알 수 없는 말이 오고 가면서 신월은 치맛자락을 움켜쥐었다. 뭔가, 차선대군이 노리는 이가 홍와여림으로 들어왔다. 혹, 이걸 위해 기생들에게 자신을 입방아에 올리게 한 것인가? 그리고 제조와 수의라니. 하지만 신월은 찰나의 생각을 지워 버렸다.

차선대군은 생각대로 흘러가는 상황에 만족스런 미소를 띠었다. 그가 홍와여림으로 온 이유. 그리고 그 사실을 기생들에게 흘린 이유. 모든 것이 그가 의도한 함정이었다. 요즘 자신의 뒤를 캐고 있는 녀석들을 끌어내기 위해서. 그리고 그 녀석들의 시선에 닿아 있는 문인수와 윤주석, 두 사람이 제대로 만나 준비한 거사를 잘 치를 수 있도록 하기 위해서.

스스로 녀석들의 시선이 제게 쏠릴 수 있도록 사냥감이 된 것이었다. 물론, 사냥감으로 위장한 사냥개였지만.

'대체 어떤 간 큰 녀석들인지. 오늘은 제대로 그 면상 한번 볼 수 있는 것인가?'

누구의 짓일까. 어떤 이가 배후에 있는 것일까. 차선대군은 오랜만에 제게 도전을 해 온 이들 덕분에 꽤나 온몸에 피가 뜨겁게 치솟았다. 여인을 안는 것보다 훨씬 몸이 뜨거워졌다. 그 순간.

"행수님, 행수님!"

홍목이의 다급한 목소리에 신월의 안색이 굳어졌다. 자신이 차선대군을 만나고 있다는 걸 알면서도 홍목이 저리 급하게 부르는 것을 보니 꽤나 다급한 일인 모양이었다.

"대감."

"괜찮다. 홍와여림의 행수가 아니더냐. 내가 너무 오래 잡고 있었구나. 그만 나가 보아라. 난 잠시 술을 더 기울어야겠다. 너보다 달콤하진 않겠지만."

"송구하옵니다, 대감."

"내가 부탁한 그것이나 빨리 구해다오."

"예, 심려치 마십시오."

그렇게 신월이 별채를 빠져나가자마자, 여후 역시 함께 모습을 감추었다. 차선대군은 어둠 속에서 텅 빈 술잔을 바라보며 흥분에 찬웃음을 터트렸다. 아름답기 짝이 없는 홍와여림에서 벌이는 사냥이라. 과연 끝까지 제 뜻대로 흘러갈지. 참으로 기대가 되었다.

별채를 빠져나온 신월은 흐트러진 옷차림을 가다듬고서 옆에서 안절부절못하고 있는 홍목에게 매서운 표정으로 다가섰다. 하지만 그녀의 얼굴을 보자마자 흠칫했다. 눈물로 범벅이 되어선 어쩔 줄을 몰라 하고 있었던 것이다.

"무슨 일이냐? 대체 왜 이래!"

"애령이가 이상합니다. 애령이가 이상해요. 자꾸 행수님만 찾으면서……. 죽을 것 같아요!"

순간, 그녀의 표정이 삽시간에 굳어지면서 홍목을 붙잡고서 별채와 멀어졌다. 숨이 아까보다 훨씬 가빠지면서 처음으로 그녀의 눈동자가 지나치게 흔들리기 시작했다.

"넌 가서 얼른 언지 아씨를. 아씨를 불러 오거라. 어서!"

"예!"

홍목이가 바동거리며 얼른 시야에서 사라지자 신월은 가빠 오는 숨을 억지로 삼키면서 저 멀리 별채 쪽으로 시선을 두었다. 하필이면 이럴 때, 그가 있을 때 사달이 나다니. 하지만 절대로, 절대로 들켜선 안 된다. 그에게 애령이가 살아 있다는 사실을. 지금의 모습을 아직은 들켜선 안 된다, 절대로!

홍와여림을 상징하는 붉은 문 안으로 들어선 낯선 두 사내의 모습에 지나가던 이들과 기생들이 휘둥그레진 시선으로 그들에게서 시선을 떼지 못했다. 척 보아도 굉장히 고급스런 비단으로 짜인 도포 자락 위로는 각양각색의 수가 촘촘하고 정교하게 모양 지어 있었고, 허리춤에는 붉은 홍옥으로 만들어진 장신구를 포함하여 머리부터 발끝까지 휘황찬란한 장신구가 눈이 아플 정도로 번쩍였다.

영락없는 한량의 꼴이지만 어쩐지 그저 그런 한량은 아닐 거란 기생들의 속내에 맞게, 그들은 바로 겸과 이영이었다. 어찌나 변장을 잘하였는지, 그들을 잘 아는 기생들조차도 알아보지 못하고 있었다. 그만큼, 결코 그분들일 거라 상상할 수도 없을 만큼 파격적인 복색이었으니까.

"도련님, 홍와여림은 처음이시옵니까? 전혀 못 보던 얼굴이옵니다."

"어찌 이리 피부가 고우시옵니까? 백옥도 그냥 울고 가지 않겠사옵니까?"

"내 이리 너희들과 질펀한 농이라도 계속하고 싶지만, 잠시 일이 있어 들른 거라 오래할 수가 없구나. 내 너를 꼭 기억하겠다."

겸의 은근한 목소리에 힘이 실리자, 기생들은 한껏 달아오른 시선으로 하는 수 없이 그의 옷자락을 풀어 주었다. 이제야 좀 숨통이 트인 이영은 살기 어린 시선으로 그를 노려보며 입을 열었다.

"아주 태연자약하구나."

"태연자약하여야 일을 그르치지 않는 법이지."

이영은 한숨을 내쉬며 여전히 너무나도 거슬리는 제 복색을 바라보았다. 색도 너무 강하였고, 지나치게 사치스러웠으며 또한 몸에 흘러내릴 듯한 비단과 짙은 사향까지 그 어느 것 하나 마음에 들지 않았다.

"평소에도 이런 복색을 즐기는 것이 아니냐? 그러니 그 김 도령의 소설에도 사족을 못 쓰지."

겸은 이영의 모습을 살짝 훑으며 자꾸만 삐져나오려는 웃음을 눌렀다. 사실, 이영이 이런 옷을 입었다는 사실만으로도 겸은 충분히 즐거웠다. 평소 이런 사치스러운 것과 여인을 멀리하는 그가 아니던가. 조금 전 기생들에게 둘러싸여 난처해하던 모습이 어찌나 순박하던지.

"내 다시 말하지만 그 소설에 흥미를 갖지 않는 네놈이 이상한 거다. 정녕 거기가 달려 있긴 한 거냐? 아까 기생들이 더듬을 때도 아주 어쩔 줄을 몰라 하면서."

"이게 더 눈에 띄는 것 같다."

"이보다 더 눈에 띄려는 자들이 많은 곳이다. 말하지 않았느냐? 망나니 소굴에 망나니 몇이 더한다고 달라질 건 없다고. 오히려 고고한 선비가 이런 기방에 오는 게 더 이상한 거지. 게다가 만약 그런 복색으로 왔더라면 기생들이 대번에 나와 너라는 걸 눈치챘을 거다. 감히 상상이나 하겠느냐? 고귀한 허 도련님과 최 판관님이 이런 한량스런 꼴을 하고 기방으로 왔을 거라는 걸."

그는 부채를 펄럭이며 입과는 달리 눈은 굉장히 매섭고 서늘하게 주위를 살폈다. 이제 여기까지 들어왔으니, 차선대군과 문인수를 찾아야 할 것인데. 문인수가 이곳으로 오기는 한 건지도 의문이긴 하지만.

그때, 여인들의 수군거림과 함께 뜻하지 않은 단어가 들려왔다.

"그럼 행수님이 대감을 모시고 있는 거야?"

"행수님의 별채로 가셨다잖아. 그럼 행수님 모시는 게 아니겠어? 역시 대군 대감이셔. 그 콧대 높은 언니를 꺾었으니 말이야."

"하긴. 행수님이 어디 보통 여인이니? 역시 차선대군 대감이 아니시면……."

그 뒤로 다른 얘기는 중요하지 않았다. 그저 저 기생들이 내뱉은 말. 차선대군이 행수의 별채에 있다. 홍와여림의 행수라면 신월.

어느새 이영과 겸은 서로 비슷한 눈빛으로 시선을 주고받았다. 그래, 신월의 별채라면 그 누구도 함부로 발걸음 할 수 없는 곳이었다. 아무리 재력 많고 높은 신분의 양반이라 하여도 이곳 홍와여림의 행수를 마음대로 건드릴 순 없었다. 그러니 다른 이의 눈을 피해 은밀하게 문인수와 만나기 좋은 장소일 터. 하지만 그만큼 함정일 가능성 역시 컸다.

"이렇게 중한 일을 기생들이 저리 쉽게 알고 있다니."

"하지만 그것을 역으로 이용하는 것일 수도 있지."

그래서 더더욱 의심을 피할 거라는. 더 이상의 고민은 없었다. 여기까지 왔으니, 그것이 함정이라 하여도 일단 부딪힐 수밖에.

겸과 이영은 살짝 긴장된 안색을 띠며 조심스럽게 신월의 별채가 있는 곳으로 걸음을 옮겼다.

"애령이는? 애령이는? 애령아!"

허지는 홍목이와 냉큼 방 안으로 들어섰고, 그 뒤를 언지 역시 뒤따르려고 했지만 신월이 그녀의 손목을 덥석 잡았다.

"행수?"

"아씨. 살려 주십시오. 반드시, 살려주십시오."

"예, 살려야지요. 반드시 애령이를……."

"아이를, 아이를 꼭 살려야만 합니다. 반드시요!"

순간, 다급해야 할 상황임에도 불구하고 언지는 흠칫하며 고개를 들었다. 신월의 시선이 흔들렸지만 그 속은 지나치게 차가웠다. 그 속을 알 수 없을 만큼 깊은 고요함이 일렁이고 있었다. 애령이가 아니고 아이라니. 처음 태기가 있다고 하였을 때도 그렇고, 지금도 그렇고. 그녀는 뭔가를 알고 있는 것이 분명했다. 애령이가 품은 씨가 누구의 씨인지. 그리고 그것으로 대체…….

"언니!"

안에서 다급하게 부르는 허지의 목소리에 언지는 더는 생각하지 않고 그녀가 잡은 손을 뿌리치며 안으로 들어섰다. 하지만 어쩐지 조금 서늘한 시선이 신월을 향하다 사라졌고, 신월 역시 그것을 느꼈지만 애써 외면하며 떨리는 주먹을 움켜쥐었다.

설사, 지금껏 자신이 쌓아놓은 언지와의 신뢰가 무너진다 하여도 지금은 저 아이가 더 중요했다. 애령이의 배 속에서 자라고 있는 저 아이가. 차선대군의 저 핏줄을, 무슨 수를 써서라도 반드시, 반드시 살려야 했다. 꼭!

신월을 뒤로한 채, 방 안으로 들어선 언지는 금방이라도 숨이 끊어질 듯 헐떡이며 바동거리고 있는 애령의 손목을 붙잡고서 억지로 맥을 짚었다.

'산맥(맥박이 불규칙하게 흩어짐).'

미치도록 불안정한 맥이다. 하지만 얼핏 낯빛과 체온 등을 살핀 결과, 어디가 아파서 그런 것이 아니라 극도의 불안함이 몸 밖으로 표출되고 있는 듯했다. 하지만 도대체 무엇이 그녀를 이토록 불안하게 하는 걸까.

"언니? 왜 이래? 애령이가 왜 이러는 거야?"

"애령아, 내 목소리 들리니? 나 언지야. 애령아. 내 목소리 들려야 해. 침착하게 내 목소리를 들어."

"하아, 하아. 어, 어……. 언……!"

다시금 빨라지는 숨소리. 맥이 다시금 흩어졌다. 하지만 언지는 그럴수록 더더욱 침착하게 속삭였다.

"애령아, 진정해. 정신 차려 여기서 정신을 놓으면 안 돼. 그러면 아이도 위험해져. 아이도……."

그 순간, 아이라는 말에 애령이 눈을 번쩍 뜨고선 어디서 이런 힘이 남아 있는 건지 가까이 있던 언지의 손목을 잡고서 끌어당겼다.

"언니!"

"애령아!"

언지는 그녀의 힘에 순순히 끌려가며 애령의 눈을 마주했다. 항상 여리고 착하며 순하기만 한 애령의 모습이 아니었다. 눈동자에 불안정하게 휘몰고 있는 광기. 하지만 더 깊은 곳에 자리 잡은 건 극도의 불안함과 공포였다. 애령은 마치 언지의 손이 동아줄이라도 되는 것마냥 엄청난 힘으로 끌어당기며 마지막 힘을 쥐어짜서 외쳤다.

"월, 월……. 신월 언니……. 신월, 신월 언니!! 으윽!"

"애령아!"

마지막 힘을 쏟고서 그대로 쓰러지려는 애령을 언지가 재빠르게 받아 안았다. 그리고는 천천히 침상 위로 내려놓아 주었다. 허지는 싸늘한 시선으로 냉큼 자리에서 일어서려 했지만, 언지가 말렸다. 지금 그녀가 누구에게 가려는지 알고 있으니까.

"내 저걸 그냥!"

"김허지, 가만있어."

"하지만 언니! 분명 행수 때문일 거야. 도대체 무슨 짓을 한 건지 모르겠지만, 그게 아니면 애령이가 뭐 하려고 그 행수 이름만 부르겠냐고! 그런데도 코빼기도 안 비치는 걸 보면!"

시침을 끝낸 언지는 침을 정리하면서 안절부절못하는 홍목을 바라보다 이내 입을 열었다.

"애령이가 계속 행수만 찾느냐?"

"그, 그것이……."

"바른대로 말해!"

허지의 날카로운 목소리에 홍목은 움찔하며 고개를 끄덕였다.

"예, 계속 행수님만 찾습니다."

"언제부터?"

"갑자기요. 갑자기 저녁부터……."

"분명 뭔가 있는 거야. 있다니까!"

허지는 언지 때문에 나가지도 못한 채 씩씩거리며 그 자리에 서 있었고, 언지는 이제야 좀 진정이 된 맥을 짚으며 파리하게 잠든 애령을 바라보았다. 어쩐지 그녀의 얼굴 위로 신월의 얼굴이 겹쳐 보였다.

'그 아이를, 아이를 살려주십시오!'

애령이가 그토록 신월을 찾는 이유. 그리고 신월이 애령이보다 아이를 살려 달라 했던 이유.

언지의 표정이 다시금 차분해지면서 눈동자가 깊이 내려앉았다.

'분명, 뭔가가 있다.'

애령을 안정시킨 뒤, 따라나오겠다는 허지를 남겨두고서 언지가 먼저 밖으로 나서자, 그 앞에서 연신 서성이고 있던 신월이 서 있었다. 그녀는 언지의 기척을 느끼고서 시선을 마주했지만 아까보다는 굉장히 침착하면서도 그림자에 반은 삼켜버린 얼굴 탓에 제대로 표정을 마주하기가 어려웠다.

"아이는?"

이젠 대놓고 아이만 물어보는 신월의 모습에 언지는 무거운 숨을 내쉬며 고개를 끄덕였다.

"괜찮아요. 애령이도 안정되었어요."

신월은 이제야 옅은 미소를 띠며 한발 앞으로 나섰다.

"제게 궁금하시군요."

"아이에 대해 행수께선 알고 계신 거죠? 아비가 누구인지. 그리고 저 아이가 행수에게 어떤 의미인지."

"그래서 제가 말씀드렸었죠. 감히 입에 담을 수도 없는 분의 아이라고. 아씨께서 휘말릴 필요가 없는 일입니다. 물론 이렇게 매번 아씨께 도움을 청하는 것이 염치없기는 하지만."

그리고는 그녀는 더는 입을 열지 않은 채 다물어 버렸다. 하지만 눈빛에서 뭔가 굳건한 힘이 느껴졌다. 대체 이 여인은 여인의 몸으로 뒤에서 무엇을 숨기고, 또 무엇을 꾸미고 있단 말인가. 하지만 저토록 입을 다물어버린 것을 보니, 아무리 매달린다고 해도 쉽게 답해줄 리가 없었다. 그리고 정말 신월의 말처럼 휘말리는 일이라면 그냥 피하고 싶은 것도 사실이었다.

'나는 내 일만으로도 복잡한 사람이야.'

"잠시 기겁을 한 것이니, 안정이 되면 나아질 것입니다. 계속해서 행수를 찾더군요. 나중에 깨어나면 달래주세요. 또 저런 식으로 기겁하게 되면, 아이가 위험합니다."

"송구하고, 그리고 고맙습니다."

다른 것보다는 더 이상 묻지 않은 것에 더 고마워하는 것이겠지.

얼마 지나지 않아 퉁퉁 부은 얼굴의 허지가 밖으로 나왔다. 그녀는 신월을 노려보며 뭐라 한마디 하고 싶었지만 꾹 참고 있었다.

언지는 허지를 데리고 그렇게 자리를 떠났다. 그리고 그 모습을 말없이 지켜보던 신월은 이제야 방 안으로 들어가 좀 진정이 된 애령을 멀리서 바라보았다. 파리해진 안색으로 이제는 제법 고른 숨을 쉬고 있는 그녀. 잘 먹인다고 먹였지만, 많이 야위었고, 거기에 어울리지 않게 배만 불러오고 있었다. 아마도 그녀가 이런 모습을 보인 것은 차선대군 때문이겠지. 기생들의 입방아에 오르내리는 순간, 여기만큼은 새어들지 않도록 숨긴다고 숨겼는데, 결국은 그녀의 귀에 들어간 모양이었다. 하지만 그렇다고 이 정도로 격한 반응을 보일 줄이야. 아무래도 이곳의 경계와 단속을 더 심하게 해야 할 듯했다.

신월은 손을 뻗어 그녀의 마른 땀을 닦아주며 서늘한 어조로 속삭였다.

"견디어라, 애령아. 조금만 더 견뎌."

애령을 다독이는 그녀의 손길이 한없이 따스하게 변했지만, 눈빛은 한층 더 차갑게 가라앉았다. 그러곤 미처 내뱉지 못한 말을 삼켜 들었다.

'네가 그토록 만나고 싶어 하는 차선대군에게로 돌아갈 수 있도록 할 것이니. 그 배 속의 아이와 함께 갈수 있도록 내가 그리 할 것이니. 조금만 더 견뎌라.'

차가운 어둠이 신월의 표정을 다시금 삼키며 입가에 스친 미소와 손길만이 다정하게 애령을 다독여 갔다.

겸과 이영은 신월의 별채로 향했다. 이영은 여전히 영 어색하기만 한 도포 자락을 붙잡으며 걸었고, 겸은 태연하게 부채를 펄럭이면서 주변의 경계를 늦추지 않으며 시선을 매섭게 번뜩였다. 신월의 별채로 향하는 길은 오직 하나였다. 그것도 홍와여림에서 가장 구석진 곳이었지만 굉장히 운치 있게 매화나무가 길 끝까지 뻗어 있었고, 매화가 피는 날엔 진득한 암향이 가득 풍기는 굉장히 아름답고 정갈한 곳이었다.

"홍와여림에 이런 곳이 있는 줄 처음 알았군. 마음에 들어."

"그런가? 난 왠지 기분 나쁜데."

이영은 시커멓게 흔들리는 길이 영 불안하고 불길했다. 하지만 겸은 그저 피식 웃으며 유유자적 걸음을 옮겼다.

"매화가 휘날리면 딱이겠어. 그 아래 술 한잔을 벗 삼아, 책을 읽으면 신선놀음이 따로 없겠군."

"또 김 도령의 소설?"

"찾고 있기는 한 거냐? 네가 이렇게 시간을 끌다니. 보통 녀석은 아닌 모양이군. 하긴, 그런 소설을 쓰는 자인데. 쉬운 놈일 리가 없지."

겸과 이영은 괜스레 목소리를 높이면서 주변을 살폈다. 그 순간, 겸이 먼저 움직임을 멈추었다. 시커먼 어둠이 수묵화처럼 매화나무 아래 흘러내렸고, 그 위로 하현달이 희미하게 흔들리며 적막함이 물씬 풍겼다. 온갖 소란스러움이 가득한 홍와여림인데, 이곳은 마치 다른 곳인 것처럼 단 한 명의 인적도 찾아볼 수 없이 바람 소리만이 고요함을 더하고 있었다. 하지만 그것이 더 거슬렸다.

이영은 한발 앞서려는 겸의 앞을 가로막으며 먼저 걸음을 떼었다. 그 순간, 그가 숨을 멈추면서 도포 자락에 숨겨 두었던 칼자루를 움켜쥐었다. 그 모습에 겸 역시 걸음을 멈추고 부채를 아래로 내렸다. 겉으로 봐서는 그저 아무도 없는 길이었지만, 영이의 움직임이 점점 더 날카로워지고 있었다.

누구보다 감이 좋고 귀신같은 녀석이다. 대제학의 성품 덕에 치밀하고 집중이 높아 무예의 길에서 칼끝에 흔들림이 없는 녀석. 그런 이영이 숨겨 둔 흑월도를 움켜쥔 것을 보니, 이 주변으로 살기를 띤 이들이 있다. 그렇다면 결국 함정인가. 차선대군은 일부러 우리를 이곳으로 불러들인 것인가? 문인수는 이미 다른 곳에서 누군가를 만나고 있을 것이다. 아마도, 윤주석.

함정임을 알게 된 이영과 겸의 시선이 빠르게 스쳤다.

이영은 기다렸다는 듯이 입고 있던 거추장스러운 도포 자락을 벗어 던졌다. 그러자 평소 그가 입던 단정하고 깔끔한 복색이 나왔다. 겸은 이 상황에서도 웃음이 피어올랐다. 얼마나 벗고 싶었을지.

"이제야 좀 살 것 같네."

"아니, 여기서 빠져나가야 진정 사는 거지."

"이 옷만 벗어도 난 숨통이 트인다."

이영이 제대로 흑월도를 꺼내 들자, 결국 숨어 있던 차선대군의 자객들이 매화나무 사이로 모습을 드러냈다. 까만 수묵화 사이로 섬뜩한 기운이 흘렀다. 겸 역시 숨겨 두었던 칼을 꺼내 들었다. 붓만 잡는 선비치고는 제법 칼자루를 잡는 모양새가 나왔다.

겸과 영은 서로 등을 맞대고서 상대를 살폈지만, 제법 기척을 잘 숨기고 있는 실력자들답게 쉽지가 않았다. 하지만 차선대군이 자신들의 꼬리를 완전히 보지는 못한 듯했다. 그러니 이런 귀찮은 일을 벌이면서까지 이곳으로 끌어들인 거겠지. 그렇다면, 속전속결. 무조건 빠르게 여길 빠져나간다.

두 사람은 누가 뭐라 할 것도 없이 갓을 깊이 내리고서 가장 가까이 있는 자부터 순식간에 베어 냈다. 적막하기만 하던 매화나무 길에서 서걱거리는 바람이 스치며, 어둠 속에 핏빛 매화가 피어났다. 하지만 사람의 목소리는 여전히 들리지 않았다.

이영은 흑월도의 칼날을 더욱 매섭게 세웠고, 겸은 이미 칼날에 묻어난 피를 털어 내며 코끝에 스치는 혈향에 미간을 찡그렸다. 역시, 자신은 붓이나 잡는 선비가 좋다. 이런 향보다는 먹향이 더 운치 있지 않은가.

그렇게 얼마나 지났을까. 서걱이는 소리가 아까보다 힘이 빠진 채, 허공을 갈랐다. 겸은 애써 거친 숨을 삼키며 칼끝에 힘을 주었지만, 처음보다 매우 무뎌져 있었다. 그도 그럴 것이 차라리 죽이면서 베었다면 괜찮겠지만, 급소는 피한 채 움직이지만 못하게 베어 내려니 힘이 배는 들었다. 그에 비해 상대방은 아주 죽일 각오로 달려들고 있으니.

그래도 제법 매서운 칼날이 상대방의 허를 정확히 찌르고 있었다. 이 모습을 언지, 그 아이가 봤어야 하는데. 그래야 교수님을 영 못 믿겠다는 둥, 어쩐지 허약해 보인다는 둥 하는 말을 하지 못할 텐데. 하지만 이런 위험한 곳에 그녀가 있으면 결코 안 될 일이었다. 게다가 이런 피비린내 나는 모습 역시 보여 줄 생각도 없었고.

겸은 애써 언지에 대한 생각을 떨쳐 내며 정신을 최대한 집중했다. 여기서 흐트러지면 옆에 있는 영이도 위험할 수 있었다.

'최소한 짐이 되지는 말아야지. 그것도 영이 녀석의 짐이 되는 건 더더욱!'

그때, 이영이 칼을 크게 한 번 휘두르며 겸에게 다가왔다. 겉으로는 그도 멀쩡한 듯했지만 평소보다 호흡이 빨랐다.

"아마도 녀석들, 이대로 우리 힘을 죄다 빼낼 생각인 것 같다."

"죽여도 그만이고, 이대로 계속해도 상관없다, 이건가. 어차피 수적으로 우리가 불리하니까?"

"도망치는 방향으로 바꿔야 해."

"어차피 그럴 작정이었는데, 뭘. 그런데 그 틈이 안 만들어져서 문제지."

어차피 조무래기들이다. 딱 한 번. 한 번만 틈을 만들면, 그래서 여길 빠져나가기만 해도 더는 쫓지 않을 것이다. 차선대군은 우리를 죽이는 것보다 문인수와 윤주석을 만나는 게 목적. 그리고 우리의 정체를 알아내는 것도 포함되어 있겠지. 하지만 우리가 주목적이 아니니 그렇게 깊숙이 파고들지는 않을 것이다.

"틈은 내가 만든다."

이영이 흑월도를 고쳐 들고서 한 곳을 응시했다. 겸은 슬쩍 고개를 끄덕이며 걸음을 살짝 뒤로 빼자 녀석들이 순식간에 겸에게 몰렸고, 그 틈을 타 이영이 앞으로 나서며 틈을 만들려는 순간.

챙—!

섬뜩한 칼날 소리가 크게 울리면서 이영의 흑월도를 정확히 막아 냈다. 이영은 저도 모르게 살짝 흠칫한 시선으로 칼자루를 꽉 움켜쥐었다. 한 번 맞닿았을 뿐인데, 힘이 장난이 아니었다. 게다가.

'다가오는 걸 전혀 눈치채지 못했다.'

'영이가. 그 누구도 아닌 영이가?'

겸과 이영은 처음으로 긴장된 표정으로 갑자기 나타난 사내를 바라보았다. 마치 어둠 속에 녹아 있다 갑자기 나타난 것처럼. 매화나무 그림자 아래 녹아든 이는 커다란 검은 삿갓을 깊숙이 쓴 채, 얼굴 전체를 숨기고 있었다. 하나의 거대한 그림자를 보는 듯했다. 하지만 칼끝에서 풍겨 드는 살기는 어마어마했다. 지금까지의 조무래기들과 달랐다. 본능적으로 느꼈다. 저자는 정녕 살검(殺劍)을 쓰는 살수라고. 차선대군이 직접 부리는 자일 거라고.

그림자는 별다른 움직임 없이 다시금 칼을 휘둘렀다. 굉장히 빠르고 군더더기 없는 미려한 움직임이었다. 하지만 이영이 재빨리 그의 앞을 가로막으며 흑월도를 휘둘렀다. 다시금 힘과 힘이 맞닿아 칼끝에서 고통스런 울림이 울렸다. 이영도 밀리지 않았지만, 그림자의 칼날도 가차 없이 움직였다. 몇 번의 합이 더 들어갔다. 겸은 그 모습에 칼을 고쳐 들었지만 이영의 목소리가 그를 붙잡았다.

"나서지 마라!"

"하지만."

둘의 검이 다시금 뒤엉켰다. 이영은 숨기던 호흡을 더 이상 숨길 수 없을 만큼 거칠게 몰아쉬었지만 움직임은 결코 둔해지지 않았다. 평범한 살수가 아니다. 꽤나 실력을 갖춘. 게다가 무서운 자다. 예전에도 몇 번 살수와 겨뤄 본 적이 있기는 했지만, 이자처럼 지독한 살검(殺劍)은 처음이었다. 오직 죽이기 위해 태어난 것처럼.

삿갓 너머로 무슨 표정을 짓고 있는지는 몰랐지만, 마치 아무런 감정이 없는 것처럼 내리뻗는 칼날이 지금의 어둠과도 같았다.

"흡!"

순간, 이영의 호흡이 살짝 흐트러졌고 그 틈을 결코 놓치지 않고서 상대방의 칼이 바로 어깨로 들어왔다. 하지만 이영은 아슬아슬하게 칼날을 비껴가며 두어 걸음 뒤로 물러섰다.

"하아, 하아, 하아……."

겸은 다른 녀석들을 상대하면서 이영의 낯빛을 살폈다. 녀석답지 않게 엄청나게 집중하고 있지만, 그만큼 굉장히 흔들리고 있었다. 이대로 가다간 완전히 밀릴 것이다. 그렇다면 계속 시간을 축낼 수는 없는 법. 방법은 한 가지. 양반으로서 썩 내키지는 않았지만.

'그래도 일단 살고 봐야지.'

겸은 쥐고 있던 검으로 마지막 녀석을 베어 내고선 망설임 없이 이영과 저 무시무시한 그림자를 향해 칼을 던졌다. 그러자 역시나 두 사람을 재빨리 피했고, 이영은 겸의 뜻을 알고선 마지막으로 힘을 짜내어 흑월도를 휘둘렀다. 찰나의 움직임에 그림자는 다시금 두어 걸음 뒤로 내뺐지만, 조금 더 깊이 들어온 흑월도에 팔목이 스쳤다. 잠깐의 틈. 하지만 이 틈에 겸과 이영은 재빨리 걸음을 뒤로 돌렸다.

살짝 방심했다. 하지만 별다른 표정 변화 없이 여후가 다른 곳을 향해 눈짓하자, 숨어 있던 다른 자객들이 그들의 뒤를 쫓기 시작했다. 그리고 그 역시 그들과 함께 걸음을 옮기려 했지만, 이내 걸음을 멈추고서 고개를 돌렸다. 그러자 멀리서 차선대군이 느긋하게 이쪽으로 걸어오고 있었다.

"나리."

"너는 쫓지 말거라. 이미 놓친 것이나 다름없다."

"예."

여후는 빼었던 칼을 다시 허리춤에 집어넣었다. 순간, 살짝 스친 팔목에 피가 새어 나오고 있었다. 아주 찰나였지만 그는 정확히 제 팔목을 노리고 들어왔다. 저보단 빠르지 않지만 그 역시 움직임이 상당한 듯싶었다. 칼의 무게 역시도. 하지만 예의 바른 칼이다. 어차피 죽이는 칼에 그런 예의 따위는 필요 없다.

"어떻더냐."

"그저 그런 살수가 아닙니다. 꽤, 높은 곳에 있는 자 같습니다."

"그래. 누군가 부리는 자가 아닌 것 같더구나. 제법 눈이 좋고, 머리가 있다. 물러섬을 아는 것을 보니. 아직 누군지는 모르겠지만, 누군가 있다는 것은 명확해졌으니 꽤 큰 수확이다. 그것도 그냥 넘겨선 안 될 자들."

차선대군은 어지럽게 흩어진 붉은 피를 바라보며 누군가를 떠올렸다. 지금, 용상에 겁도 없이 앉아 있는 유약하디유약한 자신의 조카이자, 어린 왕. 그 어린 왕이 이 숙부에게 채 자라지 못한 이를 드러내는 것인가. 어쩐지 즐거운 기분이 들었다. 아마 지금쯤 문인수와 윤주석이 만났을 테니. 정녕 그런 것이라면.

'오랜만에 우리 조카님, 용안을 뵈러 가 보실까.'

하지만 건강한 용안을 보긴 힘들겠지. 신월이가 그것을 구해 온다면, 본격적인 사냥이 시작될 것이다. 하늘. 땅. 만백성, 천지를 갖기 위한 사냥.

차선은 차오르지 않은 달을 서늘한 시선으로 바라보았다.

"그 행수 뭔가 처음부터 이상하다 생각했다니까. 그 속에 뭘 품고 있는지 도통 알 수가 없으니. 애령이한테 해코지하는 건 아닐까? 응? 언니!"

예전부터 그 행수가 맘에 안 들었던 허지는 연신 툴툴거리며 언지를 불렀지만, 대체 무엇을 생각하는지 걸어가는 내내 통 낯빛이 어두워 보였다. 결국, 허지는 그녀의 앞을 가로막았고, 언지는 당황하며 걸음을 멈춰 섰다.

"뭐야?"

"대체 무슨 생각을 하기에 내가 물어도 대답이 없는 거야? 이렇게 넋 놓고 가다가는 해 뜬 뒤에 도착하겠다."

"아, 그랬어? 미안. 그래서 뭐라고?"

"됐네, 됐어. 집에나 가."

허지는 샐쭉해진 표정으로 걸음을 당겼다. 언지는 그 모습에 피식 웃으며 자꾸만 머릿속을 떠나지 않은 생각을 애써 털어 내려는 찰나, 기생들의 수군거림이 그녀의 발걸음을 붙잡았다.

"그래서 행수님 별채에서 차선대군 나리를 모셨다는 거야?"

"아마도 그런 것 같아. 별채를 나오시는데, 옷고름이 흐트러진 모양이더라고."

"그럼 대군 나리의 새로운 애첩은 행수 어른이 되는 건가?"

"뭐, 행수 어른 정도의 천하제일이라면, 어쩌면 대군 나리의 첩으로 들어갈 수 있지 않을까?"

"에이, 말이 되니? 우리 같은 천한 기생이……."

차선대군? 차선대군이라면 지금의 주상 전하의 숙부가 아니던가. 그런데 행수가 차선대군을 오늘 모셨다는 말인가? 그녀가 사내를 모시다니. 물론 그녀가 그런 높으신 분들의 정보를 얻는 일도 하기는 하지만. 그래도 몸을 내어 주는 일은 하지 않는데. 게다가 그 누구도 아닌 주상의 숙부라니…….

"세상에. 주상 전하의 숙부라니. 아주 제대로 물었네."

"허지야, 어디서 그런 상스런 말을."

"아, 아니 그냥."

뭔가 묘하게 여인의 촉이 솟았다. 신월의 별채라. 잠시 가 볼까? 가 보면 머릿속을 떠다니는 이 의문이 조금은 풀릴까?

"언니, 얼른 가자. 이러다 정말 해 뜨겠다."

"허지야."

"응?"

허지는 아무 생각 없이 고개를 돌렸다가 이내 흠칫했다. 언지가 환하디환한 꽃웃음을 지으며 저를 빤히 쳐다보고 있는 모습에 뭔가 불길한 느낌이 치솟았다.

"뭐, 뭐야. 대체 그 말도 안 되는 미소는?"

"행수의 별채에 가고 싶어."

"뭐?"

"별채에 잠시 들렀다가 가자. 아님 너 혼자 먼저 집에 가도 되고."

역시. 불길한 느낌은 이리도 정확하게 들어맞는다. 대체 거기를 왜 가겠다고!

"거길 왜 가! 나보고 집에 얼른 가자고 한 건 언니였어. 여인이 한 입으로 두말할 거야?"

"여인은 한 입으로 여러 말 하는 법이야. 그래서 사내들이 죽어도 못 당해내는 거지."

"언니!"

허지는 그런 언지를 노려보았지만, 그녀는 그저 싱긋 미소를 지으며 허지의 손을 잡고 신월의 별채로 향했다. 물론 이미 그곳에 아무도 없을지도 모르지만. 그래도 어쩐지 발걸음이 자꾸만 그쪽으로 당겼다. 한 번 품은 의문은 일단 해결해야 직성이 풀렸다.

허지 역시 그걸 알기에, 말리는 것보다는 차라리 같이 가서 얼른 해결하는 게 낫겠다 싶어 하는 수 없이 언지와 함께 걸음을 옮겼다.

홍와여림에 자주 와 봤어도 신월의 별채로 가는 것은 처음이었다. 홍와여림에 이리 조용한 곳이 있다는 것도 신기했고, 어쩐지 멀리서 음울한 바람 소리가 스치는 것이 허지는 저도 모르게 슬쩍 두려움이 일었다.

"언니, 저기 너무 어두워. 이러다 또 쓰러지면 어떡해?"

"괜찮아. 밖이니까. 막힌 곳만 아니면 상관없어."

"언니, 그냥 가자. 뭔가 불길해. 여인의 촉이 절대로 이건 아니라고 외친단 말이야!"

허지가 죽기 살기로 언지의 옷자락을 끌어당긴 순간, 멀리서 굉장히 다급한 발자국 소리가 들려왔다. 누가 뭐라고 할 새도 없이 언지와 허지는 움직임을 멈추고선 발자국 소리가 들리는 쪽으로 고개를 돌렸다. 점점 이쪽으로 다가온다. 사내? 그것도 두 명?

얼핏 모습이 보이기 시작하면서 언지는 한 사내를 보고선 기가 막힌 표정을 지었다. 멀리서도 훤히 눈에 확 튈 정도로 굉장히 요란하고 화려한 복색. 아무리 홍와여림에 저런 얼빠진 놈들이 많다지만, 저 정도로는…….

'아?'

그런데, 이상하게 점점 가까이 다가오는 사내가 낯이 익었다. 저런 요란한 옷을 입은 사내 따위 알 리 없는데. 저렇게 다급하게 뛰어오는 사내를 내가 어찌 알아?

"언니!"

허지 역시 저 사내들이 이상하여 언지를 불렀지만 그녀는 점점 거리가 좁혀 오는 사내를 바라보았다. 갓을 너무 깊숙이 쓰고 있어 얼굴이 제대로 보이지 않았다. 그런데도 묘하게 가슴이 일렁인다. 저 갓을 벗겨 내고 싶은데. 그때, 때마침 바람이 펄렁이면서 갓이 흔들렸고 그 찰나의 순간에 언지는 정확히 사내의 시선과 마주하며 헛숨을 삼켰다. 순식간에 가슴이 찌릿해지면서 머릿속으로 말도 안 되는 이름이 떠올랐다.

"허겸?"

남들이 결코 알아보지 못하는 복색을 했음에도 불구하고 언지는 단번에 그를 알아볼 수 있었다. 하지만 믿을 수가 없었다. 도대체 여기서 저런 복색으로 뭐하는 거지? 그것도 저쪽은 행수의 별채 방향인데.

'대체 뭐야?'

녀석들을 따돌리며 이영과 미친 듯이 뛰어가던 겸 역시 저만치 서 있는 기생들의 모습에 난처한 표정을 짓다가 점점 경악으로 눈빛이 물들었다. 어디서 많이 본 얼굴이다 싶었는데. 김언지, 그 아이였다. 그것도 저번처럼 굉장히 거슬리는 복색으로 도대체 기방에 왜 또 있는 거야!

"저분들은?"

이영 역시 허지와 언지를 알아보고선 다급히 주변을 살폈다. 여기서 멈출 수는 없었다. 바짝 따라오진 않고 있었지만, 그래도 뒤를 쫓는 이가 아직 있었다. 하지만 이대로 두고 간다면, 저들의 칼날에 삼켜진다.

"영아, 흩어지자."

겸의 날 선 목소리에 영은 짧게 고개를 끄덕였다.

"알았다."

서로 시선을 확인한 겸과 이영은 재빨리 서로의 거리를 넓혔다. 겸은 앞뒤 생각 없이 멍하니 서 있는 언지를 향해 달려갔다. 언지는 멈출 생각 없이 달려오는 겸의 모습에 흠칫하며 무어라 입을 열려고 했지만, 그럴 새도 없이 그가 그녀의 손목을 덥석 잡고서는 달리기 시작했다.

"교, 교수님!"

"잔말 말고, 살고 싶거든 달려라!"

언지는 겸의 다급한 목소리에 하는 수 없이 함께 달렸다. 물론 뒤에서 저를 부르는 허지가 걱정되긴 했지만, 분명 겸과 함께 달리던 사내는 최 판관님일 터. 어쩌면 자신이 빠져 주는 것이 허지에겐 더 좋겠지.

그렇게 언지는 겸의 손을 마주 잡고서 그의 걸음을 맞추며 달리기 시작했다.

"언니, 언니!"

허지는 갑자기 달려온 괴한들이 언니를 잡아채 가 버리자 호들갑을 떨며 뒤를 쫓으려 했지만, 또 다른 사내가 허지를 붙잡자 기겁을 하며 소리치기 시작했다.

"까아! 이거 놓아라! 이거 놔!"

"의녀님, 의녀님!"

"내가 이리 순순히 잡힐 성싶으냐! 내겐 이미 마음을 준!"

잠깐, 의녀님이라고? 그러고 보니 이 목소리는!

"허지 의녀님!"

허지는 어느새 저를 바라보며 달래고 있는 이영의 부드러운 목소리에 정신을 차릴 수가 없었다. 분명 최 판관님이시다. 나의 멋지고 멋지신 임. 헌데, 어찌 행색이 이리 초췌해지셨단 말인가. 게다가 기방에. 기방에!

"최 판관님, 어찌 이 시각에 기방에 계시는 것입니까?"

허지는 저도 모르게 화가 화르르 달아올랐지만, 이영은 그런 허지에게 변명할 틈이 없었다. 지체해선 안 된다. 저들이 따라붙는다면, 그녀를 털끝 하나라도 다치지 않게 지킬 자신이 지금은 없었다.

"일단 함께 달리십시오. 어서요!"

이영은 허지의 손을 덥석 잡고서 달리기 시작했다. 순간, 그가 기방에 왔다는 사실은 머릿속에서 하얗게 타 버리고, 제 손을 직접 그것도 덥석! 잡고 달리는 그의 모습에 허지는 정녕 날아갈 것 같은 기분이었다.

"네, 달리겠습니다. 그곳이 어디든 달리겠습니다!"

겸은 행여나 그녀를 놓칠까 손을 꽉 잡고서 미친 듯이 달렸고, 언지 역시 자꾸만 발목을 휘감는 옷자락을 붙잡고서 함께 달렸다. 하지만 도대체 왜 이렇게 달려야 하는지 알 수가 없었다. 평소에 뒷짐 짓고 우아하게 서 있거나 걷는 걸 좋아하면서. 저렇게 차려입고 기방에 왔으면 여인들이랑 즐길 것이지, 대체 왜 이런 뜀박질을!

"대체 무슨 일입니까? 말씀은 하시고 뛰십시오!"

"그럴 겨를이 없다. 그나저나 넌 대체 이 시각에, 또 그런 행색으로 어찌 기방에 있는 것이냐!"

겸은 자객들이 따라오는지 연신 살피면서도 언지의 복색에 절로 눈빛이 딱딱해지고 목소리가 차가워졌다. 그도 그럴 것이, 색이 너무 짙고 요망하기 짝이 없다. 게다가 저 짧은 저고리하며, 치맛자락은 어찌 저리 요란한지!

그럼에도 그녀의 모습은 결코 천박하지 않고 곱디곱기만 했다. 그것이 더 마음에 안 들었다. 무슨 일로 기방에 있는지는 모르겠지만, 저 모습을 망나니 같은 사내들이 봤을지도 모를 일이 아닌가.

그의 퉁명스런 말에 언지는 기가 막혀 말이 안 나왔다. 지금 내 복색을 지적하는 것인가? 그러는 지금 댁이 입은 건? 그리고 댁은 지금 어디서당에서 글공부라도 하고 있는 것인가?

언지는 도저히 참을 수가 없어서 발을 멈추려고 했지만 그보다 먼저 치렁거리는 옷자락에 휘말려 휘청거리고 말았다. 겸은 앞으로 넘어지려는 그녀의 허리를 잽싸게 잡아 주었지만, 언지는 그런 그를 노려보며 얼른 손을 떼어 냈다. 숨이 턱까지 차올랐다. 게다가 영문도 모른 채 그의 보폭에 맞추느라 발바닥에서 불이 나는 것 같았다.

"그러게 왜 그런 옷을 입은 것이냐!"

"하? 그럼 교수님은 대체 그런 복색으로 기방을 왜 기웃대시는 겁니까? 게다가 딱 보니 아주 꽁지 빠지게 도망치는 꼴인데. 왜요? 여인 하나를 잘못 건드리셔서 도주 중이십니까?"

언지는 그럴 리 없다고 생각하면서도 말투에 가시가 박히는 것은 어쩔 수가 없었다. 그도 그럴 것이 기방이라니. 이 시각에 저 요상한 복색으로 기방이라니! 역시 가볍디가볍다. 내가 이런 이를 마음에 품었단 말인가! 역시, 미인의 팔자는 박복하다더니.

"그런 것이 아니라!"

하지만 겸은 입을 다물었다. 그러고는 무어라 입을 열려고 하는 언지의 입을 틀어막았다. 언지는 바동거리며 그의 손을 떼어 내려 했지만 올려다본 그의 표정이 너무나도 심각했다. 그러고 보니, 어디서 비릿한 향이 느껴졌다. 이건 피 냄새. 설마.

"미치겠군."

겸은 주위를 둘러보았다. 인적이 드문 외진 곳. 도망은 잘 쳤으나, 꼬리가 밟힌 듯했다. 일단 홍와여림을 빠져나가야 안전할 텐데. 자신보다는 그녀가 안전해질 텐데.

"쫓기는 것입니까?"

"괜한 일에 휘말리게 했구나. 내가 신호를 하면 무조건 뛰어서 홍와여림을 빠져나가라. 어떻게든 내가 시간을."

언지는 그의 옷자락 군데군데 묻어나는 피를 볼 수 있었다. 장난이 아니구나. 최 판관님이랑 무슨 일을 한 것이다. 혹시, 그 죽은 시신과 빈촌의 구휼미랑 관련되어 있는 건가?

"시간이 없으니까, 어서……."

"교수님, 결코 이상한 맘을 품은 것이 아니니 무례를 용서하십시오."

"뭐?"

그녀는 재빨리 그의 요란한 도포를 풀어헤치기 시작했다. 갑작스런 그녀의 망측한 손길에 겸이 당황하여 뭐라 외치려고 했지만, 어느새 도포를 벗겨 내더니 이내 그것을 보이지 않는 곳에 던지고선 그를 끌어당겨 저를 벽 쪽으로 밀어붙이며 그의 허리를 끌어안았다.

예전, 그를 피하기 위해서 김 도령으로 분해 써먹었던 작전. 이걸 역으로 이렇게 써먹을 줄이야. 하지만 일단 그를 살리고 보자.

언지는 어느새 눈가 가득 교태 어린 미소를 흘리며 한 손가락으로 그의 부드럽디부드러운 뺨을 쓸어내리며 속삭였다.

"도련님, 이런 곳에서 이러시면 소녀 너무 민망하옵니다. 어찌 이러시는 것이옵니까?"

나른하다 못해 절로 넘어갈 듯한 그녀의 목소리에 겸은 저도 모르게 마른침을 꿀꺽 삼켰다. 하지만 그녀가 무슨 일을 하려는지 눈치챘다.

어느새 기방 손님으로 분한 자객들이 이쪽으로 다가오기 시작했고, 그녀의 작전에 동하지 않는다면 나뿐만 아니라 그녀가 위험해질지 몰랐다. 하지만 어쩐지 이 모습이 낯이 익었다. 그래, 예전에 이곳에서 그녀를 찾는다고 돌아다니다 이리 뒤엉킨 남녀를 본 적이 있었지. 참으로 민망하고 천박하다 생각했는데.

"도련님?"

언지는 마치 목석처럼 가만히 서 있기만 하는 겸 때문에 미칠 것 같았다. 뭐라도 좀 하라고! 여인의 이런 행동에 굳어질 정도로 순진무구한 것도 아니면서! 딱 보니까, 저 멀리서 다가오는 사내가 위험한 것 같은데!

그때, 겸이 그녀의 허리를 한 손으로 단단하게 끌어당겼다. 그러자 그녀가 속수무책으로 그의 넓은 가슴에 안겨 들었다. 분명, 위험한 상황임을 알고 있는데. 들켰다간 끝장이라는 것도 아는데. 머릿속이 하얗게 변해 갔다. 생각보다 훨씬, 그가 너무 가까웠다.

겸은 혹여나 저 녀석들이 눈치를 채서 그녀의 얼굴이라도 볼까 봐 더욱 바짝 당겼지만, 그것이 화근이었다. 너무나도 여린 여인의 몸이 단단한 가슴에 와 닿자 아래부터 몸이 불편하게 굳어지며 긴장감에 바짝 조여 왔다.

코끝 바로 아래에 그녀가 너풀거린다. 그녀에게서 풍기는 향이 너무나도 달콤하기 그지없어 머릿속을 미친 듯이 휘어잡았다. 여인의 몸을 전혀 모르는 풋내 나는 사내도 아닌데. 그녀가 조금이라도 움찔하면 할수록, 둥근 가슴이 얼핏얼핏 스치면서 피가 화르르 달아올랐다.

언지 역시 그에게 갇혀 어찌할 바를 몰랐다. 그냥 김 도령 때처럼 했을 뿐인데, 그때랑은 느낌이 너무나도 달랐다. 지금은 언지이고, 또한 마음에 품은 사내이다. 단단하고 딱딱한 사내의 몸이 저의 여린 몸을 일그러뜨리며 내쉬는 숨결에 들썩이는 몸의 떨림이 그대로 온몸으로 전해졌다. 저도 모르게 열꽃이 피어올랐다. 마치, 그때의 꿈을 보는 것 같았다. 아니, 그보단 더 선명한 느낌이다. 그래서 더 미칠 것 같았다.

젠장, 그냥 그의 말대로 도망쳤어야 했나? 하지만 만약 그리해서 그가 잘못되면. 피를 흘린 것을 보니 분명 칼을 들고 싸운 것 같은데. 어디 다친 데는 없는 건가? 나보고는 혜민서 일이 아니니 신경 쓰지 말라고 했으면서. 대체 자기는 왜 무모한 일에 끼어들고 있는 건데!

서로의 몸이 그렇게 밀착되어 다른 생각으로 얼어붙어 있을 때, 아무래도 자객이 수상한 낌새를 느낀 듯 발소리를 죽이고 다가오기 시작했다. 언지는 떨리는 숨을 애써 참으며 그를 꽉 붙잡았고, 겸은 슬쩍슬쩍 뒤를 곁눈질로 살폈다. 여기서 조금 더 다가와 칼을 휘두르면 끝장이다. 어떻게든 저자의 의심을 풀어야 한다. 그러기 위해선.

"언지야."

나지막이 울리는 목소리에 언지가 떨리는 시선으로 고개를 들자, 그의 숨결이 가까워지는가 싶더니 이내 그녀의 입술을 순식간에 머금었다. 부드러운 입술이 스치며, 이내 그의 뜨거운 숨결이 입안으로 빨려 들어오면서 정신이 점점 현실과 멀어지기 시작했다.

고요하기만 하던 그녀의 세상이 흐트러졌다. 순식간에 와 닿은 열기는 생각했던 것보다 더 뜨겁고 격렬했다. 여인과 사내의 입술이 와 닿는 것을 상상하며 매번 글로 써 내려갔었지만, 직접 와 닿은 느낌은 자신이 써 내려갔던 것과는 비교도 할 수 없었다. 고작 그런 글로 표현할 수 없을 만큼. 너무나도 부드러웠고, 내쉬는 숨결은 지나치게 달콤했다. 달디단 엿보다도, 약과보다도, 그 어떤 무엇보다도.

어느새 숨결이 그의 움직임에 따라 묵직하게 내려앉았다. 점점 더 짙어지는 열기에 언지는 숨이 막힐 것 같았다. 하지만 이 순간에 그를 보고 싶어서 그녀는 어렵사리 눈을 떴다.

바로 코앞에. 너무나도 가까이에 와 닿아 있는 그의 모습은 항상 보던 얼굴임에도 너무나도 생생했다. 게다가 그 역시 눈을 뜨고 그녀를 바라보고 있었다. 서로의 시선이 마주쳤지만, 그 누구도 먼저 돌리지 않았다. 하얀 얼굴 위로 그의 짙게 가라앉은 눈동자가 흔들렸다. 하지만 그 속엔 난생처음 보는 불꽃이 뜨겁게 일렁였다. 그 불꽃 속에 자신이 있었다. 김언지라는 여인이 있었다.

점점 더 잠식하듯 그의 묵직함에 취해서 머릿속이 하얗게, 하얗게 사라졌다. 이러면 안 되는데. 그가 왜 자신에게 입 맞추고 있는지 뻔히 다 아는데.

'갈증이 난다. 그를 더, 가지고 싶어.'

겸은 다시금 스르르 눈을 감는 그녀의 모습에 온몸의 열이 격렬하게 치솟았다. 이대로 그녀의 옷고름을 풀어헤치고 이 다디단 입술만이 아닌, 온몸에 제 흔적을 새기고 싶었다. 이 입술만큼이나 부드럽고 뜨거운 그녀의 하얀 속살 위로 마치 인두로 지지듯, 결코 사라지지 않도록, 뜨겁고 격렬하게 그녀의 모든 걸 삼키고 싶었다. 그녀의 허리를 감은 손끝이 파르르 떨릴 만큼, 이성이 주체하지 못하고 있었다.

하지만 겸은 어렵사리 고개를 들었다. 입안 가득 차오르던 열기가 사라지자, 온몸에서 고통 섞인 비명을 내질렀다. 하지만 주먹이 하얗게 드러날 정도로 힘을 꽉 주고선 그녀에게서 완전히 벗어났다.

어느새 자객은 사라지고 없었다. 뜻대로 되기는 했는데. 뭔가 더 잘못된 듯한 느낌이 들었다. 어쩌면, 돌이킬 수 없는 선을 넘어 버릴 듯한.

멀어지는 겸을 언지는 잡을 수 없었다. 그저 붉어진 얼굴을 숨기려 고개를 돌렸다. 솔직히, 너무 집중한 나머지 등 뒤에 사람이 사라진 줄도 모르고 있었다.

너무나도 순식간에 찾아온 현실에 언지는 얼굴을 들 수가 없었다. 심장은 여전히 너무 빨라서 그에게 들킬 것 같았고, 얼굴에 너무 좋아하던 티가 남아 있을까 봐 더더욱 들 수가 없었다. 김언지. 사내에게 이리 고팠던 것이냐? 그런 것이야!

"이제 괜찮은 것 같다."

하지만 그의 목소리는 너무나도 태연한 것 같아서 살짝 서늘함이 몰려왔다. 나만 이렇게 신경 쓰고 있는 것인가? 그는, 정말로 아무렇지도 않은 거야?

언지는 슬그머니 그의 목소리가 들리는 쪽으로 고개를 돌렸고, 그러자 겸이 흐트러진 옷매무시를 가다듬으며 그녀를 바라보았다.

"괜찮으냐?"

역시나 담담한 목소리. 남아 있던 열기마저도 몽땅 사라져 버렸다. 그래, 그는 이런 입맞춤 따위 아무것도 아니겠지. 무슨 의미가 있겠어? 무슨!

"괜찮습니다."

어쩐지 차갑게 흘러드는 목소리에 겸의 시선이 흔들렸다. 일부러 그녀가 민망해할까 봐 아무렇지 않게 말을 한 것인데. 그녀의 모습은 자신의 그런 배려가 무색할 정도로 태연했다. 정녕 아무렇지도 않은 것인가? 자신은 정녕 치열하게 이성과 맞서 싸워야 했는데. 손끝 하나하나까지 전부 다 신경 쓰여 미칠 것 같았는데.

겸은 저도 모르게 비아냥거림이 흘러나왔고, 그에 못지않게 언지의 어조 역시 냉랭하기 그지없었다.

"경국지색의 입술을 훔쳤으니, 성은이 망극할 노릇이구나."

"교수님께서는 결코 곱게 죽지 못할 것입니다. 원래 미인을 얻는 이는 행복보단 불행이 먼저 온다고 하지 않습니까?"

"허나, 미인을 얻은 것 자체가 행복이니 그 어떤 불행도 달콤하기만 하겠지."

뭔가 의미심장해 보이는 말이었지만, 언지는 신경 쓰지 않기로 했다. 괜히 혼자서 그의 모든 말과 행동에 의미를 부여하고 싶지 않았다. 그러다 상처받는 건 자신일 테니까. 오직 나, 혼자일 테니까.

"데려다 줄 것이니, 가자꾸나."

언지는 애써 마음을 다잡고서 그의 뒤를 따르려다 이내 아차 하고선 한 발 앞으로 다가섰다. 그러자 겸은 저도 모르게 뒷걸음질 쳤지만, 언지가 재빨리 손을 뻗어 그를 붙잡았다.

"무엇이냐?"

"다치셨습니까?"

"응?"

이제야 겸은 제 몸 군데군데 묻은 피를 볼 수 있었다. 그는 별거 아니라는 듯, 아니 조금 우쭐한 표정을 지으며 고개를 가로저었다.

"내 피가 아니다. 아마 상대 쪽을 더 걱정해야 할걸? 내 말하지 않았느냐. 내가 그리 허약한 놈이 아니라고. 내 칼이 제법 매섭다."

뭔가 힘이 들어간 그의 목소리와 모습에 언지는 저도 모르게 웃음을 터트렸다.

"픕!"

"뭐냐? 그 기분 나쁜 웃음은? 혹, 안 믿는 것이냐? 그렇다면 내가 다시 그 모습을!"

"알겠습니다, 알겠어요. 그리고 그게 할 말이십니까? 또 칼을 들고 싸우신다고요? 교수님은 대체 하시는 일이 무엇입니까?"

언지는 밉지 않게 눈을 흘기면서 혹여나 다친 곳이 없는지 꼼꼼히 살폈다.

"의원이시면서. 그 손에 어찌 칼을 드십니까? 저보고는 위험한 일은 관심도 두지 말라 하셨으면서. 이제 제게 그런 말 하실 자격 없으십니다. 아셨습니까?"

겸은 뭔가 머릿속으로 번쩍이면서 입가로 스멀스멀 미소가 피어올랐다.

"혹시, 내 걱정을 하는 것이냐?"

"허면 걱정 안 합니까?"

정녕 상처가 없는 것을 확인하고서야 언지는 고개를 들다 그와 눈이 마주치고선 흠칫했다. 그답지 않게 굉장히 부드럽게 웃고 있는 모습. 그 미소엔 어쩐지 즐거움이 가득 묻어나고 있었다. 이리 다시 보니 아까의 일이 또다시 떠올라 얼굴이 화르르해졌다.

아우, 정말 미치겠네. 왜 나만 이렇게 신경 써야 하냐고! 정작 저 사람은 저리 아무렇지도 않은데! 어쩐지, 너무 억울해 미치겠다. 아무리 먼저 연모하는 사람이 지는 거라지만!

어쩐지 뭔가 잔뜩 기대하고 있는 겸에게 언지는 애써 딱딱한 목소리로 말했다.

"저는 의녀입니다. 바로 앞에 병자가 있는데, 걱정 안 할 리가 있겠습니까?"

잔뜩 기대했던 표정이 실망으로 바뀌면서 겸은 그럼 그렇지, 하는 표정으로 투덜거렸다.

"하여튼 병자한테는 지극정성이구나. 처음 날 만났을 때도 날 진맥하지 못해 안달하더니. 네 걱정을 받으려면 좀 많이 아파야겠다."

"지금 그게!"

언지는 너무 기가 막혀서 말문이 막혀 버렸다. 지금 장난하는 것도 아니고, 아까부터 계속 그게 할 말이냐고! 정말 그답지 않았다. 원래 이렇게 제 몸을 아낄 줄 모르던 사람인가? 하긴, 술 마시고 아무렇게나 뻗어 있을 때부터 알아보기는 했지!

어쩐지 토라진 듯한 언지의 모습에도 겸은 그저 웃을 뿐이었다. 정말 그랬으니까. 그녀의 관심도, 걱정도 모두 좋았으니까. 아까의 그 입맞춤도 조금은 신경 써 주면 좋을 텐데. 조금은 그녀의 머릿속을 괴롭혀 주면 좋을 텐데. 그저 그 상황을 피하기 위한 것이 아니라고. 아무 의미도 없는 그런 것이 아니라고.

"설마 토라진 거냐?"

"제가 왜 교수님께 토라집니까?"

"토라졌구먼."

"아닙니다."

하지만 언지는 고개를 획 돌리고서 겸을 보지도 않았다. 그러자 겸은 짐짓 무서운 표정을 지으며 말했다.

"그나저나 나는 그렇다 치고, 대체 넌 또 왜 그런 복색으로 기방에 있는 것이냐?"

갑자기 겸의 목소리가 낮아지면서 잊고 있던 일을 떠올리게 만들자, 언지는 이번엔 정말로 그를 무섭게 노려보았다. 괜히 할 말 없으니까 저런 식으로 화제를 나한테도 돌리겠다, 이거지?

"할 말이 없는 것이냐?"

은근히 재촉하는 말투에 언지는 씰룩거리는 어조로 하는 수 없이 사실을 털어놓았다. 그래, 설마하니 날 벌하기야 하겠어? 그럼 정녕 사람도 아닌 거지.

"사실 기방에 아는 아이가 있습니다. 헌데, 그 아이가 조금 많이 아파서 도와주려고 한 것입니다. 한낱 의녀로서 사사로이 의술을 행한 점은 백 번 천 번이고 잘못한 일이니, 벌은 달게 받겠습니다."

그저 살짝 떠본 것인데, 저렇게 대답이 술술 나오자 겸의 표정이 조금 굳어졌다. 저번에 그리 당하고도 또 이런 짓을 하다니. 하여튼 의술이라면 저리 물불을 안 가리니 조금 걱정도 되었다. 자신에게 들켰으니 대충 덮어 두고 넘어가지만, 만약 다른 의관에게 들켰다면 그냥 넘길 일이 아니었다.

"의녀로서 이것이 얼마나 무거운 죄인지 알면서도 또 이런 것이냐? 하여튼 너는."

"그러니 교수님께 들킨 것이 얼마나 다행입니까, 그렇지요? 네?"

언지는 살기 위해 그를 빤히 바라보며 최대한 불쌍하면서도 어여쁜 표정을 지었다. 그나마 정말 그에게 들켜 다행이지. 설마 매정하게 날 그냥 버리겠어? 버리진 않겠지? 그러진 않겠지!

하지만 그의 입에서 나온 대답은 전혀 다른 대답이었다.

"네가 네 입으로 벌을 달게 받겠다 하였으니. 한번 달게 내려 보지."

"네?"

"따라와라."

그러곤 겸이 무심하게 돌아서자 언지는 저자를 믿었던 저를 책망하며 속으로 이를 갈았다. 그래, 저 망할 놈. 인정머리? 웃기고 있네. 내가 저자에게 콩깍지가 씌어서 저자의 성격까지 잊고 있었구나, 있었어! 처음부터 인정머리라고는 눈곱만큼도 없는 작자인데!

언지는 일부러 발을 콩콩 구르며 그의 뒤를 따르다가 갑자기 그가 멈춰 서는 바람에 같이 발을 멈췄다.

'뭐야, 또!'

겸은 잠시 주위를 둘러보다 이내 그녀가 집어 던져 버린 제 도포를 주워 가지고 왔다. 언지는 그 모습에 살짝 넋을 잃었다. 설마, 저 망측한 도포 때문에 저런 거야? 돈도 많으면서, 저걸 입으려고?

하지만 그녀의 생각과 달리, 겸은 그걸 가지고선 언지에게 다가왔다. 그러자 그녀의 눈이 점점 더 불길함으로 커져 갔다.

"어, 어찌 그러십니까?"

"그러고 나갈 셈이냐? 그 옷이 정녕 참한 여인이 입을 옷이야?"

"허면 이 도포는 참한 사내가 입을 옷입니까?"

"이래 봬도 꽤 값비싼 비단이다."

겸은 도포를 펼쳐 보이며 말했다. 물론 비싸 보이긴 했다. 손끝에 닿는 감촉이 무척이나 귀한 비단 같아 보였으니까. 하지만 지나치게 화려해서 눈이 아팠다. 저 비싼 비단이 아까울 정도였다.

"그리 보입니다. 허나, 지나치게 화려합니다. 교수님께는 전혀 안 어울리십니다. 뭐, 전 그 무엇을 걸쳐도 미색이 살아나니 괜찮지만요."

"그래? 그럼 입어도 상관없겠구나."

"네, 네?"

"일단 그 망측한 옷이라도 감추게 입고 있어라."

그러고는 그 도포를 언지의 머리 위로 꼼꼼하게 내려 주었다. 언지는 제 요망한 주둥아리를 탓하면서 하는 수 없이 이 망측한 도포를 뒤집어써야만 했다. 이걸 입느니, 차라리 지금 입고 있는 옷이 더 나을 것 같은데.

"헌데 정말 기방에는 왜 오신 겁니까? 혹시 그 구휼미 때문입니까? 그래서 최 판관님도 같이 오신 겁니까?"

그리 관심 두지 말라고 말하였는데도 또 저리 나서는 모습에 겸이 언지를 노려보았지만, 겁은커녕 신경도 쓰지 않으며 말했다.

"아까 말씀드렸지요? 교수님은 제게 그런 말 할 자격 없으시다고요. 그 일 때문이 맞지요? 그렇지요?"

"모른다. 네가 신경 쓸 일 아니니, 관심 꺼라. 내 말을 자꾸 거역하면 이 일을 혜민서에 고할 것이다."

"허면 저도 같이 고하면 되겠습니다. 안 그렇습니까?"

협박이라도 해서 저 입을 다물게 하려 했건만, 언지는 오히려 역으로 협박하면서 노려보는 겸을 향해 그저 사랑스러운 꽃미소만 폴폴 날릴 뿐이었다. 그리고 그 미소에 겸은 더는 화를 낼 수가 없었다. 어쩌다 저런 여우 같은 여인에게 홀리고 말았는지.

그는 웃음 섞인 한숨을 내쉬고는 끈질기게 물어오는 언지를 뒤로한 채, 묵묵부답으로 뒷짐만 지고 갈 뿐이었다.

벌을 주되, 달게 주겠다며 자신을 데리고 온 곳은 도성의 야시장이었다. 몇 달의 한 번씩 열리는 야시장이 오늘인지도 까맣게 잊고 있을 만큼, 요즘 너무 정신없는 날을 보내는 듯했다. 그리고 그 정신없는 이유에 자신의 눈앞에서 걸어가고 있는 저 사내도 포함되어 있고.

겸은 많은 사람들 틈을 유유히 걸어가고 있었다. 평소 그의 모습대로 고고하게 뒷짐을 지고서 군계일학마냥 여전히 훤칠하고 귀하고 잘난 사내였다.

언지는 자꾸만 다른 여인들처럼 그를 곁눈질로 살피며 넋 놓고 있는 것이 싫어 애써 정신을 차리고선 그의 곁으로 다가가 입을 열었다.

"벌이 대체 무엇입니까?"

겸은 망측한 도포를 꽤 잘 두르고 있는 언지의 모습에 미소를 띠며 부드럽게 속삭였다.

"이제 곧 줄 것이다."

시장으로 깊숙이 들어갈수록 사람들이 더더욱 많아져서 북적거렸다. 돌아다니며 물건을 파는 상인들. 그런 상인들과 실랑이를 하는 사람들과 흥겨운 풍물패 자락에 넋을 놓은 사람들까지. 그래도 지금의 어린 왕을 하늘이 보우하는 듯, 풍년과 더불어 태평성대를 이루고 있었다.

겸은 슬그머니 그녀의 뒤쪽으로 돌아선 바짝 붙었다. 혹시나 사람들 틈에 휩쓸릴까 봐, 하지만 그보단 낯선 사내들에게 그녀가 닿을까 봐, 그것이 더 거슬렸다. 그렇게 얼마나 더 갔을까. 겸의 걸음이 멈춰 든 곳은 뜻밖에 여인들이 잔뜩 있는 곳이었다. 바로 명나라 상인들이 여인들이 혹할 만큼의 갖가지 장신구들을 팔고 있는 노점이었다.

언지는 설마 그가 저걸 사려는 건가, 하면서도 자신도 여인인지라 자꾸만 시선이 노리개 쪽으로 향하였다. 명나라 장인의 귀한 손길이 닿은 노리개는 지금껏 보아 왔던 물건과는 전혀 다른 빛깔을 띠고 있었다.

그중에서도 언지의 시선을 사로잡은 것은 수수한 매화 무늬가 새겨진 노리개였다. 겉으로는 수수한 것 같아 보였지만, 특유의 옥 무늬가 단아하게 흐르고 있어 진짜 매화를 보는 듯 너무나도 아름다웠다.

겸은 말하지 않고도 언지가 연신 그것을 반짝이는 시선으로 보고 있다는 걸 알 수 있었다. 자신도 저 매화 무늬가 썩 마음에 들었다.

겸이 아무런 망설임 없이 자신이 보고 있던 매화 무늬의 노리개를 들어 올리자, 언지는 순간 저도 모르게 그의 손을 덥석 잡았다.

"뭐냐?"

"그, 그걸 살 것입니까?"

"그런데?"

"정녕 교수님께서 여인들이 사용하는 노리개를요?"

"그럼 훔치겠느냐?"

정말 사는 거야? 정말? 대체 저 귀한 걸 누구를 주려고?

눈빛이 살짝 흔들렸지만, 겸은 그것을 보지 못한 채 비싼 노리개의 값을 턱 하니 주고선 손에 쥐었다. 어쩐지 꽤나 만족스러워 보이는 모습. 이곳까지 와서 사내가 이리 여인들이 바글바글한 곳에서 손수 노리개를 사다니. 무척이나 귀한 사람에게 줄 선물인 건가?

'혹시, 정인?'

왜 하필이면 저 노리개인 건지. 자신이 마음에 드는 물건이 저자의 손에, 그것도 다른 여인에게 전해진다는 생각을 하니 아까와는 달리 차가운 불꽃이 가슴에서 일렁였다.

하지만 그런 언지의 속내를 알 리 없는 겸은 왠지 멍하니 서 있는 그녀를 흔들었다.

"왜, 마음에 드는 것이 있는 거냐?"

"있습니다."

"그래? 어느 것이?"

이걸 마음에 들어 하는 줄 알았는데. 혹, 다른 것이 더 맘에 들었던 것인가? 조금 낭패인데.

하지만 언지는 정확히 겸이 들고 있는 노리개를 가리키며 조금 차가운 어조로 속삭였다.

"그것이요. 교수님이 가지고 있는 그것이 마음에 듭니다."

"뭐?"

언지는 순간 아차, 했다. 저도 모르게 속으로 하던 말을 입 밖으로 내뱉고 말았다. 김언지. 지금 무슨 말을 하는 거야. 그가 대체 뭐라고 생각하겠냐고! 이런 것이 투기인가? 참 성가신 것이구나. 연모만큼이나 성가신 것이야.

굉장히 낯설면서도 불쾌한 기분이 자꾸만 아랫부분에서 휘몰아치듯 소용돌이쳤다.

"아니, 그게 아니고……."

"이게 벌이다."

"네?"

갑자기 뜬금없는 말을 하더니 이내 그 노리개를 자신의 손에 쥐여 주었다. 손안에서 옥의 서늘한 감촉이 느껴졌지만, 그래도 뭔가 현실감이 느껴지지 않았다. 마치 정인의 것을 사는 것처럼 그리 느껴졌는데. 그리 느껴서, 보이지도 않는 여인에게 투기를 보였는데. 그 노리개가 지금.

'어째서 나한테?'

"달게 달라 하지 않았느냐?"

"그래서, 이 노리개를 주는 것이 벌입니까? 교수님, 무엇을 잘못 드신 것입니까? 이 노리개가 얼마나 비싼데, 이게 벌이라니. 이런 벌이면 아주 수십 개는 받고 싶습니다."

"쯧쯧. 어찌 이리 욕심이 많은지. 하지만 정녕 벌로 주는 것이다. 어차피 네가 내 말을 들어 먹진 않을 것 같고, 이런 거라도 하고 있으면 자신이 여인이라는 걸 알고선 좀 조신해지겠지."

지금 그걸 말이라고 하는 건가? 정녕 진담인지, 농인지 알 수가 없었다. 그리고 그걸 입 밖으로 내뱉은 겸 역시 마찬가지였다. 말도 안 되는 말이지. 어느 누가 벌로 저리 값비싼 노리개를 준단 말인가. 말도 안 되는 말이라는 걸 알았지만, 지금은 이런 어설픈 핑계라도 대어야만 했다. 그녀에게 노리개 하나 사 주는 것도 온갖 핑계를 대어 가면서 해야 하는.

언지는 정녕 겸이 노리개를 빼앗아 갈 것 같지가 않아서. 정말 제게 주는 것 같아서 영 얼떨떨하면서도 속에서부터 기쁨이 스멀스멀 피어올랐다. 그러고는 이제야 그 노리개를 꽉 움켜쥐고선 당돌한 미소를 띠며 말했다.

"다른 여인들은 괜찮다고 하며 사양하겠지만, 저는 감사히 받을 것입니다. 물론 제가 하면 이것들이 빛을 잃겠지만 예쁜 것을 타고난 미인이 하는 것이니, 이것들도 복에 겨운 일이지요."

역시 김언지, 그녀다운 말이었다.

"다음에는 꽃신도 사 주십시오. 제 걸음이 어여쁜 곳만 갈 수 있도록."

"허, 그래서 또 벌을 받겠다고?"

"이런 벌이라면 아주 달게, 달게 받아야지요."

어쩐지 썩 잘못 걸린 것 같으면서도, 꽃신을 신으면 정말 어여쁘겠다는 상반된 생각을 하면서 겸은 여전히 그녀의 손에 쥐어진 노리개를 보고는 손을 내밀었다.

"뭐, 뭡니까? 설마하니 치사하게 도로 가져가시려고요?"

"걸어주려고 그런다. 벌이라 하지 않았느냐? 그 자리에서 바로 받아야지."

그건, 그렇지만. 내가 달아도 되잖아? 굳이 달아 줄 필요는.

하지만 그의 빤한 시선과 너무나도 당연하게 내미는 손에 언지는 뭔가 찜찜한 느낌으로 노리개를 다시 그에게 돌려주었다. 그러자 그는 그것을 그녀의 치마 춤에 달아 주기 시작했다. 그의 키가 낮아지고 손길이 허리 부분에서 꿈틀거리자 맥이 다시금 힘차게 뛰어오르기 시작했다. 그러고 보니, 마치 그때 그 풍등놀이와 분위기가 비슷하다. 어쩐지 그때 풍등 속의 여인이 된 것 같아, 기분이 몹시도 묘하게 일그러졌다.

"되었다."

그의 손길이 사라지고, 살며시 고개를 든 그와 시선이 마주쳤다. 여전히 주변으론 왁자지껄한 소리와 풍물패 소리가 한데 뒤엉켜 시끄러웠고, 그 속에서 사람들이 이리저리 스쳐 지나가며 시간이 빠르게 뜀박질을 했다.

하지만 언지와 겸, 두 사람의 시간은 그대로 멈춰 버린 듯했다. 주변의 공기가 간질간질 피어올랐다. 살며시 휘어진 그의 시선이 미세한 열기를 타며 넘실거렸다. 그리고 두 사람은 동시에 아까 전의 입맞춤을 선명하게 떠올렸다. 간질거리던 공기가 이번엔 야릇함을 품고 뜨거워졌고, 어쩐지 내쉬는 호흡이 점점 묵직하게 길어졌다.

"예쁘구나. 잘, 어울린다."

낮게 갈라지는 그의 목소리. 언지 역시 잔뜩 억눌린 목소리로 속삭였다.

"당연하지요. 누가 했는데요."

"그럼 이제 가자."

하지만 이번에도 그가 먼저 흐름을 끊어 내며 등을 보였다. 언지는 이제야 참았던 숨을 차갑게 내쉬며 그의 뒤로 걸음을 옮겼다.

바닥으로 수많은 그림자가 흩어졌지만, 그의 그림자만이 또렷하게 그녀의 눈에 밟혔다. 다른 그림자는 보이지도 않을 만큼, 오직 그의 그림자만을 밟으면서 자꾸만 욕심이 생겼다. 그의 평생 그림자가 내가 될 순 없을까, 하고. 지금처럼 그의 그림자를 혼자만 볼 수는 없을까, 하고. 하지만 부질없는 생각이다. 나는 지금 그의 뒤를 걷는 것만으로도 분에 넘치고도 넘친다.

'그래, 김언지. 욕심내지 말자. 욕심내어서 될 분이 아니니까.'

언지는 제 치마폭에서 애처롭게 흔들리는 노리개를 바라보며 그에게 닿을 듯 말 듯, 끝내 닿지 못한 채. 언지는 그의 뒷모습을 바라보며, 겸은 그녀의 존재를 온몸으로 느끼며 그렇게 느리게, 느리게 걸음을 옮기고 있었다.

어느새 마을 입구에 당도한 언지는 가지런히 손을 모으고서 고개를 살며시 숙였다.

"허면, 이만 가 보겠습니다."

"내가 선물도 주었으니 혜민서에서 일부러 피하지 말고, 마주치면 인사는 좀 해라."

어쩐지 툴툴거리면서도 영 서운한 어조에 언지는 피식 웃으며 말했다.

"그게 그리 서운하셨습니까? 뭐, 알겠습니다."

더는 같이 있을 이유가 없었다. 겸은 못내 아쉬운 시선으로 그녀를 보내야 했고, 언지 역시 머뭇거리면서 걸음을 옮기려다 참았던 말을 내뱉었다.

"저번에 제게 말씀하신 것처럼, 혜민서가 나설 일이 아닙니다."

"……."

"게다가 교수님은 좌상 대감의 귀한 도련님이시니, 위험한 일은 그냥 물러서십시오."

홍와여림에서와는 달리, 진심으로 걱정이 섞인 목소리. 그 목소리에 겸은 진지한 표정으로 답을 하였다.

"그건 너무 비겁하지 않느냐?"

"비겁하여도, 위험한 것보다는 낫습니다. 사내들은 그리 생각하지 않겠지만, 여인들은 그렇습니다. 정녕 걱정되어 드리는 말씀입니다."

오늘은 운 좋게 넘어갔다고 하지만, 그래도 언제까지 그 운이 따를 수는 없는 것이다. 그러니 이번 운에 감사하며 위험한 일엔 얼씬도 하지 않는 것이 상책이다. 하지만 그런 그녀의 마음을 아는지 모르는지, 딱 부러지게 그러겠다는 대답을 하지 않았다.

"또 다치면 네가 살펴 주면 되지."

"농이 아닙니다! 진심으로……."

"고맙다. 다른 이도 아닌 네가 걱정해 주니, 조금 좋구나."

자꾸만 가볍게 답하는 그의 모습에 진심으로 화를 내려 하는데, 갑자기 좋다는 말과 함께 그의 손이 자신의 머리카락을 가볍게 쓸어내렸다.

그러더니 이내 그녀의 뺨에 와 닿으며 가늘고 고운 턱을 살며시 움켜쥐고선 위로 올렸다.

옅은 달빛 아래 그녀의 모습이 너무나도 아름답게 그려져 있었다. 마치 월궁항아가 지상으로 내려온 것처럼. 아니, 월궁항아도 감히 그녀에게 비하지 못하였다.

"아까 네게 했던 그 입맞춤."

"……."

그의 얼굴이 천천히 다가왔다. 그의 숨결이 다시금 어지럽게 뒤엉키면서, 세상이 느려졌다. 온몸이 빳빳하게 굳어지면서 숨이 자꾸만 불규칙하게 흩어졌다. 그때, 그의 목소리가 바로 입가에서 나지막이 울려왔다.

"그리고 지금."

그의 입술이 아주 짧게 그녀의 입술을 스치듯 지나갔다. 그 찰나의 순간에 불꽃이 화르르 달아올랐다. 목구멍으로 타들어 갈 듯한 갈증이 다시금 느껴졌다.

언지는 미친 듯이 흔들리는 시선으로 그를 마주했다. 그러다 환하게 늘어지는 그의 시선과 달뜬 목소리에 가만히 서 있기가 너무나도 어려웠다.

"단 한 순간도 거짓인 적은 없었다."

느리게만 흘러가던 시간이 이번엔 미친 듯이 빠르게 뜀박질을 했다. 그래서 정신을 차릴 수가 없었다. 대체 무슨 말이지? 그가, 내게 무슨 말을 한 거지?

"들어가거라. 이리 늦은 시각에 사내와 아무렇지도 않게 있다니. 내가 한 말은 모두 허투로 들은 모양이다."

"교수님."

"……그만 들어가거라, 언지야."

잔뜩 억눌린 그의 목소리에 언지는 살짝 놀라서는 이내 고개를 숙이며 걸음을 뒤로 돌렸다. 모르겠다. 도저히, 그의 속내를 알 수가 없다. 그저 밤의 장난질인가. 저 요망한 달의 사술인가. 허면, 저 달이 지고 해가 뜨며 날이 밝으면.

'모든 것이 끝나는 건가. 한바탕의 꿈인 것처럼?'

설사 그렇다고 해도, 지금의 그의 말은 믿고 싶었다. 여인으로서, 마음에 품은 사내가 자신을 보아주었다는 저 말을, 정녕 믿고 싶었다.

겸은 사라지는 언지의 뒷모습을 계속 바라보았다. 걸어가는 그녀의 걸음걸음마다 곱디고운 매화향이 나는 듯하다. 시간이 지나면 지날수록, 어여쁨이 더해 간다. 손을 뻗어 안고 싶을 만큼.

욕심이 더더욱 커져 간다. 그때의 그 입맞춤에 거짓은 없었다고. 그것만큼은 꼭 말하고 싶었다. 설사 그 말을 내뱉는 그 순간부터, 더 이상 돌이킬 수 없다고 하여도. 함께 있는 것이 마지막이라 하여도. 사내가 여인에게 하는 입맞춤에 결코 가벼움은 없었다고. 가볍기는커녕 너무나도 떨려 숨이 막힐 것 같았다고.

밤이 깊어만 갔다. 하지만 그녀와 함께하지 않는 밤은 그저 무의미하기만 했다. 욕심이 자꾸만 커져 간다. 그녀와 함께하는 진정한 밤을 맞이하고 싶다고……. 하지만 현실은 미룬다고 계속 미룰 수 없는 혼사만이 그를 당기고 있을 뿐이었다.

'얼마나 남았고, 얼마나 더 너를 볼 수 있을까.'

제7장
일장춘몽

이른 아침. 언지는 정성스럽게 머리를 올리고, 잘 다듬어진 의녀복으로 갈아입었다. 그렇게 완벽하게 준비를 마친 후에야 작은 채를 나선 언지는 쉽게 발걸음을 옮기지 못했다. 그도 그럴 것이 혜민서엔 그가 있을 테고, 분명 피하지 말라 그리 말하였으니 쉽사리 마주치지 않을 수도 없었다. 하지만 어찌 피하지 않을 수가 있냐고. 어제 그렇고 그런 일이 있었는데!

'거짓인 적은 없었다.'

순간, 애써 떨쳐 내고 있던 목소리가 울리자, 언지는 그녀답지 않게 발을 동동 굴리며 얼굴을 붙잡았다. 그저 생각만 했을 뿐인데도 온몸으로 열기가 솟구치며 입가가 뜨거워졌다. 대체 어쩌자고 그런 말을 한 건지. 어젯밤엔 그저 꿈인가 했지만, 이리 생생하게 떠오르는 것을 보니 꿈은 아니고.

'한순간도 거짓인 적은 없었다.'

진지했었다. 그 눈빛은. 가까이에 파고든 그의 시선엔 오직 그녀만이 담겨 있었다.

언지는 떨리는 손끝을 마주 잡았다. 품속엔 그가 준 매화 무늬 노리개가 묵직하게 그녀의 가슴을 울리고 있었다. 만약. 정말 만약. 그도 자신과 똑같은 마음이라면. 만약 그렇다면.

"그래, 김언지. 이건 나답지 않지. 정면으로 제대로 부딪쳐 보는 거야."

피하지 말라고 하였다. 그렇다면 자신도 피하지 않겠다. 그가 제게 한 입맞춤에 거짓이 없었다면, 그녀 역시 그를 받아들인 마음에 거짓은 없었다. 아무리 생각하고, 떠올리려고 해도. 그와 자신의 앞날이 제대로 보이진 않았지만, 그래도 언지는 한번 믿고 싶었다. 오직 허겸, 그 사내를 믿어 보고 싶었다.

그렇게 언지는 한 걸음, 한 걸음 무척이나 신중한 걸음으로 혜민서로 향했다. 매번 가던 길인데도 오늘따라 유난히 이 길이 길어 보이면서도, 짧아 보이기도 했다. 순간, 순간 너무나도 낯선 감정이 무수히 그녀를 붙들어 매었다.

마침내, 혜민서에 다다른 언지는 아주 긴 숨을 내쉬고서 안으로 들어섰다. 그런데 이상하게 의녀들이 한곳에 모여 웅성거리고 있었다. 그것도 하나같이 표정들이 죽상이었다.

"무슨 일이야? 아침부터 표정들이 왜 그래?"

언지가 슬그머니 그녀들 틈으로 끼어들자, 의녀 중 한 명이 속상한 어조로 뜻밖의 이름을 언급했다.

"역시 허 교수님이야."

"응? 허 교수님이 왜?"

갑자기 그의 이름이 왜 나오는 거지?

"지금 누가 허 교수님을 찾아왔는지 알아? 의관님들이 그러시는데, 허 교수님의 정혼자래. 그것도 차선대군 대감의 여식이라고."

의녀의 말이 떨어지기가 무섭게, 언지의 표정이 삽시간에 굳어졌다. 아니, 솔직히 지금 무슨 말을 들었는지 이해가 되질 않았다. 누가, 여기와 있다고? 누구의 정혼자?

"역시. 혜민서에 계시다고 감히 올려다볼 수 있는 분이 아니셨어. 꿈 깨야지, 뭐."

"김 도령의 소설은 역시 소설일 뿐이라니까. 하긴, 비색고름도 결국엔 이루어지지 못하잖아."

의녀들은 아쉬우면서도 그럼 그렇지, 하는 표정으로 가볍게 걸음을 돌렸다. 어차피 처음부터 못 올라갈 나무였으니까.

하지만 언지는 그녀들처럼 대수롭지 않게 웃으며 넘길 수가 없었다. 그녀들처럼 그저 그런 가벼운 연심이 아니었으니까. 그가 해 준 몇 마디를 붙잡아서 겨우 용기를 끌어 올렸는데, 다시금 그의 목소리에 깊은 수렁으로 빠져들기 시작했다.

'거짓은 없었다.'

그리 말하였으면서.

'한순간도 거짓인 적은 없었다.'

대체 그건 무슨 뜻이었던 거지? 그냥, 정말 아무 이유 없이 한 말이었던 건가? 그 의미 없는 말 몇 마디에 나만 혼자 이리 떨고, 애태우면서. 바보같이. 바보같이!

언지는 멍하니 고개를 들었다. 그러곤 어느 순간 천천히, 아주 천천히 그가 있는 집무실 쪽으로 걸음을 당겼다. 머릿속으로는 가지 말라고 외치는데, 아까는 딱 붙어 있던 발이 점점 더 빠르게 그녀를 그쪽으로 끌어당겼다. 마치, 네 눈으로 보라고. 이것이 네 현실이라고. 소설은 소설일 뿐이라고. 그렇게 경고하고, 비웃는 것처럼.

그리고 마침내 그의 집무실 바로 앞에서 그녀의 걸음이 멎었다. 한 여인이 보였다. 굉장히 낯이 익은 여인이었다. 결 고운 장옷을 한 손으로 움켜쥔 채, 살며시 고개를 숙인 그 모습마저도 단아하고 귀한 빛이 흘렀다. 머리부터 발끝까지. 대단한 양반집 규수의 자태. 그에게 어울리는 여인은, 그의 곁에 설 수 있는 여인은, 그의 평생의 그림자가 될 수 있는 곱디고운 규방의 여인은.

'거짓은…….'

전부, 전부 거짓이었습니까? 하찮은 의녀에겐. 그런 말은 그저 우스운 것입니까?

언지의 입가로 차가운 조소가 스쳤다. 저 여인은 그녀도 아는 사람이었다. 딱 한 번, 김 도령으로 분하여 풍등놀이에서 저도 모르게 부러운 시선으로 바라보았었다. 그때 그 풍등 속의 여인. 그날도, 그리고 지금도. 그녀는 그때와 똑같은 감정으로 그의 곁에 너무나도 잘 어울리게 서 있는 그녀를 바라만 봐야 했다.

'역시, 상처받는 건 나뿐이잖아.'

아침부터 항상 조용하기만 했던 별당이 꽤 소란스러웠다.

"안 됩니다, 아씨! 제발 부디!"

"난 그분에게 노리개를 받으러 가야 한다. 너도 그게 얼마나 중한 물건인지 알지 않느냐."

"허면 제가 가겠습니다. 아씨는 그냥 집에 계십시오. 그런 건 제가 하면 됩니다."

"되었다. 내가 직접 갈 것이니, 당장 비켜서거라!"

혼사가 미루어졌다는 소식에 가예는 본능적으로 그를 직접 만나러 갈 차비를 했다. 하지만 여종을 결사코 안 된다며 그녀를 막아섰다.

종친의 여식이, 그것도 혜민서에서 혼담이 오가는 도련님을 직접 만나겠다니. 이는 있을 수 없는 일이었다. 혹여나 대군 대감께서 아시는 날엔 제 목숨이 위태로울 것이다.

헌데, 어쩐 일인지 그녀는 고집을 꺾지 않고 있었다. 한 번도 종친이란 이름에 먹칠을 하거나, 경솔한 행동을 하시는 분이 아니신데. 대체 왜 이러는지 여종은 정녕 미치고 팔짝 뛸 노릇이었다. 게다가 아씨의 노리개를 어찌 그분이 가지고 있단 말인가!

"감히 종친의 길을 가로막겠다면, 너도 무사하지 못할 것이다."

차갑기 그지없는 목소리가 여종의 머리 위로 흠칫 떨어졌고, 그녀는 덜덜 떨리는 손으로 하는 수 없이 길을 비켜 줄 수밖에 없었다. 그녀가 비켜서자마자, 가예는 곧장 장옷을 뒤집어쓰고서 밖을 나섰다.

그녀의 표정 위로 서린 것은 초조함이었다. 혼담이 미루어졌다. 거부는 아니지만, 그쪽에서 미루었다는 것이 영 마음에 걸렸다. 그래서 직접 혜민서에서 그를 봐야 할 것 같았다. 이러한 행동이 얼마나 엄청난 짓이고, 또한 자신답지 않다는 걸 알고 있었지만 그래도 가만히 있을 수가 없었다. 이런 순간을 대비해서 그분에게 노리개를 주었던 것이 아닌가.

'이번만큼은, 내 마음이 시키는 대로 할 것이다.'

그렇게 죽을상인 여종을 데리고 무작정 혜민서로 온 가예는 잠시 걸음을 주춤하였다. 일단 오기는 했지만, 어떤 식으로 그를 불러내야 할지.

"일단 제가 먼저 들어가겠습니다."

여종은 망설이는 가예의 모습에 먼저 나섰다. 여기까지 온 이상, 조금이라도 아씨의 체통을 지켜 드려야만 했다.

가예는 여종의 말에 잠시 망설이다, 그것이 좋겠다고 생각하고선 고개를 끄덕였다.

"허면, 여기 꼭 계셔야 합니다. 장옷을 벗으시진 마시고요."

그녀는 그렇게 신신당부를 하고서 먼저 혜민서 안으로 들어섰다. 어쩐지 바로 코앞에 두고서 기다리는 맘이 더 초조하고 다급했다. 그렇게 얼마나 지났을까. 결국 참지 못한 그녀가 직접 혜민서로 들어가려고 하자, 여종이 황급히 나와서는 헐떡이는 숨을 꾹 누르며 입을 열었다.

"저를 따라오십시오."

가예는 살짝 떨리는 숨을 삼키고서 여종을 따라 혜민서로 들어섰다. 갑작스런 귀한 규수의 방문에 혜민서의 시선이 전부 그녀에게로 향했다.

하지만 가예는 그런 시선 따위는 보이지도 않는 듯 그를 찾아 주위를 두리번거렸고, 멀리서 그의 모습이 보이기 시작하자 저도 모르게 장옷을 아래로 내려 버렸다. 그 모습에 여종이 황망한 표정으로 얼른 그녀를 부르려 했지만, 가예는 그런 여종을 뒤로한 채 겸에게로 천천히 걸음을 옮겼다.

심장이 미친 듯이 뛰기 시작했다. 장옷을 아래로 내려 움켜쥔 손에 힘이 들어가면서. 마침내 그의 앞에 당도하자 지독히도 서늘한 그의 시선과 마주할 수 있었다. 그 시선을 본 순간 곧바로 깨달았다.

'이분이 직접 혼담을 미루셨구나. 아니, 미루신 것이 아니다. 처음부터 원치 않으신 것이다.'

집무실에서 일을 한다는 핑계로 틀어박혀, 어찌 언지를 봐야 할지 아침부터 내내 불안하고 초조해하던 겸은 집무실을 두드리는 소리에 저도 모르게 침을 꿀꺽 삼켰다. 혹, 그녀가 온 것인가? 그렇다면 뭘 새삼스럽게 저리 문까지 두드리고.

하지만 속내와는 달리 표정은 어느새 스르르 풀려서는 누군지 확인조차 하지 않고서 문을 덜컹 열어 버렸다. 그러나 기대와는 달리, 생전 처음 보는 계집종이 몸을 파르르 떨며 고개를 숙이고 있었다. 겸은 곧장 인상을 찡그리며 퉁명스럽게 말을 내뱉었다.

"넌 누구냐?"

"저, 저기. 저희 아씨께서 도련님께서 가지고 계신 노리개를 찾아야 한다면서 이곳까지 오셨습니다."

"노리개?"

"예. 분명 그 노리개를 도련님께서 지니고 계신다 하였습니다."

겸은 노리개라는 말에 잠시 생각을 더듬다가 이내 풍등놀이에서 주웠던 노리개를 떠올리고선 아, 하는 표정을 지었다. 하지만 금세 그의 표정이 서늘해지면서 여전히 고개조차 들지 못하고 있는 여종을 노려보며 입을 열었다.

"헌데, 대체 너의 아씨는 누구기에 내가 이곳에 있는 것을 알고 있는 것이냐. 그저 한 번 스쳤을 뿐인데 말이다."

"그, 그건……."

"어서 말하라."

여종은 가예 아씨보다 더 살벌한 목소리에 심장이 쪼그라들 것 같았다. 대체 자신은 무슨 기구한 팔자를 타고나서 이런 일만 생긴단 말인가! 이러다 정녕 제명에 죽지 못할 듯싶었다.

"저희 아씨는 도련님과 혼담이 오가고 있는 차선대군 나리의 여식이옵니다."

순간, 겸의 시선이 미세하게 흔들리면서 저도 모르게 벽을 짚었다. 차선대군의 여식? 그 여식이라고? 풍등놀이에서 보았던 그 여인이 바로 차선대군의 여식이었단 말인가. 기가 막힌 우연. 아니, 정녕 우연일까?

결국, 그가 직접 혜민서의 앞마당으로 나서니, 정말 그때의 그 여인이 겁도 없이 자신을 똑바로 바라보며 서 있었다. 밝은 대낮에 비치는 얼굴을 보니 그날도 왜 그리 낯이 익었는지 알 듯싶었다. 차선대군의 모습을 조금 보는 듯했다. 가만히 서서 저를 보는 시선에 그 의중이 무엇인지 아무리 꿰뚫으려고 해도, 어찌나 틈이 없는지. 정녕 종친의 여식다운 흐트러짐 없는 모습이었다. 그러한 여인이 사내를 만나기 위해 혜민서로 직접 걸음을 하였다? 그것도 다른 누구도 아닌 차선대군의 여식이?

혜민서의 시선이 점점 이쪽으로 모이기 시작했다. 그중에는 이 여인을 알아보는 시선도 있는 듯했다. 여기 계속 있다가는 더한 소문이 날 것 같아, 겸은 다가온 그녀에게 짤막하게 속삭였다.

"따라오시지요."

그렇게 겸은 가예를 데리고 그나마 시선이 덜 하는 자신의 집무실 앞으로 데려갔다. 상대가 상대인 만큼 집무실 안까지 데려갈 수는 없었다.

가예는 애써 침착함을 잃지 않으려 노력했다. 그러곤 천천히 돌아서서, 여전히 차갑기만 한 그의 시선을 정확히 마주했다. 어릴 적 보았던 그 소년과는 다르다. 풍등놀이에서 보았던 그 사내와도 달랐다. 하지만 그래도 어느 순간 자신이 마음에 품은 그 사람이었다.

"대체 여기까진 어쩐 일이십니까?"

"제 노리개를 찾으러 왔습니다. 가지고 계시지요?"

그녀의 입에서 나온 노리개라는 말에 겸의 미소가 비릿하게 스쳤다. 하지만 가예의 표정은 여전히 담담하기 그지없었다. 역시, 차선대군의 여식. 표정에 빈틈이 없었다.

"고작 그 노리개 때문에 종친의 귀하신 규수께서 혜민서까지 직접 발걸음을 하셨다라."

"그 노리개는 제게 무척이나 소중한 것입니다. 허니, 제가 직접 올 수밖에요."

"허면, 그 귀한 노리개가 제 손에 있는 것은 우연입니까?"

그녀는 잠시 눈을 느리게 깜빡이며 살짝 고개를 끄덕였다.

"우연입니다."

그때, 겸이 그녀에게 성큼 다가섰다. 그 때문에 그의 커다란 눈동자에 담긴 저를 볼 수 있었고, 처음으로 그녀의 눈동자가 움찔하며 흔들렸다.

텅 비었다. 그저 거울처럼 제 모습이 담겨 있을 뿐, 그의 눈동자에 비친 제 모습에는 그 어떤 감정조차 담겨 있지 않았다. 알고 있었지만, 그리 느꼈지만, 그래도 이렇게 눈앞에서 직접 보고 느끼는 것은 알고 있는 것과는 전혀 다른 느낌이었다. 온몸의 피가 다 빠져나가는 것처럼, 모든 것이 무너지는 것 같은 느낌. 여인으로서 연모하는 사내에게 거부당하였다는 비참함.

겸 역시 처음으로 그녀의 얼굴 위로 스친 알 수 없는 감정을 읽어 낼 수 있었다. 하지만 거기에 동정은 없었다. 그런 느낌조차 들지 않을 정도로. 제 눈앞에 있는 여인은 그저 여인, 그 이상도 이하도 아니었다.

"우연이라……. 저와 낭자의 혼담이 오가는 그 시점에 낭자가 갑자기

내 앞에 나타났고, 내가 낭자의 노리개를 주웠으며, 내가 누군지도 모르면서 그 노리개를 찾으러 정확히 혜민서로 온 것이 전부 다 우연이란 말씀이십니까?"

어느새 그의 시선에 담긴 제 모습이 한없이 차가운 수렁으로 빠지는 느낌이 들었다. 그녀의 입술이 바짝바짝 마르면서 저도 모르게 장옷을 꽉 움켜쥐었다.

"제가 도련님을 만난 것도, 도련님이 노리개를 주우신 것도 우연입니다. 하지만 전 도련님을 알고 있었습니다. 도련님만 저를 몰랐을 뿐이지요. 또한, 한 가지는 의도한 것이 맞습니다. 노리개를 핑계 삼아 이렇게 도련님을 찾아온 것은요."

"……."

"혼담을 미루셨다 들었습니다."

그녀의 입에서 혼담이 나오자 겸의 표정이 다시금 일그러졌다. 애써 잊고 있던 것을 되새겨 주는 것이 좋을 리가 없었다. 그것도 당사자에게.

"그래서요?"

그리고 뜻밖의 말에 다시금 움찔해선 그녀를 빤히 쳐다보았다.

"혼담을 거부하지 말아 주십시오."

"그건 낭자가 상관할 바가 아닙니다. 그건 집안에서……."

"집안이 아니라, 제가 드리는 말씀입니다. 저는 이 혼사가 성사되었으면 하는 바람입니다."

가예는 다시금 용기를 내어 겸을 똑바로 쳐다보았다. 그리고 그 시선에 물러선 것은 겸이었다. 차선대군이 아닌 그의 여식을 이리 만나게 될 줄도 몰랐지만, 혼담의 얘기를 이토록 직접적으로 꺼내 들다니. 대체 무슨 속셈이지? 속셈이 아니라면 도대체…….

하지만 겸은 깊이 생각하지 못했다. 답답한 마음에 무심코 던진 시선이 멈칫했다. 그와 동시에 그의 맥도 멈춰 버린 듯했다. 가예의 어깨 너머로 언지, 그녀가 서 있었다. 겉으로 보기엔 그저 서 있는 그런 모습. 하지만 곧 그의 시야에서 언지가 사라지자, 겸의 눈동자가 미친 듯이 흔들리면서 무작정 가예를 지나쳐 사라진 그녀를 쫓으려 했다. 하지만 가예가 그런 겸의 발목을 붙잡았다.

"도련님?"

마치 뭔가 넋을 잃은 듯한 그의 모습에 가예가 당황하여 그를 붙잡자, 순간 그의 목소리에서 다급함과 함께 조바심이 묻어나 거칠게 그녀를 밀어냈다.

"그만 돌아가십시오. 혼담이라면 저는 할 말이 없습니다. 집안에서 정하는 것입니다. 그것은 낭자께서 더 잘 아는 일일 테니, 주제넘게 나서지 마십시오."

"하지만."

"좋습니다. 낭자도 낭자의 처지에서 말하였다면, 저도 제 처지에서 말하지요. 저는 이 혼담을 될 수 있으면 계속 미룰 것입니다. 아니, 미루는 것이 아니라 아예 거절하고 싶습니다."

"……."

"그러니 다시는 이리 보지 않았으면 합니다."

그의 한 마디, 한 마디가 가예의 마음을 무참히 짓밟으며 휘몰아쳤다. 하지만 겸은 그런 그녀를 살필 겨를이 없었다. 지금 그를 뒤흔들고 있는 것은 오직 한 사람, 언지밖에 없었다.

겸은 손을 뻗은 가예를 냉정히 뿌리치고서 달려갔고, 그녀는 그가 달려가는 방향 끝에 홀연히 사라지는 의녀의 뒷모습을 눈으로 좇았다. 의녀. 의녀의 모습. 설마 저 여인을 보고?

'아니다. 그럴 리가 없지. 고작 의녀이지 않은가. 비록 지금 이런 혜민서에 있다고 하나, 고작 저런 의녀 따위에게 신경 쓰실 리가 없지. 그런 경솔한 행동을 할 분이 아니다. 이번엔, 내가 너무 경솔했다.'

하지만 움직일 힘이 하나도 남아 있지 않았다. 부서진 무언가가 가슴에서 윙윙거리며 울음을 내지었다. 하지만 그것조차 마음대로 내뱉을 수가 없었다. 자신은 종친의 여식. 차선대군의 여식. 이가예니까.

"아, 아씨."

겸이 혜민서 앞마당 쪽으로 달려가는 것을 보고, 혹시나 하여 여종은 가예에게로 삐쭉삐쭉 다가섰다. 그러자 가예는 평소처럼 차갑기 그지없는 표정으로 지독히도 아린 마음을 숨기며 걸음을 돌렸다.

"그만 돌아가자."

아직 노리개를 받지 못했다. 그러니, 한 번 더 그를 찾을 수 있다. 비록 그의 마음에 자신의 존재가 단 한 뼘도 있지 않다고 하여도 굴하지 않을 것이다. 없다면 만들면 그만이니까.

이미 자신은 오래 전, 그의 그림자가 되기로 마음을 먹었었다.

어릴 적, 처음으로 아버지를 따라 궐에 입궐하였을 때. 그곳에서 허겸, 그를 처음 보았다. 다른 반가의 도령답지 않게 굉장히 경쾌하고 소탈한 모습으로 크게 웃던 그 소년을 보면서 자신과는 다른 바람 향기가 느껴졌다. 시원하게 이리저리 불어 대는 바람. 단 한 순간도 시선을 떼지 못했다. 정숙한 여인답지 못하게 계속 그를 훔쳐보며 어린 마음에 첫 연정으로 그를 연모하게 되었다.

평생의 그림자가 되어 서방님으로 모시고 싶은, 처음으로 욕심내어본 사람. 그러니 무슨 일이 있어도 이번 혼담을 성공시킬 것이다. 반드시. 만약 그러지 못한다면.

'아버님은 결코 좌상 대감과 함께 가지 않을 것이다. 그리되면, 도련님도 위험해져.'

숨이 가빠 왔다. 소리 내어 언지를 부르고 싶은데, 대체 그 짧은 사이에 어디로 가 버린 건지 보이지가 않았다. 하필이면 그런 모습이라니. 제일 보이고 싶지 않은 모습을, 제일 보이고 싶지 않은 이에게 들켜 버렸다.

이 작은 혜민서를 이 잡듯 뒤져서라도 찾겠다는 일념으로 거칠게 모퉁이를 돌아선 순간, 겸은 움찔하며 걸음을 멈춰 섰다.

'젠장. 하필 이럴 때!'

"아니, 좌상 영감의 자제가 아니던가. 혜민서에 있다고는 들었는데, 이제야 이렇게 만나게 되는군."

"처음 뵙습니다, 제조 영감. 허겸이라 합니다."

그의 다급한 발걸음을 붙잡은 이는 바로 혜민서의 제조, 윤주석이었다.

그렇게나 찾아다니던 혜민서의 제조, 윤주석이 하필이면 지금 눈앞에 나타나다니. 하지만 겸은 애써 초조한 기색을 숨기고서 웃는 낯빛으로 윤주석과 시선을 마주했다. 굉장히 서글서글한 인상을 지닌 그는 예전 내의원의 어의로 지냈을 때도 평판이 꽤 좋은 편이었다.

그러던 그가 차선대군과 사돈 관계를 맺고, 선왕의 죽음에 연루될 줄이야. 확실히 사람은 겉으로만 판단해선 안 됐다. 특히 궐 안에 있는 자들에게 권력에 대한 욕심은 떼려야 뗄 수가 없는 달콤한 것이니까.

"혜민서에 있으면서도 바빠 통 보지 못했군. 그래, 지낼 만한가? 가끔은 혜민서가 내의원보다 더 바쁘고 힘들기도 하지."

"처음엔 좀 그랬는데, 지금은 지낼 만합니다."

"그런가? 다행이군. 그래도 계속 이곳에 있지는 않을 테지. 아무리 좌상께서 올곧은 사람이라지만. 이런 곳에 자네를 계속 두겠나. 듣자 하니 좋은 소식도 들리는 것 같던데."

윤주석의 은밀한 목소리에 겸의 표정이 살며시 굳어졌지만, 서둘러 입가를 억지로 틀어 올렸다. 지금 이자에게 괜한 빌미를 주어선 도움이 되질 않았다. 오히려 가까이. 더 가까이 파고들어야 할 때이니까.

그때, 때마침 의관이 그를 불렀고, 윤주석은 안타까운 기색을 지으며 고개를 돌렸다.

"이제야 얼굴을 좀 제대로 보았는데, 영 아쉽구먼."

"바쁘신 것 같습니다. 나중에 제가 따로 자리를 마련하겠습니다."

"그날을 기다리겠네."

그렇게 윤주석이 먼저 자리를 떠나고, 겸은 잠시 걸음을 멈춰 서서 그의 뒷모습을 서늘한 시선으로 바라보았다. 분명, 그날 윤주석은 문인수를 만났을 것이다. 그렇다면 대체 무슨 일 때문일까? 무슨 일이기에 차선대군이 그런 짓까지 하면서 두 사람을 만나게 해 준 걸까.

'설마, 벌써 전하에게 무슨 일이 생기는 건 아니겠지.'

아닐 거라는 생각을 하면서도 겸은 영 불안한 기색을 완전히 숨길 수가 없었다.

언지는 평소대로 약재를 다듬었다. 자신이 해야 할 일은 이 일이고, 앞으로도 해야 할 일 역시 이곳에서 약재를 다듬는 일. 의녀가 할 일이니까.

그런데 순간, 본능적으로 내쉬는 공기가 달라졌음을 느꼈다. 뒤돌아보지 않아도 뒤에 누가 왔는지도 느낄 수 있었다. 저도 모르게 약재를 만지던 손이 희미하게 흔들렸다. 하지만 애써 숨을 깊이 마시며 모르는 척을 했다. 그러자 조금 크게 발걸음 소리가 나면서 그의 목소리가 들렸다.

"내가 분명 피하지 말고, 모르는 척하지도 말라고 했을 텐데."

다소 격해 보이는 어조였다. 지금 화를 내야 할 사람이 누구인데 뭐 뀐 놈이 성낸다고.

언지는 다소 격하게 약재를 내려놓으면서 고개를 획 돌렸다. 역시나 허겸, 그가 서 있었다. 하지만 자꾸만 그의 옆에 서 있던 다른 여인이 떠올라서 언지의 눈빛이 점점 더 매섭게 일그러졌다.

"피한 적 없습니다."

살벌하게 떨어지는 목소리에 겸은 저도 모르게 흠칫했다. 그녀는 모를 테지만, 가끔 언지에게선 결코 천한 의녀라고 할 수 없는 분위기 같은 것이 느껴졌다. 특히 화를 낼 때는 그 분위기가 굉장히 매섭게 상대방을 파고들었다.

"피하지 않았다고?"

"예. 보시다시피 제 일을 하느라 오신 줄 몰랐습니다. 솔직히 제가 등 뒤에 눈이라도 달린 것도 아닌데, 어찌 발걸음 소리만 듣고도 교수님인 줄 알겠습니까?"

비아냥거림이 잔뜩 묻어나는 목소리에 겸은 저도 모르게 울컥하는 마음이 치솟았다. 지금, 저런 식으로 나오겠다, 이거지?

"허면, 이제 날 봤으니 인사는 해야 하지 않나?"

"그리 인사가 받고 싶어 일부러 저를 부른 것입니까? 의학교수님들은 참으로 한가하신가 봅니다. 허면, 인사해 드리지요. 안녕하십니까, 교수님? 날씨가 참으로 좋습니다. 정인을 만나기에 딱인 날씨가 아닙니까?"

"하아?"

기막혀 하는 그의 시선에도 아랑곳하지 않고 언지는 그를 똑바로 바라보며 가시이 가득한 미소를 지었다. 저것이 투기인 것인지. 해서, 자신이 기뻐해야 하는 것인지. 하지만 뒤이어 흘러나온 언지의 말에 겸의 표정이 삽시간에 차갑게 가라앉았다.

"정혼자가 있으시다고 들었습니다. 그것도 굉장히 고운 분이시라던데. 역시 허 교수님이십니다. 곧 혜민서에 국수라도 먹을 수 있는 것입니까? 미리 감축드립니다."

마음에도 없는 말이 막 쏟아졌지만, 그의 얼굴을 본 순간부터 밑바닥에서 솟구치던 화를 더는 참을 수가 없었다. 그래, 이왕 이렇게 된 거. 어디 갈 데까지 가 보자.

"정혼자? 감축? 국수?"

정녕 아무렇지도 않게 그녀의 입에서 나오는 제 혼담에 관한 얘기에 겸은 그답지 않고 차가운 화가 밀려들었다. 안 그래도 그 혼담 때문에 미칠 것 같은데. 제 속을 아는지, 모르는지 그 얘기를 어찌 그녀가. 그것도 감축한다는 말로 꺼낼 수가 있느냔 말이다.

"정녕 감축하는 것이냐? 괜찮은 것이야?"

"무엇을요?"

태연한 표정으로 오히려 되묻는 그녀의 모습에 겸은 더 이상 참지 못하고 성큼성큼 다가가 그녀의 어깨를 거세게 붙잡았다. 어찌나 세게 잡았던지, 언지는 저도 모르게 신음을 내뱉을 뻔했지만, 입술을 꽉 깨물었다. 그러고는 고개를 들어 좀처럼 알 수 없는 감정으로 흔들리고 있는 그의 눈동자를 바라보았다. 도대체 이 사내의 무엇을 믿어야 하고, 말아야 하는지 언지는 도통 알 수가 없었다.

"정녕 괜찮다고? 괜찮은 것이냐고!"

"인사하라 하셨기에, 인사를 하였고. 아는 척하시라기에, 아는 척하지 않았습니까. 대체 무엇이 문제입니까? 감히 저 같은 것이 교수님의 혼담에 대해 감축 드린다는 말을 한 것이 문제입니까? 허면 송구합니다. 고작 의녀 따위가 참으로 주제넘었습니다."

그러고는 고개를 숙이며 진심으로 사과하는 언지의 모습에 겸은 허탈함에 말을 이을 수가 없었다. 그토록 솟구쳤던 화가 삽시간에 사라지면서, 텅 빈 자리에 남은 것은 허망함이었다. 겸은 그녀를 잡고 있던 어깨에서 힘없이 스르르 손을 치웠다. 묵직하게 잡고 있던 손길이 사라지자, 언지는 한없이 씁쓸함이 밀려들었다.

"정녕, 넌 아무렇지도 않은 모양이구나. 내가 누굴 만나 혼인을 하든. 무엇을 하든."

겸은 참았던 숨을 내뱉었다. 이 말을 내뱉는 순간, 온몸이 쓰리게 쓰라렸다. 무력함과 비참함. 자신도 처음 느껴보는 감정과 그 감정에 배어 있는 목소리. 한 여인에게 이토록 깊이 빠져들어, 이토록 얽매이게 될 줄은 몰랐다.

언지는 잠시 아무 말 하지 못하는 겸을 바라보다 저도 모르게 입을 열었다.

"아름다운 분이셨습니다."

"……."

"역시 좌상 대감 나리의 도련님답게, 차선대군 대감의 여식이라지요. 정말 어울리십니다. 제가 인정합니다. 저보다 훨씬 고우십니다. 이는 그분이 차선대군 대감의 여식이라 하는 말이 아닙니다."

정말 그러했다. 그래서 더 마음이 아팠고, 더 미움이 커졌었다. 차라리 자신보다 못난 여인이었다면. 그에게 어울리지 않은 여인이었다면 이토록 마음이 상하진 않았을 텐데. 멀리서 보아도 너무나도 잘 어울리는 선남선녀였다. 게다가 귀한 규방의 규수답게 손끝 하나, 머리부터 발끝까지. 어느 것 하나 나무랄 곳이 없는 천생 여인인 모습이었다.

"거짓말. 네가 거짓말을 하는구나."

겸은 자조적은 표정을 지으며 아까보다 더 싸늘해진 시선으로 언지를 바라보았다. 하지만 어딘지 모르게 뭔가를 절박하게 붙잡는 듯 보였다.

"네가 네 입으로 너보다 예쁘다고 말할 여인은 없다. 그러니 거짓이지. 내게 거짓을 말하는 거지. 나는 그 거짓을 믿을 것이다. 그렇지 않으면, 내가 너무 힘드니까."

"교수님."

"그만 네 일을 해라. 더 이상 너와 이런 얘기로 말 섞고 싶지 않다."

그렇게 겸은 걸음을 돌려 버렸다. 한 번도 뒤를 돌아보지 않고, 그대로 그녀의 시야 앞에서 사라져 버렸다. 언지는 아무렇지도 않게 다시 약재를 다듬기 위해 손을 뻗었지만, 약재를 잡자마자 그대로 놓쳐 버리고 말았다.

거짓? 거짓이라. 그래, 거짓이다. 그 여인도 아름답지만, 자신 역시 그보다 아름답지 않은 것은 아니다. 그녀가 규방의 귀한 규수라면, 자신 역시 그러한 피가 흐르는 양반의 딸이다. 하지만 다른 것이 있다면, 자신은 그에게 갈 수 없고, 그녀는 그에게 아무런 망설임 없이 다가갈 수 있다는 것.

비색고름. 내가 쓴 그 소설대로의 결말이다. 일장춘몽. 내가 쓴 글인데. 그때는 그런 결말이 옳은 것이라 생각했는데. 정녕, 그것밖에 방법이 없었을까? 헤어져야 하는 결말만이 옳은 것일까?

"하. 이제 와서 무슨 생각인지."

그저 메마른 웃음이 터져 나왔다. 규방 여인들의 욕망을 풀어 주고자 시작한 소설. 어느새 그 소설에 자신이 휘말리고 있었다.

오늘 한성애사가 한 권 완성되었다. 그 소설의 결말은 어찌 끝날까. 어떻게, 끝나게 될까.

하현달조차 구름 속에 가리어, 짙고도 짙은 어둠이 무섭도록 쏟아졌다. 특히, 궐 안의 밤은 그 어느 곳보다 적막하기 그지없었다. 시커먼 궁이 빽빽이 어둠에 갇혀 끝도 없는 숲처럼 이어졌고, 사방팔방 높기만 한 벽 아래 그림자가 을씨년스럽게 주위를 삼켜 들었다.

고요함은 두려움으로 잠식되고, 그곳에서 어린 왕과 어린 중전이 무겁기만 한 적막을 버텨 내고 있었다.

중전, 남무는 자꾸만 마르는 입술을 억지로 벌렸다. 단정하고 낮은 음색이 차분하게 공간을 울렸다.

"사가의 어머니께서 많이 안 좋으십니다. 이래선 안 되는 것이지만, 잠시 궐 밖으로 나갈 수 있게 윤허하여 주십시오."

그녀의 바로 앞에 붉은 곤룡포를 입은 어리디어린 왕, 이홍이 그러한 남무를 바라보았다. 현 조선의 왕. 나이가 어리긴 했지만, 겉으로 흘러나오는 기운은 제왕답게 매섭고 차가웠다. 하지만 지금의 그에겐 제대로 된 그의 편이 없었다. 무섭도록 뒤흔들기만 하는 궐 안에서, 용상을 지키기 위해 스스로 더욱 냉혹해질 수밖에 없었다.

"사가라……."

홍의 짧은 목소리에 남무는 천천히 눈을 감았다. 금방이라도 눈물이 떨어질 듯 위태로웠지만, 그녀는 억지로 입술을 깨물며 자꾸만 온몸으로 차오르는 슬픔에 흔들리는 저 자신을 붙잡아야 했다.

"예, 전하."

"……그리하시오."

이제야 남무는 천천히 고개를 들어, 자신의 지아비이자 만인의 지상, 제왕인 그를 바라보며 엷은 미소를 띠었다.

"성은이 망극하옵니다, 전하."

그러고는 천천히 뒤돌아서는 그녀를 홍이 처음으로 흐트러진 음성으로 붙잡았다.

"중전."

하지만 남무는 뒤돌아서지 않았다. 지금 그의 눈을 똑바로 볼 자신이 없었기에.

"……예, 전하."

그리고 그러한 그녀의 모습에 홍 역시 그저 말을 속으로 삼켜 버렸다. 매번 그러하듯. 지금도.

"아무것도 아니오. 부디, 무탈하게 돌아오시오."

"그리하겠습니다."

그렇게 남무는 천천히 걸음을 뒤로 돌려, 처음 왔을 때와 마찬가지로 소리 없이 대전을 빠져나갔다. 홍은 멍하니 그녀의 빈자리를 바라보았다. 조금 따스하게 스몄던 온기가 삽시간에 사라지면서, 기다렸다는 듯이 숨 막힐 듯한 적막함이 그 자리를 채웠다. 무서울 정도로 시뻘건 붉은 곤룡포가 파르르 떨리기 시작했다. 그리고 마침내, 그는 참지 못할 울음을 속으로 삼키며 고개를 숙였다.

성은이 망극하다는 그 목소리가 귀에서 떨쳐지지가 않았다. 성은이 망극하다니. 대체 무엇이? 한 나라의 중전이 궐을. 그것도 저들의 눈을 피해, 그런 구차한 변명으로 궐을 나서야 하는 것인데. 그런 것을 막아 주기는커녕 잡아 주지도 못하는 제게 성은이 망극하다니. 성은이, 망극하다니!

텅 빈 공간 위로 잔뜩 억눌린 목소리가 비통하게 울렸다.

"미안하다, 남무야……."

대전을 빠져나온 그녀의 몸이 기다렸다는 듯 휘청이자, 지밀나인이 흠칫하며 그녀에게로 달려왔다.

"중전마마!"

하지만 남무는 그녀의 손을 뿌리치고서, 끝까지 제 힘으로 그 자리에 서서 버텼다. 하얗게 질리다 못해 창백한 그녀의 얼굴 위로 식은땀이 맺어 서늘했다. 한 나라의 중전이자, 국모라고 하기엔 너무나도 위태롭고 초췌한 그녀의 모습에 지밀나인이 발을 동동 구르며 결국, 참았던 말을 내뱉었다.

"마마, 이러시지 마시고 그냥 어의를, 어의를 부르시옵소서!"

"그 입, 함부로 놀리지 말게."

위태로운 모습과는 달리, 남무의 입에서 나온 목소리는 지극히 침착하고도 서늘한 위엄이 서려 있었다.

"난 아무렇지도 않아. 내 발로, 내가 걸어 나갈 것이야."

"하오나!"

"전하의 명이 떨어졌네. 사가로 나갈 것이니, 최대한 은밀하고 조용히 준비하게."

남무는 가쁜 숨을 나지막이 내쉬면서 이제야 돌아보지 못한 고개를 돌렸다. 한없이 거대하기만 한 대전의 그림자가 밟힌다. 지금껏 수많은 선왕께서 이 대전을 품어 올려 이 나라를 다스리셨다. 그리고 지금의 어린 왕께서도, 선왕의 뒤를 따라 그 뜻을 펼치려 하지만. 자꾸만 저 대전이, 저 용상이 어린 왕의 품에서 벗어나 그를 집어삼키려 들고 있었다.

그녀는 다시금 울컥하며 치솟는 울음을 억지로 누르며 치맛자락을 꽉 움켜쥐었다. 어느새 그녀의 눈동자 위로 서린 것은 이 나라의 왕이 아닌, 자신의 지아비이자 평생의 정인이며, 너무나도 깊이 연모하는 임이었다.

하필이면 이럴 때, 그분을 홀로 두고 떠나야 한다는 것이 가슴이 미어질 듯 너무나도 아팠다.

하지만 이 상태로 계속 궐에 남아 있다면, 그것이 더 그분에게 짐이 될 것이다. 그분의 작은 어깨에 짊어져야 하는 것이 얼마나 많은데, 거기에 자신의 존재까지 내려놓을 수는 없었다.

남무는 떠나기 전, 물기가 서린 시선으로 애써 환한 미소를 띠며 고개를 숙였다. 그에게 마지막으로 웃는 모습을 보여 주지 못한 것이 마음에 걸렸다. 하지만 돌아올 것이니까. 반드시, 다시 그분의 곁으로 돌아갈 것이니까. 그때 그를 향해 환하게 웃어 주면 될 테니까.

'전하의 가슴을 아프게 한 점. 신첩이 두고두고 갚을 것입니다. 반드시요. 허니, 전하. 조금만 더, 조금만 더 버텨 주세요.'

남무는 그에게 차마 전하지 못한 마지막 인사를 마치고서 처음 왔을 때 모습 그대로, 허리를 꼿꼿이 세우며 제 발로 대전을 떠나갔다. 그녀가 떠나는 걸음마다 텅 빈 바람이 스치며 그녀의 눈물 자국을 지워 나갔다.

서로에게 하고 싶은 말조차 숨겨야 하고, 모든 걸 다 알면서도 잡을 수 없는. 그저 아무 말 없이 보낼 수밖에 없는. 너무나도 위태롭고 어리디어린 왕. 그것이 지금 조선의 왕, 이홍의 현실이었다.

날이 어둑해지자, 겸은 곧장 혜민서를 나와 버렸다. 하루 종일 내내, 가슴이 답답하여 견딜 수가 없었다. 그저 떠오르는 것은 언지의 모습.

그녀가 한 말이, 시선이, 그 모든 것이 제 머릿속을 어지럽게 뒤흔들며, 끝내는 혜민서에 있을 수가 없었다. 해서, 도망치듯 빠져나왔다. 어차피 오늘 영이와 만나기로 했으니까. 차선대군의 속내는 아직 모르지만 그가 움직이고 있다는 사실은 알았으니, 이쪽도 슬슬 함께 움직여야 했다.

그렇게 그는 사람들의 시선을 피해 주막에 머물렀다. 방으로 들어가면 더 답답할 듯하여, 그저 밖에서 남들처럼 거하게 한잔할 생각이었다. 그런데.

"그새를 못 참은 거냐? 뭐가 그리 급해서?"

"그러게. 오늘은 이 술이 참으로 급하군."

겸은 메마른 웃음을 흘리며, 어느새 제 앞에 앉은 이영의 앞으로 술잔을 내려놓았다. 그 역시 판관 복색 대신, 보통 선비의 모습을 하고선 겸이가 준 술을 받아 마셨다. 오늘은 그도 내내 마음이 싱숭생숭 복잡했었으니까.

오늘따라 밤이 참으로 짙었다. 하지만 이리 어두운 것이 보이지 않는 달 때문만은 아닐 것이다.

"알아보니 차선대군이 우리를 알아차린 건 아니지만, 저를 감시하는 눈이 있다는 건 알아차린 모양이더군."

"그래서 윤주석과 문인수를 만나게 해 줄 겸, 우리의 존재도 알아볼 겸. 겸사겸사 그런 함정을 판 건가?"

"그렇겠지. 그래도 우리 역시 얻은 건 있어. 그 모든 배후가 차선대군이라는 사실. 이제 그 물증만 찾아내면 되는 것인데."

이영은 텅 비자마자 술을 따르는 겸을 보며 미간을 찡그렸다. 왠지 녀석답지 않았다. 술을 마시는 것이 아닌, 퍼붓는 느낌이라고 할까? 술을 즐기는 녀석이긴 했지만 저렇게 무작정 마시는 성격은 아닌데. 마치, 술에 기대고 있는 듯한 느낌이 너무나도 낯설었다.

이영은 벌써 혼자 몇 잔은 마신 것 같은 겸의 손을 붙잡았다.

"무슨 일이냐? 대체 왜 이렇게 퍼부어 대는 거야?"

"영아. 오늘은 차선대군이니, 윤주석이니, 그런 거 잠시 잊고, 술이나 좀 마시자."

"겸아."

겸은 그의 손을 뿌리치고서 술잔에 넘칠 듯이 술을 부었다. 쏟아지는 술잔 속에 언지의 모습이 아른거렸다. 사실 오늘 그녀에게 화를 내기는 했지만, 그것은 스스로에게 하는 것이기도 했다. 연모하는 여인에게 다른 여인을 보였다. 그것도 집안에서 혼담이 오가는 여인. 결코 아니라고 말할 수도 없었고, 그렇다고 그 자리에서 널 연모한다고. 내가 혼인하고 싶은 여인은 너라고 당당히 말할 수도 없었다.

이처럼 자신이 작고 초라해 보이긴 처음이었다. 그런 주제에 그 아이에게 화를 낼 자격이 있는 것일까. 설사, 그 아이가 다른 사내를 마음에 품고 있다 하여도 제대로 잡아당기지도 못할 처지면서.

"영아. 내가 만약 반가의 여식을 아내로 맞이하지 않으면 어머니가 정녕 날 죽이려 하겠지? 결코 용서하지 않으시겠지?"

"글쎄. 그러시겠지."

"헌데, 그 아이가 아니면 안 될 것 같은데. 보기만 한다는 욕심이 더 커져 버려서. 이젠 정말 안 될 것 같은데……."

지독함이 밀려들었다. 술기운이 다른 모든 현실을 거두어 내고, 오직 본능만을 남겨 둔 채, 그녀에 대한 그리움이 그의 숨조차 쉬지 못하게 하였다.

취기에 휩싸인 그의 시선에 아련하게 언지의 모습이 그려졌다. 진정, 제 앞에 앉아 있듯 해맑은 표정으로. 아니, 조금 새침한 표정으로, 아니, 항상 어여쁘다 말하던 그 발칙한 모습으로. 진정 절세가인보다 더 어여쁜 그러한 모습으로.

겸은 어느새 주변의 모든 소리를 지워 내고, 오롯이 그녀만을 제 앞에 그렸다.

'강물이 흐르는 것을 막을 수는 없단 말인가. 정녕, 그것이 도리가 아니라 하여도 말인가……'

"도대체 누굴, 누구를 마음에 품었기에……."

"나리!"

그때, 이영을 찾아온 수하가 헐떡이는 숨을 누르며 다가왔다. 이영은 겸을 이리 홀로 두고 가기가 걸렸지만 영 일어설 생각이 없어 보이는 모습에 하는 수 없이 먼저 자리에서 일어섰다.

"금방 오마. 여기 꼼짝 말고 있어라."

"그래, 그래. 아주 죽어라 마시고 있을 테니까, 걱정 말고 가라."

그래도 어느 정도 정신은 있어 보이는 모습에, 이영은 밟히던 시선을 애써 거두고선 수하와 함께 한성부로 돌아갔다.

이영의 모습이 사라지고, 겸은 죽어라 마시겠다는 말과는 달리 텅 빈 술잔을 물끄러미 바라보았다. 취기가 올라오니, 더한 두려움이 밀려들었다. 취기에 휩싸여서 하염없이 그녀를 찾게 될까 봐. 정녕, 정신을 잃고서 그렇게 될까 봐.

그는 이내 바람 빠지듯 갈피를 잃은 미소를 입가로 흘리며 속삭였다.

"하아. 언지야. 정녕, 널 어쩌면 좋을까."

나는 대체 어찌해야 하는 걸까.

어머니가 일찍 잠자리에 든 것을 확인한 언지는 헛간 구석에 꼭꼭 숨겨 두었던 보자기를 펼쳐 여인의 옷을 벗고, 김 도령의 복색으로 갈아입기 시작했다. 한성애사 한 권이 완성되었으니, 잘 팔릴 수 있는 곳을 물색해야만 했다. 한곳만 지정하지 않고 적당한 틈을 들여 파는 것이 정체를 들키지 않는 관건이었다.

언지는 낡기는 했지만 그녀의 작은 얼굴을 잘 감추어 주는 갓을 꼼꼼하게 매고서는 혹시나 좋은 책방을 발견하면 바로 팔 수 있도록 한성애사를 한 권 챙겨서는 봇짐을 들춰 메었다. 분기 하나 없이 앳되고 말간 얼굴이 갓의 그림자에 살포시 가려지고, 작디작은 손으로 야무지게 봇짐을 움켜쥐고서 조심스럽게 헛간을 빠져나왔다.

오랜만에 장시에 나온 언지의 표정은 아침보다 훨씬 가벼워 보였다. 김 도령으로 걸음을 내딛으면 세상은 그녀를 달리 바라보았다. 여인이 아닌 사내이기에 보다 더 자유롭게 가고 싶은 곳으로 걸음을 당길 수 있었다.

"대충 책방도 물색했으니."

언지는 자꾸만 흔들리는 갓을 붙잡고서 고개를 휘휘 돌려보았다. 이대로 그냥 집에 가기엔 영 아쉽기도 했고, 또 괜한 생각에 지금의 이 기분이 가라앉을 것 같아 어디를 가 볼까 하던 찰나. 그녀의 눈빛이 반짝이면서 왁자지껄하게 판이 벌어진 주막이 눈에 들어왔다.

한 번도 김 도령의 모습으론 술을 마셔 본 적이 없는데. 특히나 험한 사내들이 잔뜩 모여 있는 주막은 더더욱. 그렇기에 언지의 호기심에 불길을 당겼고, 조금 취기가 오르면 아무 생각 없이 푹 잠을 잘 수 있을 것 같아서 호기롭게 봇짐을 붙잡고서 주막으로 걸음을 옮겼다.

코끝으로 고소한 냄새가 식욕을 자극했다. 언지는 혹여나 눈치 빠른 주모에게 걸릴까 봐 어깨를 쫙 펼치고 주막 안으로 당당히 걸음을 옮기려는 순간, 그녀의 시선이 한곳에 묶이면서 걸음도 같이 우뚝 멈춰 섰다.

주막엔 무척이나 많은 사람들이 거칠고 경쾌하게 술잔을 부딪치고 있었다. 그렇게 어수선한 사람들 틈으로, 이곳과 전혀 어울리지 않는 그가 비틀거리는 손짓으로 홀로 술잔을 넙죽넙죽 비우고 있었다. 순간, 그녀의 입으로 헛웃음이 새어 나왔다. 어찌 제 시선은 저 사내만 좇고 있는 것일까. 얼마나 좇고 있기에, 뭔가에 끌리기라도 한 듯 소란스러움에 숨어 있는 그를 이토록 금방 찾아내는 것인지.

언지는 천천히 겸이 있는 곳으로 다가갔다. 무슨 일이기에 평소처럼 귀한 비단옷이 아닌 조촐한 무명옷을 입고 있었다. 하지만 그 속에서 흐르는 귀한 빛은 바래지 않았다. 꽃을 숨긴다고 그 향까지 숨길 수 없듯.

어느새 그의 가까이에 다가선 언지는 얼핏 보아도 굉장히 마신 듯, 코끝을 찌릿하게 파고드는 독한 술 냄새에 미간을 찡그렸다. 그런데도 굴러다니는 술병이 보이지도 않는지 마치 목에 구멍이라도 뚫린 것마냥 마셔대는 꼴이라니, 전혀 그답지 않아 보였다. 저건, 자신이 알고 있는 허겸의 모습이 아니었다. 대체 무엇이, 무엇이 그를 이토록.

"하아, 술맛 끝내주네."

겸이 웅얼거리는 목소리로 거의 다 비어 버린 술병을 들어 올리려는 찰나, 누군가 그의 손을 덥석 붙잡아 세웠다. 겸은 감히 제 손을 잡은 발칙한 놈의 면상을 보기 위해 신경질적으로 고개를 올렸고, 언지는 저도 모르게 쑥 뻗어 버린 제 손에 더 당황한 기색을 띠며 그와 눈을 마주했다.

이 망할 오지랖. 언젠가는 큰 사고 한 번 칠 줄 알았지! 마시고 뻗든, 말든. 왜 손을 잡은 거야, 왜!

언지는 어쩔 줄 몰라 하며 취기에 잔뜩 달아오른 그의 눈동자를 살폈다. 술에 취한 사람이라고 하기엔 눈동자가 흔들리지도 않은 채 저를 빤히 바라보고 있었다. 굉장히 까맣고 서늘한 눈빛. 그 눈빛이 맞닿은 손목을 타고서 온몸으로 은밀히 스며들며, 저도 모르게 화르르 열기가 피어나기 시작했다.

그녀는 억지로 고개를 돌리고선 살며시 잡은 손을 놓으려고 했지만, 그 틈을 놓치지 않고 오히려 겸이 그녀를 덥석 잡아당기는 바람에 몸이 휘청였다. 하지만 다행히 제대로 중심을 잡아 넘어지지는 않았다. 하지만 혹시, 들킨 건가? 들켰나?

"혼자 왔소?"

"예?"

들켰을까 봐 조마조마한 언지와는 달리, 겸은 태연하게 다시금 술병을 잡아 올렸다. 어느새 그녀를 향했던 시선도 무심히 거둔 상태였다.

"댁도 술 마시러 온 것이 아니요? 보아하니 혼자 같은데. 청승맞게 어찌 술을 혼자 마시는 것이요?"

허, 그러면 자기는 혼자 마시는 게 아닌가?

"댁도 혼자가 아니요?"

"난 벗이 있었소. 헌데, 금방 온다는 녀석이 기척이 없군. 게다가 나 같은 사내가 혼자 마시는 것은 청승이 아니라 여인들에겐 더 없는 복이지. 스리슬쩍 건드릴 수 있으니."

"하, 참으로 뻔뻔스럽소."

"그렇소? 나도 모르게 닮아 가는 모양이오."

그의 마지막 한마디가 꽤 묵직하게 와 닿았지만 언지는 애써 고개를 가로저었다.

이 사내, 은근히 술주정이 있구나. 그것도 평소 성격과 전혀 딴판인 모습으로 말이지. 그나저나 벗이라면, 최 판관님인가. 그렇다면 얼른 이 자리를 떠야 하는데. 다른 이는 몰라도 왠지 그의 눈에 띄면 대번에 들킬 것 같은 느낌이 들었다. 지금도 어찌나 가슴이 조마조마한지.

그가 술에 잔뜩 취해 제정신이 아닌 것에 감사하면서 언지는 괜스레 갓을 더욱 깊숙이 내렸다.

"곧 오겠지요. 허면, 이만 가 보겠소."

언지는 자리를 뜨려다가 자꾸만 나뒹굴고 있는 술병과 더불어 잔뜩 흐트러진 그의 모습이 눈에 밟혀 입술을 깨물었다. 원래 저리 술을 좋아하던 사내던가? 아닌 것 같은데. 하긴, 예전에도 취기 때문에 헤민서 구석에 엎어져 있기는 했지. 그래도 이 정도까지는.

"너무 많이 마신 듯하니 대충 하고 돌아가시오. 딱 봐도 양반집 도령 같은데. 체통을 생각해서 말이요."

그리고는 어렵사리 돌아서려는 언지를 겸은 다시금 덥석 잡았다. 술을 저리 코가 삐뚤어지게 마신 주제에 왜 이렇게 힘은 세냐고!

"이보시오!"

"같이 마십시다. 나도 혼자 마시기 거시기 하니까."

"뭐, 뭐요?"

겸은 마지막 술잔을 비우고선 언지를 잡은 손에 더욱 힘을 주며 그녀를 빤히 쳐다보았다.

"같이 마시자고."

"하, 하지만 그쪽은 이미 엄청 마신 것 같은데. 이제 그만하고 가는 것이……."

게다가 이러고 계속 얼굴을 맞대고 있으면 언제 어떻게 들킬 줄 모르는데! 안 그래도 홍와여림에 왔다 갔다 하는 것으로 찍힌 마당에 사내 노릇까지 하는 걸 알면 정말 끝이었다. 끝!

"더 마실 수 있소. 아직 정신이 너무 멀쩡해 미칠 것 같으니까."

그는 굉장히 고집을 부리면서 그녀를 잡아당겼고, 언지는 그에게 끌리지 않으려고 발버둥을 쳤지만 결국은 그의 앞에 털썩 주저앉아 버리는 상황이 되고 말았다. 젠장. 봤어도 모른 척하고 그냥 갔어야 하는데. 거기서 저놈의 손을 잡지 말았어야 했는데!

하지만 그는 그런 언지의 속내를 알지 못한 채, 주모를 불러 또 새 술병을 구하고선 피식 웃으며 언지의 술잔에 친히 술을 넘치도록 따라 주었다.

"자, 자. 얼른 내 술잔을 받으시오."

언지는 그에게서 술잔을 건네받고서는 한숨을 푹 내쉬면서 하는 수 없이 단번에 잔을 비웠다. 그래, 이왕 이렇게 된 거 마셔 보자. 아예 정신줄을 놓게 만들어서, 슬쩍 빠져나가는 거야. 게다가 이대로 가기엔 마음이 불편했으니까.

"댁은 참으로 운이 좋소. 나 같은 꽃 도령이랑 술잔 부딪히기 쉽지 않은데 말이요."

자연스럽게 흘러나오는 발칙한 어조에 겸은 이내 흠칫하며 고개를 들었지만 언지일 리가 없었다. 그 아이일 리가, 없었다.

그렇게 언지는 예상치 못한 곳에서 김 도령으로서 그와 술잔을 부딪치기 시작했다.

어느 정도 지났을까. 겸은 제 손이 파르르 떨리고 있다는 것을 느꼈다. 취기가 오르는 것인가? 하여 정신이 흐트러지고 있는가? 그렇지 않고서야 제 눈앞에 앉아 있는 도령에게서 이리 시선을 뗄 수가 없다니…….

처음, 자신의 손을 잡았을 때 너무나도 익숙한 느낌에 저도 모르게 놓으려는 그 손을 덥석 잡아 버리고 말았다. 너무 깊이 눌러쓴 갓 때문에 얼굴이 제대로 보이진 않았지만 얼핏 보이는 얼굴선이 사내치고는 너무나도 고왔고, 손목 역시 여인처럼 여리여리하면서도 작았다. 이런 사내를 어디선가 본 적이 있는 듯한데.

"이제 그만하시겠소?"

도령의 낭랑한 목소리에 겸은 저도 모르게 흠칫하며 머릿속으로 풍등놀이가 스쳐 지나갔다. 그래, 풍등놀이가 열리던 날. 책방에서 제게 비색 고름을 양보하였던 그 꽃 도령! 어쩌면 김 도령일지도 모른다고 생각했던, 자꾸만 이상하게 언지를 떠올리게 하였던.

'하, 말도 안 되지. 그녀가 어째서 사내 복색을 하고 이리 나와 술잔을 부딪치겠어.'

그저 너무 고왔던 도령이라서. 그래서 언지를 떠올리는 것이겠지. 곱디고운 것들만 보아도 그녀를 떠올리는 것이겠지.

바보 같은 제 모습에 겸은 피식 웃으며 고개를 숙였다. 정신이 몽롱해지면서 취기가 물밀듯 밀려들었다. 그러면서도 자꾸만 제게 무어라 속삭이는 도령의 말을 들으려고 안간힘을 쓰는 제 자신이 보였다. 저 답답하게 쓰인 갓을 벗겨 내고 얼굴을 보고 싶다. 혹, 저 얼굴마저도 언지와 똑같은 건 아니겠지? 그런 건 아니겠지? 그리움이 사무쳐 사내를 보고도 이리 애틋한 마음이 밀려오다니. 정녕.

'내가 얼이 빠졌구나. 빠졌어.'

언지는 그가 주는 술을 마시는 척하면서 마시지 않곤 비틀거리는 겸을 희미한 미소로 담으며 바라보았다. 이러고 있으니 홍와여림에서 자신을 구해 주었던 때가 떠올랐다. 그때는 자신이 만든 독주로 해롱거리더니, 오늘은 무엇이 그를 이리 마시게 하였을까. 무엇이 그를 이토록 흐트러지게 하였을까. 혹, 저 넘치고 넘쳤던 술잔에 내 모습이 조금은 들어 있었을까.

그때, 쿵 하는 소리와 함께 그의 손에 들려 있던 술잔이 쏟아지면서 그의 고개가 완전히 아래로 떨어져 버렸다. 언지는 이제야 쥐고 있던 술잔을 내려놓고선, 상에 그대로 얼굴을 박아 버린 그의 어깨를 조심스럽게 흔들어 보았다.

"이보시오? 이보시오? 내 말 안 들리오? 완전 정신줄을 놓은 것이요?"

열심히 귓가에 대고 속삭여 보았지만, 겸은 완전히 나가떨어졌는지 반응이 없었다. 언지는 이제야 한숨을 덜어 내며 대충 챙겨 온 돈으로 술값을 내고 가려다가, 이내 엉망이 된 술상을 치우고선 그의 바로 옆으로 마주 보게 고개를 기울였다.

깊숙이 눌러쓴 갓이 옆으로 기울여지면서 주변의 시야를 사라지게 하였다. 더 이상 그녀의 눈에는 다른 이들은 보이지 않았다. 그를 제외한 모든 이들의 소리도 남김없이 지워 버렸다.

너무나도 잘난 사내. 잘난 남자. 어찌 이리 빈틈 하나 없이 잘나서는 이리 살피고, 저리 살펴도 자신이 파고들 여지조차 없게 만든 것인지.

그녀는 아주 조심스럽게 손을 뻗어 그의 말간 이마를 손끝으로, 마치 먹물을 가득 묻혀 정갈하게 써 내려가는 붓끝처럼 아래로 뻗어 내려갔다. 손끝에선 먹물 대신 열기가 피어났다. 붉게, 붉게 타들어 가는 열기. 단단히 닫힌 눈을 지나, 멋들어지게 그려진 코끝을 타고서 그 아래 인중으로 뻗으니 그의 숨결이 손가락을 은밀하게 휘어 감았다.

언지는 저도 모르게 더운 숨을 내쉬며 그 아래로 더 내려가자, 붉은 입술이 물컹하게 내려앉으며 저도 모르게 무어라 말할 수 없는 감각이 찌릿하게 파고들었다.

그러고 보니 저 입술에 닿았던 적이 있었지. 너무 순식간이라 정신이 없었는데. 그의 목소리가 언지, 하고 부른 적도 있었는데. 제 이름이 그토록 예뻐 보인 적도 처음이었는데.

언지는 그의 입술을 와 닿은 상태에서 저도 모르게 나지막이 속삭였다. 애써 잔잔히 가라앉혔던 마음속에 더 이상 돌이킬 수 없는 큰 돌이 떨어질까 봐. 그 큰 돌 탓에 멈출 수 없을 정도로 마음과 마음이 넘쳐흐를까 봐. 그래서 차마 내뱉지 못했던 말을 넌지시 던져 보았다.

"교수님은, 절 연모하십니까?"

"……."

"연모, 하시나요?"

순간, 입술에 와 닿았던 손가락이 가볍게 떨려 왔다.

"……언지야."

언지야. 언지가 담긴 숨결이 손가락에 와 닿으면서 그녀는 몸을 움직일 수가 없었다. 마치, 그의 대답을 들은 것처럼. 끝내 잔잔함을 가장하던 마음이 속수무책으로 휘몰아치면서 그녀는 더 이상 자신을 주체할 수가 없었다.

"허, 겸."

내쉬었던 숨결에 제 마음을 담아 돌려주었다. 그러고는 그의 부드러운 입술을 한 번 쓸어내리고선, 이내 고개를 점점 앞으로 당겨 스르르 눈을 감고서는 그때의 그 기억을 되새기며 진한 열기를 처음으로 머금어 보았다.

그의 입술 너머로 내쉬는 독한 술 향기가 제 머리까지 취하게 하는 듯했다. 살짝 와 닿으려고 했던 입술이 자꾸만 저를 끌어당기면서 여인으로서 차마 하지 못할 짓을 하게 될까 봐. 아무리 마음에 품은 정인이라지만, 술에 취해 정신을 잃은 이를 덮치는 그런 남우세스러운 짓을 할 수는 없다고 머릿속에서 한 가닥 남아 있는 여인으로서의 절개가 그녀를 뜯어말리고 있었다.

'그래, 김언지. 아무리 급하다고 해도 이래선 안 되지!'

끝내 위태위태하던 곧은 절개의 목소리에 고개를 끄덕이며 아쉬운 마음으로 어렵사리 고개를 드려는 순간, 그의 손이 순식간에 그녀의 목덜미를 끌어당겨 차마 더 깊숙이 와 닿지 못한 그곳으로 미친 듯이 빨려 들어

갔다. 아까보다 더 독한 향이 입술과 입술 사이에서 흘러들어 온몸에 힘이 들어가지 않았다.

밀어내야 하는데, 밀어내야 하는데, 대체 어찌 된 영문인 건지! 설마 깬 것인가? 그런 것인가? 하지만 지금 자신은 김 도령인데. 게다가 뭔 놈의 힘이 이리도 센지 입술이 뭉개지다 못해 일그러질 것 같았고, 언지는 그 힘에 못 이겨 저도 모르게 입술을 벌리자 기다렸다는 듯 순식간에 그의 혀가 안으로 들어와 은밀한 구석을 건드리기 시작했다.

'하아!'

차마 내쉬지 못하는 신음이 안으로 삼켜 들었다. 머리부터 발끝까지 이리도 뜨거울 수가 없었다. 특히나 아랫부분이 이대로 녹아내릴 것만 같았다. 이리도 망측하고, 발칙하다니. 하지만 그녀에게 어설프게 매달려 있던 갓이 아래로 내려오면서 두 사람의 얼굴을 완전히 가려 버렸다.

언지는 그가 지금 어떤 표정인지 보고 싶었지만, 눈을 제대로 뜰 수가 없었다. 한 치의 틈도 없이 입안을 거칠게 휘저어 가는 그의 혀에 미칠 것 같았고, 목덜미를 움켜쥔 그의 손가락이 조금씩, 조금씩 가는 목선을 타고 내려가면서 느껴지는 야릇한 감각에 취해 도저히 생각이란 놈을 할 수가 없었다. 도대체, 도대체!

그때, 끝나지 않을 것만 같았던 입술이 멈추면서 그의 고개가 멀어졌다. 언지는 몽롱한 시선으로 이제야 두 눈을 뜰 수 있었다. 설마 그가 눈치를 챈 것인가? 그래선 안 되는데. 하지만 자신을 알아봐 주기를 바라는 마음. 김언지에게, 김언지에게 이리해 준 것이라고. 그런 것이라고.

그런 복잡한 마음이 뒤섞였다. 하지만 그의 흐릿한 시선 위에 담긴 것은 김 도령도, 여기에 있는 김언지도 아니었다. 잔뜩 휘늘어진 시선으로 바라보며 손으로 그녀의 고운 얼굴을 어렵사리 쓰다듬으며, 제대로 들리지도 않는 목소리로 더듬더듬 한마디를 내뱉었다.

"역시, 어여쁘다."

그러고는 툭, 하고 다시금 그가 쓰러지고 말았다. 이젠 정말 정신을 놓아 버린 듯 내쉬는 숨소리가 조금 거칠게 와 닿았다. 꿈, 꿈인 건가. 꿈속에서 그는 지금 나를 만나고 있는 것인가?

허탈하긴 했지만, 절로 웃음이 새어 나왔다. 하여튼. 속을 알 수 없는 사내. 언지는 흐트러진 그의 머리카락을 단정히 쓸어 주었다.

'그 꿈속에 제가 있는 것입니까? 그 꿈속에서 제가 그리 어여쁘게 있는 것입니까?'

어느새 사라졌던 주위의 소리가 다시 들리기 시작했고, 시야로 왁자지껄하는 주막의 모습도 보이기 시작했다.

언지는 다시금 갓을 고쳐 쓰고서는 봇짐 속에 들어 있던 한성애사를 꺼내 그 마지막 장을 찢어서는 그의 옆에 가지런히 내려놓았다. 그 역시 김 도령 소설의 애독자이긴 했지만, 서체가 다르니 알아볼 리가 없겠지. 게다가 아직 한성애사는 풀린 책이 아니니.

꿈에 뵈는 님이 신의(信義)업다 하건마는
탐탐(貪貪)이 그리올 제 꿈 아니면 어이보리
져 님아 꿈이라 말고 자로자로 뵈시쇼

—명옥(明玉) 청구영언(青丘永言)—

이영은 한성부의 일을 처리한 후, 어쩌면 퍼질러 자고 있을지 모를 겸을 데리러 주막으로 걸음을 옮겼다.

"겸아, 겸아!"

역시나, 술상에 코를 박고서 세상모르게 자고 있는 겸의 모습에 이영은 허탈한 웃음이 새어 나왔다. 이 녀석과 동무를 맺은 지 꽤 오랜 시간 되었지만, 이처럼 인사불성인 모습은 처음이었다. 대체 무슨 술을 어떻게 마신 건지.

"겸아, 겸아. 겸아!"

미친 듯이 흔들어 깨우는 이영의 손길에 겸은 달콤한 꿈 자락을 결국 놓치고선 눈을 느리게 깜빡였다. 그러다 뭔가를 떠올리고선 고개를 번쩍 들었다.

"아욱!"

"괜찮은 거냐? 머리가 아플 만도 하지."

평소 술을 즐기는 성격도 아니니, 머리가 아플 수밖에. 하지만 겸은 지끈거리는 관자놀이를 꾹꾹 누르면서 주변을 두리번거렸다.

"왜 그러냐?"

"혹시 다른 사람은 없었냐?"

"다른 사람이라니. 나 말고 다른 이와 술을 마신 게냐?"

"분명 그 도령이었는데."

겸은 흔적도 없이 사라진 도령의 빈자리를 바라보았다. 귀신에 홀린 것인가? 하지만 분명 함께 자리를 하였는데. 자꾸만 그의 모습 위로 언지를 떠올려서, 흐릿한 의식 너머로 자꾸 그녀의 목소리가 어렴풋이 들려와서는 정녕 내 머리가 미쳤구나 생각했었다.

하지만 점점 멀어져 가는 의식 속에 그녀의 목소리는 더욱 또렷하게 들려왔다. 얼굴 위로 부드럽게 움직이는 그 손길이 너무나도 따스하고 다정해서. 그러다가 입술 위로 내려앉은 여린 꽃잎이 낯설지가 않아서. 멀어지려는 그 꽃잎을 저도 모르게 움켜쥐고는 그 단내를 오직 혼자 느끼고 싶어 미친 듯이 취하였다.

그러다 문득, 정신을 차리니 정말 그녀가 있었다. 발갛게 달아오른 얼굴로 저를 쓸어내리면서 부드럽게 속삭였다.

'절, 연모하십니까? 연모, 하시나요?'

꿈이 얽히고설켜서 무엇이 현실이고, 무엇이 먼저인지 알 수 없었지만. 겸은 미친 듯이 외치고 싶었다. 연모하느냐고? 연모하고 있느냐고? 내 속이 다 타 버릴 만큼. 어느새 하루하루 숨을 내쉬고, 멎는 그 순간까지. 이 가슴에 차고 넘치는 심장의 울음이 되어 버린 여인. 연모라는 단어로는 부족하디부족하게 되어 버린 그러한 여인.

“정녕 나 혼자…….”

“혼자였다. 내가 왔을 땐, 너밖에 없었어.”

그 도령이 언지일 리는 없었지만, 이상하게 자꾸만 신경이 쓰였다. 그때, 무심코 아래로 내린 시선으로 고이 접힌 서찰이 보였다. 겸은 그 도령이 남긴 것인가 하여 재빨리 서찰을 펼쳤고, 깔끔하고 단정한 서체를 읽어 내려가던 그의 시선이 미친 듯이 흔들리기 시작했다.

“이, 이건…….”

“무엇이냐?”

이영은 어쩐지 심상치 않아 보이는 겸의 어깨를 건드리려는 찰나, 겸은 자리에서 벌떡 일어나서는 주막을 빠져나와 부질없는 짓임에도 불구하고 시선을 이리저리 옮겨 그를 찾았다. 하지만 역시나, 그의 모습은 그 어디에도 보이지 않았다.

“대체 무슨 일이야.”

“……김 도령의 소설.”

“뭐?”

“하지만 비색고름은 아니다. 그렇다고 그의 다른 소설 역시 아니야. 하지만 분명 그의 서체인데.”

겸은 다시금 서찰을 올려 글을 읽어 내려갔다. 무척이나 짧은 시조.

“꿈, 꿈…….”

마치, 꿈에서 언지를 만난 것을 원망하는 듯한 느낌. 어찌 꿈에서만 보는 것이냐고 그리 말하는 느낌. 대체 그 도령은 누구인 것인가. 설마, 정녕 김 도령이란 말인가?

“김 도령이라니. 김 도령을 만난 것이냐?”

어쩐지 넋이 나간 듯한 겸을 이영이 흔들었지만, 겸은 이내 정신을 고쳐 잡고서 그 서찰을 제 품에 쑤셔 넣었다. 어느새 취기가 말끔히 사라지고 머릿속이 굉장히 맑게 펴졌다.

"김 도령을 찾는 건 어찌 되었느냐?"

어느새 그의 목소리가 침착함을 되찾고서 날카롭게 묻자, 이영 역시 판관으로서 그의 질문에 답을 하였다.

"도성 밖으로 샅샅이 찾는 중이다. 아까 내 수하도 그 일로 온 것이야. 몇 명을 더 풀어야겠다고 하면서."

"밖으로 보낸 녀석들, 안으로 다시 불러들여."

"뭐?"

"도성 안에서 찾아. 그 김 도령, 도성 안에 있어. 등잔 밑이 어둡다고 했지? 어쩌면 굉장히 가까운 곳에 있을지도 모르지."

그리고 오늘, 그를 만난 것인지도 모른다. 꽃처럼 아름다운 도령. 그토록 눈에 띄는 외모에도 불구하고, 그를 제대로 아는 사람은 거의 없는 신비의 도령.

겸은 아까 전 서찰에 적혀있던 서체를 떠올렸다. 다른 이가 보았다면 결코 김 도령이라 생각하지 못했을 것이다. 그가 썼던 소설의 서체보다 굉장히 정갈하면서도 여인의 서체였으니까. 하지만 역시나 특유의 버릇이 있다. 다른 이의 눈은 속일 수 있어도, 자신의 눈은 결코 속일 수가 없다.

'김 도령, 이것이 그저 그냥 우연일까. 우연이라…….'

"겸아."

걱정이 묻어나는 이영의 목소리에 겸은 애써 크게 웃음을 지으며 그의 어깨에 손을 올렸다.

"미안하다. 내가 오늘 좀 제정신이 아니었다. 다시는 이런 일 없을 테니, 그리 이상한 눈으로 보지 마라. 나도 좀 창피하기도 하고. 그나저나 이 꼴로 어머니께 들켰다간 정녕 죽겠군. 안 그래도 얼굴 좀 보이라고 난리신데."

"네가 오늘 말한 그 여인."

"……."

"반가의 규수가 아니라고 하던 그 여인. 혹, 김언지 의녀님이시냐?"

순식간에 그 누구도 아닌, 영이에게 허를 찔리자 겸은 저도 모르게 바람 빠지듯 헛웃음을 내쉬었다.

"하하하. 둔한 네 눈에도 그리 내가 티가 났던 거냐? 그래, 그렇구나. 이젠 정말 흘러넘치고 있구나."

정확히 눈치를 챈 것은 아니었다. 그저 겸이 말하는 여인이 어쩌면 김언지 의녀님일지도 모른다는 생각이 들었다. 요즘 들어 그의 곁에는 항상 의녀님이 계셨고, 녀석 역시 유일하게 그 의녀님을 믿는 듯한 눈치였으니까. 그 믿음이 어느새 여인으로서의 감정으로 번진 것일 테지.

하지만 아무리 그 의녀님이 다른 반가의 규수들보다 뛰어나고 빼어나다 하여도, 반가의 여식이 아니기에. 고작 그 하나가 아니기에. 저 녀석을 저리도 힘들게 하는 것이겠지.

"오늘은 그냥 우리 집에 와라."

"미안한데, 오늘은 혼자 좀 걷다가 몰래 들어가야겠다. 유난히 밤이 길 것 같아서."

겸은 슬그머니 고개를 들어 하늘을 바라보았다. 여전히 달빛은 구름에 가려 어둠만이 깊었다. 이영도 그와 함께 하늘을 잠시 바라보았다. 두 사내의 시선 위로 너무나도 닮은 두 여인이 잠깐 스쳐 지나갔다.

그렇게 이영과 헤어진 겸은 정말로 멀쩡해진 시선으로 어느새 인적이 사라지고, 왁자지껄하던 소리 대신 풀벌레 소리가 감도는 길을 내디뎠다. 지금의 밤처럼 끝이 보이지 않는 길을 걸으면서, 그는 술과 함께 구질구질한 제 모습을 말끔히 지워 버렸다.

처음부터, 처음부터 시작하는 것이다. 반가니, 아니니. 더는 그런 것에 얽매여서 잡고 싶은 걸 잡지 못하는 그런 어리석고 바보 같은 짓은 하지 않을 것이다. 언지. 그 아이가 아니면 이제 안 될 것 같으니까. 죽어서도 그 아이와 함께해야 할 것 같으니까. 그렇다면 가장 먼저 해야 할 일은 지금의 주상 전하를, 어리고 어린 제 주군을, 그 누구도 넘보지 못할 만인지상, 군주의 자리에 올려놓아야만 했다. 그리고 정식으로 차선대군의 혼인을 거절할 것이다. 집안에 누를 끼치지 않게 스스로 강해져서. 강해지고 또 강해져서.

"널, 데리러 갈 것이다."

그 순간, 겸은 내딛던 걸음을 멈춰 섰다. 주변으로는 여전히 풀벌레 소리가 들렸지만, 그 사이로 결코 반갑지 않은 잡음이 섞여 들었다.

누군가 자신을 쳐다보고 있다. 차선대군의 사람? 하지만 그가 자신의 정체를 벌써 알아차렸을 리가 없다. 설사 그렇다고 해도 이렇게 위험한 방법을 쓰지는 않을 터. 허면, 그저 단순한 도적? 하지만 도적이라고 하기엔.

'너무 조심스러운데…….'

겸이 어느 방향인지, 기척을 느끼기 위해 태연하게 한발을 앞당긴 순간.

"으윽!"

틈을 찾기도 전에, 상대가 먼저 틈을 파고들어 순식간에 겸의 뒷목을 거칠게 내리꽂았다. 그와 동시에 다리가 땅으로 꺼졌지만, 겸은 정신을 잃지 않기 위해 제 앞에 선 그림자를 붙잡았다. 하지만 이내 다시 한 번 엄청난 통증이 느껴지면서 결국, 두 눈이 아래로 떨어지고 말았다.

'비, 빌어먹을!'

안 그래도 어두운 밤이라 얼굴은커녕 형태도 알 수가 없었다. 겸은 입술을 꽉 깨물고서 그대로 쓰러져 버렸고, 그 위로 나타난 그림자가 겸의 의식이 완전히 사라졌음을 알고서는 그를 가볍게 들어 올려 나지막이 속삭였다.

"무례를 용서하십시오, 도련님."

제8장
일촉즉발

"흐읍!"

흐릿했던 정신이 번쩍 들면서 겸은 무겁게 눈을 깜빡거렸다. 그러다 문득 아까 전 일을 떠올리고선 몸을 벌떡 일으켰다.

주변은 무척이나 캄캄했다. 혹여나 묶인 건 아닌지 확인했지만 두 손, 두 발 전부 자유로웠고, 어디 맞은 흔적이나 상처 역시도 없었다.

시야가 서서히 어둠에 익숙해지면서 겸은 경계심을 바짝 곤두세우며 옆구리를 더듬었지만, 칼 같은 게 있을 리 만무했다.

젠장. 그냥 영이가 같이 가자고 할 때 갈 것을 뭐 한다고 혼자 가겠다고 해서 이 사달을 낸 건지.

하지만 납치를 해서 감금했다고 하기엔 방이 굉장히 깔끔하고 정갈했다. 마치 손님채처럼. 요즘은 납치를 해서 이런 곳에 가두나? 그럴 리가 없는데.

겸은 조심스럽게 발걸음을 당겨 슬쩍 문을 열어 보았다. 역시나 사방엔 아직도 어둠이 제대로 깔려 인기척도 없이 고요하기만 했다. 그래도 일단 자신을 억지로 납치한 놈들이다. 무슨 속셈인지 더더욱 알 수가 없으니, 될 수 있으면 은밀히 여길 빠져나가는 것이 좋은데.

"칼이라도 한 자루 있으면 좀 안심하겠는데."

겸은 아쉽게 손을 쥐었다, 폈다 하면서 어디로 빠져나가야 할지 주변을 살피려는 찰나, 등 뒤로 다가오는 인기척에 숨을 참고서 주먹을 움켜쥐었다. 점점 더 가까이 다가오고 있었다. 처음엔 다가오는지도 모를 정도로 기운을 숨기더니, 지금은 왜 저렇게 대놓고 다가오는 거지? 하지만 그게 무슨 상관이겠는가. 이렇게 된 이상 다시 잡힐 수는 없었다.

'좀 더. 좀 더.'

"저기……."

겸은 목소리를 채 듣지도 못한 채 손을 뻗어 단숨에 녀석의 멱살을 움켜쥐었다. 하지만 제 손아귀에 잡힌 것은 사내가 아닌 여인이었다. 겸은 흠칫하며 손에서 힘을 살짝 빼었다. 하지만 긴장을 늦추지는 않았다. 혹시 모를 일이니, 게다가 이 여인 이렇게 잡힌 상황에서도 굉장히 침착해 보였다. 그 모습이 더더욱 수상하였다.

"누구냐."

"송구합니다. 도련님. 허나, 도련님을 찾으시는 분이 계십니다. 사정상 이리 모실 수밖에 없었으나……."

"하? 사정상? 감히 반가의 도령을 이리 몸 상하게 납치한 주제에. 사정이라. 사정? 내가 바보도 아니고, 그 말을 믿어야 하는 것인가?"

풀렸던 손아귀의 힘이 다시금 가해지면서 여인이 그의 손을 붙잡았다. 순간, 겸은 여인의 손치고 굉장히 거친 손을 느끼고선 입가로 냉소가 스쳤다. 그냥 평범한 여인이 아니다. 이 손은 칼을 잡는 이의 손이었다.

"이래도 너를 믿어라?"

"믿어 주십시오, 도련님. 결코 도련님께 위해를 가하고자 한 것은 아닙니다. 그러니!"

"믿어 주십시오, 도련님."

순간, 여인의 어깨 너머로 또 다른 목소리가 들려왔다. 겸은 다시금 바짝 긴장된 표정으로 고개를 들었다. 그러자 어두운 그림자 너머로 낡은 치맛자락이 보이는가 싶더니, 이내 굉장히 낯익은 늙은 여인이 고개를 숙이고 있었다.

"너, 너는……."

그 역시 그 늙은 여인을 알아보고서는 잡고 있던 손을 스르르 풀었다. 믿기지가 않아서. 제 눈앞에 있는 존재를 믿을 수가 없어서. 하지만 정녕 사실이라면. 설마, 설마 자신을 부른 이가…….

"맞는 것인가?"

겸의 뜬금없는 소리에도 늙은 여인은 단숨에 알아차린 듯 슬쩍 고개를 끄덕였다.

"나오시자마자 도련님을 찾으셨습니다. 하지만 사정 때문에 이리 험하게 모시게 되었습니다."

"아닐세. 그 사정, 누구보다 내가 더 잘 알지. 헌데 정녕 나오신 것인가? 허락하신 것이야?"

그의 안타까운 목소리에 어느새 늙은 여인의 표정 위로 비통함이 스쳤다.

"……예."

"가지."

겸은 더 이상 아무것도 묻지 않은 채 늙은 여인의 뒤를 따라 굽이굽이 친 대나무 숲을 스쳐 지나갔다. 끝이 보이지 않을 정도로 뻗은 나무 위로 바람이 스치면서 우울한 울음소리를 내었다. 마치, 그분이 울고 있는 것처럼.

그렇게 대나무 숲의 끝까지 걸어가니 한가운데에 작은 집이 한 채 있었다. 겉으로 보기엔 정갈했지만 오랜 세월 동안 인적 없이 이곳을 지킨 듯 풍파의 흔적이 묻어 나왔다. 겸은 이 조그만 집의 모습에 저도 모르게 울컥 이는 마음을 누르고서 고개를 숙였다.

늙은 여인이 먼저 집 안으로 들어가더니 얼마 되지 않아 겸을 불렀다.

그는 걸음을 앞으로 당기면서 안으로 들어가기까지, 그리고 제 눈앞에 너무나도 초라한 방 안에 길게 늘어진 대나무 발 아래로 흔들리는 그림자를 보기 전까지도 지금의 상황을 믿을 수가 없었다.

그분이, 정녕 그분이 나오신 것인가. 이런 결정을 내리셔야 했단 말인가. 이 정도까지 그들의 손이 전하의 근처까지 뻗었단 말인가! 그렇지 않고서야 전하께서, 이분을 이리 쉽게 보내 줄 리가 없지 않은가. 그것도 이런 곳에. 이런 초라한 곳에. 한 나라의, 한 나라의…….

"중전마마."

겸의 목소리가 묵직하게 떨어졌고, 이내 단아한 그림자가 살짝 흔들리더니 남무의 목소리가 바람결에 흩어졌다.

"……무례를 범하여 미안하네, 허 도령."

대나무 발 너머로 남무가 허리를 꼿꼿하게 세운 채 앉아 있었다. 복색 역시 중전이라고 하기엔 너무나도 조촐한 복색이었다. 지밀나인인 박 상궁은 자꾸만 복받치는 눈물을 삼키며 고개를 숙였고, 겸 역시 이런 곳에서 그녀를 만날 줄 몰랐기에 끓어오르는 비통함을 누르며 어렵사리 입을 열었다.

"궐을 나오신 것이옵니까?"

"오늘 윤허를 받았네. 사가의 어머니의 병을 핑계 대고 말이지."

"허나, 그런 것이 아니지요. 그런 것이 아니니 이런 곳에서 그런 모습으로 이리 은밀히 저를 보고자 한 것이 아니시옵니까?"

그러자 남무는 슬며시 고개를 끄덕였다. 역시 전하께서 유일하게 믿는 사람답게 눈치가 빨랐다.

"허면, 무슨 일이시옵니까? 혹 전하께서는……."

"전하께서는 아직은 무탈하시네. 하지만 자네를 무척이나 기다리고 계시지. 자네와 최 판관이 없었다면, 전하께서는 지금껏 버티지 못하셨을 것이네."

아직은 무탈하다는 말. 그리고 버틴다는 말. 그 두 단어가 겸의 가슴을 찔렀다. 역시 궐은 너무나도 위험하다. 지금 궐은 자신의 주군을 지키기엔 너무나도 크고, 위험했다. 차선대군의 사람으로 가득 찬 그곳은!

"내가 자네를 부른 이유는 부족한 나 때문일세."

"예?"

남무는 박 상궁에게 슬쩍 눈짓을 하였고, 박 상궁은 영 내켜 하지 않았지만 하는 수 없이 아래로 내려온 발을 천천히 올리기 시작했다. 어둠 속에 등잔불 하나가 일렁이면서 그녀의 모습을 서서히 비추기 시작했다.

겸은 살짝 당황한 시선으로 이리저리 눈을 피하다가 이내, 그녀의 목소리에 고개를 들었다.

"나를, 자세히 보게."

처음엔 일렁이는 불빛 때문이라 생각했다. 헌데, 그것이 아니라는 걸 깨달은 순간 그의 입에서 저도 모르게 낮은 신음을 흘러나왔다.

"하아."

"……."

"마마, 어찌. 어찌. 얼굴이!"

병색이 완연한 얼굴 위에 너무나도 붉은 열꽃이 한가득 피어 있었다.

"대체 이게 무슨 일이시옵니까? 어찌 이리되실 때까지. 어의는!"

하지만 그는 끝까지 말을 잇지 못했다. 어의. 지금의 어의가 누군가. 문인수, 그자다. 그것도 차선대군의 새로운 패로 떠오른 그자! 그렇다면 설마.

남무는 서글픈 시선으로 슬쩍 고개를 내리며 자조적인 어조로 속삭였다.

"어의는 부를 수가 없네. 아니, 내의원을 나는 믿을 수가 없어. 나의 목숨으로 그들이 전하에게 무엇을 요청할지 알 수가 없네. 그것이 용상이 될지도 몰라."

흔들리는 그녀의 목소리 너머로 분노가 서렸다. 그것은 그 역시 마찬가지였다. 한 나라의 국모가 병에 걸렸지만, 어의에게 맡기고 치료를 받을 수가 없었다. 그렇기에 이 사실이 밖으로 새어 나가서도 안 된다. 이 일을 빌미로 왕을 뒤흔들 수도 있기에. 그만큼 지금의 왕권은 바람 앞에 촛불이기에.

"혹여나 나 때문에 전하가 곤경에 빠지는 모습은 볼 수가 없네. 나까지 그 짐을 더할 수는 없어. 차라리 이 구차한 목숨을 잃을지언정."

"아니 되옵니다, 마마. 전하께 중전마마께서 어떤 의미인지 아시지 않사옵니까. 마마께서 잘못되시면, 전하께서는 더더욱 버틸 힘을 잃으시옵니다."

자신의 주군인 이홍 전하와 지금의 중전마마는 하늘에서 맺어진 천생연분이라 할 정도로 서로에게 깊이 마음을 나누고 있었다. 어릴 적부터 연분을 맺어 중전으로 간택되기까지. 유일하게 이홍 전하께서 욕심을 내어 제 옆자리로 직접 올린 여인. 선왕이었던 이헌 전하께서도 오직 한 여인에게 평생을 약조하셨는데, 그 피를 이어받은 아우답게 그 역시 평생을 다 받쳐 연모하겠노라고, 그리 약조하였다는 것을.

해서 지금의 전하께서 마마를 이렇게 궐 밖으로 내보내는 그 심정이 얼마나 무거울지, 혹여나 마마께서 잘못되시면 어찌 될지 겸은 그 누구보다 잘 알고 있었다.

"해서 그대를 부른 것일세. 나를, 그대가 나를 좀 도와주게."

겸은 조심스럽게 그녀의 손목에 실을 매어 남무의 맥을 짚었지만, 사내인 자신이 그녀의 몸을 함부로 만질 수도 없을뿐더러 자신의 의학지식으로는 그녀를 살리기에 부족함을 느꼈다. 의원이 필요했다. 믿을 만한 의원. 자신이 믿을 수 있는 단 한 사람의 여의원이!

"이리 환부를 계속 두게 되면 독혈(피가 썩는 증상)이 일어날 것입니다. 급히 시료를 해야 합니다."

"일단 환부를 제거한 뒤, 삼품일조창(썩은 살을 제거하는 약재)을 쓰도록 해라."

"예."

언지는 의관이 내리는 시료를 받아 적고서는 서둘러 약재를 준비한 뒤, 다른 환자의 시침을 도왔다. 그러면서도 눈은 연신 의생들의 움직임에 고정되어 있었다. 항상 이 시각쯤이면 의학교수들과 의생들이 혜민서에서 실습을 하는데. 이상하게 의생들은 분주하게 움직이고 있었지만, 그의 모습은 통보이질 않았다.

'이상하네.'

혹시 오지 못한 것인가? 하긴 어제 그리 마셔 댔으니, 일어나지 못했을지도 모르지. 하여튼 가벼운 사내. 의학교수라면서 대체 뭐하는 짓이야? 헌데, 정말 속병이라도 걸린 건가? 그때 보니까 술이 그리 센 편도 아닌 것 같던데. 의생들에게 슬쩍 물어볼까? 아니면 다른 의녀들이 알지도 모르고…….

그때, 호랑이도 제 말 하면 온다고 했던가.

"교수님!"

의생들의 경악에 찬 목소리와 함께 혜민서 안으로 그가 성큼성큼 들어서고 있었다. 하지만 문제는 그게 아니었다. 의생들과 의녀들의 눈동자가 휘둥그레지면서 겸을 빤히 쳐다보았다. 그도 그럴 것이 복색이 어제 입었던 그 초라한 복색 그대로였다. 천하의 허 교수님이 저런 볼품없는 복색이라니!

하지만 복색의 완성은 외모라고 하였던가. 다른 이가 입었으면 거지 같았을 복색도 신수가 훤한 그가 입으니 그것조차도 멋있다며 의녀들이 탄성을 내질렀다. 그나저나 대체 왜 저런 복색인 거지? 설마 어제 집에 안 들어간 거야? 분명 최 판관님이 오신 걸 확인했는데…….

그때, 겸이 고개를 휘휘 저으며 누군가를 찾는가 싶더니. 정확히 언지와 시선이 맞아떨어지면서 입가로 진한 미소를 지었다. 언지는 그 미소에 저도 모르게 등골이 오싹해졌다.

뭐, 뭐지 저 불길한 미소는? 항상 저리 웃을 때마다 뭔 일이 생겼는데. 혹시, 어제의 일을 눈치챈 건가? 그런 건가?

도둑이 제 발 저리듯 언지는 재빨리 고개를 돌리고선 이 자리를 빠져나가려 했지만, 어느새 그녀의 앞으로 다가온 겸이 망설임 없이 언지를 불러 세웠다.

"김 의녀."

낭랑하게도 울리는 목소리. 하지만 언지는 애써 모른 척하며 걸음을 당겼다. 그래, 여기에 김 의녀가 한둘이야?

"김언지 의녀."

하지만 겸이 정확하게 언지의 이름 석 자를 부르자 다른 의녀들의 시선이 전부 언지에게로 쏠렸고, 그녀는 하는 수 없이 억지로 입꼬리를 틀어 올리며 화사한 표정으로 고개를 돌렸다.

"부르셨습니까, 허 교수님."

"분명 내가 피하지 말라 하였을 텐데?"

"피한 것이 아닙니다. 김 의녀가 한둘이 아니라서 말이지요. 저를 부르시는지 몰랐습니다. 정말입니다."

일단 잡아떼는 것이 상책이다.

언지는 더욱 순진무구하게 눈을 동그랗게 뜨고서 입가로 살포시 미소를 짓는 것도 잊지 않았다. 겸은 그 모습에 역시 저 성격이 어딜 가겠나 싶었다. 곧 죽어도 물러서는 법이 없지. 만약 그렇다면 김언지의 탈을 쓴 다른 여인이겠지.

"뭐, 네 말이 맞는다고 치자. 지금은 그게 중요한 것이 아니니까."

그러더니 갑자기 너무나도 태연하게 그녀의 손목을 붙잡았다. 이, 이건 또 뭐야?

"뭐하시는 겁니까?"

"나랑 좀 갈 곳이 있다."

"지금 말입니까?"

"허면 지금이지."

"어디를 말입니까?"

하지만 겸은 그 질문에 답을 내리지 않고, 무작정 언지를 끌고서는 의관에게 양해를 구한 채 그대로 혜민서 밖으로 빠져나왔다. 의생들과 의녀들의 시선이 전부 이쪽으로 쏠렸지만, 겸과 언지는 그런 시선 따위 전혀 신경 쓰고 있지 않았다.

언지는 대체 이 사내가 자신을 또 어디로 데려가나 싶었고, 겸은 그저 마음이 급하고 초조할 뿐이었다.

"정녕 어디를 가는 것입니까? 또 빈촌으로 가는 것입니까? 말은 하고 사람을 데려가야 하는 것이 아닙니까!"

"가기는 가되, 네가 몰라야 하는 곳이다."

"예?"

어느새 겸의 걸음이 우뚝 멈춰 섰고, 그 틈에 언지는 얼른 그에게서 손목을 빼었다. 하지만 문득 고개를 돌린 언지의 표정이 하얗게 질리면서 그대로 다시 그의 손을 잡고 혜민서로 돌아가고 싶었다. 그녀의 눈앞에 늠름하다 못해 거대하게 서 있는 말 한 마리. 정말로 살아 있는, 숨 쉬고 있는 말 한 마리! 설마, 설마 아니겠지? 설마 아니겠지!

언지는 최대한 불쌍한 표정을 지으며 겸을 빤히 쳐다보았지만, 그는 상큼하게 웃으면서 언지의 불길했던 설마를 잔인하게 사실로 만들고 말았다.

"올라라."

"예? 예? 예?"

언지는 일부러 못 들은 척을 했다.

아니야. 정녕 내가 잘못 들은 것이야. 오르라니? 대체 무엇에? 저 어마어마한 생명체에? 그럴 리가!

하지만 겸은 말의 바로 옆으로 다가가서는 태연하게 말의 등을 툭툭 두드리며 말했다.

"이 말에 오르란 말이다. 설마 다른 말이 또 있느냐?"

아니야, 아니야, 말도 안 돼!

"무슨 말씀이십니까? 말에 오르라니요? 제 두 다리는 말짱합니다. 그곳이 어디든 전 제 두 다리로 걸어가겠습니다."

보기만 해도 소름이 돋는 저 말 위로 결코 오르지 않을 것이다. 저 위에서 떨어지면 그대로 세상을 하직할 것 같은 저 말 위로 절대로, 절대로 오르지 않을 것이다!

"시간이 없다. 네 두 다리가 말보다 빠르다더냐?"

"허나 제 두 다리가 저 말보다는 안전하지요! 전 의녀입니다. 위험해 보이는 일은 절대로 하지 않을 것입니다. 그리고 전 연약한 여인입니다. 어찌 여인이 정숙하지 못하게 다리를 벌려 말을 탄다는 말입니까!"

"허나 그 뒤로 사내가 앉으면 얘기는 달라지겠지. 그것도 나 같은 사내라면, 아마 모든 여인들의 투기의 시선을 받을 것이다."

"투기의 시선은 항상 받고 있습니다. 그건 절세가인의 여인들의 숙명이지요. 그러니 그런 시선을 더 보태고 싶진 않습니다."

저자가 대체 왜 이러는 것인가? 어제 마신 술에 뭐가 들어 있었나? 싫다는데 왜 저렇게 능글거리면서 재촉하는 거야!

"그런가? 하긴 그렇기도 하겠군."

겸은 체념하는 표정으로 언지에게 다가왔다. 언지는 이제야 안도의 한숨을 내쉬었다. 그래, 잘 생각하였지. 그냥 걸어가면 되는 것인데. 내 두 다리가 이리도 멀쩡한데.

하지만 그는 그녀의 앞으로 다가와서는.

"천하절색(天下絕色)을 데려가는 것인데, 너무 쉽게 데려가려 했구나. 내가 고생을 좀 해야지. 안 그러느냐?"

"그, 그게……."

그 순간, 언지가 무어라 말리기도 전에 겸이 그녀를 번쩍 안아 들었다.

갑자기 그의 단단한 손길이 닿으면서 몸이 붕 떠오르자, 언지는 저도 모르게 비명을 지르며 그의 목덜미를 끌어안았다.

"악!"

그녀의 따스한 손길이 목덜미에 와 닿자, 순간 더운 숨이 훅하고 밀려들었지만 겸은 애써 투덜거리는 목소리로 내뱉었다.

"이건 정숙한 여인이 할 짓이냐? 사내의 목을 이리 덥석덥석."

"허면, 이건 반가의 도련님이 할 짓입니까? 여인을 이리 함부로 안으시다니요!"

"안은 것이 아니다. 도와주는 것이지."

겸은 언지를 더욱 끌어 올려서는 싫다고 발버둥치는 그녀를 억지로 말 위로 올려놓았다. 결국, 떨어지지 않기 위해서 그녀는 고삐를 잡을 수밖에 없었다. 발이 땅에 닿지 않았다. 게다가 엉덩이가 굉장히 딱딱하면서, 이질적인 느낌에 공포감이 밀려들었다.

"내려 주십시오!"

하지만 그는 언지의 말을 들은 척도 하지 않고선, 그녀의 뒤로 능숙하게 올라탔다. 그러고는 너무나도 자연스럽게 그녀의 허리를 안으며 언지가 붙잡은 고삐를 함께 붙잡았다. 말을 탔다는 공포감이 순식간에 사라지면서 등 뒤로 느껴지는 그의 체온과 단단한 가슴, 거기다 허리를 감은 손까지!

언지는 저도 모르게 침을 꿀꺽 삼켰다.

겸 역시 허리가 저절로 빳빳해지면서 자꾸만 아랫도리가 뻐근해졌다. 하지만 애써 생각은 다른 쪽으로 돌렸다. 지금 안고 있는 것은 그녀가 아니다. 그래, 그녀가 아닌 것이다.

"이거, 말한테 좀 미안하군."

"무슨 말이십니까?"

그녀는 자꾸만 민감하게 다가오는 그의 존재를 떨치려고 일부러 과장된 목소리로 고개를 획 돌렸다. 하지만 그것이 실수였다. 이토록 가까울

줄이야!

"허흠! 그렇지 않느냐. 사람을 둘씩이나 태웠으니."

"실례입니다. 제가 얼마나 가벼운데 그러십니까! 이 말이 호강하는 것이지요. 저 같은 미인을 태우는 것이 어디 흔한 일이랍니까? 이번엔 어쩔 수 없이 타는 것이지만, 절대로 다시는 타지 않을 것이니 이번이 처음이자 마지막이 될 것입니다."

"그건 그렇지. 말이 호강하는구나. 허면 꽉 잡아라. 호강하는 말 등에서 추락사하고 싶지 않으면."

"윽!"

그렇게 겸은 조금 다급하게 말을 움직이기 시작했고, 언지는 흔들리는 시선으로 고삐를 꽉 움켜쥐었다. 처음 타는 말에 정신이 혼미해지면서 두려움이 일었지만, 그 두려움을 물리치고 있는 것은 연신 뒤에서 꿈틀꿈틀거리며 움직이고 있는 그의 가슴팍이었다.

말을 타는 것이 이리 야릇한 것이란 말인가! 이건 마치 여인과 사내가 한밤에 상열지사를 불태우며 정분을 나누는 그, 그!

'정신 차려, 김언지! 넌 지금 그냥 말을 타는 중이다. 말을 타는 중이야. 말을 타는 중이라고!'

하지만 이미 두 사람 사이에서 피어오른 열기는 어쩔 도리가 없었고, 언지와 겸은 서로 아무 말도 하지 않고서 속으로 같은 생각만 반복했다.

'그저 말을 탄 것뿐이다.'

'말을 탔을 뿐이야, 말!'

그렇게 어렵게, 어렵게 말을 타고서 도착한 곳은 혜민서에 다소 떨어진, 도성에서도 처음으로 와 닿는 곳이었다.

언지는 주위를 두리번거리며 이곳이 어디인지 살피려 했지만 도통 알 수가 없었다. 인적은 거의 없는 듯했고, 이런 곳에 사람이 살까 싶으면서도 작은 집 한 채 너머로 굉장히 음산한 대나무 숲이 펼쳐져 있었다.

"대체 이곳이 어디입니까?"

겸은 먼저 말에서 내려서는 언지가 내릴 수 있도록 도와주었다. 드디어 그토록 원하던 지상에 발을 내디뎠지만, 이곳까지 오는 내내 엉덩이를 미치도록 찍어 박은 탓에 얼얼한 통증이 느껴져 저도 모르게 신음을 삼키며 미간을 찡그렸다. 정녕 엉덩이가 다 뭉개지는 줄 알았다. 역시 저런 말 따위. 자신의 두 다리로 걸어다는 것이 훨씬 안전하지!

하지만 그는 전혀 아무렇지도 않은 듯 말을 묶어 두고서 언지를 향해 진지한 시선으로 속삭였다.

"지금부터 너는 여기에 있는 병자를 시료해야 한다."

"병자요?"

언지는 자꾸만 욱신거리는 엉덩이를 쓸어내리며 의아한 시선으로 되물었다. 병자라니. 그것도 이런 곳에? 대체 누구기에 그가 이렇게 직접 움직이는 거지? 보아하니 혜민서에서도 모르는 일 같은데.

"결코, 누구도 알아선 안 되는 일이다. 네 누이동생에게도 입을 열지 말거라. 절대로."

그답지 않게 긴장감이 서린 시선에 뭔가 꺼림칙하기는 했지만, 일단 고개를 끄덕였다. 하지만 겸은 그런 그녀의 속내를 읽고서는 한숨을 내쉬며 그녀에게 다가섰다. 처음 타는 말에 엉덩이가 꽤나 아픈지 여전히 손은 뒤쪽을 문지르고 있었다. 그 모습에 자꾸만 웃음이 새어 나왔지만, 겸은 억지로 입술을 꾹 다물고선 손을 뻗어 머뭇머뭇 그녀의 머리카락을 가볍게 쓸어내렸다.

"사실 널 끌어들이고 싶지 않았는데 네 재주가 너무 뛰어나기도 하거니와 믿을 사람이 너밖에 없다."

역시나 불안감이 서려 있는 목소리. 대체 누구를 시료하는 일이기에 그가 이런 반응을 보이는 것일까?

"뭐, 저 같은 실력자를 구하는 것이 어려운 일이긴 하지요. 그리 걱정하지 마십시오. 제가 혜민서에서 의녀밥 먹은 지가 어디 하루 이틀인 줄 아십니까? 눈치 역시 백단입니다. 죽을 때까지 입을 꾹 다물 것이니, 어서 병자에게 안내나 해 주시지요."

애써 씩씩하게 언지는 겸을 내세웠다. 그 모습에 겸은 자꾸만 밀려드는 불안감을 누르고는 언지와 함께 대나무 숲을 지나 중전마마가 계신 곳으로 당도하였다. 그 앞에는 평복 차림으로 이미 기다리고 있었던 박 상궁이 고개를 숙이고는 문을 살며시 열어 주었다.

"기다리고 계십니다."

"좀 어떠시냐?"

"그것이……."

박 상궁은 차마 대답하지 못한 채 그저 불안한 기색만 띠었다. 그래, 대답하지 않아도 심각하다는 건 어제 보아서 알고 있었다. 그저, 혹시나 하는 마음으로 물었을 뿐.

"들어가자."

겸은 언지를 먼저 방 안으로 들여보냈다. 언지는 그의 심각한 분위기 탓에 덩달아 긴장된 기색으로 안으로 들어섰다. 방 안쪽의 분위기는 굉장히 삭막했다. 마치 오랫동안 비워 둔 집 안으로 이제야 누군가 들어온 느낌. 느껴지는 공기가 그렇게 말해 주었다. 굉장히 좁은 방 안으로 대나무 발이 떨어져 내려 그 안으로 가녀린 그림자가 흔들리고 있었다. 여인. 분명 여인이었다.

겸은 한발 앞서 고개를 숙였고 잠시 후, 굉장히 수척하면서도 정갈한 목소리가 공간을 뒤흔들었다.

"믿을 수 있는 자인가?"

"제가 아는 그 어느 의원보다 뛰어난 재주를 지닌 아이입니다. 그리고 제가 가장 믿고 있는 아이입니다."

믿는다는 말에 언지는 어쩐지 낯간지러우면서도 뿌듯함이 밀려와 저도 모르게 배시시 미소가 그려졌다.

남무는 너무나도 단호하게 믿는다고 말하는 겸의 모습에 조금 의아한 시선을 띠며 대나무 발 너머로 제대로 보이지도 않는 언지를 살피려 했다.

듣자 하니 그는 사적으로나 공적으로나 결코 여인을 가까이 두지 않는다고 들었는데. 대체 어떤 여인이기에 그런 허 도령이 저리도 믿는다고 말하며 가까이 두고 있는 것일까. 그래 봤자 의녀가 아니던가.

하지만 남무는 괜한 생각은 하지 않기로 했다. 지금은 그에게 도움을 구하는 처지. 게다가 저렇게까지 말하니, 그녀 역시 믿을 수 있을 것 같은 느낌이 들었다.

"가까이 오거라."

뭔가 거부할 수 없는 힘이 얼굴 모를 여인에게서 느껴졌고, 겸은 조심스럽게 언지의 등을 가볍게 밀었다. 누군지는 모르겠지만 분명 굉장히 높은 자리에 있는 여인인 것만큼은 확실했다. 차선대군의 여식인 이가예보다 훨씬 더. 그렇지 않고서야 그가 저토록 조심스러워할 일이 없었으니까.

그렇게 대나무 발 앞에까지 다가온 언지는 차분히 자리를 잡고 앉아서는 짧게 심호흡을 하고서 의녀의 자세로 진지하게 손을 뻗었다.

"허면, 맥을 보겠습니다."

발 너머로 너무나도 여린 손이 내밀어졌다. 굉장히 부드럽고 고운 손에선 향기라도 날 듯했지만, 어쩐지 미열이 느껴지는 듯 붉은 기운이 감돌고 있었다. 언지는 슬쩍 굳어진 시선으로 맥을 짚고서 의식을 집중시켰다.

"어떠하냐?"

혹여나 방해될까 일정한 거리를 유지한 채 그는 낮은 목소리로 속삭였고, 잠시 후 언지가 조심스럽게 손을 내려놓고서 침착하게 말을 이었다.

"촌부(맥박을 확인하는 자리)에 활삭(힘 있고 빠르게 뛰는 것)이 느껴집니다. 게다가 몸 안에 화기 역시 느껴지는 것이. 발을 올려도 되겠습니까?"

겸은 조금 난처한 표정을 지었지만, 남무는 신경 쓰지 않고 박 상궁에게 눈짓했다.

"올려라."

그렇게 천천히 발이 올라가면서 그림자에 감추어진 얼굴이 드러났다. 생각했던 것보다 굉장히 작고 가녀린 여인. 하지만 꼿꼿하게 앉아 있는 모습과 자신을 빤히 바라보는 눈동자에 굉장한 기운이 느껴졌다. 하지만 백옥 같은 피부 위로 열꽃이 가득 피어올라 있었다. 게다가 그 열꽃의 주변으로 수포가 보였다.

"전요화단(纏腰火丹, 대상포진)입니다. 헌데."

"헌데?"

어느새 겸은 언지의 곁으로 바짝 다가섰다. 그녀의 표정이 심상치 않아 보였다. 남무 역시 초조함이 가득한 표정으로 언지를 응시했다. 언지는 다시금 남무의 맥을 짚어 보고, 수포를 확인하더니 의아한 시선을 띠며 겸을 바라보았다.

"그냥 그런 전요화단(纏腰火丹)이 아닌 것 같습니다. 위기(면역력)가. 이상하게 위기가 굉장히 떨어져 있고, 사기가 느껴집니다. 이대로 가다간 몸 안에 있는 화기가 독기로 변하여 고열이 나타날 것입니다. 그리되면 육맥(신체의 중요한 여섯 개의 맥박)이 위험해집니다."

겸의 표정이 극도로 싸늘해졌다. 남무의 표정 역시 어둡게 내려앉았다. 하지만 뭔가 예상했다는 듯, 체념하는 표정. 그 모습에 언지는 혹여나 자신이 무엇을 잘못 말했나 싶어 심장이 쿵쾅거렸다. 하지만 자신이 보기엔 그러했다. 만약 그냥 그런 전요화단이라면 화기를 내림과 동시에 침을 써 독소를 배출하면서 위기를 높여 주는 약재를 쓰면 병을 잡을 수가 있었다. 하지만 지금 이 여인의 몸은 지극히 불안정했다. 게다가 필요 이상으로 사기가 강했다.

이런 상태에선 화기를 내리는 약재만으로도 몸을 상하게 할 수 있었다. 하지만 전요화단의 병세로는 이렇게 될 수가 없는데. 게다가 위기가, 도대체 무엇 때문에 위기가 이 정도까지…….

"네 생각을 말해라."

마치, 뭔가를 억누르는 듯 파르르 떨리는 입술 사이로 그의 목소리가 잔뜩 뒤틀렸고, 언지는 그런 그를 살피면서 의녀로서 단호하게 말했다.

"누군가 일부러 이분의 위기를 떨어뜨려, 전요화단(纏腰火丹)을 일으킨 것 같습니다. 그것도 굉장히 역증(병의 경과가 나쁜 상태)으로 말입니다. 이대로 가다간 목숨이, 목숨이 위험합니다."

목숨이 위험하단 말이 담기자마자 겸의 표정은 지독히도 딱딱하게 굳어졌고, 박 상궁은 황망한 표정으로 벌벌 떨며 남무를 향해 입을 열었다.

"마마, 제발 그냥, 그냥!"

"입 다물게."

마마?

순간 언지는 늙은 여인에게서 나온 말에 당황한 기색으로 제 눈앞에 앉아 있는 여인을 살폈다. 마마라니. 혹, 마마님을 잘못 말한 것인가? 하지만.

그때, 남무가 심호흡을 하고서 언지를 똑바로 바라보았다. 목숨이 위험하다는 말에도 당사자는 꽤 덤덤한 표정이었다. 어쩐지 어떤 상황에서도 흐트러져서는 안 되는 것처럼. 그녀의 모습은 아까처럼 똑같이 꼿꼿하기만 했다.

"해서, 방법이 없는 것인가?"

"일단 몸이 너무나도 약해진 상태입니다. 본디 전요화단은 사지소주기기필허(邪之所湊, 其氣必虛)라 하여 사기(병의 원인이 되는 기운)는 인체의 정기(각종 질환에서 몸을 지키는 일종의 면역력)가 허할 때 침입하는데, 기혈부족과 허로(몸이 쇠진한 증상)를 치료하고 오장육부를 조화롭게 하여 위기를 다시 회복시키는 데 주력합니다."

"헌데, 지금 그것이 어렵다고?"

"일단 화기를 잡는 것이 중요합니다. 고열이 발생하면 맥이 너무 힘들어집니다. 승마갈근탕을 쓰고, 연교승마탕(발진을 진정시키는 처방)과 화독탕(발진을 치료하는 처방)을 병행하여, 발진과 수포 역시 잡아야 하는데 현재 마님의 몸 상태로는 발진과 수포를 잡는 탕제의 독한 약재를 감당하지 못하실 겁니다.”

겸도 언지와 비슷한 생각이었다. 본디 발진과 수포를 잡는 약재는 다소 독한 것으로 알려졌다. 하지만 보통 그 정도는 병자들이 감당할 수 있었다. 하지만 지금 마마처럼 위기가 굉장히 약해진 상태에선 몸에서 그 약재들을 감당하지 못할 것이다. 오히려 약재가 독성으로 변할지도 모른다는 말. 게다가 마마의 몸 안에 독기 역시 남아 있다면 그것들이 맹렬해져 고열로 바뀔지도 모르니, 결코 저 방법을 쓸 수는 없었다.

“역시, 힘들단 말인가.”

남무는 천천히 손을 내려놓았다. 힘들 거라 예상은 했다. 자신의 병을 그들이 만든 것이라면 그리 쉬운 방법을 쓰진 않았을 테니까. 그저 전하가 걱정될 뿐이었다. 전하께서 이 사실을 끝까지 모르셔야 하는데. 결코 아셔선 아니 되는데. 이 몸뚱이가 전하의 발목을 붙잡아선 아니 되는데.

언지는 처음으로 그녀의 눈동자가 흔들리고 있음을 느꼈다. 하지만 굉장히 초연했다. 마치 지금 목숨을 내려놓는다고 하여도 기꺼이 그렇게 할 정도로.

“……하지만 시료하겠습니다.”

“언지야.”

겸은 시료를 하겠다는 언지의 말에 당황했다. 만약 함부로 시료하였다가 마마의 몸이 잘못된다면, 자신은 전하의 얼굴을 볼 낯이 없을뿐더러 누가 전하를 잡아 줄 수 있단 말인가! 그리되면.

‘전하께서 위험하다. 차선대군에게, 무너지고 말 거야!’

하지만 그것만큼이나 안 되는 이유는.

“그만 되었다. 다른 이를 찾아볼 것이니, 언지 넌…….”

“제가 할 것입니다. 제가 시료하겠습니다.”

언지는 겸을 바라보며 강하게 의지를 굳혔다. 겸은 그런 그녀의 모습에 두려움이 앞섰다. 전하도 걱정이지만 이 아이도 걱정이었다. 그 누구도 아닌 중전마마시다. 그녀가 잘못되면 어의도 목숨이 날아가는 판에 고작 의녀. 혜민서의 의녀 따위가 중전마마를 해하기라도 한다면, 결코 그 목숨을 부지하지 못할 것이다. 그리되면, 그리되면 자신이 살 수가 없었다.

"안 된다. 넌 절대로 안 돼!"

생각지도 못한 언성에 이번에 놀란 것은 남무였다. 허 도령이. 그토록 침착하고 냉정하기로 자자한 허 도령이 저토록 흥분하고 있다니. 게다가 그것은 화가 아니었다. 여인을 향해 흔들리는 눈동자. 미치도록 불안해하고 있는 것이다. 그녀를 잃을까 봐. 저 의녀를. 저 여인을 눈앞에서 지키지 못할까 봐.

'연모하는구나. 그것도 꽤 깊이.'

언지는 겸이 무엇을 저리도 걱정하는지 알 수가 없었다. 그래서 그런지 어쩐지 섭섭함과 동시에 울컥거림이 밀려들었다.

저를 믿는다고 방금 전에 말했으면서 저 모습이 어딜 봐서 믿는다고 말하는 사내의 모습인가? 아주 자신이 실수라도 할까 봐, 강아지 새끼마냥 아주 안절부절 똥줄이 타는 모습이잖아! 물론 쉽지는 않을 것이다. 위기를 회복시키면서 몸에 무리를 주지 않게 화와 독기를 함께 내려야 하니.

하지만 그래도 김언지, 결코 하지 못할 일에 손을 대지는 않는다. 게다가 어쩐지 이 여인을 살리고 싶었다. 반드시!

"교수님은 절 못 믿으십니까? 절 믿는다고 방금 전에 말씀하셨으면서 사내가 한 입으로 두 말을 하다니. 정녕 미우신 분입니다."

"뭐?"

"물론 어렵겠지만 아주 가능하지 않은 것은 아닙니다. 약재를 쓰지 않고 화를 누르고 독기를 빼낼 것입니다. 수포와 발진은 잠시 그대로 두고, 위기를 회복시키는 데 주력하겠습니다."

"시침으로 말이냐?"

"예. 교수님 또 잊으셨습니까? 전 혜민서 최고의 침기입니다. 교수님이 생각하시는 것보다 훨씬 더, 침에 있어선 신의 손이지요."

또다시 발칙하면서도 당당하기 짝이 없는 그녀의 말이 거침없이 흘러나왔고, 그 말에 남무는 저도 모르게 피식 미소를 지었다. 저 여인의 매력이 저것인가? 잠깐 본 것뿐이지만 대충 어느 면에 저 허 도령이 정신을 차리지 못하는 것인지 알 것 같았다. 그래, 결코 반가의 규수라면 가지지 못했을 무언가를 저 여인은 가지고 있었다. 솔직하고, 당당하며, 필요한 오만함까지. 그것이 한데 어우러져 여인을 더더욱 빛나게 하고 있었다.

언지는 고개를 돌려 이번엔 남무에게 말하였다.

"발진과 수포는 지금 당장 잡을 수는 없습니다. 허나 화기와 독기만큼은 제가 확실하게 잡을 것입니다. 그리고 반드시 마님의 목숨을 제가 살려 드릴 것이니, 너무 쉽게 포기하지 마십시오."

순간, 언지의 목소리가 잦아들면서 바로 앞에 있는 남무에게만 목소리가 울리며 그녀의 표정이 살짝 흠칫하였다.

"이대로 그냥 죽어도 좋다는 그런 표정."

"……."

"절대 지으시면 안 됩니다. 마님을 애타게 기다리는 분이 있을 테니 말입니다. 그분에게 꼭 돌아가셔야 하지 않습니까."

생각이 읽힌 것인가. 이 여인에게? 남무는 저도 모르게 허한 웃음이 새어 나왔다. 이대로 전하의 발목을 잡게 되느니, 차라리 이대로 조용히 목숨을 내놓을 생각이었다. 그들에게 빌미가 되지 않도록. 그리될 수 있도록. 하지만 약속을 하였는데. 대전 앞에서 지아비께 인사를 올리면서 반드시 돌아올 것이라고. 반드시 돌아와서 전하에게 환하게 웃어 줄 것이라고. 그리할 것이라고.

"……고맙구나. 나는 너를 믿을 것이다. 너를, 믿을 것이야."

남무의 속삭임을 들은 겸은 무거워진 표정으로 언지와 그녀를 번갈아 바라보았다. 그러다 남무와 시선이 마주쳤고, 고개를 숙이려 했지만 남무의 눈동자 너머로 그녀의 목소리가 들리는 듯했다.

'허 도령에게 미안하네. 허나, 이 아이에게 시료받을 수 있게 해 주게.'

그런 그녀의 부탁을 차마 거절할 수 없었다. 그리고 언지의 저 똥고집을 말릴 힘도 없었고. 그저 지금부터 자신이 해야 할 일은 최대한 언지의 옆에서 그녀를 지키는 것. 설사 무엇이 잘못된다고 하여도.

'결코, 널 잃지는 않을 것이다.'

그렇게 방을 빠져나온 언지는 아무 말 없이 묵묵히 앞만 보고 걸어가는 겸을 힐끗힐끗 살펴보았다. 화가 난 것인가? 자신이 마음대로 행동해서? 하지만 시료를 위해 자신을 데려온 것이면서. 이제 보니 나를 통 믿지 못하겠나 보지? 얼마나 높은 사람이기에. 마마라고 얼핏 듣기는 했지만.

그때, 아무 말 없이 걸어가던 겸이 우뚝 멈춰 섰고, 그에 따라 언지 역시 걸음을 멈추었다. 대나무 숲 너머로 바람이 음울한 울음을 토해 냈다. 이곳은 참으로 을씨년스러웠다. 어딘지 모르게 슬펐고, 어딘지 모르게 안타까움이 밀려들었다. 그리고 그 속에서 겸은 복잡한 마음으로 고개를 돌려 언지를 바라보았다.

"제가 그리 못 미더우신 겁니까?"

언지는 참다못해 말을 내뱉었다. 그리고 그 말에 그가 한숨을 내쉬곤 그녀에게 다가섰다. 제 속을 알지 못하는 것이 당연한데. 그러길 바라면서 어쩔 수 없이 그녀를 끌어들인 것인데. 그래도 저리 아무것도 모르는 그녀에게 조금 야속한 마음이 들었다.

"널 못 믿어서 그런 것이 아니다."

"그러면요?"

어느새 두세 걸음의 거리만큼 다가온 겸은 그녀를 빤히 바라보았다.

음울한 바람이 스치면서 그녀의 자잘한 머리카락을 흔들었다. 그녀의 내음을 품고서 바람이 겸의 이성을 뒤흔들고 있었다.

“전에도 말한 적이 있었지? 위험한 일에 널 끌어들이고 싶지 않다고. 이번엔 정말 어쩔 수가 없었지만, 그래도 난 불안하다. 불안해 미치겠어.”

그의 손이 그녀의 흔들리는 머리카락을 품으며 내려섰다. 뺨을 타고 내리며 코끝을 따라 흔들리는 열기가 손가락을 휘어 감으며 입술에 와 닿았다. 언지는 그의 커다랗고 부드러운 손길에서 밀려드는 떨림에 몸을 맡긴 채, 그를 빤히 바라보았다.

“널 이리 볼 수 없게 될까 봐.”

“…….”

“그것이 미치도록 불안해. 혹여나 내가 없는 곳에서 널 잃게 돼 버릴까 봐.”

와 닿은 손끝이 파르르 떨려 왔다. 그 모습에 언지는 애써 떨리는 숨을 삼키고서 그의 손을 천천히 잡아 주었다.

“그럼 제게 말해 줄 수 있습니까? 저분이 누구신지. 대체 교수님은 무엇을 하는 것인지. 그게 무엇이기에 이토록 불안해하고 계시는지. 교수님은 혜민서에 고작 의학교수를 하려고 온 것이 아니지요?”

그가 불안하듯 자신 역시 불안했다. 어느 날 갑자기 그가 사라질까 봐. 자신과는 너무나도 먼 존재니까. 그렇게 눈앞에서 영영 볼 수 없게 될까 봐.

“……중전마마시다.”

“예?”

“네가 만나신 그분. 이 나라의 중전마마시다.”

너무 엄청난 말에 머릿속이 한순간 새하얘지면서 아무 생각이 나질 않았다. 누구라고? 중전마마? 주상 전하의 비이신 중전마마? 그 중전마마?

“거, 거짓이 아니지요?”

“이 상황에서, 그것도 중전마마를 상대로 어찌 거짓을 말하겠느냐.”

"하지만 너무 엄청난, 엄청난! 헌데 마마께서 어찌 저런 곳에……."

"네가 말했지? 누군가 일부러 그분의 위기를 떨어뜨린 것 같다고. 난 그것이 저번에 너와 내가 찾아낸 비향인 듯하다."

"비향이라니요? 하지만 누가 말입니까. 혹시 그때 홍와여림에서 최 판관님과 있었던 것도 그 비향 때문입니까? 그 범인에게 쫓겨서……."

겸은 그저 침묵으로 대답을 대신했다. 언지는 다리가 후들거렸다. 물론 그 일 때문이라고 예상은 했지만, 그 일이 중전마마와 관련이 있다니. 그럼 왕실과 관련이 있다는 것이 아닌가. 지금 이 사람은 왕실과 엮여 있는 것인가?

"왕실이라면 어의에게 맡기는 것이 낫지 않습니까? 괜히 제가 주제넘게 굴었습니다. 지금이라도 마마를."

잠깐. 헌데 저런 몸으로 어찌 마마가 여기 계시는 거지? 어의를 부르면 되잖아. 궐 안에서 그러면 되지 않나?

"그럴 수가 없다. 마마께선 지금 저 병을 숨기기 위해 이곳에 있는 것이다. 언지야, 더는 내게 묻지 말거라. 더는 무엇도 말해 줄 수가 없다. 그저 한 가지만 명심해라. 알아도 모른 척해라. 들어도 못 들은 척해라. 이 일이 끝날 때까지, 반드시 내 눈앞에 있어야 한다. 그래야 혹시 무슨 일이 생기더라도 널 지켜 줄 수 있으니."

그의 목소리가 안타깝게 흔들렸다. 언지는 그의 모습에 더는 묻지 않으며 고개를 끄덕였다. 하지만 가슴속에 있는 불안함이 커지고 말았다. 역시 그는 평범한 혜민서 의학교수가 아니다. 병을 숨기고 있는 중전마마께서 유일하게 믿고 있는 사람. 그렇다면 주상 전하께서도 그를 믿는다는 뜻. 그는, 그렇게 멀고 먼 사람이었던 것이다.

"돌아가자."

겸은 다시금 언지를 말 위로 올려 주고서는 그녀를 품에 안았다. 처음엔 이 말이 정녕 두려웠지만, 이젠 아니었다. 말을 핑계로 안아 주는 그가 좋았다. 그의 가슴에 파묻혀 느껴지는 온기도, 내음도, 힘차게 뛰는 소리까지.

천천히 말이 움직이기 시작하면서, 언지는 조금 더 그와 있고 싶은 마음에 아주 조그만 목소리로 속삭였다.

"바로 혜민서로 가는 것입니까?"

"응? 아, 그래야겠지. 너도 아직은 이 말이 무서울 테니. 게다가 곧 날이 저물 것이다."

"저는 괜찮습니다. 보다 보니 꽤나 잘생긴 말이네요."

"뭐?"

언지는 슬그머니 고개를 들고서 그를 빤히 바라보며 싱긋 눈웃음을 지었다. 그녀의 갑작스런 행동에 겸은 저도 모르게 잡고 있던 고삐를 놓칠 뻔하였다.

"게다가 이리 잡아 주시니 더더욱 무섭지 않고요."

"해서?"

"말을 타고 달리면 어떤 느낌입니까? 마치 날아가는 느낌입니까?"

그녀의 목소리가 간지럽게 가슴을 울렸고, 은근히 늘어진 눈매가 그를 휘어 감으며 자꾸만 실낱같은 이성을 뒤흔들었다. 정말이지 저 미워할 수 없는 꽃향기에 빨려 들어간다. 나비가 그런 꽃을 어찌 이길 수가 있을까.

"허면 달려 보겠느냐? 걷는 것과 달리는 것은 천지차이다. 무척이나 무서울지도 모르는데."

"교수님께서 저를 놓칠 리는 없지 않습니까?"

"당연하지."

그 말을 끝으로 겸은 그녀의 허리를 더욱 꽉 끌어당기며 말의 속도를 높였다. 세상이 빠르게 스쳐 지나간다. 이런 느낌은 정녕 처음이었다. 바람을 앞지르는 듯, 언지의 머리카락이 거칠게 휘몰아치면서 그녀의 향이 더더욱 짙게 그의 가슴으로 달려들었다.

솔직히 처음엔 좀 무서웠다. 아무리 그와 떨어지기 싫다곤 했지만 이리 목숨까지 걸어야 했나 싶었다. 하지만 허리를 감싸고 있는 그의 단단한 손을 믿었다. 뒤에서 느껴지는 그의 넓은 가슴에 안심이 되었다. 그래서 천천히 두 손을 양쪽으로 펼치고서 바람을 가득 끌어안았다.

정녕 하늘을 나는 것이 이런 기분일까? 그렇다면 지금 자신은 날고 있다. 땅을 구르고, 하늘을 날면서 오직 그와 단둘이 이곳에 있다. 이 세계에서 오직 단둘만이 함께 하고 있을 뿐이다.

겸은 세차게 말을 달리면서 제 품에 있는 그녀가 혹여나 날아가 버릴까, 더더욱 꽉 끌어안았다. 이리 안고 있음에도 부족한 느낌. 오히려 더더욱 갈망하는 마음에 목 안이 뜨겁게 타들어 갔다. 그는 휘날리는 그녀의 머리카락에 부드럽게 입을 맞추었다. 그녀의 치맛자락이 바람결에 휘날리며 마치 한 송이의 꽃을 피워 내듯 아름다워 보였다. 비록 지금 이 행복한 순간이 찰나라 하더라도. 그 찰나에 감사하며, 겸은 계속해서 말을 앞으로, 앞으로 몰아 달렸다. 마치 끝나지 않기를 바라는 마음처럼.

조회 시간. 이홍은 가장 높은 용상에 앉아 대소 신료들을 바라보았고, 그들 역시 고개를 숙인 채 왕을 알현했다. 조선에서 가장 높은 곳에 있는 자. 가장 빛나고 찬란한 자리. 하지만 이홍에게 지금의 옥좌는 앉아 있는 것만으로도 벅찬 곳. 조금만 여기서 떨어져도 바로 저들에게 먹혀 흔적도 없이 사라질 촛불 같은 왕.

그리고 가장 가깝고도 두려운 존재가 그의 숙부인 차선대군이었다. 차선대군은 겉으로 인자한 웃음으로 어린 왕이 홀로 설 수 있도록 지지해 주는 버팀목인 듯했지만, 그 속에서 독을 품은 채 언제 어느 때라도 어린 왕의 뒤를 밀어 버릴 수 있는 그러한 존재였다.

조회가 거의 막바지를 달려가고 있었고, 이홍은 매 순간순간 밀려드는 두려움을 억지로 삼키며 겉으로는 위엄 있는 표정을 짓고선 신료들을 향해 나지막한 목소리를 내었다.

"과인이 경들에게 할 말이 있소."

이홍의 목소리에 신료들은 각기 다른 표정을 지으며 그를 바라보았다. 차선대군 역시 의아한 기색이 역력했지만, 별다른 내색 없이 옅은 미소를 지으며 입을 열었다.

"말씀하시옵소서. 전하."

"중전이 현재 궐을 떠나 사가에서 머물고 있소."

"중전마마께서 어찌?"

홍의 말에 신료들이 웅성거리기 시작했고, 그 속에서 차선대군의 눈빛만이 서늘하게 가라앉았다.

"부부인의 병세가 악화되어, 내 잠시 자비를 베풀었소. 하지만 그리 오래 걸리진 않을 것이오. 허니, 그렇게들 아시오."

홍은 말을 끝맺음하면서 차선대군은 잠시 바라보았고, 차선대군 역시 그의 시선을 느끼고선 안타까운 어조로 속삭였다.

"부부인의 병세가 그리 안 좋은 줄 몰랐사옵니다. 그렇다면 전하께서 더더욱 자비를 베푸시어 어의를 내리는 것이 어떠하시겠사옵니까?"

"그런 사사로운 곳에 어의를 내릴 수는 없지요. 그저 숙부의 마음만 받겠어요."

그렇게 홍은 대충 차선대군의 말을 잘라 내고서 먼저 자리에서 일어섰다. 다른 이들은 홍이 대전을 완전히 나설 때까지 고개를 숙였지만, 차선대군은 고개를 빳빳이 들고서 사라지는 어린 조카의 뒷모습을 지그시 바라보았다.

어린 조카가 가지기엔 너무나도 버겁고 무거운 자리. 왕이. 이 나라 만인지상의 군주가 용상을 버거워한다면, 한 나라의 하늘이 되어야 할 제왕이 그런 하늘을 제대로 감당하지 못한다면, 그 하늘은 반드시 바뀌어야 하는 것이다.

'바로 나, 차선대군이 그 새로운 하늘이 될 것이다.'

대전을 빠져나온 차선대군은 그의 옆으로 조심스럽게 다가온 인물에 소탈한 웃음을 지었다. 최연소 내의원의 수장이 된 자. 겉으로는 오직 왕실의 의술에만 전념하겠다고 한, 모든 의관들과 의생들의 존경을 받고 있는 내의원의 수의, 문인수.

그는 차선대군을 향해 공손히 고개를 숙이며 천천히 그와 눈을 마주하였다. 나이보다 더 젊어 보이는 그는 꽤나 호감형에 속했다. 꽤 서글거리는 눈매와 빼어난 정도는 아니어도 뚜렷한 이목구비에 부드러운 미소가 인상적인 사내. 그렇기에 내의원 의녀들의 시선을 한몸에 받고 있는 자이기도 했다.

"자네도 이 사실을 알고 있었나?"

꽤나 서늘한 목소리가 인수에게 향했지만, 그는 별다른 표정 변화 없이 자연스럽게 입을 열었다.

"조금 전 막 알았습니다. 그보다 먼저 알았더라면 일이 이 지경이 되도록 놔두었을 리가 없지요."

겉으로 인자한 모습과는 달리, 목소리가 굉장히 차가워지면서 섬뜩한 기운이 흘러들었다. 차선대군은 그런 문인수를 내려다보며 다시금 입을 열었다.

"허면 한 번도 중궁전에 든 적이 없단 말이냐?"

"예. 분명 약 기운이 제대로 돌았을 것인데, 단 한 번도 아픈 기색이 없었다고 합니다. 중전이 보통내기는 아닌 듯합니다."

어느새 차선대군의 입가로 서늘한 미소가 스쳤다. 꽤 쉽게 끝날 거라 생각했는데, 역시 사람의 일이란 쉬운 일은 없는 모양이었다.

"허나, 그래도 한계에 다다른 것이겠지. 그러니 사가를 핑계로 궐에서 모습을 감췄지 않느냐. 맹랑한 중전이군. 우리 조카님께서 제법 여복이 있는 모양이야."

선왕도 그랬었다. 물론 그에겐 여복이 아닌 제 숨통을 움켜쥔 비극의 꽃이었지만.

이헌이 평생도록 마음을 주었던 여인. 하여 그 여인이 틈이 되어 이헌을 뒤흔들 수가 있었다. 헌데, 핏줄은 못 속인다고 지금의 왕 역시 한 여인만을 연모하고 있었다. 그것이 지금의 중전이었다. 하지만 왕은 사내가 아니다. 왕이 사내가 되는 순간, 수많은 틈이 생기고 그 빈틈으로 목숨마저 잃을 수가 있다. 선왕, 이헌처럼.

"제 형을 따라가는 것도 좋은 일이지."

"……."

"어떻게든 네가 중전의 병세를 알아차려 손안에 넣어야 한다. 곧, 그 약재도 내 손에 들어올 것이니 그전까지 반드시 중전을 우리 수중에 넣어야 해. 그리되지 못하면 정녕 내 손에 피를 묻혀야 하니 말이야."

그의 섬뜩한 한마디에 인수는 처음으로 살짝 긴장된 표정으로 고개를 끄덕였다.

"알겠습니다."

차선대군은 마지막으로 문인수을 서늘한 시선으로 바라본 뒤 그렇게 자리를 떠났고, 문인수 역시 아무 일도 없었다는 듯 태연한 표정으로 다시금 내의원으로 걸음을 옮겼다.

집무실로 들어선 문인수의 앞으로 한 사내가 은밀한 걸음을 하였다.

"나리."

인수는 저를 부르는 목소리에 살며시 고개를 들었다.

"그래, 어찌 되었느냐?"

"중전마마의 사가를 연신 살폈는데, 부부인의 병세가 좋지 않은 것은 사실인 듯합니다."

"그래? 허면 중전께서는 사가에만 계시느냐?"

"그것이, 사가에만 계시기는 하는데. 좀 이상합니다."

이상하다는 말에 인수의 표정이 움찔했다.

"무엇이?"

"가끔씩 부부인의 안채에서 단 한 번도 나오지 않으실 때가 있습니다."

"단 한 번도?"

“예. 그러다가 다음 날이면 별당에서 모습을 보이곤 합니다. 하지만 안채에서 나오는 모습을 본 적이 없었는데……. 물론, 제가 놓친 것일 테지요.”

“아니면 처음부터 안채에 없었다든가.”

“예?”

인수는 입가로 짙은 미소를 그렸다.

“사가에 있는 아이들을 모두 거두어라. 이제 되었으니.”

“하오나.”

“꼬리가 길면 밟히는 법이지. 필요한 것을 보았으니, 이제 되었다.”

그는 태연한 표정을 지으며 집무실에서 제 할 일을 하기 시작했다. 하지만 입꼬리는 묘한 미소를 그리고 있었다.

어느덧 나흘째. 언지는 겸처럼 마음대로 혜민서를 빠질 수 없었기에 저녁 무렵에 찾아가거나, 아니면 이른 새벽에 중전마마를 찾아가곤 했다. 하지만 가장 좋은 건 역시 눈에 띄지 않는 저녁이었다. 물론 항상 그녀의 옆을 겸이 지키고 있었지만.

생각보다 위기도 많이 회복하고 계셨고, 시침으로 독기도 거의 빼낸 상태였다. 이젠 본격적으로 발진과 수포를 다스려야 하는데.

“좀 약성(순한 성질)의 약재가 없을까.”

언지는 의생들 몰래 서고로 들어가 이런저런 의학서를 뒤져 보았다. 이런 식으로 제대로 의학을 공부해 본 적은 없었다. 의녀의 신분으로 의생들처럼 제대로 공부할 수는 없었기에 항상 어깨너머로 귀동냥을 하며 공부를 하거나, 아니면 아버지께서 남겨 놓은 의학서를 읽는 게 고작이었다.

“김 의녀, 김 의녀 어디 있느냐!”

한창 서책을 뒤지던 언지는 저를 찾는 의관의 목소리에 흠칫 놀라서는 조심스럽게 서고를 빠져나왔다. 그러고는 아주 천연덕스럽게 환한 미소를 띠며 의관에게 걸어갔다.

“의관 나리, 찾으셨습니까?”

“오늘도 허 교수님이 편찮으셔서 혜민서에 못 나오신다더군.”

편찮은 것이 아니라 중전마마께 가신 거겠지. 하지만 계속 아무 말 없이 빠지는 것도 뭐하니. 졸지에 저리 병약한 도령이 되어 의녀들의 안타까움을 사고 있었다. 의관들도 대놓고 뭐라 하지 못하는 까닭 역시 그가 좌상 대감의 아들이기 때문이겠지.

“예, 들었습니다.”

“교수님께서 자네에게 부탁하신 일이 있다고 하던데.”

“아, 예. 집무실에서 교수님께서 정리하시던 문서를 마무리해 달라고 하셨습니다.”

물론 그런 적은 없다. 하지만 아마도 자신이 서고에서 의학서를 마음 편히 읽을 수 있도록 시간을 벌어 주는 모양이었다. 하여튼 생각지도 못한 구석까지 짚어 낸다니까.

“무척 중요한 문서인 듯하니, 제대로 해라. 오늘은 병자를 돌보지 말고. 알겠느냐?”

“예, 의관님.”

바로 이렇게 말이다.

그렇게 의관이 돌아서고, 언지는 싱긋 웃으면서 의학서를 마저 뒤지기 위해 걸음을 돌리려는 찰나, 의생들이 분주하게 어디론가 달려가기 시작했다. 굉장히 상기된 표정. 도대체 뭐 때문에 저러는 거지?

결국, 호기심을 참지 못한 언지는 의생들의 뒤를 따라 함께 달리기 시작했다. 그들의 걸음이 멈춰 선 곳은 혜민서의 앞마당. 정확히는 혜민서 안으로 들어서고 있는 한 사내 때문이었다.

혜민서 모든 의생, 의녀, 심지어는 의관들까지 당황한 시선을 띤 채 사내를 바라보았다. 고개를 이쪽으로 돌리지 않아 얼굴이 자세히 보이진 않았지만, 의녀들의 표정을 보아하니 굉장히 준수한 모양이었다. 게다가 관복까지 차려입고. 어디 높으신 양반님이신가?

"아이고, 수의 영감!"

그때, 사내를 부르는 의관의 목소리에 언지는 순간 흠칫하였다.

수의 영감이라고? 설마, 내의원의 수의가 온 거야, 지금?

언지는 이제야 눈을 반짝이며 의생들을 헤집고서 좀 더 가까이 그의 얼굴을 보기 위해 다가섰다.

'조선 최고 의관 나리의 얼굴을 볼 수 있다니! 이런 기회를 놓칠 수는 없지!'

언지는 조그만 몸으로 연신 의생들을 뚫으면서 조금이라도 그의 얼굴을 보기 위해 아슬아슬하게 까치발을 섰다. 한 번만, 한 번만 고개를 돌리면!

"자네가 여긴 어쩐 일인가."

"아, 스승님."

그때, 혜민서의 제조 영감이 모습을 드러내면서 수의 영감이 고개를 돌린 순간, 그녀의 시선으로 그의 얼굴이 또렷하게 들어왔다. 부드러운 눈매와는 달리 굉장히 굵은 선을 지닌 이목구비. 저자가 바로 내의원의 수의. 헌데, 어디서 왠지 본 것 같은…….

'어디선가, 윽!'

"의녀님?"

순간 뭔가가 머릿속으로 찌릿하게 파고들면서 숨이 턱하고 막혀 왔다. 저도 모르게 몸이 휘청이자, 뒤에 있는 의생이 얼른 그녀를 붙잡아주며 조금 당황한 기색으로 그녀를 흔들었다.

"괜찮으십니까, 의녀님?"

"아, 죄송합니다. 괜찮습니다."

그녀는 대충 괜찮다고 말하고서 얼른 다시 고개를 돌렸지만, 이미 수의 영감도 제조 영감도 사라진 후였다. 대체 뭐지? 이 느낌은. 이 느낌은.

'어둡고 좁은 곳에 갇혔을 때 느끼는 공포인데. 지금은 대낮이잖아.

게다가 이리 사람이 많은 혜민서의 앞마당인데.'

어째서, 갑자기.

그녀는 저도 모르게 흐르는 식은땀을 느끼며 두근거리는 심장을 붙잡고서 조금 전, 잠깐 보았던 수의 영감의 얼굴을 떠올리려 했다. 정말 낯이 익은데. 왜 생각을 하려고 하면 할수록 가슴이 답답해지는 걸까.

'내가 알 리가 없는데. 그분을 내가 알 리가 없는데…….'

그때, 바로 옆에 있던 의관들이 가슴을 쓸어내리며 나지막이 목소리를 맞대었다.

"그나저나 수의 영감께서 여긴 어쩐 일이시지?"

"제조 영감의 제자시잖아. 그래서 오셨나 보지, 뭐."

"이렇게 갑작스럽게? 한 번도 이런 일이 없었잖아. 괜히 가슴이 벌렁거리는군."

"아마도 중전마마 때문이 아닐까? 현재 부부인 마님의 병세 때문에 사가에 나와 계시잖아. 전하께서 마음이 쓰여서 어의를 보내 주신 건지도 모르지."

"아, 그럴 수도 있겠군."

몰래 엿들은 말 한마디에 언지의 표정이 살짝 일그러졌다.

중전마마를 뵈러 오신 거라고? 그렇다면 낭패인데. 지금 중전마마는 사가에 계시지 않잖아! 정녕 저 말이 사실이라면. 그래서 수의가 사가에 중전마마께서 계시지 않다는 걸 알게 되면…….

'결코 지금 중전마마의 상태가 알려져선 안 된다. 절대로 그래선 안 돼.'

큰일이다. 이대로 가다간 분명 들키고 말 것이다. 그리되면, 허겸. 그의 목숨도 위험해질지 몰라. 그래, 수의가 갑자기 혜민서에 온 이유가 뭐겠어. 그게 아니면 무슨 이유가 있겠냐고! 하지만 지금 곧장 중전마마가 계신 곳으로 가기엔 늦는데. 그렇다고 누군가에게 시킬 수도 없고.

"언니!"

그때, 때마침 허지가 이쪽으로 달려오고 있었다.

"언니! 수의 영감께서 오셨다면서? 그러니까……."

"김허지, 너 내 말 잘 들어."

"어, 언니?"

그는 절대로 허지에게까지 말하지 말라고 했지만, 시간이 없다. 이러다가 자칫 수의 영감이 사가로 출발하면!

"내가 말한 곳으로 무조건 달려가. 절대로 쉬지 말고 무조건 달려. 그곳에 허 교수님이 계실 거야. 가서 이렇게 전해."

그녀는 허지의 귀에 대고 무어라 속삭였고, 허지는 그녀가 하는 말에 표정이 살짝 굳어졌지만 이내 고개를 끄덕이고선 재빨리 혜민서 밖으로 달려 나갔다.

언지는 그러한 허지의 뒷모습을 보며 두 손을 모아 미친 듯이 하늘에 속삭였다.

"제발, 제발, 제발!"

윤주석의 집무실로 들어온 문인수는 예전에 혜민서에서 동문수학하던 시절을 떠올리고선 그답지 않게 엷은 미소를 띠었다. 주석은 그러한 인수의 모습을 바라보며 자리에 앉았다.

"네 녀석답지 않게 추억놀이라도 하는 것이냐?"

"추억이라. 만약 그런 것이라면 제게 혜민서는 기억할 만한 곳은 아니지요. 매번 그 녀석과 지독히도 엮였는데."

"……."

인수는 빽빽하게 꽂혀 있는 서책들을 훑으면서 고개를 옆으로 돌렸다. 그러자 제 스승인 윤주석의 너머로 또 다른 이가 그의 머릿속에서 피어올랐다. 자신의 경쟁자이자, 같은 스승 아래 동문수학하던 동무. 동무였던가? 아주 지독한 연으로 엮이다 그 끝은 비극일 뿐이었는데. 하긴 처음부터 동무가 될 수 없는 신분이었지.

하지만 그러면 무얼 하나? 어차피 그자는 개죽음을 당했고, 자신은 이리 살아남아 내의원 수의. 그 높은 자리에 올라 있는 것을. 게다가 이젠 더 높은 곳으로 갈 것이다. 더더욱 높은 곳으로!

"헌데, 무슨 일인가? 대군 대감께서도 아시는 일인가?"

"아시는 건 아니지만, 이러길 바라고 계실 테지요. 스승님의 도움이 필요합니다."

그는 자신의 맞은편에 살짝 앉아서는 윤주석을 똑바로 바라보았다.

"중전마마께서 사가로 오신 것은 알고 계시지요?"

"그렇지. 하지만 대군께서 어의를 보내는 것이 어떠하겠느냐는 말도 전하께서 거절하셨다고 들었는데."

"그렇지요. 해서 저는 갈 수가 없습니다. 하지만 스승님은 다르지요. 스승님은 어의가 아닌 혜민서의 제조시니. 그냥 걱정되는 마음으로 중전마마의 사가에 잠깐 들를 수는 있으시겠지요."

그의 목소리가 한층 더 은밀해졌고, 윤주석은 그러한 제자의 속내를 얼추 꿰뚫고서는 보일 듯 말 듯 한숨을 내쉬었다.

"대체 중전마마를 이토록 찾는 이유가 무엇인가?"

"중전마마를 찾는 것이 아닙니다."

"……."

"지금의 중전마마께선 제가 필요하십니다."

"네가 필요하다니?"

"많이 아프시거든요. 아주 말입니다."

순간, 윤주석의 표정이 흔들리면서 아래로 내린 주먹이 파르르 떨려 왔다.

"헌데, 중전마마께서 아직 자신의 병세를 제대로 모르시는 모양입니다. 지금은 부부인 마님이 아닌 중전마마 자신을 돌볼 차례이지요. 허니, 어의 된 자로서 두고 볼 수만은 없기에 제가 직접 알려 드리려는 것입니다. 해서, 고쳐 드려야지요."

"……대군께서도 아시는 일인가?"

"모르실 리가 있겠습니까? 모든 것이 대군 대감의 뜻인데. 해서 제가 스승님께 그 비향을 가져가지 않았습니까."

그렇구나. 그날 그 비향을, 그것을 중전마마께……. 저 아이가 이렇게 위험하게 움직이는 것 뒤에는 차선대군, 그가 있는 것이겠지.

이미 그 옛날에 위험하게 틀어진 길. 되돌릴 수 없다면 이대로 쭉 가는 수밖에 없었다.

"지금 당장 갈 것인가?"

"물론입니다. 조금 서두르시지요. 혹시나 중전마마께서 사가에 계시지 않다면 서둘러 전하께 고해야 하니 말입니다."

"사가에 계시지 않다니?"

"뭐, 그럴 리는 없겠지만 말입니다."

인수는 다시금 사람 좋은 미소를 띠면서 집무실을 먼저 빠져나갔다. 윤주석은 그러한 제자의 뒷모습을 바라보며 묵직한 숨을 내쉬었다.

자신의 두 번째 제자 문인수. 그리고 자신의 첫 번째 제자이자, 양반이면서도 순수하게 의술을 익히며 천부적인 재능을 보였지만 그것을 꽃 피우기도 전에 너무나도 허망하게 눈을 감아 버린 김윤광.

한때는 그 두 제자가 서로 어울리는 것을 보기도 하였는데. 한순간에 일그러져 버린 두 사람은 한쪽이 세상을 떠난 뒤에도 그 일그러져 버린 매듭을 끝내 풀지 못한 모양이었다.

언지는 연신 제조 영감의 집무실을 살폈다. 한참을 나오지 않기에 역시 그냥 기우인가, 그저 스승을 만나러 온 것인가? 하여 안도하려는 찰나, 집무실이 열리면서 제조 영감과 수의 영감이 함께 나왔다. 그리고 그들의 목소리가 그녀의 귀로 또렷하게 들려왔다.

"가는 길에 부원군 댁에 기별을 넣도록 하지요. 스승님께서 부부인의 병세가 걱정되어 그저 그런 순수한 마음으로 잠시 들르는 것이라고. 그것이 예일 것 같습니다."
"그리하도록 하지."
"그럼 가시지요."
그렇게 제조 영감과 수의 영감이 함께 혜민서를 빠져나가자, 언지의 표정은 그야말로 하얗게 질리다 못해 피가 전부 빠져나간 듯했다. 역시나 중전마마의 사가로 가는 것이다. 부부인 마님을 뵙게 되면, 당연히 중전마마도 모습을 보여야 할 터. 허지는 아직 멀었나? 중전마마는 지금 사가에 계신가?
'이대로 넋 놓고 있을 때가 아니야.'
언지는 제조 영감과 수의 영감보다 먼저 중전마마의 사가로 가기 위해 혜민서를 빠져나와 미친 듯이 달리기 시작했다. 아녀자가 이리 체통 머리 없이 달리는 것은 볼품없었으나, 지금 그것이 중요한 게 아니었다. 목숨이 달려 있는데 체통은 무슨! 게다가 자신은 어여쁘니 달리는 모습도 그리 추하진 않을 것이다.
'부부인 마님이면, 중전마마의 사가라면. 그래, 화수(花樹). 화수마을!'

정자에서 한창 서책을 읽고 있던 부원군은 뜻밖의 소식에 책장을 멈추었다.
"뭐? 혜민서 제조가 이곳으로 오고 있다고?"
"예, 부원군 나리. 부부인 마님의 병세가 걱정되어 찾아오시는 거라 하셨습니다."
남무의 아비이자 부원군 송 대감은 생각지도 못한 일에 웃음을 내지었다. 안 그래도 매번 딸아이를 찾는 부인이 안쓰러운 찰나에 이렇게 찾아와서는 매일 안채에서 어머니를 봐 주는 것도 망극하면서도 고마웠는데, 혜민서의 제조가 직접 부인의 병세를 봐 주겠다고 하다니.

"전하의 큰 공이로구나. 속히 준비해라."

"예, 부원군 나리."

송 대감이 채비를 해야겠다며 사랑채로 사라지고, 그 빈자리를 남무가 궐에서 데려온, 겸을 납치했었던 월이 듣게 되면서 표정이 차갑게 일그러졌다. 혜민서의 제조가 지금 이곳으로 오고 있다니. 그리되면 지금 중전마마가 이곳에 계시지 않다는 사실이 들통 날 것이고, 그것이 궐 안으로 흘러든다면 마마께서 위험해지신다. 게다가 전하께서도!

'허나, 지금 기별을 하기엔 너무 늦는데!'

그때, 바깥쪽에서 소란스러움이 느껴졌다. 월은 혹시나 벌써 도착한 건가 싶어 파랗게 질린 얼굴로 뛰어가니, 그도 아는 얼굴의 여인이 안으로 들어가기 위해 실랑이를 하고 있었다.

"그러니까 내가 혜민서에서 먼저 온 의녀라고! 중전마마께서도 알고 계신다니까!"

언지는 통 믿지를 못하는 노비들 때문에 안으로 들어가지 못하고 발버둥만 치고 있었다. 이러다 이 모습을 들키면 또 난리인데. 물론 자신이 이 안으로 들어간다고 해서 뾰족한 해결책은 없지만, 그래도!

"얼른 비키라니까!"

"안으로 들여보내게."

그때, 낮익은 목소리가 들리자 언지가 고개를 들었다. 그곳에는 저도 본 적이 있는 여인이 서 있었다. 그래, 중전마마의 곁을 지키던 궁녀였던가?

"항아님. 하오나……."

"중전마마께서 부르신 사람이네."

월이는 언지에게 눈짓을 주었고, 그녀 역시 슬쩍 고개를 끄덕이며 여전히 막고 서 있는 종들의 손을 치워 내었다.

"보시게! 중전마마께서도 날 보자고 했다고 하지 않는가! 얼른 비켜서게! 중전마마의 명을 거역할 참인가?"

종들은 하는 수 없이 앞길을 비켜 주었고, 언지는 그들을 향해 싱긋 눈웃음을 흘리고서 월이의 뒤를 따라갔다.

"중전마마께서는요?"

"아직이네."

"제가 기별을 보내긴 했는데……. 문제는 지금 제조 영감과 수의 영감께서 언제 들이닥칠지……."

그 순간, 호랑이도 제 말하면 온다고 했던가!

"나리! 나리! 제조 영감과 수, 수의 영감께서 오셨습니다!"

아까 전 실랑이를 벌이던 노비들의 목소리가 거세게 울려왔고, 그 목소리에 언지와 월의 가슴이 철렁 내려앉았다. 그래도 조금은 시간을 벌 수 있을 거라 생각했는데. 저 망할 종놈들 때문에 완전히 틀려먹었구나.

"이대로 중전마마께서 이곳에 계시지 않다는 사실이 들통이라도 나면……."

월이 안절부절못하며 발을 구르고 있을 때, 언지는 최대한 침착하게 머리를 굴렸다. 그래, 생각을 하자, 생각. 호랑이 굴에 들어가도 정신만 바짝 차리면 산다고 하지 않았던가! 하지만 들려오는 목소리에 언지는 울상을 지었다.

"중전마마께선 부부인 마님과 함께 계시는 것입니까?"

젠장, 그래도 어느 정도 생각할 시간은 있어야 하잖아!

송 대감은 혜민서의 제조가 온다는 소식은 들었지만 수의까지 올 줄은 몰랐기에 당황한 기색을 띠며 그들을 맞이하였다.

"제조께서 오신다는 말은 들었지만, 수의까지 오실 줄은 몰랐습니다."

"스승님을 뵙던 차에 이곳에 오신다기에 그저 잠깐 들렀습니다. 제가 실례를 한 것입니까?"

"아닙니다, 아닙니다. 어서 오세요."

두 사람은 간단한 인사말을 주고받으며 걸음을 옮겼다. 어느새 안채로 오게 된 윤주석은 송 대감에게 조심스럽게 물었다.

"중전마마께서는 안채에 계시는 것입니까?"

"대부분을 부인과 함께 지내고 있습니다."

송 대감은 안채를 향해 입을 열려는 순간, 월이 막아섰다.

"대감마님."

"어, 월이야. 중전마마는 안에 계시느냐?"

"그것이, 지금은 별당에 계십니다. 조금 고뿔기가 있으셔서……."

"고뿔이라니. 아침까지만 해도 괜찮으셨지 않았느냐?"

월의 말에 송 대감의 안색에 걱정이 묻어났고, 그녀는 힐끗힐끗 윤주석과 문인수를 살피려던 찰나, 문인수의 부드러운 눈빛과 정확히 마주하고야 말았다. 순간, 월의 등줄기로 소름이 돋았다.

"이거, 중전마마께서 고뿔이시라니. 어의인 제가 보지 않을 수가 없습니다. 별당으로 안내해 주시겠습니까?"

"그, 그것은!"

월은 저도 모르게 말을 더듬으며 막아섰지만 송 대감은 대체 왜 그러느냐는 식으로 바라보았고, 문인수는 여전히 태연한 기색으로 월을 꿰뚫고 있었다. 여기서 자칫 들키게 되면 큰일이다.

"아, 아닙니다. 제가 안내해 드리겠습니다."

"허면, 저는 중전마마께 가도록 하겠습니다. 대감과 제조 영감께서는 부부인 마님을 살피시지요."

"하지만."

"괜찮습니다. 왕실의 어의로서 당연히 해야 하는 일이지요."

윤주석은 송 대감을 붙잡아 놓으라는 문인수의 눈빛을 읽고선 고개를 끄덕이며, 여전히 걱정스러워하는 송 대감과 함께 안채로 들어섰다. 문인수와 남게 된 월은 자꾸만 찌릿찌릿한 심장을 억눌렀다. 침착해야 한다. 무조건 침착해야 한다.

"허면, 가지."

문인수의 부드러운 목소리와 함께 월은 걸음을 당겼다. 겉으로 보기엔 그녀는 지극히 냉정하고 태연한 모습이었지만 속에서는 벌써 수십 번씩 불꽃이 치솟고, 얼어붙기를 반복하고 있었다.

한 걸음, 한 걸음이 어찌도 이리 빠른 것인가. 결국, 별당 앞에 도착한 월은 자꾸만 파르르 떨리는 손끝을 꽉 붙잡고서 고개를 돌렸다. 그러자 인수는 눈가로 부드러운 미소를 흘리며 속삭였다.

"고하시게."

"예, 영감."

그녀는 다시금 고개를 돌려서는 거대하게만 느껴지는 별당 앞을 바라보며 침을 꿀꺽 삼키고선 속삭였다.

"중전마마, 수의 영감께서……."

그때, 별당의 문 너머로 그림자가 하늘거리면서 여인의 모습이 나타났다. 문인수는 그러한 그림자를 응시하였고, 그림자는 고개를 빳빳이 들고서 월이를 향해 손짓하였다. 그녀는 얼른 별당 쪽으로 다가가서는 문 쪽에 귀를 기울였다. 그러고는 문인수를 향해 입을 열었다.

"마마께서 고뿔 탓에 목소리가 상하셨습니다. 게다가 수의 영감께서 오실 줄 몰랐기에 마마님께서 의원을 모시러 간다며 나간 터라, 지금은 속곳 차림이십니다. 조금만 있다가 오시는 것이……."

월의 목소리 너머로 별당 안쪽에선 언지가 애써 고개를 빳빳하게 세우고서 중전마마 그림자 행세를 하고 있었다. 혹, 그림자만 보고도 들키는 건 아니겠지? 중전마마의 그림자는 뭐 남다르고 그런 건 없잖아? 하지만 정녕 미치겠다. 심장이 벌렁벌렁. 김 도령으로 천하를 속이는 자신이지만, 이건 그래도 목숨이 달린 일인데!

'제발 좀 넘어가라, 넘어가라, 넘어가라고!'

문인수는 월의 말에 다시금 고개를 들어 하늘거리는 그림자를 서늘한 시선으로 바라보았다. 그러고는 여전히 부드러운 목소리를 띠면서.

"그렇군. 감히 중전마마의 속곳 차림을 볼 수는 없지. 하지만 그 정도로 고뿔이 심하다니, 지금 당장 다른 계집종들을 불러 마마를 살피도록 해라. 그 뒤에 내가 들어가면 되는 것이 아니냐?"

그의 말 한 마디, 한 마디가 떨어질 때마다 언지는 정녕 미칠 것 같았다. 왜 저렇게 사람이 끈질긴 거야. 되었다고 했으면 됐다고 물러나면 되지!

"어서! 이대로 마마의 고뿔이 심해지면, 너 역시 무사하지 못할 것인데!"

그의 목소리가 월의 머리 위로 따끔하게 내려앉았고, 월은 하는 수 없이 뒤쪽을 슬쩍 바라보다 이내 별당에서 천천히 빠져나갔다.

언지는 월의 발걸음 소리가 멀어지는 것을 듣고선 피가 이대로 말라 버리는 것 같았다. 이대로 가면 어찌하는가. 이대로 가 버리면!

"중전마마, 잠시만 기다리시옵소서. 소인이 마마의 고뿔을 고쳐 드리겠나이다."

지독히도 소름 끼치는 목소리가 언지의 귓가에 와 닿으면서 그녀는 아까와 같은 공포가 밀려들었다. 서서히 목을 조르는 것처럼. 머릿속으로 뭔가가 자꾸만 스치면서 영문을 모를 떨림이 온몸으로 퍼져 나갔다. 대체, 저자가. 저자가 대체 누구기에!

언지는 자꾸만 후들거리면서 무너질 것 같은 다리에 억지로 힘을 주고서 여전히 꼿꼿한 자세를 유지한 채, 슬쩍 열린 문틈 사이로 여전히 마당에 서 있는 수의 영감을 훔쳐보았다. 워낙 작은 틈새라서 얼굴이 제대로 보이진 않았다. 하지만 도대체 이 알 수 없는 떨림은 무엇일까. 머릿속에서 하나의 목소리가 미친 듯이 울리고 있다. 절대로 저자의 얼굴을 봐서는 안 된다고. 저자와 얽혀서는 안 된다고. 하지만 도대체 왜?

그때, 수의 영감이 고개를 들면서 마치 자신을 꿰뚫어보는 것 같아 얼른 시선을 돌려 버렸다. 항아님이 얼마나 버텨 줄 수 있을까. 중전마마와 허 교수님은 대체 언제 도착할 수 있을까. 아니, 그전에 내가 저자를 감당할 수 있을 것인가.

그때, 밖이 웅성거리더니 이내 여러 명의 발걸음 소리와 함께 월의 목소리가 들렸다. 그녀는 바짝 긴장한 표정으로 주먹을 꽉 붙잡았다.

'중전마마께서 도착하신 것인가? 아니면 이제 끝인 건가!'

별당으로 들어서는 인기척에 인수는 천천히 고개를 돌렸다. 그러자 월의 뒤로 여러 명의 계집종이 고개를 숙인 채, 별당 안쪽으로 걸음을 옮기고 있었다.

"마마께서 땀을 많이 흘리셔서, 정리할 것이 많습니다."

월은 인수의 앞을 막아서고선 고개를 숙였고, 인수는 사라지는 계집종들을 잠시 바라보다 이내 옅은 미소를 지었다.

"천천히 해라. 마마께서 혹여 더 나빠지지 않도록."

"예."

그녀는 그리 대답하고서는 슬쩍 뒤쪽을 살폈다. 문 쪽에 가렸던 그림자는 이미 사라지고 없었다. 월은 애써 초조한 기색을 숨기려고 했지만, 제 뒤통수에서 느껴지는 문인수의 시선에 차마 고개도 들지 못하고서 제 행동 하나하나가 흠이 될까 싶어 숨소리마저도 죽이고 있었다. 그리고 마침내, 계집종들이 별당에서 우르르 빠져나왔고, 인수는 이제야 한 걸음 앞으로 당기고서 예를 갖추며 입을 열었다.

"중전마마, 들어가도 되겠사옵니까?"

하지만 안쪽에선 아무런 대답이 없었다. 인수는 여유로운 시선으로 월을 바라보았고, 그녀는 숨을 조심스럽게 삼키고서 먼저 별당 쪽으로 걸음을 당겼다.

"마마, 월이옵니다. 들어가도 되겠사옵니까?"

하지만 역시나 답이 없었다. 월은 인수를 향해 무어라 말을 하려고 했지만, 그는 이내 저를 막아서려는 월을 스쳐 지나가며 말했다.

"혹여 병세가 더 악화하였을지도 모르네. 서둘러야겠군. 마마! 마마!"

그는 다급한 표정을 지으며 별당 안으로 들어섰고, 월은 채 말리기도 전에 벌어진 일에 파르르 떨리는 두 손을 꽉 움켜쥐고서는 눈을 질끈 감아 버렸다. 그렇게 그가 다급하다는 이유로 감히 중전이 있는 별당의 문을 망설임 없이 열었고, 그 안으로는 대나무 발이 아래로 내려와 한 여인의 그림자를 비추고 있었다. 그는 이내 고개를 숙이면서 입으로는 걱정스러운 어조를 띠며, 시선으론 날카로운 빛을 머금고서 속삭였다.

"중전마마, 옥체가 그리도 미령……."

순간, 발 너머로 울리는 목소리에 문인수의 표정이 삽시간에 굳어졌다.

"수의를 여기서 보게 될 줄이야."

조금 흐트러지긴 했지만, 분명 중전. 송남무의 목소리였다.

"수의?"

남무의 목소리가 다시금 위엄 있게 울리자, 인수는 품고 있던 생각을 억지로 지워 내며 바닥에 고개를 조아렸다.

"중전마마, 소인은 그저 제조 영감을 따라왔을 뿐입니다. 헌데, 중전마마께서 고뿔에 걸리셨다기에 어의 된 자로서 그냥 두고 볼 수는 없는 일이 아니겠사옵니까?"

"그렇기는 하군. 허면, 내 맥을 짚어 보겠는가?"

맥을 짚어 보라며 스스로 손목을 내미는 모습에 인수는 아까보다 더더욱 시선이 흔들리기 시작했다. 맥을 짚어 보라니. 그것도 직접? 자신의 병세를 숨기기 위해 사가로 몸을 숨긴 중전이 아닌가. 게다가 어쩌면 사가에 없을지도 모른다는 생각 역시 했었는데. 그걸 꼬투리 잡아 다시금 궐 안으로 데려갈 수 있을 거라 생각했는데. 그건 그저 터무니없는 생각이었단 말인가?

"맥을 짚지 않고 뭐하는가?"

발 너머로 제법 서늘한 목소리가 흩어졌고, 그는 이내 정신을 차리고서 흐트러진 시선을 바로 하고는 앞으로 조심스럽게 무릎을 옮겨 그녀의 손목에 실을 매고선 집중하여 맥을 짚기 시작했다. 문인수의 손가락이 떨리는 실에 와 닿은 순간, 남무는 애써 흔들리는 시선을 감아 버리며 초조한 속내를 숨겨 버렸다.

"김 의녀."

무사히 밖으로 빠져나온 언지는 저를 부르는 월의 목소리에 이제야 크게 숨을 내쉬면서 잔뜩 뭉쳐 있던 긴장감을 풀어내었다. 정녕 제명에 못 살고 죽는 건 아닌가, 싶었다. 이대로 심장이 멈춰도 이상하지 않을 만큼! 특히 수의 영감의 곁을 스쳐 지나갈 때는 진짜 심장이 미친 듯이 뛰어올라 혹여 이 소리가 들리진 않을까, 조마조마했었다.

"괜찮은가?"

"괜찮습니다, 항아님."

하지만 여전히 긴장감에 하얗게 서린 얼굴을 보고선 월은 그 마음 안다는 듯 함께 묵직한 숨을 내쉬었다. 정말 조금만 늦었어도 큰 사달이 났을 테니까.

방금 전까지 별당 안에서 이대로 정녕 들키겠구나 싶었는데. 갑자기 별당 안으로 계집종들이 우르르 몰려들더니, 그 속에 그토록 기다리던 중전마마가 함께 계셨다. 그것도 계집종의 복색을 하고서.

"마, 마마!"

"시간이 없네. 어서 옷을 바꿔 입어야 해!"

남무의 재촉에 언지는 얼른 제 옷을 벗어서는 그녀가 입고 왔던 계집종의 옷으로 바꾸어 입었다. 너무나도 살 떨리는 상황이라 손가락이 자꾸만 제멋대로 움직였지만, 그녀는 애써 정신을 똑바로 차리고서 옷고름을 단단히 틀어 매었다.

"헌데, 정말 어찌 된 일입니까?"

남무는 서둘러 옷을 갈아입으면서도 한 치의 흐트러짐 없이 단정하게 고름을 아래로 내렸다.

"다행히 네 동생을 중간에 만날 수 있었어. 영특한 아이더구나. 그 뒤로는 말을 타고 미친 듯이 달렸다. 혹여 늦을 거란 생각은 하지 않고서. 그리고 정말 하늘이 도우시는 듯 월이를 만나 이런 행색으로라도 들키지 않게 올 수 있었어."

물론 처음 계집종의 행색을 한다고 했을 때, 박 상궁이 미친 듯이 말렸지만 시간이 없었다. 이미 별당에는 문인수, 그자가 버티고 있었고, 조금이라도 시간이 늦어 사가에 자신이 없었다는 사실을 그가 알게 된다면 이미 모든 것이 끝장이었다.

그렇게 언지는 계집종의 복색으로 고개를 푹 숙인 채, 그들에게 섞여 무사히 밖으로 빠져나올 수가 있었다.

"허면, 전 이만 나가 보겠습니다. 아까 이곳의 노비들도 저를 보았고, 괜히 제조 영감의 눈에 띄게 되면 의심을 받을 것입니다."

"허나 나갈 수 있겠나? 자네 말대로 노비들이 대문에 서 있을 텐데."

"그건 걱정하지 마십시오. 헌데."

언지는 이제야 허겸, 그의 생각에 잠시 머뭇거렸다. 중전마마를 모시고 왔으니 그도 무사하겠지? 헌데 대체 어디 있는 걸까. 혹여 어디 다친 건.

"허 도련님은 무사하네. 잠시 수의 영감의 눈을 피해 바깥 어딘가에 계실 테야."

월은 그녀의 속내를 꿰뚫고선 은근한 목소리로 속삭였고, 언지는 저도 모르게 당황한 표정으로 얼른 아니라고 손을 휘저었지만 이미 그녀의 입가엔 안도의 미소가 피어오른 상태였다.

"그럼 전 이만."

"오늘 고마웠네. 자네가 아니었으면, 정말 큰일 날 뻔하였어."

"아닙니다."

언지는 월에게 괜찮다는 미소를 지어 주고서는 혹여 누군가의 눈에 띌까, 얼른 별당을 빠져나왔다.

하지만 지금부터가 문제였다. 호기롭게 말하기는 했는데, 정녕 어찌 빠져나가지? 그냥 계집종인 척하고 슬쩍 지나갈까? 그것도 아니면…….

그때, 그녀의 시선이 번뜩이면서 입술이 굵은 곡선을 그리며 절로 꽃웃음이 흘러나왔다. 그녀의 시선을 사로잡은 것은 바로 빨랫줄에 매달려 있는 사내의 옷!

"그래, 김 도령으로 빠져나가는 거야!"

그녀는 얼른 옷가지를 챙겨서는 대충 바지를 입고, 겉옷 위로 도포를 걸치고선 능숙한 솜씨로 얼추 상투를 틀어 올리고, 가장 중요한 갓을 깊숙이 눌러쓴 채, 주위를 휘휘 둘러보고는 아리따운 여인에서 꽃다운 도령으로 천천히 걸음을 옮겼다.

❖ ❖ ❖

남무의 맥을 짚은 그의 표정이 흠칫하더니 이내 싸늘하게 굳어졌다. 맥이, 정상이었다. 물론 약간의 삽맥(맥박이 일정치 않음)이 느껴졌지만 이 정도는 정녕 고뿔이라 우기면 그만이었다.

지금 중전의 맥은 이런 맥일 수가 없는데. 분명 비향으로 위기를 떨어뜨려 화기와 독기로 육맥(신체의 중요한 여섯 개의 맥박)이 위험해야 정상이었다. 헌데, 고열은커녕 고작 미열이라니. 이 정도는 정말 가벼운 고뿔 증상밖에는…….

'발을 걷으면 수포와 발진을 확인할 수 있는데. 저 발을 걷으면!'

"정녕 가벼운 고뿔이라 하지 않았나."

남무는 가벼운 미소를 띠며 팔을 거두었다. 인수는 그런 그녀의 팔을 억지로 붙잡고 있을 수가 없었다. 그는 자신답지 않게 흐트러진 이성으로 중전의 얼굴을 가리고 있는 저 대나무 발을 걷어 버리고 싶은 충동에 입술을 꽉 깨물어야만 했다. 대체 무슨 술수를 쓴 것인가. 도대체 어떡해!

'아니야. 그럴 리가 없어. 내가 길들인 비향은 완벽해. 어긋났을 리가 없어!'

"허나, 중전마마의 어의는 소신입니다. 그러니 가벼운 고뿔이라도 제대로 시료를 해야지요. 허니."

"전하의 윤허가 있으셨는가?"

"예?"

그가 발을 올리려는 기미가 보이자, 남무가 먼저 그의 움직임을 막아 세웠다. 화기와 독기를 다스려 맥을 다스린 것은 일시적일 뿐. 하지만 발진과 수포는 여전히 얼굴과 몸 구석구석에 남아 있는 상태였다. 그러니, 결코 여기서 발을 올리게 해선 안 될 일이었다.

남무는 좀 더 단호한 어조로 문인수를 억눌렀다. 그래도 자신은 아직 일국의 중전이니까.

"윤허 없이 온 것인가? 그렇다면 나는 수의에게 시료를 받지 않겠네. 난 전하의 윤허로 사가에 있는 몸. 헌데 왕실의, 그것도 전하의 곁을 지켜야 할 어의를 사사로이 곁에 둘 수는 없지."

"허나, 중전마마의 고뿔은……."

"박 상궁이 혜민서에서 믿을 만한 의원을 데려왔네. 난 그자에게 시료를 받을 것이야."

"예?"

"곧 올 것이네. 자네도 잘 아는 이야. 믿을 만하고, 실력도 있는. 정 못 미더우면 수의께서 직접 그 얼굴을 보고 가도록 하게."

중전의 단호한 말에 문인수는 이대로 계속 밀어붙일 수가 없었다. 하지만 혜민서의 의원이라니. 누군지는 모르겠지만, 고작 혜민서 의원에게 중전의 옥체를 맡길 수는 없는 법. 아마 시간을 끌려고 하는 모양새였다. 그렇다는 건 역시 수포와 발진은 남아 있다는 뜻.

'중전마마, 고작 혜민서의 의원 따위로 소인을 이기려 할 수는 없지요.'

인수는 싸늘하게 피어나는 냉소를 숨기며, 조금 느긋하게 중전의 마지막 발악을 지켜보기로 했다.

김 도령으로 분한 언지는 아주 순조롭게 대문 앞까지 올 수가 있었다. 워낙 귀티가 나고 빼어난 얼굴이다 보니, 전혀 수상하게 생각지 않고 대감마님의 손님이거나 아니면 어느 귀한 도령께서 오셨구나 생각하면서 노비들이 저절로 고개를 숙이고 길을 비켜 주는 탓에 모든 것이 순조로웠다.

'그래, 이대로 쭉 빠져나가서 쏙 사라지면 이젠 정말 끝이야, 끝!'

그렇게 태연하게 뒷짐까지 지고서 대문을 빠져나와 저잣거리로 스며든 언지는 정녕 두 손을 들고 만세라도 외치고 싶었다. 암, 장하다. 김언지. 장해!

"정녕 장하다, 장……."

한결 가벼워진 마음으로 고개를 돌린 언지는 저 멀리 사람들 틈에서 이쪽을 향해 똑바로 걸어오고 있는 겸의 모습에 다시금 가슴 위로 큰 돌멩이가 쿵, 하고 떨어지는 느낌을 받으며 고개를 획 돌려 버렸다. 젠장! 보고 싶기는 했지만 하필이면 왜 이런 모습이냐고! 들키면 끝장이다, 끝! 오늘은 운수가 왜 이러는 것인가. 이러다 정말 숨넘어가겠네!

하지만 이러고 하소연하고 있을 때가 아니었다. 그때는 어두운 밤이었고, 그도 술이 거하게 취해 저를 제대로 알아보지 못했다고 치지만, 지금은 훤한 대낮이다. 혹시, 하고 따라와서 제 갓이라도 벗겨 내 두 눈으로 뚫어지게 쳐다본다면 단번에 들키고 말 것이다. 물론 위장했다고 속이면 되는 일이지만.

'하지만 그러면 김 도령의 활동에 크나큰 지장이…….'

그래, 숨어야 한다. 숨어야 해!

언지는 일단 오가는 사람들 틈에 끼여 한 손으로 갓을 깊숙이 눌렀다. 태연하게 걷는 것이다. 그래, 그냥 나는 여기 이리저리 걸어 다니고 있는 선비 중 한 사람이다. 물론 이들 선비 중에선 외모가 너무 빼어나지만. 그래, 이 외모부터 숨겨야 해. 너무 티가 나잖아!

그녀는 숨을 꿀꺽 삼키고선 오히려 더욱 어깨를 쫙 펼치고서 한 걸음, 한 걸음 망설이지 않고 걸음을 옮겼다. 그와의 거리가 점점 좁혀지고 있었다. 삼십 보, 이십 보, 십 보…….

'으메, 심장 떨려 미쳐 부겄네!'

마지막 일 보. 언지는 겸과 두세 사람을 사이에 끼고서 아주 재빠르게 스쳐 지나갔다. 그를 스치는 순간, 바람이 일면서 아까와는 전혀 다른 내음이 풍겼다. 불어오는 바람은 똑같을 텐데. 그가 있고, 없음에 따라 모든 공기가 달라진 느낌이었다.

'그래도 무사하구나.'

파르르 떨리던 심장의 떨림이 설렘으로 변해 갔다. 언지는 저도 모르게 걸음을 멈추고선 머뭇머뭇 망설이다 이내 조심스럽게 고개를 돌려 그의 뒷모습을 바라보았다. 머리부터 발끝까지. 흔들리는 옷깃마저도 어디 다친 곳은 없는지 염려하는 마음. 하지만 정녕 괜찮아 보이는 모습에 언지는 여인의 마음으로 가슴을 쓸어내렸다.

'정녕, 무사하구나.'

무사함을 알았으니, 얼른 고개를 돌려야 하는데. 얼른 시선을 돌려야 하는데. 언지는 그에게 와 닿아 이미 그와 함께 가고 있는 눈길을 멈출 수가 없었다. 보고 싶더라도 지금 이 모습으론 안 된다. 김 도령의 모습으론 그를 만날 수가 없다. 그에겐 가장 어여쁜 모습으로. 어여쁘고 더 어여쁜 언지의 모습으로 마주해야만 했다.

그 순간, 걸어가던 그의 걸음이 우뚝 멈춰 섰다. 그리고 오가는 사람들 틈에서 그와 아주 찰나의 시선이 마주치고 말았다.

거의 죽을힘을 다해 말을 몰아 화수마을에 도착한 겸은 괜히 문인수와 윤주석의 눈에 띄면 아니 되었기에, 불안한 시선으로 저잣거리를 서성이며 중전마마와 언지, 그 아이를 걱정했다. 가만히 혜민서에 있으면 얼마나 좋겠느냐마는. 분명 그 성격에 허지만 보내고 마음 졸이며 얌전히 기다리고 있을 리가 없었다.

'아마도 중전마마의 사가에 있을 것이다.'

혜민서에서 마음 졸이고 있느니, 차라리 사가에서 뭐라도 해 보려고 했을 테지. 그게 뭔지는 모르겠지만. 만약 정말 그렇다면, 잘 빠져나간 것인가. 어디 위험해진 건 아닌지.

겸은 자꾸만 괜찮을 거라고 스스로를 다독였지만, 언지의 모습이 떠오르면 애써 다독인 이성이 흐트러져 버렸다. 젠장. 이렇게 초조하고 미칠 바엔 차라리 그녀를 꽁꽁 묶어 제 옆에 딱 붙여 놓았으면 좋겠다. 영이가 알면 아주 미쳤다고 하겠지만, 정녕 그래야 마음은 편할 것 같았다. 대체 어쩌자고 이런 일에 휘말리게 했을까. 그냥 다른 의원을 찾았어야 했는데. 그랬어야 했는데.

거의 땅이 움푹 팰 정도로 제자리를 서성이던 겸은 도저히 가만히 있을 수가 없어 마을 안으로 걸음을 옮겼다. 사가에 오지 않았다면 다행이지만 만약 사가에 왔더라면 무사히 빠져나갔는지, 그건 알아야겠다. 그래야 이 복잡한 머릿속이 조금은 진정될 것 같았다.

한 번 그렇게 마음을 먹으니 발걸음이 무척이나 빨라지고, 초조함이 더해 갔다. 한참을 그렇게 걸음을 놀리던 겸은 순간, 저도 모르게 걸음을 멈추고 말았다.

'뭐지?'

정말 의도하지 않게 걸음이 멈춰 섰다. 자꾸만 뒤에서 느껴지는 이 낯익은 이끌림. 무척이나 다급하고 초조하면서도 걸음이 바닥에 붙어 버린 것처럼 움직이지 않았고, 자꾸만 뭔가 시선이 느껴져 겸은 천천히 고개를 돌렸다. 그러자 오가는 사람들 틈으로 찰나의 시선과 마주쳤다. 그림자에 가린 곱디고운 얼굴과 애틋한 눈동자. 꽃답디꽃다운……. 꽃 도령?

'김 도령?'

순간, 눈이 번뜩이며 그를 쫓으려 했지만 그의 앞으로 사람들이 스치면서 순식간에 시야에서 사라져 버리고 말았다. 너무나도 찰나였기에 긴가민가하기는 했지만, 특히나 제 발목을 붙잡은 그 낯익은 시선과 느낌.

'정녕, 김 도령인가? 그자인가? 하지만 처음 본 순간 느낀 건.'

사실 딱 처음 보자마자 머릿속으로 떠오른 사람은 꽃 도령이 아니었다. 언지. 그 아이의 모습. 하지만 이건 우연이 아니었다. 꽃 도령. 그를 볼 때마다 자꾸만 언지의 모습이 먼저 아른거리곤 했다. 말도 안 되는 일이라고. 그럴 리는 없다고 치부하면서도 우연이 몇 번이나, 그것도 같은 사람에게서 반복되니 자꾸만 불길한 느낌이 밀려들었다.

'혹시. 정말 그 꽃 도령이, 언지…….'

아니다. 그럴 리가 없어. 그럴 리가. 멀리 가지 못했을 거다. 그자를, 그자를 찾아야!

"허 도련님!"

그런데, 뒤에서 박 상궁이 그를 붙잡아 세웠다. 꽤나 다급해 보이는 목소리와 함께 어딘지 모르게 안도하는 모습이 일은 잘 해결된 듯싶었다.

"무슨 일인가?"

"멀리 가시지 않아서 다행입니다. 중전마마께서 찾아 계십니다."

"중전마마께서 지금? 하지만 수의가……."

"하지만 지금 바로 별당으로 드시라 하셨습니다."

별당이라. 아무래도 무슨 생각이 있으신 거겠지. 겸은 아쉬운 표정으로 이미 흔적조차 없이 사라진 빈자리를 잠시 바라보다, 이내 고개를 돌리고서 박 상궁과 함께 사가로 걸음을 옮겼다.

겸의 모습이 완전히 사라지고, 다른 이들의 걸음 소리만 들리고 있을 때. 집과 집 사이의 좁은 골목으로 순발력 있게 몸을 숨겼던 언지가 천천히 빠져나와서는 참았던 숨을 크게 몰아쉬었다.

"하아! 들키진 않았겠지? 정말 귀신같다니까. 거기서 갑자기 왜 고개를 돌리냐고."

하지만 사돈 남말 할 처지는 아니지. 나도 지나쳤으면 그냥 갈 것이지 뭐 하러 걸음을 멈춰 서는. 그나마 시선이 마주쳤을 때, 사람이 지나가서 다행이었다. 그 찰나의 순간에 그래도 몸을 숨길 수 있었으니.

아무래도 오늘은 제대로 얼굴 마주하기는 틀린 것 같았다. 중전마마의 일로 할 일도 많을 테니, 혜민서에 오지는 않겠지.

언지는 영 아쉬우면서도 조금 수그러진 마음으로 삐뚤어진 갓을 고쳐 쓰고선 서둘러 저잣거리를 빠져나갔다.

박 상궁과 사가로 들어선 겸은 별당으로 향하면서도 내내 초조한 기색으로 이곳저곳을 살펴보았다. 혹시 언지가 있지 않을까 해서. 정녕 여기로 오긴 온 것인지. 그렇다면 잘 빠져나가긴 한 것인지. 혹시 어디 다치기라도 한 건.

별당 앞에 와 닿은 박 상궁은 잠시 양해를 구하고서 먼저 자리를 떴고, 겸은 제자리에 기다리면서도 연신 흘끔거리는 시선으로 뒤쪽을 살폈다. 그때, 어디선가 월이 나타나서는 그를 향해 고개를 숙이며 겸이 원하는 대답을 해 주었다.

"잘 빠져나갔습니다."

겸은 그녀의 말에 눈을 동그랗게 뜨고서 잠시 주먹을 꽉 움켜쥐었다. 역시 기우대로 이곳으로 왔구나. 하지만 무사히 빠져나갔다니 다행이다.

"어디 다친 곳은?"

"없었습니다."

월은 그가 만족할 만한 대답을 해 주었지만 그래도 겸의 얼굴 위로 서린 그림자가 완전히 사라지지는 않았다. 직접 얼굴을 보고 싶었다. 그 얼굴을 보고 제 손으로 만지면서, 그 아이의 당돌한 모습을 봐야지 이 마음이 완전히 가벼워질 것 같았다.

"허 도련님."

별당에서 박 상궁이 빠져나와 고개를 숙이고선 그를 불렀다. 겸은 잠시 언지의 대한 생각을 묻어 두고서 걸음을 옮겼다. 일단은 중전마마가 우선이었다. 게다가 이 안에는 문인수, 그자도 함께 있었다. 허니, 정신을 바짝 차리지 않으면 되레 그자에게 꿰뚫릴 수가 있었다.

"중전마마, 허 교수님이 오셨습니다."

바깥에서 박 상궁의 목소리가 울렸고, 문인수는 허 교수라는 목소리가 울리자마자 저도 모르게 얼굴이 차갑게 가라앉았다. 허 교수라면, 혹시 이번에 혜민서의 새 의학교수로 들어왔다는 좌상 대감의 자제?

"들이게."

남무의 목소리가 침착하게 울렸고, 그 목소리 끝으로 조심스럽게 문이 열리면서 겸이 안으로 들어섰다. 문인수는 애써 담담한 시선으로 고개를 돌려 처음으로 겸과 얼굴을 마주했다. 겸 역시 이런 식으로 그를 보게 되는 건 처음이었다. 소문대로 굉장히 서글한 외모에 부드러운 인상을 지닌 사내. 하지만 저 시커먼 속내를 알고 있기에 겸은 속으로 끓어오르는 화를 억누르며 부드럽게 휘늘어진 그의 얼굴 앞에 천천히 고개를 숙였다.

"중전마마를 뵙사옵니다."

"어서 와요, 허 교수. 수의와 만나는 것은 처음이지요?"

대나무 발 너머로 남무의 목소리가 들렸고, 겸은 한 치의 빈틈도 내어주지 않으며 정갈한 어조로 고개를 끄덕였다.

"처음 뵙겠습니다, 수의 영감. 허겸이라 합니다. 혜민서에서 의학교수를 맡고 있습니다."

"이거, 제조 영감께 얘기 많이 들었습니다."

둘 사이에 묘한 시선이 오갔다. 하지만 확실한 건 결코 호의적인 시선은 아니라는 것. 그리고 남무의 한마디가 불씨를 당겼다.

"내 고뿔은 허 교수가 시료할 것이네."

뜻밖의 말에 겸의 표정이 흔들렸지만 찰나였다. 대충 중전마마께서 무슨 생각을 하시는지 알 수 있었으니까. 이왕 이렇게 되었으니, 고뿔이라는 핑계로 자신을 옆에 두고선 문인수와 윤주석을 어떻게든 피해 볼 생각이 분명했다. 하지만 과연 문인수가 쉽게 물러설 것인가?

문인수는 남무의 말에 시선이 차갑게 굳어졌다. 하지만 흘러드는 어조는 여전히 그녀를 염려하는 어조였다.

"하오나 중전마마."

하지만 남무 역시 일이 이렇게 된 이상, 더 이상 문인수에게 틈을 보일 수는 없었다. 물러설 곳이 없다. 여기서 물러서게 된다면 문인수에게 제 상태를 들키게 될 것이고, 그리되면 저들의 손바닥에 떨어지고 말 것이다.

"자네는 서둘러 입궐해야 하지 않는가? 가벼운 고뿔이니 너무 신경 쓰지 말게. 게다가 좌상 대감의 자제이고, 실력도 출중한 이라네. 믿지 못할 이유가 없지 않나?"

남무는 좌상의 자제라는 말을 강조했다. 아무리 문인수가 현재 날고 기는 자라고 하지만 그는 고작 내의원의 수의이다. 차선대군도 조심스러워하는 좌상과 척을 두는 일을 할 수는 없을 터. 그리고 문인수 역시 좌상 대감이라는 말에 잠시 비틀린 냉소를 지었다.

겸은 순간 의아함이 머릿속으로 스쳐 지나갔다. 속은 몰라도 겉으로는 내의원의 수의로서 존경받고, 의관 행세를 아주 충실히 하고 있는 자이다. 그만큼 감정을 제대로 드러내지 않는 이인데, 저토록 표정을 숨기지 못하다니.

'그만큼 이번 일이 중요한 패란 말인가? 아니면 다른 이유가…….'

"수의?"

"예, 중전마마. 좌상 대감의 자제라면 믿지 못할 이유가 없지요. 제조께서도 칭찬이 자자한 인재라 들었습니다. 허면, 하루빨리 쾌차하시어 입궐하시길 바라겠사옵니다. 전하께서 중전마마를 무척 기다리고 계시니 말입니다."

그는 여기서 물러설 수밖에 없었다. 더 버티게 된다면 중전의 명을 거스른 것과 더불어 전하의 어명을 거역했다는 틈을 주고 말 것이다.

인수는 마지막으로 겸을 바라보고는 수고하라는 미소와 함께 별당을 빠져나갔다. 겸은 한순간도 긴장을 놓지 않고서 그의 마지막 발걸음 소리가 완전히 사라지길 기다렸다가, 이내 남무의 곁으로 다가갔다. 대나무 발 너머로 남무는 이제야 참았던 숨을 내쉬며 가슴을 움켜쥐었다.

"하아, 하아."

"괜찮으시옵니까, 마마?"

박 상궁은 재빨리 대나무 발을 걷어 올렸고, 겸은 그녀의 맥을 짚으며 상태를 살폈다. 다행히 맥은 아까와 똑같은 울림을 유지하고 있었다.

"괜찮네. 다행히 고비는 넘긴 듯해."

"마마."

"당분간 아주 조금은 버틸 수 있을 걸세. 저들도 전하의 명과 나의 명을 아주 무시할 수는 없을 테니."

그럴 것이다. 하지만 쉽게 물러서지도 않을 것이니, 이제부터 움직임에 각별한 주의가 필요했다.

"이제 그곳으로 가시는 것은 위험하십니다."

"알고 있네. 그래서 자네를 내 옆으로 부른 것이네. 하지만 그것 때문에 자네가 더 위험해질지도 모르겠어."

"그건 염려 마십시오. 마마의 말씀처럼 제 뒤에는 좌상 대감이 계시지 않습니까."

겸은 우스갯소리로 그녀를 안심시켰다. 남무는 그의 모습에 옅은 미소를 띠면서 언지를 떠올렸다. 잘 빠져나간 것인지. 많이 놀라고, 힘들었을 것인데.

"혹, 언지를 보았는가?"

"예? 아, 잘 빠져나갔다고 월이에게 들었습니다."

"그 아이의 영특함이 없었다면 정말 큰일 날 뻔하였네. 사실 조금 시간을 지체하였거든."

"헌데, 어찌?"

남무는 이곳에서 언지가 시간을 벌어 준 일을 말해 주었다. 그녀의 말 한 마디, 한 마디가 나올 때마다 겸은 자신의 앞에 중전마마가 있다는 사실도 잊은 채 표정이 창백하게 굳어지더니, 마지막엔 채 억누르지 못한 신음을 흘렸다.

"흐흠."

"아마 많이 놀라고 힘들었을 것이야."

"허나 원래 그런 아이입니다. 다른 여인들처럼 가만히, 얌전히 있어 주면 좋을 것인데. 그러면 이리 애가 닳지도 않을 것인데."

겸은 어느새 창가로 시선을 돌렸다. 그의 눈동자 위로 걱정스러움과 애달픔이 함께 섞여 한 여인을 그리고 있었다. 남무는 그 모습에 저절로 가슴이 뭉클해졌다. 주상 전하께서도 자신을 저리 그리워하고 계실까. 자신도 하루하루 그 커다란 궐에 홀로 계신 전하가 너무나도 그립고, 걱정스러운데.

"그만 나가 보게."

"예? 하오나."

"나머지는 내가 알아서 할 것이니, 그만 가 보란 말이네. 걱정되지 않나, 언지 그 아이가. 직접 그대 눈으로 보아야 안심할 테지."

제 마음을 너무나도 정확히 꿰뚫은 남무의 말에 겸은 당황한 기색을 숨기지 못했다. 제 속내가 이리 쉽게 보이는 건가? 천하의 허겸이. 남에게 이리도 쉽게 속내를 보인 것인가?

그는 이내 허탈한 웃음을 흘리며 고개를 숙였다.

"허면, 이만 물러가겠사옵니다. 혹여나 몸이 안 좋으시면 꼭 부르셔야 하옵니다."

"알겠네. 걱정하지 말게."

겸은 영 쑥스러워하는 기색으로 엉거주춤 자리에서 일어섰고, 남무는 그 모습에 오랜만에 즐거운 웃음을 띠었다.

사가를 빠져나온 윤주석은 문인수의 앞을 가로막았다. 이미 허 교수가 이곳으로 왔다는 소식을 들은 터였다.

"대체 무슨 말이냐. 허 교수라니. 그자가 어찌 이곳에 있어."

"이런 기분을 또 맛보게 될 줄은 몰랐습니다."

"뭐?"

"내의원의 수의까지 되었는데도, 역시 아직 먼 모양입니다. 고작 내의원의 수의 정도로는 역시 아니 되지요."

"인수야."

윤주석은 제자 문인수를 불렀지만, 인수는 주석에게 슬쩍 고개를 숙이며 말했다.

"제조 영감께서는 혜민서로 돌아가시지요. 전 대군 대감을 뵈어야 할 듯합니다."

그렇게 그는 단번에 걸음을 뒤로 돌렸고, 윤주석은 그런 인수를 차마 붙잡지 못한 채 너무나도 불안한 시선으로 길게 늘어지기 시작한 그의 그림자를 한동안 지켜보았다.

◈ ◈ ◈

어느덧 날이 저물었고, 혜민서로 가지 않고 책방을 돌아다니던 언지는 이제야 오늘 있었던 긴장을 말끔히 털어 내고선 옅은 미소를 지었다.

"이제 슬슬 혜민서로 돌아가 볼까."

아무래도 허지가 혜민서에서 기다리고 있을 것 같았다. 아마 무슨 일이냐고 꼬치꼬치 캐묻겠지. 하지만 결코 발설하지 말라 하였으니, 제 입이 이토록 무겁다는 걸 보여 줘야 했다. 그래, 암. 무덤까지 가져가 주지. 게다가 괜스레 입 밖에 내었다가 잘못되면.

"그가 다칠지도 모르고."

그렇게 언지는 유유자적 뒷짐을 지고서 혜민서 안으로 조심스럽게 걸음을 옮겼다. 번을 서는 의녀들만 간간이 지나갈 뿐, 다른 이의 모습은 보이지 않았다. 하지만 그래도 누가 볼지 몰라 조심조심 숙소 쪽으로 향하는데, 익숙한 손이 그녀의 어깨를 덥석 잡았다.

"언니!"

"으윽!"

언지는 놀란 마음에 얼른 허지의 입을 틀어막았다. 조심성 없이 언니라는 말을 저리 쉽게 담은 거야. 누가 보면 어쩌려고!

"우우, 우욱!"

"조용히 해, 이것아. 누가 보면 어쩌려고!"

"우우욱, 푸하! 그래, 누가 보면 어쩌려고 대체 무슨 일을 하고 돌아다니는 거야!"

허지는 언지의 손을 거칠게 뜯어내고서는 그녀의 행색을 쓱 살피며 의심이 가득 담긴 눈초리로 노려보았다.

"네가 신경 쓸 일 아니야. 그리고 절대 위험한 일도 아니고. 일단 나 옷부터. 누구한테 들킨다니까?"

언지는 김 도령을 핑계 삼아 얼른 자리를 떴다. 하지만 뒤에서 어림도 없다는 듯 허지의 목소리가 카랑카랑하게 울렸다.

"이대로 절대 넘어갈 생각하지 마. 나, 이번 일 다 듣고 말 거야!"

그녀는 애써 귀를 틀어막고서 옷을 갈아입기 위해 숙소 쪽으로 향했다. 하여튼, 김허지. 저걸 대체 어떻게 달래 줘야 하나.

사실 허지가 저렇게 궁금해하는 것도 무리는 아니었다. 허지를 그 사람에게 보냈을 때, 차마 중전마마에 대한 일을 말할 수 없었고, 그저 이렇게만 전하라고 했었다.

'꽃나무가 나비만이 돌아오기를 기다리고 있습니다.'

'뭐? 꽃나무가 나비를 돌아와?'

'아무튼, 그렇게만 전해. 얼른 가, 얼른!'

꽃나무는 화수(花樹)마을을 뜻했고, 나비는 중전마마를 상징하는 나비 떨잠이었다. 다른 이는 몰라도 겸, 그 사람이라면 알아차릴 수 있을 거라 믿었기에 그리 말한 것이었는데. 역시나 잘 알아차려 준 모양이었다.

언지는 왠지 모르게 뿌듯해진 마음으로 의녀들이 사용하는 숙소로 걸음을 옮겼다. 아까 번을 서는 의녀들이 전부 밖에 있는 걸 보았으니, 아마 숙소에는 남아 있는 의녀가 없을 것이다. 아주 잽싸게 갈아입고 나오기만 하면 되니까.

하지만 언지의 생각과는 달리 숙소 안에서 희미하지만, 등잔 불빛이 흘러나오고 있었다.

"젠장. 누구야, 이 야밤에 숙소에서 놀고 있는 의녀가!"

다른 곳은 죄다 의생들이나 의관들이 사용하는 곳이라 위험한데. 그냥 이대로 집까지 갈까? 밤이라 들키지 않고 괜찮을지도 모르고.

언지는 보따리를 끌어안고서 이런저런 궁리를 하다 문득, 슬그머니 고개를 돌렸다. 그녀의 시선 끝에 와 닿은 것은 겸의 집무실. 불빛은 없었고, 인적도 없었다. 감히 좌상 대감 자제의 집무실을 함부로 드나드는 간 큰 놈은 없었고, 겸 역시 오늘은 혜민서에 오지 않을 것이 분명했다. 아마 중전마마 또는 최 판관님과 함께 계시겠지?

"그래, 어차피 잠깐 들어가서 옷만 갈아입으면 되는 거니까."

그래도 혹시 몰라 언지는 이리저리 두리번거리면서 집무실 안으로 쏙 숨어들어 갔다. 안은 캄캄했다. 그래서 그런지 좀 불안한 느낌이 스멀스멀 피어올랐다. 하지만 그래도 그가 있던 공간이라는 생각에 그렇게 무섭지만은 않았다. 등불이라도 좀 밝히면 좋겠지만, 들킬지도 모르니까. 그나마 다행인 건 창가로 스며드는 달빛이 오늘은 꽤나 밝다는 거였다.

그녀는 창가 바로 앞에 서서는 보자기를 펼쳤다. 그러고는 갓을 내려놓고 조심스럽게 도포 자락을 아래로 내렸다. 새하얀 달빛이 스미면서 그녀의 뽀얀 속살을 은밀하게 비추었다. 둥근 어깨를 타고 그녀의 탐스러운 머리카락이 부드럽게 쏟아졌다. 마치 달에 산다는 항아가 지상으로 내려온 듯, 너무나도 아름다운 모습이었다.

그녀는 손가락으로 대충 머리카락을 쓸어내리면서 속적삼과 치마를 두르고, 저고리를 입었다. 이제 고름을 묶고, 머리만 땋으면…….

타박, 타박, 타박.

순간, 바깥에서 묵직한 발걸음 소리가 울렸고, 언지는 등골로 소름이 쫙 끼치면서 커다랗게 흔들리는 시선으로 고개를 돌렸다. 점점 가까워지는 발걸음 소리. 설마, 설마.

'안 돼!'

제9장
한성애사

곧장 혜민서로 달려오려고 했지만, 이런저런 일로 지체된 나머지 이제야 혜민서에 도착한 겸은 번을 서는 의녀들과 몇몇 의생들 빼고는 너무나도 적막한 모습에 한숨을 내쉬었다.

이 시간까지 여기 있을 리가 없지. 그렇다고 여인의 집 앞으로 무턱대고 찾아갈 수도 없으니.

그는 영 아쉬운 시선으로 혜민서를 둘러보다 이내 집무실로 걸음을 옮겼다. 오늘은 의서들을 읽으면서 집무실에서 밤을 새울 작정이었다. 어차피 집에 들어가도 마음만 복잡할 테니까.

그렇게 집무실 앞에 선 겸은 문고리를 잡고서 망설임 없이 문을 열었다. 캄캄한 집무실 안은 텅 비어 있었다. 그런데 어쩐지.

'온기? 누가 있었나?'

겸이 조심스럽게 안으로 들어서고, 그런 그를 언지가 책장 너머로 몸을 숨긴 채 숨을 죽이며 지켜보고 있었다. 채 다 입지 못한 옷 때문에 속살이 얼핏얼핏 보이는 모습이 가관이었고, 머리카락 역시 묶지 못해 그대로 흘러내려 처녀 귀신이 따로 없었다. 이 모습을 들켰다간 끝장이다. 하지만 이대로 안 나가면 어쩌지? 아니, 도대체 이 야밤에 혜민서엔 왜 온 거야? 못다 한 일을 밤새워 할 만큼 성실한 성격도 아니면서!

그 순간, 겸의 시선이 정확히 책장 너머로 향했고 언지는 빳빳하게 굳어진 몸으로 옷 보따리를 꽉 끌어안았다. 하지만 여전히 겸의 시선은 이쪽을 향해 있었다. 뭐지? 뭐지? 설마, 설마 들킨 건가!

'안 돼, 안 돼. 들키더라도 이런 모습은 절대로 안 돼!'

희멀건 보름달이 수만 송이의 꽃잎을 피우며 밤길을 젖이고 있을 때, 그 길 위로 가예가 연신 왔다 갔다 하며 통 잠을 이루지 못하고 있었다. 서늘한 입매가 단정히 다물어져 있었고, 곱디고운 눈매는 연신 하늘을 가리키며 촉촉이 흔들리고 있었다.

혜민서에서 그를 직접 만난 이후로. 또한, 거의 거절에 가까운 말을 던지고 발걸음을 돌린 이후로 가예는 한순간도 제대로 잠을 이룰 수가 없었다. 자꾸만 그 시렸던 눈빛이 파고들며 꿈속에서도 자신을 흔들어 놓았으니까.

그렇게 정처 없이 떠돌던 걸음은 별당을 스쳐 어느새 사랑채까지 와 닿고 말았다. 결국 그런 그녀의 뒤를 묵묵히 따르던 여종이 혹여나 대감마님께 들킬까 저어되어 조심스런 어조로 그녀의 발목을 붙잡으려 했지만, 가예가 먼저 걸음을 멈추고선 의아한 시선으로 희미한 불빛이 새어 나오는 사랑채를 바라보았다. 어쩐지, 묘한 분위기가 느껴지는 듯했다.

"지금 사랑채에 누가 들어 계시느냐?"

"예?"

여종은 뜬금없는 말에 저도 모르게 되물었고, 가예는 여전히 사랑채 쪽에서 시선을 떼지 못한 채 다시금 입을 열었다.

"사랑채에 손님이 들어 계시냐고 물었다."

"아, 예. 좀 늦은 시각이긴 하지만, 수의 영감께서 들어 계신다 합니다."

"내의원 수의 영감이?"

수의 영감이라는 말에 가예는 입술을 꽉 깨물었다.

이 늦은 시각에 그것도 이리 은밀히 사랑채를 찾았다고? 내의원의 수의가?

그녀의 낯빛 위로 불길함이 스치고 있었다. 제 아버님이 무엇을 꾸미는지는 알 수 없지만, 그 일에 내의원이 포함되어 있다는 사실은 알고 있다. 혹여 무서운 일은 아닐까. 혹여 그것이.

"아씨, 그만 돌아가셔야 합니다. 이러다 대감마님께 들키기라도 하시면."

"……."

하지만 가예는 한동안 그 자리에서 움직이지 않고서 연신 사랑채를 바라보다 이내 급하게 걸음을 뒤로 돌렸다.

"해서, 중전의 병세를 알아차리기는커녕 손안에 넣는 것도 어렵게 되었다?"

"그 자리에 갑자기 좌상 대감의 아들이 끼어들 줄은 몰랐지요. 허나, 한 가지 확실한 건 중전마마의 병세는 분명 호전되지 못한 것입니다. 그리고 그 사실을 허 교수, 그자는 알고 있을지도 모릅니다."

주변의 눈도 확인치 않고 갑작스럽게 들이닥친 그가 영 못마땅하기는 했지만, 차선대군은 오늘 있었던 일에 꽤나 흥미가 동했다. 그 누구도 아닌 좌상의 아들이 엮여 있다니 말이다. 게다가 제 앞에서 침착한 척하고 있지만 차선은 그 누구보다 분노하고 있는 문인수를 볼 수 있었다. 하긴 눈앞에서 제 환자를 빼앗겨 버렸으니. 그것도 의학을 배운 지 얼마 되지 않은 허겸. 그런 애송이에게 실력이 아닌 신분으로. 마치 예전처럼.

"그럴지도 모르지. 하지만 중전께서 그저 좌상의 아들을 방패막이로 이용하려고 하는지도 모르고. 아직 좌상이 누구의 편으로 갔는지 짐작하기는 이르네. 그렇게 해서 등을 돌리기엔 좌상이 가진 병권이 너무 막강해."

"하지만 그 허 교수가 방해되는 건 사실입니다. 그자를 중전마마의 곁에 두어선 아니 됩니다."

차선대군은 문인수를 살피면서 겉으로는 태연한 척 고개를 끄덕였다.

"그렇기는 하지. 하루라도 빨리 중전을 우리 수중으로 넣어야 하니. 오히려 궐 밖에 있는 지금이 가장 최상일지도 모르고."

"곧, 그자가 중전마마의 고뿔을 고친다는 명분으로 사가로 들어갈 것입니다. 그것을 막아야 합니다."

"어찌 막을 작정인가?"

차선대군은 이 일의 전부를 문인수에게 맡길 참이었다. 이미 처음 의도했던 방향과는 많이 틀어져 버렸다. 까딱 잘못하여 이쪽 머리가 드러나게 된다면, 지금의 어린 주상에게 빌미를 주게 될 터. 그러니 자신의 모습은 감춘 채 손에 쥔 패만 움직여야 했고, 그 패가 바로 문인수였다.

문인수 역시 그런 차선대군의 의중을 읽고서는 평소대로 서글한 미소를 띠며 잔인한 말을 내뱉었다.

"허 교수가 몸 상태가 좋지 않으면 감히 중전마마의 시료를 할 수 없을 테지요. 그리되면 제 스승님께서 안타까운 마음에 직접 가실 수도 있으실 테고."

"훗. 그래, 몸이 안 좋다면 어쩔 수 없겠군."

차선대군과 문인수는 서로를 바라보며 의미심장한 미소를 머금었다.

사랑채 바깥에서 다과상을 들고서 숨소리마저 죽인 채 이 모든 사실을 듣고 있던 가예의 낯빛이 위태롭게 흩어졌다. 감히 중전마마의 안위가 입방아에 오르는 게 문제가 아니었다. 거기에 그분이 관계되어 계신다. 게다가 아버님께 방해되는 인물로.

'허 교수가 몸 상태가 좋지 않으면, 감히 중전마마의 시료를 할 수 없

을 테지요.'

가예는 파들파들 떨리는 손길을 붙잡으며 몸을 숨겼다. 잔인하게 일그러지는 그 목소리가 잊히지가 않았다. 온몸으로 밀려드는 떨림에 다리에 힘을 줄 수 없었지만 그녀는 가까스로 몸을 일으켜 세우고선 조심스럽게 사랑채와 멀어지기 시작했다.

정신 차려야 한다. 그분이, 그분이 위험하다. 허 도련님이 지금 위험해!

무심코 고개를 돌린 겸의 시선에 뭔가가 박혀 들어왔다. 그는 곧장 다가가 그것을 주워 들었다. 바로 자신이 언지에게 선물로 주었던 매화 노리개였다. 대체 이것이 왜 여기에 떨어져 있는지. 혹, 그 아이가 다녀간 것인가? 아직도 혜민서에 있는 건가?

어쩌면 이곳에 있을지도 모른다는 생각에 애써 억눌렀던 초조함이 밀려들면서 노리개를 꽉 움켜쥐었다. 그리고 책장 너머로 그 모습을 바라보는 언지의 심정은 그와 다른 감정으로 심장이 쪼그라들 것 같았다. 대체 저 노리개는 언제 떨어뜨린 건지! 불과 몇 보 앞에 그를 두고서 혹여나 숨소리 하나라도 들킬까 봐 미칠 것 같았다.

언지는 아주 조심스럽게. 조심스럽게 한 걸음을 옆으로 당겼다. 조금이라도 그와 멀어져야 안심이 될 것 같았다. 하지만 그것이 화근이었다. 슬쩍 당긴 걸음인데, 안 그래도 급하게 숨는다고 대충 묶은 치마 매듭이 삐져나온 책장에 걸려 그만 풀어지고 만 것이다.

'안 돼!'

아래로 스르르 내려오려는 치맛자락을 저도 모르게 덥석 붙잡았고, 그 바람에 부스럭거리는 소리가 너무나도 적나라하게 울리고 말았다. 언지는 차마 두려움에 그를 살피지도 못하고서 눈을 질끈 감아 버렸다. 들키는 것도 남우세스러운데, 그것도 이런 망측한 모습으로 들키게 되면!

'차라리, 죽자. 죽어, 김언지!'

사각거리는 소리에 겸은 움찔하며 고개를 들었다. 분명 책장 너머에서 울린 소리. 어느새 그의 눈빛이 차갑게 내려앉으며 잔뜩 경계를 품고서 책장과 책장 사이의 어두운 공간을 노려보았다. 분명, 뭔가 소리가 들렸다. 누가 있는 건가? 혹시 차선대군이 뭔가를 눈치채고 저번처럼 자객을…….

겸은 쥐고 있던 노리개를 품에 품고서 한 걸음 앞으로 당겼다. 혹시 모를 일에 대비하여 조금 거리를 둔 상태였다. 고작 책장 하나를 사이에 두고서 겸이 한 발자국만 더 당기면 언지를 볼 수 있을 정도의 거리에 와 닿은 순간!

"겸아."

구세주처럼 바깥에서 이영의 목소리가 울렸다. 언지는 바들바들 떨며 감고 있던 눈을 살며시 뜨고서 달콤하게 울리는 목소리가 혹시 헛것은 아닌지 멍한 시선으로 다시 귀를 기울이자, 역시나 헛것이 아니라는 듯 다시금 이영의 목소리가 울렸다.

"겸아, 안에 없는 것이냐?"

겸은 자신을 찾는 이영의 목소리에 하는 수 없이 걸음을 뒤로 당겼다. 살기 같은 것은 느껴지지 않았다. 게다가 별다른 인기척 역시. 게다가 만약 차선대군이라고 할지라도 이리 무모하게 저를 해하려 하지는 않을 것이다. 아직 그는 자신의 아버지와 척을 둘 수 없으니.

그저 너무 예민했던 것 같다.

그는 다시금 텅 빈 공간을 빤히 바라보다 이내 고개를 돌렸다.

"쥐라도 지나간 것인가."

그렇게 겸이 집무실을 빠져나가자마자 언지는 참았던 숨을 그대로 토해 내며 다리에 힘이 풀리듯, 그 자리에 주저앉고 말았다. 정말이지, 딱 죽다 살아난 기분이었다. 대체 오늘은 무슨 마가 낀 것인지. 하루 종일 숨고, 속이고, 가슴 졸이며 시간을 보낸 것 같았다.

"한 번 더 이랬다가는 정녕 내 명에 못 살지!"

언지는 혹여나 그가 다시 들어올까 봐 얼른 치마 고름을 단단히 매고, 저고리 고름도 꽉 동여매고선 머리카락 역시 야무지게 땋아 내리며 재빨리 흔적을 지워 나갔다.

혜민서 앞마당으로 나온 겸은 어쩐지 안색이 좋지 않은 이영의 모습에 이미 그의 귀에 소식이 들어갔다는 걸 깨달았다.

"뭐 들은 거냐?"

"중전마마께서 내게 사람을 보내셨다."

몇 식경 전, 중전마마의 사람이 한성부를 찾아와서는 오늘 있었던 일을 말하며 겸의 주변을 경계하고 지켜 달라 부탁을 했었다. 이영은 그러한 전갈에 덜컹이는 가슴을 쓸어내리면서도 제게 제대로 설명해 주지 않은 겸이 야속하기도 했다.

겸 역시 이영이 지금 무슨 생각을 하고 있는지 알고선 애써 눈가를 부드럽게 늘어뜨리며 그의 어깨를 가볍게 두드렸다.

"제대로 말할 기회가 생기지 않아 그런 것이다. 너무 서운해하지 마라."

"어련하겠냐? 하지만 오늘은 정말 무모했다. 무사한 것이 다행이지. 듣자 하니 김 의녀님께서 큰일을 하셨다던데."

이영의 입에서 나온 언지의 이름에 겸은 살짝 씁쓸한 빛을 띠며 고개를 가로저었다.

"내가 생각이 짧았던 거지. 더 이상 그 아이를 이 일에 끌어들이지 않을 것이다. 하지만 혹시 모르니, 네 사람 몇을 언지에게 붙여다오. 내가 하루 종일 그 아이 옆에 붙어 있다면 좋겠지만, 당분간은 마마의 사가에 있어야 할 것 같아서 영 내 마음이 놓이질 않는구나."

그답지 않게 연신 묻어 나오는 초조함에 이영은 고개를 끄덕이면서도 어쩐지 걱정이 되었다. 생각보다 녀석이 의녀님을 생각하는 마음이 깊었다. 하긴 여인에 대해 진지하게 생각해 본 적이 없는 녀석이 이렇게까지 마음을 주고, 곁을 내어 준 여인은 없었지. 언지, 김언지라.

이영은 자신의 입 안에서 비슷한 이름이 맴도는 걸 느꼈지만, 이내 입술을 꾹 다물고서 이곳에 오기 직전에 들은 정보를 겸에게 알려 주었다.

"사실 그 일 때문에 널 찾아온 것은 아니다."

"허면?"

"김 도령."

겸은 그의 입에서 김 도령이라는 말이 나오자 저도 모르게 눈이 번뜩였다. 사실, 화수마을에서 그를 본 것 같은 느낌에 영 찜찜했었다. 게다가 언지.

'그건 말이 안 되지. 하지만 제대로 그자를 만나야 해.'

"혹, 찾은 것이냐?"

"찾은 것은 아니지만, 단서는 잡았다. 그자의 신작이 풀렸다고 하더군."

"뭐? 김 도령의 신작? 정말이냐?"

순간 겸은 저도 모르게 눈을 반짝였다. 신작이라니. 비색고름의 여운이 아직 채 가시지 않았는데 벌써 김 도령의 신작이 나오다니!

"대체 어떤 것이냐? 혹 네가 지금 가지고 있느냐? 응? 이름만 알아도 좋겠는데. 응?"

하지만 점점 험악하게 일그러지는 이영의 눈빛에 겸은 슬그머니 꼬리를 내리며 입을 꾹 다물었다.

"너는 아직도 그런 소설에!"

"흠흠, 관심 없는 네가 이상하다니까. 아무튼 그래서?"

이영은 묵직한 한숨을 내쉬고서 품 안에서 책 한 권을 꺼내 들었다. 겸은 그 책을 보며 저도 모르게 가슴이 두근거렸다. 바로 김 도령의 신작.

"서, 설마 그것이!"

"김 도령의 신작이라고 풀린 한성애사다. 헌데 이 책의 마지막을 좀 보거라."

"마지막?"

이영은 책의 맨 마지막장을 펼쳤다. 그 순간, 그의 시선이 정확히 한 곳에 멈추면서 희미하게 떨려 왔다. 예전 김 도령의 서체와는 판이하게 다른 서체. 하지만 굉장히 수려하게 뻗어 나오는 선이 우아하며 굉장히 여성스런 문체로, 다른 여인과 함께 있는 도령을 안타깝게 바라보는 여인의 절절한 마음이 담겨 있었다. 그것도 풍등이 하늘을 수놓은 그 아래에서.

그때, 겸의 기억으로 뭔가가 스쳐 지나갔다.

풍등이라면, 그날 그때의 풍등놀이를 말하는 것인가? 그러고 보니 그때 그 꽃 도령을 처음 만나긴 했지. 하지만 문제는 그다음 시의 구절이었다.

꿈에 뵈는 님이 신의(信義)업다 하건마는

탐탐(貪貪)이 그리올 제 꿈 아니면 어이보리

져 님아 꿈이라 말고 자로자로 뵈시쇼

—명옥(明玉) 청구영언(青丘永言)—

"이건."

"분명 네가 그날 보았다던 그 꽃 도령이 네게 남긴 그 시와 똑같은 시가 맞지?"

"그래. 서체 역시 똑같구나. 그럼 역시 그자가 김 도령……."

"네가 기억하는 그자의 인상착의를 좀 더 자세히 말해 봐라. 조금만 더 파 보면 제대로 그 뒤를 밟을 수 있을 것 같다."

이영은 그의 인상착의를 머릿속에 새겼다. 겸은 이영에게 자신이 보았던 그 꽃 도령을 얘기해 주면서 희미한 기억 속에 그 모습을 떠올렸다. 그러고는 한성애사에 적힌 여주인공 이름을 묘한 시선으로 바라보았다.

'헌지. 주인공의 이름이 헌지라니.'

언지와 너무나도 비슷하지 않은가. 도대체 이 모든 것이 정녕 우연인가? 우연?

하지만 그는 고개를 가로저으며 언지의 존재를 억지로 지워 내야만 했다.

'김 도령이 언지라니. 그런 말도 안 되는. 허겸. 제발 정신 차려라! 그럴 리가 없잖아! 그자를 찾으면 다 해결될 일이야. 전부 다!'

괜한 생각을 접고 이영에게 뭐라 말을 하려던 겸의 시선이 그의 어깨 너머로 멈춰 들었고, 그 너머엔 언지가 곱게 서 있었다.

이영 역시 그녀를 발견하고서는 이미 자신 따윈 안중에도 없는 겸의 모습에 헛웃음을 지으며 그 자리를 비켜 주었다.

그렇게 이영이 사라진 뒤, 겸은 잠시 헛기침을 하고서 여전히 그 자리에 서 있는 언지를 바라보았다. 밝은 보름달의 새하얀 빛이 그녀의 머리 위로 한가득 쏟아지며 이름 모를 꽃을 피워 냈다. 바람결에 풍겨 오는 내음 역시 마찬가지였다.

겸은 무슨 생각을 하는지 전혀 움직임 없이 저를 빤히 보고 서 있는 언지의 모습에 결국 자신이 조바심을 내며 먼저 걸음을 당겼다. 점점 거리가 가까워질수록 풍겨 오는 내음이 사내의 가슴 위로 더더욱 짙게 내려앉았다.

마침내 꽃 도령이니, 김 도령이니 하는 생각은 사라지고 그저 언지, 이 아이가 무사히 제 눈앞에 있다는 사실만이 담겼다.

"분명, 마음대로 나서지 말라 하지 않았느냐."

잔뜩 억눌린 목소리가 흐트러지고 언지는 싱긋 웃으며 그를 올려다보았다. 얼핏얼핏 보기는 했지만 그래도 이리 무사한 모습을 보니 훨씬 더 마음이 진정되었다.

"다급하지 않았습니까. 만일 제가 시간을 끌지 못했다면……."

순간, 그의 손길이 언지의 어깨를 거칠게 끌어당기는 바람에 그녀의 목소리가 허공에서 흐트러지고 말았다. 뻗은 손길이 그녀의 어깨를 끌어

안으며 가늘게 내쉬는 한숨에 목소리가 떨려 왔다. 언지는 그의 넓은 가슴에서 느껴지는 뜨거운 체온에 숨이 턱하고 막혀 왔다.

"걱정하였다. 내 눈앞에 있으라고 그리 말하였는데. 그러지 못해서. 네가 다쳤을까 봐. 그랬을까 봐."

억눌린 목소리에서 묻어 나오는 그의 걱정과 염려에 그녀 역시 한 손으로 그의 옷깃을 살포시 움켜쥐었다. 자신도 그와 마찬가지였으니까. 하루 종일 걱정되고, 초조하고. 그래서, 그래서 그때 김 도령이었음에도 차마 고개를 돌리지 못한 것이니까.

한동안 그렇게 서로의 옷깃을 붙잡은 채, 손끝에서 느껴지는 서로를 붙잡던 두 사람은 동시에 아쉬움을 담고서 스르르 손을 놓았다. 겸은 순식간에 느껴지는 공허함에 탁해진 눈빛을 애써 고쳐 잡으며 최대한 흔들림 없는 목소리로 말을 이었다.

"이제부터 중전마마의 일은 내가 알아서 할 것이다. 허니, 넌 이제 신경 쓰지 말거라. 수의와 제조 영감까지 엮인 이상 더는 네가 나설 일이 아니다."

"허면 중전마마의 시료는?"

"사가에 계시는 동안만 내가 중전마마를 시료할 것이다."

언지는 고개를 끄덕였다. 일이 이렇게까지 된 이상 자신이 할 수 있는 선은 다한 셈이었다. 하지만 역시나 그가 걱정이었다. 제조 영감에 수의 영감까지 관련된 일인데. 대체 그는 혜민서 의학교수라는 감투를 내세워 무엇을 숨기고 있는 것일까? 도대체.

"걱정 말거라."

겸은 그녀의 눈동자에 서린 걱정을 읽어 내고서는 피식 웃었다.

"내가 다치는 일은 없을 것이니. 너도 알다시피 내가 뒷배가 좀 세지 않느냐? 그저 그런 의학교수가 아닌, 중전마마께서도 신뢰하는 의원."

"교수님."

그저 장난스럽게 언지의 걱정을 풀어 주고자 한 것인데, 갑자기 진지한 시선으로 저를 빤히 바라보는 그녀의 모습에 겸은 다시금 심장이 철렁였다.

"왜 그러느냐?"

"교수님이 무슨 일을 하시는지 저는 모릅니다. 허나, 그것이 무척이나 위험한 일이라는 건 알고 있습니다."

"걱정하지 말래도. 물론 위험하긴 하지만 내가 다치진 않을 것이다."

물론 이는 거짓이다. 잘못된다면, 그보다 차선대군이 이 일을 알게 된다면, 쥐도 새도 모르게 제 목이 달아날지도 모를 일이다. 그렇기에 더더욱 언지를 끌어들일 수는 없었다.

"그런 위험한 일인데도 제게 부탁을 했었습니다."

하지만 뭔가가 어긋난 듯한 언지의 말에 겸은 의아한 시선을 품었다. 대체 이 아이가 무슨 말을 하고자 하는 것일까?

"그래. 해서 네겐 너무 미안하구나. 그러니 이제부터라도……."

"그만큼 저를 믿고, 신뢰하신다는 것이지요. 중전마마께도 그리 말씀하셨으니까요."

"언지야."

"그리 이름을 부르시는 의녀도 저뿐이라는 걸 압니다."

언지는 잠시 숨을 참았다 내쉬며 그를 똑바로 바라보았다. 그를 볼 때마다 심장이 파르르 흔들리며 열기가 피어오른다. 그를 연모하는 마음이 더더욱 커지고 있음을 자신은 알고 있었다. 그렇다면 그는, 도대체 이 사내의 진심은 무엇일까? 그저 자신을 믿는 것. 그뿐인 걸까? 고작 그런 것으로 저를 이리 걱정하고, 걱정하며, 또 걱정하는 것인가?

"교수님께 저는 대체 무엇입니까?"

"……."

"대체, 무엇입니까?"

만약 정녕 그것뿐이라면 언지는 더 이상 그에게 흔들리고 싶지 않았다. 그의 조그만 말에도 사소한 행동에도 속수무책으로 뒤흔들리는 자신인데. 아무런 마음 없는 그의 손길에 놀아나고 싶지는 않았다.

겸은 언지의 눈동자를 가만히 바라보았다. 까맣게 밤꽃이 피어나면서 그 속에 자신의 모습이 보였다. 너무나도 곱디고운 여인. 조금이라도 부서질까. 다칠까. 저 어여쁜 모습에 눈물이라도 내릴까. 처음으로 여인에게 이리도 마음 졸이고, 가슴 떨리며 그 때문에 차마 뻗지도 못하는 그러한 여인. 제게 언지는 그런 여인이었다. 차마 연모라는 말로도 다 표현하지 못할 만큼.

"나는, 너를……."

서로의 시선이 미묘하게 맞물리면서 그의 메마른 입술이 천천히 벌어지며 열기로 휘감으려는 순간, 언지가 고개를 천천히 숙였다. 겸은 갑작스런 그녀의 모습에 딱딱하게 굳어진 시선으로 고개를 돌렸다. 그리고 그 시선 끝에 가예, 그녀가 서 있었다.

"도련님."

가예의 목소리가 그녀의 모습처럼 한 치의 어긋남 없이 단정히 흘러내렸고, 그 목소리를 따라 겸의 시선 역시 차갑게 가라앉았다. 언지는 내렸던 고개를 다시금 올려 세웠다. 그러고는 자꾸만 치밀어 오르는 숨을 꾹 누르고서 겸에게 속삭였다.

"허면, 교수님의 말씀대로 저는 더 이상 관여하지 않겠습니다."

"언지야."

그의 입에서 너무나도 자연스럽게 흘러나오는 여인의 이름에 가예는 심장이 철렁였지만, 입술을 꾹 다물고서 두 사람의 모습을 그저 지켜만 보았다.

"늦었습니다. 교수님께서도 바쁘신 듯하니, 저는 이만 물러가겠습니다. 그리고 무사하셔서 다행입니다. 앞으로도 몸 살피십시오. 교수님의 말씀처럼 귀하디귀하신 분이시니까요."

그렇게 언지는 몸을 돌렸다. 이렇게 피하는 것이 억울하고 분하기는 했지만 아직은 자신이 그의 옆에 떳떳하게 서 있을 수 있는 처지가 아니었으니까. 이래나 저래나 저 여인은 허겸. 그의 정혼자인 것이니까.

하지만 몇 발자국을 떼기도 전에 그의 손길이 그녀를 덥석 붙잡아 세웠다.

"교수님?"

다른 여인. 그것도 정혼자가 보고 있는 와중에 제 손목을 이리 아무렇지도 않게 붙잡은 모습에 언지는 저도 모르게 당황했지만, 억누를 수 없는 묘한 느낌이 피어올랐다. 겸은 그런 그녀를 보며 마치 가예가 이곳에 없는 것처럼 입을 열었다.

"네가 내게 어떤 의미인지."

"……."

"꼭 다시 말해 줄 것이다. 그러니 나를 믿어라. 그리고 그때 내가 너에게 한 그 말을 믿어라."

"……."

"한순간도 거짓은 없었다고."

'단 한 순간도 거짓인 적은 없었다.'

겸은 그녀의 손을 다시 한 번 꽉 붙잡아 주고선 고개를 돌렸다. 언지는 움찔하며 제 손에 슬쩍 펴 보았다. 손바닥 위로 그녀가 떨어뜨렸던 매화 노리개가 놓여 있었다. 그녀는 노리개에 스며든 그의 온기와 목소리를 소중히 품고서 속삭였다.

"저는 교수님을 아주 많이, 연모합니다."

차마 그에게 닿지 못한 목소리. 하지만 언젠가는 꼭 와 닿을 수 있을 거라 믿는 목소리.

겸은 그녀에게서 멀어져 가면서 속으로 끝없이 그녀에게 되뇌었다.

'널 아주 많이, 연모한다.'

그렇게 소리 없는 연심이 하나로 엮이는 순간에, 가예는 떨리는 두 다리에 억지로 힘을 주고서 점점 싸늘하게 다가서는 겸을 바라보아야만 했다. 저 의녀에게 하는 모든 말을 들었다. 그의 모습과 손길까지. 저에겐 결코 주지 않는 따스함을 느낄 수 있었다. 마치, 예전에 궐에서 처음 그를 훔쳐보았던 그 모습을 보는 듯.

“도대체 어찌 또 이곳에 발걸음 하셨습니까. 그것도 이 야심한 시각에 말입니다.”

지독히도 차갑게 떨어지는 목소리가 그녀의 심장을 움켜쥐었다. 순식간에 사라져 버린 다정함. 가예는 손끝을 움켜쥐고서 애써 고개를 빳빳이 들었다. 그저 그런 의녀일 거라고. 그런 의녀일 뿐이라고 자꾸만 스스로에게 되뇌었지만, 그가 그런 의녀 따위에게도 보여 주었던 미소를 제겐 단 한 자락도 보여 주지 않는 것이 못내 서운하면서도 종친의 여식으로서 그런 의녀에게 투기심조차 느끼면 아니 되었기에 침착하게 제 마음을 억눌렀다.

“낭자.”

“저 의녀님과 친하신가 봅니다. 저번에도 함께 있는 것을 보았는데.”

자꾸만 자신을 흔드는 싸늘한 그의 목소리에 가예는 저도 모르게 억눌렀던 마음은 한 자락을 내어 주고 말았다. 순간, 흠칫한 마음이 들었지만 이미 내뱉은 말을 주워 담을 수 없기에 그를 가만히 응시했고, 겸은 아까보다 더 싸늘해진 시선으로 곧장 입을 열었다.

“그냥 저를 도와주는 의녀입니다.”

“…….”

“헌데 제가 이런 말까지 낭자에게 해야 하는 것입니까? 이런 늦은 시각에 또다시 혜민서에 찾아와서, 대체 이 무슨 해괴한 모습입니까.”

겸은 혹시나 가예에게 언지의 존재가 들킬까 봐, 해서 차선대군의 눈안에 들어올까 저어되어서 그냥 대충 말을 얼버무리면서 오히려 가예를 다그쳤다. 그녀는 어쩐지 의녀를 보호하듯 떠넘기는 그의 어조가 거슬렸지만, 지금 하는 그의 말을 믿고 싶었다. 그냥 단지 도와주는 그런 의녀일 뿐이라고. 그럴 뿐이라고.

“송구합니다. 제가 실언을 했습니다. 그렇지요. 그저 그런 의녀일 뿐이지요. 제가 잠시 황망한 생각을 하였습니다. 도련님이 얼마나 귀하신 분이신데 천것과 어울릴 리가 없지요. 그럴 수도 없는 거지만."

하지만 가예는 혹시나 모를 일을 대비해 그에게 제대로 못을 박았다. 그래, 설사 그가 마음이 있다 하여도 의녀는 천것이다. 천것과 사대부가 이어진다니, 그것은 있을 수 없는 일이다.

겸의 눈빛이 한순간 딱딱하게 굳어졌지만, 가예는 어둠을 핑계 삼아 모른 척했다. 서로의 시선이 서로를 향하는 듯했지만 서늘한 바람이 스치며 가시처럼 가예의 가슴을 찔러 왔다.

"이곳까지 오신 연유가 무엇입니까."

겸은 더 이상 그녀의 입에 언지가 오르내리는 것을 보고 싶지 않아 얼른 말을 돌려 버렸다. 가예는 자신이 이곳에 온 이유를 되새기며 조심스럽게 입을 열었다.

"아버님과 척을 두지 마십시오."

생각지도 못한 말에 겸의 시선이 순간 떨려 왔다. 대체 무슨 소리를 하려는 거지?

"저와의 혼담은 미루시더라도, 제 아버님과 맞서지는 마십시오."

마치 뭔가를 알고 있는 것처럼 내뱉는 그녀의 경고에 겸의 표정이 아까와는 다른 의미로 차갑게 일그러졌다. 대체 저 조그만 여인이 무엇을 알고 있는 것인가.

"낭자와 상관없는 일입니다."

"상관있습니다."

하지만 생각보다 가예의 태도 역시 단호했다. 마치 무언가 확답을 받아 내겠다는 듯 그녀는 좀 더 무리하게 그에게로 성큼 다가섰다.

"상관있습니다. 소녀는 종친으로서 어릴 적부터 온 세상의 시선을 받으며 한 치의 흐트러짐도 용납하지 않은 자리에 있었습니다. 그 한 치의 틈에 제 목숨이 왔다 갔다 할 수 있었으니까요. 그리, 배웠으니까요."

"……."

"그렇기에 지금 도련님의 모습이 얼마나 위태로운지 알고 있습니다. 얼마나 위험한지 잘 알고 있습니다."

"대체 어디서 무엇을! 혹, 중전마마의 일로 이러시는 겁니까? 대군 대감께 무슨 말이라도 들으신 겁니까!"

하지만 가예는 입을 꾹 다물었다. 차마 제 아버님이 그를 해하려고 한다는 사실을 제 입으로 말할 수는 없었다. 그녀는 이번 일이 조용히 넘어가길 바랐다. 아버님께서 어떤 식으로 이분께 해를 가하려 하는지는 모르지만, 그저 아버님의 계획이 실패로 돌아갈 수 있도록 도련님을 지켜드리는 것. 그렇게 도련님은 아무것도 모른 채 위험을 벗어나는 것. 자기 자신만 죽을 때까지 가슴에 묻어 버리는 것.

'그리하지 않으면, 정녕 도련님과 아버님은 서로 칼을 겨누게 될 것이다.'

그리되면 가예는 어느 한쪽도 제대로 선택할 수가 없었다. 아버님을 저버리는 일도, 아버님의 칼에 도련님이 다치는 일도.

"도련님께서 다치지 않길 바랍니다. 위험해지시지 않길 바랍니다. 도련님의 집안과 소녀의 집안이 서로 피를 부르는 것을 결코 원치 않습니다. 그러니 제발!"

가예는 손을 뻗어 그를 잡으려 했지만, 겸은 그 손길을 피해 몸을 돌려 버렸다. 단 한 순간도, 실수로라도 그는 제게 손가락 하나 닿지 않으려고 했다. 손가락 하나조차.

"그리 배우셨다면 낭자께선 그 입을 다무셔야 하는 것이 아닙니까? 대군 대감께서 혈육이라고 너그럽게 눈 감으시는 성품도 아니신데. 자칫하여 낭자께서 대군 대감의 눈 밖에라도 난다면."

"아버님이라면 저를 가차 없이 버리시겠지요. 허나, 아버님께서 원하시고 가지고자 하는 것이 있듯, 저도 그렇기에 이렇게 온 것입니다."

가예는 그를 똑바로 바라보았다. 자신이 지금 지키고 싶은 이는 한 사람뿐이다. 원하고 바라는 이는 제 눈앞에 있는 저 한 사람.

하지만 겸은 그런 그녀의 시선을 한 치의 망설임 없이 외면했다. 차디차게 스치는 바람이 그녀를 흔들었지만, 가예는 억지로 그 자리를 버티고 섰다.

"돌아가십시오. 이런 야심한 시각에 종친의 여식이 사내와 같이 있는 모습은 보기에 좋지 않습니다. 하지만 낭자의 그 충고는 새겨듣겠습니다."

"도련님!"

"배웅은, 못 해 드립니다."

"들으셔야 합니다, 제발요! 절대로 제 아버님과 척을 두지 마십시오. 제발, 제발. 도련님!"

가예의 처절한 외침이 이어졌지만, 겸은 그대로 걸음을 돌려 버렸다.

"하아."

그녀는 거친 숨을 내쉬며 두 볼 위로 떨어지는 눈물을 닦아 내렸다. 지금은 울고 있을 때가 아니니까. 반드시 막아야 한다. 아버님을 막든, 도련님을 막든. 제 모든 것을 걸고서라도 반드시!

'아무도 다치게 하지 않을 것이다. 아무도!'

어느새 그녀의 시선 위로 눈물이 메마르고 서늘한 흔적이 내려앉고 있었다.

이른 새벽. 집무실에서 결국 밤을 지새운 겸의 표정은 그야말로 가관이었다. 어제 본의 아니게 두 여인에게 이런저런 많은 일을 당해 버렸다. 특히 이가예, 대체 무엇을 알고 있기에 그토록 무모하게 움직이고 있는 것일까. 그러다 정녕 제 아버지께 들키기라도 한다면, 차선대군은 제아무리 딸이라도 그냥 두지는 않을 것인데. 그리고 언지.

"하."

겸은 무겁기만 한 눈두덩을 부드럽게 문질렀다. 오늘은 중전마마의 시료를 위해 사가로 가야만 했다. 그러니 일단 언지에 대한 일은 이번 일을 잘 끝낸 뒤에 제대로 마주해야 할 것 같았다. 그전에 먼저 그 미심쩍은 꽃 도령부터 처리하고 싶은데.

"교수님!"

그때, 집무실 너머로 의생의 목소리가 들려왔다. 겸은 흐트러진 옷매무새를 다잡고서 천천히 문을 열었다. 비록 이른 새벽이라 헝클어지긴 했어도 그에게서 흘러드는 본연의 귀한 빛은 사그라지지 않았다.

"무슨 일이냐?"

"한성부에서 서찰이 도착했습니다."

의생은 서찰을 그에게 건네주었다. 딱 보아도 이영의 것이 분명했다.

"오늘은 내가 중전마마의 사가에서 시료를 해야 하니, 수업은 없을 것이라 다른 의생들에게 전해라."

"예, 교수님."

수업이 없다는 사실에 기뻐 달려 나가는 의생의 뒷모습을 보며 피식 웃었다. 그리고 서찰을 꺼내 들었다. 역시나 영이에게서 온 소식. 그것도 그토록 기다리던 꽃 도령에 관한 내용이었다.

네가 말한 인상착의로 처음 김 도령의 서책이 풀린 책방을 찾았더니, 이자가 맞다고 하더군. 역시나 김 도령인 듯싶다. 얼굴을 알았으니 이제 꼬리를 밟는 건 시간문제일 것이다. 그나저나 오늘 중전마마의 사가로 가는 날이지? 조심해라.

깔끔한 이영의 서체에서 걱정과 염려가 묻어 나오고 있었다. 겸은 옅은 미소를 띠면서도 그 꽃 도령이 김 도령이라는 사실에 시선이 차갑게 내려앉았다. 그렇다면 대체 그자는 왜 자신의 주변을 맴돌았던 걸까. 그냥 우연으로? 아님 의도적으로? 하지만 왜?

"아니다. 일단 오늘은 중전마마의 시료가 더 급해."

듣자 하니 문인수는 생각 외로 조용히 입궁하였다고 들었다. 하지만 결코 방심해서는 안 될 일. 수의가 없지만 이곳에 제조 영감, 그리고 차 선대군이 아직 남아 있었다.

겸은 책장에서 이런저런 서책을 꺼내 들었다. 언지가 알려 준 방법과 더불어 될 수 있으면 약해진 마마의 몸에 무리가 되지 않도록 수포와 발진을 잡아야만 했다.

"서책도 좋지만, 직접 쓰인 시료일지가 더 낫겠군."

겸은 서책을 옆에 치워 두고서 집무실을 빠져나왔다. 어느새 서늘한 아침 공기가 스미고 있었다.

혜민서 앞마당 쪽으로 걸어 나오니, 의생들과 더불어 몇몇 번을 선 의녀들이 아침을 준비하고 있었다.

혜민서 서고 쪽으로 걸음을 옮긴 그는 슬슬 밀려오는 허기를 느끼고서 문을 열었다. 그러자 수북한 책 너머로 퀴퀴한 책 냄새가 물씬 풍겨 들었다.

'꽤 양이 많군. 여기서 어찌 시료일지를 찾을지.'

"교수님?"

그때, 서고를 정리하던 의녀가 난감해하는 겸에게로 조심스럽게 다가섰다.

"무엇을 찾고 계시는지요?"

"아, 시료일지를 좀 읽었으면 하는데."

"어떤 시료일지 말씀이십니까?"

"전요화단에 관한 것이나, 수포와 발진 환자의 시료일지도 좋고."

"아, 그것이라면 최근에 정리한 일지가 있습니다."

의녀는 서고 안쪽으로 깊숙이 들어가더니 이내 얼마 지나지 않아 꽤 많은 양의 일지를 그에게 건네주었다.

"이리 많은 것인가?"

"가장 최근의 것입니다."

"고맙다."

"아, 아닙니다, 교수님."

의녀는 아침부터 그를 만난 것이 무척이나 설레었는지 수줍게 미소를 띠며 걸음을 돌렸다. 겸은 몇몇 일지를 넘기다가 이내 문득 책장을 넘기던 손이 굳어졌다. 그뿐만 아니라 일지를 읽던 시선까지도 미친 듯이 흔들리기 시작했다.

"자, 잠깐!"

"예?"

겸의 다급한 목소리에 의녀는 가던 걸음을 멈추고선 그를 돌아보았다. 그러다 저도 모르게 움찔하며 그의 안색을 살폈다. 어쩐지 그의 낯빛이 굉장히 창백하게 질려 파르르 흔들리고 있었다.

"교수님? 어찌……."

그는 도저히 믿어지지 않은 시선으로 일지에 적혀 있는 필체에서 눈을 떼지 못했다. 낯익은 필체. 아니, 낯이 익다 못해 결코 잊을 수 없는 필체! 분명 김 도령의 필체다. 그것도 한성애사에 적혀 있던 그 정갈하고 고왔던 여인의 필체! 하지만 어째서, 혜민서. 그것도 시료일지에!

"교수……. 으윽!"

겸은 저도 모르게 제 앞에 의녀를 거칠게 붙잡고서 불길한 느낌에 잔뜩 날카로워진 목소리로 외쳤다.

"이 일지. 이 시료일지! 누가 정리한 것이냐."

"그, 그것은……."

"어서 말해!"

의녀는 갑자기 사납게 변해 버린 그의 모습에 바들바들 떨면서 어렵사리 입을 열었다.

"이, 일지는 의녀들이 돌아가면서 기록을 하고 정리를 하는 것입니다. 그래서 누가 했는지는……."

"해서 모른다고?"

"허, 허나 그 일지는 최근에 기록된 것이라 분명 김 의녀……."

"뭐?"

불길했던 느낌이 점점 뚜렷한 형제를 갖춰 겸을 조여 왔지만, 아직 제대로 들은 것은 없다. 아무것도, 아무것도!

"제대로 말하라!"

"김언지 의녀입니다. 분명 최근의 일지는 김언지 의녀가 전부 정리했습니다."

그리고 그 형체는 결국 현실이 되어 겸의 앞을 드리고 말았다.

언지라고? 김언지. 그 아이라고? 그 아이가. 이 필체를 썼단 말인가. 김 도령의 필체를.

"사실이냐? 정녕 사실이야?"

"틀림없습니다. 교수님께서 전부 김언지 의녀에게 일지 정리를 시키지 않으셨습니까."

그래, 그랬다. 최근에 자신이 그녀에게 일지를 정리하라고 시킨 적이 있었다. 그리고 중전마마의 일로 집무실을 자유롭게 쓸 수 있게 하려고 또한 시킨 적이 있다. 하지만 그녀가 정리한 일지를 본 것은 지금이 처음이었다. 그래서 그녀가 이런 필체를 쓰는지도 처음 알았다.

겸은 의녀의 어깨를 잡고 있던 손에 힘을 풀었다. 턱, 하니 그의 손이 내려앉자마자 의녀는 재빨리 서고를 빠져나가 버렸고 홀로 남은 겸은 어지럽게 뒤엉킨 시선으로 제 손에 들린 일지를 내려다보았다. 분명 김 도령이다. 그것도 한성애사에 적혀 있던 그 필체가 확실하다. 이것이 그녀의 것이라고? 언지 그 아이가. 그 아이가.

'아니야, 그럴 리가. 그럴 리가! 한성애사, 한성애사를 한 번 더 봐야겠어!'

겸은 그대로 서고를 빠져나와 한성부로 달리기 시작했다. 어느새 어지럽게 뒤엉켰던 머릿속이 하얗게 변하면서 이젠 언지의 이름으로 가득 차오르며 술김에 흐릿하게 보였던 곱디고운 꽃 도령의 모습과 목소리, 그리고 언뜻언뜻 스쳤던 손길과 뜨거웠던 숨결을 떠올렸다.

'정녕, 정녕 모두 너인 것이냐. 김언지. 네가, 네가 김 도령인 것이야!'

❖ ❖ ❖

이른 아침 집을 나선 언지는 그야말로 피곤해 미칠 것 같았다. 어제 그가 남긴 의미심장한 말과 더불어 그 야밤에 남녀를 홀로 두고 온 것이 영 거슬려서 제대로 잠도 못 잤거늘.

"그나저나 대체 언제 말해 줄 생각이지? 그냥 그렇게 가 버리면 나보고 어쩌라는 거야!"

언지는 제 손에 노리개를 쥐여 주며 남겼던 그의 말 한 마디 한 마디가 귓가에서 떠나질 않아 머릿속이 온통 뒤죽박죽이었다. 아마 오늘은 중전마마의 사가에 가서 혜민서에도 없을 텐데. 그래, 김언지. 기다리자. 과부가 독수공방하는 심정으로 무릎을 꼬집으며 기다리는 거다.

그녀는 아침부터 둥실둥실 떠오르는 망측한 상상을 떨쳐 내며 서둘러 혜민서를 향해 걸음을 옮기려는 찰나, 순간 제 시선 끝에 와 닿은 인물에 걸음을 우뚝 멈춰 섰다.

"김언지 의녀, 맞는가?"

그녀의 시선 끝에서 어느새 사뿐사뿐 다가와 정갈한 음색으로 제 이름을 담은 이는 다름 아닌.

"아, 예. 아, 아씨는……."

"우리 초면은 아니지?"

바로 그와 혼담이 오가는 규수이자 차선대군의 여식인 이가예, 그녀였다.

가예를 숙소로 안내한 언지는 차를 내어 오겠다 말했다. 하지만 그녀는 정중히 거절하고 그저 자리에 앉았다. 처음엔 이 상황이 좀 당황스러웠지만 언지 역시 침착하게 그녀의 앞에 앉아 곁눈질로 가예를 살폈다.

대체 여기까지, 그것도 허 교수님이 아니라 자신을 보러 온 이유가 무엇일까? 그것도 이렇게 단둘이 은밀하게 만나야 할 이유가?

"많이 당황스러웠을 것으로 생각하네."

가예의 목소리에 언지는 얼른 정신을 차리고서 슬쩍 고개를 끄덕였다.

"아, 예. 저를 알고 계실 줄 몰랐습니다."

"허 도련님께 자네 얘기를 조금 들었네."

그녀의 입에서 그에 대한 말이 흘러나오자 가슴이 묘하게 서늘해졌다. 아무리 괜찮은 척하려고 했지만 그녀는 그의 정혼자가 될지 모르는 여인이다. 괜찮은 것이 더 이상한 거겠지.

게다가 훤한 낮에 그것도 이리 가까이에서 보는 것은 처음인데 소문처럼 굉장히 단아하고 참한 규수였다. 머리부터 발끝까지 한 치의 흐트러짐이 없었다. 서늘하게 뻗은 아미, 고요하고 기품 있게 바라보는 시선과 정갈하기 그지없는 목소리.

정말이지 곱게 자란 난꽃이 바로 이런 모습일까. 그 향이 짙지는 않지만 은은하게 시선을 사로잡는 그러한 난꽃.

아무리 부정하여도 그와 어울리는 여인이었다. 그래서 더 마음이 더 욱신거렸다. 대체 무슨 일인지는 몰랐지만 얼른 얘기가 끝났으면 했다. 이리 오래 봐서 서로 좋은 것이 없으니까. 괜히 더 나쁜 마음이 커지는 것 같아 기분이 안 좋았다.

"그러셨습니까? 헌데, 정녕 무슨 일이십니까?"

가예는 언지를 잠시 살폈다. 멀리서 본 적은 있지만 이리 가까이에서 본 적은 처음이었다. 헌데, 어쩐지 묘한 기분이 들었다.

새하얗고 말간 얼굴 위로 어여쁘게 그려진 눈동자가 맑게 빛나고 있었고, 가늘고 고운 선을 따라 붉은 입술이 부드럽게 말려 있었다. 그냥 이리 보아도 참으로 아름답고 생기가 넘치는 여인이었다. 수수한 의녀복을 입고 있었지만, 귀한 비단옷을 입은 것마냥 흘러드는 자태가 빼어난 여인이었다.

정녕 어느 사내가 이런 여인에게 눈길 한 번 주지 않을까. 딱 한번 보아도 저 자태에 사로잡히고 말 것 같은데.

그러한 언지의 모습에 가예는 자꾸만 무거운 마음이 들었다.

"자네에게 부탁할 것이 있네."

부탁이라는 말에 언지의 눈이 살짝 커졌다. 대체 이 여인이 제게 무엇을 부탁한다는 것인가? 고작 의녀인 자신에게……. 그것도 왜 하필이면 자신을?

"그게 무슨 말씀이온지?"

가예는 이곳으로 오기 전에 수십 번 되뇌었던 마음을 끌어당기며 어렵사리 입을 열었다.

"허 도련님이 위험하네."

"예?"

가예의 목소리가 한층 은밀해졌지만, 아까보다 더 단호한 어조로 속삭였다. 시간이 별로 없었으니까.

"오늘 중전마마의 시료가 있다고 들었네. 맞는가?"

"아, 예. 그렇습니다."

중전마마의 시료라는 말에 언지 역시 보통 일이 아니라는 것을 짐작하고서 떨리는 심정으로 고개를 끄덕였다.

"그렇다면 그분의 주위를 잘 살펴 주게. 중전마마의 사가로 무사히 가실 때까지 아무거나 마시게도 하지 말고, 먹게도 하지 말고, 만지게도 하지 말고."

불길한 느낌이 머릿속을 어지럽혔다. 점점 더 가쁜 떨림이 느껴지면서 언지는 주먹을 꽉 움켜쥐었다. 설마, 그에게 무슨 일이 생기는 것인가? 이 여인은 대체 무엇을 알고 있기에!

"약속해 주게."

가예의 목소리에 다급함이 묻어 나왔다. 지금 이 순간에도 그가 위험해질지 모르는 일이니까. 솔직히 처음엔 어떻게든 그를 말리려고 했지만 그럴 수 없는 상황이고, 그렇다고 아버님을 말릴 수도 없으니 방법은 이뿐이었다.

사실 이러한 부탁을 이 여인에게 하고 싶지는 않았다. 여인으로서의 마음이 저를 그리 붙잡았지만 그분의 곁에는 항상 이 여인이 있었고, 인정하고 싶지 않지만 그분 역시 이 여인을 믿는 것 같으니, 어쩔 수 없이 자신의 옹졸한 마음은 접을 수밖에 없었다. 너무나도 분하고 원통하지만.

"아무것도 먹지 말고, 마시게도 하지 말고, 만지게도 하지 말라는 건. 혹시 독……."

차마 무섭고 황망하여 말을 이을 수가 없었지만 가예는 부정도 긍정도 하지 않았다. 결국 호흡이 숨길 수 없을 정도로 가빠 왔다. 독, 독이라니. 독이라니! 헌데 그 사실을 이 여인은 어찌 아는 것이지? 설마, 설마 차선대군.

너무나도 무서운 이름에 언지는 차마 입이 떨어지지가 않았다. 도대체 그는 무슨 일에 휘말려 있단 말인가. 제조 영감에 이어 수의 영감. 거기다 차선대군이라고? 하지만 차선대군은 좌상과 사돈 관계를 맺으려고 했는데…….

"시간이 없네. 그러니……."

다시금 그녀를 깨우는 가예의 갈급한 목소리에 언지는 애써 생각을 떨쳐 냈다. 말도 안 되는 생각이다. 그래, 그냥 우연히 그녀가 알게 된 것이다. 그런 것이다. 게다가 지금 중요한 건, 그가 위험하다는 사실!

"일단 알았습니다. 아씨께선 돌아가시지요. 남의 눈에 띄면 안 되기에 제게 이리도 은밀하게 부탁하신 것이 아닙니까?"

어디까지 그 생각이 미쳤는지는 모르겠지만, 얼굴색이 창백하게 변했던 여인이 어느 순간 정신을 차리고서 침착하게 말을 잇는 모습에 가예는 안심이 되면서도 여전히 제 앞에 앉아 있는 그녀의 모습에 마음이 무거웠다.

"미안하네. 이리 어려운 부탁을 하여서. 그리고 고맙네."

"아니요. 저도 허 교수님이 다치는 것을 원하지 않습니다. 아씨께서 제게 미안해하고 고마워할 일이 아닙니다. 제 의지로 하는 것입니다."

그리고 그 무겁고 불안했던 마음이 더욱더 소용돌이치며 검게 물들어 갔다. 이 여인은 그를 그저 그런 교수님이라 생각하지 않고 있다. 교수와 의녀의 사이가 아닌, 사내와 여인으로서. 사내로서 그를 연모하고 있다. 그것도 꽤나 깊이.

어느새 가예의 손이 치맛자락을 꽉 움켜쥐었다. 차라리 미운 여인이었다면, 조금 둔한 여인이었다면 이리 불안하지 않았을 것인데. 같은 여인이 보아도 참으로 고운 여인이다. 같은 여인이 보아도 참으로 총명한 여인이다. 신분을 제외하곤 전혀 모자람이 없는. 아니, 오히려 더 빛나는 듯한 여인.

가예는 자꾸만 미운 마음이 커졌지만 그것을 억지로 꾹 눌렀다. 아무것도 생각하지 말자. 지금은 도련님을 구하는 것만 생각해야 한다. 게다가 저 여인이 아무리 대단하다 하여도 그 신분이 발목을 붙잡을 것이다. 고작 그 신분이 도련님과 이 여인이 결코 맺어질 수 없는 벽이다. 절대로, 절대로.

그렇게 가예가 숙소를 빠져나가자마자 언지는 참고 있던 숨을 내쉬면서 비틀거리는 몸을 억지로 일으켰다. 자꾸만 불안한 생각이 저를 삼켰지만, 그런 생각은 다음에 해야 하고 지금은 그를 어찌 구할지만 생각하자.

독, 독이라. 일단 집무실부터 살펴야 하는데. 헌데, 그는 지금 어디 있는 거지? 혜민서에 안 보이던데. 혹시 벌써 중전마마께로 간 것인가? 만약 이들이 중전마마의 시료를 막기 위해 그분을 붙잡는 것이라면, 분명 가기 전에 일을 치렀을 것인데.

"일단 집무실, 집무실부터!"

한성부로 달려간 겸은 이영을 찾아 헤매었다. 하지만 그 어디에도 이영의 모습은 보이지 않았다.

그는 초조한 마음을 달랠 틈도 없이 그의 집무실로 들어가 여기저기를 뒤지기 시작했다. 한성애사, 그 마지막 부분을 한 번 더 봐야 할 것 같았다. 혹여나 자신이 잘못 기억하고 있는지도 모르니까. 그래, 착각하고 있는지도 모르니까.

그리고 마침내 한성애사를 찾은 겸은 떨리는 눈으로 그 책을 바라보았다. 한성애사. 한성에서 사랑을 말하다. 그는 천천히 한성애사를 집어 들었다. 그리고 겉표지를 살짝 쓸어내리며 책장을 펼쳐 들었다.

역시나 아까 전 일지에서 보았던 필체와 너무나도 똑같은 필체가 물 흐르듯 쓰여 있었다. 본디 김 도령의 필체는 여인의 것과 비슷하기는 했지만, 그래도 사내의 필체였다. 하지만 여기 쓰인 필체는 누가 보아도 여인의 것. 그렇기에 이야기가 좀 더 절절하게 와 닿고 있었다.

책장을 한 장, 한 장 넘기던 겸의 손가락이 갑자기 멈추면서 다시금 시선이 흔들렸다. 그리고 아까와는 다른 의미의 떨림이 온몸으로 흘러들었다. 한성애사에 적힌 내용이 낯이 익다고 생각했는데, 이건.

'나와 그 아이의…….'

처음 만났던 순간부터 시작해서 서로 우연처럼 부딪혀 운명처럼 이루어진 순간들. 곡창에 갇혔던 순간, 어둠 속에 스쳤던 시선의 떨림과 자객들을 피해 도망치던 때, 서로가 서로를 마주 보며 입을 맞췄던 모든 순간까지. 미처 알지 못한 그녀의 감정이 고스란히 담겨 있었다. 닿지 못해 애틋하고, 차마 외면하며 아파했던.

이 책은 그녀의 목소리였다. 그녀가 숨기고 숨겼던 목소리. 그리고 그 목소리가 이제야 주인을 만나 그의 귓가로 애절하게 속삭이고 있었다.

'그 아이가 나를, 언지 그 아이가 나를…….'

겸은 한성애사를 내려두고서 집무실을 빠져나왔다. 이제 그가 가야 할 곳도, 만나야 할 이도 한 사람이었다. 그리고 지금 간절히 보고 싶은, 너무나도 보고 싶은 한 사람.

그는 혜민서를 향해 달리기 시작했다. 지금 그에게 그녀가 김 도령이라는 사실보다 더 중요한 것은!

'너도 나를, 나를 마음에 품은 것인지. 연모하는 것인지!'

일단 그가 가장 오래 머무는 집무실부터 파악해야만 했다.

'후딱 살펴보자. 혹여나 늦었을지도 몰라.'

그렇게 그녀의 걸음이 무척이나 다급하게 집무실로 향하면서 막 모퉁이를 돈 순간, 뜻밖의 인물과 마주하면서 그녀가 재빨리 고개를 숙였다.

"제조 영감."

바로 제조 영감 윤주석이었다. 하지만 하찮은 의녀 따위에게 시선 둘 시간조차 없는지 그는 황급하게 언지를 스쳐 지나갔고, 그녀는 사라지는 그의 뒷모습을 보며 겸을 떠올렸다.

그의 집무실 근처에서 제조 영감이 나타나다니. 설마, 벌써!

언지는 불길함에 쿵쾅거리는 심장을 애써 다독이며 불길하게 열려 있는 집무실의 문을 벌컥 열었다. 하지만 겉으로 보기에 집무실은 고요했다. 깔끔하게 정리된 책상과 책장에 가지런히 놓은 서책. 창가로 스미는 햇살만이 집무실을 가득 채우고 있었다.

그녀는 조심스럽게 안으로 걸음을 당겼다. 집무실의 주인인 겸 다음으로 가장 발걸음이 잦았던 그녀지만 굉장히 낯선 공간에 오는 것마냥, 물건 하나하나를 살피는 시선이 신중하고 매서웠다. 하지만 역시나 이상한 구석은 없다. 독, 독이라면. 먹일까? 아니면 마실까? 그것도 아니면.

'그나저나 정말 이자는 어디 있는 거야? 벌써 어디서 독에 당한 거 아니야?'

혹시 이미 늦었으면 어쩌나, 하는 생각에 언지는 불안함이 커져 이대로 있을 수가 없었다. 일단 그를 찾자. 찾아서 꼭 붙어 있는 거야. 중전마마의 사가로 오지 말라고 했지만 사가 앞까지라도 같이 가서…….

결국 집무실을 나오기 위해 걸음을 돌린 언지는 문득 코끝을 파고드는 싸한 향기에 걸음을 멈췄다. 처음엔 몰랐는데 뭔가 달짝지근하면서도 싸한 향기가 느껴졌다.

'이상하다. 집무실에 원래 이런 향이 났던가?'

언지는 고개를 돌려 향이 나는 곳을 찾기 시작했다. 그러다 창가에 놓인 작은 향로를 발견할 수 있었다. 눈에 거의 보이지 않을 정도의 연기가 주변으로 퍼지면서 굉장히 달콤하고 향긋한 향을 내고 있었다.

그녀는 향로를 살피면서 의아한 시선을 띠었다. 집무실에 이런 향로가 있었나? 물론 다른 집무실이라면 별로 신경 쓰지 않았을 테지만 이곳은 다른 의관 나리의 집무실보다 깨끗하다 못해 삭막했다. 그래도 서책 꽤나 읽는 선비라고 서책을 굉장히 아끼는 터라 다른 이의 집무실보다 서책이 굉장히 많이 있을 뿐.

'잠깐. 서책? 그래, 서책!'

그는 서책을 굉장히 좋아하는 사람이다. 김 도령의 그런 소설까지 챙겨 볼 정도로. 그만큼 서책을 귀히 여기는 사람인데, 이런 향을 피울 리가 없다. 책장을 상하게 할뿐더러 자칫 잘못하여 불이라도 나면 큰일일 테니까. 그런 그가 이런 향을 피우고 자리를 비웠을 리 만무할 터!

게다가 그토록 진하게 풍기던 향기가 점점 사라지는 느낌이었다. 아니, 후각이 마비되고 있는 것이다. 언지는 다급하게 향로의 뚜껑을 열었다. 그러자 그녀의 입술 너머로 짧은 비음이 터졌다.

"하아, 이건 앵속!(양귀비)"

앵속은 환각을 일으키는 진통제다. 효능은 뛰어나지만 그만큼 부작용이 크기에 의원들도 신중을 기해야 하는 약재. 이곳에 오래 방치되면 신경이 마비되어 환각 증상이 일어나고, 심하면 마비가 온다. 이것이 독인가? 이걸로 그의 발목을 잡으려고 한 것인가!

순간, 밖에서 다급한 발걸음 소리가 들려왔다. 언지는 재빨리 향로를 끄고서 그것을 끌어안은 채 저번처럼 책장 뒤로 몸을 숨겼다. 제조 영감이 다시 온 것일지도 모른다. 하지만 만약 그라면?

'안 돼. 지금 집무실로 들어오면 안 돼. 향이, 향이 남아 있어!'

언지는 향로 안에서 채 사라지지 않은 연기를 숨기기 위해 그 뜨거운 향로를 품 안으로 끌어안았다. 가시지 않은 열기가 그녀의 얇은 속곳에 닿아 엄청난 고통이 밀려들었지만, 입술을 깨물며 참았다. 하지만 그보단 이미 상당한 연기를 마신 탓에 머리가 울리기 시작했다. 언지는 두 눈을 질끈 감으며 오직 그를 생각하며 속삭였다.

"제발 들어오지 마요. 제발, 제발!"

한숨도 쉬지 않고 혜민서로 뛰어든 겸은 어쩐지 이상야릇하게 쳐다보는 의녀들의 시선은 보이지도 않는지, 그저 의녀들 틈에서 언지를 찾아 시선을 요리조리 굴렸지만, 그녀의 모습은 보이지 않았다.

그러다 그의 머릿속으로 집무실이 빠르게 스쳐 지나갔다. 혹시 거기 있을지도 모른다. 혜민서의 앞마당에 없으면 대부분 거기에 있으니까. 너무나도 자연스럽게 그곳에 있었으니까.

겸은 다시금 걸음을 놀려 집무실로 향했다. 이제 거의 코앞인데, 거의 코앞인데도 가는 길이 너무 멀게 느껴졌다. 만나면 무슨 얘기를 해야 할까. 놀랄지도 모르니까 천천히, 천천히. 근데 그게 될까?

집무실에 와 닿은 겸은 떨리는 숨을 내쉬며 문고리를 붙잡았다. 그러고는 살짝 눈을 감으며 문고리를 당기려는 순간.

"교수님!"

"뭘 나인?"

그를 방해하는 목소리에 겸은 잔뜩 일그러진 시선으로 무시하려고 했지만 무시할 수가 없었다. 중전마마의 나인인 월이었으니까.

"교수님, 하도 안 오셔서 혹여나 어디 잘못되신 줄 알고 걱정하고 계십니다."

"아, 그렇지."

"마마께서 기다리고 계십니다. 서두르시지요. 제가 함께하겠습니다."

겸은 미련이 섞인 표정으로 집무실을 바라보았다. 이 정도의 목소리라면 안에서 들렸을 터. 그런데도 아무런 대꾸가 없는 것을 보니 이 안에 없는 모양이었다.

"혹 무슨 문제라도?"

"아니네. 서두르지."

그는 어렵사리 문고리에서 손을 떼고서 고개를 돌렸다. 하지만 그래도 영 미련 섞인 시선이 어지럽게 뒤엉켰다. 하지만 지금은 중전마마가 우선이다. 중전마마의 일이 끝나고 나면 그녀의 집 앞이라도 찾아가 만날 것이다. 오늘 반드시 만날 것이다. 그래서 그날 해 주지 못한 말을. 꼭, 꼭.

'그러니, 조금만 기다리거라.'

그렇게 겸이 월이를 따라 집무실 앞에서 사라지고, 집무실 안에서 쥐 죽은 듯 월과 겸의 목소리를 듣고 있던 언지는 이제야 안도의 숨을 내쉬며 고개를 떨어뜨렸다. 다행이다. 항아님과 함께라면 분명 무사히 중전마마의 사가에 당도하실 수 있을 것이다.

"내가 늦지 않았어, 그래. 늦지 않았어. 교수님은, 무사해."

그가 무사하다는 생각을 하니 몸에서 긴장이 풀렸다.

언지는 재빨리 품에서 향로를 꺼내었다. 가슴이 타는 듯 쓰라림이 밀려들었다. 아마도 화기에 덴 듯싶었다. 하지만 그보단 두통이 문제였다. 처음엔 그저 아프기만 했는데 이젠 점점 멍해지기 시작하면서 시야가 자꾸만 흐릿해지기 시작했다. 소량을 맡았을 뿐인데도 독 기운이 사기가 되어 몸 안으로 퍼지고 있는 듯했다. 그만큼 제법 강한 앵속이라는 말인데.

'이렇게까지 해서 그의 발목을 잡으려고 한 것인가? 아마 처음부터 노

린 것은 그가 아닌 중전마마일지도…….'

언지는 언제 사람이 들이닥칠지 몰랐기에 천천히 몸을 일으켜 세웠다. 하지만 다리에 힘이 들어가지가 않았다. 그녀는 억지로 책장을 잡고 일어나 천근만근 같은 몸을 움직이며 책장 사이에서 빠져나왔다. 그러고는 벽에 몸을 기대고서 항상 지니고 다니던 침통을 꺼내 들었다. 더 이상 독기가 퍼지는 것을 막아야 했다. 언지는 침통에서 침을 꺼내 쥐었다. 그리고 혈자리에 시침을 하기 위해 눈을 부릅떴지만, 어느새 세상이 흔들리기 시작했다.

'벌써, 신경이 마비되는 것인가.'

언지는 두 눈을 감았다. 어차피 시침해야 할 혈 자리가 어디 있는지는 정확히 기억하고 있다. 그러니 집중해야 해, 집중!

그녀는 짧은 숨을 내쉬고서 기억을 더듬어 혈 자리를 찾고선 눈을 감은 채 과감하게 침을 꽂았다. 여전히 몸은 무겁고, 시야가 흔들렸지만 아예 눈을 감고 빛을 차단하니 모든 신경이 집중되는 듯했다. 그렇게 언지는 몇 차례 혈에 시침하고서 눈을 떴다. 만약 정확히 시침했다면 곧 마비가 풀릴 것이다.

아니, 분명 정확히 했을 것이다. 혜민서 최고의 침기라는 이름을 거저 얻을 수 있는 것이 아니니. 그나저나 그가 무사해서 다행이다. 그보다 자신이 먼저 이것을 찾아 다행이고, 독에 당한 것이 그가 아닌 자신이라도 또 다행이다.

"다행이야."

언지는 침통을 챙겨 넣고서 무거운 걸음을 당겼다. 집무실을 빠져나가야 한다. 분명 흔적을 지우기 위해 제조 영감이 다시 올지도 모르니까. 그렇게 비틀거리며 문 앞까지 다가선 언지는 파르르 떨리는 손으로 문고리를 잡아당겼다. 순간, 문틈 사이로 너무나도 환한 빛이 쏟아지면서 통증이 한꺼번에 밀려들었다.

시침하기는 했지만 이미 퍼진 사기까지 없앨 수는 없었을 터. 쓰러질 때 쓰러지더라도 여기서 쓰러질 수는 없었다. 혜민서 밖, 그것도 아니면 인적이 없는 곳이라도…….

"으윽!"

하지만 몇 걸음 옮기기도 전에 머릿속이 하얗게 변하면서 정신이 아득해지더니 이내 억지로 붙잡고 있던 정신을 놓쳐 버리고 말았다. 하지만 그와 동시에 누군가 그녀의 몸을 재빠르게 붙잡았다. 하얗게 변했던 정신이 점점 까맣게 밀려들면서도 언지는 저를 붙잡은 손길에 곧장 그를 떠올렸다.

허 교수님, 허겸……. 겸…….

"허, 겸……."

바싹 말라 버린 입술 사이로 힘없이 그의 이름이 떨어지면서 언지는 결국 정신을 놓아 버리고 말았다. 그리고 그런 그녀를 붙잡은 것은 그녀가 간절히 불렀던 그가 아닌 가예였다.

혹시나 하는 마음에 혜민서를 떠나지 못한 채 서성이던 가예는 결국 남의 눈을 피해 다시금 은밀하게 안으로 들어와서는 예전에 가 보았던 겸의 집무실을 기억하고서 걸음을 옮기다 쓰러지려는 언지를 발견하고선 본능적으로 그녀를 받아 안았다. 창백한 낯빛에 식은땀이 맺혀 있었고, 바짝 마른 입술 사이로 연신 가쁜 호흡이 떨리고 있었다. 혹, 그녀가 대신 독에 당한 것인가? 도대체 미련하게 어쩌자고!

하지만 이대로 그녀를 이곳에 두고 갈 수는 없었다. 만약 누군가 그녀를 발견하고 독에 당했다는 사실을 밝혀낸다면, 자칫 이번 일이 커질 수도 있었다. 애써 덮으려는 사건이 그녀 존재가 증거가 될지도 모를 터. 가예는 하는 수 없이 혜민서 밖에서 기다리고 있던 여종을 데리고 언지의 얼굴을 숨긴 채, 혜민서 뒷문으로 은밀하게 그곳을 빠져나왔다.

일단 가예는 언지를 의원에게 데려갔다. 그리고는 침착하게 말을 이었다.

"독에 당하였네. 그 독이 혹, 사람을 죽이는 독인지 확인해 주시게."

독을 해독할 수 있는지를 묻는 것이 아니라, 죽일 수 있는 독인지 확인해 달라는 말에 의원은 의아한 시선을 띠며 누워 있는 여인에게 다가가 먼저 맥을 짚은 후, 몸 구석구석을 살펴보았다. 그러고는 조금 놀란 시선으로 가예를 향해 고개를 조아리며 입을 열었다.

"앵속에 당한 듯싶습니다. 앵속은 본디 신경제이니, 사람을 해하는 독은 아닙니다. 게다가 소량으로 당한지라 금방 깨어날 것입니다."

"앵속이라."

가예는 속으로 안도의 한숨을 쉬었다. 아버님께서 진정 도련님을 죽이려는 의도는 없었다는 것이니까. 그저 그분이 중전마마께 가지 못하도록 발목만 붙잡으려 하신 것이니까. 속으로 아닌 척하려고 해도 제 아버지가 그분을 해하려고 했다는 사실에 얼마나 가슴 졸이며 아팠는지 모른다.

'다행이다, 다행이야.'

그녀는 떨리는 가슴을 쓸어내리며 눈을 한 번 느리게 깜빡였다. 그때, 의원이 다시금 언지를 살피며 감탄 어린 목소리를 내뱉었다.

"이 여인 혹 의녀입니까?"

"그것을 어찌?"

"대단한 침기인 듯합니다. 아무리 소량이라고는 하나, 그래도 앵속의 독기를 마셨는데 사기가 별로 퍼지지 않았습니다. 분명 스스로 혈에 시침하여 독기를 막은 것이 분명합니다. 그것도 아주 정확하게. 남아 있는 사기만 풀어주면 곧 정신을 차릴 것입니다."

보면 볼수록 대단한 여인이지만 그러면 그럴수록 그녀의 마음은 점점 더 까맣고 무겁게 내려앉았다. 생각보다 저 여인의 마음이 큰 것 같았다. 그렇지 않고서야 제 목숨까지 내던질 수 있을까. 하지만 지고 싶지 않았다. 아니, 지지 않을 것이다. 어차피 두 사람은 안 될 인연이니까. 절대로 안 될 인연이니까. 설사, 그런 저를 비겁하다고 손가락질하고 비난한다 하여도 상관없었다. 혹시라도 도련님이 이 여인에게 가려고 한다면 다치는 것은 도련님. 더더욱 다치는 것은 이 아이가 될 테니.

가예는 차갑게 가라앉은 시선으로 언지를 바라보다 이내 고개를 돌리고서 방을 빠져나왔다. 그러고는 앞마당에서 한창 약을 달이고 있던 여종에게 말했다.

"너는 중전마마의 사가로 가서 상황을 살펴보아라. 도련님께서 무사하신지, 중전마마께서도 무사하신지."

"예, 아씨."

그녀는 무거운 숨을 내쉬며 하늘을 올려다보았다. 어쩐지 먹구름이 밀려오는 듯했다. 한바탕 쏟아질 듯한 얼굴을 하고서…….

월과 함께 화수마을로 향하는 겸의 표정이 내내 어두웠다. 자신이 당기는 걸음이기는 했지만, 수백 번도 다른 방향으로 돌리고 싶은 걸 꾹 참고 있었다. 지금 무엇이 중요한지를 잊으면 안 되기에. 자신만을 믿고 있는 어린 왕을 위해서.

겸은 애써 언지에 대한 생각을 밀어내며 사가 앞에 섰다.

"먼저 가서 준비하도록 하겠습니다."

월이 먼저 사가 안으로 사라졌고, 겸은 짧고 묵직한 숨을 내쉬며 곧장 월의 뒤를 따르려는 찰나, 이쪽으로 다가오는 발걸음 소리에 슬며시 고개를 돌렸다. 그리고 그의 시선이 차갑게 가라앉았다.

"제조 영감."

적의가 숨김없이 드러나는 어조에 겸은 제 자신을 자제하려고 했지만, 어째서 그가 이곳에 있는지 의심을 하지 않을 수가 없었다. 하지만 그보다 이상한 것은 윤주석이 자신을 보는 눈빛이었다. 굉장히 당황스러워하는 시선.

"자, 자네가 어찌 이곳에……."

게다가 흔들림이 잡히는 목소리. 겸은 그런 그의 미세한 변화를 꿰뚫으며 고개를 숙였다.

"그러는 제조 영감께선 왜 이곳에 계시는 것입니까? 저는 중전마마의 시료를 위해 온 것인데. 혹, 마마께서 제조 영감까지 부르신 것입니까?"

윤주석은 너무나도 멀쩡해 보이는 그의 모습에 애써 태연한 표정을 지으려고 했지만, 그것이 쉽지가 않았다. 분명 앵속을 풀었고 집무실로 향하는 모습까지 보았다고 했다. 그렇다면 분명 집무실 안에서 꼼짝도 못한 채 갇혀 있어야 하는 것이 정상인데. 이곳에 두 발로 걸어오지 못했어야 하는데!

"제조 영감?"

"아니네. 잠시 이 마을의 어른을 찾아뵈러 온 것이네."

겸은 말을 돌려 버리는 그의 행동을 여전히 미심쩍게 바라보았지만, 이내 입가로 미소를 띠며 고개를 끄덕였다.

"그러십니까? 허면, 가 보시지요."

"그래, 자네도 수고하게. 아무리 가벼운 고뿔이시라지만 그래도 중전마마를 살피는 일이니."

"여부가 있겠습니까."

윤주석은 겸에게 몇 가지 당부를 하고선 살짝 창백하진 낯빛을 돌리며 서둘러 걸음을 당겼다. 겸은 사라지는 그의 뒷모습을 여전히 차가운 시선으로 바라보았다. 분명 저를 보고 놀란 눈치였다. 게다가 허겁지겁 말을 돌리는 품새까지. 하지만 도대체 왜? 게다가 이곳에 온 이유가 고작 그것이라고?

'분명 뭔가가 있는데.'

"교수님!"

그때, 사가 안쪽에서 그를 부르는 월의 목소리에 겸은 의심의 눈초리를 어렵사리 거두고서 걸음을 당겼다. 나중에 영이에게 은밀히 이번 일을 부탁해야 할 듯싶었다. 그냥 넘기기엔 너무나도 꺼림칙했으니까. 지금까지 문인수가 움직이지 않는 것도 그러하고. 특히나 차선대군.

'아버님과 척을 두셔선 아니 됩니다!'

어쩌면 가예 낭자가 뭔가를 알고 있는 것과 관련 있을지도 모르고.

❖ ❖ ❖

캄캄한 어둠이 길게 뻗어 내렸다. 아무리 두 눈을 떠도 어둡고, 감아도 어둡다. 손을 뻗었지만 닿는 곳이 없는 칠흑 같은 어둠. 숨이 막혀 왔다. 심장이 미친 듯이 뛰어오르면서 무어라 소리치고 싶은데, 목구멍이 콱 막혀 버렸다. 누군가 자꾸만 귓가에서 속삭인다.

'아무 말 하지 마라. 그 어떤 것을 보아도 소리 내면 안 된다. 두 눈을 감고, 두 귀를 막고, 여기에. 여기에 꼭 숨어 있어라.'

다정한 목소리. 저절로 눈물이 쏟아지는 목소리. 투박한 손길이 머리 위를 스치고 마지막으로 살짝 떨리던 그 목소리가 사라지면서 이윽고 더 짙은 어둠이 온몸을 삼키려고 했다.

"하아, 하아!"

'절대로, 절대로 나와선 안 된다. 언지야.'

"아버, 아버지. 아버지, 안 돼요. 아, 안 돼요!"

언지는 제 목을 움켜쥐고서 벌떡 일어섰다. 온몸의 떨림이 진정되지가 않았다. 격한 숨이 목소리를 막은 채, 흔들리는 시선으로 허공을 응시했다. 분명, 아버지다. 아버지의 목소리였다. 얼굴이 보이진 않았지만, 자신이 어디 있었는지도 무슨 일이 벌어진 건지도 모르겠지만, 분명 아버지. 아버지가.

"아버지……."

너무나도 어두웠다. 캄캄하고, 무섭고, 그 어둠 너머에서 무슨 비명 소리를 들은 것 같은데. 그리고 낯선 남자의 목소리도. 대체 무슨 꿈일까? 꿈이 아니라 내 기억일까? 그럼 그것은 아버지에 대한…….

"으윽!"

언지는 찌릿하게 파고드는 두통에 미간을 찡그리며 고개를 숙였다. 마치 더는 기억하지 말라고 경고하는 것처럼. 온몸의 통증이 그녀의 기억을 다시금 방해하며 막아 버렸다.

그녀는 몇 번 숨을 격하게 내쉬며 애써 생각을 멈추고서 어렵사리 고개를 들었다. 그나저나 대체 여기가 어디지?

낯선 공간. 혜민서는 아니고, 그렇다고 우리 집도 아니고. 설마, 납치 같은 거 당했나?

언지는 불길한 생각이 스치면서 자리에서 벌떡 일어섰다. 하지만 아직 완전히 회복되지 않은 듯 몸이 무겁기만 했다. 그때, 덜컥하는 소리와 함께 문이 열리면서 약사발과 옷가지를 챙겨 들어온 가예가 눈을 크게 뜨며 언지와 시선을 마주했다.

"정신이 든 모양이군."

"어찌, 된 것입니까?"

그녀는 어렵사리 입을 열면서 그래도 납치당한 것은 아니라는 사실에 안도했다. 물론 일어나자마자 저 여인을 본 것이 영 마음이 들지는 않았지만.

"그건 내가 묻고 싶네. 나는 그저 도련님의 주변을 주의 깊게 살펴 달라 부탁하였지, 자네에게 대신 독에 당해 달라 부탁한 적 없네. 왜 그리 무모한 짓을 한 것인가. 그게 어떤 독인 줄 알고! 그리 무모하게 행동하였다가 정녕 목숨을 앗아 가는 독이었다면 어쩌려고!"

몸은 무겁고 가슴에 덴 자국에 쓰라림이 밀려들어 절로 미간이 찡그려졌지만, 그녀에게 약한 모습 같은 거 보여 주기 싫어서 언지는 억지로 두 발에 힘을 주고서 살포시 미소를 지었다.

"어느 누가 그리 쉽게 교수님의 목숨을 취하고자 하겠습니까. 그냥 그런 혜민서 교수님도 아니고, 아씨와 더불어 세상이 다 아는 좌상 대감 나리의 금쪽같은 아들이지 않습니까. 그런 좌상 대감 나리와 척을 질 정도로 무모한 행동을 할 것으로 생각하지는 않았습니다."

"……."

"설사, 그런 것이라도 교수님은 무사하셨어야 했습니다."

내 이 목숨을 걸어서라도.

언지는 차마 그 뒷말까지 잇지는 않았지만, 가예는 움찔한 시선으로 들고 있던 약사발을 꽉 붙잡았다.

"어찌 되었든 일이 잘 해결되었으니 다행 아닙니까."

언지는 다시금 미소를 지으며 부드러운 어조로 속삭였다. 가예는 그 모습을 바라보다 이내 그녀에게 약사발과 옷가지를 건네주며 말했다.

"이걸 마시게. 몸이 완전히 회복되진 않았을 테니. 그리고 옷이 엉망이 되었으니, 이것으로 갈아입게."

가예가 건네준 옷은 의녀 신분이라면, 아니 의녀 신분이 아니라고 하더라도 저 같은 형편으로는 결코 만져 보지도 못할 굉장히 귀하고 고운 비단으로 만들어진 것이었다.

언지는 그 옷을 그저 물끄러미 바라만 보았다. 이토록 귀한 옷을 제게 건넨 이유가 무엇일까. 어쩐지 싸한 기분이 차오르면서 저절로 입가로 서늘한 냉소가 스쳤다.

"미음이라도 챙겨 오겠네."

가예가 고개를 돌리며 몸을 움직이자, 언지는 짧은 숨소리와 함께 그녀의 발목을 강하게 붙잡아 세웠다.

"전 교수님을 연모합니다."

그리고 그녀 생각대로 가예는 머릿속이 하얗게 변하면서 걸음을 우뚝 멈춰 세웠다. 하지만 언지는 말을 끝내지 않았다. 이제 시작이라는 듯, 침착한 목소리가 가시처럼 가예의 가슴으로 강하게 박혀 들었다.

"허나 제 마음을 아씨께서 모르진 않을 것이라 생각합니다. 그런데도 제게 그런 부탁을 한 연유와 지금도 저를 이리 대해 주시는 것은, 저 같은 건 상대도 되지 않는다, 그리 여기시기 때문입니까?"

가예는 자꾸만 무너지려는 표정을 억지로 붙잡았다. 느끼고 있었다.

그 때문에 저 여인을 똑바로 보는 것이 힘들었고, 또한 그런 부탁 따위도 하고 싶지 않았다. 독까지 대신 삼켜 가면서 그를 구한 저 여인의 마음이 너무나도 밉고도 미웠다. 헌데, 이리 직접 들으니 더 가슴 아프고 쓰라린 통증이 밀려왔다. 하지만 그녀는 그러한 마음을 겉으로까지 보이고 싶지 않았다. 고작 저런 하찮은 의녀에게. 그런 의녀를 투기하는 이런 미운 마음 따위를 보이는 것은. 거기까지 제 자존심이 무너지는 모습을 보고 싶지는 않았다.

그녀는 천천히 고개를 돌리고선 태연하게 앉아 당돌하게 두 눈을 뜨고서 저를 빤히 바라보는 그녀의 시선을 애써 담담하게 바라보았다. 하지만 내뱉는 목소리는 서늘하기 짝이 없었다.

"자네가 도련님을 마음에 담는 것은 내가 무어라 할 수 없는 문제네. 사람의 마음을 내가 어찌 막겠는가. 허나, 거기까지네."

언지의 눈빛 위로 묘한 감정이 스쳤다. 고고하디고고한 아씨께서 제게 어디까지 내보일지 조금 궁금하기까지 했다. 이런 유치한 짓까지 해서 말이지.

"자네도 알고 있겠지? 자네와 도련님은 절대로 맺어질 수 없다는 것을. 그렇기에 자네도 그 마음을 숨기고 옆에 있는 것이 아닌가?"

"허면 아씨는 되는 것입니까?"

"나와 도련님 사이에 혼담이 오가고 있다는 것은 알고 있겠지?"

"혜민서로 이미 쫙 퍼진 소문이지요. 허나 그것이 미루어졌다는 소식도 이미 파다하답니다."

일부러 상대를 건드리는 듯한 언지의 아슬아슬한 어조가 이어졌고, 가예는 그런 언지의 어조를 자연스럽게 흘려 넘기면서 단호하게 말을 맺었다.

"그렇긴 하지. 도련님이 미루신 것이네. 도련님의 마음에 내가 들어갈 틈이 아직은 없지. 허나, 난 그 틈을 반드시 찾을 것이고, 도련님 곁에 있을 것이네. 난 그리할 수 있어. 그리하여도 되는 것이지. 시간이 그 얼마가 걸려도 난 기다릴 수 있어. 기다릴 수 있는 자격이 있으니까. 허나, 자네는 아니네."

저는 되면서 자신은 안 된다고 단호하게 말하는 그녀의 어조에 허를 찔린 듯, 갑자기 심장이 욱신거렸다. 애써 외면하고 있던 것을 그것도 저 여인이 생각보다 아주 매몰차게 끄집어내고 있었다. 역시 겉으로는 고고한 척, 연약한 난꽃처럼 굴더니. 제 사내를 지키기 위해선 독한 양귀비도 될 수 있다, 이건가?

"아무리 기다리고 기다려도 절대 도련님 곁에 있을 수 없어. 기다릴 자격조차, 자네에겐 없네. 그게 나와 자네의 차이야. 가질 수 있는 것만 탐하게. 그렇지 않으면 몸이 상하고 말지. 이는, 자네를 가엽게 여겨 하는 소리야."

억지로 참고 억눌렀던 감정이 봇물 터지듯 흐르고 있었다. 하지만 가예는 그녀에게 철저히 깨닫게 해주고 싶었다. 설사 그것이 잔인한 말이 될지라도. 그 때문에 자신 역시 비참해질지라도.

"몸을 추스르게. 자네에게 오늘 일은 고마웠네. 내가 크게 보상하도록 하지. 그 옷도 그런 의미라 생각하고 편히 입게."

역시, 그런 의미의 옷이었나. 그래서 이리 비싼 옷을 이리도 쉽게 툭 던져 준 건가?

가예는 아무 말 없이 입을 다문 언지의 모습에 조금은 알아차렸기를 바라면서 무거운 마음으로 방을 빠져나갔다.

가예가 사라진 빈자리를 바라보며 언지는 참았던 웃음을 흘렸다. 지독히도 서늘한 웃음이 새어 나왔다. 결국, 자신이 그를 구한 것은 연모하는 마음이 아닌 그저 돈 몇 푼 받는 그런 하찮은 것이고, 저 여인이 그를 생각하며 구하고자 한 마음은 순수한 연심이다? 세상이 허락하는 그러한 연심?

"웃기는군. 신분에 가로막히는 것이라면, 나 역시 양반이니 안 될 것도 없지."

역시나 결코 마음에 들지 않는 여인이다. 게다가 호락호락하지도 않고, 만만치도 않은 여인. 이가예, 이가예라……. 차라리 대놓고 적의를 드러내면 이쪽에서도 그에 못지않게 살기를 드러낼 수 있는데.

언지는 그녀가 건네준 옷을 천천히 살펴보았다. 장인의 솜씨가 절로 살아 숨 쉬는 옷이 아닐 수 없었다. 하지만 그녀는 그 옷을 아무렇게나 내팽개치고서는 자리에서 일어나 문을 벌컥 열었다. 이곳에 한시도 더는 있고 싶지 않았다. 다행히 웅성이는 사람들의 목소리가 가까이에서 들리고 있었다. 장시와 멀지 않은 듯했다.

언지는 비틀거리는 걸음으로 마당으로 걸어 나왔다. 그러다 빨랫줄에 걸려 있는 사내의 옷을 보고선 아무런 망설임 없이 그것을 끌어내렸다.

"어차피 옷 한 벌 주려고 했잖아? 그러니 이 정도는 내가 가져가도 되지, 뭐."

가예가 준 옷과는 비교도 할 수 없을 만큼 낡고 초라한 옷이었지만 언지는 신경 쓰지 않았다. 아름다운 꽃이 어느 곳에 피어도 아름다운 꽃이듯, 그 어떤 옷을 입어도 그 어떤 옷으로 숨기려 해도 자신은 혜민서의 경국지색, 절세가인 꽃 도령 김언지, 김 도령이었다. 그러니 저 고고한 난꽃에게 절대 질 이유가 없었다. 아니, 절대 지지 않을 것이다.

"난꽃엔 가시 없지만, 내 꽃엔 아주 가시가 많거든. 쉽게 꺾이지 않고, 쉽게 물러서지도 않을 거야."

절대로.

"많이 좋아지셨습니다, 마마. 발진과 수포도 많이 가라앉으셨고요."

대나무 발 너머로 겸이 진맥을 마치면서 안도의 목소리를 내자 남무 역시 고개를 끄덕이며 옅은 미소를 띠었다.

"수고했네, 허 도령. 조금만 더 애써 주게."

"예, 마마. 곧 환궁하실 수 있으실 것입니다."

"그래, 전하를 뵐 수 있겠지."

남무는 아련함이 뒤섞인 어조로 어린 왕을 떠올렸다. 지금도 그 커다란 궁에서 얼마나 외롭게 계실지, 자꾸만 마음이 미어지는 듯했다. 겸은 흔들리는 남무의 그림자를 바라보며 애써 누르고 있었던 감정이 다시금 고개를 들기 시작했다. 그의 머릿속으로 다시금 언지의 모습이 한가득 차오르기 시작했다.

"……하면 되겠는가?"

"……."

"허 도령?"

"예? 아, 예?"

남무는 흠칫 놀라는 겸의 모습에 직접 대나무 발을 걷어 올렸다. 그러자 어쩐지 넋을 놓은 듯 안색이 좋지 않은 그를 볼 수 있었다.

"송구하옵니다, 마마."

"아니네. 무슨 일이 있는 건가?"

"그것이 아니오라……."

하지만 겸은 차마 말을 맺지 못했고, 남무는 어쩐지 언지, 그 아이와 관련이 있을 듯하여 긴말을 하지 않았다.

"내가 곧 환궁하게 되면, 그대가 전하께 전하고자 하는 것이 있을 것 같아 도우려고 했네."

"그것은 소인이 준비하고 있는 것이 있습니다."

"그렇다면 기다리고 있겠네. 오늘은 이만 물러가도록 하게."

평소 같았으면 아니라고, 좀 더 있다가 가겠다고 말하고 싶었지만 겸은 현재 마음이 급하고 초조했다. 계속 이러고 있다가는 정녕 미칠 것처럼.

"허면, 소인 이만 물러가겠습니다. 송구하옵니다, 마마."

하지만 미안한 마음에 겸은 연거푸 송구하다며 고개를 조아렸고, 남무는 어쩐지 쩔쩔매는 그의 모습이 신기하여 그저 싱긋 웃어넘겨 버렸다. 천하의 허 도령이 여인 때문에 저리 안절부절못하는 모습을 보게 될지 누가 알았는가? 후에 환궁하게 되면 꼭 전하께 알려 드려야겠다며, 남무는 그렇게 겸을 사가에서 내보냈다.

사가를 빠져나온 겸은 제자리에서 몇 번 발을 동동 구르다 이내 혜민서로 걸음을 옮겼다. 그리 늦은 시각이 아니니 혜민서에 있을지도 몰랐다. 괜히 집으로 갔다가 허탕치고 걸음이 엇갈리면 큰일이니까.

그렇게 거의 날아가듯 혜민서에 와 닿은 겸은 숨을 헐떡이며 그녀를 찾았지만 정말 이 애타는 심정을 아는지, 모르는지 그녀의 모습은 코빼기도 보이지 않고, 허지만이 그의 시야에 와 닿았다.

"김 의녀!"

한창 초학의 수업을 마치고 다른 의녀들을 돕던 허지는 어디선가 낯익은 목소리에 고개를 돌렸다. 그리고 저를 향해 다가오고 있는 교수님의 모습에 저도 모르게 흠칫하였다. 아니, 저분이 왜 나한테 오지? 언니도 아니고?

"정녕 저를 부르신 것입니까, 교수님?"

"언지 못 보았느냐?"

그럼 그렇지.

허지는 속으로 혀를 차면서 겉으로는 싱긋 웃으며 고개를 가로저었다.

"아니요, 보지 못했습니다."

그러고 보니 오늘 하루 종일 언니의 모습을 보지 못했다. 혜민서에 없나? 하지만 그럴 리가 없는데. 어쩐지 혜민서가 하루 종일 좀 소란스러워 보이기도 했고.

"그래? 대체 오늘 하루 종일 어디에 있는 것인지. 혜민서 의녀들이 이리도 기강이 해이해져서야!"

괜한 곳에 화풀이하면서 혹시나 집무실에 있을까 하며 걸음을 돌리려는데, 다른 의녀의 목소리가 예민하게 그의 귓가를 파고들었다.

"언지 의녀님 아마 차선대군 대감의 여식에게 아주 몰매를 맞고 있을 거야."

"무슨 말이야? 몰매를 맞다니?"

허지는 갑자기 웬 생뚱맞은 동기 초학의의 말에 기가 막힌 표정을 지었지만, 또 다른 초학의가 다가와서는 맞장구를 치며 속삭였다.

"너 대체 귀를 달고 다니는 거야, 안 달고 다니는 거야! 그거 때문에 오늘 혜민서가 발칵 뒤집어졌었는데!"

"그래! 그 댁 아씨께서 언지 의녀님을 직접 찾아와 끌고 갔다니까?"

"단둘이 만난 이후로 언지 의녀님이 사라졌잖아. 분명 끌고 간 거야. 그래서 아주 몰매를 맞고 있는 거라고."

그때,

"자세히 말해라."

이 모든 사실을 빠짐없이 들어 버린 겸이 살벌한 시선으로 초학의들을 노려보며 말하자, 그가 듣고 있는 줄 꿈에도 알지 못했던 초학의들은 창백하게 질린 표정으로 고개를 푹 숙인 채 입을 열지 못했다. 그러자 겸의 노기 어린 목소리가 매섭게 그녀들에게 쏟아졌다.

"제대로 말하지 못하겠느냐!"

어찌나 서슬 퍼렇게 떨어지던지 허지조차도 움찔하며 고개를 숙였고, 초학의들은 거의 울기 직전의 모습으로 오늘 혜민서에 있었던 일을 전부 다 말하는 수밖에 없었다. 주변에 몰려 있던 의녀들과 의생들은 혹여나 자신들에게 불똥이 떨어질까 두려워 몸을 사리고 있었다. 그만큼 아무 말 없이 모든 사실을 듣고 있는 겸의 표정이 점점 매서운 바람을 일으키며 굳어지고 있었다.

"하여, 그리되었습니다. 교수님."

초학의의 말이 어렵사리 끝을 맺자 겸은 허탈한 표정을 짓다 이내 거칠게 혜민서를 빠져나갔다. 혜민서에 돌고 있는 소문처럼 투기니 뭐니 하는 것으로 언지를 찾았을 리 만무했다. 종친의 규수로서 누구보다 제 위치를 알고, 몸가짐과 법도를 아는 여인이니 그런 어리석은 짓을 할 정도로 자존심이 없는 여인이 아니었다. 그런 그녀가 저렇게 남들 입방아에 오를 각오하고서 언지를 찾은 이유.

'아버님과 결코 척을 두셔선 아니 됩니다. 교수님이 위험해집니다!'

어제 그렇게 찾아와서는 절박하게 외쳤단 말. 분명 뭔가를 알고 붙잡은 것이 분명했다. 게다가 오늘 사가에서 저를 보고 당황하며 자꾸만 뭔가를 숨기려고 했던 윤주석!

"분명, 내가 모르는 뭔가가 있다. 그리고 언지가, 언지가……."

겸은 혜민서 마구간에 묶인 말 한 마리를 억지로 끌어내어 고삐를 거세게 당기고선 차선대군의 본가로 달리기 시작했다. 정녕 무슨 일이 있는 것이라면, 그런 것이라면. 그래서 언지가 휘말린 것이라면. 해서, 그녀에게 조금이라도 잘못이, 잘못이!

'언지야, 김언지!'

직접 미음을 챙겨 들고서 방으로 들어가려던 가예는 삐쭉삐쭉 다가서는 계집종의 모습에 시선을 던졌다.

"무슨 일이냐?"

"저기, 저 방에 계시던 아씨께서 나가셨습니다."

"나갔다고?"

"예, 뭔 일인지 빨랫줄에 걸려 있던 사내복을 죄다 챙겨서는 장시 쪽으로 가 버렸습니다. 쇤네가 말리려고 했는데……."

"되었다. 이거나 가져가거라."

가예는 미음이 담겨 있던 상을 건네주고선 방 안으로 들어섰다. 그러자 자신이 주었던 옷과 더불어 약사발 역시 한 모금도 마시지 않은 채 남겨져 있었다. 아직 마비가 다 풀리지도 않았을 것인데, 자존심을 지켜보고자 하는 것인가? 헌데 사내복은 왜. 그 꼴로 혜민서로 다시 갔을 리는 없고.

"아씨."

그때 밖에서 여종의 목소리가 들려왔고, 가예는 언지에 대한 생각을 털어 내고서 방을 빠져나왔다.

"도련님은 무탈하신 것이냐?"

"예, 무탈하게 중전마마의 사가에 머물고 계십니다. 시료도 잘 되어 가는 듯합니다."

"그래?"

가예는 안도의 한숨을 내쉬며 이제야 한시름 덜어 낸 표정을 지었다. 날이 더더욱 어두워지고 있었다. 아까보다 먹구름이 더 심하게 몰려들었고, 아무래도 오늘 밤은 제대로 비바람이 몰아칠 듯했다.

본가에 당도한 가예는 아버님부터 찾았지만 아직 오시지 않았다는 말에 불안한 시선으로 사랑채를 바라보았다. 여러 생각이 들었지만 그녀는 고개를 가로저어 버렸다. 깊이 생각해선 안 된다. 깊이 알려고 해서도 안 된다. 그것이 종친의 여식으로서 그녀가 배운 삶이었다. 너무 많은 것을 알면 목숨이 위태롭고, 너무 많은 것을 알려고 해도 목숨이 위태로워지니까.

그때 바깥쪽에서 어수선한 소리가 들려왔다. 가예는 의아한 시선을 띠며, 당최 모르겠다는 표정을 짓고 있는 여종에게 말했다.

"왜 이리 소란이냐. 혹 아버님께서 오시면 어쩌려고. 무슨 일인지 알아보고 오너라. 아니, 내가 직접……."

하지만 그녀가 움직일 새도 없이 누군가가 그녀를 향해 성큼성큼 다가오고 있었다. 가예는 제 눈앞에 보이는 이의 모습에 너무나도 놀라 움직일 수가 없었다. 허겸. 그가 오고 있었다. 굉장히 싸늘한 시선으로 얼마나 급히 달려왔는지 옷차림새가 몹시도 헝클어진 상태였다. 가예는 얼른 정신을 차리고서 그에게 다가가 인사를 하려고 했지만, 그의 목소리가 먼저 새어 나왔다.

"그 아이 어디 있습니까?"

그가 누굴 찾는지 단번에 깨달았다. 그것도 이 시각에, 이곳이 어디인 줄 알면서도 무작정 온 이유가 고작, 그 의녀라는 사실에 가예는 창백해지는 입술을 깨물었다.

"무슨 말씀이십니까?"

가예는 애써 침착하게 입을 열었지만, 겸은 그런 그녀의 모습이 답답할 뿐이었다.

"다 알고 왔습니다. 어디 있냐고 물었습니다!"

그답지 않게 언성이 높아져 갔다. 그러고 보니 싸늘했던 그의 시선에서 무척이나 초조하고 불안한 기색이 뒤섞여 떨림이 느껴졌다. 하지만 가예는 끝까지 침착함을 잃지 않았다.

"도련님, 언성을 낮추십시오. 이곳이 어디인 줄 모르시는 것은 아니겠지요?"

"제가 두 번 말하게 하지 마십시오. 그 아이, 어디 있습니까? 아니. 무사하기는 한 겁니까? 대체 그 아이에게 무슨 말을 하신 겁니까. 혹, 어제 낭자가 제게 했던 말과 관련이 있는 것입니까?"

"……."

겸은 입을 다문 채 아무 말도 하지 않는 가예의 모습에 미쳐 버릴 것 같았다. 대체 언지에게 무슨 일이 생겼기에. 도대체 무슨 말을 했기에!

"낭자!"

그의 목소리가 다시금 떨려 왔다. 가쁜 숨과 더불어 온몸에서 어찌할 줄 모른 채 흔들리는 그의 모습이 눈에 훤히 보였다. 허겸. 그가 이런 사내이던가? 고작 그런 의녀 계집 때문에. 그런 여인 때문에 이토록 이성을 잃은 채 흔들리는 그런 사내였단 말인가?

"겨우 그런 일 때문에 이리 무모한 걸음을 하신 것입니까?"

그녀의 목소리가 한층 낮아지면서 날 선 가시가 느껴졌다.

"겨우 그런 일이 아니라서 이렇게 온 것입니다."

부정하는 그의 말을 듣고 싶지 않았다. 거북해졌으니까. 그런 말 따위, 정녕 듣고 싶지 않았다.

가예는 혹여나 아버님께서 오실까 두렵다는 핑계로 말을 길게 하지 않았다.

"그저 부탁했을 뿐입니다. 그뿐입니다."

"부탁이라니. 그 아이에게 대체 무슨 부탁을 한 겁니까. 낭자가 무슨 부탁을!"

순간 가예의 표정이 굳어지면서 다시 한 번 입을 다물었고, 그 모습에 겸은 뭔가를 느끼며 움직임을 멈추었다. 오늘 윤주석이 제 얼굴을 보면서 떠올린 표정은 분명 당황함이었다. 어째서 이 녀석이 이곳에 있냐는 듯한 태도. 수의가 지금껏 움직이지 않는 것도 이상하고, 게다가 그녀가 제게 했던 말까지.

"제가 위험해질 것이라 했습니까?"

"……예."

"혹, 오늘 내게 무슨 일이 생겼어야 했습니까?"

"도련님."

"가령 내가 위험해지는? 중전마마의 사가로 가지 못하는 그런 일? 그걸 낭자께선 알고 계셨던 거고. 그 아이에게. 대체 그 아이에게 무엇을 부탁한 것입니까!"

겸은 더 이상 격해지는 감정을 주체하지 못한 채, 두 손으로 가예의 어깨를 움켜쥐고서 흔들었다. 그녀는 어깨에서 묵직하게 내려오는 그의 무게가 버겁게 느껴졌다. 이 이상 숨기는 것은 불가능했다.

"도련님을, 지켜 달라고 하였습니다. 항상 도련님 곁에는 그 의녀가 있는 것 같아서. 가장 가까이에 있는 것 같아서. 그래서 지켜 달라고. 눈을 떼지 말아 달라고."

"그래서요? 그래서!"

"그 여인이 제대로 도련님을 지킨 것입니다. 해서 도련님이 오늘 무사히 중전마마의 사가로 간 것이고요."

겸의 시선이 아까보다 더욱 미친 듯이 흔들렸다. 그것은 불안함을 넘은 공포였다. 이리 가슴이 조일 듯한 기분은 처음이었다. 대체, 언지 그 아이가 저를 위해 무엇을 했단 말인가. 대체 무엇을, 무엇을!

"지금쯤이면 아마 독기가 완전히 사라졌을 것입니다. 목숨을 빼앗는 독이 아닌 그저 마비를 시키는……."

하지만 가예는 말을 끝까지 맺을 수 없었다. 제 어깨를 붙잡은 그의 손이 파르르 떨리면서 엄청난 냉기가 뼛속까지 파고들며 저도 모르게 주저앉을 뻔했다. 그만큼, 그의 표정이 그 어느 때보다 살벌했다. 마치 그의 눈앞에 자신의 모습 따윈 보이지도 않는 것처럼.

"도, 도련님?"

하지만 그의 귀에 그녀의 목소리는 들리지 않았다. 오직 하나. 독, 독에 당했다는 그 말. 언지가 독에 당했다. 독에, 그것도 자신 때문에. 독에, 다른 것도 아니고 독에!

"도련님!"

가예의 목소리가 조금 더 날카롭게 울렸고, 겸은 흐트러지던 이성을 억지로 붙잡고서 고개를 들었다.

"장시 쪽으로 가는 것을 보았다고 합니다. 그곳부터 찾아보시지요."

"장시?"

"예. 분명 그쪽으로 갔다고 했습니다."

그 말이 끝나자마자 겸은 거칠게 등을 돌리고서 그녀의 시선에서 순식간에 사라져 버렸다. 정녕 제 모습은 안중에도 없다는 듯, 그렇게 바람처럼 가 버리고 말았다.

"아, 아씨. 어찌 그런 말을 하신 겁니까? 그 의녀 따위가 뭐라고……."

"내가 이리 말하지 않으면 괜한 오해를 살 것이다. 그런 계집 때문에 미움받고 싶지 않다. 게다가 연심이란 떼어 내려 하면 할수록 더욱 활활 타오르는 법이지. 도련님과 그 의녀에게 그런 연을 만들게 하고 싶지 않구나."

겉으론 아무렇지 않은 듯 말했지만, 도련님과 그 의녀 사이에 연모라는 말을 담자마자 주체할 수 없는 떨림이 퍼지면서 가슴이 찢어질 것처럼 통증이 밀려왔다.

그가 이곳으로 무모하게 달려온 이유. 그리고 그 표정, 말투가 너무나도 낯이 익다고 생각했는데. 바로 어제의 제 모습이었다. 도련님을 살리고자 필사적이었던. 원하고 가지고 싶은 연모를 위해 무작정 뛰어들었던 자신의 모습.

“아씨?”

가예는 입술을 꽉 깨물고서 눈을 질끈 감았다. 자꾸만 눈가가 시큰거리며 저도 모르게 눈물이 나올 것 같았지만 억지로 틀어막으며 온몸으로 부정했다.

‘울지 않을 것이다. 울지 않을 것이다.’

고작 그런 계집 때문에 눈물을 보이고 싶지 않았다. 더 이상 거기까지 무너지고 싶지 않았다. 그때 하늘에서 비가 쏟아지기 시작했다. 비가 올 것 같더니, 이제야 하늘이 내리기 시작한다. 머리부터 발끝까지 시린 빗줄기가 쏟아져 내렸지만 가예는 그 자리에서 꿈쩍도 하지 않았다. 어느새 그녀의 두 볼 위로도 시린 물줄기가 쏟아지면서, 여종의 간절한 손길에도 가예는 한동안 그렇게 무너지는 하늘 아래 두 눈을 감은 채 그리 서 있었다.

‘언지야, 언지야!’

겸은 어둑해진 어둠을 뚫고서 꽤나 많은 인적이 오가는 장시를 헤집고 다니며 미친 사람처럼 무작정 그녀를 찾기 시작했다. 길거리 곳곳에 오색의 찬란한 풍등이 걸려 있었다. 아무래도 오늘 밤, 그때처럼 풍등놀이를 하려는 모양이었다.

하지만 그의 눈엔 그런 오색이 보이지 않았다. 지독한 어둠. 그녀를 찾기 전까지는 오직 절망 속에 어둠만이 그의 발목을 잡고 늘어졌다.

독이라니, 저 대신 독에 당하다니! 그리 나서지 말라고 하였는데. 그리도 휘말리지 말라고 하였는데! 내 눈앞에 있으라고. 한 치도 떨어지지 말라고. 그렇게, 그렇게…….

“하아, 하아, 하아…….”

가슴이 답답하여 미칠 것 같았다. 자꾸만 불길한 생각이 점점 더 그의 발목을 붙잡아 당겼다. 혹시, 그 아이가 죽어 버리면 어쩌나. 다시는 영영 보지 못하게 되면 어쩌나. 아직 이 마음에 한 자락조차 보이지 못했는데. 제 손에 닿지 못할 곳으로 그리 영영 사라져 버리면. 끔찍한 상실감이 휘몰아치며 그를 자꾸만 수렁으로 밀어 넣었다.

"언지야, 언지야. 제발!"

어느새 까맣게 물든 하늘 위로 풍등이 오르기 시작했다. 사람들의 환호성이 사방에서 피어오르며 북적이기 시작했다. 그 사이로 미친 듯이 흔들리던 그의 시선이 딱 하고 멈춰 들었다. 불안함과 두려움에 그토록 흔들리던 심장이 다른 의미로 쿵쿵거리면서 귓가를 울렸다. 수많은 인파 속에 한 사내가 보였다. 마치 그 사내의 주변에만 시간이 멈춘 듯, 그의 시선엔 그리 보였다. 비틀거리는 걸음과 어딘지 불안해 보이는 모습에 너무나도 여린 몸이 이리저리 치이면서 무언가를 바닥에서 급하게 주워 들고 있었다. 그러곤 내려온 갓 때문에 표정이 보이지는 않았지만 그것을 가슴으로 품고서 환하게 웃는 듯했다.

겸은 발길을 당겼다. 사방팔방 밀려드는 사람들에게 이리저리 치이며, 갓이 망가지고, 옷자락이 흐트러지며, 여기저기 부딪쳐 다칠 듯했지만 그런 건 아무렇지 않다는 듯 오직 그 사내에게 시선을 고정한 채 계속 걸음을 당겼다. 불안함에 울리던 심장이 어느새 지독한 그리움의 울음을 토해 내고 있었다. 아무리 걸어도 거리가 좁혀지지 않는 것 같았다. 이대로 눈앞에서 꿈처럼 사라져 버릴까 봐. 아니, 지금 이렇게 보고 있는 것 자체가 너무 그리움에 만들어 낸 환상일까 봐 미치도록 불안했다.

서서히 가까워지는 거리 속에 그 사내가 움켜쥔 것이 눈에 들어왔다. 매화 무늬의 노리개. 그녀에게 너무 어울릴 것 같아서, 벌을 준다는 핑계로 쥐여 준 노리개. 자꾸만 걸음이 뒤엉켜 갔다. 제 주위를 가로막는 이 수많은 사람들을 전부 지워 내 버리고 싶을 만큼. 그의 감정이 미치도록 요동치기 시작했다.

"언지야."

입술이 달싹였지만, 그의 입안에서 이름이 맴돌 뿐이었다.

"언지, 김언지."

사내 복색이지만, 분명 그녀다. 온몸으로 그녀를 부르고 있다. 저 사내가 언지라고. 분명 그녀라고. 매번 눈으로 그렸던 여리디여린 몸. 곱디고운 얼굴. 숨기려 해도 숨겨지지 않는 꽃답디꽃다운 모습.

그녀가 천천히 등을 돌리면서 다른 사람들 틈에 사라지려고 하자, 그는 재빨리 손을 뻗어 그토록 원하였던, 간절히 원하였던 그녀의 새하얀 손목을 덥석 붙잡았다.

"하아!"

언지는 갑자기 저를 붙잡는 손목에 흠칫하여 고개를 돌렸다가 이내 화들짝 놀라 얼른 고개를 숙이려 했지만, 그의 낮은 목소리에 마치 묶여 버린 것처럼 움직일 수가 없었다.

"언지야."

분명, 언지라고 불렀다. 분명 언지라고. 하지만 분명 지금 저는 김 도령, 김 도령의 모습일 텐데. 그가 어찌 여기 있는 것이며, 도대체 어찌 저를 언지라고 단번에.

그녀는 더욱더 죄어 오는 그의 손목을 풀어내려 했지만 그는 어림도 없다는 듯이 언지의 손에 잡혀 있던 매화 노리개를 함께 붙잡으며 다시금 강하게 그녀의 이름을 불렀다.

"김언지."

그의 목소리가 묵직하게 그녀의 몸을 누르면서 주변의 소리가 삽시간에 사라져 버렸다. 마치 처음 그와 홍와여림에서 만난 그날처럼. 그의 손길이 손목을 타고서 천천히 뻗어 오르며, 펄럭이는 도포 자락을 따라 어깨를 타고 갓끈 위로 조심스럽게 움직였다. 그의 손길에 따라 뜨거운 열기가 함께 피어올랐다. 피해야 하는데, 정녕 피해야 하는데. 제 몸이 아닌 것처럼 움직일 수가 없었다. 마침내 그의 손길이 갓끈을 풀어내자 순식간에 갓이 아래로 툭 하고 떨어졌다. 그와 동시에 서로의 시선이 허공에서 뜨겁게 부딪혔다.

꽃다운 그녀의 얼굴이 보인다. 주변의 풍등이 그 아무리 화려하게 그의 시선을 가로막는다 하여도, 지금 제 눈앞에 보이는 어여쁨보다 더할까. 열기에 일렁이는 눈동자. 이런 조촐한 사내 복색으로도 감추어지지 않는 그만의 꽃.

"교, 교수……."

하지만 그녀의 말은 그의 입술 속에 그대로 삼켜지고 말았다. 너무나도 뜨겁게 휘몰아치는 그의 입술에선 갈급함이 밀려들고 있었다. 그녀의 어깨를 붙잡은 손아귀의 힘이 견고하게 그녀를 붙잡으며 겸은 그녀의 여린 입술을 짓눌렀고, 언지는 그의 힘에 바동거리다 이내 그의 팔목을 붙잡고서 고개를 꺾었다. 오색의 찬란한 풍등이 수놓은 하늘에서 비가 쏟아지기 시작했다. 사람들은 아쉬운 목소리를 내며 비를 피하고자 바동거렸지만, 그 틈에서 오직 겸과 언지만이 쏟아지는 비도 아랑곳하지 않고 뜨거운 열기를 삼켜 들고 있었다.

순식간에 파고든 입술의 열기가 거칠게 자신의 몸을 붙잡았다. 마치 어린아이처럼 저를 다시는 놓지 않을 듯이 갈급하게 붙잡는 그의 움직임에 언지 역시 함께 묶여 버리고 말았다. 파고든 입술이 연신 속삭였다. 언지야, 언지야. 너무나도 애달프게 울리는 그의 목소리가 가슴으로 번지면서 서로 엮인 손가락 사이로 붙잡힌 매화꽃이 진정 꽃을 피우는 것 같았다.

쏟아지는 빗줄기는 아무것도 아니었다. 자신이 지금 어떤 복색을 하고 있는지도 중요하지 않았다. 그가 부른 이름 하나에. 어느새 자신은 김 도령에서 언지가 되어 있었다.

겸은 이제야 서서히 입술을 떼어 내고서 제 눈 가득 담긴 그녀를 바라보았다. 이리 보고 있어도 애가 탔다. 아무리 보고 있어도 가슴이 저렸다. 가슴께에 저릿하게 파고든 그리움에 금방이라도 울음을 터트릴 것 같았다.

"……미안하구나."

그의 가슴 깊숙한 곳에서 토해지는 한마디에 언지는 고개를 가로저었다. 그녀의 모습에 겸은 다시금 참지 못하고 손을 뻗어 그녀를 으스러지도록 꽉 끌어안았다. 틈 하나 없이 두 번 다시 놓지 않겠다고. 멀어지지 않겠다고 온몸으로 새기는 것처럼. 그런 그의 모습에 언지 역시 천천히 손을 뻗어 그의 등을 부드럽게 다독거렸다.

"여기 있었는데. 이리 눈앞에 있었는데. 여기에, 이리 여기에……."

"어찌, 아셨습니까? 제가 김 도령이라는 사실을……."

"네 고운 서체를 보고 알았다. 미안하구나. 한 치도 떨어지지 말라고 내가 말했으면서. 바로 코앞에 있는 널 찾지 못하고 헤매었구나. 이리 어여쁜 너를. 이리 꽃다운 너를. 영원히 잃을 뻔하였다. 정녕, 내 모든 것을 잃을 뻔하였어."

"교수님……."

겸은 다시금 고개를 들어 그녀를 바라보았다. 그러곤 떨리는 손길로 그녀의 이마부터 눈을 타고 코끝에서 입술까지. 모든 것을 더듬거리며 매만졌다. 독을 마셨다고 들었을 때, 그리고 그녀의 행방을 알지 못하며 헤매었을 때, 정녕 하늘이 무너지는 듯한 상실감이 휩싸였다. 정녕 모든 것을 잃어버릴 듯한 두려움. 자신의 전부를 잃어버리는 것 같았다.

언지 역시 그의 눈동자를 빤히 바라보았다. 저토록 흐트러진 그의 모습은 처음이었다. 혹, 그가 알아 버린 것일까? 자신이 그 대신 독을 마신 것을? 그래서 이토록 두려워하고 있는 걸까? 무서워하고 있는 걸까? 내가 죽었을까 봐? 그랬을까 봐?

혹시나 그런 것일지도 모른다는 생각에 언지는 환하게 웃으며 그의 손을 꼭 잡아 주었다. 그러곤 속삭였다. 여기 있다고. 교수님 앞에, 언지가. 너무나도 어여쁜 자색의 꽃이 무탈하게. 이리도 무탈하게 교수님 앞에 있다고. 앞으로도 계속 있을 것이라고. 그리고 그런 그녀의 속내를 읽은 것처럼, 겸은 그녀의 새하얀 손을 함께 마주 잡으며 떨리는 입술을 열었다.

"저번에 네가 내게 물었던 것. 네가 내게 무엇이냐고 했던 것."

언지는 이제야 그가 무슨 말을 하는지 깨달았다. 하지만 그때와는 달리 마음 가벼웠다. 그가 무슨 대답을 할지 다 알아 버렸으니까. 알지 못하는 것이 정녕 둔한 것이지. 저런 표정으로 이리도 간절하게 말하였는데. 못 알아차리는 것이 정녕 둔하고 둔한 여인이지.

그녀는 새하얀 얼굴 위로 붉은 입술을 묘하게 늘어뜨리며 속삭였다.

"소녀를 연모하는 것이지요? 소녀를 이 마음에 담으신 것이지요. 그렇지요?"

마치 사내의 애간장을 다 녹이는 여인처럼. 언지의 은밀한 속삭임에 겹은 입가로 피식 미소를 흘리며 진지하게 속삭였다.

"연모라는 말로도 부족할 만큼. 이 심장이 네가 되어 버렸다."

그러곤 그의 시선이 점점 아래로 내려왔다. 언지는 너무나도 자연스럽게 눈을 감으며 살포시 와 닿은 그의 입술을 수줍게 머금었다. 서로에게로 내쉬는 숨결이 같은 단어를 품고서 넘실거렸다. 연모하고, 연모하고, 또 연모한다고…….

어느새 쏟아지는 빗줄기 따위는 아무렇지도 않게 되었다. 그저 내리는 비의 그림자에 다른 이의 시야를 가려 버리면서 두 사람만이 오롯이 그 공간 속에 있을 뿐이었다.

제10장

화적(花賊)을 품다

하늘로 오르는 풍등의 불빛이 지상으로 쏟아지는 홍와여림. 하지만 신월의 별채는 그저 고요하고 적막하기만 했다. 그저 그녀의 손끝 아래 정갈하게 흐르는 술 소리와 차선대군의 손아래에서 자잘하게 부딪히는 술잔 소리.

그리고 그 앞에 어두운 표정으로 앉아 있는 윤주석은 이러한 침묵이 버겁기만 했다. 특히나 오늘 있었던 모든 일을 들었음에도 불호령은커녕 아무 말 없이 그저 술잔만 기울이는 그의 모습에 윤주석은 더더욱 오금이 저려졌다.

차선대군은 그러한 윤주석의 기색을 살피며 웃는 듯 아닌 듯 비릿한 냉소를 지었다. 가끔은 불호령보다 이리 가만히 있는 것이 상대방을 더더욱 옥죄일 수 있는 법이다. 혼자서 온갖 생각을 하며 스스로를 죄일 것이니.

하지만 그보단 앞으로의 일이 어찌 될지 관건이었다. 허겸을 묶어 중전을 수중에 넣으려 했는데, 오히려 꼬리가 밟힌 건 아닌지. 혹, 그가 미리 알고서 독을 피한 것인가. 아니면 정녕 하늘이 그를 도와 걸음을 비켜 가게 한 것인가.

만약 알고서 그랬다면 중전의 의중을 그가 알고 있다는 것인데. 그렇다면 결국 두 사람은 같은 배를 타고 있음이다. 그자의 의중을 알아야 한다. 그가 어디까지 알고 있는지. 그저 단순히 당돌하기 짝이 없는 중전의 꼭두각시인지, 아니면 중전, 나아가 어린 왕의 손을 잡고 있는 것인지.

"헌데, 혜민서에 이상한 소문을 들었습니다."

생각에 잠겨 있던 그를 깨우는 윤주석의 말에 차선대군은 이제야 고개를 들고서 그에게로 시선을 돌렸다. 신월 역시 태연한 척 연신 대군의 잔에 술을 채워 주면서도 윤주석의 말의 토씨 하나 놓치지 않고 있었다.

"이상한 소문이라니?"

어떻게든 자신의 잘못을 덮기 위해 말을 꺼내긴 했지만, 연신 입술이 달싹이며 말을 끝까지 해야 할지 말아야 할지 망설였다. 게다가 이곳에 단둘만 있는 것도 아니고.

차선대군은 윤주석의 시선 끝에 신월이 있는 것을 깨닫고선 피식 웃으며 술을 따르던 그녀의 손을 잡았다.

"월아. 지금부터 이곳에서 들은 말은 네가 죽을 때까지 다물어야 할 것이다."

그의 다정하면서도 서슬 퍼런 어조에 신월은 옅은 미소를 띠며 그에게서 조심스럽게 손을 빼내었다.

"제가 무엇을 들었다고 그러십니까? 이년은 그저 대군 대감께 술만 따라 드렸을 뿐. 나리께서 무슨 말을 하는지 이년은 도통 모르겠습니다."

신월의 말이 끝나자마자 차선대군의 날카로운 시선이 윤주석에게 향했고, 윤주석은 더는 신경 쓰지 말고 바른대로 고하라는 그의 의중을 읽고서 어차피 엎어진 물, 자신이 들은 얘기를 천천히 쏟아 내었다.

"가예 아씨께서 혜민서에 찾아와 한 의녀를 데려갔다고 합니다."

"가예가?"

차선대군은 제 여식의 이름이 오르내리자 얼굴이 아예 딱딱하게 굳어져 버렸다.

윤주석은 그런 그의 낯빛을 살피며 지금이라도 말을 거두어야 하나, 했지만 그의 서슬 퍼런 시선이 그의 숨통을 조여 오고 있었다. 여기서 입을 다물게 되면 더한 화를 부를 것 같았다. 해서 하는 수 없이 혜민서에 돌고 있는 소문에 대해 소상히 고하였다.

얼마 후, 차선대군은 술잔을 신월에게 내밀었다. 그러자 신월은 저도 모르게 살짝 흐트러진 품새로 술병을 들어 올렸다. 소문의 그 의녀가 누군지 단번에 떠올랐기에. 그녀는 분명.

'언지 아씨…….'

"대, 대감……."

"알았네. 일단 지금부터 자네도 움직임을 조심해야 할 걸세. 허겸, 그 자의 본모습을 밝혀내기 전까지는."

차선대군은 가예에 관한 것은 입에도 담지 않고서 화제를 중전마마 쪽으로 돌려 버렸다. 윤주석 역시 그것을 깨닫고선 더는 말하지 않고 고개를 끄덕였다.

"예, 대감."

그렇게 윤주석이 별채를 빠져나가자마자, 차선대군의 눈빛 위로 서슬 퍼런 칼날이 드리웠다. 의녀 계집과 놀아나는 허겸이라. 하지만 그럴 리는 없었다. 아무리 좌상이 그를 고작 혜민서 의학교수 따위에 두고 있다고 하지만, 그런 일을 그냥 눈뜨고 지켜볼 리가 없었다.

좌상의 아들이 고작 천것을 마음에 두고 있다니. 하지만 분명 뭔가 있는 의녀인 건 확실한 듯했다. 혹, 중전이 가까이에 두고 있는 의녀인 것인가?

'어떤 계집인지 알아볼 필요는 있겠군.'

그나저나 가예. 그 아이는 왜 혜민서에 발걸음 한 것이며, 대체 그 의녀를 왜 만난 것인가. 순간, 그의 입가로 싸늘한 웃음이 스쳤다. 겉으로 드러내진 않아도 차선대군은 가예가 허겸을 생각보다 깊이 품고 있다는 것을 알고 있었다.

종친으로서 가예를 무척이나 엄하게 길렀던 그였다. 가예 역시 그런 그를 거스르지 않고 단 한 순간도 흐트러짐 없이 종친의 여식으로 그리 자라왔다. 그런 가예가 처음으로 흐트러진 순간이 바로 허겸, 그와 있을 때였고, 그의 얘기가 들릴 때였다.

분명 그 아이는 들은 것이 분명했다. 사랑채에서 문인수와 자신의 사이에서 오갔던 얘기를. 하지만 종친으로서 대놓고 움직일 수는 없었을 테니 흘린 것인가. 그 의녀에게?

차선대군의 얼굴 위로 회심의 미소가 스쳤다. 생각지도 못하고 있었는데. 가예가, 그 아이가 생각보다 더 많이 그자를 마음에 담은 모양이다. 감히 자신을 거스를 정도로. 그렇다면.

"그 아이를 통해 알아내면 되겠군."

"예?"

살얼음판을 걷는 듯싶더니 갑자기 뜬금없는 소리에 신월은 고개를 들었다. 그러자 어느새 서늘했던 그의 얼굴이 평소처럼 수그러들면서 술잔을 잡고 있던 손으로 신월의 옷고름을 움켜쥐었다. 그의 눈빛에 서린 얼음이 사라지고 대신 뜨거운 욕정이 꿈틀거렸다.

그의 손길이 단숨에 옷고름을 풀어헤치고선 뽀얗고 탐스러운 신월의 젖가슴에 입술을 파묻었다. 신월은 목구멍 끝까지 차오르는 숨결을 억지로 누르며 그의 머리를 끌어안았다. 차선대군은 그녀의 향긋하고 보드라운 젖가슴을 빨아 당기며 속삭였다.

"그것은 어찌 되었느냐?"

그의 은밀한 물음을 단번에 알아차린 신월은 헐떡이는 숨을 고르며 나지막이 속삭였다.

"이제 곧 도성으로 들어올 것입니다."

"그래? 드디어, 드디어 그것이 오는구나. 이제 믿을 건 월이, 너밖에 없다."

"안심하십시오, 대감."

신월은 차선대군을 안으며 가쁜 숨을 내쉬었지만 뜨겁게 치솟는 공기와는 달리 그녀의 눈빛은 사내를 안고 있는 여인이라고 할 수 없을 정도로 차갑게 가라앉아 있었다. 창밖 너머로 쏟아지는 빗줄기만큼이나 더 매섭고도 차갑게…….

갑자기 쏟아지기 시작한 빗줄기는 좀처럼 그칠 새도 없이 빗발이 굵어져만 갔다. 언지와 겸은 서로의 손을 꽉 잡고서 비를 피할 곳을 찾았지만 마땅치가 않아 하는 수 없이 주막으로 걸음을 옮겼다. 하지만 주막 쪽도 상황은 마찬가지였다.

"아이고, 어쩐대. 지금 빈방이 딱 하나밖에 없는데……."

"그 빈방이라도 주시오."

"그것이, 작은 방이라. 다 큰 사내 두 명이 함께 잘 수 있을란가 모르겠네. 뭐, 몸집이 크지 않으니 가능할 것 같기도 하지만……."

주모는 겸의 늠름한 용모를 슬쩍 훔쳐보다 언지의 꽃다운 외모에 저도 모르게 침을 꿀꺽 삼켰다. 어찌 이리도 훤한 도령들이 저리도 비를 쫄딱 맞았는지. 주모의 마음이 안쓰러웠다. 할 수 있다면 제 방이라도 내어 주고 싶은 심정이었다.

작은 방밖에 없다는 말에 겸이 난감한 표정을 지으며 언지를 슬쩍 쳐다보았다. 하지만 어쩐지 다른 주막을 가도 마찬가지일 거란 생각이 들었다. 하필이면 오늘이 풍등놀이인 데다 갑자기 비까지 내렸으니. 그때, 언지가 그의 옷자락을 슬쩍 잡아당기며 당돌하게 입을 열었다.

"작은 방이 무슨 상관입니까? 사내 두 명이서 어차피 비 좀 피하고 몸만 좀 녹이고 가실 것이 아닙니까?"

스스로 사내라 칭하면서 눈빛으로는 혹, 교수님 망측한 상상을 하시는 건 아니시지요? 하고 묻는 것 같아 겸은 저도 모르게 붉어진 얼굴을 감추어 버렸다.

"그, 그렇지! 어차피 건장한 사내 두 명인데. 좀 좁기는 해도 그거야 딱 붙어 있으면 될 일이지. 암! 사내인데 무슨 상관인가? 그 방으로 하겠네, 주모."

그렇게 말하고는 겸 역시 눈빛으로 언지에게 쏘아붙였다. 망측한 상상은 네가 하고 있는 것이 아니냐? 괜히 엄한 사람 잡지 마라!

그렇게 휙 돌아서는 겸의 뒷모습에 언지는 터져 나올 것 같은 웃음을 꾹 눌러 참았다.

그렇게 주모가 안내한 방은 생각보다 훨씬, 훨씬 더 작고 캄캄했다. 아마 처음부터 방으로 쓰던 곳이 아닌 창고로 쓰던 곳 같았다. 하지만 찬밥 더운밥을 가릴 때가 아니었기에 겸은 대충 등불을 밝히고서 어둠부터 밀어내었다. 곧 주모가 먹을 만한 요기와 마른 옷을 구해 준다고 했으니, 조금만 더 버티면 될 것이다. 빗줄기도 아까보단 약해졌고.

언지는 주모가 대충 얼굴이라도 닦으라며 준 수건으로 물기를 털어 내었다. 푸드덕푸드덕. 수건을 털어 내는 소리가 유달리 크게 느껴졌다. 아니, 그만큼 그녀의 움직임이 지나치게 컸다.

겸은 고개를 돌리고 있었지만, 저도 모르게 하얀 벽면에 비치는 그녀의 그림자를 좇았다. 그러다 슬그머니 고개를 되돌렸다. 얼굴을 닦아 내고 옷에 묻은 물기를 닦아 냈지만 이미 젖어 버린 옷이 어떻게 될 리가 없었다. 낡디낡은 도포 자락이 축 젖어 그녀의 몸에 딱 달라붙으니 탐스러운 곡선을 타고서 은근한 여인의 향이 진하게 묻어 나와 그의 머릿속을 어지럽게 하였다. 여인의 복색을 입은 것보다 훨씬 더 은밀했다.

새하얀 팔목이 보일 듯 말 듯 부산스럽게 움직이고 이내 그녀에게 어울리지 않는 망건을 벗겨 내니 젖은 머리카락이 탐스럽게 쏟아지면서 더더욱 진한 향을 내뿜었다. 어느새 주변의 그 어떠한 향도 느껴지지 않았다. 온통 언지, 저 아이의 향이 그의 코끝과 이성을 마비시키고 있었다.

서향화(瑞香花). 그래, 화적(花賊)이라 불리는 서향화 같다. 그 향이 너무나도 매혹적이어서 주변의 모든 향을 훔쳐 버린다는 매혹의 꽃. 지금 겸의 눈앞에 언지가 그런 서향화 같았다.

태연한 척 물기를 닦아 내고 있었지만 언지 역시 죽을 맛이었다. 이리 좁은 방인지도 몰랐고, 신경을 쓰기 시작하니 그의 움직임 하나하나가 너무나도 예민하게 모든 감각으로 파고들어 왔다. 자꾸만 이 못된 시선이 그에게 향했다. 그래, 조금 본다고 닳는 것도 아니고. 조신하지 못하게 내가 어찌할 것도 아니고.

그렇게 수건을 핑계 삼아 언지는 힐끔힐끔 그의 모습을 훔쳤다. 굵은 빗줄기에 젖어 버렸지만 그래도 그의 모습은 여전히 귀한 빛이 흐르고 훤했다. 평소 까칠하면서도 선비로서의 고고함을 잊지 않고 있었다면, 지금은 살짝 흐트러진 옷매무새와 채 마르지 않은 물기가 그의 턱 선을 타고 흘러내리는 모습이 그야말로 사내다워 정신이 혼미해졌다.

안 되지, 안 돼. 김언지 체통을 지키자. 비록 복색이 이러하지만 넌 여인이야. 정숙하디정숙한 여인! 그에게 더는 이상한 모습 보일 수는 없어! 그때, 그의 낮은 목소리가 언지의 시선을 다시금 사로잡았다.

"무섭진 않느냐?"

"예?"

무섭다니 뭐가. 내가 당신 덮칠까 봐? 아니면, 당신이 날…….

"좁고 어두운 곳, 싫어하지 않느냐."

진심으로 걱정 어린 그의 말에 언지는 자신의 불순한 생각을 말끔히 털어 내었다. 그러고 보니 이상하게 무섭지가 않았다. 그와 같이 있어서 그저 떨린다는 느낌만 받았을 뿐. 그때 곡창에서도 그랬다. 두려움보다 그의 모습에 떨려서 억지로 눈을 감으며 잠을 청하려고 했었지.

대답이 없는 언지의 모습에 겸은 다시금 걱정 어린 어조로 속삭이려 했지만, 그보다 그녀가 먼저 그를 바라보며 나지막이 속삭였다.

"허면 좀 가까이 와 주시겠습니까?"

"뭐?"

"뭐 어떻습니까. 아무렇지도 않다고 하지 않으셨습니까?"

눈을 동그랗게 뜨고서 자못 아무렇지도 않게 말하는 언지의 모습에 겸은 기가 막히면서도 정녕 무서운 것인가, 하는 불안함과 조바심 때문에 하는 수 없이 곧은 선비의 정신을 믿어보기로 하고선 좀 더 가까이 그녀에게로 다가섰다. 성큼성큼 서로의 거리가 가까워질수록 서로의 체취가 짙어져 갔다. 내쉬는 숨결이 와 닿을 것처럼. 아른거리는 촛불에 두 사람의 그림자가 겹쳐지고 있었다.

그저 조금 장난을 치고 싶었을 뿐인데. 정말 진지하게 걱정하는 그의 시선과 서서히 다가오는 그의 모습에 언지는 마른침을 삼켰다. 제 무덤을 판 것이다. 판 것이야!

"노, 농입니다. 하나도 무섭지 않습니다. 그러니……."

언지는 괜찮다고 손을 들며 저었지만, 겸은 살짝 굳어진 시선으로 그녀의 손을 덥석 잡았다. 그러고는 그녀의 손바닥에 붉고 선명하게 일그러진 화상 자국을 보고선 눈동자가 한없이 떨려 왔다. 언지는 얼른 손을 빼려고 했지만, 겸은 그녀의 손을 더욱 꽉 붙잡으며 잔뜩 잠긴 목소리로 속삭였다.

"나, 때문이구나."

"별로 많이 안 다쳤습니다. 상처도 별로 깊지 않고, 이 정도면 그리 흉지지도……."

하지만 언지의 말이 끝맺기도 전에 겸은 안쓰러운 손길로 그녀의 손바닥을 쓸어 주더니 이내 상처 위로 가만히 입을 맞추었다. 언지는 쓰린 상처 위로 와 닿는 뜨겁고 보드라운 느낌에 흠칫했지만 겸은 멈추지 않았다. 상처의 쓰라림이 그에게 전해지는 것처럼 심장이 찌릿했다. 이 고운 손으로 저를 살리기 위해 대체 무엇을 한 것인가. 자신의 시선이 미치지 못한 그곳에서. 안 그래도 다른 규수들보다 거친 손인데. 그리하여도 다른 규수들보다 하얗고 어여쁜 그러한 손인데.

그의 입술이 언지의 상처 주위를 맴돌다 이내 서서히 위로 파고들며 손가락 사이사이를 쓸어내리기 시작했다. 그렇게 그녀의 새하얀 손 위로 붉은 꽃잎이 피어났다. 언지는 심장이 터질 듯이 움직이며 온몸이 떨려왔다. 열기가 솟구치며 대체 어찌해야 할지 모르고 있을 때, 겸은 길게 떨어진 머리카락 사이로 붉게 달아오른 그녀의 모습을 바라보며 피식 웃었다.

"고작 이런 것으로도 이리 부끄러워 어쩔 줄 몰라 하면서 대체 그런 소설은 어찌 쓴 것이냐? 아직도 네가 김 도령이라는 사실이 얼떨떨하구나."

김 도령이 누구던가? 발칙하면서도 대범한 남녀상열지사에 조선 팔도 규수들의 마음을 들썩인 화제의 문장가가 아니던가. 한데, 그러한 소설을 쓴 이가 대범한 사내가 아닌 이런 조그만 여인이었다니. 하긴 연약한 여인은 아니지.

언지는 애써 두근거리는 마음을 누르고서 호기로운 목소리로 입을 열었다.

"원래 여인들의 상상력이란 무궁무진하답니다. 사내들만 그런 은밀한 욕정을 지닌 것은 아니지요. 게다가 제가 의녀인 걸 잊으셨습니까? 사내들 몸은 꽤 잘 알고 있습니다."

물론 거짓이다. 그저 상상하며 써 내려가는 것뿐. 의녀라고 어찌 사내의 몸을 알 수 있을까. 하지만 언지는 그런 속내를 숨기며 태연하게 웃었고, 겸은 그 모습에 역시 언지답다고 생각했다. 언제라도 저 당돌함은 사그라지지 않으니. 언제나 강하고 당찬 아이. 앞으로 그 어떤 일이 일어난다 하여도 저 밝고 강한 모습만큼은 사그라지지 않았으면 하는데…….

"그래도 무리는 하지 말거라."

"예?"

겸은 언지의 손가락과 자신의 손가락을 부드럽게 엮으며 속삭였다.

"이리 다치지도 말고. 겁 없이 나서지도 말고. 내 눈앞에. 내 앞에. 그리 있어야 한다."

누군가 이런 말을 한 적이 있었다. 세상에서 가장 힘든 것이 누군가를 지키는 일이라고. 그러니 그런 말을 결코 함부로 해서는 안 되는 말이라고. 그래도 정녕 지키고 싶다면, 각오를 하라고. 너 자신을 버릴 각오. 너 자신의 모든 것을 줄 수 있을 정도의 각오. 그 정도의 각오만이 다른 이를 지킬 수가 있다고. 결국, 목숨보다 더한 것을 걸어야 한다는 것이다.

겸은 까맣고 맑은 눈동자에 담긴 저를 바라보며 그녀의 손을 꽉 붙잡았다. 이 여인을 위해서라면 그리할 수 있다. 이 여인을 지키기 위해서라면. 나의 주군으로 정한 어린 왕을 위해 제 한 목숨을 던졌고, 눈앞에 있는 정인을 지키기 위해 목숨보다 더한 것을 던질 것이다.

언지는 제 손을 꽉 붙잡은 겸의 단단한 손길에 어쩐지 모르게 불안해졌다. 대체 무슨 생각을 하는 걸까. 혹, 위험한 생각은 아니겠지? 무서운 생각은 아니겠지?

"헌데 중전마마는 이제 괜찮으신 것입니까?"

"많이 좋아지셨다. 곧 환궁할 수 있을 것이다."

"다행입니다."

"마마께서 널 많이 보고 싶어 하시는데……."

"미천한 것을 기억해 주시는 것만으로도 감읍할 따름이지요."

"언젠가, 모든 일이 정리되면."

겸은 한 손을 뻗어 그녀의 흐트러진 머리카락을 귓가 너머로 쓸어 주었다. 아직 채 마르지 않은 시린 머리카락이 그의 손에 와 닿자 부드럽게 출렁였다.

"정식으로 함께 입궁하였으면 좋겠구나."

"예?"

모든 일이 잘되어서 어린 왕께서 진정한 이 나라 만인지상이 되실 때, 그때 정식으로 혼인하여 부인으로서 전하께 그녀를 소개해 주고 싶었다. 물론 어머니가 한바탕 펄쩍하실 테지. 아버님도 과연 허락하실지 모르겠지만, 그래도 이 여인이 아니면 안 된다. 부부의 인연을 맺고 평생을 함께할 반쪽은. 언지가 아니면 안 될 것 같았다.

겸의 손길이 그런 작고도 커다란 소망을 담아 젖은 도포 자락을 타고 그녀의 곱고 부드러운 목덜미를 배회했다.

"언지야."

그의 입술에서 제 이름이 온전히 흘러나올 때가 가장 기분이 좋았다. 그래서 그 기분에 취해 언지는 제 손을 잡고 있는 그를 살며시 끌어당겨 그의 뜨거운 숨결을 살짝 머금으며 제 숨결을 슬며시 불어넣었다.

"여인이 정숙하지 못하게 사내의 입술을 이리 먼저 훔쳤고."

"……."

"또한 이 야밤에 이리 망측한 꼴로 사내와 함께 있었습니다. 허니, 책임지십시오. 영원히 교수님 품에서 꽃이 될 수 있도록."

뜨겁고 감미로운 숨결이 겸의 온몸으로 진하게 퍼지면서 더 이상 억누를 수 없는 감정이 휘몰아쳤다. 오직 이 여인을 가지고 싶다는 손짓. 사내로서 자신의 정인이라 부르며 한없이 어여쁜 이 자색의 꽃향기를 홀로 탐하고 싶다는 뜨거운 욕망.

그의 입술이 아까보다 더욱 갈급하게 언지의 입술을 삼켜 들었다. 서로의 뜨거운 속삭임이 뒤섞이는가 싶더니, 이내 그의 혀가 밀려들면서 언지는 난생처음 느끼는 열기에 숨을 헐떡였다. 하지만 겸은 멈추지 않았다. 아무리 마셔도 이 갈증이 풀어지지가 않을 것 같았다. 온몸이 타들어 갔다. 언지 역시 더욱 간절히 그를 원하고 있었다.

그의 손길이 그녀의 여린 어깨를 타고 내려 도포 자락을 움켜쥐었다. 언지는 살짝 움찔하였다. 그저 머릿속으로 상상만 해 왔을 뿐, 이리 사내에게 안겨 운우지정을 나누는 것은 처음이었다.

겸은 제 손길 아래 조금씩 파르르 떨리는 그녀를 느끼고선 슬쩍 고개를 들고서 뜨거운 눈동자 가득 담겨 있는 언지를 바라보며 낮게 속삭였다.

"혹, 두려우냐?"

"……."

"네가 두렵다면 하지 않을 것이다. 네가 원하지 않는다면 난 결코 하지 않을 것이야."

"정녕 참을 수 있으십니까?"

그리 말하며 느릿하게 눈을 깜빡이는 요염한 그녀의 모습에 겸은 명치끝이 찌릿하게 아파왔지만 꾹 눌렀다. 하여튼 절대로 쉽지 않은 꽃이다. 마지막 순간까지 이리 사내의 마음을 들쑤시니.

"힘들겠지만, 네가 싫은 것은 하고 싶지 않다."

마지막에 마지막까지 저를 배려하는 모습에 언지는 숨 막힐 듯한 떨림을 느끼며 그의 손을 잡아 직접 제 옷고름에 올려 주었다.

"여인이 옷고름을 허락하는 것은 전부를 허락하는 것입니다. 정녕 그분에게 모든 연심을 드리는 것이지요."

"해서, 내게 줄 것이냐?"

그러자 언지는 수줍게 고개를 끄덕였고, 두 사람은 서로의 시선을 마주하며 두 손을 꽉 붙잡았다. 가는 허리선을 타고서 겸은 손가락에 닿는 열기에 취해 머릿속이 점차 그녀의 빛으로 물들어 갔다. 그는 한없이 다정하고 사랑스러운 시선으로 그녀를 바라보며 속삭였다.

"한성애사."

"……."

"한성애사에 적힌 글은 김 도령이 아니었어. 그렇지?"

"이, 읽으셨습니까?"

언지의 얼굴이 아까보다 더 붉게 물들어 갔다. 세상에. 설마 읽은 거야?

"그 속에 네 마음이 고스란히 담겨 있더구나. 너무나도 어여쁘고 사랑스럽게. 김 도령이 아닌 언지, 네가 있었다."

한성애사. 오직 그를 연모하는 마음으로 한 글자 한 글자 써내려간 글. 김 도령으로서 쓴 글이 아니라 김언지의 마음으로 숨겨야 했던 제 연심을 고스란히 담아 둔 글. 그것이 이루어질 줄 몰랐다. 그것도 이렇게 그와 뜨겁게 말이다.

"언지야."

그가 다시금 가깝게 다가왔고, 언지는 자연스럽게 그의 두 뺨을 사랑스럽게 쓸어내리며 속삭였다.

"예."

"연모한다. 매 순간순간. 그리고 평생을."

그녀의 눈이 떨리듯 내려앉으며 그의 입술이 다시금 그녀를 뜨겁게 삼키려는 순간.

"여기 마른 옷이랑 국밥 좀 말아 왔는데……."

주모의 목소리와 함께 문이 벌떡 열리자 언지는 화들짝 놀라서는 그를 밀쳐 버렸고, 주모는 어쩔 줄 몰라 하는 언지와 옆에서 나뒹굴고 있는 겸의 모습에 의아한 시선을 띠었다.

"거, 거기 놔두시오."

언지는 벌렁거리는 심정으로 어렵사리 입을 열었고, 주모는 영 의심스런 눈초리로 밥상과 옷가지를 내려놓으며 여전히 두 사람을 힐끗거리며 말했다.

"다 먹거든 바로 앞에 내놓으시오."

"그리하겠소."

"흠흠!"

그렇게 주모는 아주 천천히 방문을 닫으면서 고개를 가우뚱했다. 사내 둘만 있는 방인데 어쩐지 분위기가 거시기한 것이 설마, 뒤엉켜 있었나? 으매, 남우세스러운 거.

주모는 몸을 부르르 떨면서도 슬쩍슬쩍 뒤쪽으로 시선을 두었다. 하긴 워낙에 곱디고운 꽃 도령이었으니께. 살결이 뽀얗고 선이 가느다란 것이. 치맛자락만 둘러놓으면 여인이라 착각할 정도였다. 세상에 그리 고운 도령이 있다니. 거기가 제대로 달려 있긴 한겨?

"주모! 주모!"

멀리서 주모를 외치는 목소리에 그녀는 영 아쉬운 시선을 돌리며 걸음을 재촉했다.

주모가 사라지자마자 언지는 밉지 않은 시선으로 웃음을 참고 있는 겸을 바라보며 말했다.

"분명 주모가 오해했을 것입니다."

"했을 테지. 그러니 이제 다른 이에게 장가가긴 글렀으니 네가 책임지어라."

"예?"

겸은 웃음을 꾹 누르고서 자세를 고쳐 잡고는 다시금 언지를 빤히 바라보다 이내 그녀의 손을 잡고서 부드럽게 당겼다. 그러자 언지는 아무런 저항 없이 그 힘에 이끌려 그의 품으로 스르르 내려앉았다.

"역시 다른 여인과는 다르구나. 꽃다운 옷고름이 아닌 이런 사내들 도포 자락에 가슴 떨릴 줄이야."

나지막이 울리는 그의 목소리에 언지는 또다시 떨리기 시작한 가슴을 쉬이 누르며 슬쩍 그의 시선을 피하며 속삭였다.

"이제 아셨습니까? 저 같은 자색을 꺾는 것이 그리 쉬운 것이 아니랍니다."

"나만의 자색이 되어다오. 언지야."

그의 간절한 목소리에 언지는 가만히 고개를 끄덕였고, 그렇게 한동안 두 사람은 서로를 끌어안으며 연신 뜨겁게 울리는 심장 소리를 느끼고 있었다.

짧은 밤이 지나고, 언지는 슬쩍 이불자락을 움켜쥐고선 살며시 눈을 깜빡였다. 하지만 옆에 있어야 할 사내의 자리는 비어 있었다. 언지는 혹시나 꿈을 꾼 것인가 싶어 눈을 동그랗게 뜨고선 몸을 벌떡 일으켜 세우자 지난밤 듣고, 듣고 또 들었던 그의 목소리가 나지막이 울려왔다.

"안 좋은 꿈이라도 꾼 것이냐?"

언지는 제 눈앞에 서 있는 겸을 잠시 바라보았다. 이른 아침임에도 불구하고 여전히 흐트러짐 없이 훤칠한 헌헌장부의 모습이었다.

"이리 일찍 일어나셨으면 같이 깨우시지."

언지가 밉지 않게 그를 노려보며 말하자, 겸은 입가에 부드러운 미소를 지으며 슬쩍 시선을 낮춰 자꾸만 피하려는 그녀의 눈을 바라보았다. 어느새 새하얀 얼굴 위로 불그스름한 열꽃이 피어올랐다.

"너무 곤히 자서 깨우질 못했다. 사내와는 달리 여인은 매우 곤하다고도 해서."

그의 목소리가 은근하게 다가오자, 언지는 헛기침을 하며 이번엔 정말로 그를 노려보았다. 어찌 저리 여유가 흘러넘치는지!

"농하지 마십시오."

"농이 아니다."

"어찌 그리 여유가 넘치십니까?"

"여유가 넘치는 것으로 보이더냐? 내심 너무 떨리는데."

겸은 그녀의 손을 잡고서 제 맥을 짚게 했다. 언지는 평소보다 빠르고 거세게 뛰는 맥에 피식 웃음을 지었다.

"그렇지?"

"예."

자신 때문에 이리 어쩔 줄 몰라 하는 맥이라니. 어쩐지 이 사내가 조금 귀엽게 보이기도 했다. 물론 이 말을 하면 싫어할지도 모르겠지만.

"그러니 어서 옷을 갈아입어라."

겸은 한편에 마련해 둔 보자기를 건네주었다. 그 보자기 안에는 그녀가 입고 있던 사내의 도포가 아닌 여인의 곱디고운 치마저고리가 들어 있었다.

"이게 웬 옷입니까?"

"사내 복색으로 혜민서에 갈 순 없지 않느냐? 아직 제대로 문이 열리지 않아 좋은 옷으론 고르지 못했다."

언지는 그가 손수 골랐을 옷을 멍하니 바라보다 이내 뭔가를 깨닫고서 고개를 들었다.

"허면 이리 일찍 일어나신 것도?"

그는 어쩐지 쑥스러운 기분이 들어 그 자리에 앉아 애꿎은 옷만 펼쳐 보았다. 사실 그리 이른 시각에 다 큰 사내가 여인의 옷을 고르는 것이 여간 민망한 일이 아니었지만, 그래도 대충 고를 순 없었다. 자신의 정인이 입을 옷이니. 항상 어여쁜 그 아이에게 어여쁜 것만 주고 싶은 마음이었다.

"정녕 그리 좋은 것은 아니다."

그가 말한 대로 예전 가예가 보여 준 옷보다는 수수하고 소박했지만, 그녀의 눈에는 이 옷이 훨씬 더 곱고 어여뻤다. 누구보다 그가 주는 옷인데. 그가 오직 자신만을 생각하며 쑥스럽게 그리 골랐을 옷인데. 그 어떤 옷에 비교할 수 있을까?

"이것은 또 무슨 벌인 것입니까?"

"벌이라니?"

"예. 제게 무슨 벌로 주시는 것입니까?"

언지의 장난스런 어조에 잊고 있었던 그때의 일이 떠올랐다. 노리개를 주고 싶어서 벌이라는 말도 안 되는 핑계를 대었던 그 일. 겸은 저도 모르게 갓끈을 매만지다, 저를 빤히 쳐다보는 그녀의 눈길에 이끌려 그녀의 붉은 입술을 슬쩍 훔치며 속삭였다.

"화적(花賊)."

화적이라 불리는 서향화는 그 향이 감히 그 어떤 꽃도 따라가지 못할 만큼 향기롭고 아름다워, 모든 향을 훔쳤다고 하여 화적이라 불렸다.

언지는 짧디짧은 그의 한마디에 다시금 수줍음이 밀려들었다. 매번 제 입으로 천하절색이라 말하고 다니긴 했지만, 그의 입에서 듣게 되니 왠지 모르게 민망하면서도 기쁨이 차고 넘쳤다.

"이제 옷을 갈아입어야 하니, 잠시 나가 주십시오."

하지만 어쩐지 겸은 움직이지 않고서 아까와는 달리 조금 진지한 표정으로 입을 열었다.

"이곳을 나가기 전, 한 가지 청이 있다."

"제게 말입니까?"

"그래."

어쩐지 머뭇거리면서도 단호한 그의 어조에 언지 역시 차분한 표정으로 고개를 끄덕였다.

"무슨 청이십니까?"

하지만 겸은 쉽사리 말이 나오지가 않았다. 솔직한 마음으론 내키지 않았기에. 가능하면 그녀가 더는 자기 일에 엮이지 않았으면 하는 바람이었다. 하지만 하필이면 그녀가 김 도령이라니. 자신이 그토록 찾았던. 그리고 필요했던. 더는 지체할 시간이 없었다. 곧 중전마마께서 환궁을 하신다. 그때, 전하께 지금껏 자신이 밖에서 모은 소식들과 정보. 그리고 차선대군의 드러난 계략을 그들의 눈을 피해 전할 수 있는 가장 확실한 방도가 될 것이다. 그러기 위해선 김 도령이 필요했다. 정확히 말하자면 그의 다양한 필체. 결코, 누구인지 알 수 없을 그의 필체가 필요했다.

"교수님?"

"곧, 중전마마께서 환궁하실 것이다."

"아, 예."

이왕 엮어야 한다면 그녀가 모르게. 끝까지 모르게. 하여 다른 이들 역시 모르도록 일을 진행해야 한다. 설사 이 일이 들켰을 때 그녀만큼은 숨길 수 있도록.

"마마께서 궐 안으로 돌아가시면 다시금 중궁전에서 마음이 많이 적적하실 듯하여, 내가 서첩을 하나 선물할까 하는데. 네가 그 글자를 대신 써 주었으면 한다."

"서첩이요?"

갑자기 서첩이라니. 무슨 말이지?

"너의 아름다운 서체로 예쁘게 만들어 주었으면 하는데. 천하의 글 솜씨를 가진 김 도령이 아니더냐. 게다가 그 누구도 알아보지 못한 서체이니, 좀 도와주었으면 좋겠구나."

"뭐, 어려운 일이겠습니까. 중전마마를 위한 일이니, 알겠습니다."

"허면 내가 곧 너를 부를 것이니, 그때 내가 하는 말을 적어다오."

"예."

언지는 별다른 의심 없이 고개를 끄덕였고, 겸은 언지가 옷을 갈아입을 수 있도록 밖을 나서면서 연신 마음이 편치만은 않았다. 본의 아니게 그녀를 속이게 되었고, 어쩌면 위험한 일에 끌어들인 것이니까. 하지만.

'설사 일이 잘못된다면, 무슨 일이 있어도 그녀만큼은 이 손으로 지킬 것이다.'

그때, 서성이던 그의 발걸음이 멈춰 들면서 그의 시선이 한 곳을 향해 멎어 들었다. 슬그머니 문이 열리면서 빼꼼 고개를 내민 언지가 이내 환하게 웃으면서 수줍게 버선코를 내밀었다. 장신구 하나 없이 그저 단정하게 내린 댕기 머리와 봄바람이 불 듯, 샛노란 저고리 선을 타고 녹빛을 머금은 치맛자락 사이로 그녀의 수줍은 버선코가 보일 듯 말 듯 애간장을 태우면서 반달 같은 눈매가 부드럽게 휘어지며 정녕 세상의 모든 향을 훔친 듯, 어여쁜 그녀가 다가오고 있었다. 혜민서에서 매번 보던 모습인데 오늘은 유난히 고와 보였다. 마음의 무게가 달라져서일까. 그녀를 바라보는 시선이 그때와는 너무나도 달라져서 그런 것일까?

어느새 그에게 다가온 언지는 손을 휘휘 저으며 입을 열었다.

"뭘 그리 넋을 잃고 보십니까? 혹 저를 보시는 겁니까?"

"흠흠! 아니다."

주막을 빠져나온 그는 언지의 손을 붙잡고서 빠르게 걸음을 옮겼다. 어쩐지 너무 다급해 보이는 그의 모습에 언지는 의아스런 어조로 물었다.

"어찌 이리 서두르십니까?"

그 말에도 그는 걸음을 늦추지 않았다. 그녀의 손 역시도 놓아주지 않았다. 게다가 자꾸만 그녀가 장옷을 벗으려고 하자 핀잔 어린 목소리로 말했다.

"아무리 보는 눈이 없다고는 하나, 그래도 어찌 될지 모르니 장옷은 꼭 입고 외출을 해라."

"예?"

"머리부터 발끝까지 아주 제대로 꼭꼭 숨겨야 한다. 알겠느냐?"

뭐야, 이건. 설마, 설마 그가?

"푸흡!"

"왜, 왜 그러느냐?"

"혹 질투를 하시는 겁니까?"

"그건!"

겸의 목소리가 저절로 높아졌지만, 이내 한숨 섞인 목소리를 지으며 걸음을 멈추었다.

"어찌 아무렇지도 않겠느냐? 너는 나의 정인인데. 할 수만 있다면 정녕 꼭꼭 숨겨 두고만 싶은데."

생각지도 못한 말에 언지 역시 움찔하면서 그에게 잡힌 손목이 화르르 달아올랐다.

"다시 한 번 말하지만, 앞으로 홍와여림엔 결코 얼씬도 하지 말거라. 아무리 그곳에 벗이 있다고 해도 안 된다. 절대로! 혹여나 어디 나갈 때는 장옷, 아니. 사내 복색도 괜찮은 것 같구나. 네 말처럼 누가 널 들쳐메고 사라지기라도 하면 어쩔 것이냐?"

너무나도 진지하게 내뱉는 그의 말에 언지는 설레었던 마음에 자꾸만 웃음이 터질 것 같았다.

"정말 의외십니다. 이리 여인에게 안절부절못하시는 분이시라니."

"하아, 나도 내가 이럴 줄 몰랐다. 여인에게 이리 안절부절못하다니. 하지만."

그는 이번엔 그녀의 손과 손가락을 엮고서 함께 손을 잡았다. 서로의 은밀한 체온이 스며들면서 서로의 손끝 아래 열꽃이 피어올랐다. 그와 동시에 서로의 맥이 함께 스미는 듯했다.

“그게 너라면, 안절부절못해도 상관없지 않느냐?”

“물론이지요. 게다가 제가 그냥 한낱 여인입니까? 화적이라 불리는 여인 아닙니까? 허나 너무 심려치 마세요. 제 모든 향은 교수님께 빼앗겨 버렸으니.”

“…….”

“교수님이 지켜 주실 거라면서요. 이렇게 제 손 꼭 잡고.”

그의 커다란 손안에 감도는 그녀의 손끝을 겸은 한 번 더 꽉 붙잡고서 속삭였다.

“허니, 꼭 내 눈앞에 있어야 한다. 지금처럼 이렇게.”

“꼭 그리할 것입니다. 아주 질릴 때까지 옆에 꼭 있을 것이니, 각오하십시오.”

그렇게 언지와 겸은 이른 아침이란 시간 속에 다른 이들의 시선을 숨기고서 서로의 손을 엮고선 혜민서로 걸음을 옮겼다.

이른 아침부터 좌상 허선죽의 집안이 분주하게 움직이고 있었다. 요즘 들어 대감의 입궁이 많이 일러진 탓이기도 했다. 그럴 수밖에 없는 것이, 중전께서 사가에 나가 계신 동안 어린 왕의 기력이 영 좋지가 못했다. 아무래도 곁에서 보필하던 중전께서 계시지 않는 것이 가장 큰 영향인 듯싶었다.

어느새 편교자가 준비되어 그를 기다렸고, 선죽은 부인 홍씨에게 인사를 하고서 집을 나섰다. 편교자에 앉은 그는 다시금 사색에 잠겼다.

요즘 들어 더더욱 입지가 불안한 어린 왕과 그런 어린 왕을 호시탐탐 노리고 있는 차선대군. 차라리 후사라도 튼튼하다면 조금은 걱정이 덜 것인데 그렇지도 않으니. 정비께서 안 된다면 후궁이라도 들여 후사를 이어야 할 것인데 선왕께서도 그렇고, 지금의 전하께서도 오직 한 여인에게만 그리 연심을 보이시며 후궁을 들이려 하지 않으니, 사내라면 몰라도 한 나라의 왕이라면 그리해선 안 된다. 그나마 선왕처럼 대역죄인의 여식에게 빠지지 않았다는 것을 위안으로 삼아야 하는가?

선죽은 깊은 한숨을 내쉬며 어느새 대궐 정문에 와 닿자 표정을 바로 했다. 궐 안은 언제 어떤 눈과 귀가 소문을 퍼트릴지 모르는 곳이니, 정신을 바짝 차려야 했다. 그때.

"나리, 나리!"

멀리서 그를 부르는 다급한 목소리에 선죽은 편교자를 내렸다. 그러자 집안의 노비가 헐레벌떡 뛰어와서는 가쁜 숨을 고르며 고개를 숙였다.

"집안에 무슨 일이라도 생긴 것이냐?"

"그, 그것이 아니오라. 이것을……."

노비가 건넨 것은 붉은빛이 감도는 서책이었다. 선죽은 살짝 굳어진 시선으로 그 서책을 받아 들며 말했다.

"고작 이것 때문에 나를 불러 세운 것이냐?"

"이, 이놈도 처음엔 대감 나리께서 오시면 전해 드리려고 했는데, 이것을 가지고 온 자가 어찌나 급하다며 난리를 치던지. 지금 당장 나리께 가져다 드리지 않으면 경을 칠 것이라면서. 나리께서 무척이나 기다렸던 것이라 했습니다요."

내가 기다리던 것?

"다른 말은 없었고?"

"그저 나리께서 그토록 찾는 이를 찾을 수 있을 거라면서……."

선죽은 영문 모를 말에 여전히 의심을 품은 시선으로 서책을 돌렸다. 그러자 꽤나 정갈한 필체로 제목이 쓰여 있었는데, 그것이 어찌나 망측하던지 그의 눈동자 위로 서슬 퍼런빛이 스쳐 지나갔다.

'비색고름.'

그는 서책을 대충 훑어보았다. 헌데, 대충 훑어보아도 그 내용이 아주 발칙하고 괴이하기 그지없었다. 온갖 낯부끄러운 남녀상열지사가 고스란히 담긴 소설. 그가 노기 어린 표정으로 책을 덮어 버리려는 순간, 그의 손가락이 움찔하면서 눈동자가 거세게 흔들렸다. 그럴 리가. 그럴 리가 없는데! 그는 마구잡이로 서책을 넘기면서 그 서책에 적힌 필체를 살폈다. 어디서 본 필체다. 낯이 익은 필체. 어찌, 그래 어찌 이 필체를 잊을 수 있을까!

'그저 나리께서 그토록 찾는 이를 찾을 수 있을 거라면서…….'

'나리께서 무척이나 기다렸던 것이라 했습니다요.'

이 필체는 김윤광. 분명 살아생전 윤광의 필체와 닮아 있었다. 그것도 너무나도 흡사했다. 그가 살아 있단 말인가? 아니, 그럴 리는 없다. 그가 살아 있을 리가 없어. 그렇다면 그의 식솔들이…….

그때, 서책의 마지막 장에서 뭔가가 툭 하고 그의 발치 아래로 떨어졌다. 선죽은 서둘러 그것을 펼쳐 들었다. 어떤 마을이 적힌 지도. 그리고 아주 짤막하게 쓰인 내용.

'이곳으로 가시면 이 필체의 주인을 찾을 수 있으실 겁니다.'

누군가. 자신이 윤광을 찾는다는 사실을 정확히 알고 있다. 아주 정확히. 미심쩍기는 하지만. 너무나도 수상쩍기는 하지만.

선죽은 다시금 서책에 쓰인 필체를 손가락으로 가만히 쓸어내렸다. 그의 흔적을 찾기 위해 얼마나 오랜 시간을 허비하였던가. 조그만 단서라도 찾기 위해서. 김윤광, 그 친구의 억울한 한을 풀어주기 위해서. 설사 이것이 함정이라 하여도, 이보다 큰 단서는 찾기 어려웠다.

"지금 당장 편교자를 돌려라."

"예?"

"이 종이에 적힌 마을로 갈 것이다. 지금 당장!"

"예, 예. 나리."

편교자가 궐에서 완전히 방향을 돌리면서 다급히 움직였다. 그리고 서책과 종이를 움켜쥔 선죽의 표정은 알 수 없는 긴장감으로 그다지 않게 초조한 빛이 흐르고 있었다.

혜민서에 도착한 이후, 언지와 겸은 일부러 서로를 피하면서 각자의 일에 충실했다. 안 그래도 요즘 통 소문이 좋지 않은데 들켰다가는 온갖 입방아에 오를 것이 분명했다. 특히나 허겸. 그는 그런 소문에 휘말려서는 안 되는 신분이니까. 괜히 그가 다칠지도 몰랐다. 하지만 그래도 틈틈이 몰래몰래 만날 수는 있지 않을까.

결국 언지는 다른 이들의 눈을 피해 아주 잽싸게 그의 집무실로 숨어들었다. 어쩌면 그는 아직 교육당에 있을지 모르지만, 일단은 이곳으로 올 테니까. 조금만, 조금만 기다리면. 그 순간 안쪽에서 손이 불쑥 나오더니 그녀의 입을 막았고, 언지는 몸을 흠칫 떨며 발버둥을 쳤지만 귓가로 찌릿하게 파고드는 목소리에 심장이 먼저 가늘게 떨려 왔다.

"놀라지 말거라. 나다."

겸은 얼른 손을 풀어 주었다. 그러자 언지가 가쁜 숨을 내쉬면서 그를 향해 고개를 홱 돌렸다.

"어찌 이리 사람을 놀래십니까?"

"그냥 잠깐 농을 친 것인데. 그리 놀랐느냐?"

"다른 이에게 들킨 줄 알고 얼마나……."

하지만 그녀는 더는 말을 이을 수 없었다. 아까와는 달리 그의 손길이 부드럽게 파고들면서 그녀의 어깨를 끌어안았고, 따스하게 번지는 그의 체온에 언지 역시 두 손으로 그의 허리를 꽉 끌어안았다.

"어찌 서로 마음을 주고받아도 얼굴 보기 이리 어려운 것인지."

겸은 살며시 그녀를 품에서 놓아주었다. 그러자 언지가 그를 빤히 쳐다보면서 그의 얼굴을 가볍게 붙잡았다.

"지금 많이 봐 두십시오. 언제 또 볼 수 있을지 모르니 말입니다."

"훗, 뭐라고?"

"이런 꽃다운 얼굴을 이리 독차지하는 것이 얼마나 대단한 일인지 아십니까? 교수님은 전생에 나라를 구하신 것입니다."

역시 저 당돌함이 어딜 가겠는가. 겸은 그녀의 행동 하나하나가 그저 귀여울 따름이었다. 언지는 괜스레 말은 그리하면서도 그의 얼굴 하나하나를 세밀하게 살폈다. 그러다 그의 손길이 뺨을 쓸어내리며 턱 끝을 올리곤 눈과 눈을 제대로 맞추었다. 그러면서 서서히 다가오는 숨결에 취하듯, 언지의 눈이 파르르 떨리며 감기려는 순간.

"겸아!"

갑자기 문 두드리는 소리와 함께 난데없이 이영의 목소리가 울리자 언지는 화들짝 놀라서는 저번처럼 그를 밀쳐 버렸다. 쿵, 하는 소리와 함께 겸이 나가떨어지자 이영이 다급하게 겸을 부르며 들이닥쳤다.

"겸아, 무슨 일이냐? 겸아!"

하지만 다급하게 들어온 것치고는 안은 지극히 평화로웠다. 그저 바닥에 나뒹굴고 있는 겸이와 그런 그의 앞에 어색하게 웃고 있는 언지를 빼면.

"최 판관님 오셨습니까?"

"아, 의녀님. 헌데 겸이 넌 어찌 거기에?"

"넘어지셨습니다! 갑자기 발을 헛디뎠지 뭡니까? 요즘 교수님이 기가 허해지신 듯합니다."

겸은 기도 안 차는 변명에 헛웃음이 나왔다. 그는 바닥에서 일어나 먼지를 털어 내며 눈치 없이 들어온 이영을 노려보았다. 하지만 여전히 알 길이 없는 이영은 노려보는 겸의 표정에 의아한 시선을 띠며 말했다.

"어찌 그리 나를 뚫어지게 보느냐? 할 말이 있는 것이냐?"

"너야말로 이 시각에 혜민서는 어쩐 일이냐? 판관이 이리 한가해도 되는 것이냐?"

퉁명스럽게 튀어나오는 그의 말투에 언지는 웃음을 꾹 눌렀다. 이리 보니 또 귀엽지 않은가?

“아, 네가 어제 한성부에 왔다고 해서. 혹, 무슨 일이 있는 것이냐?”

“그 얘긴 나중에 하자꾸나. 여기서 할 얘긴 아닌 것 같으니.”

이영은 언지를 곁눈질로 살피며 고개를 끄덕였다. 어쩐지 겸의 안색이 좋지 못해 보였다. 게다가 확 늘어난 짜증하며 저 노기까지. 아무래도 중전마마와 더불어 김 도령의 일 때문에 맘고생을 심하게 해서 그런 듯했다.

그래서 이영은 큰맘 먹고 겸에게 먼저 술을 권하였다.

“오늘 혜민서 일은 다 끝난 것이냐?”

“뭐, 곧 시험이 있어서 교육은 끝났지만…….”

아니다. 지금 이렇게 말하면 저 녀석이 언제 갈지 모르잖아!

“그런데 지금부터…….”

“허면 같이 술이나 한잔하러 가자. 이번엔 내가 한턱 낼 테니.”

하지만 말을 막기도 전에 그가 먼저 말을 내뱉고 말았다. 저 녀석 오늘 왜 이러지? 평소 같이 술 먹자고 아무리 말을 해도 듣지도 않더니. 갑자기 왜 먼저 술을 사겠다고!

차마 안 하겠다고 하지도 못하고, 안절부절못하는 모습에 언지는 점점 웃음을 참기가 어려웠다. 하지만 이영의 한마디에 언지의 표정이 순식간에 굳어졌다.

“오랜만에 홍와여림이라도 함께 갈까?”

잠깐. 어딜 간다고. 홍와여림?

언지의 시선 위로 불꽃이 화르르 튀어 올랐다. 나보고는 가지 말라고 했으면서. 평소에 자주 간다는 소리잖아? 하기야 처음 만났던 장소도 홍와여림이었지. 그보단 최 판관님. 그리 안 봤는데. 아주 호색한 사내였잖아!

결국 양옆으로 본의 아니게 미운털이 박혀버린 이영이었지만 그런 분위기를 전혀 읽지 못한 채, 그저 겸이 무척이나 좋아하겠구나, 생각하며 걸음을 옮기려는 찰나, 그의 앞을 언지가 가로막아 섰다.

"헌데, 최 판관님."

"예?"

갑자기 불쑥 나선 언지의 모습에 이영은 의아하게 바라보았다.

"허지가 최 판관님을 많이 기다리고 있던데. 최 판관님이 저를 피하는 것 같다고 하면서. 괜찮으시면 한 번 만나고 가시면 아니 되십니까?"

언지는 굉장히 가녀린 어조로 이영의 마음을 뒤흔들었다.

"그게……."

"싫으십니까? 혹, 그 아이가 최 판관님께 어떤 해를 끼친 것입니까? 그런 것이라면 제가 대신 사과를 드리겠습니다."

"아, 아닙니다! 의녀님은 잘못한 것이 없습니다. 알겠습니다."

금방이라도 울 것 같은 언지의 모습에 이영은 당황하며 그녀를 달래주었다.

"아무래도 오늘은 같이 한잔 못할 듯싶구나."

"아니다. 네 일이 먼저지. 어서 가 보거라."

"김 도령의 일과 중전마마의 일은 곧 다시 연통하마."

"그래."

이영은 언지에게 다시금 말을 했다.

"김 의녀님 잘못이 아닙니다. 그러니 너무 마음 쓰지 마십시오."

"예, 최 판관님."

"송구합니다."

그렇게 그가 집무실을 빠져나갔고, 발걸음 소리가 완전히 멀어진 걸 확인한 뒤, 겸은 정녕 놀랍다는 시선으로 어느새 표정을 싹 바꾼 언지를 바라보았다.

"역시 홍와여림에서 처음 만났을 때. 그 연기가 그냥 나온 것은 아니구나."

"그것보단 약조를 하나 받아야겠습니다."

"약조?"

언지는 살벌한 기세로 겸의 앞으로 다가와서는 손가락을 내밀었다.

"무엇이냐?"

"저더러 홍와여림에 얼씬도 하지 말라고 하셨지요? 허면 교수님께서도 약조해주십시오. 홍와여림에 발끝 하나 내밀지 않겠다고."

"무엇이냐. 혹, 투기를 하는 것이냐?"

겸은 어쩐지 기분이 좋아 웃음이 새어나왔다. 그러자 언지는 발끈하며 외쳤다.

"웃지 마십시오!"

"그래, 알았다. 알았어. 절대로 가지 않으마. 바로 옆에 더한 꽃이 있는데. 무슨 꽃이 눈에 들어오겠느냐?"

겸은 언지의 손가락에 제 손가락을 걸고서 약조를 했다. 그러자 언지는 조금 세게 그 손가락을 움켜쥐며 말했다.

"본디 어여쁜 꽃이 더 위험한 법입니다. 조금이라도 저와 한 약조를 어기시면 오뉴월에 서리 내리는 모습을 보실 겁니다."

"훗, 알았다."

눈을 치켜뜨는 모습마저도 사랑스러운데. 어찌 다른 곳으로 눈을 돌릴 수 있을까. 겸은 언지를 다독이면서 어쩐지 그녀에게 제대로 잡혀든 것 같은 기분이 들었다. 뭐, 나쁘진 않았지만.

제11장
기억의 파편

선죽을 태운 편교자가 허름한 집 앞에 멈춰 섰다. 그는 떨리는 시선으로 땅을 딛고 서서는 마른침을 삼켰다.

"이곳이냐?"

"예, 그 종이에 쓰인 곳이 확실합니다."

척 보아도 굉장히 낡은 집이다. 어디 하나 부서지지 않은 곳이 없는 집. 이런 곳에 윤광, 그들의 식솔이 살고 있단 말인가. 정녕, 정녕.

쉽사리 발이 떨어지지가 않았다. 눈으로 보고도 믿기지가 않았다. 이리 늦어 버린 것이 애석하고, 애석할 따름이었다. 그때, 닫혀 있던 낡은 문이 삐거덕 열리면서 한 늙은 여인의 모습이 보였다. 하지만 단숨에 그녀가 누군지 알아본 선죽은 격한 어조로 그녀를 불렀다.

"이보시게!"

"누구……. 대, 대감……."

낯선 목소리에 흠칫하던 윤씨는 머릿속에 희미한 얼굴 하나를 떠올리고선 제자리에서 일어서지도 못한 채 경악에 찬 눈빛으로 선죽을 바라보았다. 결국, 들켜 버린 것인가. 이렇게, 이렇게.

선죽은 먹먹해지는 가슴을 붙잡으며 살며시 하늘을 바라보았다. 김윤광. 윤광. 드디어 그의 억울함을 밝힐 수 있게 된 것이다.

윤씨는 떨리는 손을 애써 붙잡고서 태연한 척하려고 했지만 자꾸만 심장이 떨리면서 그를 똑바로 보기가 어려웠다. 어찌 이곳을 찾은 것일까. 역시 복이댁의 말을 들었을 때 이곳을 떠났어야 했는데. 행여나 이리 끈질기게 찾을 줄은 몰랐다. 이 나라의 좌상 어른께서 어찌…….

"내놓을 것이 변변치 않습니다."

정녕 따로 내놓을 것이 없어 그나마 깨끗한 사발에 차가운 물을 담아 내밀었다. 선죽은 씁쓸한 시선으로 거의 다 쓰러져 가는 집 안을 살피면서 병세가 완연한 윤씨의 모습을 바라보았다. 그래도 명색이 양반인데 천민처럼 사는 모습이 너무나도 쓰렸다. 그리고 더 빨리 찾지 못한 자신을 자책하며 애써 가라앉은 어조로 입을 열었다.

"어찌 그리 흔적조차 없었습니까? 혹, 일부러 피한 것입니까?"

윤씨는 순간 손가락이 움찔했지만 태연한 표정으로 고개를 가로저었다. 하지만 선죽은 낯빛이 변해 버린 그녀를 보며 지금껏 예상했던 일이 사실임을 깨달았다. 일부러 피한 것이라고. 허나 어쩌면 그럴지도 모른다고 생각은 했었다.

평소 성품이 조심스러웠던 윤광이다. 그러니 그의 부인도 그럴 것이다. 게다가 남편이 그리 갑작스럽게 목숨을 잃은 것을 그녀 역시 이상하게 여겼을 터. 허니 더더욱 몸을 사리며 숨죽여 지냈을 것이다.

하지만 선죽이 그녀들을 이토록 필사적으로 찾으려는 이유 또한 그 때문이었다. 김윤광, 그의 갑작스런 죽음. 분명 사고사가 아니다. 그의 죽음 뒤에는 필시 뭔가가 있었다.

그는 그것을 밝히고자 오랜 시간을 쏟아부었다. 어쩌면 그가 죽기 직전에 뭔가 사소한 것이라도 남긴 것이 있을지도 모르니.

선죽은 조심스럽게 사발을 감싸고서 천천히 입을 열었다. 윤씨는 그와 마주 보고 앉아 있는 이 순간이 가시방석 같았다.

"윤광. 그 친구의 죽음이 사고가 아니라는 것은 부인도 어느 정도는 알겠지요?"

애써 억눌렀던 손끝이 주체하지 못할 만큼 바들바들 떨려 왔다. 일부러 잊고 있었는데. 다른 이에게, 그것도 지아비와 가장 절친했던 벗에게서 이름이 오르내리자 저도 모르게 눈가가 시큰거리면서 감정이 봇물처럼 터질 듯 사무치게 떨려 왔다. 하지만 그녀는 애써 입술을 깨물고서 눈을 질끈 감았다.

"어찌 그리 무서운 말씀을 하십니까? 그저 사고일 뿐입니다. 서방님 명이 그리 짧았던 것이지요. 하늘을 원망하였지만 어쩌겠습니까? 허나, 살아생전 서방님께서 하신 일이 있으니, 하늘도 무심하지 않았다면 좋은 곳으로 갔을 것입니다."

"그런 소리 하지 마세요. 광이가 그리 허망하게 갈 자가 아니지 않습니까. 늦은 저녁에 갑자기 나서서는 심장발작으로 목숨을 잃었다고요? 오작인의 말에 의하면 육맥(신체의 중요한 여섯 개의 맥박) 전부가 삽맥(맥박이 일정치 않음)을 보일 정도로 심장이 약해져 결국 발작을 일으켰다는데, 평소 그런 낌새는 보이지 않았지 않습니까."

"괜한 걱정 끼치고 싶지 않아 숨겼을 것입니다."

"그럴 리가 없습니다. 광이가 제 목숨을 그리 쉽게 여길 자가 아닙니다! 제 목숨만큼이나 가족을 아끼는 자입니다. 내 앞에 딸아이 한 번 보이지 않을 정도로. 혹여 위험한 일에 말려들까 봐. 그리 곱디곱게 아끼던 딸아이를, 그리고 부인을 남겨 두고 그리 허망하게 갈 사람이 아니었단 말입니다!"

선죽은 저도 모르게 감정이 격하게 흘러나왔다. 그래, 윤광이 그리 목숨을 가볍게 여기지 않았을 것이다. 심장발작이라면 평소에도 심장 쪽에 문제가 있었어야 했는데. 그걸 그냥 내버려 뒀을 리가 없다.

그건 선왕께서도 마찬가지였다. 우연인지 아닌지, 선왕께서도 광이와 비슷하게 심장발작으로 갑작스럽게 승하하셨다. 평소 그쪽에 질환이 계셨던 것도 아닌데. 물론 그 문제는 제대로 파헤치지 못한 채, 차선대군이 나서 당시 어의였던 자를 혜민서로 좌천시키는 것으로 마무리되기는 했지만. 그렇게 선왕의 명줄이 다 했던 것으로 끝나 버렸지만.

선죽은 지금껏 내색하지는 않았지만 광이가 그렇게 되고, 선왕께서도 그리되면서 어쩌면 그들의 죽음에 같은 고리가 있지 않을까 하는 생각을 홀로 간직하고 있었다.

"대감, 저희를 그만 내버려 두십시오. 정녕 서방님께서 저희를 그리 아끼셨다면 저희 목숨이 온전히 부지되어 있길 바랄 것입니다. 그 일로 제 딸아이가 힘들어했습니다. 정신을 놓아 버릴 정도로 그리 말입니다. 대감께서 이런 말을 꺼내실까 두려워 피한 것인데. 더는 싫습니다. 딸아이와 저를 위해서라도 그냥 이대로 평탄이 살고 싶습니다. 대감께서 제 지아비를 얼마나 끔찍이 생각하시고, 지금껏 기억해 주시는 것만은 너무나도 감사합니다. 하지만 더는, 더는……."

결국 참았던 그녀의 눈물이 주르르 흘러내리면서 잇새 사이로 막을 수 없는 흐느낌이 터져 나왔다. 이것은 지아비에 대한 미안함이었다. 차마 다 갚지 못할 죄책감이었다.

선죽은 고개도 들지 못한 채 울음조차 삼키려 드는 그녀의 모습을 바라보다 이내 자리에서 일어섰다.

"잘 알았습니다. 이만 가도록 하지요. 허나, 그 때문에만 찾은 것은 아니니 형편을 봐주겠습니다."

"……."

"허나, 만약 광이가 정녕 억울하게 죽은 것이라면? 그리 죽어 지금도 제대로 눈조차 감지 못하고 있다면? 이승에서 우리만이라도 광이를 달래주어야 하지 않겠습니까. 양반의 굴레에서 벗어나 평생을 나라를 위해 낮은 곳에서 스스로 허리를 굽혔던 친구인데. 그의 죽음이 모살이라면, 너무 슬프지 않습니까."

모살(謀殺). 그 두 단어가 윤씨의 귀에 아프게 박혀 들었다.

"딸들은 잘 컸습니까?"

"……."

"이제 곧 혼사를 치러야 할 텐데. 잘 생각하세요. 이대로는 앞으로 나아갈 수가 없습니다."

선죽은 잠시 뜸을 들이다, 그렇게 등을 돌리고서 방을 빠져나왔다. 지금은 이렇게 물러서야 할 때였다. 너무 밀어붙인다면 일을 그르칠 테니. 게다가 또다시 종적을 감추어 버린다면.

"대감."

"너는 이곳을 살피어라. 혹시 떠나려는 움직임을 보인다면, 바로 내게 고하도록 하고."

"예, 대감."

선죽은 그렇게 사람 하나를 이곳에 붙인 뒤, 무거운 숨을 내쉬고서 그렇게 그곳을 떠나갔다.

그가 떠난 빈자리가 식어 갈 때쯤 되어서야 윤씨는 고개를 들었다. 적막감이 흐르고, 텅 빈 공간이 다시금 그의 말을 떠올리게 했다. 특히나 허지와 언지가 가슴에 걸렸다. 그 아이들을 언제까지고 의녀로 둘 수는 없었다. 그 아이들만큼은 반가의 규수로서 좋은 지아비를 만나 평생 행복하게 살길 바랐다. 아니, 그래야만 했다. 자신의 삶은 이곳에서 초라하게 마친다고 하더라도 딸아이들마저도 그리 내버려 둘 수는 없었다.

하지만 그의 말처럼 이대로는 나아갈 수가 없었다. 아무것도 되지 않을 것이다. 그리고 서방님. 그를 떠올리자 다시금 바싹 마른 눈두덩이 너머로 눈물이 고여 들었다. 어찌 잊을 수 있을까. 단 한 번도 잊은 적이 없다. 단 한 번도 마음 편히 그를 떠올린 적도 없었다. 가슴에 응어리처럼 맺혀서, 너무나도 가엽고도 가여워서. 혹시나. 정말로 서방님께서 억울한 마음에 제대로 눈조차 감지 못하고 계신다면?

그토록 숨어 있었는데 좌상께서 기어이 이곳으로 오셨다. 그분께 길을 내어 드린 분이 서방님이라면? 서방님께서 이대로 묻는 것이 아니라 밝혀지기를 바라는 것이라면?

그녀는 눈물을 머금은 시선으로 손을 뻗어 숨겨 두었던 윤광의 서책을 꺼내 들었다.

사무치게 그리운 날엔. 도저히 감당하지 못할 날에만 끌어안으며 홀로 눈물을 삼켰던 시간. 다른 건 언문으로 되어 있어 읽을 수 있었지만, 딱 하나. 한문으로 쓰여 있어 그녀가 읽지 못하는 책이 있었다. 서방님께서 죽기 직전까지 손에서 놓지 않았던 서책 하나. 어쩌면 서방님께선 자신의 목숨이 이리될 줄 알고 이것을 쓰셨을지도 모른다. 그 누구도 모르는 내용. 자신도 모르는 내용. 하지만 좌상께선 아실지도 모를 내용.

윤씨는 뭔가를 결심하고서 그것을 꽉 움켜쥐었다.

현재 언지는 저번에 겸이 부탁했었던 서첩을 쓰기 위해 그의 책상을 빌리고 있었다. 호롱불이 흔들리고 그 위로 가지런히 갈아 둔 먹물향이 풍겼다. 그녀는 빳빳한 붓에 먹물을 잔뜩 묻히고서 겸이 준 붉은 서책을 펼쳐 들었다.

텅 빈 종이가 그녀를 반겼다. 질감도 색도 먹물을 머금는 정도까지. 굉장히 고급스러운 종이었다. 하긴, 중전마마께 드리는 선물인데 다 최상품이어야겠지. 잠시 후, 책장 너머에서 겸이 모습을 드러냈다. 뭔가를 열심히 찾는가 싶더니 만족스런 표정을 짓고 있었다. 언지는 먹을 다 갈았으면서, 괜스레 끼적이며 곁눈질로 그를 살폈다. 갓 아래로 드리워진 그림자 사이로 그의 굵은 선을 따라 갓끈을 타고 날렵한 턱 선이 보였다. 그리고 그 위로 단단히 다물어진 입술과 뭔가에 집중하고 있는 짙은 눈동자.

어젯밤, 그의 얼굴 하나하나를 더듬어 갔던 것이 떠오르니, 그때의 열기가 그녀의 목구멍을 간질거리게 했다.

'안 돼, 오늘은 일하려고 온 거야. 일!'

언지는 고개를 푹 숙이고서 자꾸만 밀려드는 이 요망한 생각을 털어 내었다.

"준비되었느냐?"

겸은 생각을 정리하고서는 그녀에게로 걸음을 옮겼다. 그러곤 작고 동그런 언지의 어깨를 살며시 감싸 쥐고선 슬쩍 고개를 내렸다. 그러자 그의 숨결이 귓가에 와 닿아 애써 털어 내었던 요망한 생각이 이젠 아예 거대하게 꿈틀거렸다.

"준비는 되었으나, 너무 가깝습니다."

언지는 손을 뻗어 그를 밀어내려고 했지만, 겸은 그런 그녀의 손을 덥석 잡고서 오히려 더욱 그녀를 제 품 안으로 바짝 끌어당겼다.

"이보다 더 가까이도 있었는데. 뭘 그러느냐?"

"교수님!"

민망스러움에 고개를 휙 돌렸지만, 그 때문에 그와 마주 보게 된 언지는 숨을 꿀꺽 삼켰다. 그리고 그 모습에 겸은 피식 웃고선 귓가에 나지막이 속삭였다.

"내가 말하는 대로 써 주기만 하면 된다."

언지는 애써 마음을 가다듬고서 붓을 들었다. 그의 목소리가 귓가에 바짝 다가와 문장이 되어 흘렀지만, 그녀는 그 문장에 집중할 수가 없었다. 한 단어, 한 단어가 뜨거운 속삭임이 되고, 타들어 갈 듯한 열기가 되어 피어올랐다. 하지만 써 내려가는 필체만큼은 흐트러짐 없이 간결하고 어여뻤다. 겸은 그녀의 손끝 아래에서 빠르게 흘러내리는 필체를 보고선 엷은 미소를 지었다.

"그대, 무너지지 마소서……."

그의 목소리가 멎자, 빠르게 움직이던 그녀의 손길도 잦아들었다. 처음엔 정신이 없어서 뭔 말인가, 했었지만 다시 읽어 봐도 대체 이게 무슨 시문인지 알 수가 없었다. 물론 하나하나 읽어 보면 제법 묘사가 아름다운 문장이기는 했지만.

'전혀 말이 되지가 않는데…….'

겸은 그녀가 쓴 서첩을 꼼꼼히 읽어 보고선 만족스럽게 책을 덮었다. 이 정도면 그저 서첩으로 알 것이다. 그것도 여인네들이나 읽는 서첩. 뒤에는 필체를 조금씩 바꿔서 상소문처럼 올릴 수 있을 것이다. 김 도령의 다양한 필체라면 가능했다. 물론 다른 이들은 읽어도 뭔 말인 줄 모르겠지만, 어린 왕께서는 단번에 아실 수 있을 것이다. 오래전 이런 식으로 말장난을 하곤 했었으니까.

"높으신 분들은 이런 글을 좋아하십니까?"

그는 이제야 의아해하는 그녀의 표정을 보고선 어쩔 수 없다는 듯 웃음을 흘렸다.

"어찌하여?"

"도통 무슨 말인지 모르겠습니다. 물론 문장은 무척이나 화려하긴 하지만."

"다 그런 것은 아니다. 나만 보더라도 김 도령의 문체를 제일 좋아하니까. 간결하고 군더더기 없는. 그러면서도 사내 맘을 들었다 놨다 하는 그 은밀함까지. 게다가 한성애사의 주인공이 나라고 하니, 앞으로가 더더욱 기대되는걸?"

그녀의 어깨를 감쌌던 손길이 둥근 선을 타고 서서히 내려가다 잘록한 허리를 단숨에 끌어안았다. 언지는 저도 모르게 숨을 훅 하고 내쉬더니 이내 그의 손가락을 지그시 눌렀다. 그녀의 손가락이 엮여 오자, 겸은 꾹 눌렀던 이성을 더는 참지 못한 채 고개를 숙여 그녀의 입술을 살며시 머금었다.

달뜬 숨결이 빠르게 번지면서 온몸이 파르르 떨려 왔다. 언지는 긴장감에 팽팽해진 그의 손목을 꽉 붙잡고서 살며시 입술을 벌렸다. 잔잔히 파고들던 숨결이 점점 더 농밀해지면서, 서로의 몸이 서서히 달아오르기 시작했다. 흔들리는 촛불 아래 그의 시선도 같이 흔들렸다. 평소엔 한없이 까칠하고 꼿꼿하기만 한 선비면서 그런 그가 자신 때문에 이토록 허물어지면서 흔들리는 모습을 보면, 저도 모르게 아래쪽이 뜨거워지면서 짜릿함이 밀려들었다. 언지는 이 순간이 좋았다. 이건 그에겐 차마 말하지 못할 자신만의 비밀이었다.

강하게 빨아 당기던 입술을 아쉽게 떼어 내면서, 겸은 아까와는 달리 잔뜩 탁해진 목소리로 속삭였다.

"날도 어두워졌고, 지붕 있는 공간에 마음 있는 남녀가 단둘이라."

"교, 교수님?"

"내가 더 참지 못할지도 모르니 이만 가 보아라."

언지는 화끈거리는 열기를 감추지 못하고서 자리에서 벌떡 일어섰다. 하지만 그녀도 못내 아쉽기는 했다. 그래서 잠시 머뭇거리는 눈길로 그를 바라보다 이내 슬쩍 다가가서는 그의 뺨에 살며시 입을 맞추었다.

"너무 무리하지 마십시오."

그러고는 재빨리 집무실을 나가 버리는 모습을 겸은 멍하니 바라보다 이내 헛웃음을 지으며 붉어진 뺨을 쓰다듬었다. 어찜 저리 발칙한지. 매번 사내 마음을 이리 들었다 놨다 하니 참으로 헤어 나올 수가 없었다. 또한 이리 보내는 것이 아쉽기만 했다. 어서 빨리 긴긴밤을 함께 보내고 그녀를 품에 안으며 매일 아침을 맞이하고 싶었다. 그런 날이 하루라도 빨리 오길 바라였다.

제가 생각해도 너무 낯부끄러운 짓에 두 얼굴을 감싸며 집에 도착한 언지는 기다렸다는 듯이 안채 문이 열리자, 얼른 표정을 가다듬고서 윤씨를 향해 고개를 숙였다.

"어머니, 다녀왔습니다."

어젯밤 일로 인해 다소 찔리는 구석이 있어서 언지가 다소곳하게 고개를 숙이자, 윤씨는 그런 언지에게 손짓을 했다.

"언지, 넌 잠깐 들어오너라."

그렇게 문이 덜컹 닫히자, 언지의 표정도 슬쩍 굳어졌지만 이내 심호흡을 길게 하고서 걸음을 당겨 조심스럽게 문을 열었다. 평소 어머니의 성품답게 조촐하지만 단정한 방 안에는 호롱불이 희미하게 흔들리고 있었고, 어머니의 앞에는 보자기 하나 가지런히 놓여 있었다. 그것도 꽤나 낡아 보이는 것이었다.

언지는 조심스럽게 어머니 앞에 무릎을 꿇었다. 윤씨는 그런 언지를 천천히 살피며, 자꾸만 흔들리는 마음을 다잡고선 그녀 앞에 놓인 보자기를 언지에게 내밀었다.

"이것이 무엇입니까?"

"열어 보아라."

어쩐지 떨리는 듯한 어머니의 목소리에 언지는 의아한 시선을 품고서 그것을 조심스럽게 펼쳐 들었다. 보자기 안에 들어 있는 것은 서책이었다. 제목조차 쓰여 있지 않은 서책.

"살아생전 네 아버지가 남긴 것이다."

떨리던 어머니의 목소리가 어느새 침착하게 아버지를 꺼내 들자, 언지는 저도 모르게 흠칫하며 서책을 바라보았다. 한 번도 어머니가 먼저 아버지 얘기를 꺼내신 적은 없으셨는데. 게다가 아버지께서 남기신 것이라고?

"언문으로 된 것은 내가 읽을 수 있었지만, 이것은 내가 읽을 수가 없구나. 너라면 알 수 있겠지. 이게 아버지가 마지막으로 남긴 유언과도 같은 것이다. 난 그저 일지라고 생각하기는 하지만. 지금부터 네가 가지고 있어라."

"이것을 어찌?"

윤씨는 손끝을 꽉 붙잡고서 단단한 시선으로 언지를 바라보았다.

"네가 아버지의 죽음을 밝히고자 한다는 걸 안다. 이게 어쩌면 도움이 될지도 모르겠구나."

"어머니……."

"네가 하고 싶은 대로 하여라. 해서 네 아버지가 편안하게 눈을 감으실 수 있도록. 그리고 네 마음도 조금은 편안해질 수 있도록. 그리해라."

하지만 말을 맺은 후, 눈동자가 흔들리면서 살짝 물기가 맺혀 들었다.

"혹시나 거기서 뭔가를 알아낸다면. 그리고 네 힘으로 감당하기 어렵게 된다면."

"예?"

윤씨는 뭔가를 말하려다 이내 입을 다물었다. 혹여 그리된다면 좌상대감을 찾아가 도움을 청하라고 말하려고 했지만, 아직은 때가 아닌 듯했다.

"아니다. 그만 나가 보아라."

"예, 편히 쉬세요. 그리고 너무 걱정하지 마세요, 어머니."

그녀는 다시 한 번 걱정하지 말라고 웃어 주면서 천천히 방을 빠져나왔다. 그러곤 작은 채에 들어와선 떨리는 손길로 보자기를 풀어 서책의 첫 장을 움켜쥐었다. 아버지가 죽기 직전까지 쓰셨다던 일지. 그저 단순한 일지일지도 모르지만, 어쩌면 뭔가를 알고서 써 내려간 것일지도 모른다. 아버지의 죽음과 관련된 무언가가!

'그 무언가에 내 기억이 돌아올지도 몰라.'

그녀는 떨리는 손길로 서책의 책장을 펼쳐 들었다. 하지만 거기에 쓰인 것은 일지 같은 것이 아니었다. 이름. 한 줄로 나란히 이름이 적혀 있었다. 그리고 그 아래 지장 같은 것도 함께. 대체 이게 뭐지?

"도대체 누구 이름이지? 아니, 그것보단 왜 이름들이 여기에……."

언지는 책장을 하나하나 넘겼지만 도통 알 수 없는 이름들로 가득 차 있었다. 일지가 아니란 건가? 하지만 그렇다고 이런 이름을 아버지께서 아실 리도 없는데. 그 순간.

"하……."

책장을 넘기던 손길이 멎으면서 손길과 더불어 눈동자가 떨리기 시작했다. 아는 이름이 나왔다. 윤주석. 혜민서 제조 영감의 이름. 게다가 그 바로 아래에는 문인수! 분명 내의원 수의 영감의 이름. 그리고 마지막 장을 넘긴 순간, 언지는 저도 모르게 서책을 떨어뜨릴 뻔했다. 휘갈겨 쓴 서체만으로도 두려움에 소름이 돋아났다. 바로, 바로.

"차선대군?"

어째서 대군의 이름이 여기에. 잠깐, 이거 설마 연판장(여러 사람의 의견이나 주장을 표명하기 위하여 연명으로 작성한 문서)인가? 그렇다면 이런 위험한 것을 어찌 아버지가 가지고 계셨던 거지?

홍와여림의 가장 깊숙한 작은 채 너머로 신월이 애령의 배를 살피고 있었다. 이젠 더는 숨길 수 없을 만큼 애령의 배는 불러 온 상태였다. 그녀는 흔들리는 호롱불 너머로 서늘한 시선을 띤 채 흐트러진 이불을 꼼꼼히 살펴 주었다.

이젠 때가 된 것이다. 좌상 대감이 제대로 움직였다는 기별이 왔다. 게다가 그토록 기다리던 물건도 드디어 그녀의 손에 들어오게 된다.

"행수님, 행수님."

그때, 밖에서 홍목의 목소리가 은밀하게 울렸다. 신월은 혹여나 애령이 깰까 봐 조심스럽게 걸음을 뒤로 돌렸다. 오늘따라 유난히 밝고 둥근 달이 구름 한 점 없는 하늘 위에 올라서 있었다. 신월은 서늘하게 불어오는 바람 끝에서 고개를 숙인 홍목을 향해 말했다.

"도착했느냐?"

"예."

평소 허지가 알고 있던 홍목이 아니었다. 굉장히 차갑고 경계 어린 시선으로 조심스럽게 제 품에서 무언가를 꺼내 들었다. 그것은 작은 상자였다. 신월은 그녀가 건네준 상자를 움켜쥐고서 회심의 미소를 띠었다.

“이제 모든 패가 완성되었구나.”

신월은 떨리는 숨을 내쉬며, 하늘 위에 홀로 떠 있는 달을 바라보았다. 별조차 보이지 않는 까만 하늘에서 외롭게 그 빛을 다하고 있는 달빛. 달을 바라보는 그녀의 시선이 살짝 흔들렸지만, 이내 움켜쥔 상자에 힘을 가하며 마음을 다잡았다.

‘조금만 기다리시옵소서. 억울하게 잃으신 그 빛을, 소녀가 꼭 되찾아 드릴 것이옵니다.’

결국, 어제 내내 잠을 이루지 못한 언지는 무섭고 불안한 시선으로 연판장을 바라보았다. 그러다 혹여나 허지가 들어올까 봐, 일단 그것을 서책들 사이로 숨겨 두었다. 아직은 허지가 알아선 안 될 것 같았다. 이는 어머니께도 마찬가지였다.

일단은 가장 먼저 알아봐야 할 인물이 윤주석 제조 영감과 문인수 수의 영감인데. 사실, 수의 영감을 만나기가 껄끄러웠다. 이상하게 그를 보면 머릿속이 이상해지면서 주체하지 못할 공포감이 함께 밀려들었다. 마치 어두운 곳에 갇혀 있는 것처럼. 게다가 이상한 잔상과 알아들을 수 없는 흐릿한 환청까지. 마치 그에게 다가가지 말라고 온몸이 경고를 내리는 것 같았다.

이것도 아버지가 가지고 있던 연판장과 관련이 있는 걸까? 도대체 저 연판장은 무엇을 위한 연판장일까. 그것도 어마어마한 사람들의 이름이. 특히나 차선대군. 생각보다 아버지의 죽음에 엄청난 이들이 엮여 있는지도 모르겠다. 도대체 아버지는 뭘 했던 거지? 마지막 순간까지 무얼 했던 걸까?

그녀는 손끝을 꽉 붙잡고서 눈을 질끈 감았다. 머리가 울렸다. 너무 한꺼번에 밀려든 사실에 대체 어디서부터 파고들어야 할지 감을 잡을 수가 없었다. 아니, 과연 파고들 수나 있을까? 가까이 갈 수나 있을까? 무려 차선대군이 앞에 있다. 다른 누구도 아닌, 지금의 지존. 주상 전하의 숙부. 전하, 아니 어쩌면 전하보다도 더 막강한 권력으로 조선을 흔들고 있는 존재. 어쩌면 가까이 다가가기도 전에 목숨을 잃을지도 모르겠다. 마치, 아버지처럼.

"일단 궐로 가야 해."

문인수를 만나기 위해서라도. 그리고 모든 실마리가 어쩐지 궐에 있을 것 같은 느낌이 들었다. 하지만 어떻게 들어가지? 궐이 무슨 누구 집 앞마당도 아니고. 쉽게 들어갈 수 있을 리가 없는데. 혹, 교수님이 도와줄 수 있지 않을까?

"아니야. 그건 절대 안 돼."

그녀는 괜한 생각을 지워 냈다. 괜히 그를 말려들게 할 수는 없었다. 어떻게든 자신이 혼자 감당해야만 했다. 하지만 어떻게…….

"언니, 언니! 혜민서에 안 갈 거야?"

밖에서 허지의 목소리가 들렸다. 언지는 혹시나 눈치 빠른 허지에게 들킬까 봐 얼른 표정을 가다듬고서 밖으로 나왔다.

"대체 왜 이렇게 꾸물대는 거야! 이러다 늦으면 언니 책임이다?"

"알았어. 어머니 다녀올게요!"

그렇게 허지와 함께 집을 나선 언지는 일단 연판장에 대한 생각은 접고서 걸음을 재촉했다. 괜히 혜민서까지 생각을 물고 갔다가는 그에게 들킬지도 모르니까. 그렇게 막 마을 밖을 빠져나간 순간, 마을 입구 정승 옆으로 낯익은 그림자가 보이는가, 싶더니 이내 울먹이는 목소리가 높게 울리면서 다홍빛 너울이 눈을 시리게 파고들었다.

"아씨! 아씨!"

바로 홍목이었다. 그녀는 허지가 뭐라고 하기도 전에 언지의 가는 팔뚝을 꽉 끌어안고선 온갖 교태 어린 움직임을 보이며 고운 눈망울을 글썽였다. 허지의 말을 빌리자면, 꼭 사내들을 꾀려 할 때나 쓰는 눈빛이었다.

"홍목아?"

"아씨! 부디 이년의 청을 들어주시어요!"

"저건 또 왜 난리야?"

허지는 아침부터 나타나선 온갖 분향을 풍기는 홍목이 영 마음에 들지 않았다. 게다가 마을 입구에서. 누가 보면 어쩌려고!

"대체 무슨 일이냐? 왜 이리 호들갑이야."

"애령이가, 애령이가 어젯밤에 통증을 느꼈습니다. 지금도 그런 듯 식은땀을 흘리는데. 이러면 절대 안 되는 걸 알지만. 그래도 생각나는 분이 아씨뿐입니다. 흐흡!"

지켜보던 허지는 기가 막히면서도 애령이가 걱정됐다. 하지만 이런 일이 반복되어 꼬리라도 밟히게 되면, 혜민서에서 크게 경을 치게 될 것이다. 언지도 같은 생각을 했지만 이대로 모른 척할 수는 없었다. 다른 병자도 아닌 애령이. 게다가 기생들이 기댈 곳이 어디 있겠는가. 그것도 아비도 모르는 핏줄인데.

"아씨, 제발요. 염치없는 것도 알고, 기가 막힐 거란 것도 알지만. 그래도, 그래도……."

홍목은 언지의 팔목을 잡고서 파르르 떨었다. 어차피 처음부터 거절할 수가 없었을 것이다. 의술을 조금이라도 익힌 자로서 병자를 모른 척할 수는 없으니까.

"신월 행수님께선 말리셨지만, 그래도 전 아씨밖에 떠오르지 않아서. 그래서……."

울먹이는 목소리 끝에 신월이라는 이름이 스치자, 언지는 저도 모르게 머릿속이 번쩍했다. 신월은 운종가 최고 기방 홍와여림의 행수. 조선 팔도의 정보가 모이는 곳. 그리고 그런 정보를 움켜쥐고 있는 자가 바로 신월이었다. 그만큼 어마어마한 연줄이 있을 터. 어쩌면 그녀에게 도움을 청할 수 있을지도 모른다. 궐 안으로 들어갈 방법.

"언니?"

허지는 어쩐지 불안했다. 그녀 성격상 그냥 넘어갈 리가 없었으니까. 그것도 다른 누구도 아닌 애령이. 하지만 자신도 너무 걱정되었다. 날짜를 세어 보니, 아마 배가 제법 불렀을 테니까. 지금이 가장 중요하면서도 위험한 시기였다.

"허지야."

언지는 애써 태연한 표정을 지으며 허지를 향해 말했다.

"넌 먼저 혜민서로 가도록 해."

"나도 같이 갈 거야."

역시 이렇게 나올 줄 알았다. 그렇다면 같이 가야 했다. 언니 혼자 보낼 수는 없었다. 하지만 언지는 고집스럽게 서 있는 허지의 등을 단호하게 밀어냈다.

"아니, 넌 혜민서로 가야 해. 너마저 안 가면 이상하게 생각할 거야. 곧 갈 테니까, 그때까지만 대충 둘러대."

허지는 더 고집을 피우고 싶었지만 언지의 말도 일리가 있었고, 게다가 그녀의 목소리가 평소보다 더 단호했다. 그녀는 하는 수 없이 고집을 꺾고, 한발 뒤로 물러섰다.

"알았어. 하지만 금방 와야 해. 애령이만 보고 바로 오는 거야. 알았지?"

"알았어."

그녀는 홍목을 슬쩍 노려보고선 그대로 혜민서로 달려갔다. 언지는 허지가 완전히 보이지 않을 때까지 기다렸다가 길을 나섰다. 그러다,

"홍목아, 먼저 가 있어라. 난 잠시 집에 들렀다가 준비를 해서 갈 테니."

"예, 먼저 가서 준비하고 있겠습니다. 다시 한 번 감사드려요, 아씨."

그렇게 홍목이가 먼저 돌아섰고, 언지는 서둘러 집으로 돌아와 헛간에 숨겨둔 김 도령의 옷가지를 움켜쥔 채 서둘러 저고리를 벗어 내고선 이

젠 너무나도 능숙하게 상투를 틀고, 김 도령의 모습을 취했다. 그러곤 홍와여림으로 향했다.

그곳엔 신월이 그녀를 기다리고 있었다. 언지는 먼저 가장 급한 애령이부터 살폈다. 맥은 정상이었다. 물론 아기도 건강했다. 하지만 배의 모양으로 보나, 움직임으로 보나 태어날 날이 멀지가 않은 것 같았다.

"무탈하게 잘 자라고 있구나. 하지만 지금부터 무척이나 조심해야 한다. 조금이라도 충격을 받으면, 아기씨가 위험해져."

"예, 아씨."

"무엇보다 네가 잘 먹고 잘 견뎌야 한다."

"고맙습니다, 아씨."

하지만 생각보다 애령이 너무 말라 있었다. 저래서는 훗날 아이를 낳을 때 체력이 버텨 줄지 걱정이 되었다. 그렇게 언지가 애령이에게 몇 가지 당부하고 있을 때, 신월은 먼저 방을 나섰다. 그녀 역시 신월의 움직임을 살피고선 자리에서 일어섰다.

"그럼 쉬어라. 또 이상하거든 언제든지 부르고."

"허나, 아씨께서 곤란해지시면."

"그러니 몰래 불러야지. 내가 꽤 능청스럽게 잘한다. 걱정하지 말고. 허지도 네 생각 많이 하고 있으니."

"저도 허지가 많이 보고 싶습니다."

애령은 눈물 어린 눈으로 둥글게 웃었다. 그렇게 언지가 방을 나서자 복도 앞에서 신월이 그녀를 기다리며 살며시 고개를 숙였다. 검붉은 치맛자락을 움켜쥔 손끝과 별다른 장신구 없이도 그녀의 모습은 무척이나 아름다웠다. 오히려 꾸밈없는 모습이 청초해 보이기까지 했다. 대체 나이는 어디로 먹는 것인지.

"또 이리 신세를 지었습니다."

"아니에요, 행수님."

그나저나 어떤 식으로 말을 꺼내야 하나. 무작정 부탁하기엔 너무 큰 부탁인데. 언지는 틈을 보며 그녀를 힐끗힐끗 살폈고, 눈치 빠른 신월은 그것을 깨닫고서 먼저 입을 열었다.

“무슨 하실 말이 있으십니까?”

“그게.”

언지는 잠시 주변을 살폈다. 이곳이 워낙 구석진 곳에 있어서 그런지 보는 눈과 귀는 없었다. 그래, 일단 부탁해 보자. 망설일 시간도 없고!

“조금 어려운 부탁이 있어요.”

“아씨께서 제게 부탁이라니. 무엇입니까?”

신월은 그녀가 말하기 편할 수 있도록 붉은 입술을 슬쩍 틀어 올리며 부드럽게 속삭였다. 그러자 언지는 조금 편안한 마음으로 입을 열었다.

“혹, 궐에 살짝 들어갈 방도가 없을까요?”

“궐 말입니까? 어찌 아씨께서 궐 안으로 가시려고 하십니까?”

그녀는 의아한 표정을 지으며 조금 어두워진 낯빛으로 말을 잇자, 언지는 자세히 말해 줄 수가 없기에 미안한 어조로 말을 이었다.

“그럴 사정이 있는데. 깊이 묻지 마시고 도와줄 수는 없을까요?”

신월은 그런 언지를 잠시 바라보았다. 역시 어려우려나. 하긴, 자세한 사정도 얘기하지 않고 무작정 이러는 건 실례긴 하지. 그래도 속사정을 얘기할 수는 없었다. 혹여나 그녀에게 불똥이 튈지도 모르니까.

“어찌 아씨를 도와드리지 않을 수 있겠습니까. 그건 지금껏 은혜를 입었던 제가 할 말이 아니지요.”

“그럼!”

“허나, 궐이라……. 조금 어렵군요.”

난감해하는 그녀의 얼굴이 더더욱 어두워지자, 역시 괜히 얘기했다는 생각이 들었다. 곤란하게 만들었으니까. 아무리 그녀가 홍와여림의 행수라고는 하지만 어쩌면 목숨줄이 오갈 수도 있으니.

“괜한 얘기를 해서 곤란하게 만들었네요. 신경 쓰지 마세요.”

다른 방도를 찾아봐야겠다고 생각하면서 언지가 살며시 돌아서려고 하자 신월은 날카로운 시선을 띠며 그녀를 붙잡았다.

"아주 방도가 없는 것은 아닙니다."

"정말요?"

언지는 저도 모르게 들뜬 마음으로 고개를 돌렸다. 그러자 신월은 천천히 그녀에게 다가와 은밀한 목소리로 속삭였다.

"중전마마께서 사가에 나와 계시는 걸 아시지요?"

아, 중전마마.

"예. 알고 있어요."

중전마마 생각은 못 하고 있었는데. 하지만 자신이 중전마마를 뵈었다는 사실은 숨겨야 한다. 사실이 알려지면 마마께서 곤란해지실 테니까.

"곧 중전마마께서 환궁하실 것입니다. 중전마마의 사람으로 들어가면 쉬울 것인데. 그쪽으로 제가 어떻게든 연이 닿도록 노력해 보겠습니다. 물론 쉽진 않겠지만. 그래도 그 방법이 가장 안전하기는 하지요."

중전마마의 연으로? 그래, 그렇게 되면 의심하지 않고 들어갈 수 있을 것이다. 허나 하늘 같으신 중전마마께 부탁이라니……. 이 역시 너무 염치가 없었다.

신월 또한 안타까운 표정을 지었다.

"허나, 너무 기대는 마십시오. 그 방법이 가장 좋기는 하지만, 그만큼 연을 닿기가 하늘과 같으니 말입니다. 제대로 도움을 드리지 못해 송구합니다, 아씨."

그래, 연이 닿기 쉽지 않지. 하지만 어쩌면 자신이 직접 나서면 될지도 모른다. 하지만, 하지만.

"아니에요. 그 정도면 되었어요. 내가 너무 무리한 걸 요구한 것 같아요. 그냥 잊어버리세요."

언지는 아무렇지도 않은 척 웃으면서 오히려 미안해하는 신월을 달래주었다. 그래도 아무런 수확이 없었던 것은 아니니까. 물론 이 방법이 더 위험할지도 몰랐지만. 그래도 언지는 뭔가 결심을 하고선 신월에게 인사를 한 뒤 돌아섰다.

언지가 멀어지자마자 신월의 표정이 삽시간에 차갑게 내려앉았다. 부드럽게 올라갔던 입꼬리는 굳어졌고, 그녀의 시선에선 서늘함이 풍겼다. 그러면서도 눈빛은 매우 단단했다. 그때, 그런 그녀의 곁으로 홍목이 다가왔다. 역시나 언지의 팔을 붙잡고 조르던 모습과는 전혀 다른 분위기가 흐르고 있었다.

"차선대군 대감께 연통을 넣었습니다."

신월은 이미 사라진 언지의 빈자리를 바라보다 고개를 끄덕이며 조금 가라앉은 목소리를 내었다.

"언지 아씨께서도 곧 진실을 알게 되실 테지. 이제 시작이구나. 네게 너무 무리한 부탁을 하여 미안하다."

"아닙니다."

홍목의 담담한 어조에 이제야 신월은 고개를 돌려 그녀를 바라보았다. 처음으로 그녀의 시선이 한 번 흔들렸다.

"일이 잘못되면 네가 죽을지도 모른다."

"이미 각오한 일입니다."

"홍목아."

흔들린 시선 너머 목소리가 떨려 왔다. 애써 괜찮은 척, 마음을 다잡고 냉정해지려고 노력해도 쉽지가 않았다. 제가 아끼는 이가 죽을 수도 있다는 생각을 하면. 이미 그녀는 소중한 이를 너무 많이 잃었다. 가족과 저 자신보다 사랑했던 사람을. 그것도 같은 사람에게 어쩌면 이번에도. 시간이 지나도 무뎌지지 않는. 오히려 그 아픔을 알기에 더더욱 겁이 났다. 하지만 신월은 그런 나약한 마음을 다잡고서 걸음을 뒤로 돌렸다.

언지는 다시 단정한 옷으로 갈아입고서 화수마을로 향했다. 하지만 막상 사가 앞에서 어찌 들어가야 할지 난감해했다. 감히 하늘같은 중전마마신데. 자신 같은 의녀가 보고 싶다고 해서 마음대로 볼 수 있는 그런 분이 아니잖아! 어쩌지? 어찌해야 하지? 혹, 중전마마가 안 된다면 월이 항아님이라면 부를 수 있지 않을까? 그래서 항아님께 부탁드리면…….

"그래, 좋았어. 여기까지 왔는데 그냥 돌아갈 수는 없지."

언지는 자신의 옷차림새를 꼼꼼하게 살핀 뒤, 목소리를 가다듬고서 문을 두드렸다. 그러자 기다렸다는 듯 노비가 나타나서는 슬쩍 의심스런 눈빛으로 언지를 바라보며 입을 열었다.

"뉘십니까?"

그녀는 괜히 망설임을 보였다가 일이 틀어질까 싶어 슬쩍 고개를 들고서 당당하게 말했다.

"월이 항아님을 뵈려고 하는데."

"항아님을요?"

하지만 여전히 노비의 눈빛엔 의심이 가득 담겨 있었다. 좋다, 그럼 제대로 한번 가 보자고!

언지는 예전 가예를 떠올리고서 양반집 규수다운 몸짓으로 서슬 퍼런 어조로 외쳤다.

"어허! 항아님이 내게 따로 부탁하신 것이 있거늘. 이는 중전마마를 위한 일이다. 감히 노비 따위가 가로막는 것이냐? 이는 중전마마의 명을 어기는 것과 같은 일! 아주 제대로 경을 치고 싶은가 보구나!"

"그, 그것이 아니오라."

오호, 슬슬 먹혀들고 있어! 조금만 더 밀어붙여 보자고!

"정 그리 믿기지 않는다면 항아님께 김언지라는 아이가 부탁하신 것을 가져왔다고 전하여라. 어서!"

노비는 언지의 모습을 슬쩍 훑었다. 차림새를 보아하니 양반은 아닌 것 같은데, 뿜어져 나오는 기색이 양반 못지않게 당돌했다. 노비는 하는 수 없이 얼른 걸음을 뒤로 돌렸고, 언지는 이제야 안도의 한숨을 내쉬면서 두근거리는 가슴을 지그시 눌렀다.

날이 갈수록 거짓말이 일취월장하는구나. 그래도 제 이름을 듣는다면 월이 항아님이 외면하진 않으시겠지!

그리고 얼마 지나지 않아, 멀리서 월이 직접, 그것도 꽤나 반가운 얼굴로 다가오고 있었다. 언지는 이제야 한시름을 놓고선 다가온 그녀에게 살짝 고개를 숙였다.

"항아님."

"그래, 어서 오너라."

월은 언지의 말에 맞장구를 쳐 주면서 그렇게 사가 안으로 그녀를 데려왔다. 그러곤 보는 눈이 없다는 걸 확인하고서야 반가움이 묻어나는 목소리로 언지를 반겨 주었다.

"네 이름을 듣고 깜짝 놀랐다. 혜민서에 있어야 할 시각이 아니더냐?"

"그게……."

"혹, 무슨 일이 있는 것이냐?"

그녀의 목소리가 살짝 굳어지자, 언지는 대번에 손을 가로저으며 월을 안심시켰다.

"아닙니다, 아니에요. 그저, 부탁이 조금 있어서……."

"부탁? 네게 말이냐?"

"……중전마마를 뵙게 해 주십시오. 제겐 무척이나 중요하고 급한 일입니다."

월은 뜻밖의 부탁에 난감한 표정을 지었다. 물론 언지에게 큰 빚을 지기는 했지만, 중전마마를 함부로 만나게 할 수는 없었다. 특히나 곧 환궁할 시기에 다른 이가 보게 된다면, 안 좋은 빌미를 주게 될지도 몰랐다.

"미안하구나. 허나 그 부탁은 조금 힘들 것 같다."

역시. 쉽지 않구나. 하지만 언지는 여기서 포기할 수가 없었다.

"정녕 안 되는 것입니까? 정말 중요한 일인데. 제겐 너무나, 너무나……."

"언지야. 하지만……."

"들어오너라."

그때, 월의 어깨 너머로 낮익은 목소리가 언지에게 와 닿았다. 언지와 월은 흠칫 놀란 표정으로 재빨리 고개를 숙였다.

"주, 중전마마."

남무, 어느새 그녀가 그들을 바라보며 엷은 웃음을 짓고 있었다. 소박하기 짝이 없는 새하얀 무명옷을 입고 있었지만, 그녀에게서 흐르는 중전으로서의 기품은 잃지 않은 채 오히려 더 빛나고 있었다.

"나를 보러 왔으면 곧장 올 것이지. 넌 내게 은인과도 같은 것을."

"망극하옵니다."

"월아, 언지를 데리고 들어오너라."

"예, 마마."

그렇게 언지는 월의 뒤를 따라 남무가 거 하고 있는 별당으로 들어섰다. 얼핏 보았을 때, 저번보다 낯빛이 훨씬 좋아 보였다. 언지는 인사와 더불어 괜찮다는 그녀의 맥을 살폈다. 전보다 훨씬 안정적인 맥이 짚였다. 물론 약간의 열기는 남아 있었지만 겉으로 보이던 물집은 완전히 가신 듯했다.

"거의 다 나으셨습니다. 맥도 힘차고 안정적인 것이, 위기와 기력 또한 돌아오신 듯합니다."

"다 네 덕분이다."

"교수님 덕분이지요."

"너와 허 도령 덕분이지. 그래, 날 보고자 한 이유가 무엇이냐?"

남무는 다소곳하게 앉아 있는 언지를 빤히 바라보았다. 그녀는 조금 망설여졌지만, 여기까지 온 이상 절호의 기회를 놓칠 수는 없었다.

언지는 짧고 묵직한 숨을 삼키고서 고개를 푹 숙인 채 말을 이었다.

"마마. 제가 조금이나마 마마를 도운 것이라면. 해서 마마께서 조금이나마 제 도움을 받은 것이라 생각되시오면."

"……."

"마마께서도 저를 조금만 도와주시옵소서."

"그래, 무엇을 도와주면 되느냐?"

"……저를 궐 안으로 데려가 주시옵소서. 부디 이리 간곡히 청하옵니다."

언지는 숙인 고개를 들지 못한 채 간곡히 청하였고, 남무는 그런 언지의 말에 바라보던 시선과 입꼬리가 딱딱하게 굳어졌다. 찰나의 침묵 속에 그녀는 눈을 질끈 감았다. 이처럼 망극한 청 때문에, 중전마마께서 자신을 발칙하다고 생각하신다고 해도. 해서 벌을 내리신다고 해도. 지금은 이 방법밖에 없었다.

궐 안으로 들어가서, 연판장의 비밀과 문인수, 그자를 직접 볼 방법은!

신월이 조심스럽게 술병을 쥐고서 술을 따랐다. 맑은 소리가 정적 속에 울렸고, 그 앞에 차선대군은 흡족한 표정으로 술잔을 빠르게 비워나갔다. 저 멀리 희미하게 가야금 곡조가 흘러들었다. 하지만 이곳은 그저 술 따르는 소리만 청아하게 울릴 뿐, 고요하기만 했다.

"유난히 술맛이 달구나."

그는 입맛을 다시며 술잔을 내려놓았다. 신월이 한잔 더 올리려고 하자, 그는 손을 가로저으며 그녀의 모습을 훑었다. 그러자 그녀는 술병을 바닥에 내려놓고선 눈가 위로 가는 선을 그리며 붉은 입술을 열었다.

"기분이 좋으신 듯합니다."

차선은 그녀의 속삭임에 저도 모르게 손을 뻗어 곱고도 고운 살결을 쓸어내렸다.

"그래, 드디어 원하는 것이 곧 이 손에 들어오니 말이다. 물론 진정 원하는 것은 더 기다려야 하지만. 그것도 머지않았다."

신월은 차선의 손길을 피해, 품 안에서 작은 상자를 꺼내 들었다. 그러자 그의 입가 위로 비릿한 미소가 스쳤다.

"허나 지금 원하시는 것은 이것이지요?"

그녀는 상자를 열었다. 그러자 그 안에는 무색무취의 액체를 담은 작은 병이 들어 있었다. 바로 이것이 선왕을 죽음으로 몰았던. 하지만 그 누구도 독살이라 의심하지 못했던. 아주 먼 서역에서만 구할 수 있는 희귀한 악성독 양지황이었다.

양지황은 강심작용을 일으키는 것으로, 서역에서는 약재로 쓰이기도 하지만 지극히 소량에다 잘못 사용하면 바로 심장박동을 느리게 하여 발작과 함께 사망에 이르게 할 수 있었다. 워낙 희귀한 것인 데다가 구하기도 어려워 그 누구도 상상할 수 없고, 또한 원래는 독이 아닌 약재로 쓰이는 것이라 독살의 흔적을 눈으로 확인도 할 수 없어 뒤탈 없이 숨통을 끊어놓을 수가 있었다.

그 옛날, 차선대군은 이것을 이용해 선왕의 목숨을 한순간에 움켜쥐었다. 물론 이것을 직접 사용한 이는 지금의 내의원 수의 문인수였지만.

다시는 구하지 못할 거라 생각했는데 신월을 통해 수개월이 지나 이렇게 자신의 손에 들어올 수 있었다. 이것으로 선왕 때와 마찬가지로 어린 왕의 목숨을 끊을 수 있을 것이다. 선왕 때보다 더 쉽게. 이를 위해 삼의사를 제 손안에 넣은 것이니.

"수고했다. 역시 네가 내게 가장 큰 힘이 되는구나. 훗날, 내가 용상에 오르게 되면 내 결코 너를 잊지 않고 궐 안으로……."

차선이 신월이 쥐고 있는 상자를 향해 손을 뻗었지만, 그녀는 상자를 탁 하고 닫아 버린 채 그에게 순순히 넘겨주지 않았다. 그러자 그가 표정을 삽시간에 굳히며 서슬 퍼런 어조로 외쳤다.

"무슨 짓이냐!"

신월은 상자를 품은 채 고개를 조아리고서 애써 떨리는 어조를 띠었다.

"대군 대감, 대감께서 제게 큰 빚을 하나 진 것이지요. 허니, 그 빚을 지금 갚아 주시옵소서."

"하? 뭐라?"

"제 목숨 줄을 걸고 이것을 구한 것이고, 그 덕분에 대감께서 가장 가지고 싶어 하시는 가장 높은 곳. 용상의 거리가 얼마 남지 않은 것이 아니 옵니까? 허니 제게 큰 빚을 진 것이지요. 그러니 그 빚을 지금 갚아 주시옵소서. 그 어떤 부탁도 대감께서는 들어주셔야 하옵니다. 충분하다 생각하옵니다."

차선은 신월의 말에 화를 참지 못하고 술잔을 거칠게 움켜쥐었다. 잇새로 흘러나오는 목소리가 차갑기 그지없었다.

"발칙한 년. 네가 감히 나를 겁박하는 것이냐?"

청하는 것 같으나, 그 말 하나하나를 들어 보면 결국은 겁박이나 다름없었다. 하지만 신월은 침착하게 고개를 가로저었다. 듣기만 해도 오금이 저릴 정도로 차선의 매서운 기백이 뿜어져 나왔지만 신월은 침착하기만 했다. 아니, 오히려 그녀의 속은 시커멓게 타들어 가고 있었다. 그것은 오직 분노였다.

처음 저 양지황을 구하기 시작한 순간부터, 그것이 제 손안에 들어오기까지. 그녀는 피눈물을 토해 내는 심정으로 모든 것을 참고, 참고 또 참아야만 했다.

"그럴 리가 있겠사옵니까? 이것은 겁박이 아니라 빚을 갚아 달라 청하는 것이옵니다."

"결국, 나와 거래를 하고자 하는 것이군. 월이 너 역시. 완전히 나의 사람은 아니었구나. 좋다. 대체 네년이 원하는 것이 무엇이냐!"

여전히 매서운 기세가 역력했지만, 아까보다는 수그러진. 아니, 다소 실망스런 기색이 스쳤다.

"이것은 대감께서도 관련된 일이옵니다."

"뭐?"

그녀는 이제야 숙였던 고개를 들었다. 그러곤 흔들림 없는 시선으로 문 쪽을 향해 짧게 외쳤다.

"들어오너라."

그리고 신월의 목소리 끝으로 스르르 문이 열리면서, 차선은 마치 귀신이라도 본 것마냥 창백해진 낯빛으로 그답지 않게 말을 더듬었다.

"너, 너는!"

"대감……. 흐흑!"

문이 열리면서 들어온 이는 무거운 배를 끌어안으며 눈물을 글썽인 채 서 있는 애령이었다. 차선은 믿을 수가 없었다. 죽은 줄 알았던 아이가 살아 있다니. 그것도 저리 엄청난 모습으로.

"이게 무엇이냐. 대체 이게 어찌 된 것이야! 넌 내게 분명 애령이가 죽었다고 말했다. 분명 죽었다고 하였어. 헌데, 네 입으로 죽었다고 말한 아이가 어찌 지금 저런 모습으로 살아 있는 것이냐!"

애령은 바들바들 떨리는 몸을 주체하지 못한 채 결국 무너지듯 눈물을 쏟아 냈고, 신월은 차선대군을 똑바로 바라보며 한 치의 흔들림도 없이 단호한 어조로 말을 이었다.

"처음부터 살아 있었습니다. 제가 거짓을 고한 것입니다. 그 이유는 애령이의 배 속에 있는 대감의 핏줄을 지키기 위해서 말입니다."

"뭐, 뭐라?"

"예. 대감의 핏줄이옵니다. 애령의 배 속에 대감의 핏줄이 있사옵니다. 저는 대감께서 애령이를 거두어 주시길 바라옵니다. 그것이 제가 원하는 거래이옵니다."

애령의 흐느낌 소리가 흩어지고, 차선은 지금의 상황을 충분히 이해하려고 노력하면서 신월을 향해 말했다.

"어찌 숨겼느냐. 어찌 이렇게!"

"위험한 핏줄이니만큼, 먼저 애령이를 보호하고 아이 역시 보호하고자 했습니다. 하지만 그만큼 귀한 핏줄이니, 기방에서 나고 자라게 할 수는 없다는 생각을 하였습니다. 해서, 지금이라도 밝히는 것입니다."

억눌린 흐느낌과 더불어 애령은 여전히 고개를 숙인 채 차선대군을 바라보지 못하고 있었다. 그렇게 잔뜩 짓눌린 울음소리에 차선은 복잡 미묘한 눈빛으로 애령을 바라보며, 이제야 그녀에게 처음으로 말을 건넸다.

"고생이 많았겠구나. 애령아."

이제야 들려오는 다정한 목소리에 애령은 눈물 어린 시선으로 그를 바라보며 떨리는 어조로 속삭였다.

"대군 대감……."

잔뜩 누르고 있던 감정이 물밀 듯 밀려들었다. 처음부터 지금 이 순간까지. 그녀는 한 번도 그를 잊어 본 적이 없었다. 혹여나 이 아이가 잘못될까 봐. 조마조마하면서도 언젠가는 그를 만날 수 있다고 믿으면서. 그분이 이 아이를 좋아해 줄 거라 믿으면서. 하지만 한편으론 버려질지도 모른다는 불안감에 더더욱 힘들었던 것인데. 그의 다정한 한마디에 모든 것이 사라지는 기분이 들었다.

"이런 일이라면 처음부터 고할 것이지. 어찌 이리 숨긴 것이냐. 이런 건 부탁이 아니다. 오히려 네게 고맙구나."

"송구하옵니다, 대감."

신월은 슬쩍 고개를 숙였다. 하지만 목소리와는 달리 그녀의 입꼬리는 차디차게 굳어져 있었다. 하지만 그 모습을 보지 못한 채, 차선은 자리에서 일어나 이제야 애령에게 다가가 너무나도 말라 버린 그녀의 어깨를 조심스럽게 안아 주었다. 애령은 너무나도 그리웠고, 보고팠던 그의 품에 안겨 참았던 눈물을 쏟아 냈다. 차선은 그저 덤덤한 표정으로 그런 그녀의 어깨를 다독이며 일으켜 세웠다.

"고생했다. 이젠 마음 편하게 먹고 아이를 낳을 준비를 하거라."

"대감, 송구하고도 송구합니다……."

두 사람의 모습을 지켜보던 신월은 문 쪽에 비치는 그림자에 슬쩍 주먹을 움켜쥐며 차선에게 말했다.

"애령이를 옆에서 도와주던 아이가 있습니다. 괜찮으시면 함께 데려가시지요. 애령이가 빨리 적응을 해야 아이도 무탈할 것입니다."

그 말이 끝나자마자 문이 열리면서 홍목이 고개를 숙인 채 모습을 드러냈다. 애령이 역시 홍목이와 함께 가면 조금은 덜 불안할 것 같아 그에게 간청했다.

"부디 그리해 주십시오, 대감."

"그리해라."

신월은 먼저 준비해 둔 가마에 애령을 태웠다. 그러곤 차선과 따로 만나 양지황이 든 상자를 건네주었다.

"무례했던 이년을 용서해 주십시오."

"아니다. 이 일로 네게 실망하진 않을 것이다."

차선은 상자를 조심스럽게 움켜쥐었다. 이제야 그의 입가로 미소가 흘렀다. 제 핏줄을 가진 옛 여인을 보고도 웃지 않던 그가.

순간, 신월은 저도 모르게 냉소가 스칠 뻔하였다. 그에게 핏줄이란 아무것도 아닌 것이다. 그저 자기 자신만 소중하고 자기 자신만 연모하는 자. 애령이가 가여웠다. 하지만 그런 애령이 덕분에 그의 곁으로 바짝 눈과 귀를 붙일 수가 있었다. 워낙 사람을 믿지 않고, 의심이 많은 그이기에 그의 측근에 쉽사리 제 사람을 붙이기가 어려웠다. 그렇다고 홍와여림에서는 차선에게 정보를 빼내는 일에 한계가 있었다.

워낙 철저한 성품이라 제게 하는 말은 그다지 쓸모가 없는 정보에 불과했다. 특히나 거사일. 지금의 주상을 끌어내릴 거사를 치를 그 순간을 듣는 일은. 그렇기에 그의 곁으로 바짝 다가갈 제 사람이 필요했다. 지금의 주상 전하를 지켜야만 했으니까. 마지막 순간에도 그분이 걱정하고 지키고자 했던 지금의 주상 전하를. 그분의 마지막 부탁을 들어 드리지 못한다면, 죽어서도 그분께 가지 못할 테니까.

가마가 움직이고, 차선은 말을 타고 먼저 걸음을 옮겼다. 어느새 신월의 옆으로 홍목이 다가와 짧게 속삭였다.

"다녀오겠습니다."

"조심해라."

"염려 놓으시옵소서."

그렇게 홍목이까지 그녀의 눈앞에서 멀어지고, 신월은 참고, 참았던 감정을 피가 나올 정도로 꽉 움켜쥐었다. 지금 어떤 심정으로 그녀가 이곳에 서 있는지, 그 누구도 모를 것이다. 어떤 심정으로 버티고 버티며 여기까지 왔는지.

차선대군의 곁에 제 사람을 숨겨 두기 위해서. 그리고 거사 일을 먼저 알아내기 위해서. 그의 숨통을 먼저 움켜쥐기 위해서. 제 가족을 죽인 그에게 몸까지 내어 주면서 치욕스럽게 버텨야만 했다. 그것도 모자라 정인의 목숨마저 앗아 간 독까지 손수 그의 손에 쥐여 주었다.

하루에도 수천 번씩 생살을 도려내는 기분으로 그의 발밑에 엎드렸다. 오직 억울하게 빛을 잃은 그분을 위해서. 그분이 마지막으로 제게 했던 그 말을 지키기 위해서.

신월은 눈빛에 오직 독기만을 품고서 그가 지나간 자리를 노려보며 속삭였다.

"대감. 아직 제게 빚이 남아 있습니다. 그것은 무엇으로도 갚을 수 없는 빚. 그 빚은, 대감의 목숨으로 가져가도록 하지요."

그리고 그날이 얼마 남지 않았습니다.

찰나의 침묵이 흘렀다. 언지는 두근두근한 마음으로 차마 고개도 들지 못하고, 다시금 청하지도 못하고 있을 때, 남무가 그런 그녀를 바라보며 굳어진 눈매를 부드럽게 풀었다.

"고작 궐에 들어가는 것이냐?"

"예?"

"좋다. 널 궐에 들여보내 주마."

"저, 정말이시옵니까?"

"그래."

"망극하옵니다!"

언지는 너무나도 쉽게 고개를 끄덕인 그녀의 모습에 기뻐 어쩔 줄 몰라 했다. 이렇게 쉽게 궐 안으로 갈 수 있을 거라 생각도 못 했는데! 역시 하늘이 돕는구나, 하늘이 도와!

"한데 왜 궐에 가려고 하는지. 물어봐도 답하지 않을 것이지?"

남무의 물음에 언지는 금방 풀이 죽은 표정으로 고개를 숙였다. 하지만 질문을 보아, 이미 그녀는 예상하고 있었던 듯했다. 자신이 대답하지 못한다는 사실을.

"송구하옵니다."

"허 교수도 알지 못할 것이고."

"교수님께도 비밀로 해 주시면 안 되겠사옵니까?"

그가 알아선 절대로 안 된다. 분명 그냥 넘어가지 않을 것이다. 어쩌면 같이 가겠다고 할지도 모르고. 위험하다는 걸 알면서도 결코 내색하지 않을 게 뻔하다. 그는 그런 사람이니까.

남무는 아까보다 훨씬 간절하게 부탁하는 언지의 모습에 두 사람의 사이가 꽤나 깊어졌음을 알 수 있었다.

"네가 그리 숨기는 걸 보니, 무척이나 중한 일인가 보구나. 허나, 허 교수에게 너무 많은 걸 숨기지 말거라. 그가 서운해할 것이니."

그녀의 목소리에 담긴 속내에 언지는 저도 모르게 얼굴이 슬쩍 달아올랐다. 중전마마께선 뭔가를 알고 계시는 것이다. 자신과 그의 관계를. 혹, 그가 말한 것인가? 그리 입이 가벼운 사내는 아닌데!

"내일 은밀히 기별하마. 널 내의녀로 변복시켜 데려갈 것이다."

"예, 중전마마. 이 은혜는 결코 잊지 않을 것이옵니다."

"아니다. 그리 말하지 말거라. 내가 네게 진 빚이 얼마인데."

남무는 그렇게 언지를 보냈다. 그녀를 보내자마자 눈동자 위로 수심이 스며들었다. 밖에서 대충 이야기를 들은 월은 걱정스런 표정으로 남무에게 입을 열었다.

"이리하여도 되는 것입니까? 혹여 들키기라도 하면."

그녀는 언지의 눈빛을 떠올리며 무겁게 고개를 가로저었다.

"언지의 눈빛이 흔들리면서도 무척이나 초조해 보였다. 분명 그 아이에겐 시급을 다투는 일일 것이야. 누군가의 도움이 간절할 테지. 내가 그랬던 것처럼. 그때의 날 그 아이가 도왔으니, 이번엔 내가 도울 차례다. 고작 궐 안으로 데려가는 것이 아니냐. 내가 해 줄 수 있는 일이라 다행이구나."

"마마."

"그보단 대체 무슨 일일까. 정녕 허 교수에게 말하지 않아도 되는 것인지. 그게 걱정이구나."

남무는 언지가 있었던 빈자리를 걱정 어린 시선으로 바라보았다. 궐 안까지 들어가야 하는 일이라면 보통 일은 아니라는 건데. 위험한 일이 아니길 그저 바랄 뿐이었다.

날이 저물 무렵. 의생들은 하나같이 겁에 질린 표정으로 교육당을 빠져나왔다. 그도 그럴 것이 오늘따라 허 교수님의 표정이 그야말로 살얼음판을 걷는 것과 같았다. 한 치의 실수도 용납하지 않았고, 온갖 독설도 마다치 않았다. 시험이 코앞인 것은 알고 있었지만, 평소 이 정도까지는 아니었는데. 분명 누군가 허 교수님의 심기를 건드린 것이 분명했다.

교육당을 나서는 겸의 표정은 딱딱하게 굳어져 있었다. 하지만 자세히 살펴보면 굉장히 초조한 시선이 눈에 띄었다. 오늘 그의 머릿속에 온통 차지한 생각은 대체 언지, 이 아이는 왜 혜민서에 오지 않는 것인가! 였다.

일부러 허지를 찾아 행방을 물었지만 모른다고 말하면서 일부러 저를 피하는 것이 수상했다. 혹시나 해서 수의녀에게 물었더니, 아파서 오지 못했다고 허지가 전했다고 했다. 자신에게 한 말과는 전혀 다른 말이었다.

“대체 이 아인 어디서 무얼 하는 것이야!”

겸은 초조함을 넘어 조급함과 더불어 화가 치밀어 올랐다. 이것은 걱정이었다. 혹시 무슨 화는 당하지 않았을까, 하는 걱정. 천하의 허겸이 여인에게 이리 안절부절못하게 될 줄이야. 그래도 어쩌겠는가. 이리 푹 빠져 버렸으니.

겸은 걸음을 뒤로 돌렸다. 어느새 어둠이 짙어지고 있었다. 그는 끌리듯, 그녀가 있을 곳으로 걸음을 당겼다. 한 걸음, 한 걸음. 혹시 아직 오지 않았다면 기다릴 생각이었다. 언지가 제 눈앞에. 제 옆으로 걸어올 때까지.

결국, 화수마을에서 시간을 다 보내 버린 언지는 이미 날이 저물어 가는 것을 보고선 한숨을 쉬었다. 허지에게 금방 가겠다고 했는데. 아마 먼저 집에 가 있겠지? 그래도 혜민서에 가 볼까? 어쩌면.

“교수님이 계실지도 모르는데…….”

막상 일이 잘 풀리게 되니까, 다시금 겁이 밀려들었다. 궐에 들어가서 문인수, 그를 만난다고 해도 얻을 수 있는 건 아마 아무것도 없을 테니까. 하지만 그를 볼 때마다 떠오르는 기억과 환청, 잔상의 정체는 알 수 있지 않을까. 그녀는 그런 조그만 지푸라기를 잡고 싶었다. 단지 그뿐이었다.

언지는 자신도 모르게 혜민서로 걸음을 옮기면서 그에게 숨겨야 하는 미안함과 더불어 보고 싶은 마음이 간절하게 커졌다. 어쩌면 혜민서에 없을지도 모르지만. 워낙 바쁘니까. 그럴지도 모르지만.

어느새 그녀의 걸음이 빨라지면서 점점 숨이 턱까지 차오르는 순간, 언지의 걸음이 잦아들면서 믿을 수 없다는 듯 눈동자가 커졌다.

"하아, 하아, 교수님?"

멀리서 이쪽으로 걸어오는 겸의 모습이 보였다. 겸 역시 그녀를 발견하고서는 잠시 걸음을 주춤하더니 이내 그녀의 이름을 불렀다.

"언지야."

언지는 그대로 뛰었다. 얼굴 가득 미소를 품고서 오직 그를 향해 달려갔다. 그리고 겸은 그런 그녀를 그대로 꽉 끌어안아 주었다. 그토록 불안했던 마음이 순식간에 사라졌다. 언지 역시 두려웠던 마음이 그의 거센 맥박 소리에 한순간에 녹아내렸다.

"도대체 어찌 된 것이냐? 하루 종일 보이지도 않고!"

"기다리셨습니까?"

"말이라고!"

언지는 슬쩍 고개를 들어 입꼬리를 배시시 올렸다. 그 모습에 겸은 어쩔 수 없다는 듯, 따라서 입꼬리를 올렸다. 하여튼 미워할 수가 없다.

"허지가 하루 종일 고생이 많았다. 나를 피해 다닌다고."

"그리 괴롭히신 것입니까?"

"제대로 말해라. 대체 어디 있었느냐?"

"그보단 좀 더 안아 주십시오."

"뭐?"

그녀는 두 손으로 그의 허리를 꽉 끌어안았다. 다행히 어둠이 깊어져 보는 눈이 없었지만 그래도 다 큰 여인이 사내를 끌어안는 모습은 남우세스러운 광경이었다. 하지만 겸은 아무 말 없이 그런 언지를 부드럽게 안아 주었다. 따스한 체온이 손가락을 타고 흐르면서 땀이 맺힌 머리카락이 바람에 부드럽게 흔들렸다. 그의 손길이 어느새 그녀의 등을 부드럽게 어루만지며 낮은 목소리로 속삭였다.

"내게 아무것도 숨기지 말거라."

"……."

"힘든 일이 있거든, 꼭 내게 말하고. 내가 너의 그림자가 되어 줄 것이니.”

그림자. 원래는 여인이 사내의 그림자가 되어 평생 그 뒤를 따르는 것이다. 헌데, 그는 자신이 그림자가 되겠다고 한다. 평생 제 뒤에서 저를 지켜 주겠다, 그리 말하고 있었다.

언지는 그 깊이도 끝도 알 수 없는 그의 마음이 벅차서, 무슨 말도 할 수가 없었다. 대체 자신은 전생에 무슨 복을 타고나서 이런 사내를 만난 것일까? 그가 이렇게 안아 주는 이 순간, 모든 것이 잘될 것 같다는 느낌이 들었다. 물론 아직은 두렵고 무섭긴 했지만, 그래도. 그래도.

‘괜찮을 거야.’

“교수님.”

“응?”

순간, 고개를 숙인 그의 입술에 언지가 살며시 입을 맞추었다. 갑작스런 움직임에 겸의 시선이 흔들렸지만, 이내 눈매가 부드럽게 휘어지면서 짧게 속삭였다.

“누가 김 도령 아니라고 할까 봐. 어찌 이리도 발칙한지.”

그러고선 그녀를 잡아당기고선 좀 더 보이지 않는 어둠 속에서 숨 막힐 듯 입을 맞추었다. 달빛이 구름에 가려 점점 짙어지는 어둠 속에서 언지와 겸은 서로의 숨결을 삼키며 은밀하고 농밀한 밀어를 그렇게 속삭이고 있었다.

이른 새벽. 겸은 주변을 경계하며 중전마마의 사가로 들어섰다. 이미 기다리고 있던 월이 고개를 숙이며 그를 안내했고, 그는 침착하게 별당으로 들어섰다. 이른 시각임에도 별당 안은 환했다. 아래로 드리워진 대나무 발 아래로 남무의 흔들림 없는 그림자가 서려 있었다. 오늘은 드디어 그녀가 중궁전으로 돌아가는 날. 남무는 어젯밤부터 통 잠을 이루지 못하고 있었다.

"어서 오게."

"너무 이른 시각에 송구하옵니다."

"아닐세."

겸은 품 안에서 서첩을 꺼내 들었다. 월이는 그것을 받아 들고서 남무에게 건네주었다. 붉은빛이 무척이나 고급스러운 서첩이었다. 하지만 남무는 이것이 보통 서첩이 아니라는 걸 알고 있었다.

"전하께 그저 건네주시기만 하면 되옵니다."

"알았네."

"이제부터 여러 가지 방법으로 전하와 연락을 할 수 있게 되었사옵니다. 중전마마께선 너무 심려치 마시옵소서. 반드시 전하를 지켜 드릴 것이옵니다."

남무는 서첩을 꽉 움켜쥐고서 고개를 끄덕였다. 제 앞에 거대하게 드리운 그림자가 이토록 든든할 수가 없었다. 그것은 전하께서도 마찬가지일 것이다.

"그대가 있어 전하께서도 외로운 길을 잘 견디고 계시네."

"그럼 소신은 이만 물러가겠사옵니다."

너무 지체해서는 안 되기에, 겸은 천천히 자리에서 일어섰다. 남무는 그런 그를 바라보다 이내 저도 모르게 그를 붙잡았다.

"허 교수."

"예?"

하지만 어렵사리 말이 떨어지지가 않았다. 언지가 숨기고 있는 일인데. 무턱대고 자신이 나서면 안 될 것 같았지만.

"중전마마?"

"혹, 언지가……."

"……."

"아닐세. 그저 잘 지내고 있나, 해서 말이네."

그녀의 입에서 언지라는 이름이 나오자마자, 겸의 시선이 살짝 흔들렸지만 이내 풀어진 눈매로 고개를 끄덕였다.

"잘 지내고 있습니다."

겸은 잠시 말을 아끼다, 이내 입가를 부드럽게 틀어 올리며 한층 부드러운 어조로 속삭였다.

"언젠가 정식으로 함께 찾아뵙겠습니다."

그렇게 겸은 별당을 빠져나갔고, 남무는 사라지는 그의 그림자를 바라보며 무거운 표정을 지었다. 이미 그는 언지와 혼인까지 생각하고 있는 듯했다. 참으로 쉽지 않은 길일 텐데. 비록 지금은 그가 전하를 위해 의학교수로 있다고는 하나, 좌상 대감의 아들이다. 조선 팔도에 이름 있는 가문에서 그와 혼담을 하려고 하는 그러한 곳.

물론 언지만 보면 그 어떤 규수보다도 총명하고 뛰어나며 아름다운 아이였지만, 그녀의 신분은 천민이다. 아무리 뛰어나다고 하나 그 신분 하나가 걸려 앞으로 나아갈 수 없는 것이 이 나라 조선이다. 그래도 자신만큼은 두 사람의 편에 서고 싶었다. 할 수 있다면 언지의 신분을 면천시켜서라도. 그리되면 적어도 국법을 어기는 것은 아니게 될 테니 말이다.

이른 아침. 차선대군의 사랑채에 윤주석이 들어 있었다. 오늘이면 중전께서 환궁을 하실 것이다. 결국은 아무런 수확도 없이 중전을 놓친 꼴이니, 차선의 기분이 좋을 리가 없었다. 하지만 꼬리 하나는 보인 듯했다.

"저번 일도 그렇고. 그때도 그렇고. 아무래도 가예, 그 아이가 뭔가를 알고 있는 듯싶네."

"하, 하지만 어찌……."

"분명 그 아이가 허겸에게 귀띔을 했을 것이야."

그는 허겸, 그자가 무척이나 신경 쓰였다. 결코 그냥 의학교수를 하고 있을 리는 없을 터. 중전의 일도 그러하고. 좌상과는 전혀 다른 행보를 보이는 그가.

윤주석은 연신 차선대군의 눈치를 살피며 조심스럽게 물었다.

"허면 어찌하실 생각이십니까?"

"만약 우리가 본 꼬리가 맞는다면 정확히 확인해서 잘라 내야지. 가예를 역으로 이용할 생각이네."

"예? 가예 아씨를요?"

주석은 저도 모르게 식은땀이 등줄기로 흘러내렸다. 자신의 야망을 위해 딸도 무자비하게 이용하는 차선대군의 모습에서 새삼 두려움이 밀려들었다. 핏줄도 그러한데, 자신 같은 의관 하나쯤은 쥐도 새도 모르게 죽여 버릴 수 있는 인물이다.

"이미 돌이킬 수 없음이야. 그날, 선왕을 죽이겠다고 연판장 맨 마지막에 내 이름을 적었던 순간부터 앞으로 나아가지 않으면, 그리고 내가 용상에 오르지 못하면 전부 죽음뿐이라는 걸 그대도 알아야 할 것이네."

피비린내를 풍기며 비릿하게 파고드는 차선대군의 목소리에 윤주석은 눈에 띌 정도로 벌벌 떨면서 고개를 숙였다.

연판장. 선왕을 죽이고, 차선대군을 보위에 올리기 위해 모인 자들이 적은 연판장! 물론 그 연판장은 지금 존재하진 않았다. 선왕을 죽인 뒤, 뒷일을 깔끔하게 하기 위해 문인수가 그것을 없애버렸으니까. 하지만 이미 연판장에 이름을 적은 순간부터 그들은 차선대군과 한배를 탄 것이다. 차선대군이 용상에 오르지 못한다면, 다 같이 죽을 수밖에 없다는 그러한 배를.

"예, 대감. 당연한 말씀이십니다."

윤주석의 얼굴 위로 새로운 두려움이 서리는 걸 지켜본 차선은 그의 앞에 양지황을 꺼내 보였다. 주석은 그것이 무엇인지 단번에 알 수 있었다.

"이것을 드디어."

"신월이 그 아이가 드디어 구하였지."

"한낱 기생년 주제에 대단합니다. 그리 구하려고 해도 길이 뚫리지 않았었는데."

차선은 양지황을 움켜쥐며 신월을 떠올렸다. 어쩐지 그 속을 알 수가 없는 여인. 고작 그런 것을 부탁으로 내걸 여인이 아니었다. 분명 다른 뭔가가 있을 텐데.

"대단하지. 능력도, 미모도. 별호에 어울리게 참으로 양귀비 같은 아이야."

"……."

그는 양지황을 다시 집어넣었다. 그러곤 조금 긴 숨을 내쉬며 먼 곳을 바라보았다. 그토록 오래 기다렸던 그곳이 보이는 듯했다.

"이제 마지막 장기짝을 무너뜨릴 일만 남았군. 아직 제대로 자리도 잡지 못한 그 장기짝만 없애 버리면 바로 용상이 눈앞에 있음이야."

사랑채 너머로 은밀한 움직임이 꿈틀거렸다. 홍목은 그들의 모든 이야기를 귀에 담으면서, 차선이 움직일 그때를 기다리고 있었다.

드디어 사가에 계셨던 중전마마께서 환궁을 하셨고, 전하께서 보내 주신 궁인들과 의녀들 틈으로 언지가 아주 자연스럽게 숨어들었다.

남무는 흔들리는 연 아래 떨리는 숨을 삼키며 자꾸만 벅차오르는 가슴을 눌렀다. 곧 전하를 뵐 수 있을 것이다. 그동안 강녕하셨는지. 혹, 어디 미령하셨던 건 아닌지. 초조함과 그리움이 동시에 밀려들었다.

의녀들 틈에서 언지는 한 발, 한 발 궐로 가는 걸음이 무겁기만 했다. 평생 처음 하는 대궐 구경에 떨려서가 아니라, 곧 내의원 수의를 볼 생각에 다 잡았던 마음이 그녀답지 않게 파르르 떨려 왔다.

마침내 거대한 궐의 입구에 도달한 언지는 눈을 휘둥그렇게 뜨고서 두리번거렸다. 조선의 지존께서 거하시는 곳. 조선의 중심이라 할 수 있는 곳. 대궐이다.

언지는 멀리서 중전마마를 태운 가마가 멀어지는 모습을 바라보았다. 아마 곧장 대전으로 가실 테지. 그녀는 조심스럽게 고개를 숙여 끝까지 고마운 마음을 담았다.

그때, 월이가 언지에게 다가와 어깨를 가볍게 두드렸다.

"언지야."

"항아님."

"이제부터 어딜 갈 것이냐?"

"내의원으로 가려고 하는데."

월은 걱정스런 표정으로 언지를 바라보았지만 묻지는 않았다. 중전마마께서 끝까지 도와주기만 하고 그 속사정까지는 파고들지 말라고 당부를 했었다.

"내의원은 저 의녀들을 따라가면 될 것이다."

"감사합니다, 항아님."

"새벽녘에 허 교수님께서 오셨었다. 역시 아무것도 모르시는 것 같더구나."

언지는 겸을 떠올리며 무거운 미소를 지었다. 겸에게는 그저 어머님이 조금 편찮으셔서 오늘 하루 혜민서에 나가지 못할 것이라 말한 정도였다.

"서첩 때문이지요? 부족한 솜씨이지만 중전마마께서 조금이라도 마음에 드셨으면 좋겠습니다."

"네가 쓴 것이냐?"

"필체만 빌려 드렸습니다."

"그래. 그럼 가 보거라. 너무 위험한 행동을 해선 안 된다. "

"예."

그렇게 언지는 움직이기 시작한 의녀들 틈으로 파고들었다. 내의원의 수의. 그 이름만으로도 가슴이 떨려 왔다. 그리고 이 떨림의 정체를 언지는 똑바로 마주 봐야만 했다.

궐에 도착한 남무는 곧장 대전으로 향했다. 하지만 막상 그 앞에 도착했을 때, 발걸음이 떨리면서 자꾸만 머뭇거리게 되었다. 그러자 대전 내관이 주름진 얼굴 위로 눈물을 글썽이며 다가왔다.

"중전마마, 어서 오시옵소서. 전하께서 무척이나 기다리고 계시옵니다."

"전하께선 무탈하신가?"

남무는 떨리는 목소리로 중전이 아닌 여인으로서, 왕이 아닌 정인의 건강을 염려하였다.

"들어가 보시옵소서."

대전 내관은 황급히 고개를 숙이며 길을 내어 주었고, 그녀는 버선코가 보이지 않을 정도로 조심스럽게 대전으로 들어섰다.

"전하."

그녀의 목소리가 허공을 울리자, 그 목소리 끝으로 이홍의 목소리가 함께 뒤섞였다.

"……중전."

홍의 목소리가 대전을 울렸고, 남무는 순간 가슴이 덜컹거렸지만 중전으로서 말을 이었다.

"예, 전하. 신첩이 돌아왔사옵니다."

수만 가지를 묻고 싶었다. 괜찮으시냐고. 괜찮으셨냐고. 하지만 그녀는 중전이기에 많은 말을 삼키며 이처럼 먼 거리에서 그저 그의 목소리만을 더듬어야 했다.

홍 역시 멀리서 너무나도 그리웠고 보고팠던 그녀를 차마 잡지 못한 채 먼 곳에서 바라만 봐야 했다.

"무탈하였소?"

"제 어머님은 무탈하였사옵니다."

그녀에게 물었지만 남무는 다른 답을 내놓았다. 이 역시 자신을 위해서일 것이다. 힘없는 왕을 위해서. 힘없는 지아비를 위해서. 자신의 자리는커녕, 아내마저도 지키지 못한 채 다른 이에게 들킬까 숨겨야만 하는 무능력한 자신을 위해서.

"미안하다, 남무야. 홀로 힘들었을 텐데. 많이 아팠을 텐데. 그 곁에 있어주지 못해 미안하고, 미안하구나."

그의 떨리는 목소리에 남무는 얼른 고개를 가로저었다.

"전하, 신첩은 괜찮습니다. 괜찮습니다."

숨긴다고 숨겼는데, 그는 이미 다 알고 있었던 모양이다. 그럼에도 불구하고 보내는 그 속이 얼마나 아팠을까. 그리고 얼마나 자책을 하였을까. 남무는 그것이 더 가슴 아팠다.

"제게 미안해하지 마세요, 전하. 지존께서 그런 말씀을 쉽게 하셔선 아니 됩니다. 누가 뭐라고 하여도 제겐 전하가 이 나라의 지존이시자, 성군이십니다."

남무의 한 마디에 이홍은 불안했던 마음이 사라지면서 다시 한 번 힘을 낼 수 있었다.

그녀가 떠나고, 허 도령이 준 것이라며 남긴 서첩을 읽으면서 홍은 서늘한 시선으로 용상을 붙잡았다.

"삼의사가 숙부의 손에 들어가다니……."

그렇다면 선왕이자 형님께서도 역시나 숙부의 손에 돌아가신 것인가.

언지는 의녀들을 따라서 드디어 내의원으로 들어섰다.

상상으로만 생각했던 내의원에 막상 발을 내디뎌 보니 기분이 이상했다. 의녀로서 가장 가고 싶은 자리이자, 최고의 자리는 바로 내의원 의녀이니까. 물론 자신도 내의원 의녀가 되고 싶기는 했지만, 언제까지 의녀로 지낼 수는 없었기에 언지는 조금 아쉬운 시선으로 바쁘게 움직이는 내의원을 바라보다 혹여나 누가 알아볼까, 얼른 몸을 숨겼다.

이렇게 무작정 움직이면 들킬 것인데. 괜히 중전마마께 누를 끼칠 수는 없었다. 하지만 수의 영감의 집무실을 어떻게 찾지? 붙잡고 물어볼 수도 없고.

그렇게 난감한 표정을 지으며 일단 주변을 살피던 언지는 얼핏 수의 영감이란 단어가 귀에 들리자 얼른 귀를 쫑긋 세워 보았다.

"수의 영감께서 급하게 찾으시던 일지야. 얼른 가져다 드려."

"지금 영감께서 잠시 자리를 비우셨는데. 집무실에 가져다 놓아도 될까요?"

"그렇게 하도록 해."

의녀는 뭔가를 받아서는 다른 의녀에게 고개를 숙인 뒤, 걸음을 뒤로 돌렸다. 언지는 행여나 놓칠세라 어느 정도 거리를 둔 채 그 의녀의 뒤를 열심히 좇았다. 그렇게 결국 문인수의 집무실을 찾은 언지는 긴 숨을 내쉬었다. 안에 들어갔던 의녀가 사라진 후, 조심스럽게 문을 연 언지는 조그만 창문 너머로 희미하게 들어오는 빛을 따라 안을 바라보았다.

겸의 집무실도 책이 많다고 생각은 했는데 이곳은 더 했다. 아주 어마어마한 의학서책이 양옆 벽면을 꽉 채우고 있었다. 이것만 봐도 그가 얼마나 노력하는 의관인지 알 수 있었다. 그런데 이런 사람이 어째서 연판장에 이름이 적혀 있었을까? 게다가 도대체 내 기억과 무슨 연관이 있는 거지?

언지는 혹시 뭔가 도움이 되는 것이 있을까 하는 생각에 구석구석을 살폈지만 딱히 도움될 만한 것은 없었다. 정말 서책밖에 없었으니까. 이렇게 된 이상 일단 밖으로 나가서 문인수, 그가 올 때까지 기다리는 수밖에 없다. 그를 직접 만나면 뭔가 떠오르는 기억이 있을 테니까. 이번엔 피하지 않고, 숨지 않고 당당히 그 기억과 마주해야만 하니까.

그렇게 그녀가 걸음을 돌려 집무실을 나가려던 순간, 바깥에서 웅성이는 목소리가 들리는가 싶더니 이내 발걸음 소리가 들려왔다. 젠장, 설마 벌써 온 거야?

언지는 저번처럼 책장 너머 구석으로 얼른 몸을 숨겼다. 하지만 빛이 닿지 않는 이곳은 굉장히 어두웠다. 게다가 너무 좁았다. 그때, 문이 덜컹 열리면서 발걸음이 멈춰 들었다. 언지는 숨소리마저 꾹 참고서 슬쩍 고개를 들었다. 그러자 조그만 틈 너머로 문인수, 그의 얼굴이 보였다. 망할. 하필이면 이런 자세로 만나게 되다니!

집무실로 들어선 문인수는 조금 전까지만 해도 웃고 있던 표정을 삽시간에 지우고선 굉장히 차갑게 굳어진 시선으로 주먹을 움켜쥐었다. 지금 그는 무사히 환궁하신 중전마마를 뵙고 돌아오는 길이었다. 혹시나 비향과 전요화단에 대한 증상이 있을까, 기대했지만 완벽하게 회복이 된 상태. 더 이상은 중전에게 어떤 기대도 걸 수가 없었다. 오랫동안 공들여온 일이 완전히 틀어지고 만 것이다. 이 모든 것이.

"허겸. 그자 때문이다. 아무것도 아닌 것이 고작 좌상의 아들이라는 것만 믿고 설쳐서는!"

인수는 움켜쥔 주먹을 쾅 하고 내려쳤다. 오래전의 분노가 다시금 휘몰아치는 기분이었다. 그때의 그 기분을 다시금 느끼게 될 줄이야.

"그래, 김윤광. 네놈도 내게 이런 기분을 맛보게 해 주었지. 고작 양반이라는 이름으로 인정받고, 최고라 칭송받았던!"

순간 그의 입에서 아버지의 이름이 나오자 언지는 멈췄던 숨을 가쁘게 내쉬며 고개를 숙였다. 머릿속에서 그때처럼 환청과 더불어 어지럽게 뒤엉킨 기억들이 휘몰아치기 시작하면서 온몸이 바들바들 떨려 왔다. 마치, 어두운 곳에 갇혀 있었을 때와 똑같이. 머리가, 머리가 너무 아프다.

"하지만 결국은 내가 이겼다. 김윤광, 네가 닿지 못한 자리에 난 지금 있고. 넌 이 세상에 없지. 난 더 높은 곳으로 갈 것이다. 너의 그 보잘것 없는 양반이란 허울보다 더 높은 곳으로!"

'김윤광. 네놈 실력만큼은 인정해 주지. 하지만 같은 하늘 아래 두 개의 태양이 있을 이유가 있나?'

뭐지? 이 목소리는.

언지는 자꾸만 울리는 목소리에 눈을 질끈 감았지만 멈출 수가 없었다. 문인수의 목소리를 따라서 다른 목소리가 같이 들려왔다. 아니, 같은 목소리다. 문인수, 그의 목소리가 자꾸만 자꾸만 울리고 있다.

'기대해라. 천민인 내가 양반인 널 짓밟고 어디까지 갈 수 있을지. 어디까지 갈 수 있을지!'

안 돼. 아버지!

어지럽게 뒤엉키던 기억이 순간 뚜렷하게 떠오르기 시작했다. 그날, 아버지가 돌아가시던 그날. 그녀는 그 자리에 있었다. 갑작스럽게 집을 나선 아버지의 뒤를 몰라 따라나선 곳은 어떤 폐허였다. 도대체 왜 이런 곳에 오신 건지 알 수가 없었다. 그러다 아버지에게 들켜 무척이나 혼쭐이 났었다. 그렇게 화를 내시는 아버지는 처음 보았기에 어린 마음에 꽤나 놀라고 당황스러웠었다.

그래서 얼른 걸음을 돌리려는데, 누군가 이쪽으로 걸어오고 있었다. 아버지의 뒤에 가려져서 얼굴이 제대로 보이진 않았지만, 아버지는 굉장히 당황한 얼굴로 그녀를 폐허 안으로 들여보냈다. 그러곤 낡아 빠진 궤짝에 집어넣으면서 말했다.

"절대 나오지 말거라. 알았지? 절대 나와선 안 된다."

"그렇지만, 아버지."

"언지야. 절대로. 무슨 소리가 나도 나와선 안 돼."

그저 고개를 끄덕였다. 마지막으로 꼭 안아 주면서 다독이는 아버지의 목소리를 새기면서 그렇게 고개를 끄덕였다. 그렇게 궤짝의 문이 닫히면서 좁고 컴컴한 어둠이 그녀를 삼켰지만 무섭진 않았다. 아버지가 계셨으니까. 하지만 잠시 후, 쿵쾅거리면서 큰 목소리가 울렸다. 언지는 절대로 나와선 안 된다는 아버지의 목소리가 떠올랐지만 결국엔 궤짝 문을 열고서 조심스럽게 찢긴 창호지 너머로 눈을 바짝 당겼다.

어두워서 제대로 보이진 않았다. 하지만 때마침 구름에 가리었던 달빛이 스치면서, 흐릿했던 얼굴이 보였다. 그래, 기억났다. 이제야 기억이 났다. 문인수. 아버지를 만나러 온 사람은 문인수. 수의 영감이었다. 지금과는 전혀 다른 볼품없는 모습으로 아버지 앞에 서 있던 그 사람.

"용케 나왔군. 그래, 이름은 적은 것인가?"

"난 적지 않을 것이네. 아무리 그분이 주상 전하의 숙부라고는 하나, 주상 전하는 아니지. 어찌 하나의 하늘에 두 태양을 섬기란 말인가!"

마치 아버지의 대답을 예상하기라도 한 듯 그의 웃음소리가 비열하게 울렸다. 온몸에 소름이 돋을 정도로 오싹한 웃음소리였다.

"그래, 그렇겠지. 자네라면 처음부터 그럴 줄 알았지. 그대는 고귀한 양반이니 말이야. 그런 양반이 그 자리나 지키고 있을 것이지. 뭐 하러 의술 따위를 하려고 한 거지? 응?"

"의술은 사람을 살리는 위대한 학문이네. 인수. 그대의 재능은 뛰어나. 그러니 더는 그런 일에 휘말리지 말란 말이네! 어찌 의술로 사욕을 챙기려고 하는 것인가! 이것은 벗으로서 정녕 걱정이 되어 하는 소리일세!"

"닥쳐! 벗이라니. 웃기는군! 그대는 의술로 고고하게 사람이나 살리며 살 수 있겠지만, 난 아니야. 천민이었던 나는 살기 위해서 의술로 아등바등해야만 하는 것이야! 아니지. 천민이었다는 이유 하나로 의관들에게마저 냉대받고 비난받고 있으니. 실력은 똑같으면서 자네는 존경받고 말이야. 그게 마음에 들지 않아. 그대나 나나 실력은 똑같으면서, 양반과 천민이라는 이유로 나는 그런 수모를 받아야 하는 사실이!"

"인수!"

인수는 천천히 윤광에게 다가와 그의 어깨를 움켜쥐었다. 광기 어린 시선. 멀리서도 그 모습에 소름이 돋아서, 어린 언지는 움직일 수가 없었다.

“하지만 이번엔 틀렸어. 이미 그 연판장을 받은 순간, 자네는 말려든 거야. 돌이킬 수 없지. 미안하네. 자넨 지금 여기서 죽어 줘야겠어. 자네가 말한 대로 어찌 하나의 하늘 아래 두 개의 태양이 있을 수 있겠나.”

“문인수!”

순간, 인수는 제 품에 있던 병 하나를 윤광의 입안에 억지로 쑤셔 넣었다. 바로 이헌 전하를 죽이기 위해 마련한 양지황. 그것의 일부였다. 그가 김윤광을 죽이기 위해 살짝 빼돌린 양지황!

윤광은 순간 숨을 헐떡이며 바닥으로 쓰러졌다. 소량이긴 하지만 충분히 심장에 무리를 줄 터. 인수는 고통스럽게 심장을 움켜쥔 채 바닥을 기는 그의 모습에 희열을 느끼며 또다시 잔인하게 웃음을 터트렸다.

“잘 가게. 잘 가게, 광이. 그대의 빈자리는 내가 채울 것이네. 그대가 가 보지 못한 그곳엔 내가 갈 것이야. 허울 좋은 양반보다 더 높은 곳을, 이 문인수가 갈 것이란 말일세! 하하하하하하!”

“으윽, 흐으윽!”

문틈으로 보이는 광경에 언지는 몸을 움직일 수가 없었다. 이상한 사람이 아버지를 죽이고 있다. 아버지가, 아버지가 고통스러워하고 있다. 언지는 금방이라도 그를 부르며 문을 박차고 나오고 싶었지만 순간, 바닥에 쓰러진 아버지와 시선이 마주쳤다. 그는 피를 토하는 그 순간에도 언지를 똑바로 바라보고 있었다. 마치 나오지 말라고. 절대로 나와선 안 된다고 말하는 것처럼.

“아, 아버……. 아버…….”

그리고 숨이 넘어갈 듯 헐떡이는 목소리가 끊어질 듯 잔인하게 이어지더니 이내 조그만 목소리가 허공으로 허망하게 흩어졌다.

“……어……ㄴ지…….”

그녀는 눈을 질끈 감은 채, 다시금 궤짝 안으로 들어가 온몸을 바들바들 떨었다. 정말 견디기 어려운 어둠과 고통에 찬 목소리가 울리면서 눈앞에 펼쳐졌던 그 끔찍한 잔상들이 잊히지가 않았다. 어린 그녀가 감당해야 했던, 결국은 감당하지 못한 채 지워 버려야 했던, 아버지의 마지막 순간.

그리고 지금, 언지는 몰아친 진실에 숨이 막혀 죽을 것 같았다. 아버지가 그리 돌아가셨다. 아무런 죄 없이, 너무나도 고통스럽게. 바로 눈앞에 있는 사람을 살려야 하는 그것도 내의원 수의라는 자로부터!

"흡, 흐흡!"

주먹을 움켜쥐고, 입술에 피가 날 정도로 꽉 깨물었지만 분노와 두려움이 뒤섞인 흐느낌이 새어 나갔고, 인기척을 느낀 문인수가 책장을 향해 고개를 돌렸다.

"누구냐!"

그의 목소리가 날카롭게 울렸다. 언지는 식은땀으로 범벅된 얼굴로 어둠 속에서 그를 노려보았다. 지금 이대로 그를 죽여 버리고 싶을 만큼. 언지는 이성이 금방이라도 날아갈 것 같았다. 하지만 지금 그녀에겐 아무것도 없었다. 아무것도.

"누구냐!"

문인수는 숨을 죽인 채 소리가 들린 책장을 노려보다 이내 서슬 퍼런 칼을 빼 들고서 책장을 향해 천천히 걸음을 옮겼다. 삐거덕거리는 소리가 점점 가까이에서 울리고 언지는 양손으로 입을 틀어막으며 자꾸만 눈앞에서 아른거리는 아버지의 마지막 시선에 속으로 끝없이 되뇌었다.

'아버지, 아버지, 아버지!'

자꾸만 새어 나오려는 흐느낌을 억지로 틀어막으며 벽면을 꽉 움켜쥐었다. 하지만 점점 다가오는 발걸음 소리는 크게 울리고 있었다. 만약 여기서 들키게 된다면 끝장이다. 아버지의 무고함을 제대로 밝히지도 못하게 될 것이다. 이 나라 내의원 수의라는 작자의 더러운 탈을 제대로 벗겨 내지도 못할 것이다. 절대 그럴 순 없었다.

'하지만 어떻게, 대체 어떻게…….'

문인수는 분명 소리가 들린 책장 너머를 바라보며 쥐고 있던 칼자루를 꽉 붙잡았다. 인기척을 들은 것 같은데. 하지만 대체 누가? 혹시 이번 일의 실패로 차선대군이 움직인 건가? 아니, 그럴 리는 없다. 아직 자신은 그에게 중요하고 필요한 패였다. 어쩌면 불필요한 쥐새끼가 스며든 것일지도.

그렇게 그가 발끝에 힘을 주고서 어둠이 깃든 책장 너머로 더 깊숙이 파고들려는 순간.

"수의 영감, 수의 영감 안에 계십니까?"

바깥에서 의녀의 다급한 목소리가 인수의 발목을 붙잡았다. 처음엔 그저 무시하려고 했지만, 뒤이어 들려온 의녀의 한마디에 그는 몸을 움찔했다.

"수의 영감, 혜민서 제조 영감께서 서찰을 보내셨습니다."

"……."

혜민서 제조라고 하지만 분명 차선대군에게서 온 것일 터. 문인수는 의심스런 눈초리로 책장 너머를 노려보았지만, 더 이상 아무런 인기척이 들리지 않는 것을 보아 너무 신경을 곤두세우고 있다고 생각하며 걸음을 뒤로 돌려 집무실을 빠져나갔다.

잠시 후, 언지는 문인수가 집무실을 완전히 벗어나는 것을 확인하고서야 참았던 숨을 거칠게 몰아쉬었다. 입안에서 비릿한 피맛이 느껴졌다. 손바닥 역시 어찌나 힘을 주고 있었는지 손톱자국이 깊숙이 파여 있었다. 하지만 그녀의 가슴에 남은 상처보다 쓰리고 아플까. 그녀의 머릿속에 끊임없이 맴돌고 있는 그 기억과 목소리만큼이나 뼈저릴까.

"아버지……."

잔뜩 억눌린 목소리 끝으로 아버지가 흩어졌다. 금방이라도 다시금 눈물이 쏟아질 것만 같았지만, 꾹 참으며 비틀거리는 몸을 억지로 일으켜 세웠다. 모든 것이 확실해진 이상, 그 배후에 그 얼마나 대단하고 위험한 사람이 있다고 하더라도 상관없었다. 목숨을 걸어서라도 아버지의 무고함을 밝혀야만 했다. 하지만 자신의 힘으론 역부족일 터.

언지는 겸을 떠올렸다. 처음엔 무심코 지나갔었는데, 지금은 하나하나가 마음에 걸렸다. 그가 처음 비향을 발견하고 숨긴 일. 홍와여림에서 자객들에게 도망쳤던 일. 그때, 분명 홍와여림엔 차선대군이 있었다. 그리고 최 판관님과 더불어 중전마마를 알고 있는 일. 결정적으론 왜 그가 혜민서의 의학교수로 있는 것인가.

"……어쩌면 그도 이번 일에 관련되어 있을지도 몰라. 아니, 처음부터 이 일이 목적이었을지도 몰라."

언지는 집무실을 아주 조심스럽게 빠져나와 아주 자연스럽게 내의원 의녀로서 내의원을 빠져나갔다. 하지만 처음과 달리 그녀의 눈빛이 무척이나 차갑게 가라앉아 있었다. 겸을 찾아가는 그녀의 발걸음이 이토록 무겁고 차가울 수가 없었다.

쨍그랑!

"교수님?"

엄숙함이 흐르던 의생 시험장이 순간 시끄러워지며 깨진 벼루가 나뒹굴었다. 겸은 바라보는 의생들에게 미안하다며 손짓을 하곤 얼른 깨진 벼루를 주워 담았다. 갑자기 손끝이 떨리면서 벼루를 놓쳐 버렸다. 헌데, 기분이 이상했다. 뭔가 가슴 한구석이 싸해지면서 욱신거리는 불길한 느낌.

"언지야?"

그는 저도 모르게 벼루를 치우던 손끝을 멈칫하며 그녀의 이름을 불렀다. 왠지 모르게 아득하게 느껴지는 그녀의 이름을…….

의생들의 시험이 끝나자마자 겸은 교육당을 빠져나왔다. 손끝엔 깨진 벼루로 인해 묻은 먹물이 채 지워지지 않고서 희미한 멍처럼 남아 있었다. 가슴 언저리가 찌릿하며 자꾸만 언지의 목소리가 아득하게 느껴졌다.

어머님이 편찮으시다면서 오늘 혜민서에 나오지 않았는데, 허지 역시 혜민서에 모습을 보이지 않았다. 혹, 뭔가 잘못된 것일까? 그래서 그녀 혼자 또 견디고 있지는 않을지.

"……."

겸은 희미하게 남은 먹물을 억지로 지워 내고서 빠르게 걸음을 옮겼다. 그리고 막 혜민서를 빠져나온 찰나, 누군가의 조그만 꽃신이 그의 앞에 드리워지면서 녹빛 장옷을 입은 가예가 모습을 드러냈다.

겸은 또다시 나타난 그녀의 모습에 표정이 굳어졌지만, 장옷을 벗어낸 가예의 낯빛이 얼핏 봐도 굉장히 상해 보였다. 게다가 갈피를 잡지 못하고 흔들리고 있는 눈동자. 겸은 저도 모르게 입을 열 수밖에 없었다.

"낭자?"

"아니라고 하셔야 합니다."

"무슨?"

갑자기 나타나 뜬금없는 소리를 속삭이는 그녀의 모습에 겸은 의아한 표정을 지었다. 가예는 핏기 없는 입술을 살짝 깨물고서 그를 똑바로 바라보며 조심스럽게 입을 열었다.

"중전마마와의 일, 우연이 아닌 것입니까?"

갑자기 그녀의 입에서 중전마마가 담기자, 겸은 움직임을 멈추었다.

"낭자."

순간, 애써 참고 있던 감정이 터지기 시작하면서 가예는 그녀답지 않게 이성을 잃은 모습으로 그에게 성큼 다가와 목소리를 높였다.

"아버님이 수의 영감을 불러 하시는 말씀을 들었습니다. 일부러 의학교수가 되신 것입니까? 주상 전하의 사람이십니까? 정녕 이 모든 것이 우연이 아니십니까!"

흔들리며 쏟아지는 가예의 목소리에 겸의 눈동자가 까맣게 내려앉았다. 이 여인이 어찌 이 사실을. 혹, 차선대군이 꼬리를 잡은 것인가? 게다가 문인수를 불렀다고?

"아니지요? 아닌 것이지요? 아니라고 하십시오!"

처음 이 사실을 듣고서 가슴이 철렁 내려앉다 못해 갈기갈기 찢기는 듯했다. 물론 갑자기 의학교수가 된 것이 이상하다고 생각하기는 했지만 이리 위험한 일을 위한 변복이었다니. 게다가 아버님은, 아버님은.

가예는 실낱같은 희망을 붙잡고 그를 움켜쥐었다. 진실이 아닐 것이다. 내 귀가 뭔가를 잘못 들은 것이다. 그럴 것이다. 설사 진실이라고 하여도!

"저를 연모하지 않아도 상관없습니다. 평생 그 마음을 바라지도 않겠습니다. 저를 이용하십시오. 저와 혼인해 주십시오. 그래야 도련님이 사실 수 있습니다!"

설사 진실이라면 막아야만 했다. 그렇지 않으면 돌이킬 수 없는 피바람이 불 것이다. 그 피바람은 도련님을 삼킬 것이다. 그녀도 듣는 귀가 있고 보는 눈이 있었다. 저잣거리부터 은밀한 소문까지. 아버님이 지금의 주상 전하와 척을 두고 있다는 사실과 용상을 노리고 있다는 소문까지 전부 다 듣고 있었다.

처음엔 아니라고, 그럴 리가 없다고 생각했지만, 가예는 본능적으로 느끼고 있었다. 그 소문이 전부 다 사실일지도 모른다고. 아버님은 어린 주상 전하를 결코 인정하지 않으실 거라고. 만약 그렇다면 아버님은 도련님을 분명 죽일 것이다. 아버님이 가는 길에 걸림돌이 될 테니까.

가예는 이곳으로 오기 전 들었던 그 엄청난 사실에 여전히 두려움이 그녀를 집어삼키고 있었다.

적막한 방 안으로 그녀의 짧은 신음이 흩어졌다.

"윽."

한창 수를 놓던 가예가 바늘에 손가락을 찔려 버린 탓이었다. 새하얀 손끝으로 피가 한 방울 맺혀 나왔고, 옆에서 바라보던 여종이 화들짝 놀라며 얼른 명주 천으로 손가락을 닦아 주었지만 가예는 불길한 시선으로 피가 조금 스며든 꽃잎을 바라보았다. 하지만 괜한 기후라고 생각하며 그녀는 다시금 수를 마저 놓기 시작했다. 정갈한 손끝에서 바람향이 물씬 풍기는 바람꽃이 여러 송이 피어나고 있었다. 그녀는 한 땀, 한 땀 결코 소홀히 하는 법 없이 정성스럽게 수를 놀렸다. 이것은 그에게 주고 싶어 만드는 손수건이었다. 물론 언제 줄 수 있을지 기약은 없지만. 매번 수를 놓았다가, 풀었다가를 반복하며 제 마음이 깊어짐을 이리 느끼고 있었다. 그때 별당 밖으로 차선대군의 목소리가 들려왔다.

"가예 안에 있느냐."

가예는 생각지도 못한 목소리에 화들짝 놀라서는 얼른 별당을 빠져나왔다.

"아, 아버님. 어인 일로?"

차선은 살짝 떨고 있는 가예를 물끄러미 바라보더니 이내 슬그머니 입을 열었다.

"오늘 밤 귀한 손님이 오실 테니, 네가 직접 차를 내어 오너라."

귀한 손님이라는 말에 가예는 조심스럽게 되물었다.

"누구신지?"

"내의원 수의가 올 것이다."

수의라는 말에 가예는 저도 모르게 움찔하면서 심장이 불안하게 뛰어올랐다. 이상하게 아버님이 수의 영감을 만날 때면 항상 겸 도련님께 무슨 일이 생기는 것 같았다. 이번에도 뭔가 있는 것인가? 특히나 지금의 수의는 도련님에게 중전마마의 일로 서로 심기가 불편할 것이다. 더욱이 수의는 굉장히 자존심이 센 자라고 들었는데.

"좋은 차를 내어 오겠습니다."

가예는 애써 침착하게 말을 이으며 물러섰고, 차선은 그런 그녀의 모습을 바라보다 이내 싸늘한 시선을 띠며 걸음을 돌렸다.

그날 저녁. 가예는 명에서 들여온 좋은 찻잎이 담긴 찻상을 들고서 버선코가 보이지 않을 정도로 조심스럽게 사랑채로 향하고 있었다. 이미 사랑채 안으로 누군가가 들어 있다는 말을 들었다. 아랫것들의 입단속을 시킨 것으로 보아, 평범하게 차나 마실 이야기가 아닌 것이 틀림없었다.

가예는 자꾸만 떨리는 손끝을 애써 꽉 붙잡고서 사랑채 너머로 희미하게 흔들리는 불빛에 가는 숨을 내쉬었다. 그러곤 한 발자국을 내디딘 순간, 목소리가 들려왔다. 아버님의 목소리가 아주 뚜렷하게 들려왔다. 그녀는 저도 모르게 그 목소리에 귀를 기울였고, 애써 붙잡고 있던 손끝이 주체하지 못할 정도로 바들바들 떨려 왔다.

"아무래도 허겸. 그자와 중전 사이에 뭔가가 있는 것이 분명해. 지난 일과 저번 일. 분명 우연은 아닐 것이야. 그자가 아무 이유 없이 의학교수 따위를 할 리가 있느냐? 분명 혜민서에 숨어든 것일 테지. 그것은 중전이 부른 것과 관련이 있을 것이다. 역시나 좌상과의 혼담은 처음부터 무리였어. 만약 허겸, 그자가 나의 앞길에 방해된다면 가차 없이 목숨을 거두어야겠지."

목소리는 거기서 끊겨 버렸다. 아니, 그녀가 더는 제 귀로 흘러드는 내용을 감당할 수가 없어 걸음을 돌려 버렸다. 이대로 있다간 찻잔을 깨뜨릴 것만 같았다. 그렇게 부엌으로 몸을 숨긴 가예는 결국 힘이 빠지면서 찻상을 놓쳐 버렸고, 날카로운 소리와 함께 그녀의 손가락에서 피가 배어 나왔지만 그 어떤 아픔도 느껴지지가 않았다. 그저 방금 전 들었던 목소리가 끊임없이 머릿속을 맴돌 뿐이었다.

'도련님이 중전마마와 관계되어 있다고? 그렇다면 주상 전하와 의학교수가 된 것도 일부러. 아버님과, 아버님과.'

목숨을 거두어야겠지.

"하아!"

"아씨? 에구머니나 아씨!"

부엌이 소란스러워 들어왔던 여종은 엉망이 된 부엌과 그 가운데 피를 흘린 채 멍하게 서 있는 가예의 모습에 기함했지만 그녀는 그런 여종을 뒤로한 채 달리기 시작했다.

"아씨, 어디 가세요! 아씨!"

지금 그녀의 눈에 보이는 것은 없었다. 오로지 도련님을 만나 말려야 한다는 생각밖에 없었다. 그렇지 않으면 그분이 위험하다. 아버님이라면 능히 그러실 것이다. 어쩌면 아버님이 잘못 알고 계신 걸지도 모른다. 아무리 도련님이라도 그렇게 위험한 일에 관련되어 있을 리가 없다. 그렇게 생각하고 그를 붙잡은 건데.

가예는 자신의 말에 한마디도 부정하지 않는 모습에서 모든 것이 사실임을 느꼈지만, 그저 눈을 감고서 현실을 외면하며 애원했다.

"도련님, 제발!"

그렇게 간절하게 그를 붙잡았지만, 겸은 그런 가예의 손을 놓았다. 그러곤 겉으로 흔들리지 않는 시선으로 그녀를 마주했다.

"저는 제가 해야 할 일이 있습니다. 낭자께선 더는 끼어들지 마십시오."

긍정과도 같은 답. 결국, 눈을 감는다고 달라지는 건 없었다. 보이지 않는다고 그것이 없는 것은 아니니까. 하지만 마주한 현실은 생각보다 훨씬 더 잔인했다.

"정녕 사실이십니까? 진정이십니까?"

"제게 대답을 강요하지 마십시오."

겸은 말을 아꼈다. 이미 꼬리가 드러났을 테지만, 그래도 사방에 보는 눈과 귀가 있을지도 모르니 지금부터는 그 어떤 행동도 조심해야만 했다. 그리고 그 모습에 가예는 다시금 눈빛이 떨려 왔다.

부정하지 않았다. 어느 정도는 진실이란 뜻일 터. 그렇다면 가예 역시 여기서 더는 물러설 수가 없었다. 그녀는 금방이라도 떨어질 것 같은 눈물을 삼켰다. 지금은 울 시간도 없었다. 눈물로는 아무것도 해결되지 않는다. 그녀는 떨리는 목소리를 가다듬고서 겸에게 한 글자, 한 글자 진심을 담아 말했다.

"도련님을 지키고 싶습니다. 도련님을 연모합니다. 이미 다른 분을 연모하신다는 거 잘 압니다."

"낭자."

"언지, 그 의녀지요?"

"……."

"그 의녀인 것이지요? 그렇지요?"

한순간에 속내를 꿰뚫은 그녀의 한마디에 그는 반박할 수가 없었다. 그 모습에 가예는 다 알면서도, 이미 각오를 했음에도 가슴이 욱신거렸다. 오랫동안 그의 마음의 연심을 가지기 위해 기다리고 기다렸는데, 그토록 바라던 그의 연심은 다른 이의 것이었다. 그리고 지금, 그녀는 그 여인을 인정하고 받아들이려 하고 있었다. 이러한 아픔도 사치일 뿐이니까.

"저와 혼인하시고, 그 여인을 가지십시오. 제가 첩의 자리를 줄 것입니다. 평생 저를 보지 않는다 하여도 상관없습니다. 언지, 그 아이만 품고 그리 사셔도 탓하지 않을 것입니다. 그러니 일단 제 손을 잡으세요. 그리고 도련님이 하고자 하는 일은 그 뒤에 하셔도 되지 않습니까! 일단 도련님이 사셔야지요. 제 손을 잡으세요, 제발!"

겸은 그녀가 이렇게까지 나올 줄은 몰랐기에 조금 놀란 표정을 지었다. 지금 그녀는 스스로 차선대군과 척을 지겠다고 말하는 것과 마찬가지였다. 게다가 제 자신을 전부 제게 거는 것과 마찬가지. 그는 재빨리 고개를 가로저었다. 더 이상 이 여인에게 상처를 주는 것은 사내로서 도리가 아니었다. 특히 차선대군이 알게 된다면 혈육도 용서치 않을 것이다.

"나 같은 사내 때문에 낭자를 희생하지 마십시오. 낭자는 무척이나 어여쁘고 고운 규수입니다. 오직 낭자만을 연모하며 지켜 줄 그런 사내를 만날 수 있을 것입니다. 또 그런 사내 곁에서 행복해져야 합니다. 그리고 저는 그 아이를 첩으로 두고 싶지 않습니다. 정식으로 제 곁에 둘 것입니다. 첩 따위가 아니라 당당히 제 옆에 말입니다."

이렇게까지 한발을 물러섰는데, 그는 끝까지 한 자락의 마음도 보이지 않았다. 철저히 저를 밀어내는 그의 모습에 이젠 야속하고 원망스럽기까지 했다. 그래서 그녀는 저도 모르게 억누르고 있던 본심이 새어 나왔다.

"의녀는 천출입니다. 양반이 천출과 맺어지게 되는 것은 국법을 어기는 일입니다. 도련님이 하고자 하는 일에 그 여인이 방해가 될 것입니다. 어찌, 어찌 그리 생각이 짧으십니까!"

"설사 그렇다고 하더라도 전 그 아이의 손을 놓을 수 없습니다. 제가 다 감당할 것입니다. 제가 다 감당해서 정식으로 아내로 맞을 것입니다. 돌아가십시오. 더는 낭자와 마주치고 싶지 않습니다. 차선대군과 척을 두었으니, 낭자와의 인연도 저는 무겁습니다."

겸은 혹시나 그녀에게 불상사가 생길 것을 염려하여 먼저 냉정하게 돌아섰다. 가예는 그런 그를 붙잡아야 하는데, 몸이 움직여지지가 않았다. 괜찮다고 다독이던 마음이 모두 무너지고 말았다. 그토록 참았던 눈물이 쓰디쓰게 쏟아지면서 마음이 너무나도 차게 아려왔다.

그리고 비참함이 물밀듯 밀려들었다. 그리 울지 않으려고 버텼지만 버틸 수가 없었다. 천하의 이가예가 사내의 연심을 갈구하였고, 천한 의녀에게 호의까지 베풀며 물러섰는데도 그녀에게 지고 말았다. 완벽히, 지고 말았다.

"아씨."

그 순간, 그녀의 어깨 너머로 낯익은 목소리가 울렸다. 가예는 흐르던 눈물은 단숨에 멈추고서 굳어진 시선으로 고개를 돌리려 했지만, 그보다 먼저 그 목소리가 그녀의 앞에 와 닿았다.

아버님의 그림자이며 칼과 같은 존재. 그만큼 아버님에게서 결코 떨어지지 않으며 평소 모습조차 보이지 않는 여후가 지금 그녀의 앞에 있었다.

"네, 네가 어찌?"

불길한 느낌이 들었다. 가예는 그런 느낌에 저도 모르게 본능적으로 한 걸음 뒤로 물러섰지만, 여후는 그런 그녀를 놓치지 않고 단숨에 붙잡았다.

"이거 놓아라!"

"송구합니다, 아씨. 지금부터 아씨는 집 밖으로 한 발자국도 나가실 수 없습니다."

"뭐? 설마. 아버님께서 일부러……. 하아!"

"송구합니다."

"윽!"

순간 여후의 손길이 가예의 뒷목을 거칠게 과격했다. 그녀는 저도 모르게 다리에 힘이 풀리면서 흐릿해지는 시선으로 자신이 아버님께 이용당했다는 걸 깨달았다. 아버님이 일부러 제게 그런 말을 흘린 거라는 사실을. 아버님은 도련님에 대해 의심은 가지만 물증이 없으셨던 거다.

'내가 도련님을 사지로 몰았구나. 내가 도련님을 사지로!'

하지만 가예는 더는 버티지 못하고 눈을 감고 말았다. 그녀의 눈가로 하얗게 말라 버린 눈물 자국이 애처롭기만 했다.

여후에게서 모든 사실을 듣게 된 차선대군은 회심의 미소를 띠었다.

"수의는 어디쯤 오고 있느냐."

"곧 도착할 것입니다."

"가예는?"

"별당으로 모셨습니다."

"어리석은 것. 감정 따위에 휘둘리지 말라고 그리 일렀거늘. 역시 계집이라 어쩔 수가 없구나."

그는 혀를 차면서 사가 깊숙이 숨겨 둔 애령이를 떠올렸다. 지금까지 자식은 생각해 본 적이 없는데, 자신의 뒤를 이을 아들이 한 명 아쉽기는 했다. 혹시나 그 아이가 아들을 낳는다면.

'어미의 신분이 문제된다면 후에 없애 버리면 되는 일. 그건 나중에 생각하기로 하고.'

차선은 처음부터 텅 비어 있던 자리를 바라보았다. 애초에 문인수는 이 자리에 있지도 않았었다. 처음부터 그가 혼자서 가예를 움직일 만한 말을 던진 것뿐.

"우리 주상께서 아주 이빨 없는 호랑이 새끼는 아니었군. 그런 자들을 풀어놓고 계셨다니."

그때, 이제야 문인수가 사랑채 안으로 들어섰다.

"부르셨습니까, 대군 대감."

이렇게 직접적으로 사랑채에 부른 적은 처음이기에 문인수는 살짝 긴장된 표정으로 차선대군을 바라보았다. 그러자 그는 숨겨 두었던 양지황을 그에게 건네주었다.

"이것이 무엇인지는 네가 더 잘 알고 있을 테지?"

잊을 리가 없었다. 이것으로 인해 모든 것이 바뀌게 되었으니까.

"예, 대감."

"때를 보아 네게 연통을 할 것이다. 이번에도 네가 수고해 줘야겠다. 이 일이 끝나면 넌 내의원 수의의 자리를 내놓아야 할 테지만, 더한 자리. 그깟 수의보다 더 높은 자리를 가질 수 있을 것이다."

인수는 양지황을 움켜쥐며 고개를 끄덕였다. 드디어 그가 기다렸던 그 순간이 거의 눈앞에 다가온 것이다. 김윤광. 그자의 이름조차 닿을 수 없는 높은 곳으로 갈 것이다. 양반인 그놈이 가지 못했던, 자신을 깔보았던 자들이 감히 쳐다보지도 못할, 천민이었던 자신이 그들을 짓밟고 최고의 자리를 가지는 것이다!

어느새 그의 눈동자가 탐욕으로 번들거렸고, 차선은 그런 그를 바라보며 비릿한 미소를 지었다. 이제 정말 용상이 멀지 않았다. 어린 주상이 그 어떤 발악을 하더라도.

'처음부터 그 용상은 네게 어울리지 않았다.'

❖ ❖ ❖

가예에게서 모든 사실을 듣게 된 겸은 즉시 한성부로 걸음을 옮겼다.

그녀가 알고 있다는 건 차선대군도 알았다는 것. 어쩌면 차선대군의 계략일지도 모른다. 아무튼 꼬리가 밟혔으니 그쪽에선 분명 서둘러 움직이려고 할 터. 삼의사가 차선의 손안에 있는 이상, 당장 어린 왕의 주변을 지켜야만 했다. 그렇지 않으면.

'이헌 전하처럼 독살당하실 것이다!'

그렇게 한성부로 숨 가쁘게 달려가던 겸의 발걸음이 순간 우뚝 멈춰섰다. 그의 시선으로 언지의 모습이 아프게 와 닿았다. 멀리서 보아도 심상치 않아 보이는 모습에 겸은 두려운 시선으로 금방이라도 쓰러질 것 같은 언지의 이름을 크게 불렀다.

"언지야!"

언지는 그토록 찾아 헤매던 겸의 목소리에 고개를 들었다. 궐을 빠져나온 순간부터 그녀는 제정신이 아니었다. 오직 겸을 찾아 헤매면서 자꾸만 온몸을 삼키려고 드는 그 끔찍하고 슬픈 기억을 견뎌 내야 했다. 오직 그를 찾으면서.

그런데 막상 겸이 눈앞에 보이니 다리에 힘이 풀리면서 눌려 있던 눈물이 한순간에 밀려들었다.

"교수님……."

"언지야. 너 대체?"

겸은 말을 이을 수가 없었다. 손바닥에서 흐른 피가 엉망으로 말라 있었고, 얼마나 물어뜯었는지 입술 역시 말이 아니었다. 헝클어진 머리카락과 바들바들 떨리고 있는 눈동자. 그의 눈동자가 차갑게 굳어지면서 금방이라도 무슨 일이냐고 소리치려는 순간.

"교수님은, 대체 지금 무엇을 하고 계십니까?"

"그건 내가 묻고 싶구나. 대체 무엇을 한 것이냐? 분명 어머니 때문에 혜민서에 나오지 못한다고 하였으면서. 도대체!"

"중전마마!"

울음이다 못해 절규가 뒤섞인 목소리로 내뱉은 한마디에 겸은 얼어붙었다.

"중전마마라니. 그 무슨?"

"마마께서 교수님을 아시는 것도 우연이 아니지요? 좌상 어른의 아들이시면서 고작 혜민서 의학교수를 하시는 것도 우연이 아니지요? 제가 쓴 그 서첩. 그것도 단순한 서첩이 아닌 것이지요!"

도대체 이 아이는 지금 어디서부터 어디까지 알고 있는 것인가. 아니, 그것보단 그것을 대체 어찌? 설마 가예 낭자가 말을 한 것인가?

언지는 여전히 입을 다물고 있는 겸을 보고 역시나 모든 것이 우연이 아님을 깨달았다. 그렇다면 혹시. 교수님이 예전에 말했던 그 의원. 양반이면서 백성들을 위해 사셨다는 그 의원이…….

"예전에 제게 말씀하셨지요? 닮고 싶었던 의원이 있었다고. 양반이면서 양반임을 내려놓은 채 백성들과 함께했다던."

"……."

"혹, 이름을 아십니까?"

갑자기 차분해진 언지의 말에 겸은 여전히 지금 상황을 이해할 수가 없었다. 갑자기 그분의 이름을 알고 있냐니.

"알고 있다. 아버님께서 몇 번이나 말씀해 주셨으니까. 멀리서 뵌 적도 있었다. 물론 직접 마주한 적은 없었지만."

"혹 그분이, 김윤광입니까?"

언지의 입에서 그분의 이름이 나오자, 이번엔 겸의 눈동자가 커지면서 미세하게 떨려 왔다.

"네가 어찌 그 이름을?"

그녀의 눈동자 위로 다시금 눈물이 흘러내렸다. 겸은 그 눈물에 아파하며 손을 뻗으려는 찰나.

"아버지, 입니다."

"……뭐?"

"그분이, 제 아버지입니다. 양반이시면서 양반임을 포기하고 백성들을 위해 사셨던! 그 때문에 억울하게. 너무나도 억울하게 벗이라 여기던 자에게 모살당하신! 그분이 제 아버지입니다! 그러니 제게 알려 주세요. 교수님이 하시는 일이 무엇인지! 알고 계시는 것이 무엇인지! 혹, 거기에 문인수. 그자가 포함되어 있는 것입니까? 차선대군 그자도 함께! 알려 주세요, 제발. 제발!!!"

봇물처럼 터져 버린 감정이 악에 받쳐 파르르 떨리면서 언지는 제 몸을 주체할 수가 없었다. 아버지는 모살되셨다. 그것도 수의 영감, 아버지가 살아생전 벗이라고 여겼던 자의 손에. 아버지는 그의 손에 그리 비참하게 돌아가신 것이다. 그리 비참하게! 그리고 그자의 뒤에는 차선대군, 그가 있다. 그 연판장은 차선대군이 선왕을 죽이려고 만든 연판장이니까!

제12장
연판장

"제 아버지입니다."

언지의 한 마디, 한 마디가 그에게 와 닿을수록 겸은 충격에 몸을 움직일 수가 없었다. 그분이 아버지라니. 그분의 딸이라니. 그렇다면, 언지가 양반이란 말인가? 언지가…….

"허면, 네가 양반이란 말이냐? 그런데 어찌 이런 모습으로……."

게다가 그분이 모살당하시다니! 문인수와 차선대군에게?

혼란에 뒤섞여 그의 눈빛이 그답지 않게 흔들리고 있었고, 언지는 자꾸만 거칠게 차오르는 숨을 애써 차분하게 내쉬며 겸을 바라보았다. 그에게 이젠 사실대로 말할 수밖에 없었다. 자신이 먼저 진실을 보여야 했다.

"교수님을 지금껏 속여 와서 송구합니다."

"……."

"예, 저는 양반입니다. 하지만 아버지가 돌아가시고, 집안이 기울면서 할 수 있는 것은 아버지께 보고 듣고 배운 의술뿐이었기에 양반임을 숨기고 의녀가 될 수밖에 없었습니다. 또한 기억을 찾기 위해서도요."

언지는 차근차근 기억을 더듬어 그에게 모든 것을 말했다. 어릴 적 아버지에 대한 기억을 잃었던 일. 그래서 그 기억을 찾기 위해 더욱 의녀로서 매달린 일. 그러던 어느 날 어머니께서 아버지가 남긴 것이라며 보여 준 것이 바로 연판장이었다고.

"잠깐, 연판장이라니?"

흔들리던 겸의 까만 눈동자 위로 순식간에 서늘함이 감돌기 시작했다. 그리고 언지는 떨리는 숨을 짧게 삼키며 말을 이었다.

"예, 연판장. 거기에 문인수와 차선대군의 이름이 적혀 있었습니다. 그리고 제가 보았습니다. 다 기억이 났어요. 아버지가 돌아가시던 그 순간을. 문인수, 그자가 죽였습니다. 아버지께서 연판장에 이름을 적지 않았다는 이유로 아버지는 그렇게 살해당하셨습니다."

또다시 눈가가 시큰거리면 뜨거운 무언가가 솟구쳤다. 하지만 언지는 더는 울고 싶지 않았다. 울면 나약해지고, 나약해지면 마음이 무너진다. 아버지의 원한을 풀어 드리기 위해선 그럴 수 없었다. 그렇게 그녀가 다시금 주먹을 움켜쥐며 눈물을 삼키려 들자, 겸의 입가로 헛숨이 감돌았다.

그렇지만 그 역시 이 사실의 전말을 제대로 알아야만 했다. 어쩌면 언지의 말이 이영과 자신이, 그리고 주상 전하께서 그토록 찾아 헤매던 선왕 전하의 죽음과 관련된 단서일지도 모르니까. 차선대군의 숨통을 움켜쥘 결정적인 열쇠일지도 모르니까!

"그것이 무슨 연판장이냐. 혹시?"

하지만 언지는 쉽사리 입을 열지 않고서 어느새 독기가 서린 눈빛으로 겸을 똑바로 바라보며 입을 열었다.

"이제 교수님 차례입니다. 제게 진실을 말씀해 주세요. 그렇지 않으면 더는 아무것도 말씀드릴 수 없습니다. 저도 이젠 알아야 합니다. 아니, 알아야겠습니다."

겸은 미세하게 떨리고 있는 그녀의 어깨를 타고 아프도록 세게 움켜쥔 손끝을 바라보았다. 하지만 저보다 마음이 더 아플 것이다. 상상도 하지 못할 만큼의 고통을 혼자 견디고 있을 것이다. 하루 동안 휘몰아친 일에 얼마나 무서웠을까. 두려웠을까. 그러면서도 제 앞에서 여전히 그녀는 저 가녀린 다리로 버티며 서 있었다.

반가의 규수인 그녀는. 다른 규수들처럼 별당에서 곱디곱게 자라야 했을 그녀는. 그녀 아버지의 길을 걷고 있었다. 그가 무척이나 공경했었던, 그 의원의 길을.

그는 천천히 힘을 주고 있는 그녀의 손을 살며시 끌어안았다. 그러자 그녀의 눈동자가 희미한 물기를 머금고서 흔들리더니 이내 그의 체온 아래 스르르 풀어지면서 손바닥에 깊숙이 박힌 상처가 쓰리게 와 닿았다. 겸은 그녀의 손을 천천히 끌어당겨 상처 위로 조심스럽게 입술을 갖다 대었다. 그 쓰라림을 자신이 가져가려는 것처럼. 조금이라도 함께 하려는 것처럼.

이내 뜨거운 입술이 연신 상처를 머금으며 살살 달래주었고, 언지는 벅찬 숨을 내쉬며 그의 온기에 아픔이 사라지는 것을 느꼈다. 그러곤 그의 낮고 다정한 울림이 따뜻하게 스며들었다.

"내게 기대지. 내게 조금이라도 기대지. 혼자서 얼마나 무서웠느냐. 네 고운 얼굴이 너무 상했구나. 그래도 내 눈엔 어여쁘지만."

겸은 천천히 고개를 들어 언지와 시선을 마주했다. 어느새 그녀의 눈동자가 차분해지면서 그의 손을 마주 잡고서 간절하게 속삭였다.

"말씀해 주세요, 교수님. 제발. 제발. 지금 너무 숨이 막힙니다. 무섭고, 두렵습니다. 아버님을 생각하면, 생각하면……. 그러니 절 도와주세요."

더는 언지에게 숨길 수가 없었다. 그녀를 끌어들이고 싶지 않았는데. 관여하게 하고 싶지 않았는데. 혹시나 잘못되면 그녀가 위험해질 테니까. 하지만 바람대로 되지 않을 것 같았다. 이렇게 괴로워하는 모습을 더는 보고 싶지 않았으니까. 차라리 그녀의 손을 잡고 같이 가는 수밖에.

"어디서부터 말해야 할까. 일단 네가 생각하는 것처럼 난 의도적으로 혜민서 의학교수가 된 것이다. 주상 전하의 밀명(密命)을 받았기 때문에."

주상 전하의 밀명이라는 말에 언지의 움직임이 멎었다. 마주 잡은 손끝 역시 딱딱하게 굳어졌지만, 겸은 계속 말을 이었다.

"밀명은 선왕이신 이헌 전하의 독살에 대한 증좌를 찾는 것. 그 당시 관계되었던 전 내의원 수의가 혜민서에 있었기 때문에 난 의학교수가 된 것이다."

생각했던 것보다 훨씬 더 위험하고 관계가 깊었다. 언지는 자꾸만 거칠게 뛰어오르는 숨을 붙잡으며 냉정해지려고 애를 썼다.

"솔직히 저 역시 선왕 전하께서 갑작스런 심장 이상으로 승하하신 것이라 알고 있었습니다. 헌데 독살이었다는 점과, 그런 문제가 이리 쉽게 덮어질 만큼 왕권이 흔들린 것입니까?"

언지의 뼈아픈 한마디에 그는 한숨 섞인 숨을 내쉬며 기억을 더듬었다.

"왕권이 그리 흔들린 것과 차선대군의 세력이 강해진 것은 선왕 전하의 한 가지 실수 때문이었다."

"실수라니요?"

"지난날 대사헌 양가 집안이 역적으로 몰려 몰살당한 일이 있었다. 그는 이헌 전하의 든든한 오른팔이자 충신이었지. 그가 역적이라니 정녕 말이 되지 않는 사건이었지만, 빠져나갈 구멍이 없을 정도로 확실한 증거와 여기저기서 거짓된 자백들이 판을 쳤었다."

그 당시 언지는 나이가 어렸고, 그런 왕실의 사건이 와 닿지 않았었지만 겸은 이헌과 어릴 적부터 동문수학하던 사이였던지라 큰 충격에 빠졌었다. 특히나 어린 이헌이 감당하기엔 어마어마한 무게였다.

"물론 지금의 주상 전하보다는 나이가 많으시지만, 그래도 그런 무게를 감당하기엔 어린 나이셨지. 전하께서는 눈과 귀를 닫은 채 대사헌을 옹호했다. 하지만 유생들이 돌아서고, 대소신료들도 돌아서고, 심지어 민심도 돌아서기 시작했다. 더는 대사헌의 손을 잡지 못할 정도로.”

결국, 그 손을 먼저 놓은 것은 대사헌이었다. 스스로 거짓 자백을 한 뒤 목숨을 끊은 것이었다. 이헌은 끝까지 이를 인정하지 못했다. 이를 인정할 수가 없는 큰 이유가 있었기 때문에.

“그것이 무엇입니까?”

“역적임을 인정하면 그 집안은 몰살당하게 된다. 그 자손부터 삼대까지. 전하께서 대사헌의 집안을 지키고자 한 이유가 있었다. 바로 그분이 죽는 그 순간에도 마음에 품었던 정인이 대사헌 집안의 여식이었기 때문에.”

대역죄인의 딸을 정인으로 품었다는 말인가? 그리고 차선대군이 그것을 이용한 것이고? 아니, 어쩌면 처음부터 차선대군이 그 집안을 역적으로 몰았을 테지.

“결국, 그 소문이 새어 나가면서 한 나라의 왕이 고작 여인의 치마폭에 휘둘린다는 원성을 사게 되었고, 왕권은 그때부터 위태로워지기 시작했지. 그 위에 차선대군이 있었다. 사내로서는 있을 수도 있겠지만, 그분은 왕이기에 그런 선택을 해서는 안 되는 것이었지.”

겸은 씁쓸한 미소를 지었다. 처음엔 그도 그런 선왕을 이해할 수가 없었다. 고작 여인 때문에 그런 어리석은 일을 벌이다니. 고작 여인 때문에. 하지만 나이가 들고, 그 역시 평생의 정인을 마음에 담으면서 그런 선왕의 선택을 조금씩 이해할 수가 있었다. 그 역시 지금 잡은 그녀의 손을 스스로 놓을 자신이 없었으니까. 특히나 손을 놓는 순간, 그녀가 죽는다면. 두 번 다시 볼 수 없게 되어 버린다면. 정녕 그의 숨도 함께 멎어 버릴 것 같았다.

“그 때문에 지금 보위에 오른 어린 왕께서도 위태로우시다. 특히나 차선대군의 세력은 이미 왕권을 뛰어넘어 용상을 노리고 있지. 그렇기에 지금의 주상 전하께선 차선대군의 세력을 꺾을 절대적인 것이 필요하다.”

“그것이 선왕 전하를 차선대군이 독살하였다는 증거를 말하는 것입니까?"

겸은 무겁게 고개를 끄덕였다.

"그래. 선왕 전하의 독살 사건을 다시 수면 위로 떠올려 그 사건의 배후가 차선대군이라는 사실만 알려지면, 모든 것은 끝나게 되는 것이지. 다시 왕권을 일으킬 기회가 지금의 주상 전하께 돌아갈 수 있을 것이다. 하지만 쉽지 않은 일이었다. 특히나 차선대군의 눈을 피해 움직여야 하는 일이니. 김 도령을 찾아 헤맨 이유도 그 때문이었다. 너의 그 다양한 필체가 필요했어. 차선대군의 눈을 속여 주상 전하와 닿아야 했으니까."

그만큼 지금의 차선대군의 세력은 거대하다. 그 앞에 어린 왕의 왕권은 바람 앞에 촛불이었다. 언제 어떻게 꺼져도 누가 하나 제대로 나설 수가 없을 만큼. 그렇기에 지금 언지가 가지고 있다는 그 연판장이 무척이나 중요했다.

"그러니 이제 말해다오, 언지야. 그 연판장이 이헌 전하와 관련되어 있는 것이냐? 그런 것이냐?"

겸의 이야기를 들은 언지는 이것이 무척이나 위험한 것임을 깨달았다.

"자세히는 모르지만 확실합니다. 제 생각엔 그 연판장이 선왕 전하의 죽음을 도모하기 위해 만들어진 것 같습니다. 맨 뒷장에 차선대군의 이름이 적혀 있고요."

언지의 말에 겸의 얼굴에 화색이 감돌았다. 드디어 오랫동안 찾아 헤매었던 이헌 전하의 독살 비밀이 밝혀지는 것이다. 마침내, 이헌 전하의 억울함을 풀어 드릴 수 있게 된 것이다.

"헌데 그걸 어찌 네 아버님이……."

그것은 언지도 의문이었다. 분명 문인수, 그자가 아버지와 함께 없애 버리려고 했을 텐데. 어쩌면 그는 이미 연판장을 없앴다고 생각하고 있을지도 모르겠다. 그것을 아버님이 이런 일을 대비해 빼돌린 것인가?

"그것까지는 정확하게 모릅니다. 저희 어머님은 그것이 연판장이라는 사실도 몰랐으니까요. 하지만 아버지가 돌아가시자마자 집에 불이 났었습니다. 의문의 화재였지요. 그것과 관련 있지 않겠습니까?"

만약 어머님이 그것을 아버지의 유품이라 여기며 끝까지 챙기지 않으셨다면 그 화재에 모조리 사라졌을 것이다. 허나, 어머님은 그것을 목숨처럼 여기며 지금껏 지키고 계셨다.

"지금 가지고 있느냐?"

"가지고 있습니다. 허나 그것을 교수님께 바로 드릴 수는 없습니다."

뜻밖의 말에 겸의 눈매가 살짝 굳어졌다.

"뭐?"

그리고 언지는 살짝 긴장된 어조로 어렵사리 입을 열었다.

"좌상 대감을 만나고 싶습니다."

홍와여림의 홍불이 눈이 아플 정도로 아른거리며 피어올랐다. 신월은 손님맞이할 준비를 하기 위해 검붉은빛 저고리에 비취가 달린 패물로 머리를 틀어 올리고서 짙은 옥빛 치맛자락을 움켜쥐고 아이들과 함께 앞마당을 나섰다. 그때, 뒤에 서 있던 아이들이 웅성거리더니 이내 그녀들의 목소리 끝으로 홍목이 서 있었다.

홍목은 신월에게 살며시 고개를 숙이며 인사를 했다.

"행수님."

"건강해 보이는구나."

"행수님 덕분입니다."

신월은 우르르 몰려 있는 기녀들을 보고선 날 선 목소리로 외쳤다.

"손님맞이하지 않을 것이냐? 홍와여림 문을 닫을 셈이야!"

"예, 예! 갑니다, 가요!"

그렇게 주변이 조용해지자, 신월은 홍목을 데리고 별채로 들어섰다. 연신 눈웃음을 짓던 홍목도 살짝 차가워진 눈매를 띠고서 낮은 목소리로 속삭였다.

"문인수가 양지황을 가지고 궐로 들어갔습니다."

양지황이 궐로 들어갔다는 말에 그녀의 가슴은 덜컹였다. 물론 양지황이 어린 주상 전하께 가는 일은 결코 없을 테지만. 그리되지 않게 무조건 막을 것이지만. 그래도 그 옛날의 일이 떠올라 불안한 마음이 들었다.

"그리고 차선대군이 허 도련님의 정체를 눈치챘습니다."

"그래. 생각보다는 오래갔구나. 언지 아씨께선?"

"거기까진 모르겠습니다."

언지 아씨가 궐에 들어간 이후, 분명 뭔가가 있었을 텐데 그렇다 할 움직임이 없었다. 그렇다고 아씨 곁을 감시할 수도 없고. 아직 김윤광 의원의 죽음에 대해 다 기억해 내지 못한 것인가? 그 기억이 중요한데.

신월 역시 그의 죽음이 단순한 죽음이 아닌 모살이라는 것밖에 알지 못했다. 이 사실도 좌상 대감의 뒤를 캐다 알게 된 것일 뿐. 하지만 분명 이번 일에 결정적인 두 번째 패가 되어 줄 것이다. 혹, 끝까지 기억해 내지 못한다고 하더라도 첫 번째 패가 제 손안에 있으니.

"그래. 아무튼 이 일로 차선대군은 거사 일을 앞당길지도 모른다. 절대로 차선대군에게서 눈을 떼지 말아야 한다."

"예, 걱정하지 마십시오. 전혀 저를 신경 쓰지 않고 있습니다."

"그리고 애령이는?"

신월은 애써 묻고 있던 애령이에 대해 물었다. 솔직히 그녀는 애령이를 이용하고 있는 것이다. 그녀는 정녕 아무것도 모르고 있으니까.

홍목이 역시 애령이가 마음에 걸리는 듯, 서글프게 휘늘어진 시선으로 무겁게 말을 이었다.

"거의 갇혀 지내고 있습니다. 아마 집안 식구들도 애령이가 있다는 사실을 모를 것입니다. 그러니 대군의 핏줄 사실 역시 모르고 있고요. 저는 그저 대군의 새로운 노비라고 알고 있습니다."

차선대군이 애령이를 그리 쉽게 받아들일 리가 없었다. 그 어느 사람보다 혈통과 태생을 중요시하는 자다. 아무리 애령이가 한때는 반가의 규수였다고는 하나, 지금은 기생이니 더더욱 그럴 수밖에. 하지만 어쩌면 그 핏줄이 아들이라면 달라질지 모른다.

'아이만 받아들이고, 그 어미는 죽일 테지만.'

하지만 차라리 잘되었다. 이 일이 완전히 끝날 때까지 그 누구도 애령이의 존재를 몰라야만 했다. 그래야 차선대군이 몰락하였을 때, 애령이를 빼돌릴 수 있을 테니까. 그렇지 않으면 대역죄로 그 목숨을 부지하기가 어려웠다.

"이 일이 끝나는 대로 넌 애령이를 데리고 도망치거라."

"예, 행수님."

"그럼 이만 가 보거라. 조심, 또 조심하고."

"예, 행수님께서도 몸조심하십시오."

그렇게 홍목이가 은밀히 별채를 떠나자, 신월은 무거운 숨을 내쉬며 품 안에서 조그만 분통을 꺼내었다. 그것은 이미 다 쓴 연지가 담긴 분통이었다. 하지만 굉장히 단아하고 귀한 모양새로 섬세하게 만들어져 있었다. 그녀는 그것을 소중히 품에 끌어안으며 눈을 감았다. 마치 그분의 온기가 느껴지는 듯했다. 처음 이것을 수줍게 내밀던 그 모습도 함께.

이번 일이 끝나고 나면 그분을 뵐 수 있을 것이다. 다정하게 웃어 주던 모습으로 언제나 그랬듯 자신의 이름을 불러주실 것이다.

"그러니 조금만 기다려주세요. 반드시 차선대군의 목을 들고 갈 것입니다."

"좌상 대감을 만나고 싶습니다. 만나게 해 주십시오."

겸은 아버님을 뵙겠다고 청하는 언지의 모습에 놀람보다는 의아함이 앞섰다.

"어찌 아버님을 만나겠다는 것이냐?"

"좌상 대감께서는 저희 아버지와 연이 있는 것이 아닙니까? 그렇다면 혹시 제가 모르는 다른 무언가를 알고 계실지도 모르지요. 저는 제 기억만으로는 아버님의 죽음이 석연치가 않습니다. 특히 차선대군이 왜 저희 아버지까지 끌어들이려 했는지 의문입니다. 저는 전부 다 알고 싶습니다. 전부 다 알아서, 아버님의 원을 풀어 드릴 것입니다."

"……."

"그리해 주시면 교수님께 연판장을 드리겠습니다."

아버님은 지금의 상황을 전혀 모르고 계신다. 과연 갑자기 나타난 언지의 말을 들어 주실 것인가? 하지만 정녕 언지의 말처럼 아버님이라면 뭔가 다른 것을 알고 계실지도 모른다. 그리고 그 역시 이젠 아버님의 힘이 필요했다. 정확히 말하자면 큰 형님의 병권이 말이다.

"교수님?"

너무 무례했던 걸까? 그러고 보니 마지막 말은 조금 서운하게 들릴지도 모르겠고. 하지만, 하지만.

그때, 겸은 잡고 있던 그녀의 손을 부드럽게 당겨 아차, 하는 사이 그녀를 끌어안았다. 커다란 그의 품에서 먹물향이 진하게 묻어 나왔다. 그러고 보니 오늘 의생들 시험이 있었을 텐데.

"이제부터 너와 나는 한배를 탄 것이다. 그러니 마치 내게 거래를 하는 듯, 그런 말 하지 말거라."

역시 서운했구나.

"송구합니다."

"네게 미안하다는 말을 듣고 싶은 게 아니다. 나는 너를 위해 뭐든지 할 수 있어. 말하지 않았느냐? 내가 너의 그림자가 되어 줄 것이라고. 절대 이 손을, 놓지 않을 것이다."

그와 그녀가 마주 잡은 손끝에서 희미한 열기가 피어올랐다. 언지는 그를 향해 잔뜩 휘늘어진 웃음을 지었다. 오늘은 그에게 못난 모습만 보인 것 같았다. 언제나, 언제까지나 그에게 어여쁜 여인이고 싶은데 말이다.

"그럼 함께 아버님께 가자."

"예, 손 꼭 잡고 말입니다."

그렇게 언지와 겸은 주변의 시선을 의식하지 않은 채 손을 잡고서 함께 걸음을 옮겼다. 만약 지금 제 옆에 교수님이 없었다면 두려움에 아무것도 하지 못했을지도 모른다. 저를 일으켜 세우는 것은 교수님이다. 이리 투정을 부릴 수 있는 것도 교수님이 있기에 가능한 것이다.

매번 어머님을 달래 드린다고 말은 하기는 했지만, 누군가의 그림자가 되겠다는 생각을 해 본 적이 없었다. 김 도령으로서 글을 쓰며 자유롭게 사는 것이 좋았고, 아버지께 배운 의술을 한번 끝까지 해 보고 싶기도 했으니까. 그런데 난생처음으로 한 사내의 그림자가 되고 싶다는 생각이 들었다. 평생 그 곁에서 어여쁜 규수로서 사랑받고 싶다는 생각이 들었다. 마치 비색고름의 비색 낭자처럼. 한성애사의 헌지 아씨처럼. 그러니 이번 일만 끝나고 나면.

'제가 교수님의 그림자가 될 것입니다. 허 도련님의 어여쁜 그림자가 말입니다.'

달빛이 구름에 가려 어둠이 굽이진 기왓장 너머로 까맣게 내려앉았다. 유난히 풀벌레 소리조차 숨을 죽인 채, 좌상 대감의 집안은 고요함이 묵직하게 내리고 있었다.

선죽은 유난히도 고요한 침묵에 기대어 조용히 책장을 넘겼다. 그때, 사랑채 너머로 익숙한 그림자가 스쳤다.

"아버님. 소자, 허겸입니다."

겸의 목소리에 선죽의 주름진 얼굴 위로 옅은 미소가 스쳤다. 잠시 후, 사랑채의 문이 열리면서 겸이 조심스럽게 안으로 들어와 고개를 숙였다.

"어서 오너라. 이 늦은 시각에 어쩐 일이냐?"

그는 천천히 고개를 들고서 선죽의 앞에 차분히 무릎을 꿇었다. 어쩐지 긴장감이 입안을 메마르게 했다. 하지만 미룰 수는 없는 일. 겸은 자신을 지긋이 바라보는 선죽의 깊은 눈동자를 똑바로 바라보며 마른 입술을 벌렸다.

"아버님께 묻고 싶은 것이 있습니다."

선죽은 어쩐지 다른 때와 달라 보이는 아들의 모습에 허리를 바로 하였다.

"그래. 무엇이냐?"

"혹, 아직 김윤광 의원을 기억하고 계십니까?"

아들의 입에서 생각지도 못한 이름을 듣게 되자, 선죽의 시선이 살짝 굳어졌다. 그것보단 아직도 그의 이름을 기억하고 있었다는 건가? 어릴 적 일인데. 게다가 직접 마주한 적도 없었는데.

"어찌 묻는 것이냐?"

"대답해 주십시오. 무척이나 중한 일입니다."

다급함이 묻어나는 시선. 게다가 어쩐지 초조해 보이기까지 했다.

"그래. 기억하고 있다. 어찌 잊을 수 있겠느냐. 그는 나의 절친한 벗이자, 나의 스승이었다. 이런 이를 잃었다는 슬픔이 너무나도 컸고, 지금껏 그의 식솔들을 찾아 헤매고 있었다."

선죽은 식솔들을 찾았다는 말은 하지 않았다. 이는 그들을 보호하고자 함이었다.

식솔까지 찾고 있었다는 얘기는 금시초문이었다. 아버지께 그분의 존재가 이처럼 크다는 것 역시 놀라웠다. 하지만 그저 그 때문만은 아닐 것이다. 겸은 아버지를 잘 알고 있었다. 겉으로는 그저 자비롭기만 하시지만, 이 나라의 좌상이란 자리란 그저 자비롭기만 하다고 얻어지고 버틸 수 있는 자리가 아니었다. 한없이 냉정하고, 칼 같은 매서움을 품고 계신 분. 그것이 한때는 전쟁터를 호령하던 장수, 좌상 허선죽이었다.

"그뿐인 것입니까?"

"대체 네가 알고 싶은 것이 무엇이냐."

좀 더 아버지의 속내를 알고 싶었지만 시간이 그리 많지가 않았다. 그는 꿇었던 무릎에 힘을 주고서 이내 고개를 숙였다. 선죽은 그 모습에 눈을 크게 뜨고서 입을 열려는 찰나.

"소자가 혜민서 의학교수가 된 것은 양반이면서 그 꼿꼿한 허리를 백성들을 향해 굽힌 김윤광 의원 때문이었습니다. 제가 바라던 정치는 그런 것이었습니다. 제가 바라던 높은 자리 또한 그런 자리었습니다. 그렇기에 지금의 주상 전하를 저는 택하였습니다."

주상 전하라는 말에 선죽의 눈빛이 낮게 흔들렸다.

"아직 어리시지만, 저는 그분이 이 나라의 성군이 되실 거라 믿고 있습니다. 제가 바라는 그런 정치를 보이실 분이라고 믿고 있습니다. 적어도 그분께서는 누군가를 지키기 위한 정치를 하시지, 제 잇속과 탐욕을 채우기 위해 용상을 피로 물들이진 않으시니 말입니다."

"겸아."

"예. 그래서 전하께서 제게 내린 밀명을 기꺼이 받아들였습니다. 승하하신 이헌 전하의 독살에 관련된 모든 증거를 찾는 것. 차선대군에 의해 덮어진 그 사건을 수면 위로 떠올리게 하는 것."

애써 침착함을 유지하고 있던 선죽의 표정이 딱딱하게 굳어졌다. 어느 정도 어린 왕과 관련되어 있을 거란 생각은 했었다. 하지만 그것은 그저 선왕이신 이헌 전하와 동문수학했던 벗으로서 그 어린 동생을 지키는 것이라고만 생각했을 뿐, 이토록 깊숙이 파고들어 있을 줄은 몰랐다. 차선대군과 이렇게 제대로 등을 돌려 칼을 내밀고 있었을 줄이야.

"소자는 모든 것을 말씀드렸습니다. 허니, 아버님도 제게 진실만을 말씀해 주십시오. 김윤광 의원의 식솔들을 그냥 찾으시고 계시는 것입니까? 그런 것입니까?"

선죽은 겸이 이대로 물러서지 않으리라는 것을. 그리고 뭔가를 찾아냈다는 것 역시 본능적으로 느낄 수 있었다. 그렇다면 그 역시, 겸을 움직일 진실을 말할 수밖에 없었다.

"광이의 식솔들은 찾았다."

"……."

"그래. 네 말대로 그냥 찾은 것은 아니다. 나는 광이의 죽음에 의문을 갖고 있었다. 갑작스런 심장 이상. 너무나도 순식간에 사라진 그의 흔적들. 나는 그의 죽음이 선왕이신 이헌 전하와 관련되어 있다고 생각하고 있다."

그 순간, 겸은 아버지와 자신이 같은 배를 타고 있다는 것을 느낄 수 있었다. 그렇다면 되었다. 이것이면 충분하다.

"아버님께 드릴 것이 있습니다."

겸은 떨리는 숨을 삼키며 품속에서 붉은 서책을 꺼내 들었다. 그것은 언지가 가지고 있던 연판장. 언지가 이곳으로 오기 전, 겸에게 넘겨준 연판장이었다. 선죽은 눈앞에 놓인 붉은 서책을 바라보았다. 어쩐지 불길한 느낌이 들었다.

"……무엇이냐?"

"연판장(連判狀)입니다."

"뭐?"

"이헌 전하의 독살에 가담한 이들의 이름이 적힌 연판장입니다. 현 혜민서 제조부터 시작하여 현 내의원 수의. 그리고 차선대군의 이름이 적혀 있습니다."

선죽은 겸의 말이 하나도 귀에 들어오지 않았다. 그는 뭔가에 홀린 듯, 손을 뻗어 서책을 펼쳐 들었다. 수많은 이름이 적혀 있었다. 자신들도 아는 이름. 난다 긴다 하는 대소신료들과 삼의사의 중심인물들까지 전부! 그리고 마지막에 섬뜩하게 휘늘어진 차선대군의 필체. 선왕의 죽음에 이토록 많은 이들이 관련되어 있었다는 것인가! 그리고 정녕 그 중심에 차선대군이. 차선대군이.

"너무나도 명확한 증거로구나. 어찌, 이토록 많은 이들이 어찌! 전하. 이 불충한 신하를 용서치 마시옵소서."

그의 주름진 눈매가 한없이 일그러지면서 연판장을 움켜쥔 손등 위로 힘줄이 돋아났다.

"이것을 어디서 구했느냐."

잔뜩 억눌린 목소리가 서늘하게 흩어졌고, 겸은 잠시 망설이다 이내 숨김없이 말하였다.

"김윤광의 여식인 언지라는 아이가 제게 주었습니다."

"광이의 여식?"

"허나 김윤광 의원께서 그것을 죽는 그 순간까지 지니고 계셨던 듯합니다."

"광이가. 이것을 광이가. 하지만 어찌."

해서, 그들이 죽인 것인가? 하지만 그들이 어째서 광이를 끌어들인 것이지? 광이가 내의원 소속도 아니고. 그렇다고 혜민서 소속도 아니었는데.

"아버님. 이것은 기회입니다. 이보다 더 확실한 증거가 어디 있습니까? 그러니 아버님이 형님께 파발을 보내어 병력을 움직여 주십시오. 그들이 이것의 존재를 알아차려 먼저 움직이기 전에, 저희가 먼저 움직여야 합니다."

"아니다. 그들이 먼저 움직여야 한다."

"예?"

"차선을 그리 호락호락하게 보지 말거라. 아주 오랫동안 이 순간을 기다렸을 것이다. 어쩌면 이미 주상 전하의 곁에 칼끝을 들이밀고 있을지도 모르지. 함부로 움직였다간 그 칼에 전하의 목숨이 위태로워질 것이다. 그렇게 되면 이 연판장이 무슨 소용이냐."

"그렇다면."

"병력은 움직일 것이다. 허나, 이것을 우리가 지니고 있다는 사실을 그들이 먼저 눈치챌 수 있게 만들어야 한다. 그래야 병력이 움직이는 것을 알아차리지 못할 것이고, 판단이 흐려질 것이다. 그렇다고 함부로 주상 전하를 어떻게 할 수도 없을 테지. 이것이 우리의 손에 있는 한, 의심의 화살이 당연히 차선에게로 향할 것이니."

"……."

"그들은 먼저 이 연판장을 없애려고 움직일 것이다. 우린 그것을 노려야 해. 더욱 확실하게 죄를 물을 수 있도록. 그들을 먼저 휘저어야만 한다. 그러기 위해선."

"직접 호랑이 굴로 들어가 흔드는 것이 가장 효과적일 테지요."

갑자기 문이 덜컹 열리면서 들려오는 목소리에 겸의 표정이 삽시간에 굳어졌다. 언지, 그녀였다. 선죽은 갑자기 나타난 여인의 모습에 당황했지만 얼굴에 묻어나는 익숙한 그리움에 단번에 저 여인이 광이의 여식임을 알 수 있었다.

"언지야."

겸의 떨리는 목소리에 언지는 순간 움찔했지만, 그를 바라보지 않았다. 오직 무모하게 들어선 저를 탓하지 않은 채 지긋이 살펴보고 있는 좌상 허선죽 대감을 바라보았다. 그저 시선에 닿기만 했는데도 오금이 저려왔다. 마치 제 속내를 꿰뚫는 듯한 눈빛이 사슬이 되어 다리가 후들거렸지만, 언지 역시 물러서지 않고서 고개를 숙이며 바짝 마른 목소리를 내뱉었다.

"무례한 행동을 용서하십시오, 대감."

"네가 광이의 여식이더냐?"

"그러합니다. 김언지라 합니다. 혜민서에서 의녀로 지내고 있습니다."

"혜민서 의녀라. 광이의 여식답구나. 그래, 이리 무례한 줄 알면서도 말을 엿들으며 무작정 들어온 이유가 무엇이냐?"

겸은 금방이라도 언지를 끌어내고 싶었다. 분명 위험한 말을 할 것이다. 말릴 수도 없이 분명, 분명!

"그 호랑이 굴에 제가 들어가도록 하겠습니다."

"그건 절대로 안 돼!"

불같은 목소리로 언지를 가로막았다. 겸은 이 자리에 아버지가 있음에도 성큼 일어나 언지의 두 어깨를 꽉 붙잡고서 애원하듯 내뱉었다.

"네가 스스로 가겠다니. 거기가 어디인 줄 알고! 안 된다. 절대로 안 돼!"

"제가 해야만 합니다."

"죽을 수도 있다."

갈급함이 밀려드는 목소리가 미세하게 떨려 왔다. 어깨를 붙잡은 그의 손길도 마찬가지였다. 언지는 그에게 너무나도 미안했다. 하지만 자신이 해야 했다. 문인수와 제대로 만나 묻고 싶은 것이 있었다. 그리고 이렇게라도 하지 않으면, 가슴속에 응어리진 감정이 풀리지 않을 것 같았다.

"송구합니다, 교수님."

겸은 고개를 가로저었다. 그녀의 눈빛이 완강하다는 걸 알았지만 보고 싶지 않았다. 보낼 수 없다. 절대로 그리할 수는 없다.

"네가 직접 갈 필요는 없다. 다른 방법으로 그들에게 알리면 돼!"

"설사 이 사실을 안다고 해도 움직이지 않을지도 모릅니다. 대감 나리의 말씀처럼 그리 호락호락한 자들이 아닙니다. 그런 이들을 제대로 뒤흔들고 움직일 방도가 있습니다. 그것은 제가 해야 합니다. 특히나 문인수, 그자는 움직이지 않을 수 없을 것입니다."

저를 보지 않으려는 겸을 언지는 똑바로 불러 세웠다. 그의 허락을 받고 싶었다. 그래야 마음이 편할 테니까.

"교수님은 절 잘 알지 않습니까? 뻔뻔하기 이를 데 없고, 당돌하기 짝이 없으며 그래도 미워할 수 없이 어여쁘고 사랑스러운. 잘할 수 있습니다. 지금껏 그리하지 않았습니까? 그리고 교수님이 절 구해 주시면 되지 않습니까. 전 교수님이 생각하는 것보다 훨씬 더 교수님을 믿고 있습니다. 제겐 더없이 귀하고 강한 분이시니까."

언지는 그를 향해 살포시 미소를 보내 주었다. 어여쁜 눈동자가 초승달처럼 서늘하게 휘늘어지면서 그의 속을 뒤흔들고 있었다. 매번 저런 식으로. 항상 저런 식으로 저 아인 제 속을 수도 없이 흔들곤 한다. 다른 때 같으면 그녀가 원하는 대로 해 줄 수 있지만, 겸은 쉽사리 붙잡은 손을 놓을 수가 없었다. 이대로 영영 잃을 수도 있다. 죽을 수도 있다. 다시는 보지 못할 수도 있다. 다시는 이 손을, 이 손을.

'이헌 전하. 이런 기분이셨습니까? 이토록 미칠 것 같은. 죽을 것 같은. 이런 기분이셨습니까?'

하지만 그는 잡고 있던 손을 스르르 풀어 주었다. 그저 그녀를 온전히 믿는 마음과 반드시 그녀를 지키겠다는 자신과의 믿음. 그 두 가지만을 새길 뿐이었다. 언지 역시 어렵사리 떨어진 그의 손을 안타깝게 바라보며, 이내 선죽을 향해 정식으로 무릎을 꿇고서 고개를 숙였다.

"부탁합니다. 그 일, 제가 하도록 하겠습니다. 아니, 꼭 제가 해야 합니다."

선죽은 이제야 저와 눈높이를 맞춘 그녀를 자세히 살펴보았다. 단아한 얼굴을 이루는 고운 선과 그에 어울리는 백옥 같은 빛깔 너머 저를 바라보는 검은 눈동자가 침착하면서도 힘 있게 가라앉아 있었고, 붉은 입술선은 단단한 목소리를 지으며 저 작은 몸짓 하나에 결코 무시하지 못할 기백이 흐르고 있었다. 과연 광이가 어찌 그리 감싸고돌았는지 알 것 같았다. 게다가 겸이. 저 아이도…….

선죽은 곁눈질로 겸을 살폈다. 불안하면서도 한없이 안타까운 시선이 애틋하게 이 여인을 담고 있었다. 살아생전, 저런 아들의 모습은 처음이었다.

'그런 것인가.'

광이. 아무래도 그대가 그리도 염려했던 일이 이리 이루어지는 것 같군. 이것도 운명인가.

"네 어머니는 먼저 뵈었었다. 내 얘기는 하지 않았겠지?"

"예, 하지 않으셨습니다."

어쩌면 연판장을 건네주신 그날일지도 모르겠다. 어쩐지 불안해 보이셨으니까.

"아마 네 어머니는 너희를 지키고자 그랬을 테지. 하지만 그 연판장을 네게 준 것을 보니, 선택한 것이로구나."

"허니, 제가 하겠습니다."

선죽은 저도 모르게 눈빛이 부드럽게 늘어졌다. 정말 광이를 많이 닮은 듯했다. 그것은 얼굴뿐만 아니라 성품과 성격 역시 마찬가지였다. 그때, 그가 뭔가 생각이 난 듯 서랍 속에서 뭔가를 꺼내 들었다. 그리고 그가 움켜쥔 것을 본 겸과 언지의 표정은 똑같이 멍해지더니 이내 눈이 휘둥그레졌다. 도대체 좌상 대감께서, 아버님께서. 김 도령의 비색고름을 어찌!

언지는 저도 모르게 고개를 획 돌려 겸을 노려보았다.

'혹 들킨 것입니까!'

그리고 그녀의 눈빛에 겸은 억울하다는 듯 고개를 가로저었다.

'내가 미쳤느냐! 그리고 난 영이에게 다 빼앗겼단 말이다!'

선죽은 언지와 겸이 서로 눈빛을 주고받는 것을 보고 확신을 하고선 피식 웃었다.

"역시 네가 쓴 것이로구나."

언지는 선죽의 말에 움찔하며, 차마 아니라고 말을 해야 하는데 그의 앞에서 평소 겸에게 잘만 했던 둘러대는 말을 할 수가 없었다.

"……예. 제가 쓰긴 했으나. 헌데, 어찌 그것을?"

생각지도 못한 상황에 얼굴이 발그랗게 달아올랐다. 물론 그녀에겐 역작이나 다름없는 비색고름이지만, 이런 상황에서 저런 남녀상열지사가 웬 말인가! 그렇다고 좌상 대감께서 저 소설을 즐기실 리는 없지 않은가!

"네 필체가 아버지를 닮았구나."

언지는 문득 정신을 차리고서 고개를 들었다. 아버지와 닮았다? 한 번도 생각해 본 적이 없었는데. 그랬던가.

"그렇습니까?"

"그래. 여러 필체를 구사하는 것 같지만, 기본적인 틀은 네 아버지의 곧은 성품을 닮아 강직한 힘이 느껴지는구나."

"헌데, 그 서책은 어찌?"

겸도 그것이 궁금하여 저도 모르게 귀를 기울였다. 아버지께서 직접 구했을 리는 만무할 터. 하지만 선죽은 명확하게 대답할 수가 없었다. 그 역시 아직도 누가 이것을 제게 주었는지 알 수가 없으니. 다만, 이 서책 덕분에 광이의 식솔들을 찾을 수 있었을 뿐.

"나도 누가 이것을 내게 주었는지는 알 수가 없구나. 그저 누군가 광이의 식솔들이 있는 곳으로 인도했다는 것밖에는."

언지는 선죽의 말에 의아함이 스쳤다. 자신이 김 도령이라는 사실을 아는 이는 극히 드물었다. 어머니도 모르는 사실이니. 아는 이는 허지, 허 교수님, 최 판관님뿐인데…….

'설마…….'

한 명 더 떠오르는 사람이 있기는 했다. 하지만 언지는 애써 고개를 가로저었다. 이 일에 신월 행수가 관련되어 있을 리가 없잖아.

선죽은 책을 내려놓고서 언지를 바라보았다. 마치 이 방에 두 사람만 자리하는 것처럼 긴장감이 흘렀다.

"네 아버지는 항상 네 걱정을 많이 했었다. 그래서 내게도 널 보여 준 적이 없었지. 나 같이 나라의 녹을 먹는 이들과 엮이지 않으려고. 이곳이 얼마나 위험한 자리인지 잘 알았기 때문일 테지. 헌데, 이번 일을 허락하게 되면 아마 난 하늘에서 광이의 얼굴을 제대로 볼 수 있으련지 모르겠다. 특히나 네가 조금이라도 잘못되는 날에는."

"염려하지 마십시오. 저도 제 아버지를 잘 알고 있습니다. 물론 위험하지 않다고 보장할 수는 없습니다. 허나 절대 죽지 않을 것입니다."

그녀의 입에 죽음이라는 말이 담기자 겸의 눈동자가 다시금 무겁게 가라앉았다. 하지만 언지의 뒤에 서 있는 겸의 그림자가 그녀를 단단히 붙잡아 주고 있었고, 언지는 이를 느끼며 지금 이 자리에서 이만큼 떨지 않고 버틸 수가 있었다.

"……그래. 허나, 죽지 않는 것으로는 안 된다."

"……."

"결코 다쳐서도 안 된다. 부디, 지금 이 모습 그대로 머리카락 한 올도 다치지 않게. 그리 다녀오너라."

그의 눈동자가 걱정과 염려를 머금고서 부드럽게 늘어졌고, 다녀오라는 다정한 목소리에 언지는 저도 모르게 울컥임이 일었다. 이분이 아버지의 오랜 벗이라는 것도 놀라웠지만, 이토록 아버지를 기억해 주시고 아껴 주실지 몰랐다. 그래서 너무나도 오랜만에 아버지의 목소리가 가슴에 스미는 듯했다.

"예. 꼭 다녀오겠습니다."

그리고 언지 역시 물기가 서린 눈매를 어여쁘게 그리며 고개를 끄덕였다. 그렇게 사랑채를 나서는 그녀의 뒷모습을 선죽은 하염없이 바라보았다. 참으로 묘한 기분이 들었다. 마치 광이를 다시 만난 그런 기분이었다.

"아버님."

선죽은 담담한 시선으로 겸을 담았다. 어쩌면 이 아이는 지금 그 어떤 것보다 소중한 것을 누구보다 아프게 배우고 있는지도 모르겠다.

"내게 더 할 말은 없느냐?"

그의 한마디에 겸은 한 치의 망설임도 없이 언지를 가슴으로 새기고, 안으며 말을 이었다.

"모든 일이 끝나고 나면, 저 여인과 혼인하고 싶습니다."

"연모하는 것이냐?"

겸은 잠시 망설였다. 그것은 그녀에 대한 연모를 망설이는 것이 아니었다. 그 어떤 말로 표현해야 할지 모르는 벅찬 감정. 이것은 그에게 너무나도 낯설면서도 참으로 떨리는 감정이었다.

"연모로는 부족합니다. 저 여인은, 언지는. 저보다 더 제게 귀한, 그런 유일한 사람입니다."

사랑채 밖으로 나오니 어느새 희미하게 흩어지는 달그림자 아래로 저를 빤히 바라보며 서 있는 언지의 모습이 보였다. 안 그래도 새하얀 그녀가 달빛의 처연한 빛을 받으며 서 있으니, 더욱 새하얗게 보여 이대로 사라져 버리는 건 아닐까 하는 두려움이 일어 그는 성큼성큼 다가가 제 품에 그녀를 꽉 끌어안았다. 언지는 그의 품에서 빠르게 뛰는 맥을 느꼈다.

"도련님."

의녀가 아닌 한 여인으로서 그를 살며시 불러 보았다. 그러자 겸이 입가로 옅은 한숨을 내쉬며 속삭였다.

"방법은 있는 것이냐? 무작정 찾아가겠다면 절대로 보내지 않을 것이다."

"저를 어찌 보시고요. 다 생각이 있습니다. 잊으셨습니까? 저 김 도령, 김언지입니다. 다른 건 몰라도 문인수. 그자만큼은 제대로 뒤흔들 방법이 있습니다. 김 도령을 얕보지 마십시오."

"잊지 말아라. 네 뒤엔 항상 내가 있다는 것을."

"어찌 잊을 수 있겠습니까. 순간, 순간, 도련님은 제 곁에 계십니다."

달빛이 서로의 얼굴 위로 스미면서 유난히도 환하게 보였다. 겸은 그녀의 길게 늘어진 댕기머리를 타고 올라 뺨을 감싸며 낮게 일그러진 목소리로 속삭였다.

"내가 준 노리개를, 가지고 있소?"

생각지도 못한 한마디에 언지는 저도 모르게 움찔했다. 노리개는 항상 지니고 있지만, 있소? 갑자기 있소라니.

"가지고 있습니다만, 헌데 어찌 그런 어조를?"

"상황이 그리하여 마음껏 기뻐하지 못했지만, 그대가 양반이라는 사실을 알고 무척이나 기뻤소. 마음껏 바라볼 수 있을 테니까. 그리하여도 세상이 그대를 다치게 하지 않을 테니까."

"……."

뺨을 타고 내려오던 손끝이 언지의 뒷목을 부드럽게 감싸며 끌어당겼고, 언지는 그의 뜨거운 숨결에 이끌려 눈을 감았다. 그의 숨소리가 귓가를 간지럽게 맴돌다 이내 입술 끝에서 달뜬 목소리가 가파르게 울렸다.

"언젠가, 모든 일이 다 끝나고 나면 그대에게 꽃신을 줄 것이오. 아주 예쁘고 어여쁜 꽃신."

"도련님……."

"그걸 신고, 내 곁으로 오라고. 그대가 머무는 어여쁜 곳이 내 곁이 될 수 있도록."

'다음에는 꽃신도 사 주십시오. 제 걸음이 어여쁜 곳만 갈 수 있도록.'

그러고 보니 그런 말을 한 적이 있었다. 그걸 아직도 기억하고 계셨구나.

언젠가. 정말로 그가 주는 꽃신을 신고서 그의 뒤를 따르며 평생을 함께 살 수 있을까?

입술 끝에 걸렸던 숨결이 하나로 합쳐지면서 이내 생각이 멍해지고 가슴 언저리가 뜨겁게 일렁였다. 언지와 겸은 서로의 손을 꽉 엮고선 서늘한 달빛 아래 뜨거운 속삭임으로 두 그림자는 그렇게 하염없이 하나의 그림자로 늘어져 있었다.

곧, 달빛이 하얗게 서리면서 효월(曉月)과 함께 새벽기가 물들 시각. 인적이 거의 없는 길 위로 말발굽 소리가 거칠게 울리면서 거의 다 타 버린 횃불이 아른거리는 한성부 앞에 겸이 내려섰다. 이미 그가 온다는 기별을 받았던 이영은 한성부 안쪽에서 초조하게 제자리걸음을 하다가 그의 인기척에 고개를 들고선 뭐라 표현할 수 없는 미묘한 표정을 지으며 다가왔다.

"겸아."

"새벽부터 왜 그리 일그러진 인상이냐? 좀 펴라. 안 그래도 너무 피곤하다."

겸은 억지로 우스갯소리를 하면서 굳어진 미간을 슬쩍 펴고선 함께 집무실로 향했다. 사방이 고요했다. 이영이 미리 알아 둔 덕분인지, 개미새끼 한 마리 지나가지 않는 듯싶었다. 이영은 겸에게 자리를 권하면서 여전히 굳어진 표정으로 입을 열었다.

"해서, 이제 어찌할 것이냐?"

이미 겸에게 소식을 들은 이영은 최대한 목소리를 낮추면서 혹여 밖으로 새어 나갈 말은 삼가고 있었다. 하지만 이헌 전하의 독살에 관련된 연판장을 찾았다니. 처음 이 소식을 듣고 얼마나 놀랐는지 몰랐다.

겸은 의자에 몸을 기대고서 무겁게 짓누르는 눈동자를 느리게 깜빡였다. 하루 사이에 너무나도 엄청난 일들에 휘말리며 육체적으로나 정신적으로나 고단했다. 특히 정신적으로. 하지만 겸은 나약한 생각을 털어 내고 다시 허리를 꼿꼿하게 세웠다. 지금부터가 중요했으니까.

"곧 형님께서 계신 남방의 병력이 움직일 것이다."

"남방 병력? 허나 그리되면 차선대군이 금방 알아차릴 것인데."

"그의 시선을 돌리는 일과 연판장을 미끼삼아 그들이 먼저 움직이도록 휘저을 것인데. 언지, 그 아이가 나서기로 했다."

이영은 언지라는 말에 흠칫했다. 언지라니.

"의녀님이? 하지만 어찌 의녀님께서."

겸은 아직 이영에게 언지가 양반이라는 것과 연판장을 가지고 있었다는 사실은 말하지 않았었다.

"언지가 그 연판장을 가지고 있었다."

"뭐라고?"

"정확히 말하면 언지의 아버님께서. 김윤광 의원께서 가지고 계셨지."

김윤광이라는 말에 이영의 눈동자가 흔들리기 시작했다. 그 이름은 그도 들은 적이 있었다. 그것도 겸의 입에서 아주 많이. 양반임에도 스스럼

없이 그 굴레를 벗고서 백성들과 함께했다던 그 의원. 잠깐. 그렇다면 설마.

"의녀님께서, 양반이란 말이냐?"

그러자 겸은 고개를 끄덕였다. 이영은 저도 모르게 헛숨이 새어 나왔다. 그렇다면 허지 의녀님께서도 양반?

이영은 저도 모르게 허지의 얼굴을 떠올렸다가 이내 고개를 가로저으며 헛기침이 섞인 목소리로 말을 이었다.

"흠흠! 하지만 그렇다고 해서 의녀님께서 나설 이유가 없지 있느냐. 그런 위험한 일에."

차선대군을 흔드는 일이다. 위험하다 못해 죽을 수도 있다. 그런 일을 겸이 허락했다는 말인가?

"말릴 수가 없었다. 말릴 수가."

겸의 목소리가 살짝 떨리면서 자조적인 미소가 입가에 스쳤다. 이영은 그 모습에 이내 입을 다물었다. 안 말렸을 리가 없다. 분명 그랬을 테지. 하지만 끝까지 말리지도 못했을 것이다. 그러니 지금 이 순간 가장 괴로운 것은 저 녀석일 테지.

"강해져야 해. 지금보다 훨씬 더. 내 사람을 지키기 위해서. 절대로 다치지 않게 하려면. 반드시 강해져야 한다."

"겸아."

그는 다시금 흔들렸던 저를 꽉 잡았다. 이젠 정말 그녀를 믿고 맡길 수밖에 없고, 그가 해야 할 일을 해야만 했다.

"이 사실을 주상 전하께 고해야 한다. 만약의 경우를 대비해야 하니까."

겸은 품 안에서 서찰을 꺼내 들었다. 겉으로 보기엔 그저 유생들의 상소문처럼 보이는 서찰이었다. 하지만 이 서찰은 언지가 쓴 것으로, 연판장에 관한 것과 병력이 움직인다는 중요한 사실이 적혀 있었다. 이영은 그 서찰을 살펴보면서 입을 열었다.

"이걸 어찌 전할 생각이냐?"

"직접, 궐로 갈 것이다."

"궐로?"

"그래. 이젠 그쪽이 먼저 움직이느냐, 우리가 먼저 움직이느냐인데. 그러기 위해선 차선대군을 잡을 수 있을 만한 힘이 필요하지. 의학교수로는 결코 그를 잡을 수 없다."

겸은 서찰을 움켜쥐고서 자리에서 일어섰다. 어느새 서늘한 새벽기가 말끔히 사라지고 있었다.

"영이 너도 궐에 들어갈 준비를 해라. 이제부터 주상 전하의 곁을 지켜야 해."

"그래. 헌데, 의녀님께선 대체 어떤 방법으로 차선대군을?"

겸은 언지와 헤어지기 직전을 떠올렸다. 김 도령을 믿어 달라고 말하던 그녀의 모습을. 그리고 처음으로 그의 입가로 옅은 미소가 스쳤다.

"그건 내일이면 알게 될 것이다. 김 도령을 믿어야지. 지금은 믿는 수밖에."

새벽기가 사라지고, 아직은 선선한 바람이 불면서 책방 거리에는 하나 둘 상인들이 분주하게 움직이며 책방을 열고 있었다.

책방 주인 박씨도 서책 위에 쌓인 먼지와 이슬을 털어 내며 무거운 한숨을 내쉬었다. 하루에도 매일 규수들과 도령들, 심지어 관리들도 찾아와 한성애사의 두 번째 권이 대체 언제 나오느냐고 조르는 바람에 피로함이 날로 늘어가고 있었다. 하지만 갑자기 김 도령이 뜸해진 것을 난들 어쩌겠는가! 자신도 한성애사의 두 번째 권이 궁금한 한 사람이라고!

"그나저나 정녕 김 도령께선 어찌 이리 소식이 뜸하신고. 설마, 절필하신 것은 아니시겠지!"

누군지 알기라도 하면 당장에라도 찾아가 무릎이라도 꿇고서 서둘러 글을 써 달라고 빌고 싶은 심정이었다. 하지만 그 누구도 김 도령이 누군지 알지를 못하니. 박씨는 안타까운 한숨을 내쉬며 빗자루를 들어 올린 순간, 그의 앞으로 곱다란 그림자가 드리워졌다. 그에 서서히 고개를 올린 박씨의 얼굴 위로 화색이 감돌았다.

"아이고, 꽃 도련님!"

"잘 지냈는가?"

빳빳한 갓 너머로 곱디고운 선을 타고 생긋이 휘늘어진 눈매가 박씨를 향해 웃고 있었고, 박씨는 오랜만에 나타난 꽃 도령의 모습에 저도 모르게 설레는 마음으로 입을 열었다.

"어찌 이리 뜸하셨습니까요?"

"그러게나 말일세. 요즘 좀 바빴다네."

언지는 능청스럽게 말을 이으며 짐짓 뒷짐을 지고서 책방을 둘러보았다. 이곳도 참으로 오랜만에 발걸음을 한 곳이었다.

"무슨 책을 찾으십니까요? 뭐든 대령해 드립죠!"

박씨의 들뜬 목소리에 언지는 저도 모르게 마음이 편안해지는 것을 느끼며 피식 웃더니, 이내 박씨를 향해 성큼 다가와서는 목소리를 잔뜩 낮추었다.

"실은 이번엔 서책 하나를 팔려고 왔네."

"서책을요?"

"그래. 김 도령의 서책을 좀 팔아 볼까 하는데."

김 도령이라는 말에 박씨는 기겁하고서 오히려 그녀의 옷깃을 꽉 붙잡았다.

"김 도령이라니. 혹, 한성애사 두 번째 권? 아니면 첫 번째 권?"

박씨의 눈동자가 반짝거리다 못해 아련해지기까지 하자, 언지는 못내 조금 마음이 찔렸다. 사실 한성애사 두 번째 권은 이런저런 사정으로 아직 몇 자 적지를 못한 상태였다. 그런데 이자가 이리 기다리고 있을 줄

이야.

'미안하네, 박씨. 내 이번 일만 잘 마무리되면 반드시 제대로 써서 자네에게 먼저 가져오겠네.'

"미안하지만 둘 다 아니네."

둘 다 아니라는 말에 박씨는 잡고 있던 옷깃을 스르르 풀고선 내심 실망한 눈초리로 말을 이었다.

"비색고름입니까요? 뭐, 그것도 값을 후하게 쳐 드리겠습니다요."

하지만 언지는 아무 말 없이 한 발자국을 더 성큼 다가왔다. 그러자 박씨는 저도 모르게 몸을 움찔하며 떨리는 손길로 뒤를 더듬었다. 성큼 다가선 그에게서 꽃내음이 나는 것 같았다. 게다가 이리 가까이 보아도 어찌 저리 곱단 말인가. 정녕 사내가 맞는 것일까? 하기야 사내가 아니면 어찌 저러고 다니겠누. 박씨는 마른침을 꿀꺽 삼키며 도리질을 쳤다.

"그보다 더 귀한 서책이네. 아직 아무 곳에서도 풀리지 않은 김 도령의 은밀한 서책이지."

그녀의 입에서 은밀한 서책이란 말이 떨어지자마자 박씨의 신경이 다시금 그녀의 목소리에 쏠렸다. 호, 혹시 신작이란 말인가?

"그, 그것이 무슨?"

잔뜩 긴장한 채 바라보는 박씨의 모습에 그녀는 야릇한 목소리로 박씨의 귓가에 대고 속삭였다.

"비색고름 외전."

그러고는 품 안에서 녹빛이 나는 서책을 꺼내 들었다. 박씨의 시선이 정확히 서책 제목에 박혀 떨어지지가 않았다. 비색고름의 외전이라니. 외전이라니!

그는 바들바들 떨리는 손길로 믿어지지 않는 듯 서책을 움켜쥐었다. 그러곤 여전히 제목에 넋을 뺀 모습으로 입을 열었다.

"저, 정녕 사실입니까? 어찌 이리 귀한 것을!"

"암, 귀하다마다. 게다가 내가 이것을 무려 열 권이나 구했네."

열 권이라는 말에 박씨는 뒤로 자빠질 듯한 표정을 짓더니, 이내 언지의 손을 꽉 붙잡으며 혼이라도 팔 기색으로 외쳤다.

"열 권! 제가 다 사겠습니다. 두 배, 아니 세 배, 네 배를 쳐 주는 한이 있더라도 제가 다 사겠습니다요!"

역시나 일이 생각대로 돌아가자, 언지는 기분 좋은 표정을 지으며 그의 귀를 한 번 더 빌렸다.

"이것을 그냥 줄 수도 있네. 내 말을 잘 따라 준다면."

"예?"

순간, 그녀의 얼굴 위로 웃음기가 말끔히 사라지면서 다소 서늘한 음색이 박씨의 귀를 움켜쥐었다.

"되도록 소문을 제대로 퍼트리시게. 이 책방에서만 구할 수 있다고. 유일하다고. 그리고 혹시나 이것을 누가 구해 줬냐고 한다면."

"한다면?"

"……김윤광. 김윤광이라 하시게."

이른 아침부터 초학의들이 모인 교육당이 웅성거리고 있었다. 애타게 기다리고 있는 한성애사의 두 번째 권 이야기가 은밀히 퍼지고 있었기 때문이다.

"김 도령께서 어찌 이리 늦는 것일까? 아주 속이 다 탈 때까지 기다리고 계시는 걸까?"

"그러게나 말이야. 그 뒤가 어찌나 궁금한지. 도련님이 헌지의 손을 탁, 붙잡으면서 끝나면 대체 어쩌라는 건지!"

"그래서 그런지, 난 아직까진 비색고름의 여운이 가시질 않는 것 같아."

"하긴, 아직까진 비색 낭자가 더 애틋하지."

한 번 시작된 이야기가 꼬리에 꼬리를 물고서, 결국 초학의들 대부분이 김 도령의 이야기로 꽃을 피우고 있었다. 그때, 그 모습을 지켜보고 있던 허지가 미묘한 표정을 지으면서 이야기 틈으로 끼어들었다.

"아직도 비색고름 이야기야?"

"그건 김 도령의 수작이야!"

"그래. 몇 번을 봐도 감동적이야."

"야릇한 장면은 늘 쿵쾅거리긴 하지만."

음흉한 농이 오가자 초학의들은 말리는 척하면서도 피식피식 미소를 지었다. 허지는 그 말에 맞장구를 쳐 주면서 은근슬쩍 운을 띄웠다.

"나도 김 도령 소설이 꽤 재미있더라고."

"어머, 허지 너도 읽은 거야?"

"응. 그래서 이런 걸 어렵게 구했어."

"구하다니?"

허지는 슬그머니 품 안에서 책 하나를 꺼내 들었다. 바로 비색고름 외전. 일부러 제목이 잘 보이도록 펼쳐 들자, 초학의들의 눈빛이 맹수처럼 돌변하더니 순식간에 여러 명이 그 서책을 움켜쥐었다.

"이, 이건……."

"진짜야? 진짜 비색고름 외전이야?"

"이걸 어디서 구했어?"

어디서 구했느냐고 물으면서도 서책을 움켜쥔 손으로 다른 초학의들과 신경전을 벌이자, 허지는 가벼운 미소를 지으며 의기양양한 표정으로 말했다.

"책방에서 어렵게 구했어. 그리고 아마 구하기 많이 힘들 거야. 무려 비색고름 외전이잖아?"

"그, 그렇겠지?"

"읽고 싶어?"

허지의 말이 끝나가기가 무섭게 초학의들이 허지님, 제발! 하며 애원하기 시작했다. 비색고름 외전이라니. 김 도령의 소설이 뜸하던 차에 이런 새로운 신작을 보게 될 줄이야! 게다가 역작 비색고름의 외전! 초학의들은 정말이지 미친 듯이 읽고 싶었다.

허지는 이쯤이면 되겠다는 생각으로 고개를 숙이고서 한층 낮아진 목소리로 속삭였다.

"원한다면 줄 수도 있어. 대신 한 가지 조건이 있지."

"뭔데? 뭐야?"

"소문."

"소문?"

허지는 바짝 마른침을 씁쓸하게 삼키며 또박또박 말을 이어 갔다.

"그래. 이 서책의 내용을 혜민서에 전부 퍼트리는 거야. 병자부터 시작해서 심지어 날아가는 새들조차 들을 수 있도록."

"그거야 쉽지!"

"반드시 이 내용을. 아주 구석구석."

초학의들은 식은 죽 먹기라며 좋아했다. 어차피 평소에도 김 도령 소설에 대한 이야기를 곧잘 했으니까. 게다가 김 도령의 소설은 워낙 유명하기에 온갖 소문이 제대로 퍼지곤 했다.

"헌데, 무슨 내용인데? 비색 낭자 이야기 아니야?"

초학의 한 명이 조금 의아한 표정으로 묻자, 허지는 책을 내려다보며 속삭였다.

"맞아. 헌데, 낭자의 어릴 적 이야기야. 낭자가 원래는 양반이었는데 아버지가 억울하게 돌아가신 뒤, 노비가 되어 버린 아주 슬픈 이야기."

그렇게 서책이 초학의들에게 건네지고, 한 글자, 한 글자 소중히 읽어 내려가는 초학의들 너머로 연신 밝게 웃고 있던 허지의 눈이 딱딱하게 굳어지면서 치맛자락을 움켜쥔 손끝이 파르르 떨리며 붉게 물들고 있었다. 평소 허지답지 않게. 그녀의 눈동자가 어쩐지 슬프게 일그러지고 있었다.

그렇게 김 도령의 신작 비색고름 외전의 이야기가 도성 안으로 바람처럼 빠르게 번지고 있었다. 특히나 책방 주인 박씨의 놀라운 장사 수완과 초학의들과 의녀들에 의해 병자들에게까지. 결국은 규방부터 궐 안까지 발 없는 소문은 그렇게 천천히 무섭게 뒤덮어 가고 있었다.

비색고름 외전을 읽은 의녀들은 하나같이 눈물을 글썽이며 한 사람을 향해 차마 입에 담지 못할 욕을 퍼붓고 있었다.

"천하의 몹쓸 놈!"

"그러게 말이야. 어찌 벗이라는 자가 이런 악독한 짓을!"

"이런 일만 없었어도 비색 낭자가 그런 수모를 겪지 않았을 텐데!"

웅성이는 목소리가 커지고 있을 무렵, 의녀들을 찾고 있던 수의녀가 그녀들의 모습에 굳어진 표정으로 역성을 들었다.

"대체 거기서 뭐 하는 것이야! 병자들은 나 몰라라 할 셈이야?"

수의녀의 등장에 의녀들이 얼른 책을 숨기려 했지만 수의녀가 더 먼저 손을 뻗어 책을 낚아챘고, 의녀들은 파랗게 질린 얼굴로 고개를 푹 숙였다.

수의녀는 책 제목을 보고선 기가 막힌 표정을 지었다. 도대체가 정신이 있는 건지, 없는 건지!

"비색고름 외전? 이런 서책을 어찌 여기서!"

"그, 그것이. 저희만 읽는 것이 아닙니다. 의녀들, 의관님들 심지어 병자들도 알고 있습니다. 비색 낭자가 어찌나 가여운지."

"예, 맞습니다. 수의녀님. 그 천하의 몹쓸 놈이……."

"아직도 정신을 못 차린 게야!"

의녀들은 다시금 움찔하며 고개를 돌렸지만, 혹시나 책을 빼앗길까 봐 조마조마한 표정을 짓고 있었다. 수의녀는 이 한심한 의녀들의 모습에 한숨을 내쉬며 돌아서려는데, 뒤에서 제조 영감의 목소리가 들려왔다.

"무슨 일이기에 이리 목소리가 높은가, 수의녀."

"제조 영감!"

의녀들은 정녕 죽었다 하는 표정으로 고개를 더욱 푹 숙였고, 수의녀는 정신을 차리고서 윤주석에게 예를 갖추었다.

"오셨습니까."

"허허. 혜민서가 소란스럽구먼."

"송구합니다. 의녀들의 기강이 해이해져서. 제가 주의시키겠습니다."

"너무 뭐라고 하지 말게. 그 책이 그리 재미있어서 그런 것이 아닌가."

주석은 벌써 이곳으로 오는 내내 병자들로부터 그 책에 대한 소문을 들은 차였다. 그런데 의녀들도 이리 저 책에 빠져 있을 줄이야.

"그것이……."

"병자들도 내게 그 책 이야기를 했다네. 나도 좀 읽어 봐야겠어."

그가 우스갯소리로 수의녀에게서 책을 집어 가자 의녀들은 안타까운 탄성을 질렀고, 수의녀는 매섭게 그런 의녀들을 노려보았다. 그때, 멀리서 의관이 헐레벌떡 뛰어왔다.

"영감, 수의 영감께서 오셨습니다."

그리고 저 멀리서 문인수가 부드러운 미소를 지으며 윤주석에게 다가오고 있었다. 그는 살짝 굳어진 시선으로 문인수를 반겼고, 그렇게 두 사람은 별다른 말없이 서둘러 집무실로 걸음을 옮겼다. 그렇게 수의녀는 의녀들을 데리고 사라졌고, 텅 빈 자리 너머로 한 그림자가 사라진 두 사람의 뒷모습을 노려보고 있었다.

"드디어 만났군."

어느새 김 도령의 변복을 벗고서 의녀로서 자리에 서 있던 언지는 윤주석과 문인수의 모습을 떠올렸다. 특히나 문인수. 그자의 웃는 모습만 봐도 속이 울렁거릴 정도로 화가 치솟았다.

"혜민서는 확실하게 퍼진 것 같아. 궐 안에도 제법 소문이 도는 것 같고."

허지가 언지의 곁으로 다가와 그녀의 손을 잡아 주었다. 언지는 저도 모르게 손끝이 스르르 펴지는 것을 느끼고선 한층 나아진 시선으로 말을 이었다.

"장시도 잘 퍼졌어. 박씨가 아주 제대로 해 준 모양이야. 이제 문인수가 알아차리기만 하면 돼."

"그건 걱정하지 마. 입소문이라도 듣게 될 테니까. 그러면 절대 가만 못 있겠지. 그런 짓을 저질렀는데. 감히, 아버지를. 우리 아버지를."

지난밤, 언지는 허지에게 모든 사실을 말해 주었다. 허지도 아버지의 딸이기에 모든 사실을 알아야 한다고 생각했다. 훗날에 알게 되면 원망할 테니까. 그리고 가슴에 쌓인 원망이 제대로 풀어지지 못할 테니까.

그래서 조금이라도 그 슬픔을 달랠 수 있도록 이번 일을 허지와 함께 했다. 김 도령의 소설로 도성의 소문을 내는 것. 비색고름 외전의 책 내용만 알게 된다면 문인수는 결코 가만있지 못할 것이다. 그렇게 제 발로 찾아오겠지. 어쩌면 두려워하려나. 자신이 죽였던 김윤광이 살아 있다고 생각할지도 모를 테니까.

"내가 알아보라는 건 알아봤어?"

허지는 애써 감성적인 생각을 털어 내고서 안타까운 표정으로 고개를 가로저었다.

"찾아보기는 했는데, 그렇게 심장에 단번에 무리를 주면서 흔적이 남지 않게 하는 독은 없었어."

"그래. 역시 문인수에게 직접 물어보는 수밖에 없나."

이번 일을 꾸미면서 생각을 냉정하게 정리하던 언지는 의구심 하나가 생겼었다. 바로 선왕 전하의 심장발작과 아버지의 심장발작이 같다는 것. 게다가 언지는 아버지가 문인수로부터 무언가를 마신 뒤에 그리되었다는 걸 기억하고 있었다.

그렇다면 선왕께서도 그리 돌아가셨을 텐데. 도대체 심장에 무리를 주는 독이 무엇일까? 혹, 독이 아닌 것일까? 하기야, 독 때문에 생겨야 할 부작용이 몸에서 생겨나지 않았으니.

하지만 허지와 함께 온갖 의학서를 찾아봤는데도 비슷한 것도 찾을 수가 없었다. 아무래도 문인수에게 직접 듣는 수밖에 방법이 없을 듯싶었다. 그러니 어서.

'어서, 걸려들어라. 문인수!'

집무실로 들어선 윤주석은 떨리는 속내를 숨기고서 그에게 차를 내밀었다.

"명에서 좋은 차가 들어왔단다. 향이 아주 일품이지."

"이리 귀한 것 주셔서 감사합니다."

주석은 인수에게 잘 다려진 차를 따라 주었다. 하얗게 올라오는 김 너머로 씁쓸한 향이 피어오르며 팽팽한 분위기와 상관없이 평온함을 드러내고 있었다. 문인수는 입안 가득 차향을 머금고서 찻잔을 내려놓았다.

"대군 대감께 양지황을 받았습니다."

"……."

"이제부터 저는 내의원을 벗어날 수가 없으니, 무슨 일이 있거든 꼭 제게 기별을 해 주십시오."

"……그래."

주석은 떨리는 손으로 찻잔을 들어 올렸다. 아직도 온기를 머금은 찻잔이 손안으로 가득 퍼졌다. 그는 천천히 시선을 돌려 제 앞에 앉아 있는 문인수를 바라보았다. 내의원의 수의. 하지만 그를 처음 만난 것은 천민이었던 의생. 그다음에 만난 것은 양자로 들여온 의관. 그리고 지금만큼은 그의 눈에 비치는 이는 자신의 제자였던 문인수였다.

"한 번도 후회한 적 없느냐?"

그의 질문에 인수는 문득 움직임을 멈추고서 고개를 들었다.

"무엇을 말입니까?"

"내가 너를 차선에게 보인 것을 말이다."

주석은 제가 무슨 말을 하는지 알 수 없었다. 하지만 이미 내뱉은 말을 담을 수도 없었다. 인수는 그런 그의 말에 잠시 머뭇거리다 이내 웃으면서 순간의 망설임도 없이 답을 떠올렸다. 후회 따윈 없다고. 이 길이 아니었다면, 자신은 여전히 밑바닥을 구르고 있었을 것이다. 부탁한 것도 자신이고, 선택한 것도 자신이다. 다시 시간을 되돌린다고 해도 지금과 똑같은 선택을 했을 것이다.

"스승님께 감사드릴 뿐입니다."

하지만 인수는 그 말 한마디로 모든 말을 다하였다. 주석 역시 가만히 고개를 끄덕이며 이젠 온기가 사라진 찻잔을 움켜쥐었다. 그를 거쳐 간 수많은 제자가 있었지만, 그가 기억하는 이는 단 두 사람이었다. 문인수와 김윤광. 두 사람은 정말이지 너무나도 모든 것이 달랐다. 성격부터, 의술을 행하는 자세. 특히나 가장 큰 벽인 신분. 그리고 두 사람의 운명 역시 너무나도 달랐다.

"그 책은 무엇입니까?"

인수는 분위기를 돌리기 위해 말을 건넸다. 그러고 보니 저 책을 내의원 의녀들이 숨기는 것을 본 것 같은데. 게다가 여기 오는 내내 혜민서에서도 본 것 같았고. 주석은 인수가 가리킨 서책을 보고선 아차, 하며 웃었다.

"의녀들이 보고 있기에 가져온 거다. 오늘 병자들도 내내 이 책 얘기를 하고 있기에."

"그렇습니까? 저도 본 것 같습니다."

그는 아무 생각 없이 책을 펼쳐 들었다. 그리고 몇 줄 읽지도 못한 채 표정이 딱딱하게 굳어지면서 눈빛이 떨려 왔다. 주석은 책장을 움켜쥔 그의 손끝에 들어간 힘을 보고선 의아한 표정을 지었다.

"무슨 일이냐? 안색이 안 좋구나."

"이 책. 이 필체……."

"뭐?"

"김윤광."

그의 입에서 김윤광의 이름이 나오자 주석은 흠칫 놀란 표정으로 그에게서 책을 빼앗아 살폈다. 그러자 그의 시선도 삽시간에 필체에 멈춰 들었다. 닮았다. 필체가, 생전 윤광의 필체와 똑같았다. 하지만, 하지만.

"그럴 리가 없어. 그럴 리가 없어!"

인수는 책을 빼앗아선 반쯤 이성이 나간 손짓으로 책장을 거칠게 넘겼다. 하지만 내용을 읽어 나갈수록 그의 얼굴은 점점 더 창백하게 일그러졌다. 서책에 적힌 내용이. 내용이. 마치 윤광과 자신 같았다. 양반이면서 시골 의원으로 지내던 자가 벗의 잘못을 고하려다 벗의 손에 죽게 되는. 그리고 그 벗은 승승장구하여 죽은 의원의 여식과 재회하게 된다는 내용. 내용뿐만 아니라 상황과 특히, 자신이 그를 죽였던 장소까지 완전히 똑같았다.

'누구냐. 감히, 감히!'

빠르게 움직이던 그의 손길이 맨 마지막 장에서 멎었다. 마지막 문장이 그의 시선으로 꿰뚫듯, 파고들면서 더는 아무것도 생각할 수가 없었다.

그 의원은 벗의 허물이 담긴 서책을 숨기게 된다. 그가 어떻게든 없애려고 불을 질렀는데도, 없어지지 않고 세상에 남겨지게 된다. 지금까지도.

허물이 담긴 서책. 혹, 연판장인가? 아니다. 그럴 리가 없다. 그럴 리가 없어. 분명 불에 태웠다. 그 집과 함께 전부 태워 없애 버렸다고! 게다가 그 연판장을 아는 이가 윤광, 그자 빼고 다른 이가 알 수 있을 리 없어!

"이봐, 수의. 수의. 인수야!"

주석은 반쯤 넋이 나간 그를 흔들었지만, 이내 인수는 자리에서 벌떡 일어나 미친 사람처럼 집무실을 빠져나갔다. 뒤에서 주석이 불렀지만 소용이 없었다. 주석은 불안한 기색으로 인수가 떨어뜨리고 나간 책의 마지막 글귀를 바라보았다.

그리고 나는 그것을 내가 죽었던 그 자리에 묻었네.

인수는 혜민서를 빠져나가 잔뜩 일그러진 눈빛으로 책방을 향해 달려갔다. 분명 책방에서부터 풀렸을 터.

다리가 자꾸 제멋대로 움직이며 무너질 것 같았지만 그는 더욱 힘을 주었다. 무언가가 머릿속에서 터질 것 같았지만 그딴 것도 억눌렀다. 누구냐. 대체 누구기에 그 모든 것을 아는 것마냥 말하는 것이냐! 감히 이 문인수를 협박하려고 들어? 이따위 것에 내가 무너질 것 같으냐!

그렇게 그는 책방을 샅샅이 뒤지면서 그 서책의 출처를 마구잡이로 묻기 시작했다. 그러자 결국.

“바, 박씨 책방에서.”

“박씨?”

“예. 책방 박씨가 먼저 그 서책을 팔았습니다요. 게다가 소문을 퍼트린 것도…….”

그는 사람들이 가리킨 책방으로 들어섰다. 그러자 박씨가 헤실헤실 웃으면서 다가와 고개를 숙이며 말했다.

“혹 비색고름 외전을 찾고 계신다면 송구하지만 이미 다 팔리고……. 윽!”

인수는 서슬 퍼런 시선으로 박씨의 목에 칼을 들이밀었다. 박씨는 너무나도 살벌한 그의 모습에 벌벌 떨며 살려 달라고 발버둥을 쳤다.

“아이고, 살려 주십시오, 나리! 나리!”

“제대로 말해라. 안 그러면 이대로 네놈의 목을 베어 버릴 것이니!”

“예, 예! 다 말하겠습니다요.”

칼자루를 움켜쥔 그의 손길에 더더욱 힘이 가해지면서 한 글자, 한 글자 씹어 내뱉듯, 내뱉었다.

“그 책, 어디서 구했느냐.”

“예?”

“방금 말한 그 책을 어디서 구했느냐!”

"김, 김윤광이라는 자가!"

순간, 머릿속에서 터질 듯 위태롭게 있던 무언가가 펑 하고 터지면서 붉게 타들어 갔다. 김윤광. 김윤광. 그 이름을 이렇게 다시 듣게 될 줄이야. 이렇게. 그것도 이 시기에.

"김윤광. 김윤광이라고?"

그의 손이 흔들리면서 이내 칼을 떨어뜨렸고 박씨는 거의 기어가듯 책방을 빠져나갔다. 텅 빈 책방 너머로 인수는 마치 제 눈앞에 윤광이 있는 것마냥 바라보다 이내 비틀린 미소를 띠며 미친 듯이 웃기 시작했다. 그 웃음소리에 뒤섞인 광기가 그를 더더욱 뒤흔들고 있었다.

"하하, 하하 하하하하! 그래. 광이. 날 만나고 싶단 말이지? 좋아. 좋다고! 누군지 모르겠지만 만나 보지. 혹시라도 김윤광, 자네라면. 자네가 귀신이 되어 찾아온 것이라 해도! 그때와 마찬가지일 것이야. 내가 자네를 또 죽여 버릴 테니까—!"

몇 번이고, 몇 번이고, 몇 번이고 그때와 똑같이 죽여 줄 것이야. 그래야, 내가 살 테니. 내가 살 수 있을 테니—!

초학의 수업이 채 끝나지도 않았는데 허지는 터질 듯한 숨을 내쉬며 한성부로 달려가고 있었다. 한시도 늦어져선 안 된다. 조금이라도 빨리, 더 빨리! 그리고 그녀의 시선에 이영이 닿자마자 다리가 그대로 허물어질 것 같았다. 안도감일까? 게다가 너무 오랜만에 보는 얼굴이니까. 이런 상황에도 그리움이 밀려드는구나.

"의녀님!"

이영은 놀란 표정으로 금방이라도 무너질 것 같은 허지를 붙잡았다.

"허, 허 교수님. 하아! 여기 계십니까?"

그는 다급하게 그녀의 등을 두드려 주었다. 차츰차츰 숨소리가 안정되어 가자 이제야 이영의 눈빛이 한층 누그러지면서 차분히 입을 열었다.
"아직 궐에서 돌아오지 않았습니다."
"아직이요?"
떨리는 목소리. 이영은 설마 하는 표정을 내지었다.
"벌써 움직인 것입니까?"
허지는 조금 전 상황을 떠올리며 고개를 끄덕였다.
"예. 문인수가 알아차렸습니다. 곧 언니를 만날 것입니다. 빨리, 빨리 언니에게 가 봐야 합니다!"
드디어 문인수가 알아차렸고, 그가 움직였다. 언지는 옷을 갈아입으면서 서둘러 한성부로 가서 이 사실을 알리라고 했다. 허지는 교수님과 함께 가자고 했지만, 언지는 그러다 자칫 늦어지면 모든 것이 허사라고 하면서 달려갔다. 반드시 교수님이 달려와 줄 거라고 말하면서. 그를 믿는다고 말하면서. 그런데 한성부에 있지 않다니!
"교수님은 대체!"
그녀답지 않게 초조해하며 안절부절못하는 모습에 이영은 잠시 망설이다 이내 손을 뻗어 그녀의 작은 손을 잡아 주었다. 순간, 허지는 몸을 움찔하며 그를 마주 보았다. 다시금 그의 눈동자에 그녀의 얼굴이 가득 담겼다.
"너무 두려워하지 마십시오. 반드시 겸이가 지켜 줄 것입니다. 서로 그리 믿는다고 했으니까 말입니다."
"최 판관님……."
이영은 궐로 사람을 보냈다. 그리고 혹시 모르니 그곳으로 먼저 가겠다고 하자, 허지가 빠져나가려는 그의 손을 다시금 꽉 붙잡았다.
"의녀님?"
"저도 같이 가겠습니다."
"그건 안 됩니다. 너무 위험합니다!"
하지만 허지는 쉽게 물러서지 않았다. 더는 소중한 가족이 다치는 모습을 보고 싶지 않았다. 특히나 그자에게 언니마저 잃을 수는 없었다.

“저도 김 도령입니다. 그리고 저 역시 아버지의 딸이고요. 그 사람, 저 절대로 용서 못 합니다. 그 사람이 언니마저 위험하게 하는 걸 그냥 두 손 놓고 바라볼 순 없습니다.”

금방이라도 눈물이 쏟아질 것 같았다. 억지로 참고, 참고 또 참고 있었다. 아버지가 그리 모살당하셨다는 사실에 비통했고, 그자가 버젓이 살아서 내의원 수의를 하고 있다는 사실에 원통했다. 하지만 그보다 더 쓰라린 것은 지금껏 아무것도 모른 채 언니만 괴로워했다는 점이 더더욱 마음을 아프게 했다.

이영은 억지로 눈물을 참은 채 떨리고 있는 그녀의 어깨에 마음이 쓰라렸다. 겸이가 이런 심정으로 의녀님을 보냈던 걸까? 보내고 싶지 않지만. 절대 그러고 싶지 않지만. 또 그녀를 위해서 보낼 수밖에 없는?

이영은 허지의 손을 제 손가락에 엮어 마주 잡았다.

“최 판관님.”

“제 곁에 꼭 붙어 계십시오. 의녀님을 지켜 드리겠습니다.”

그의 목소리가 차분하게 허지를 붙잡아 주었다. 금방이라도 쏟아질 듯한 눈물을 이 사람이 따스하게 닦아 주었다.

“정말 감사합니다. 최 판관님이 제 곁에 계셔서.”

“…….”

“정말 다행입니다.”

순간, 찌릿한 무언가가 이영의 가슴을 파고들었다. 오랜만에 보는 그녀의 미소에 저도 모르게 함께 입꼬리가 올라갔다. 낯선 감정. 하지만 싫지만은 않은 느낌.

‘정신 차려라, 최이영!’

이영은 어렵게 감정을 억누르고서 허지의 손을 잡고서 함께 한성부를 빠져나왔다.

❖ ❖ ❖

구름이 세상을 뒤덮고 칠흑같이 차가운 어둠 속에 인수는 자신이 윤광을 죽였던 장소를 그날 이후 처음 발걸음 했다. 도성과 그리 멀지 않은 곳. 섬뜩한 바람이 휘감고서 그때의 감각이 다시금 생생히 파고들었다. 하지만 그는 웃었다. 그때와 마찬가지로. 그저 비릿한 웃음을 흘렸다.

자신의 모든 운명이 시작된 곳. 후회는 없다. 윤광과 자신, 둘 중 하나는 떨어졌어야 했으니까. 그래야 살 수 있었으니까. 그래, 난 살기 위해 죽인 것뿐이다. 살기 위해서!

"그러니, 나와라. 당장 나와—!"

인수의 목소리 끝으로 낮은 발걸음 소리가 들리면서 다 쓰러져 가는 폐가 안쪽에서 또 다른 그림자 하나가 드리웠다. 인수는 주먹을 움켜쥐고서 그자를 바라보았지만, 갓이 아래로 내려와 얼굴이 제대로 보이지 않았다. 하지만 그는 저도 모르게 바짝 마른 목소리로 속삭였다.

"윤광?"

하지만 이어 들려오는 목소리는 꽤나 맑고 청아했다.

"벌써 잊으셨습니까? 그분이 누구의 손에 돌아가셨는지."

여인의 목소리. 분명 여인의 목소리다. 하지만 분명 제 앞에 있는 이는 사내의 복색을 하고 있는데.

"넌 누구냐. 누군데 감히!"

그때, 그림자가 성큼 앞으로 다가오면서 얼굴을 가리던 갓을 올렸다. 그러자 말간 얼굴이 드러나면서 붉은 입술이 살짝 벌어지며 역시나 여인의 목소리가 울렸다.

"저는 그분의 여식인 김언지입니다. 책 마지막 장에 분명 여식과 다시 만나게 된다고 그리 쓰여 있지 않았습니까."

그리고 그 벗은 승승장구하여 죽은 의원의 여식과 재회하게 된다.

인수는 문득 그 내용을 떠올리고선 잠시 생각에 잠기다 이내 다시금 언지를 바라보며 입꼬리를 틀어 올렸다. 웃음이, 웃음이 멈추질 않았다. 그렇다는 건 모두 저년이 꾸민 짓인가? 윤광이. 역시나 그 녀석이 살아 있을 리가 없지. 그래. 그럴 리가 없지!

"하하하하! 해서 네가 내게 그런 것을 보낸 것이냐?"

"그렇습니다."

"겁이 없구나. 겁이 없어. 내가 네 아비를 죽였다는 증거라도 있느냐? 감히 너 같은 년이 나를 기망하고 겁박을 해!"

"증거라. 영감께서는 제가 드린 책을 제대로 읽지 못하셨나 봅니다. 분명 거기에 아주 자세히 써 놓았을 텐데요. 그리고 이 자리. 이 장소에서! 당신이 우리 아버지를 죽였다는 걸. 그렇지 않고서야 당신이 여기로 나올 수가 없지."

언지는 자꾸만 흐트러지려는 이성을 잡기 위해 노력했다. 여기까지 왔으면서도 저리 뻔뻔스런 낯짝으로 모른 척하는 저자의 모습이 가증스러워 견딜 수가 없었다. 역겨워 미칠 것 같았다. 하지만 참아야 했다. 아직은 참아야 해.

"제가 다 보았습니다. 이곳에서. 이 자리에서. 이 두 눈으로 직접! 당신이 아버지를 죽인 이유까지 전부 보았습니다. 그리고 연판장까지."

연판장이라는 말이 튀어나오자, 인수의 표정이 이제야 싸늘하게 굳어졌다. 그래, 연판장. 설마 저 계집이 가지고 있는 것인가? 그것을?

"네가, 가지고 있느냐?"

섬뜩하게 일그러지는 그의 목소리에 언지는 저도 모르게 가슴이 떨려왔지만 티 나지 않게 고개를 끄덕였다. 다행이다. 이곳이 어두워서. 그나마 두려움을 가려 줄 수 있으니까.

"정녕 네가 이 자리에 있었다고?"

"그렇지 않고서야 그리 세세하게 쓸 수 있었겠습니까?"

인수는 언지를 빤히 쳐다보았다. 아무도 없었을 거라 생각했는데. 정녕 저 계집이 그 자리에 있었단 말인가. 그리고 다 보았다고. 다 들었다고?

문인수의 흔들리기 시작한 모습에 언지는 마지막 패를 꺼내기 위해 품에서 연판장을 꺼내 들었다. 순간, 인수의 눈동자가 눈에 띄게 흔들리면서 오직 그녀의 손에 쥐어진 연판장의 존재에 얼어붙기 시작했다.

"그것이. 아직도……."

"아버지께서 남기신 것을 제가 가지고 있었지요. 오늘날을 위해서 말입니다."

인수는 저도 모르게 걸음을 성큼 당겼다. 그럴 리가 없는데. 분명 없애 버렸는데. 흔적도 없이 불태웠는데. 설마, 광이가 저것을 빼돌린 것인가? 끝까지 나의 숨통을 조이기 위해서!

"왜 아버지를 죽인 것입니까."

"뭐?"

"아버지와 벗이 아니십니까? 그런데 어째서. 그리고 왜! 의원이면서 사람을 살리는 의원이면서!"

누르고 있던 감정이 봇물처럼 흘러넘치고 말았다. 흔들리면 안 되는데. 무슨 일이 있어도 냉정해져야 하는데. 하지만 한 번 내뱉은 말은 속수무책으로 쏟아지면서 언지를 뒤흔들었고, 인수는 그녀의 목소리에 걸음을 멈추었다. 그래, 저 계집에게 말려들 수는 없지. 절대로!

"좋다. 네가 보았다는 것. 그리고 연판장을 가지고 있다는 것. 다 인정해 주지. 그래서 네년이 네 아비의 복수라도 하고 싶어 하는 모양이지?"

"……."

"그렇다면, 그래. 제대로 알아야겠지. 그럴 자격이 충분해."

인수는 걸음을 뒤로 돌려 풀 한 포기 나지 않은 땅에 정확히 섰다. 언지도 그곳을 기억했다. 낡은 창호지 너머로 아버지가 저자의 발아래 숨을 헐떡이며 죽어 가던 곳. 끝까지 절 바라보면서 나오지 말라고. 끝내 제 이름 한 번 제대로 불러보지 못한 채, 숨을 놓아 버린 그곳.

그는 거칠게 발을 구르며 광기 어린 시선으로 속삭였다.

"보았다면 너도 알겠지? 이 자리에서 윤광이 어찌 죽었는지. 얼마나 고통스럽게 죽었는지."

"……."

"왜 죽였냐고? 의원이 아니냐고? 의원은 사람이 아니더냐. 의원도 사람이니, 나부터 살아야 했어. 내가 살아야 병자들도 눈에 보이는 것이야."

인수는 제 발밑으로 쓰러졌던 윤광을 떠올렸다. 그는 죽기 직전에서야 누군가의 발밑에 짓밟혔겠지만, 자신은 천민으로 살아 있는 그 순간, 순간 누군가의 발밑에 엎드려 기어야만 했다.

"난 천민이었다. 살기 위해 의술을 익혔지. 지금의 제조 영감께서 내 재능을 높이 사 양자로 들여 정식 의관이 될 수 있었다. 네 아버지는 거기서 만났지."

꽤나 담담한 어조가 흘러나왔다. 쉼 없이 메마른 바람이 불어오고, 언지는 자꾸만 인수의 모습이 흐릿하게 일그러졌다.

"같은 스승 아래서 처음엔 잘 지내는 것 같았다. 하지만 어느 순간, 자꾸만 그에겐 기회가 주어지고 그의 재능을 사람들이 높이 사면서 점점 어긋나기 시작했지. 나중엔 내게 주어진 실낱같던 기회마저도 윤광에게 갔어."

양반과 천민은 그 어떤 순간에도 모든 것이 달라야만 했다. 아무리 같은 의원의 감투를 쓰고 있다고 하더라도 마찬가지였다.

"난 필사적이어야 하는데, 그는 너무 쉬웠어. 모든 것이 쉬웠지. 물론 같은 양반네들은 윤광을 이해할 수 없다며 손가락질했겠지만 천민이라고 짓밟히진 않았을 거 아니야. 그렇게 나는 차츰차츰 깨달았다. 병을 고치는 것에도 계급이 있다는 사실을. 내가 살기 위해선, 그를 밟아야 한다는 사실도."

순간, 그의 눈동자가 희번덕한 빛을 품더니 이내 언지를 똑바로 노려보았다. 그녀는 저도 모르게 온몸으로 소름이 돋아났다.

"그래서 일부러 선왕의 일에 끌어들인 것이다. 너는 차선대군이 윤광을 끌어들였다고 생각하겠지만. 아니, 틀렸다. 그를 끌어들인 것은 나다.

오로지 그를 죽이기 위해서!"

인수가 말한 진실에 언지는 저도 모르게 다리가 휘청였다. 고작 그런 이유로 아버지가. 아버지가. 어찌, 어찌 그런 짓을! 사실 수 있으셨는데! 사실 수 있으셨는데!

눈앞이 자꾸만 흐릿하게 부서졌다. 그리도 참았던 눈물이 다시금 눈가로 아프게 밀려들면서, 그녀가 아래로 무너지고 말았다.

"아, 아……. 하아!"

가슴이 찢어질 듯한 고통이 틀어 누른 입 밖으로 흘러내리면서, 어느새 하얗게 부서진 시선 너머 아버지의 모습이 다시금 선명히 떠올랐다.

'아버지. 아버지……!'

"스승님께서 내게 처음 그 일을 권하셨을 때 깨달았다. 나는 그런 더러운 짓을 해야만 살 수 있는 거라고. 광이는 그런 일을 하지 않아도 네가 말하는 사람이나 살리는 그런 고고한 의원으로 남을 수 있는 거겠지. 허나, 스승님을 원망하진 않는다. 미워하진 않아. 그 덕분에 난 광이를 죽이고 이 자리에 올랐으니까!"

"하아, 하아, 하아……."

가슴에 응어리진 숨이 제대로 쉬어지지가 않았다. 아래로 뚝, 뚝 떨어지는 눈물방울이 멍울이 되어 그녀를 난도질하기 시작했다. 그만큼 이 순간이 미치도록 견디기가 어려웠다.

인수는 천천히, 아주 천천히 언지에게로 다가섰다. 시커먼 그림자가 그녀를 삼키기 시작하면서 언지는 이를 악물고서 어느새 코앞까지 파고든 그의 얼굴을 맹렬히 노려보았다.

"나는 잘못이 없어. 내가 살기 위해선 어쩔 수가 없었으니까. 광이는 내게 진 패배자일 뿐이다. 그는 내게 진 거야. 진 거라고!"

"닥쳐!!"

언지는 바닥에 움켜쥔 흙을 그에 눈을 향해 뿌렸다.

"악! 이년이!"

그사이에 언지는 자리에서 일어나 빨갛게 달아오른 시선으로 그를 똑바로 노려보았다. 한 치의 흔들림도 없이 아버지가 돌아가셨던 그 자리에 그대로 서서 그를 내려다보았다.

"당신의 그 더럽고 추악한 입에 아버지를 들먹이지 마. 아버지는 오직 병자뿐이었어! 당신 따위는 안중에도 없이, 오직 병자들뿐이었다고! 어느 낮은 곳에서든 상관없었어. 그래서 당신이 그토록 갈망하던 양반이라는 자리도 그리 쉽게 내던질 수 있었던 거야!"

이번엔 언지가 문인수를 향해 걸어왔다. 한 발, 한 발. 그를 아주 똑똑히 바라보며 걸어왔다.

"당신은 의원이 아니야. 그러니 처음부터 아버지와 이름을 나란히 할 수조차 없어! 아버지는 너 같은 인간 때문에 돌아가신 것이 아니야. 끝까지 의원으로서 한 생명을, 선왕 전하를 살리기 위해 돌아가신 거야! 그러니 당신이 말하는 태양은, 오직 우리 아버지야."

'어찌 하나의 하늘 아래 두 개의 태양이 있을 수 있겠나.'

인수는 문득, 그를 죽이기 전에 했던 말이 떠오르면서 눈빛이 사납게 일그러졌다. 말도 안 되는 말이다. 광이는 내가 죽였다. 비참하게 내 발밑에서 그리 죽었다. 그런데 뭐라고? 의원으로서 죽었다고? 여전히 태양이라고? 웃기는 소리. 그건 패배자들이 지껄이는 변명에 불과해!

"연판장을 이리 내. 그것만 없애 버리면 모든 것이 다 끝난다. 네년을 죽여 버리면 이대로 다 끝나는 일이야. 그리고 난 더 높은 곳으로 갈 거다. 더 높은 곳으로! 김윤광. 그가 쳐다보지도 못할 그런 곳으로!"

인수는 어느새 칼을 빼어 들고서 언지에게 달려들기 시작했다. 이미 광기에 사로잡은 그의 모습에 사람을 살리는 의원의 모습은 없었다. 그저 제 욕망을 채우기 위해 본능으로만 움직이는 짐승만이 있을 뿐이었다. 그녀는 뒷걸음질 치며 필사적으로 연판장을 움켜쥐었다. 빼앗기면 안 된다. 그리고 다쳐서도 안 된다. 그리고.

'언젠가 모든 일이 다 끝나고 나면 그대에게 꽃신을 줄 것이오. 아주

예쁘고 어여쁜 꽃신. 그걸 신고 내 곁으로 오라고. 그대가 머무는 어여쁜 곳이 내 곁이 될 수 있도록.'

죽어서도 안 된다. 그를 혼자 남겨 두고 죽을 순 없어!

언지는 후들거리는 다리에 힘을 주고서 미친 듯이 달리기 시작했다. 하지만 인수의 걸음이 더욱 빨랐다.

"네년이 도망갈 수 있을 거라 생각하느냐!"

인수는 칼을 망설임 없이 휘둘렀다. 그리고 아슬아슬하게 언지의 어깨를 스치면서 찌릿한 통증이 스쳤지만, 언지는 이를 악물고 버티며 달렸다. 조금만 더 기다리면 그가 올 거다. 도련님이 오셔서 지켜 주실 거다.

'그를 믿어야 해. 도련님을, 허겸!'

그는 헐떡이는 숨을 내뱉으며 언지를 노려보았다. 그리고 입가를 비틀며 칼을 들어 올렸다.

"나는 절대, 이대로 무너지지 않아—!"

그리고 그의 손에 움켜쥔 칼이 언지를 향해 날아가려는 순간!

휙!

"으윽!!"

바람을 가르는 화살이 정확히 인수의 팔목에 박혀 들었고, 그의 짧은 신음 소리와 함께 칼이 아래로 툭 떨어졌다. 언지는 격한 숨을 토해 내며 천천히 고개를 뒤로 돌렸다. 그러자 팔목을 움켜쥔 채 주저앉은 문인수 너머로 횃불이 가득 보였다. 그 일렁이는 횃불 사이로 그가 보였다. 그가…….

"……교수님."

관군들 사이에서 겸이 싸늘한 표정을 지은 채 활시위를 내려놓았다. 그러곤 옆에 있던 관군의 칼을 빼어서는 인수를 향해 달려가자 인수는 재빨리 떨어진 칼을 쥐고서 날아오는 겸의 칼과 맞닿았다.

챙!

칼과 칼이 만나는 날카로운 음이 깨지면서, 겸은 차갑게 일그러진 표정으로 칼자루에 더더욱 힘을 가하였다.

"문인수."

사납게 일그러진 입술 사이로 그의 이름이 새어 나왔다. 인수는 팔목에 화살이 박혔음에도 불구하고 필사적으로 겸을 막아서며 이를 드러냈다.

"그래, 허겸. 너로구나. 네가 그날 일을 방해만 하지 않았어도 여기까지 오진 않았을 것인데. 고작 의학교수 따위가 내의원 수의를 가로막는 것이냐! 네놈 역시 좌상 대감을 등에 업고서!"

그가 있는 힘껏 겸의 칼날을 내려쳤지만, 겸은 흐트러짐 없이 단숨에 인수의 팔목을 향해 그었다. 허공으로 핏방울이 흩어지자 언지는 터져 나오려는 신음 소리를 꾹 누르며 그 자리에 주저앉았다. 멀리서 그녀를 발견한 허지가 언지를 부르며 달려갔다.

"언니!"

뒤이어 도착한 이영 역시 허지의 뒤를 따랐다. 먼저 도착할 거라 생각했는데. 겸이 한성부에 들르지도 않고 먼저 이곳부터 온 듯싶었다. 그래도.

'늦지 않아 다행이다, 겸아.'

겸과 인수의 칼날이 더더욱 매섭게 몰아쳤지만, 점점 인수 쪽의 칼끝이 눈에 띄게 흐트러지며 떨리기 시작했다. 하지만 겸은 사정을 봐주지 않고 연신 매섭게 몰아쳤다. 다른 이는 몰라도 이자는 용서할 수가 없었다. 이자만큼은!

"문인수—!"

겸의 칼이 결국 인수의 칼을 내려쳐 버렸고, 인수는 바닥으로 쓰러지면서 제 목덜미에 드리워진 서슬 퍼런 칼끝에 비릿한 미소를 그렸다.

"감히 의학교수 따위가 내의원 수의를 추포하려는 것이냐. 아무리 네놈이 좌상 대감의 아들이라 하여도 이럴 수는 없다!"

인수의 발악에 겸은 서늘한 냉소를 머금으며 속삭였다.

"의학교수에게 잡히는 것이 그리 억울하다면, 다른 이름으로 잡아 주지."

"뭐라?"

"주상 전하의 어명으로, 의금부 경력으로서 죄인 문인수를 김윤광 의원 살인죄와 이헌 전하 독살 사건 혐의로 추포하겠다. 이자를 잡아라!"

의금부 경력?

인수는 멀리서 달려와 제 몸에 오라를 묶기 시작하는 관군들을 향해 발악하며 외쳤다.

"이대로 죽을 것 같으냐! 이럴 리가 없다. 나, 문인수가 이대로 무너질 리가 없어! 차선대군 대감을. 대감을 모셔 와라! 대감! 대감—!"

관군들에 의해 붉은 오랏줄에 묶인 채 문인수가 끌려갔고, 겸은 그의 처참한 뒷모습을 노려보다 이내 떨리는 숨을 내쉬며 고개를 돌렸다. 그러자 바닥에 주저앉아 있는 언지의 모습이 아프게 와 닿았다. 조금만 늦었다면. 그랬다면.

겸은 이내 고개를 가로젓고서 그녀에게 다가갔다. 언지를 부축하고 있던 허지는 그런 겸의 모습에 슬쩍 자리를 비켜 주었다. 어느새 관군 몇이 이영에게 다가와 고개를 숙이고 있었다.

"이미 혜민서로 윤주석을 추포하기 위해 몇이 갔을 것이다. 영이 네가 가 보거라. 그리고 전하의 어명이다. 지금부터 너는 한성부 판관이 아닌 내금위장이다. 일이 끝나는 즉시 궐로 가거라."

내금위장이라는 말에 이영은 예를 갖추고서 궐이 있는 곳을 향해 고개를 숙이며 외쳤다.

"성은이 망극하옵니다, 전하."

그러고는 기다리고 있던 관군들과 말 위로 오르려는 찰나, 허지가 그런 그의 손을 덥석 잡았다.

"의녀님."

허지는 어찌 그의 손을 잡았는지 저 역시 알 수가 없었다. 왠지 모를 불안한 기분에 저도 모르게 손을 뻗고 말았다. 이영은 그런 허지를 바라보다 이내 미소를 띠며 그녀의 손을 가볍게 잡아 주었다.

"아, 그게. 송구합니다."

그녀는 얼른 그의 손을 풀어 주었다. 대체 어쩌자고! 괜히 신경 쓰이실 텐데! 하지만 내금위장이라니. 궐로 들어간다니. 어쩐지 위험한 일이 생길 것 같아 두려움이 일었다.

그렇게 허지가 어쩔 줄 몰라 하며 고개를 들지 못하자, 이영은 스스로 먼저 입을 열었다.

"걱정하지 마십시오. 무사히, 다녀올 것입니다."

그때, 이영이 그녀가 원하는 말을 해 주자, 이제야 허지가 살며시 고개를 들었다.

"최 판관, 아, 아니. 이제 내금위장님."

"그냥 편하게 도……."

"예?"

"아, 아닙니다. 다녀와서 말씀드리겠습니다."

그렇게 허지는 이영을 보내 주었다. 이영은 제 손안에 남아 있는 그녀의 온기를 움켜쥐고서 아까보다 들뜬 심장에 묻었다. 다녀오면 그녀에게 도련님이란 말을 듣고 싶었다. 그리고 그녀에게도.

'낭자라고, 부를 수 있겠지요.'

하지만 그보다 더하고 싶은 말은. 이영은 저도 모르게 붉어진 귓불을 매만지며 더욱더 속도를 높였다.

그렇게 주변을 정리하는 관군들 몇을 제외하고선 인적이 사라져갔고, 언지는 떨리는 시선으로 겸을 올려다보았다. 뭐라고 말을 해야 하는데. 뭐라고 말을.

"교수……."

하지만 그녀의 목소리가 채 나오기도 전에 그의 품이 그녀를 끌어안고 흐르는 눈물을 품었다.

"내가 조금 늦었소. 미안하오."

"흐흐. 으흡!"

아무 말 없이 언지는 그의 품에 파고들어 정말이지 모든 것을 내려놓은 채 눈물만을 쏟았다. 가슴 위로 뜨겁게 스며드는 눈물 자락에 겸은 심장이 아릿한 아픔을 품고서 함께 울고 있었다. 다독이는 손길이 애달팠다. 품 안에서 파르르 떨리며 들썩이는 이 작은 어깨가 그녀보다 더욱 아프게 느껴졌다. 하지만 그렇기에 더욱 힘을 주어 그녀를 끌어안았다.

"흐흐흡! 아버지가, 아버지께서. 이제는 숨을 쉴 수 있으시겠지요? 하아! 그러실 수 있으시겠지요……."

"그럴 것이오. 아마 편안히, 지켜보고 있을 것이오."

"허면 되었습니다. 그것으로 되었습니다. 흐흐흑……."

한참을 울던 언지는 이제야 흐느낌을 누르며 눈물을 닦아 냈다. 이제야 멍했던 정신이 돌아오는 것 같았다. 그리고 정신이 돌아오니, 제 꼴이 지금 얼마나 우스운지 느껴지면서 차마 고개를 들 수가 없었다.

"어디 다친 것이오?"

겸은 어쩐지 언지가 고개를 들지 못하자 걱정스런 어조로 물었지만 언지는 고개를 가로저었다.

"아, 아닙니다. 그리고 남들이 있을 때는 그냥 의녀로서 대해 달라고 하지 않았습니까."

"어차피 다른 이들은 멀리 있소."

"그래도……."

"헌데, 왜 고개를 들지 않는 것이오? 내 얼굴을 보기 싫소? 난 보고 싶은데."

"그, 그게 아니라……. 얼굴이."

"얼굴?"

언지는 살짝 입술을 깨물더니 이내 눈을 질끈 감으며 말했다.

"엉망일 것입니다! 교수님은 훨씬 더 근사해지셨는데. 제 모습은 지금."

"하하하! 그런 걸 신경 쓰는 것이오? 매번 제 입으로 절세가인이라 하면서."

"절세가인이긴 하지만 그래도 정인 앞에 부끄러운 모습은 보이기 싫습니다."

그녀가 완고하게 고개를 숙이고 있자, 겸은 한 손가락으로 고운 턱을 짚었다.

"그 어떤 얼굴도 어여쁠 것인데. 내가 그리 잘 알고 있는데."

"……."

"나는 지금 그대의 얼굴이 보고 싶소. 무사한 모습을 너무나도 보고 싶소. 이곳으로 달려오는 내내 얼마나 마음 졸였는지 모를 것이오. 얼마나 간절히 그대를 불렀는지도 모를 것이오. 그러니 내게 얼굴을 보여다오, 언지야."

그의 간절한 목소리에 심장이 숨 막힐 듯 뛰어올랐다. 턱 끝에 와 닿은 그의 손길이 뜨거웠다. 그리고 그만큼 그녀도 그의 얼굴을 보고 싶었다.

언지는 달뜬 숨을 삼키며 그와 시선을 마주했다. 어느새 살포시 휘늘어지는 눈동자. 그가 눈앞에 있었다.

"이, 이상하지요?"

"내겐 너무 어여쁘기만 하오. 이리 무사히 다시 내 곁에 와 주어서, 고맙소. 너무나도, 고맙소."

언지는 그의 말 한마디, 한마디를 가슴에 새기며 천천히 미소를 지었다.

"다녀, 왔습니다."

청천벽력 같은 소식에 차선대군의 눈빛이 싸늘하게 굳어졌다.

"지금, 뭐라 했느냐."

그는 혜민서 제조와 내의원 수의가 의금부로 압송되었다는 소식을 믿을 수가 없었다. 그들이 어째서. 갑자기 어째서!

"주상 전하께서 혜민서 의학교수 허겸을 의금부 경력으로 임명하고 그들을 잡아들이라는 명을 내리셨다고 합니다. 게다가 전하께서 이헌 전하의 독살과 더불어 연판장의 존재를 아시는 듯합니다."

여후의 말에 차선대군의 표정이 더욱더 차갑게 일그러졌다.

"연판장. 연판장이라니. 그것이 어찌 아직도 남아 있다는 말이냐!!!"

순간, 그가 쥐고 있던 찻잔이 여후의 머리 위로 날아가면서 산산조각으로 부서져 내렸다. 어린 것이. 그것이. 이리 뒤통수를 치는 것인가. 거의 다 왔는데. 이제 조금만 더 가면 끝인데!

"문제는 그것이 아닙니다. 남방에서 급서가 왔습니다. 좌상 대감의 병력이 움직이고 있다고 합니다. 이미 꼬리가 전부 밟힌 것 같습니다."

"하아. 좌상. 허겸. 그것들이 결국엔 내 숨통을 조이는구나."

차선은 가빠 오는 숨을 애써 차분하게 내쉬고서 눈을 느리게 몇 번 깜빡였다. 이대로, 이대로 무너질 수는 없다. 절대! 아직 양지황의 존재는 들키지 않았다. 더 이상 기다릴 때는 없었다. 지금이 바로 그때였다.

그는 감고 있던 눈을 치켜뜨고서 여후를 향해 말했다.

"넌 당장 의금부에 가서 문인수, 그자를 만나 양지황이 어디에 있는지 알아내어라. 그자 역시 이대로 무너지려고 하지는 않을 터. 분명 바른대로 고할 것이다."

"그 뒤엔?"

"죽여라. 그자도, 혜민서 제조도 모조리 죽여 버려!"

"예."

"그리고 양지황을 손에 넣는 즉시, 중전을 사로잡거라."

좌상의 병력이 도착하기 전에 궐을 장악해야 했다. 그전에 이홍, 그 아이의 숨통을 끊어놓아야 했다. 만에 하나 연판장이 좌상의 손안에 있다고 해도 이홍이 스스로 양지황을 마셔 죽는다면. 그리고 고명대신을 앞세워 내게 보위를 물려준다는 말을 남기게 한다면 아무런 탈이 없을 터. 그러기 위해선 이헌처럼 여인으로 뒤흔들 수밖에. 대사헌의 여식 때문에 무너졌던 이헌이다. 그리고 지금의 이홍을 흔들 수 있는 것은.

'지금의 중전밖에 없다. 중전을 반드시 내 손안에 넣어야 해!'

"서두르거라, 어서!"

"예."

"아, 그리고."

움직이려던 여후는 걸음을 멈추고서 차선을 바라보았다. 그는 바닥에 흐트러진 찻잔을 잠시 바라보더니 이내 짧게 한마디를 내뱉었다.

"다른 아이를 풀어, 양귀비를 태워라."

신월이. 그 아이에겐 미안하지만 너무 많은 것을 알고 있어. 혜민서 제조나 내의원 수의보다 더 위험한 것이 바로 그 아이야.

소란스러운 소리에 귀를 기울이고 있던 홍목은 드디어 그때가 왔음을 깨달음과 동시에 양귀비를 태우라는 말에 눈동자가 흔들렸다. 양귀비는 신월 행수의 별호. 결국.

'차선대군이 행수 어른을 내치는구나!'

겸은 걱정스런 표정으로 언지에게 손을 내밀었다.

"괜찮겠소?"

그리고 그녀를 일으키려는 순간, 언지가 짧은 신음을 내쉬었다. 그제야 겸은 그녀의 어깨의 상처를 발견했다. 언지는 굳어져 가는 그의 표정에 얼른 상처를 손으로 가리며 말했다.

"아무것도 아닙니다. 정말 괜찮습니다."

하지만 겸은 그녀의 손을 치우고서 상처를 살폈다. 깊게 베이진 않았지만 저도 모르게 인상이 찡그려질 만큼 쓰라려 보였다. 게다가 매번 병자들을 살핀다고 보는 피인데, 그녀의 피라는 생각을 하니 저도 모르게 당황스러워 어쩔 줄을 몰라 했다.

"많이 아플 것 같은데. 당장 의원! 아니, 그대가 의원이지. 아, 나도 의원이지. 그러니, 그러니까…….”

차마 손을 대지 못하는 그의 모습에 언지는 피식 웃었다. 그러자 옆에 있던 허지가 혀를 차면서 겸을 옆으로 밀어냈다.

“좀 비켜 보십시오. 제가 하겠습니다. 어찌 의학교수님이셨으면서 고작 이런 피에 당황하십니까? 초학의보다 못하십니다!”

“그러게나 말이야.”

“흠흠!”

허지는 능숙하게 피를 닦아 내고 깨끗한 천으로 상처를 꽉 동여매었다.

“아무래도 혜민서에 가서 대충 시료를 해야겠어.”

“이까짓 걸로 무슨 혜민서를 가.”

“가야 하오, 꼭!”

겸이 극구 가야 한다고 부추기자 언지는 하는 수 없이 그의 어깨에 기대어 자리에서 일어섰다.

그렇게 말을 타고서 혜민서에 와 닿은 언지는 멀리서 종종거리며 서 있는 낯익은 그림자에 의아한 표정을 지었다. 허지 역시 마찬가지였다.

“저건 분명.”

“홍목이?”

말발굽 소리가 가까이 울리자 홍목은 고개를 들었다. 그러곤 언지와 허지를 발견하고선 다급한 표정으로 달려왔다.

“홍목아, 네가 여긴 어쩐 일로?”

순간, 그녀가 언지의 손을 다급하게 붙잡았고 그녀는 저도 모르게 신월 행수가 머릿속으로 빠르게 스쳐 지나가면서 어쩐지 지난날, 말도 안 된다고 지나쳤던 느낌이 다시금 불길하게 그녀를 휘감았다. 신월 행수가 이번 일과 관련이 있을 거라는 그런 말도 안 되는 생각이…….

제13장
양귀비가 바라본 하늘

"그래, 드디어 차선대군이 움직이는구나."

홍목에게서 소식을 들은 신월의 표정은 생각보다 담담했다. 오히려 묘하게 편안해 보이는 듯한 기분도 들었다. 하지만 홍목은 그런 신월의 표정을 살필 겨를이 없었다. 행수님이 지금 위험하시니까.

"행수님께서도 서둘러 몸을 피하셔야 합니다. 차선대군이 양귀비를 태우라는 명을 내렸습니다."

"흣, 어차피 때가 오면 나부터 없앨 거라 예상했다. 기생년 주제에 너무 많은 걸 알고 있으니 훗날 차선대군에게 걸림돌이 될 테니 말이다. 혜민서 제조와 내의원 수의도 그리 쉽게 내치는데, 기생 하나 무엇이 대수겠느냐? 그자는 오직 자기 자신만 믿는 자야. 혈육조차 믿지 않는 그런 무서운 사람."

그런 사람이기에 그런 끔찍한 짓을 눈 하나 꿈쩍하지 않고 저지를 수 있겠지. 어쩌면 세상에서 가장 가여운 사람일지도 모른다. 누구도 믿지 않으니, 그 곁에 있는 이가 아무도 없다는 것이 아닌가. 그렇기에 그는 결코 왕이 될 수 없다. 누군가는 왕을 하늘에서 내려준다고 하지만, 틀렸다. 왕은 사람이 만드는 것이다.

"그나저나 허 도련님이 의금부 경력이 되셨다고?"

"예. 그리 들었습니다."

"게다가 연판장이라……. 꽤 큰 것을 도련님께서 쥐고 계시는구나. 하지만 그건 분명 언지 아씨의 덕분일 것이다."

비색고름 외전을 읽고서 신월은 언지가 모든 기억을 되찾았다는 걸 깨달았다. 김윤광과 문인수가 그런 관계로 엮여 있을 줄은 꿈에도 몰랐지만, 아무튼 일이 잘 풀리고 있다. 좌상 대감의 병력도 움직이고 있다고 하니. 게다가 두 번째 패 역시 아직은 이쪽에 있고, 첫 번째 패는 차선대군이 상상조차 못 할 것이니 말이다.

'이번이 하늘이 주신 기회다. 절대로 놓쳐선 안 돼.'

"허, 헌데."

홍목은 잠시 말을 더듬었고, 신월은 의아한 시선으로 그녀를 바라보았다.

"무슨 일이냐? 또 무엇을 알아낸 것이냐?"

"……차선대군이 중전마마를 사로잡으라는 명을 내렸습니다."

순간, 신월의 표정이 차갑게 일그러지면서 움켜쥔 손끝이 파르르 떨려 왔다. 중전을 사로잡다니. 설마 궁지에 몰리니 예전의 그 더러운 술수로 이홍 전하를 스스로 무너뜨리게 하려고! 하지만 정녕 그자가 중전을 사로잡게 된다면, 그 방법이 통할지도 몰랐다. 한 사람의 소중한 감정을 인질삼아 쥐고 흔드는. 하여 상대방이 그 어떤 생각도 하지 못하게 만드는!

"해, 행수님?"

그녀의 눈가가 붉게 물들면서 가슴속에 억눌렀던 분노와 애써 눌러 두었던 기억이 소용돌이치고 있었다. 결코, 용서하지 못할 사람이다. 아니, 그자는 사람도 아니다. 사람이라면 이렇게까지 할 수는 없다. 금수만도 못한!

"혹, 궐에 누가 있는지 아느냐? 중전마마의 소식은!"

"거기까지는."

'안 돼. 막아야 해. 막지 못한다면, 내가 먼저 차선대군을 없애 버려야 해!'

신월은 마음이 다급해졌다. 그녀는 서랍 속에서 자신이 지금껏 소중히 간직해왔던 분통을 꺼내 들고서 그것을 홍목에게 쥐여 주었다.

"행수님, 이건……."

"내 말 잘 들어라. 어쩌면 이게 네게 하는 마지막 부탁일지도 모르겠구나."

"그런 말 싫습니다. 이것도 싫습니다. 행수님께서 간직하고 계십시오!"

"내 말 들어야 한다! 넌 지금 당장 허 도련님과 언지 아씨께 달려가 중전마마를 지켜야 한다고 전하여라. 늦어선 안 돼. 절대로. 그리고 혹여나 일이 잘못되면."

그녀는 잠시 말을 멈추었다. 그 찰나의 시간이 홍목은 너무나도 불안했다. 이리 눈앞에 그녀가 있는데도 없는 것 같았다. 아니, 금방이라도 사라져 버릴 것 같아서. 그렇게 사라져서 영영 보지 못할 것 같은 불길한 느낌에 홍목은 저도 모르게 자꾸만 그녀의 손을 꽉 움켜쥐었다.

신월 역시 쓰디쓴 숨을 삼키며 마지막 말을 이었다.

"혹여나 일이 잘못되면 이것을 도련님께 드리어라."

겉으론 그저 평범한 분통. 하지만 이것은 차선대군의 발목을 가장 확실하게 잡을 수 있는 첫 번째 패가 될 수 있을 것이다.

"행수님께선?"

"차선대군이 먼저 움직이기 전에 홍와여림을 나가야겠다. 그리고 내가 직접 만날 것이다."

"저도 가겠습니다!"

"지금까지 내 말은 허투루 들은 것이냐! 넌 당장 도련님과 아씨를 찾아가야 한다. 그리고 후에 애령이를 데리고 도망쳐야 할 것이 아니냐."

"하지만 행수님은요!"

어느새 홍목의 눈가로 눈물이 고여 들기 시작했다. 아닐 것이다. 결코 아닐 것이다. 행수님께서, 행수님께서…….

신월은 떨리고 있는 홍목의 어깨를 가만히 쓰다듬어 주면서 입가로 엷은 미소를 지었다. 정말이지 그 어느 때보다도 말간 미소였다.

"너도 알잖니? 내가 지금껏 무슨 심정으로 살아왔는지. 아니, 난 산목숨이 아니었다. 이 순간을 위해 처절하게 숨만 쉬었을 뿐. 드디어 그 순간이 온 것이다."

잃었던 내 이름을 되찾고, 내가 진정 죽을 수 있는 순간이.

신월은 홍목을 보냈다. 그리고 적막함 속에 멀리서 들려오는 처연한 가야금 곡조를 들으며 면경을 꺼내 들었다. 지독히도 화려하게 색으로 가려진 낯선 여인이 보였다. 그녀는 홍와여림의 기생이 된 뒤로 한 번도 제대로 지워 본 적이 없는 화장을 하나하나 깨끗하게 지우기 시작했다.

머리를 장식하던 패물도 떼어 내고 짧은 저고리에 주렁주렁 달려 있던 노리개도 전부 내려놓으며 그렇게 화려한 색이 사라지고, 텅 빈 모습의 여인이 면경에 스치고 있었다.

여후가 자리를 떠나고, 차선 역시 사랑채를 벗어나 구름 사이로 비치는 달을 바라보았다. 지금 보는 달이 어쩌면 대군으로서 보는 마지막 달이 될지도 모른다. 다음에 달을 볼 때는 이곳이 아닌 대전 앞에서 볼 수 있을 테지. 그토록 기다린 시간이 어느새 그의 코앞까지 다가온 것이다.

좌상의 병력이 움직이고 있다고 해도 상관없었다. 어차피 그들이 도착하기도 전에 모든 것이 끝날 것이니.

"나리! 나리!"

그때, 밖에서 노비가 헐레벌떡 달려왔다. 차선은 뒷짐을 진 채, 그런 노비를 노려보며 말했다.

"무슨 일이냐?"

"홍와여림에서 서찰이 왔습니다."

"홍와여림?"

그는 홍와여림이라는 말에 의아한 표정을 지으며 서찰을 받아 들었다. 서찰 앞에는 양귀비가 그려져 있었다.

'신월.'

갑자기 그 아이가 서찰을 보내다니. 지금쯤이면 여후가 보낸 이들이 가고 있을 것인데. 그는 천천히 서찰을 펼쳐 들었다. 꽤나 단정하고 정갈한 필체 너머로 뜻밖의 말이 적혀 있었다.

대군 대감. 대감을 처음 뵈었던 그 암자를 기억하고 계십니까? 오늘 참으로 귀하고 좋은 술이 들어와 대감을 그곳에서 모시고 싶습니다. 기다릴 것이니 꼭 와주십시오.

암자라. 처음 신월을 만난 곳은 홍와여림이 아닌 절경 속에 숨어 있던 버려진 암자였다. 그곳에서 치성을 드리던 그녀를 우연히 만나게 되었었다. 물론 지금까지 연을 이어 오게 될 줄은 몰랐지만.

그는 서늘한 시선으로 서찰을 찢어 버렸다. 그래도 자신을 위해 꽤나 애를 써 주었던 아이다. 혜민서 제조와 내의원 수의가 그리되지 않았다면 정녕 궐 안으로 들일 생각까지도 한 아이였다. 그러니 다른 이의 손에 죽는 것보단 제 손으로 고통 없이 보내는 것이 나은 일이겠지. 어쩌면 기회를 주어 스스로 자결할 수 있게 할 수도 있고. 게다가 마지막 자리가 그 암자라면 그리 무섭지는 않을 것이다.

차선은 잠시 바람에 흩어지는 서찰을 바라보다 이내 그것을 지그시 밟고서 걸음을 뒤로 돌렸다. 마치 제 마음속에 남은 조그만 미련을 털어 내는 듯한 걸음이었다.

굽이진 길을 따라 사람들의 발길이 닿지 않은 곳을 좀 더 깊숙이 걸으니, 저 멀리 시원한 물줄기 소리가 울리면서 깎아 내려갈 듯한 절벽 위로 다 기울어진 작은 암자가 보였다. 그리고 그 앞으로 낯익은 여인의 그림자가 스쳤다. 마치 시간이 예전으로 거슬러 올라간 듯, 그때와 똑같이 화장기 없는 말간 얼굴과 수수한 무명옷을 입고서 서 있는 신월의 모습.

그때와 다른 점이라면 길게 내려온 댕기 대신 단정하게 올라간 쪽 찐 머리라고 할까. 그리고 자태에서 흘러나왔던 앳된 느낌은 사라지고 무수히 스쳐 지나간 시간의 흔적이 기품이 되어 흐르고 있었다.

“참으로 오랜만이구나, 이곳은.”

차선대군은 천천히 걸음을 당겼다.

처음 이곳에서 저 아이를 만났을 때는 귀신을 본 줄 알고 깜짝 놀랐었다. 살려 달라며 붙잡던 손. 바들바들 떨면서 숙이던 고개. 다른 때였다면 신경도 쓰지 않았을 테지만, 거의 다 쓰러지던 곳이라도 암자는 암자. 게다가 제 손에 수많은 피를 묻혔던 터라 부처께서 조금의 자비라도 베풀어 줄까 하는 마음에 목숨을 거두지 않고 홍와여림으로 보냈었다.

그리고 잊고 있었는데. 어느새 그 아이는 홍와여림 최고의 기생이 되더니, 결국엔 행수가 되어 그의 손과 발이 되어 주었다. 사람의 인연이 이토록 기이하던가. 그렇게 살려 낸 목숨을 제 손으로 다시 거두어들일 줄이야. 아쉽긴 하지만 양귀비의 향이 독한 만큼 더 이상 그 향에 중독될 수는 없었다.

“변한 것이 없습니다, 이곳은.”

신월은 두 손을 가지런히 모으고서 담담한 시선으로 차선대군을 바라보았다. 그 옛날, 모든 것을 순식간에 잃고서 제 운명을 갈기갈기 찢어 버린 장본인에게 이곳에서 고개를 숙였다. 내쉬던 숨이 멎고, 흐르던 피가 멎고, 내뛰던 심장이 멎는 듯한 아픔을 삼키며, 살려 달라며 손을 잡았다.

“그래. 어찌 이곳에서 보자고 한 것이냐.”

그녀는 입꼬리를 슬쩍 올리고서 마련한 자리로 그를 안내했다.

“귀한 술이 들어왔습니다. 이제 곧 중한 일을 하실 터니, 이런 낡은 암자라도 부처님께서 보살펴 주시지 않겠습니까.”

차선은 피식 웃으며 신월이 마련한 자리에 앉았다. 제법 매서운 바람이 불어오고 있었다.

신월은 두 손으로 그의 빈 잔에 술을 가득 따랐다. 말간 술이 청아한 소리를 내며 쏟아졌다. 차선은 술을 단숨에 마시고서 입술을 달싹였다.

"술이 달구나."

"기분이 좋으신가 봅니다."

"글쎄, 그렇지는 않은데."

그녀는 술을 한 잔 더 따랐다. 그러곤 그의 모습 하나하나를 응시하며 입을 열었다.

"괜스레 대감을 처음 만났던 때가 떠오릅니다."

"나도 생각나는구나. 참으로 기이했지. 난 내가 잘못 본 줄 알았다. 어찌 그곳에 혼자 있었느냐?"

"모두를, 잃었습니다."

술을 따르던 그녀의 손길이 멈췄다. 담담히 흐르던 목소리가 순간 서늘해지면서 그녀의 눈동자가 날카롭게 그를 바라보았다.

"하지만 모두를 잃었다고 그저 슬퍼할 수만은 없었습니다. 눈물을 흘릴 시간조차 제겐 허락하지 않았으니까요."

차선은 멈춘 술잔을 바라보며 고개를 들었다. 어느 순간 그녀의 시선이 제게 닿아 있었다. 그것도 평소와는 다른 어쩐지 섬뜩한 시선이었다.

"모두를 잃다니?"

"가족을 잃고, 제 이름을 잃고, 사랑하는 이마저도 잃었었지요. 헌데 드디어 제 이름을 되찾고 그들을 볼 수 있을 것 같습니다."

"……."

신월은 따르던 술잔을 아래로 내렸다. 탁 하고 떨어지는 날카로운 음과 함께 차분했던 그녀의 눈동자가 더더욱 깊은 그림자를 품고서 흔들리기 시작했다. 그리고 이내 그녀의 붉은 입술이 살며시 벌어지면서 수년 동안 누르고 눌러 왔던 감정이 칼날이 되어 차선을 향해 날아들었다.

"처음 대감을 만나던 날, 저는 당장이라도 대감을 죽이고 싶었습니다. 그야말로 갈기갈기 찢어 죽이고 싶었습니다."

"뭐라?"

차선은 움켜쥐고 있던 술잔을 내려놓았다. 그리고 기가 막힌 표정으로 그녀를 보았고, 순간 신월의 입꼬리가 짙은 곡선을 그리며 올라갔다. 화장기 없는 말간 얼굴 위로 싸늘하게 휘늘어지는 냉소와 섬뜩한 시선이 마치 지옥에서 올라온 수라처럼 그를 삼키고 있었다. 하지만 이제 시작이었다. 아직 그녀는 그에게 아무것도 한 것이 없었다. 그 끔찍하게 긴 시간 동안 정말로 단 하나도.

"매 순간순간, 대감의 품에 안길 때도, 마주 앉아 있을 때도, 그리고 지금도. 단 한 번도 잊지 않고 수백 번, 수천 번, 수만 번 얼마나 대감을 죽이고 싶었는지 모릅니다. 허나, 기다렸습니다. 제 심장을 도려내는 심정으로 대감의 곁에서 웃음을 팔고, 숨을 죽이며 기다렸지요. 신월이라는 이름을 스스로에게 처음 새기던 그 순간부터 그리 참고 기다렸습니다. 이 날이 오기를!"

어느새 차선의 표정 위로 웃음기는 말끔히 사라지고, 잔뜩 굳어진 시선으로 그는 이젠 너무나도 낯선 그녀를 향해 짧게 물었다.

"넌 누구냐!"

그리고 그녀는 천천히 자리에서 일어섰다. 거대한 그림자가 차선대군을 삼켜 들었다. 신월은 수십 년 동안 잃어버렸던 그녀의 이름을 드디어 그의 앞에 내뱉었다.

"살아생전 제 이름은 양규연. 당신이 대역죄인으로 몰아 죽인 대사헌 양가의 고명딸. 양규연입니다."

그리고 그녀의 말이 떨어지자마자 차선대군의 표정이 하얗게 질려 갔다. 순간, 제 귀를 의심하였다. 누구라고? 누구의 딸?

"대사헌 양가. 허면 네가 선왕 이헌……."

"그 입으로 감히 전하의 이름을 담지 마라!"

그 순간, 바람의 짧은 비명과 함께 섬뜩한 칼날이 차선의 바로 목 밑을 겨누었다. 그녀의 여린 손에 전혀 어울리지 않는 서슬 퍼런 칼날. 그렇게 그녀가 지금껏 그의 앞에서 견뎌 온 시간만큼 날카롭게 뻗은 칼날은 제대로 울음조차 내뱉을 수 없었던 그녀를 대신해 그의 목숨 앞에 잔뜩 울음을 토해 내고 있었다.

하지만 차선은 그녀의 칼날 앞에 이내 웃음을 터트렸다. 광기가 뒤섞인 웃음소리가 산중을 울리며 규연의 가녀린 어깨를 움켜쥐었다.

대사헌의 핏줄이 살아 있었을 줄이야. 그것도 이헌의 계집이. 대사헌 양가의 딸을 마음에 두고 있다는 것만 알았지, 그 얼굴을 직접 본 적은 없어서 이리 살아 제 곁에 있을 줄은 꿈에도 몰랐다.

그래서 이헌이 대사헌 집안이 몰락당하였다는 소리를 듣고서도 그리 태연할 수 있었던 것이로구나. 아니지, 처음부터 저 아이만 빼돌렸을지도 모르지. 어떤 의미로는 참으로 독했구나, 참으로 독해! 끝내 저 계집의 손을 놓지 못했다니!

차선은 웃음기 가득한 눈동자로 규연을 바라보았다. 하지만 저 여인만큼이나 독하진 않았겠지. 역시 대단한 여인이다. 제 신뢰를 얻기 위해 정인과 가족을 죽인 자와 살을 섞고, 정인을 죽였던 독을 스스로 구해 바치다니! 정말이지 지독한 여인이야!

“하하, 하하하하! 재미있구나, 재미있어. 넌 끝까지 내게 웃음을 주는구나. 그래. 역시 넌 양귀비다. 내 생각이 맞았어. 넌 반드시 태워야만 한다. 남김없이 태워 버려야 해. 그 독에 숨이 막혀 내 목숨이 위태로울 것이니.”

“이런 상황에 그런 말이 나오다니 참으로 대단하구나. 하긴 또다시 그런 짓을 저지르려고 하는데.”

차선은 그녀가 무슨 말을 하는지 생각하다 이내 뭔가를 떠올리고선 짙은 미소를 그렸다.

“내 옆에 사람을 붙여 둔 모양이지? 애령이냐? 아니면 애령이를 따라

왔던 그 몸종? 뭐, 그게 중요하겠느냐. 그래, 중전의 일을 알고 있구나. 옛 생각이 떠오르나 보지? 내가 너를 붙잡고 이헌을 무너뜨렸던. 지금의 주상도 그리될 것이다."

"그리되지 않을 것이다. 지금의 전하께선 결코 그리되지 않을 것이야!"

"아니! 지금의 주상도 똑같을 것이다. 그러니 그 용상에 앉을 자격이 없다. 고작 감정 하나에 휘둘려서 스스로 용상에서 떨어진 이헌처럼! 왕은 냉혹하고, 냉혹하며, 또 냉혹해야 한다. 고작 감정 하나에 모든 것을 내던지다니. 그래서 내가 선왕을 죽인 것이다. 왕의 자격이 없었던 것이야! 게다가 결국 따지고 보면, 결국 너 때문에 죽은 것이 아닌가."

칼자루를 움켜쥔 규연의 손끝이 떨려 왔다. 이자의 말 한 마디, 한 마디에 결코 잊을 수 없는 그때의 기억이 그녀의 발끝 아래서부터 스멀스멀 기어 올라왔다.

"눈물겨웠던 선왕의 마음을 품고, 숨죽여 지냈더라면 목숨이라도 부지했을 텐데. 쓸데없이 복수하겠다니. 그것도 너 같은 년이. 감히 나 차선대군을. 새로운 보위에 오를 왕에게 대적하다니!"

규연은 흔들리던 마음을 독하게 바로잡았다. 이헌, 그분은 끝까지 제 손을 놓지 못하셨다. 스스로의 목숨이 위태로운 그 순간에도, 마지막까지 제 손을 놓지 못하셨다. 그러니 이 목숨은 처음부터 없는 것이다. 그분이 억울하게 잃어버린 빛을 다시금 되찾아 드리지 못한다면 그녀는 결코 그분을 다시 만날 수가 없었다.

"내 가족도, 내 이름도, 그분도! 네가 죽였다. 그러니 다시 만나게 하는 것도 네가 해야 하겠지. 너의 목을 들고서 그분들을 다시 만날 것이다!"

그렇게 그녀의 손에 쥐어진 칼날이 다시금 처절한 울음을 토해 내며 그렇게 차선대군의 목을 베려는 순간!

휙—!

"하아!"

들어 올린 그녀의 손이 순간 움찔하면서, 규연은 느리게 눈을 깜빡이며 비릿한 미소를 흘리고 있는 차선대군을 바라보았다. 등 뒤로 타는 듯한 고통이 밀려들었다. 그리고 다시금 끔찍한 바람이 스치며 두 개의 화살이 그녀의 등 뒤를 정확히 꿰뚫었다.

"그래. 내가 하였으니 내가 만나게 해 주지. 네년도 황천길로 보내 주마. 그곳에서 잘 만나 보아라!"

그녀는 입술에 피가 날 만큼 깨물며, 칼자루를 손에서 놓지 않았다. 이런 건 아픈 것이 아니다. 이런 건 고통이라 할 수 없다. 가슴에 묻고 묻었던 그분의 얼굴이. 그분의 목소리가. 미소가, 손짓 하나하나. 가슴을 후벼 파듯 묻어도 거기에 또다시 온전히 새겨져 지금껏 숨 쉬며 살아온 것에 비하면.

"그러니, 반드시 네놈 목을 들고 갈 것이야!"

"이, 이년이!!!"

규연은 마지막 숨을 끌어 모아 차선대군의 허리를 끌어안고서 그대로 절벽을 향해 밀어붙였다. 그러자 화살이 쉼 없이 그녀의 몸을 갈기갈기 찢어 내기 시작했다. 하지만 그녀는 포기하지 않고서 깍짓손으로 그와 자신을 함께 얽고서 절벽으로 달려갔다.

"뭐 하는 것이냐! 당장 이년을 쏴 죽여!!!!"

반드시 죽일 것이야. 무슨 일이 있어도 이자의 목숨을 들고서 전하께 갈 것이다. 전하를, 전하를.

'이헌, 전하…….'

그리고 그녀가 마지막 걸음을 내딛으려는 찰나.

"우욱!"

차선대군이 품 안에 숨겨 두었던 단검을 한 치의 망설임도 없이 그녀의 가슴에 정확히 꽂아 넣었다. 끔찍한 어둠이 그녀를 삼키기 시작했다.

"하아, 으윽!"

가슴에서 피가 미친 듯이 쏟아져 나왔고, 그녀의 입에서도 섬뜩한 붉은 피가 쿨럭이며 새어 나왔다. 결국, 규연의 손가락이 스르르 풀리면서 그 자리에 털썩 주저앉았다. 다리가 움직이지 않았다. 몸이 말을 듣지 않았다. 그녀의 눈가로 붉은 피눈물이 흐르며, 힘겹게 손을 뻗어 차선대군을 잡으려 했지만 흐릿한 시선 너머로 끝내 닿지 못한 채 쓰러져 버리고 말았다.

'조금만 더, 더 가면……. 더 가면…….'

차선대군은 칼에 묻은 그녀의 피를 무심하게 털어 내며 여전히 손가락을 까딱이며 쓰러진 그녀를 내려다보았다.

참으로 독한 년이다. 화살 수십 개가 생살을 그리 꿰뚫었는데도 허리를 감은 손을 풀지 않은 채, 저 높은 절벽으로 함께 떨어지려고 했단 말인가. 만약 자신이 이 칼을 품고 있지 않았다면, 상상만 해도 끔찍했다.

"요망한 년. 어딜 감히! 참으로 어울리는 최후가 아니더냐. 네가 원하는 대로 되진 않을 것이다. 지금의 주상 역시 이헌과 마찬가지로 죽어 없어질 것이다. 하늘이 바뀔 것이야. 그 순간을, 위에서 이헌과 비통한 마음으로 지켜보아라. 아, 지금의 주상도 함께 말이다."

"……."

"그래도 고통 없이 죽여주려고 했는데. 이리되어 참으로 비통하구나."

그렇게 차선대군이 그녀의 피를 밟으며 그 옆을 스쳐 지나가려는 찰나, 나지막한 목소리가 아주 뚜렷하게 그의 귓가를 움켜쥐었다.

"……당신에게 그런 감정이 있습니까? 당신은…… 그, 그저 당신만 아낄 뿐이지요…… 혈육조차 당, 당신에겐 그저 필요한 도구일 뿐…… 저는 당신이 참으로 가엾습니다. 모든 걸, 손에 넣으면 무엇 합니까? 저, 정작. 당신에겐…… 아무것도. 아무도 없, 없을 텐데……."

그는 헛웃음을 짓고서 그대로 걸음을 돌렸다. 그저 패자들의 마지막 발악일 뿐이다. 가당치도 않은 소리일 뿐. 아무것도 없다고? 아무도 없다고? 가장 높은 자리가 이제 제 손에 들어올 것인데. 그 누구도 함부로 할 수 없는 그 자리에서 수많은 이들이 자신에게 고개를 숙일 것인데.

그렇게 차선대군의 발걸음 소리가 점점 멀어지고 있었다. 규연은 흐릿한 시선 너머로 점점 멀어지는 그를 뚜렷하게 느끼며 어느새 메마른 줄 알았던 눈물이 흐느낌이 되어 입가로 새어 나왔다.

"행수님! 행수님!"

점점 멀어지는 의식 속에서 익숙한 목소리가 그녀의 정신을 붙잡았다.

"행수님!"

점점 가까이에서 들리는 홍목의 목소리. 규연은 저도 모르게 엷은 미소를 지었다. 그리고 마침내.

"아……. 아……. 행수님!!"

규연을 발견한 홍목은 눈을 뜨고 볼 수 없을 만큼 참담한 모습에 절규를 토하며 그녀를 붙잡았다. 규연은 어렵사리 눈을 깜빡이며 홍목을 바라보았다. 그녀의 옆으로 언지와 허지도 눈을 크게 뜬 채, 뭐라 할 말을 잃어버렸다.

"괜찮으세요? 행수님!! 아, 아, 아씨, 어서 행수님 좀, 행수님 좀……."

언지는 애써 정신을 차리고서 그녀를 살폈다. 하지만 너무 엉망이었다. 등을 꿰뚫은 화살만 해도 여러 개. 게다가 복부 쪽으로 치명적인 자상까지. 그나마 심장을 비켜 가서 숨만 쉬고 있는 것뿐, 눈으로 봐도 굉장한 출혈이었다.

"맥은?"

허지는 규연의 맥을 짚고선 이내 무거운 표정으로 슬쩍 고개를 가로저었다. 맥이 이미 희미해지고 있었다. 아직까지 버티고 있는 것이 신기할 지경. 언지는 떨리는 손길로 가슴에 꿰뚫린 상처를 틀어막아 보았지만, 그것이 고작이었다. 그녀를 살릴 수가 없었다.

"아씨, 어서요. 행수님이 살아 계시지 않습니까? 침을 맞든, 약초를 쓰든, 어서 행수님 좀……. 행수님을. 흐흐흡! 살려 주십시오. 제발, 제발 살려 주십시오!"

"호, 홍목아. 그만 하여라."

규연은 마지막 힘을 끌어 모아 홍목을 불렀다. 그러자 그녀는 울음을 멈추지 않고서 그녀의 손을 잡고 어쩔 줄을 몰라 했다. 언지는 어쩐지 말간 얼굴의 그녀를 바라보았다. 겸은 혹시나 있을 잔당들의 흔적을 찾는다며 뛰어다니고 있었지만 이미 모두 사라진 듯싶었다.

"아, 아씨."

"예, 아씨."

아씨라고 부르는 언지의 목소리에 규연은 허한 웃음을 흘렸다. 누군가에게 아씨라고 불려 보는 것은 참 오랜만이었다.

언지는 파르르 떨고 있는 신월, 아니 규연의 손을 붙잡았다. 처음으로 그녀가 너무나도 작다는 것을 느꼈다. 이 작은 몸으로 무수한 시간을 버티며 오직 오늘날을 기다린 것인가?

"어차피……. 저는 이제 틀렸습니다……. 허 도련님, 허 도련님을……. 불러 주십시오."

금방이라도 넘어갈 듯한 숨을 내쉬면서 그녀는 겸을 부르고 있었다. 분명 그에게 뭔가 할 말이 있는 것이겠지. 그렇게 언지는 겸을 불렀다. 하지만 그는 차마 가볍게 걸음을 떼지 못했다. 잔당들을 찾는다는 핑계로 일부러 피하고 있었다. 그녀는 이헌 전하의 정인. 한때는 마음 한구석으로 꽤나 원망했었던 여인이다.

"시간이 없습니다."

언지의 무거운 한마디에 겸은 쓴 숨을 삼키며 규연에게로 다가섰다. 참혹한 광경. 그의 눈동자가 아프게 흔들렸다. 규연은 겸을 바라보며 어렵게 손을 뻗었다.

"홍목아, 그것을……."

홍목은 끅끅대는 숨을 억지로 삼키며, 그녀가 맡겼던 분통을 꺼내 겸에게 건네주었다. 하지만 그 분통을 본 순간, 겸의 시선이 흔들렸다.

"기, 기억, 하십니까?"

규연의 한마디에 겸은 무겁게 고개를 끄덕였다.

"이것은, 제가 선왕 전하께 사다 드린 것입니다."

"여…… 역시. 도련님이셨군요……. 전하께서 직접 그, 그런 걸 구하긴, 어려우셨을 테니까."

겸은 분통을 힘없이 움켜쥐며 그날을 떠올렸다. 무척이나 들뜬 표정으로 이것을 구해 달라고 하였다. 자신은 궐 밖으로 나가기가 쉽지 않으니, 부탁한다며 두 손을 모으던 모습이 선했다. 그런 모습은 처음이었으니까. 그렇게 골라 준 분통을 무척이나 소중히 쥐고서 설렌 모습을 보이셨었다. 결국, 이 물건의 주인은 저 여인이었구나. 게다가 지금까지도 소중히 간직하고 있었구나.

"헌데, 이것을 어찌?"

"열어…… 보십시오."

언지는 연신 규연의 맥을 살피며 겸을 주시했다. 그러자 그는 떨리는 손길로 분통을 열었다. 그곳엔 연지 대신 서찰이 곱게 접혀 있었다. 그리고 그것을 펼친 겸은 순간, 헛숨을 삼키더니 이내 저도 모르게 그것을 떨어뜨릴 뻔했다.

"이, 이건……."

황망하여 말문이 막혀 버렸다. 언지는 저렇게 당황하는 겸의 모습은 처음이었다. 대체 저것이 무엇이기에? 그때, 사그라지던 규연의 맥이 순간 빠르게 뛰면서 그녀가 짧게 속삭였다.

"그것을, 도련님께 드릴 수 있어 다행입니다."

"선왕 전하의 필체……."

그의 한마디에 언지와 허지는 저들도 모르게 움찔했다. 선왕 전하의 필체라니. 그렇다면.

"그것은, 전하께서 목숨을 걸고서 남기신…… 금등지사(억울함이나 비밀스러운 일이 있어 후세에 이를 밝혀 진실을 알게 하는 문서)입니다."

그녀의 목소리로 물기가 젖어 들면서 온몸이 파르르 떨려 왔다. 겸은 믿을 수 없다는 시선으로 어느새 서찰을 소중히 붙잡고 있었다.

"금등지사라니. 설마, 선왕 전하께서……."

"예, 전하께선……. 지금의, 주상 전하를 지키기 위해. 목숨을, 걸고서. 그것을, 남기셨습니다."

그녀의 눈가로 마른 눈물이 고이며 흐르기 시작했다.

그리고 규연은 마지막으로 전하를 만났던 그 순간을 떠올렸다. 단 한 번도 잊어 본 적이 없는 가장 아프고 애달픈 기억. 그녀는 사랑하는 정인의 죽음을 방관할 수밖에 없었다. 알고서도 막지 못한 채, 뒤돌아설 수밖에 없었다.

"이쪽으로."

자신을 기다리고 있던 내관이 그녀를 조심스럽게 강녕전으로 데려갔다. 하지만 규연은 순간 흠칫하고 말았다. 분명 왕의 침소인데. 불씨 하나 밝혀지지 않은 이곳엔 몇몇 궁녀들만 자리를 지키고 있을 뿐 삭막하기 그지없었다. 침전 앞에 와 닿은 규연은 문 너머로 아른거리는 익숙한 그림자에 왈칵 눈물이 흘러나왔다.

"규연아."

그리움이 턱 하고 막혀왔다. 매번 예고 없이 저를 짓눌렀던 그의 모습이 이제 바로 코앞에 있다는 생각에 규연은 먹먹함을 깊이 누르며 천천히 행여나 사라질까, 조심스럽게 그를 불렀다.

"……예, 전하."

어렵사리 그의 이름을 담으면서 규연은 떨리는 손길로 문을 열었다. 하지만 문 너머로 보이는 그의 모습에 그녀의 눈망울에 애처롭게 고여 있던 눈물이 우두둑 떨어지면서 그대로 무너지고 말았다.

"저, 전하……. 어찌. 어찌……."

말을 이을 수가 없었다. 그는 예전의 모습을 많이 잃었다. 몹시도 상한 모습이었다. 그리도 늠름하셨던 만인지상 군주의 모습이 아니었다.

이헌은 서글프게 휘늘어진 시선으로 그녀를 담으며 속삭였다.

"이런 모습을 보이기 싫었는데. 그래도 네가 너무 보고 싶어서. 그래서……."

규연은 두 손으로 입을 틀어막으며 애써 흐느낌을 막으려 했지만 그럴 수가 없었다. 대사헌의 집안이 몰락한 뒤, 이헌은 규연을 몰래 밖으로 빼돌려 그녀의 목숨을 구명하였다. 고작 저 같은 것 때문에 전하께서 그 무거운 짐을 다 짊어지시느라 저리되신 것이다.

"송구합니다, 전하……. 저 같은 것 때문에……. 저 같은 것 때문에……. 으흐흑……."

그때 무너지던 그녀의 어깨 너머로 그의 커다란 손이 와 닿았다. 규연은 흐트러진 모습으로 고개를 들었다. 그러자 이헌은 그런 규연을 바라보며 살포시 미소를 지었다.

"울지 마라. 너의 웃는 모습이 보고 싶어 이리 부른 것인데. 어찌 눈물만 보이느냐. 내가 참으로 못난 사내로구나. 나 때문에 네가 이리 울다니. 정인의 웃는 모습조차 지켜 주지 못하다니."

"아니요, 아닙니다. 아닙니다……."

"규연아."

그녀는 이헌이 나지막한 속삭임에 어렵사리 입을 열었다.

"예, 전하."

"나는 결코 너를 잊지 못할 것이다. 결코, 잊지 못할 것이야. 살아야 한다. 그 무슨 일이 있어도 넌, 반드시 살아야 해."

"전하?"

그녀는 불안한 마음에 고개를 들었다. 역시나 그는 웃고 있었다. 하지만 입꼬리가 파르르 떨리고 있었다. 규연은 왠지 모를 불길한 느낌에 고개를 가로저었다.

"전하께서도 사셔야 합니다. 전 전하와 곁에 언제나 전하의 곁에 있을 것입니다."

"……아니, 내가 죽어도 넌 살아야 해."

"그게 무슨 말씀이옵니까!"

이헌은 품속에서 서찰을 꺼냈다. 그리고 그것을 그녀에게 쥐여 주었다.

"이것은?"

"난, 아바마마의 명을 들어 드리지 못했다. 이 나라 종묘사직을 지키고, 성군이 되어 조선을 품는 그러한 왕이 되질 못했다."

"아, 아니옵니다. 지금이라도 늦지 않으셨사옵니다. 전하께서는……."

하지만 규연의 바람과는 달리 이헌은 짐짓 무거운 표정을 지으며 고개를 가로저었다.

"하지만 그래도 난 이 나라의 왕이다. 그러니 종묘사직을 끝까지 지켜야 할 책임이 있다. 그러기 위해서 죽어야 한다면, 난 기꺼이 죽을 것이다."

"저, 전하……."

"나의 뒤를 이어 용상에 오를 이는 나의 아우다. 허나, 그 아인 나보다 더 어리고 연약하지. 차선대군이라는 벽에 가로막혀 제대로 날아 보지도 못한 채 날개가 꺾일 것이야. ……곧, 나를 죽이기 위한 독이 들어올 것이다."

순간, 규연의 심장이 쿵 하고 내려앉았다.

"해서, 지금 강녕전에 사람이 아무도……. 하아! 제가 막을 것이옵니다. 제가 이 사실을 바로 의금부에 알리고, 아니. 내금위에……."

"피할 수 없을 것이다. 이미 차선대군이 나를 죽이겠다고 마음먹은 이상, 힘없는 나를 지켜 줄 이들은 없다."

"제가 지켜드릴 것이옵니다. 제가요. 전하, 제가……. 제가!"

그녀는 필사적으로 그를 붙잡았다. 하지만 초연하게 웃는 그의 서글픈 눈매가 아프게 와 닿으며 현실을 잃어 가고 있었다. 이미 이분은, 죽음을 선택하신 것이다.

"저는 어쩌고요? 오직 전하를 위해 숨만 쉬고 있을 뿐입니다. 오직 전하를 위해 사는 저입니다. 헌데, 전하께서 그리 가시면 저는 어쩌고요? 나를 위해 살아 달라고 그리 말씀하시지 않으셨습니까!"

끝내 규연은 그의 앞에 무너지고 말았다. 눈물을 멈출 수가 없었다. 온몸으로 터져 나오는 울분을 멈출 수가 없었다. 매번 눈을 감으면 아버지와 어머니, 오라버니와 모든 식솔이 눈앞에서 죽어 가던 모습이 섬뜩하게 와 닿아 미칠 것만 같았다. 그런데 이제 이분마저 데려가려고 하다니. 대체 하늘은 제게서 누구를 더 데려가려고 하시는 것인가. 도대체 어디까지 그 형벌을 받아야 하는가.

"미안하다. 그 약조마저 지켜 주지 못해서. 내가 널 은애하는 것이 아니었는데. 그럼에도 불구하고 네가 살아 줬으면 하는 바람에 네게 부탁하는 것이다."

이헌은 규연의 손에 쥐어진 서찰을 함께 붙잡았다.

"이것은 금등지사다. 차선대군이 나를 해하였다는 진실이 담겨 있지. 이것을 후에 허선죽의 차남, 허겸에게 전해다오."

"전하……."

순간, 규연의 흐느낌이 멎었다. 그녀의 손등에 떨어진 굵은 눈물. 그가, 울고 계셨다.

"네게 이런 부탁을 하는 나를 용서하지 마라. 너를 끝까지 지켜 주지 못하는 이 약해 빠진 정인을 용서하지 마라. 끝까지 곁에 있어 주지도 못하면서, 그럼에도 염치없이 살아 달라고. 살아 달라고 부탁하는 나를, 나를 잊어라."

규연은 더 이상 왕이 아닌 한 사내로서 눈물로 부탁하는 그의 모습에 더는 거절할 수가 없었다.

그렇게 그녀는 이헌이 제 목숨을 걸고서 남긴 금등지사를 품에 안고서 그의 손을 스르르 놓았다. 이헌은 멀어지는 그녀의 뒷모습을 마지막으로 깊이, 깊이 새겼고, 규연은 마지막으로 한마디를 내뱉었다.

"전하. 아니, 이헌."

"……."

"잊지 않을 것입니다. 평생 동안. 제가 숨 쉬는 그 순간, 순간마다 당신을 떠올릴 것입니다. 비록 제 곁에 없으시겠지만……. 그래도 당신은 제 속에 차고 넘칠 정도로 가득 남을 것입니다. 은애합니다. 은애, 합니다."

그렇게 그녀의 모습이 점점 아득해지고 있었다. 이헌은 제 뺨을 타고 주르르 흐르는 눈물을 차마 닦아 내지 못했다. 그녀의 모습이 뚜렷하게 보이면, 저도 모르게 붙잡아 버릴 것 같아서.

'잊지 않을 것입니다. 평생 동안. 은애, 합니다.'

잊어 달라 하였지만, 그것은 거짓이었다. 잊지 않았으면 했다. 평생 나를 기억해 주길 바랐다. 참으로, 참으로.

"네게 나쁜 사내가 아니더냐. 으흐흑……."

결국 버티고 있던 이헌의 고개가 아래로 떨어지면서 그녀의 빈자리 위로 눈물을 채웠다.

그렇게 그들은 서로의 손을 놓았다. 아니, 놓지 않았다. 아마 평생을 서로 다른 시간에서 그리워할 것이다.

그녀의 목소리가 멎고, 주변은 적막만이 감돌았다. 겸은 믿을 수 없다는 표정으로 금등지사를 더듬었다. 결국, 전하께서는 다 알고도 그 독을 마신 것인가. 차선대군을 죽일 명분을 스스로 만들기 위해서. 그래서, 그래서 스스로 그자에게 목숨을 던진 것인가.

"아……. 아……. 전하……. 하아!"

겸의 눈가로 굵은 눈물이 떨어지며 결국 바닥에 주저앉아 고개를 숙였다. 언지와 허지 역시 도저히 눈물을 멈출 수가 없었다. 이 여인이 너무 가여워서. 너무나도 가여워서.

하지만 규연은 이제야 마음이 편안해지는 것 같았다. 그래도 마지막으로 전하의 부탁은 들어 드렸으니까. 비록, 그녀의 손에 차선대군의 목을 가져갈 수는 없지만.

“처음부터, 도련님께 드릴 수가 없었습니다……. 그때는, 아직. 차선 대군의 힘이 너무 막강하였으니까. 하지만 이젠, 선왕 전하의 뜻을 밝혀 주시고, 주상 전하를 지켜 주십시오. 그것이, 그분이 마지막까지 놓지 못하신 뜻입니다. 반드시, 반드시. 전하의 죽음이 헛되지 않게. 차선을. 차선을……. 으윽!”

“말을 아껴야 합니다!”

이젠 정말 남아 있는 시간이 별로 없었다. 규연은 부들부들 떨리는 손으로 겸을 향해 손짓했다. 그러자 그는 홀리듯 다가가 그녀의 입술 위로 귀를 열었다. 찰나의 속삭임에 그의 표정이 살며시 굳어지다 이내 스르르 풀리면서 허한 표정으로 그녀를 바라보았고, 규연은 살포시 미소를 지으며 말했다.

“아마 그것이 가장 고통스러울 것입니다.”

“……그렇겠지요.”

“가십시오. 제가 시간을 끌었지만, 마마께서 위험하시면. 다 허사입니다.”

“영이가 이미 궐에 있습니다. 아마 버텨 주고 있을 것입니다.”

겸은 자리에서 일어섰다. 그리고 등을 돌리고서 언지에게 말했다.

“낭자를 부탁하오. 선왕 전하의 정인이시오. 부디, 예를 갖춰 돌봐 주시오.”

“……예.”

“그리고.”

언지는 머뭇거리는 겸의 뒷모습을 바라보다, 이내 그의 등 뒤로 천천히 다가가 허리를 두 손으로 꽉 끌어안았다. 그러자 겸은 그녀의 손을 부드럽게 마주 잡고서 속삭였다.

“괜찮을 것이오. 전부 다 괜찮을 것이오.”

“압니다.”

"꼭 무사히, 다녀오겠소."

"꼭, 제 곁으로 무사히 다시 돌아오셔야 합니다. 제 어여쁜 모습을 오래오래 보아야 하지 않습니까."

그렇게 겸과 언지는 서로의 손을 스르르 풀었다. 그리고 그는 애써 가벼운 걸음으로 궐을 향해 달려갔다. 아버님의 병력이 거의 도성에 도달했을 것이다. 그녀 덕분에 차선대군 역시 시간이 지체되었을 터. 영이가 조금만 더 버텨 준다면, 이젠 정말 차선대군의 숨통을 완전히 끊어 버릴 수 있을 것이다. 선왕 전하의 마지막 명을 받들 때가 온 것이다.

떠나는 겸의 뒷모습을 언지는 불안한 시선으로 끝까지 바라보았다. 이게 끝이 아닐 텐데. 어찌 이리도 가슴이 시릴까. 그녀의 시야에서 완전히 사라져 버리자, 아득한 어둠이 자꾸만 그녀의 앞을 삼키려 했다.

"아씨……."

힘없이 떨어지는 규연의 목소리에 언지는 정신을 차리고서 그녀를 바라보았다. 이미 핏기가 사라진 새하얀 얼굴 위로 죽음이 드리우기 시작했다. 이젠 정말 한계다. 한계……. 하지만 그녀는 죽음을 코앞에 둔 이의 얼굴이 아니었다.

"아씨……. 송구합니다. 본의 아니게 아씨를 이용했으니까요."

"아닙니다. 덕분에 저도 제 아버지를 찾았으니까."

"그리 여겨 주시니, 감사합니다."

그녀는 잠시 먼 하늘을 바라보았다. 끝이 없어 보이는 넓은 하늘. 저 어딘가에 전하가 계신다. 문득, 두려운 마음이 들었다.

"혹시, 전하께서 저를 외면하지 않으실까요?"

"예?"

"저를, 더럽다고. 여기진 않으실까요? 다른 것보다 그것이 두렵습니다. 저곳으로 가서도 전하를 뵙지 못할까 봐. 나를, 잊으셨을까 봐."

하지만 언지는 미친 듯이 고개를 가로저으며 그녀의 손을 꽉 붙잡았다.

"그런 생각 마십시오. 결코 그러지 않으실 것입니다. 아씨는 제가 본 누구보다 어여쁘십니다. 아름다우십니다. 혜민서의 절세가인인 제가 유일하게 인정했으니, 걱정하지 마십시오. 아마 아씨만큼이나 간절하게 기다리고 계실 것입니다. 잊지 않고서, 반드시!"

그러자 규연은 이제야 편안한 얼굴로 고개를 끄덕였다. 홍목은 눈물을 틀어막으며 그녀의 머리맡을 지켰다. 이젠 정말 보내 드려야 하니까. 가지 말라고, 계셔 달라고 붙잡을 수가 없으니까. 행수님은 아니 아씨는. 처음부터 끝까지 저곳에서 전하를 뵙기 위해, 그것만을 기다리셨으니까.

'그래야 아씨께서 행복하시겠지요.'

점점 눈꺼풀이 무거워지면서 다른 이들의 목소리가 아득하게만 들려왔다. 고통과 아픔이 사라지면서 처음으로 빛이 느껴졌다. 따스하고 다정한 빛. 그리고 그 빛 속에서, 규연은 드디어 그를 볼 수 있었다.

'이헌…….'

예전 그대로의 늠름하고 다정한 모습으로 그녀를 향해 손짓하고 있었다.

'수고했다. 미안하구나. 이제 내 곁으로 오거라, 규연아…….'

"……전하……."

이제야 저는 다시 모든 것을 되찾았습니다.

그렇게 그녀의 눈가로 구슬 같은 눈물이 또르르 흘러내리며 숨이 사라졌다. 홍목은 지금껏 이리 행복해 보이는 아씨의 모습은 본 적이 없다고 말했다. 아마 전하를 벌써 만나신 것 같다고. 전하께서 아씨를 잊지 않고, 먼 길을 마중 나와 주신 것 같다고. 언지 역시 그리 생각하며 고개를 끄덕였다.

제14장

간절히 지키고 싶은 것

혜민서 제조를 의금부로 압송한 뒤, 서둘러 대전으로 향하는 이영의 걸음이 무거웠다. 끝이 보이는 것 같으면서 오히려 지금이 더 모든 것이 아득하게 느껴졌다.

그는 먼저 의복을 정제한 뒤, 자신의 흑월도를 챙겼다. 어쩐지 매번 들고 다니던 이 검이 무겁게 느껴지고 있었다. 이것이 불안감인가. 그 무게에 검이 무겁게 느껴지는 것인가.

“나리, 전하께서 기다리고 계십니다.”

“그래, 알았다.”

이영은 애써 마음을 다잡고서, 칼자루를 꽉 붙잡고서 대전으로 향했다. 그리고 저 멀리, 용상에 앉아 계시는 이홍을 향해 칼자루를 내리고서 고개를 숙이며 깊이 예를 다하였다.

“전하, 내금위장 최이영. 전하의 곁을 지킬 것이옵니다.”

홍은 떨리는 숨을 애써 삼키며 이영의 모습을 바라보았다. 어쩐지 뜨거운 무언가가 가슴 언저리에 흘렀다. 저들을 이곳에서 다시 볼 날을 얼마나 기다렸던가. 다들 무사히 살아 주어서, 그리고 이렇게 와 주어서 너무나도 고마웠다.

"고맙네. 허나, 여긴 다른 이들이 많으니 중궁전을 지켜……."

"전하, 전하!"

순간, 그의 말을 가로막으며 대전 내관이 다급하게 뛰어 들어왔다. 홍은 굳어진 표정으로 입을 열었다. 이영도 어쩐지 느낌이 좋지 않았다.

"무슨 일이냐?"

"그, 그것이……."

대전 내관이 차마 황망하여 말을 잇지 못하고 있을 때, 홍이 자리에서 벌떡 일어났다. 그런 그의 시선 끝에 피투성이가 된 채 비틀거리고 있는 중궁전의 나인 월이!

"워, 월아."

"전하……."

이영이 월이의 앞을 가로막으려 하자 홍이 먼저 자리에서 내려와 월에게 달려갔다. 그녀의 상태는 생각보다 심각했다. 여기저기 자상과 함께 특히, 어깨 상태가 말이 아니었다. 헌데 중궁전의 나인이 이런 자상을 입었다는 것은 설마!

"월아, 아니지? 아닐 것이다. 중전께선? 중전께선 어디 계시느냐!"

흔들리는 홍 앞에 월은 끝내 무릎을 꿇고 고개를 푹 숙이며 울분을 꾹 누른 목소리로 외쳤다.

"송구하옵니다, 전하. 중전마마를, 중전마마를 끝까지 지켜 드리지 못하였사옵니다."

순간, 홍이 휘청였다. 이영은 다급하게 그를 붙잡아 주었지만 이미 그는 넋이 나간 듯했다. 그때, 대전으로 의금부 군관이 황급히 달려와 이영을 향해 고개를 숙이며 떨리는 목소리로 말했다.

"의금부로 압송되었던 혜민서 제조와 내의원 수의가."

"……."

"모두 죽었습니다."

홍을 붙잡은 이영의 주먹에 저도 모르게 힘이 들어갔다. 차선대군. 결국 궁지에 몰린 그가 움직인 것인가.

이영에게 기댄 채, 홍의 시선은 자꾸만 아득해졌다. 숙부께서 결국은 이리 피를 보고자 하시는 것인가. 결국 끝까지 가시려고. 하지만 남무가, 남무가. 남무를 죽게 할 수는 없었다.

"중전을, 중전을 살려야 한다. 반드시 남무를 살려야 해!"

지금의 주상 전하께서 지금껏 버티실 수 있었던 건 중전마마 덕분이라고 할 수 있었다. 서로가 서로를 의지하고, 힘을 얻으며 그런 마마를 지키기 위해 애쓰셨을 것인데. 그런 중전마마께서 잘못되신다면. 전하께서는 마마를 지키지 못했다는 죄책감으로.

'아마 버티실 수 없으실 것이다.'

이영은 잡고 있던 홍의 어깨를 풀고서 그의 앞에 마주 섰다. 그러곤 이미 흔들리고 있는 그를 향해 외쳤다.

"전하, 흔들리면 아니 되십니다. 그런 모습을 보이시면 오히려 중전마마께서 위험해질 것이옵니다."

"하지만, 하지만……."

"전하, 제게 명을 내리시옵소서. 그렇다면 반드시 전하의 명을 따를 것이옵니다."

홍은 이영을 바라보았다. 그래, 불안해하지 말아야 한다. 두려워해서도 안 된다. 이런 나약한 모습으론 남무를 지킬 수가 없었다.

"부탁하네, 내금위장. 중전을 구해 주게. 중전을, 지켜 주게."

"예, 전하. 명을 받들겠사옵니다."

그렇게 이영은 걸음을 뒤로 돌렸다. 의금부에 갇혀 있던 죄인들을 죽인 이와 중전마마를 납치한 이는 아마 동일인물일 것이다. 곧, 좌상 대감의 병력이 도성으로 들어올 것이니 그때까지 어떻게든 중전마마를 구하고 전하까지 무사히 지켜야만 했다.

'목숨을 걸고서라도.'

"나, 나리!"

저를 붙잡는 월이의 목소리에 이영은 잠시 걸음을 멈춰 섰다.

"무슨 일입니까? 자상이 심합니다. 서둘러 의관에게……."

"조심하십시오. 그자는 살검(殺劍), 살검을 쓰는 자였습니다."

살검이라는 말에 이영의 눈빛이 순간 번뜩였다. 살검을 쓰는 자라면 예전에 한번 겨뤄 본 적이 있었다. 홍와여림에서 정체 모를 그림자 살수와. 굉장히 매서웠던 검에 그의 한쪽 팔이 베인 적이 있었다. 혹, 그자인가? 그때는 그냥 그렇게 물러섰지만 이번엔 어느 한쪽은 끝이 날 것 같은 느낌이었다.

"부디, 부디 중전마마를 구해 주십시오."

"알았습니다. 어서 의관에게 시료를 받으십시오."

그렇게 이영은 칼자루를 움켜쥐고서 월이 마지막으로 보았다는 그곳으로 달려갔다. 다시금 검이 무겁게 느껴졌다. 서서히 저물어 가는 태양 속에 붉은빛으로 섬뜩하게 삼켜 드는 하늘을 보면서 오늘은 꽤 긴 밤이 될 것 같은 기분을 받았다.

남무는 몇 번 눈을 깜빡이더니 이내 정신을 번쩍 차렸다. 그곳은 가마 안이었다. 누군가 자신을 납치한 것이다. 남무는 애써 떨리는 가슴을 붙잡으며 가마 밖을 살짝 살폈다.

다행히 아직 궐이었다. 하지만 이대로 궐을 빠져나가게 된다면 전하께 큰 누를 끼칠 터.

남무는 정신을 바짝 차리고서 심호흡을 짧게 하고서는 그대로 가마 밖으로 몸을 던졌다.

"악!"

짧은 비명 소리. 그 소리에 앞서 가던 여후가 흠칫했고, 가마꾼으로 위장한 자객들이 다시금 남무를 잡으려고 했지만 그녀는 죽을힘을 다해 달리면서 연신 소리를 질렀다. 이런 짓을 한 자는 분명 차선대군일 것이다. 자신이 그에게 필요한 인질이라면 저자들은 결코 제게 함부로 대할 수가 없다. 그러니 누군가 분명 이 소리를 듣고 달려와 줄 것이다. 그러니 제발, 빨리!

"악—!"

여후는 갑작스런 남무의 행동에 몸을 움찔했다. 누군가 저 소리를 듣고 달려온다면 큰일이었다. 약효가 대군께서 오실 때까지는 지속될 거라 생각했는데. 생각보다 대군께서 늦어지는 바람에 일이 복잡해지고 있었다. 그렇다고 저 여인을 죽일 수는 없고.

그래도 일단은 제압해야겠다는 생각에 여후가 손을 뻗어 남무를 잡으려 했지만 그녀가 등을 돌려 바깥쪽으로 달리기 시작했다. 하지만 궐 안에서만 지낸 그녀가 여후에게서 벗어날 수 있을 리 없었다. 몇 발자국 떼기도 전에 여후는 금방 그녀의 뒤를 바짝 쫓아서는 그대로 남무의 목 뒤를 내려치려는 차, 그의 눈빛이 순간 매서워지면서 본능적으로 몸을 뒤로 돌렸다. 덕분에 간발의 차로 스치는 칼날을 피했다.

남무는 숨을 헐떡이며 벌렁거리는 심장을 움켜쥔 채 뒤를 돌아보았다. 그러자 그녀의 앞으로 익숙한 그림자가 그녀를 지키고 있었다.

"내금위장……."

"무사하십니까, 마마."

이영은 여전히 매섭게 날을 세우며 차마 남무를 살필 새도 없이 여후를 노려보았다. 어느새 그의 옆에 있던 자객들은 다른 곳으로 몸을 피한 상태였다. 아마도 차선대군에게 간 것일 터.

남무는 이영의 뒷모습에 이제야 안도의 한숨을 내쉬었다. 하지만 곧장 홍의 안위를 물었다.

"전하께선? 전하께선 무사하신가?"

"예, 무사하십니다. 중전마마를 모셔오라는 명을 내리셨습니다."

"하아, 그래……. 다행이다. 다행이야."

그녀는 저도 모르게 허한 미소를 지었다. 전하께서 무사하시다니, 그것이면 된다. 그것이면.

"마마, 잠시 몸을 피하십시오. 송구하옵니다만, 지금 마마를 살필 수가 없습니다."

"아니네. 내 걱정은 말게."

남무는 괜히 그의 발목을 잡고 싶지 않아 궐 기둥에 몸을 숨겼다. 여후는 갑작스럽게 나타난 이영의 존재에 미간을 찡그렸다. 하필이면 저자를 다시 만나게 될 줄이야.

"서로 초면은 아니지?"

이영은 여후의 빈틈을 노리며 짧게 묻자, 그는 대답 없이 어느새 허리춤에 차고 있던 검을 꺼내 들었다. 살수는 아니라고 생각했다. 칼에서 숨길 수 없는 예를 느꼈으니까. 그런데 내금위장일 줄이야.

"그때처럼, 쉽게 빠져나가진 못할 것이다."

"나 역시 널 여기서 살려 둘 생각은 없다."

그렇게 서로의 빈틈을 찾던 두 사람은 동시에 발을 움직여 칼을 맞부딪혔다. 허공으로 날카로운 바람이 스치며 섬뜩한 울림이 퍼져 나갔다.

몇 차례 칼과 칼이 부딪히며 먼저 서로의 균형을 무너뜨리기 위해 날이 선 이를 앞세웠다. 누구든 순간 방심하면 저 칼에 순식간에 먹히고 말 것이다. 그만큼 팽팽하게 부딪히는 살기. 이영은 칼자루를 움켜쥔 손이 미세하게 떨리는 것을 느꼈다. 움직임도 움직임이지만 그 힘이 굉장했다.

대체 저 칼로 얼마나 수많은 사람을 죽이며 피를 밟았기에 저토록 무시무시한 살성이 느껴지는 것일까. 그 무게가 제게도 느껴지는 듯했다. 그렇기에 질 수 없었다. 그 무게를 우습게 여기고 연신 살인만을 탐하는 저런 칼에게 결코 질 수 없었다.

이영과 여후는 정말 숨도 쉬지 않을 만큼 매섭게 서로의 빈틈을 치고 들어갔다. 손끝 하나, 발걸음 하나, 심지어는 호흡 하나까지도 살펴야만 했다. 그렇게 몇 번이고 칼이 맞부딪혔다. 이미 서로의 호흡을 많이 빼앗은 상태. 다시 한 번 크게 칼이 뒤엉키면서.

"하아."

"흡!"

서로의 숨소리가 동시에 흐트러진 순간, 두 사람은 마지막 일격을 날렸다.

'저자가 아니면.'

'내가 죽는다.'

남무는 맹렬하게 달려드는 두 사람의 모습을 차마 보지 못한 채 눈을 질끈 감았다. 그 순간 그녀의 귓가로 방금과는 비교도 할 수 없을 만큼 음이 일그러지며, 순간 소름 끼칠 만큼의 적막이 파고들었다.

그녀는 공기 중에 감도는 묵직한 기운에 저도 모르게 온몸을 바들바들 떨며 살며시 눈을 떴다. 그러다 이내 저도 모르게 신음을 내뱉으며 떨리는 손으로 기둥을 꽉 움켜쥐며, 두려움을 눌렀다.

"내, 내금위장!"

여후의 칼날이 이영의 어깨로 깊이 파고들었다. 하지만 그의 칼날은 여후의 복부를 꿰뚫고 있었다. 하지만 뭔가 이상했다. 너무나도 쉽게 틈을 내어 준 것 같은.

그때, 소란스러운 소리와 함께 그쪽으로 불길한 검은 연기가 치솟고 있었다. 이영의 표정이 사색으로 변해 갔다. 저쪽은 분명 대궐의 정문이다. 그렇다면 벌써 차선대군의 사병이 궐 안을 장악하기 시작했다는 것인가!

이영이 흑월도를 빼려는 순간 여후가 눈을 번뜩이며 흑월도의 칼날을 한 손으로 꽉 움켜쥐었다.

"뭐, 뭐하는 짓이야!"

핏줄이 터져 시뻘겋게 변한 여후의 눈동자가 흔들렸다. 그의 입에서 피가 흐르고, 가슴과 손까지 날이 선 칼날이 가차 없이 그를 찢어 내고 있었다. 하지만 그는 흑월도의 칼날을 놓지 않은 채 담담한 표정으로 그를 바라보았다. 이영은 그런 그의 행동에 당황하여 다시금 칼날을 빼려고 했지만 꿈쩍하지를 않았다.

"이거 놔!"

남무 역시 그 자리에 얼어붙어서는 어지럽게 뒤엉킨 두 사람을 바라보았다. 불길했다. 너무나도 불길했다. 그때 여후는 제가 쥔 칼자루를 마지막으로 꽉 움켜쥐며 속삭였다.

"내가 여기서 죽는다면."

"……."

"너도 나와 함께 가야 할 것이다."

"뭐?"

"나리께서 하시고자 하는 일에, 방해되니 말이다!"

순간, 여후는 자신의 칼자루를 휘둘러 그대로 이영을 꿰뚫었다. 붙잡힌 칼날 때문에 제대로 피하지도 못한 채 이영은 그의 마지막 이빨에 무참히 당하고 말았다.

"내금위장!"

이영은 차마 비명조차 지르지 못했다. 끔찍한 고통이 목소리마저 앗아버렸다. 남무의 비명 소리가 울리고 있었지만 그의 귀엔 제대로 들리지 않았다. 거칠게 내쉬고 있는 제 숨소리밖에는……. 하지만 본능적으로 이영은 악을 쓰며 흑월도를 여후의 몸 깊숙이 박아 넣었다.

푸우욱—!

참고 있던 그의 숨결이 그대로 터지면서 결국 여후는 먼저 잡고 있던 칼자루를 떨어뜨린 채, 먼저 무릎을 꿇고 말았다. 남무는 곧장 이영에게 달려갔다. 그 역시 정상이 아니었다. 여후가 남긴 칼이 그의 복부를 찌르고 있었고, 그 사이로 피가 쉴 틈 없이 새어 나고 있었다.

"아, 아……. 아!"

남무는 덜덜 떨며 어찌해야 할 바를 몰라 했다. 이대로 칼을 빼면 오히려 출혈이 걷잡을 수 없을 것이다. 그리되면 그는, 죽는다. 전하의 사람이, 전하께서 아끼는 사람이 저 때문에 죽는 것이다!

"미안하네, 내금위장. 내가, 내가……. 흐흡!"

이영은 자꾸만 흐트러지는 숨을 애써 내쉬며, 남무를 향해 엷은 미소를 지었다.

"괜, 괜찮습니다. 마마. 진정하십시오."

"하지만, 하지만……. 의관. 의관에게. 그런데 지금은!"

지금 궐 안은 난장판일 것이다. 거기서 어떻게 의관을 찾아 시료를 받는단 말인가! 어느새 하늘 위로 뜨거운 불길이 치솟고 있었다. 전하께서는, 전하께서는…….

"걱정하지 마십시오, 마마……. 전하의 곁에는, 허겸, 겸이가, 있을 것입니다."

그는 떨리는 시선으로 고개를 들었다. 지금 당장 마마를 안전한 곳으로 모시고, 전하의 곁으로 가야 하는데. 도저히 그럴 수가 없을 것 같았다. 겸이가 늦지 않게 도착했을 것이다. 의금부의 관군들과 내금위 병사들이 어떻게든 시간을 벌어 줄 것이다. 그렇게만 되면 좌상 대감의 병력이…….

"정신 차리게, 내금위장!"

그는 저도 모르게 땅으로 무릎을 굽혔다. 시야가 흐릿해지면서 머리가 멍해졌다. 아무래도 피를 너무 많이 흘린 것 같았다. 이젠 남무의 목소리도 제대로 들리지 않으면서 이영은 마치 꿈속으로 끌려들어 가는 듯한 기분이 들었다. 그와 동시에 선명하게 떠오르는 한 여인.

'의녀님…….'

'최 판관님, 최 판관님, 최 판관님!'

이상하게 다른 소리는 들리지 않는데, 그녀의 목소리는 선명하게 울렸다. 다른 건 제대로 보이지도 않는데, 그녀의 얼굴만이 뚜렷하게 떠오르고 있었다. 꼭, 해 줘야 할 말이 있었는데……. 그랬는데…….

"아, 안 된다. 내금위장! 정신을 차려야 한다! 의식을 잃으면 아니 된다! 내금위…….”

“최 판관님—!”

순간, 무겁게 내려오던 그의 눈꺼풀이 파르르 떨려 왔다. 환청인가? 보고픈 마음에 허상을 만들어 낸 것인가? 하지만 분명 중전마마의 목소리 너머로…….

“최 판관님! 최 판관님! 최 판관님!”

환청이 아니다. 그렇다고 머릿속에서 울리는 목소리도 아니다. 정말로 그녀의 목소리가, 목소리가…….

이영은 저도 모르게 고개를 돌렸다. 그러자 저 멀리서 하늘거리는 치맛자락이 보이면서 점점 이쪽으로 가까워지고 있었다. 의녀님이다. 그녀가, 이곳으로 달려오고 있었다.

이영은 저도 모르게 옅은 미소를 지으며 속삭였다.

“의, 녀님…….”

순간, 무의식적으로 허지를 향해 움직이던 그가 완전히 의식을 잃으며 쓰러지고 허지가 그런 이영을 와락 끌어안았다. 허지는 벌벌 떨리는 손으로 축 늘어진 그를 더듬으며 금방이라도 그를 잃어버릴까 으스러지듯 끌어안고서, 필사적으로 그의 맥을 느끼며 절규했다.

“아, 안 돼요! 안 돼요! 제발, 죽지 마요……. 죽지 마요, 이영!”

이영을 안은 허지는 믿을 수가 없었다. 규연을 묻어 준 뒤, 도저히 가만히 기다릴 수가 없어 언지와 함께 도착한 궐은 차선대군의 사병과 수문장, 관군들이 뒤엉켜 엉망이었다. 붉게 타오르는 하늘. 그 속에서 허지와 언지는 애써 불안함을 억누르며 겸과 이영을 찾으려고 했다. 그러다 불현듯 스치는 불길한 비명 소리.

‘정신 차리게, 내금위장—!’

그 목소리 하나에 허지는 답답하다 못해 미치도록 아픈 가슴을 붙잡고서 달려왔다. 그리고 지금의 그를 본 순간 더 이상 아무것도 보이지 않았다. 아무것도 들리지 않았다. 가슴을 두드리지 못할 만큼 욱신거림이 커지면서 허지는 피투성이가 된 이영을 꽉 끌어안으며 그를 더듬었다.

매번 태산과도 같은 분이셨는데, 뒤에서 후광이 보일 만큼 그리 밝고 밝은 빛을 가진 분이셨는데. 시커먼 어둠이 그를 삼키려 들고 있었다. 자꾸만 숨소리가 미약하게 울리고 있었다.

"아, 안 돼요. 제발, 제발! 제발—!"

언지는 어쩔 줄 몰라 하는 중전마마와 복부에 칼을 맞고 쓰러진 이영의 모습에 저도 모르게 몸을 움찔했다. 하지만 애써 정신을 차리고서, 울부짖고 있는 허지를 깨웠다.

"정신 차려, 김허지! 이대로 최 판관님을 죽게 내버려 둘 거야?"

"어, 언니. 어쩌지? 어쩌지? 피가……. 피가……."

"생각보다 출혈이 그리 심한 건 아니야."

그녀는 이영의 맥을 짚었다. 촌부(맥박을 확인하는 자리)에 삽맥(맥박이 일정치 않음)이 느껴지긴 했지만 그래도 위험한 건 아니었다. 하지만 비맥(힘이 하나도 없는 맥)이다. 복부를 꿰뚫은 칼날에 속이 어떻게 상했는지도 알 수 없었다. 하지만 칼날이 출혈을 막고 있는 지금, 섣불리 이것을 빼낼 수는 없었다.

언지는 항상 지니고 다니는 침통을 꺼내고선 이영의 혈 자리에 시침해 더 이상의 출혈을 막았다. 그리고 제 치맛자락을 찢어 칼이 움직이지 않도록 상처와 함께 단단하게 묶었다. 지금 당장 혜민서에 가서 그를 시료해야만 했다. 너무 늦으면 상처가 벌어져 출혈이 다시 생기고, 상처가 곪아 파상풍이라도 생기면 위험했다.

"혜민서로 옮겨야 해."

"하지만 지금 나가는 문이……."

허지는 연신 이영의 손을 만져 주면서 체온을 유지시켰다. 언지는 빠져나갈 구멍을 찾기 위해 머리를 굴렸지만, 이곳이 궐 안이기 때문에 지리를 몰라 달리 생각이 나질 않았다. 그렇다고 정문으로 나갈 수는 없었다.

그때, 남무가 비틀거리는 걸음으로 자리에서 일어나 언지에게 다가

갔다.

"마마……."

"빠져나갈 수 있는 방도가 있다."

"예?"

"궐 밖으로 몰래 나갈 수 있는 비밀통로가 있지. 만약을 대비해서 만들어 놓은 것인데, 이걸 아는 이는 오직 왕실 사람뿐이다."

남무는 궐 안에 숨겨져 있는 비밀 통로를 떠올렸다. 자신도 직접 본 적은 없었지만, 예전에 대비마마께서 가르쳐 주신 적이 있었다. 분명 강녕전에 하나. 그리고 교태전에 하나, 마지막으로 자경전에 하나가 더 있다고 말씀해 주셨는데. 교태전보다는 지금은 비어 있는 자경전이 안전할 것이다.

"자경전으로 가야 한다. 하지만 그 길이 안전한지 확인부터 해야 해."

"마마께선 여기 계십시오. 제가 다녀오겠습니다."

"자경전으로 가는 길을 잘 모르지 않느냐."

"그건……."

"같이 가자꾸나."

그녀는 천천히 걸음을 옮겼다. 자경전으로 가는 사이에 내관들이나 궁녀들에게 전하의 안위를 물을 수 있을지도 몰랐다.

언지는 허지에게 잠시만 기다리라고 말을 한 뒤, 그렇게 남무와 함께 밖으로 조심스럽게 빠져나갔다.

허지는 연신 이영의 몸을 더듬으며 자신의 체온을 나누어 주었다. 혈색이 너무 많이 창백하고, 입술에 핏기가 많이 사라져 마음이 너무나도 아팠다.

"제발, 제발. 살아만 주십시오. 조금만 견뎌 주십시오……."

허지는 끝내 그의 가슴 위로 눈물을 떨구며 고개를 숙였다.

잠시 후, 언지와 남무가 내금위 병사와 상궁 나인과 함께 이곳으로 돌아왔다. 내금위 병사는 이영의 상처가 더 이상 벌어지지 않게 조심스럽게 안아 들었다. 남무는 천천히 그에게 다가가 저도 모르게 고개를 숙이며 말했다.

“목숨을 걸고 날 지켜 주어서 고맙네. 그러니 부디 살아 주게. 살아서 전하의 곁으로 돌아와 주게. 그대를 기다리고 있는 이들에게 다시 와야 하지 않겠나.”

허지는 눈물을 독하게 닦아 내고서 정신을 똑바로 차렸다. 남무 역시 숨을 바로 잡고서 병사와 상궁 나인에게 명했다.

“내금위장을 잘 호위하게.”

“예, 중전마마.”

“무슨 일이 생기게 되면, 그대를 가만두지 않을 것이야.”

“반드시 명을 받들 것이옵니다.”

그렇게 병사와 상궁 나인이 먼저 자경전으로 걸음을 옮겼고, 허지는 언지의 손을 잡고서 말했다.

“무사히 꼭 돌아와야 해.”

“알았어. 너도 최 판관님 잘 살펴드리고.”

“응.”

그렇게 허지는 마지막으로 언지를 꽉 끌어안아 주고서, 병사의 뒤를 따라나섰다.

“우리도 이제 대전으로 가자. 차선대군이 나의 생사를 가지고 전하를 어찌 흔들고 있을지 모르겠구나.”

“예, 마마.”

언지는 남무와 함께 대전으로 걸음을 옮겼다. 대전에는 분명 겸이 있을 것이다. 분명 무사한 모습으로. 무탈한 모습으로. 그리 있을 것이다.

제15장

새벽이 떠오른다

그토록 적막했던 대궐 안이 발칵 뒤집어지면서 여기저기 비명과 수십 명의 발걸음 소리가 대궐의 잠을 억지로 깨워, 하늘이 붉게 분노하고 있었다. 그리고 그 중심에 차선대군이 서 있었다.

그는 한 걸음, 한 걸음 대전으로 나아가면서 회심의 미소를 띠었다. 이것은 반정(反正)이었다. 무능하디무능한 왕을 밀어내고 새로운 왕조로서 새로운 하늘을 받아들이는 반정!

이 차선대군이 조선의 종묘사직과 나라를 위하여 어긋난 것을 회복시키고, 부강하고 정통성 있는 왕실을 세울 것이라. 백성들은 그리 기억하게 될 것이다. 하여 제게 고개를 숙이게 될 것이다. 역사 역시 자신을 위대한 성군으로 다시 쓰이게 될 것이다.

차선은 품 안에서 양지황을 꺼내 들었다. 여후가 다른 아이를 시켜 가지고 온 이것을 이홍에게 먹이고 스스로 내게 보위를 물려주겠다는 유서를 쓰게 된다면 더더욱 깔끔하게 끝나게 될 것이다. 그 뒤로 반대하는 자들은 지엄한 국법으로써 죽이면 그만일 터. 이제 내일이면 새로운 태양이 새벽을 맞이할 것이다. 지금의 어둠은 그것을 위한 찰나의 순간일 뿐.

그는 뒷짐을 지고서 천천히, 아주 천천히 대전으로 향했다.

◈ ◈ ◈

차선대군보다 먼저 대전으로 들어선 겸은 불안한 안색으로 자신을 맞이하는 홍의 모습에 결국 중전마마께서 납치당하셨다는 걸 깨달았다. 하지만 이미 이영이 빠르게 움직이고 있을 터. 그는 누구보다 영이를 믿었다. 그리고 가장 중요한 패들이 제 손안에 있으니.

“전하, 마음을 굳건히 하셔야 하옵니다. 중전마마께서는 분명 영이가 무사히 구해 냈을 것입니다.”

“안다. 나도 내금위장을 그대만큼이나 믿고 있다.”

홍은 여전히 마음이 떨리고 모든 것이 불안했지만 애써 겸에게 내색하지 않았다. 더 이상 자신을 믿고 있는 이들에게 불안한 모습을 보이고 싶지 않았다. 그것이 지금 그가 이 용상에서 할 수 있는 일이었다.

겸 역시 애써 흔들리지 않은 모습을 보이려 노력하는 홍을 보며 조금은 안도의 눈빛을 띠었다. 그리고 품 안에 들어 있는 연판장과 금등지사를 움켜쥐며 입을 열려는 찰나.

“전하, 전하께 드릴 것이…….”

“전하! 대궐이 뚫렸사옵니다. 어서 피하시옵서……. 으윽!”

의금부 병사의 다급한 목소리가 끝나기도 전에 피를 토하며 그 자리에 쓰러졌고, 그 뒤로 너무나도 아무렇지도 않게 지엄한 대전으로 칼을 들고 들어선 차선대군이 무심하게 피를 털어 내며 홍을 향해 피식 웃었다.

겸은 딱딱하게 굳어진 시선으로 재빨리 칼을 들고서 내금위 병사들과 홍의 앞을 가로막았다. 하지만 홍은 이 참담한 광경을 믿을 수가 없었다. 아무리 숙부께서 용상을 노린다고 하지만. 이리 대전 바닥을 핏빛으로!

겸 역시 참을 수 없는 분노를 억지로 누르며 딱딱하게 굳어진 시선으로 그를 노려보며 외쳤다.

"대군 대감, 정녕 미치셨습니까? 지금 여기가 어느 안전이라고!"

"허 교수. 아니, 이젠 의금부 경력이라지? 그대야말로 미쳤군. 지금 감히 누구에게 칼을 들이미는 것인가. 새로운 용상에 오를 주군에게 예를 갖추지 못하고!"

차선대군의 서슬 퍼런 목소리가 대전을 쩌렁쩌렁 울렸고, 홍은 부들부들 떨리는 손으로 애써 버텨 보려고 했지만 정말이지 이대로 숨이 멎을 것 같았다.

겸은 허한 웃음을 흘렸다. 저자가 결국은 이리 발악을 하는구나. 대궐로 사병을 들이밀고, 결국엔 피를 밟고서 용상에 오르려고 하는구나.

겸은 내금위 병사들을 향해 외쳤다.

"지금 눈앞에 있는 자는 더 이상 대군이 아니다. 용상을 탐하려는 반역자에 불과하다. 지금부터 너희들은 목숨을 걸고서 주상 전하를 지켜야 한다!"

내금위 병사들은 손에 움켜쥔 칼자루를 더욱 꽉 움켜쥐고서 차선대군을 향해 날이 선 칼날을 매섭게 빼어 냈다. 차선은 그 모습에 차디찬 냉소를 지으며 어느새 그의 주변으로 도착한 사병들을 향해 외쳤다.

"우리는 이 나라 조선에 필요치 않은 왕을 몰아내고, 무능력한 왕조를 다시 세울 것이다. 역사는 너희를 그리 기억할 것이다. 이것은 반역(反逆)이 아니다. 반정(反正)이다!"

그의 말이 끝나자마자 사병들이 홍을 향해 달려들기 시작했고, 겸을 선두로 내금위 병사들이 칼을 부딪치기 시작하면서 그야말로 대전은 아수라장으로 변해 가기 시작했다. 끔찍이도 울려 퍼지는 칼의 울음. 그리고 그 울음 속에 무참히 죽어 가는 병사들과 바닥을 적시는 핏물.

홍은 이 끔찍한 광경에 눈이 아팠다. 가슴이 울렁이면서 금방이라도 토할 것만 같았다. 이리 지켜야 하는 자리인가. 이리 무수한 피를 보고서라도 앉아야 하는 자리란 말인가?

겸은 이를 악물고서 칼을 휘둘렀다. 아버님의 병력이 도착할 때까지 버텨야 했다. 무슨 일이 있어도 차선대군에게 저 용상을 빼앗길 수 없었다. 피로서 앉은 왕은 결코 성군이 될 수 없다. 한 번 부른 피로서 다시금 피를 부를 뿐!

아수라장 속에서 차선대군은 담담한 표정으로 용상에서 버티고 있는 홍을 바라보았다. 참으로 나약하기 짝이 없는 존재. 처음부터 저 자리가 제게로 돌아왔더라면 이런 일이 벌어지진 않았을 것인데.

그는 한 발, 한 발 용상을 향해 걸어갔다. 다른 이들이 그의 걸음을 막으려 했지만, 차선의 칼날 앞에 무참히 쓰러져 갔다. 그러다, 그는 걸음을 멈추고서 흔들리는 시선으로 저를 바라보는 홍을 향해 외쳤다.

"이렇게까지 지키고 싶은가!"

"……."

"과연 너의 한 목숨이 이토록 많은 이의 희생 속에서 지켜야 할 만큼 가치가 있는 것인지, 묻고 있는 것이다."

"숙부……."

"전하, 아무 말도 듣지 마십시오!"

겸이 홍을 향해 외쳤지만, 순식간에 여러 개의 칼날이 그에게 향해 들었고, 겸은 힘겹게 그들을 막아 내며 길게 말을 잇지 못했다. 젠장! 차선대군이 전하를 흔들기 시작했다. 이러다가 전하가 먼저 무너지게 되면!

'빨리 연판장과 금등지사를…….'

하지만 처음부터 이들은 겸의 손과 발을 묶을 생각인지, 찰나의 숨조차 허락하지 않고서 가파르게 그를 파고들고 있었다. 여기서 조금이라도 방심하면 목숨이 위험했다.

차선은 겸을 곁눈질로 살피고서 서늘한 미소를 지었다. 분명 연판장은 저자가 가지고 있을 터. 그렇더라도 움직이지 못하게 막으면 그만. 그전에 모든 것은 끝날 것이다.

"선왕처럼 감정에 그리 흔들려 어찌 그 자리를 감당하고자 하는가. 너는 지금도 네 자리를 제대로 지키지 못해 나를 막아서지 못하고, 너의 부하들을 방패삼아 필요치 않은 눈물만 흘리고 있지 않은가! 그 무능함에 참으로 치가 떨리는구나. 네 눈물방울에 네 부하는 피를 토하고 있다. 그 정신으론 결코 이 나라를 지킬 수가 없어. 지금보다 더한 피를 부를 뿐이다!"

홍은 저도 모르게 흐르고 있는 눈물을 닦으려 했지만 마치 차선대군이 바로 제 앞에서 자신의 목을 조르고 있는 것처럼 움직일 수가 없었다. 두려움에 발이 묶여 가슴이 답답하게 조여 왔다. 하지만 그러면서도 한편으론 정녕 저 같은 왕 때문에 저들이 이리 희생당하고 있지는 않은지, 그런 두려움도 스멀스멀 그를 옥죄기 시작했다.

어느새 차선은 다시금 홍을 향해 다가섰다. 역시나 그를 가로막으려 했지만 역부족이었다. 겸 역시 맹렬하게 달려드는 칼 때문에 그쪽으로 움직일 수가 없었다.

"전하! 피하십시오, 전하!"

하지만 홍은 한 발자국도 움직일 수가 없었다. 마침내 차선대군이 그의 바로 코앞까지 다가와 비릿한 냉소를 머금었다.

"주상 전하를 뵙습니다."

"수, 숙부께선. 도대체 왜……. 왜!"

"그 자리가 어린애 장난이더냐. 너 같은 아이가 어찌 감당한단 말이냐."

"조금만 기다려 주시면, 저도. 저도!"

"어느 누가 그 자리를 기다려 준단 말이냐!"

홍은 흠칫했다. 무슨 말을 더 해야 하는데, 더 이상 말문이 막혀 아무 생각이 들지 않았다. 차선대군은 그런 홍을 향해 양지황을 꺼내 들었다. 겸은 멀리서 그 모습을 보며 사색이 되었다. 분명 선왕 전하를 돌아가시게 한 그것이다. 규연이 죽기 직전에 말해 주었던.

'양지황!'

"스스로 자결하여라."

"수, 숙부."

"그리고 내게 보위를 넘겨라. 허면, 선왕의 예를 갖추어 주마. 역사에 널 진정한 지존으로 남겨 줄 것이다. 용상에 앉기엔 너무 많은 것이 미흡하고, 부족하여 나라를 걱정하는 마음에 숙부에게 보위를 넘겨주었다고. 백성들도. 그리고 훗날에도. 모두 너를 그렇게 기억해 줄 것이다."

아니 된다. 저것은 그저 차선대군이 반정의 명분을 얻기 위해 수를 쓰는 것일 뿐! 역사는 그리 기억하지 못할 것이다. 차선대군이 실록에 그리 새길 리가 없었다.

어쩔 줄 몰라 하는 홍에게 차선은 살며시 다가가 양지황을 그의 손에 쥐여 주며 속삭였다.

"중전의 목숨도 구해야 하지 않겠느냐."

순간, 흔들리던 홍의 눈빛이 그대로 가라앉아 버렸다. 남무. 남무가, 결국 내금위장이 구해 내지 못한 것인가. 숙부께서……. 숙부께서…….

"중전을, 어찌하신 것입니까."

"아직 목숨만은 부지하고 있다. 네가 내게 왕위만 넘겨준다면 목숨만은 살려 주지. 아니, 원한다면 궐에 남을 수 있게 도와줄 수도 있다. 그렇지 않으면 못난 지아비로 인해 목숨을 잃는 것이지."

홍의 손아귀에 감겨 쥔 양지황에 힘이 들어갔다. 홍은 두려운 시선으로 차선을 바라보았지만, 앞이 보이지 않았다. 그저 그의 그림자에 가로막혀 아무것도 보이지 않았다.

'남무야. 남무야…….'

이래야 하는 것이 옳은 것이냐. 내가 숙부에게 왕위를 넘기는 것이, 진정 너와 이 나라를 위하는 것이냐.

"아니 되옵니다, 전하!"

겸은 자신을 막아서는 이들을 단칼에 베어 내고서 홍에게 달려갔다. 사병들이 다시금 그를 막아서기 시작했지만, 어느새 내금위 병사들이 온몸을 던져 그들을 막아섰다.

그는 차선대군의 목 밑에 칼을 겨누며 뻘겋게 달아오른 시선으로 외쳤다.

"이자의 말을 듣지 마십시오! 이것은 반정(反正)이 아닙니다. 누가 뭐라고 하여도, 역모(逆謀)이며 반역(反逆)입니다!"

"당장 이 칼을 치워라, 허겸!"

"전하의 손에 쥐어진 그 독. 그것으로 선왕 전하께서 돌아가셨습니다. 저자의 손에 무참히 돌아가셨습니다! 모르시겠습니까? 이자는 결코 왕이 되어선 아니 됩니다. 피를 밟고 선 자가 어찌 왕이 된단 말입니까! 종묘사직을 능멸한 이가 어찌 왕이 된다는 말씀입니까! 설사 그 자리에 오른다고 하더라도 난군(亂君, 나라를 어지럽히는 막된 임금)이 될 뿐입니다!"

겸은 한 치도 물러서지 않은 채 홍에게 다그쳤다. 이는 그의 신하로서 하는 말이 아니었다. 한때, 이헌의 절친했던 동무로서 그의 동생에게 하는 호통이었다.

"사셔야 합니다. 만인지상, 이 나라의 지존은 오직 전하뿐이십니다. 전하를 지키기 위해 선왕 전하께서 어떤 선택을 하셨는지 알기나 하십니까!"

그러면서 겸은 연판장과 함께 금등지사를 꺼내 들었다. 차선대군은 흔들리는 시선으로 금등지사를 바라보았다. 저것이 무엇인가? 저것이 대체!

"이것은 선왕 전하께서 남기신 금등지사입니다. 오직 지금의 전하를 위해 남기신, 목숨을 걸고 남기긴 금등지사입니다!"

홍은 선왕이 남겼다는 말에 떨리는 손길로 그것을 받아 들었다. 차선은 믿을 수가 없었다. 이헌이 무엇을 남겼다고? 금등지사?

"아니다. 그럴 리가 없어. 이헌이 무언가를 남겼을 리가 없어! 이놈의 거짓이다. 이놈이 지금 나와 왕실을 능멸하는 것이야!"

"조용히 하십시오!"

순간, 홍이 처음으로 차선대군에게 맞서며 그를 노려보았다. 차선은 갑작스런 홍의 태도에 당황하였다.

"지, 지금 네가 무어라……."

"조용히, 하라고 하였습니다. 아무리 숙부께서 이 나라 종친이나, 저는 지금 이 나라의 왕입니다! 그리고 이것은 선왕 전하께서 남기신 유지란 말입니다!"

여전히 그의 어깨는 떨리고 있었다. 여전히 그의 눈빛은 흔들리고 있었다. 하지만 맞서고 있었다. 제대로 차선대군을 바라보며, 한 나라의 왕으로서 홍은 그리 그를 마주 보고 있었다.

홍은 떨리는 손길로 금등지사를 펼쳐 들었다. 순간, 그의 눈동자로 굵은 눈물이 뚝뚝 떨어져 내렸다. 분명 형님의 필체였다. 그것도 무척이나 괴로우신 듯 단정하디단정하신 필체가 아니라 무척이나 흔들리고 위태롭게 쓰인 필체. 금등지사에는 대사헌 집안이 역모가 아니라는 것을 밝히는 증거와 그가 차선대군으로부터 죽기 직전까지의 내용이 쓰여 있었다. 그리고 마지막으로 홍을 염려하는 목소리.

홍아, 내게 너무 큰 짐을 짊어지게 하여 미안하구나. 허나, 모든 일에는 그 책임이 따르고 무게가 따르는 것이다. 그 무게를 짊어지는 것이 고단하거든, 네가 지켜야 할 이들을 돌아보아라. 그들을 지키는 무게보다는 덜 힘들 것이니. 그 어떤 것보다 남을 지키는 무게가 가장 힘이 드는 법이지만, 그들의 손을 놓지 않을 힘이 있다는 것이 또 얼마나 행복 하느냐. 홍아, 네가 생각하는 왕이 되어라. 그 길에 조금이라도 보탬이 될 수 있도록, 나는 이것을 네게 전한다.

“혀, 형님, 형님. 흐흡!”

홍은 금등지사를 움켜쥐며 고개를 숙였다. 형님께서 목숨을 걸고서 이 자리를 지키셨다. 목숨을 걸고서……. 그리고 지금 이 자리에도 저를 위해 목숨을 걸고 있는 이들이 있었다.

차선은 점점 꼬여 가는 일에 주먹을 움켜쥐었다. 이대로 있다간 좌상의 병력이 도착한다. 그렇게 되면 더는 돌이킬 수가 없다.

“중전이 내 손에 있다. 중전이 죽어도 좋단 말이냐!”

차선은 겸의 칼 아래에서 홍을 향해 발악했다. 하지만 홍은 처음처럼 그리 흔들리지 않았다. 그저 금등지사를 움켜쥔 채 입술을 꾹 다물고 서 있던 순간!

“마마께서는 무탈하십니다!”

순간, 대전으로 또 다른 병사들이 우르르 들이닥치기 시작했다. 드디어 좌상의 병력이 도착한 것이었다. 그리고 그 사이로 언지와 남무가 서 있었다.

겸은 언지를 바라보았다. 어찌 이곳에 있는 것인가. 어디 다친 곳은?

언지 역시 멀리서 칼자루를 움켜쥐고 있는 겸을 바라보았다. 순간 놀라긴 했지만 다행이었다. 크게 다친 곳은 없어 보여서. 여기저기 피가 흐르고 있기는 했지만, 그래도. 그래도…….

'살아 계신다.'

남무는 앞으로 나가 홍을 향해 외쳤다.

"전하! 선왕 전하의 뜻입니다. 선왕 전하께서 오직 전하만을 만인지상 하늘로 인정하셨습니다. 오직 전하뿐이십니다!"

어느새 차선의 사병들이 모두 제압당하기 시작했고, 벼랑 끝에 선 차선은 자신에게 드리워진 칼날을 쳐 내고선 품 안에 숨겨 두었던 단검을 들고서 홍을 향해 달려갔다.

"이홍!!"

겸이 당황하여 그대로 차선대군의 등을 향해 칼을 꽂으려는 순간, 홍이 눈빛으로 그를 막아 세우고선 그대로 차선대군의 손을 움켜쥐었다.

"전하!"

홍의 손에서 피가 흐르기 시작했다. 손으로 칼날을 막은 것이었다. 차선은 부들부들 떨리는 눈빛으로 그를 바라보았지만, 어느새 홍은 차분한 시선으로 그를 내려다보고 있었다.

"전부 다, 끝났습니다. 숙부."

"아니, 그렇지 않아. 너만 여기서 죽으면 돼. 너만 여기서 죽으면!"

"제가 죽더라도 숙부께선 저 자리를 가질 수 없을 것입니다. 저 자리의 주인은 처음부터 숙부가 아니었으니까요."

"웃기는 소리. 너 같은 것이. 네가 뭘 알기에!"

"예, 전 모릅니다. 도대체 저 용상이라는 자리가 무엇인지. 무엇이기에 이토록 피를 흘리면서 싸워야 하는지, 지금도 잘 모르겠습니다. 그저 너무 외롭고, 무섭고, 두렵기만 합니다. 그렇기에 차라리 숙부에게 주고 싶기도 했습니다. 누가 갖든 상관없었으니까. 하지만 그래도 저 자리의 주인이 숙부는 아닌 것 같습니다."

"뭐라?"

홍은 여전히 차선대군을 막아서고 있었다. 그의 손에 박힌 칼날이 점점 더 깊어지고, 흐르는 피가 어느새 손목을 타고서 아래로 뚝뚝 떨어지고 있었다. 남무는 그 모습에 견디기가 어려웠지만 꾹 참고 끝까지 지켜보았다.

"숙부는 오직 숙부를 위해 왕이 되고자 하십니다. 숙부는 오직 숙부만을 지키고자 하니까요."

순간, 차선은 저도 모르게 신월이 마지막으로 내뱉었던 말이 떠올랐다.

'당신은…… 그, 그저 당신만 아낄 뿐이지요…….'

그래서 그게 어쨌다는 것인가. 저마다 다 자신의 욕망과 이익을 위해 움직이는 것이다. 가족이니, 정인이니, 떠들어 대지만. 결국엔 자기 자신만을 아낄 뿐이다!

"그렇기 때문에 숙부께선, 숙부의 목숨이 위태로워지게 되면 기꺼이 이 자리에서 물러설 것입니다. 하지만 저는 아닙니다. 저는 제가 아닌 다른 이를 지켜야 하기에. 나 자신만 생각한다면 결코 버틸 수 없을 테지만, 내가 물러서면 내가 사랑하는 이가, 날 지키고자 하는 이가, 나의 백성들이 죽을지도 모릅니다."

홍은 차선을 향해 한 걸음 다가섰고, 차선은 저도 모르게 뒤로 걸음을 물렀다. 어느새 떨리던 그의 어깨가, 흔들리던 그의 시선이 낮게 가라앉으며 오직 차선대군을 바라보고 있었다.

"그래서 저는 저를 위해서가 아니라, 그들을 지키기 위해 이 용상의 무게를 견뎌야겠습니다. 왕이 되어야겠습니다. 저들을 지킬 힘이 저 용상이라면 기꺼이 제 형님이 그랬듯, 목숨도 걸 것입니다."

홍은 움켜쥐었던 손을 풀었다. 차선은 인정할 수 없었다. 저런 허무맹랑한 말 따위. 저런 말도 안 되는 소리를!

"의금부 경력! 그대에게 명한다. 감히 지엄한 궐을 침범하여 종묘사직을 위태롭게 하고, 이 용상을 더럽힌 반역도들을 모조리 잡아들여라!"

홍의 명령으로 좌상의 병력과 의금부, 내금위 병사들이 차선대군의 사병들을 모조리 제압하기 시작했다. 이미 밖에선 좌상 대감이 반역도들을 모조리 잡아들이고 있었다.

차선은 자신에게 다가오는 이들을 모조리 베어 내며 용상을 바라보았다. 이제 정말 코앞이다. 이젠 정말 바로 코앞에!

"이대로, 이대로 내가 무너질 것 같으냐!"

그때, 차선대군의 앞을 겸이 막아섰다. 하지만 어쩐지 그의 표정이 심상치가 않았다.

"이제 그만하십시오. 모두 끝났습니다. 당신의 사병들도 전부!"

"닥쳐라! 누가 감히 내 앞길을 막는단 말이냐. 바로 저기에 용상이, 용상이, 나를 위한 용상이. 우웍!"

그 순간, 그가 갑자기 시뻘건 피를 토해 냈다. 차선은 순간 피가 묻은 제 손을 바라보며 바들바들 떨었다. 그러다 그의 눈동자에서도 뭔가가 주르르 흘러내렸다. 그것 역시 피였다.

멀리서 이를 지켜보던 언지와 남무는 멍한 표정을 지었다. 아무것도 하지 않았는데, 갑자기 피를 토하기 시작했다. 게다가 입에서뿐만 아니라, 눈과 귀에서까지…….

'대체 뭐지? 무슨 독에 당한 것마냥…….'

하지만 이 자리에서 가장 침착한 것은 겸이었다. 일이 이렇게 되리라는 것을 알고 있었기 때문에…….

"더 이상은 목숨이 위태로울 것입니다."

차선 역시 뭔가를 아는 듯한 겸의 말에 발악하며 그를 붙잡았다.

"대체 무엇이냐. 대체 내 몸에 무슨 짓을 한 것이야!"

"……독입니다."

"뭐?"

"대감의 몸 안에 독이 있습니다. 저도 무슨 독인지는 모르지만, 규연 낭자께서 양지황과 함께 서역에서 구한 독이라고 들었습니다."

겸의 말에 차선은 잡고 있던 손을 풀었다. 규연. 규연이라면. 신월, 그 년이. 그년이!!!

"우우욱!"

그가 다시금 피를 토하기 시작했다. 아까보다 훨씬 더 많은 양이 그의 몸 구석구석에서 흐르기 시작했다. 어느새 피부와 머리카락에서조차 피가 흐르기 시작했다. 그 모습이 너무나도 끔찍하여 남무는 저도 모르게 눈을 질끈 감아 버렸고, 홍은 믿기지 않은 모습에 말을 잃어버렸다.

"그 독은 대군의 몸 구석구석에 있는 혈에 자리 잡아 화기(火氣)가 오를수록, 피의 흐름이 걷잡을 수 없이 빨라지면서 터져 버린다고 들었습니다. 그러니 이제 그만하시지요. 그저 모든 것을 놓기만 한다면, 죽지는 않을 것이라 하였습니다. 그러니 이제 그만!"

"하하하하, 하하 하하하! 역시 신월. 독하디독한 양귀비. 처음부터 날 살려 둘 생각이 없었던 것이다. 내가 어떻게든 그만두지 않을 것을 알기에. 일부러 이런 독을 쓴 것이야. 스스로 나를 파멸시키기 위해서!"

겸은 쓰디쓴 숨을 삼켰다. 마지막으로 규연이 제게 귀를 빌렸을 때 한 말과 똑같았다.

'차선에게 가장 치명적인 독을 썼습니다. 아마 그는 절대로 멈추지 못할 것입니다. 그러니 분명 스스로 파멸하겠지요. 용상을 코앞에 두고서. 결국 제 욕망에 도달하지 못한 채 숨이 끊어진다면, 아마 그것이 가장 고통스러울 것입니다.'

그녀는 차선대군을 가장 끔찍하고 고통스럽게 죽이고 싶었다. 제 스스로 파멸되는 그러한 죽음.

"여기서 그만두면, 난 이미 죽은 목숨이다. 설사 산다고 해도 사는 게 아닐 것이지. 내가 살아야 할 자리도 저 용상이고, 죽어야 할 자리도 저 용상이다. 절대, 절대 여기서 그만둘 수 없어!!"

그렇게 차선대군이 용상을 향해 달려가려는 순간, 몇 발자국을 채 남기지도 못한 채 결국 그는 온몸으로 피를 토하며 쓰러지고 말았다. 참으로 처참한 모습이었다. 그의 주변으로 피가 고일 정도로 너무나도 끔찍한 모습. 그럼에도 불구하고 그는 얼마 남지 않은 숨을 내쉬며 용상을 향해 손을 뻗고 있었다. 광기 어린 욕망에 사로잡혀 연신 그곳을 향해 손을 뻗고 있었다.

'몇 걸음만 더 가면……. 더 가면……. 용상이, 용상이 저곳에…….'

결국, 그의 움직임이 완전히 멎어 버렸다.

그 누구도 제대로 숨을 쉬지 못하고 있었다. 언지는 위태롭게 서 있는 남무를 안아 주면서 오직 겸을 바라보았다. 그는 복잡 미묘한 표정으로 숨이 멎어 버린 차선을 내려다보고 있었다.

그때, 홍이 천천히 걸음을 당겼다. 그러곤 끝내 용상을 바라보며 숨을 거둔 숙부의 눈을 천천히 감겨 주었다.

"부디 이제는 모든 걸 내려놓으십시오, 숙부."

대전 안으로 좌상 허선죽이 다가와 홍에게 고개를 숙이며 반역도당들을 모두 잡아들였다는 말을 남겼다.

"수고했네, 좌상. 그리고 고맙네."

"성은이 망극하옵니다. 전하."

그렇게 너무나도 길고 긴 밤이 끝나고 있었다. 어느새 대전 밖으로 나온 언지는 붉게 물들었던 하늘 위로 청아한 푸른빛이 감도는 것을 바라보았다. 새벽이 밝아오고 있었다. 새로운 태양이 그 빛을 찾아가고 있었다. 그리고 자신의 태양이자, 빛은…….

"언지야."

그녀는 천천히 고개를 돌렸다. 여기저기 피가 말라붙어 있었고 옷도 여기저기 찢어지면서 참으로 볼품없어 보였지만, 그녀에게 태양이자 빛은 그였다. 그 어느 순간에도 훤하디훤한 장부.

언지는 눈가에 슬쩍 맺힌 눈물을 닦아 내며 그를 향해 싱긋 웃었다. 그 모습에 겸 역시 그녀를 따라 살포시 웃었다. 누군가를 지키기 위해 지금 자신에게 주어진 무게를 견뎌야 한다면, 그는 수백 번이고, 수천 번이고 견딜 수 있었다. 지금 제게 웃어 주고 있는 이 여인을 위해서.

그렇게 겸은 그녀의 가는 어깨에 고개를 묻고서 두 손으로 그녀를 꽉 끌어안았다.

"얼굴이 너무 많이 상하셨습니다."

"그래서 많이 못생겼소?"

언지는 고개를 들고선 피식 웃으며, 한 손으로 그의 얼굴을 살며시 더듬었다.

"아닙니다. 그래도 속이 상하긴 합니다."

"내겐 그대가 항상 어여쁘기만 하오."

"당연하지요."

그녀는 고개를 한껏 치켜세우고선 낭랑한 목소리로 외쳤다.

"혜민서 침기이자, 절세가인이니 말입니다."

"혜민서 침기이자, 절세가인이니 말입니다."

겸은 여전한 언지의 발칙한 모습에 웃음을 내지었고 언지는 그런 그를 밉지 않게 노려보자, 그가 다시금 부드럽게 그녀를 끌어안으며 살며시 속삭였다.

"다녀왔소."

그리고 언지는 그런 그의 손을 꼭 잡고서 반갑게 맞아 주었다.

"어서 와요."

그저 이 간단한 말을 두 사람이 얼마나 하고 싶고, 듣고 싶었는지. 이 순간을 얼마나 기다려 왔는지. 이렇게 그들의 심장 역시 같은 소리를 내며 마주 잡은 손끝에서 뜨거운 열기를 함께 움켜쥐었다.

제16장
한성애사의 마지막 장

자경전의 비밀 통로를 통해 무사히 밖으로 빠져나온 허지는 여전히 의식을 찾지 못하는 이영을 데리고 혜민서로 향했다. 그리고 그곳에서 가장 믿을 만한 의관님의 시료 아래, 허지는 연신 두 손을 간절히 모으며 기도밖에 할 수 없었다. 그렇게 순간, 순간이 수십 년과 같았던 시간이 흐르고 이제야 숨소리가 안정되면서 새벽녘이 밝았다.

허지는 아직은 너무나도 창백한 이영의 얼굴을 연신 닦아 주었다. 그래도 위기는 넘겼다고 했다. 이후엔 그의 의지에 달렸다고 했지만, 허지는 걱정하지 않았다. 반드시 무탈하게 일어나실 거라고 믿으니까.

"언니는 괜찮을까."

허지는 창가 쪽을 바라보았다. 서늘한 푸른빛이 감도는 새벽하늘. 하지만 도성은 그저 고요하기만 했다. 그렇다면 다 잘된 것이 아닐까?

그때, 허지의 눈빛이 움찔하며 천천히 고개를 돌렸다. 그러자 이영의 손이 정확히 허지의 손을 잡고서 아주 느리지만 눈을 깜빡이고 있었다.

"최, 최 판관님?"

"송구합니다, 걱정하게 만들어서."

"아닙니다, 아닙니다. 이리 무사히 제 곁에 다시 와 주셔서 고맙습니다."

이영은 잡고 있던 손을 부드럽게 당겨 그녀를 끌어안았다.

"최, 최 판관님?"

허지는 꿈에도 그리던 그의 단단한 품에 안겨, 온몸의 감각이 파르르 떨려 왔다. 이 주책없는 심장은 어찌도 이리 빠르게 도림질을 치는지! 하지만 좋은 걸 어떡해?

그때, 바깥에서 소란스런 목소리가 들려왔다.

"궐 안이 지금 난리도 아니래!"

의녀들의 수군거림에 이영과 허지의 표정이 순식간에 굳어졌다. 설마, 일이 잘못되었거나. 그래서 언니가…….

"차선대군 대감께서 돌아가시고……."

차선대군이 죽었다. 그렇다는 건, 결국 모든 일이 잘된 것이 아닌가. 결국 겸이가…….

"들으셨습니까? 다 잘 된 것입니다! 교수님도, 언니도, 그리고 모두!"

순간, 허지의 목소리가 이영의 숨결 속에 사라졌다. 허지는 갑작스럽게 멍해진 시선으로 불에 타듯, 뜨겁게 꿈틀거리는 제 입술을 붙잡았다. 이영의 귀가 슬쩍 달아올랐지만 그래도 그의 눈빛이 더욱 뜨겁게 일렁이고 있었다.

"의녀님, 그러니까……."

하지만 이번엔 이영이 말을 마칠 수가 없었다. 허지는 그대로 그의 입술을 머금고서 입안으로 파고드는 이 짜릿함과 말로 표현할 수 없는 이 울렁임을 더욱 삼켜 들었다. 그 역시 애써 누르고 있던 갈급함을 풀어내며 복부에 칼을 맞았던 사람이라고는 할 수 없을 만큼 놀라운 힘으로 그녀의 허리를 바짝 끌어당겨 온몸이 타들어 갈 듯한 열띤 숨결을 내쉬었다.

허지는 생각이란 것을 할 수 없었다. 김 도령의 소설에서 분명 입맞춤에 대해 많이 읽었는데 직접 겪는 것과는 비교도 할 수 없을 만큼 아랫부분이 꽉 조이면서도 부드럽게 일렁이며 온몸의 감각이 팔딱거렸다. 이영과 허지는 서로의 미묘한 거리마저도 삼켜 버린 채 그렇게 뜨거운 체온을 느끼고 있었다.

좌상 허선죽은 남아 있는 차선대군의 사병들과 역모를 도모했던 대소신료들을 남김없이 색출하기 시작했고, 이홍은 좀 더 상황이 수습한 뒤에도 늦지 않다는 만류에도 편전 회의를 열어 대사헌 양가의 집안의 누명을 벗겨 다시 신분을 복권하였고, 선왕 전하인 이헌의 공식적인 사인을 밝혔다.

"선왕 전하이신 한종대왕께서는 차선대군의 악행으로 인하여 독살당하셨소. 이는 명백한 반역이며, 종묘사직을 능멸한 것이 확실하오. 하여, 과인은 차선대군을 가장 엄중한 대역죄로 다스릴 것이오."

하지만 이미 차선대군의 목숨은 끊어졌기에, 그 벌은 그들의 자손들이 대신 받아야만 했다. 원래는 그 집안을 멸해야 하지만 홍은 모든 재산을 박탈하고, 천민의 신분으로 전락하여 유배를 보내거나 관비로 내칠 것을 명하였다. 또한 몇몇 대소신료들에겐 사약을 내렸다.

그렇게 어수선한 궐 안과는 달리, 혜민서는 평소와 다름없이 병자들을 돌보고 있었다. 물론 제조 영감과 수의 영감에 연루되어 있었다는 사실에 한층 위축된 모습을 보이며 혹시나 불똥이 튈까, 조심조심하는 분위기였다.

하지만 그런 분위기와는 전혀 다른 곳이 있었으니 바로 허겸의 집무실이었다. 서둘러 이홍을 도와 뒤처리를 해야 할 겸은 상처 치료를 위해 혜민서에 잠시 머물고 있었다.

언지는 겸의 맥을 짚으며 상처 부위를 살폈다. 하지만 자꾸만 뜨겁게 쏟아지는 겸의 시선에 한숨을 내쉬며 그를 밉지 않게 노려보았다.

"어찌 그리 보십니까? 이러다 닳겠습니다."

"닳으면 안 되는데. 이를 어쩌나."

그러면서도 겸은 한시도 가만있지 못하고 손을 뻗어 그녀의 볼을 쓰다듬고, 목덜미를 쓰다듬고, 맥을 짚으려는 그녀의 손을 쓰다듬었다. 그 모습에 언지는 헛웃음을 지으며 말했다.

"이러려고 다른 의관 나리들을 전부 무르시고, 저를 부르신 겁니까?"

"당연한 것이 아니겠소? 이렇게 좋은 기회를 어찌 놓치나. 게다가 혜민서 최고의 침기가 바로 여기 있는데."

"엉큼하십니다."

"이제 곧 내 사람이 될 것인데."

언지는 살짝 화기가 오른 곳에 시침하고서는 다시금 잡으려는 그의 손을 찰싹 때리며 말했다.

"누구 마음대로 말입니까?"

"허면 아니 올 것이오?"

"봐서요. 제가 그리 쉬운 여인으로 보이십니까?"

어느새 꼼꼼하게 시료를 마친 언지가 싱긋 웃으면서 말하자, 겸은 그녀의 미소를 함께 그리며 다시금 그녀의 손을 잡아 부드럽게 당겼다. 그러자 언지도 이번엔 순순히 그의 품에 살며시 안겨 들었다.

"쉽기는. 너무 어려워서 탈이지."

그의 입술이 그녀의 얼굴 위로 자잘한 숨을 내쉬며 입술을 파고들었다. 어느새 달큰하게 퍼지는 열기에 취해 언지는 그의 입술을 살며시 깨물다, 이내 부드럽게 핥아 주었다. 달뜬 열기가 어느새 진득하게 피어올랐다. 팔 안에 쏙 들어오는 가는 허리와 언제나 쌉쌀하게 피어오르는 약초 향기. 오직 그녀에게서만 느낄 수 있는 향이었다.

겸은 언지의 부드러운 머리카락을 연신 손가락 사이사이로 쓰다듬으며 아쉬운 듯 속삭였다.

"이제 이리 가까이에서 보는 것도 힘들 테지."

그의 한 마디에 언지 역시 기분이 아래로 가라앉았다.

"의금부로 가시는 것입니까?"

언지는 그가 의금부에 있는 것이 영 마음에 들지 않았다. 예전엔 칼을 들고 휘휘 날아다니는 사내들이 참 멋져 보였는데. 이젠 아니다. 그저 너무 위험해 보이기만 했다. 다치기도 너무 많이 다치고. 잘못 하다가 이 훤칠한 얼굴에 상처라도 나면 어쩌란 말인가!

"아니오. 아무래도 칼 쓰는 건 내 적성이 아닌 것 같아서. 그런 건 역시 영이에게 어울리지. 아마도 홍문관 교리의 직책을 맡게 될 것 같소. 하루에도 몇 번이나 전하의 얼굴을 마주하게 되었소."

말은 그렇게 해도 겸은 무척이나 즐거워 보였다.

"아, 영이 녀석은 좀 어떻소?"

"걱정하지 마십시오. 허지가 아주 그 옆에서 각별히 살피고 있으니. 헌데, 마음대로 불쑥불쑥 들어가지는 마셔요."

겸은 언지의 말을 알아차리고선 박장대소를 하면서 영이를 떠올렸다. 중전마마를 구하다가 사경을 헤매었다는 소식에 가슴이 덜컥했는데. 사경을 헤맨 덕분에, 그 무뚝뚝한 가슴이 와르르 무너진 모양이었다.

그때였다.

"나리, 나리!"

밖에서 다급하게 들려오는 목소리에 겸은 살짝 긴장한 어조로 외쳤다.

"무슨 일이냐!"

"나리를 찾아오신 분이 계시는데……."

"나를?"

"그런데, 그게……."

어쩐지 어영부영하는 말투에 겸은 뭔가 수상함을 느끼고서 자리에서 일어나 집무실 문을 열었다. 그러자 의녀가 잔뜩 겁을 먹은 표정으로 그를 바라보며 입을 열었다.

"가, 가예 아씨……."

이가예. 의녀의 입에서 뜻밖의 이름이 나오자 그의 표정이 한층 무겁게 가라앉았다. 전하의 어명은 이미 들었다. 집안이 어찌 되었는지도. 허나, 그만한 것이 다행이었다. 목숨을 바란다고 해도 이상하지 않을 대역죄이니.

"돌아가시라고 해라."

겸은 그녀를 만날 이유도, 필요도 없었다. 하지만 뒤에서 모든 이야기를 들은 언지는 그의 등을 조심스럽게 밀었다.

"만나 보세요."

"언지야."

"아씨께서 마지막으로 하실 말씀이 있는 게 아니겠습니까? 그래서 이리 무거운 걸음을 하신 것입니다."

한순간에 종친의 고고한 규수가 관비로 떨어지고 말았다. 제정신이 아니고서야 이리 보는 눈이 많은 혜민서로 스스로 왔을 리가 없었다. 분명 마지막으로 하고픈 얘기가 있을 터. 그 마음으로 얼마나 간절하게 무거운 걸음으로 여기까지 왔을까.

겸 역시 언지의 말간 눈동자를 바라보다 이내 고개를 끄덕이고선, 이내 집무실 구석에 놓여 있던 상자에서 뭔가를 꺼내 옷깃에 품었다.

"……어디 계시느냐?"

그렇게 겸은 의녀를 따라 나섰다. 그리고 처음 만났을 때보다 초연한 모습의 그녀를 만날 수 있었다.

가예는 인기척에 고개를 들었다. 그러자 여기저기 많이 상한 듯한 겸의 모습에 저도 모르게 눈가가 파르르 떨렸다. 그 누구도 아닌 자신의 아버지 때문에 이처럼 많은 이들이 다치게 되었다. 아파하였고, 죽게 되었다.

그녀는 자꾸 울컥거림이 밀려와 목소리가 나오지 않았고 겸은 그 모습에 먼저 다가섰다. 가까이에서 바라본 그녀는 예전보다 야윈 모습이었다.

"어찌 이곳까지 오셨습니까."

"……마지막으로 제 노리개를 받으러 왔습니다."

노리개라는 말에 겸은 처음 그녀와 만났던 날을 떠올렸다. 제 발치 앞에 툭 떨어진 노리개. 그때부터 시작되었던 미묘한 인연.

그녀는 살며시 고개를 들어 그의 모습을 살폈다. 마지막으로, 노리개를 핑계로 마지막으로 딱 한 번만 더 보고 싶었다. 혹시나 훗날 우연히 만나게 될 때는 노리개 핑계를 대고서도 만날 수 없을 테지. 이리 가까이에서 볼 수조차 없을 테지. 이미, 다른 여인의 어엿한 지아비가 되어 있을 테니.

"낭자."

"송구합니다. 도련님께도 너무나 송구합니다. 어쩌면 저는 아버님을 한 번이라도 말릴 수 있었을지 모릅니다. 하지만, 그리 못했습니다. 그리……."

너무 큰 죄책감이 이 여인을 붙잡고 있는 듯했다. 어차피 이 여인의 잘못이 아닌데. 설사 그녀가 나섰다고 하더라도 차선대군은 막지 못했을 것인데. 그는 죽는 그 순간까지 오직 용상만을 바라보았을 뿐, 그의 눈동자에 이 여인은 없었다. 참으로 안타깝게도.

"낭자의 잘못이 아닙니다. 아마 그 누구도 막지 못했을 것입니다. 스스로 끊어 내지 않는 이상은."

"……."

그때, 멀리서 관군들이 다가오고 있었다. 이제 시간이 다 된 것이다. 가예는 잠시 머뭇거리다 이내 고개를 숙이며 속삭였다.

"이리 마지막으로 도련님을 뵐 수 있어 참으로 좋았습니다."

하지만 겸은 아무 말이 없었다. 가예는 이것으로 되었다고 생각하며 천천히 고개를 돌리려는 찰나, 그가 가예의 손을 움켜쥐더니 이내 무언가를 쥐여 주었다. 그리고 손끝으로 만져지는 감촉에 그녀는 설마, 하는 시선으로 고개를 내렸다가 이내 눈물이 뚝 하고 떨어졌다.

"도련님……."

"귀한 물건이라고 하지 않았습니까."

"하, 하지만. 아직 가지고 계실 줄은……."

노리개. 그녀가 떨어뜨렸던 노리개였다. 겸은 천천히 고개를 숙이며 그녀와 작별을 고했다. 가예는 그의 모습을 깊이, 아주 깊이 새기며 그렇게 노리개를 가슴에 품고서 돌아섰다.

혜민서 밖을 빠져나와 바람결에 언젠가 그에게 주고자 하는 마음으로 매번 정성껏 수놓았던 손수건을 날려 보냈다. 제 손으로 그렇게 그를 보내면서 가예는 떠났다.

겸은 그녀가 떠난 자리를 바라보다 이내 고개를 돌렸다. 어느새 그의 시선으로 언지가 와 닿아 있었다. 언지는 말없이 옅은 미소를 지었고, 겸은 그 미소를 따라 싱긋 웃으면서 그녀의 앞날이 그리 어둡지만은 않기를 진심으로 바라였다.

며칠 후.

이제 막 어스름이 감돌려는 시각. 혜민서 의녀들은 잔뜩 들뜬 기분으로 분주하게 몸을 움직이고 있었다. 오늘은 장시에서 풍등놀이가 열리는 날이었다.

매번 열리기는 하지만 이번엔 규모가 다른 풍등놀이. 무려 주상 전하께서 직접 명하셨기에 그 의미가 남달랐다.

허지 역시 면경 앞에서 연신 야무지게 땋아 내린 머리카락을 꼼꼼히 매만지며 저고리 위에 곱게 내려앉은 연꽃 모양 노리개를 쓰다듬었다. 자꾸만 광대가 저도 모르게 씰룩거렸고, 옆에서 지켜보던 다른 의녀들은 혀를 차며 그런 허지의 등을 밀었다.

"비켜, 이것아! 나도 좀 보자. 언제까지 면경 앞에서 실실거릴겨?"

"알았어, 알았다고. 우리 언니 지금 혜민서에 없지? 있을 리가 있겠어."

요즘 허 교수님, 아니 허 도련님이랑 아주 깨를 볶고 있는데. 이런 풍등놀이를 놓칠 리가 없지.

"너도 풍등놀이 갈 거지?"

허지는 다른 의녀의 물음에 피식 웃었다.

"당연한 거 아니야?"

누구랑 가냐고 꼬치꼬치 캐물을까 봐 허지는 얼른 몸을 일으켜 세우고선 혜민서를 빠져나갔다.

"의녀님."

혜민서를 나서자마자 귓가로 부드럽게 울리는 목소리에 허지는 가슴이 쿵쾅거리면서 살며시 고개를 돌렸다. 그리고 그녀의 시선 끝으로 여전히 환한 후광에 눈이 멀 것 같은 사내. 이영이 그녀를 기다리고 있었다.

"최 판관님!"

"뛰어오지 마십시오, 다칩니다!"

하지만 허지는 폴짝 뛰어서는 손을 뻗고 있는 이영을 꽉 붙잡았다. 그러곤 그를 본 순간부터 주체하지 못한 입꼬리를 헤실헤실 올리며 속삭였다.

"……도련님."

그녀의 목소리가 수줍게 떨리면서 도련님이라 속삭이자, 이영의 눈빛이 잔잔히 흔들리며 목울대가 묵직하게 움직였다.

"예, 낭자."

"서두르시어요. 이러다 풍등 다 날아가 버리겠어요."

허지는 쑥스러움에 애써 고개를 돌리며 그를 끌어당겼지만, 그보다 이영이 먼저 허지의 손을 살짝 잡아당겨서는 그녀의 손등에 입을 맞추었다.

"그리 서두르지 않아도 늦지 않을 것입니다."

허지는 붉어진 이영의 얼굴을 보고선 피식 웃으면서 제 손을 쏙 감싼 그의 손을 마주잡고서 조금 느리게, 느리게 이 순간을 즐기며 걸음을 옮겼다.

운종가에 즐비한 책방 안으로 갓을 깊이 눌러쓴 한 도령이 들어섰다. 간간이 여인들이 수줍은 시선으로 지나가는 도령을 살폈지만, 그는 그런 시선이 꽤 익숙한 듯 태연하게 책방 아주 구석진 곳으로 걸음을 옮기며 누군가를 찾기 시작했다.

그때, 어디선가 아주 작은 목소리로 새어 나왔다. 도령은 소리를 따라 좀 더 안쪽으로 들어갔고 이내 그의 시선으로 허리를 잔뜩 구부린 채 무언가에 열중하며 온갖 감탄사를 연발하고 있는 책방 주인이 보였다.

"차마 너무 소중하여 제대로 움켜쥘 수도 없었지만, 떨리는 손길로 헌지 낭자의 고운 뺨에 손을……. 손을!"

"흠흠흠!"

"꽃같이 붉게 피어난 뺨 위로 살포시, 살포시!"

"어, 어이쿠!"

읽고 있던 책에 정신 팔려 있던 책방 주인 박씨는 바로 귓가에서 헛기침 소리가 크게 울려 퍼지자, 화들짝 놀라며 마치 금덩이라도 숨기듯 책을 숨기고서 고개를 휙 돌렸다. 그러자 갓을 깊게 눌러쓴 한 도령이 스르르 미소를 그리며 살며시 입을 열었다.

"아주 사람 오는지도 모르고 있구먼."

"아이고! 우리 꽃 도련님!"

박씨는 이제야 책을 내려놓고서 언지를 반갑게 맞아 주었다. 비색고름외전이 풀린 이후로 그토록 찾고 싶었는데, 만날 수가 없어 애를 태웠는데, 이리 와 주시다니!

"나를 엄청 기다린 모양일세."

"당연하지요! 도련님만을 목 놓아 기다렸습니다요."

언지는 다 알면서도 짐짓 모른 척을 하며 말했다.

"내가 그리 좋은가? 아무리 그래도 난 사내인데 말일세."

특유의 화사한 눈웃음이 박씨의 마음을 뒤흔들었지만, 그는 제 허벅지를 꼬집으며 얼른 고개를 가로저었다.

"농담하지 마십시오! 당연히 비색고름 외전! 그걸 구하려는 사람들 때문에 죽겠습니다요. 혹, 남은 것 좀 없습니까요? 아주 값은 달라는 대로 드릴 것입니다요!"

"흐흠. 이거 어쩌나. 그 소설은 이제 없는데."

박씨는 무척이나 기대했다가 없다는 말에 금방 풀이 죽고 말았다. 하여튼 저자는 감정이 얼굴에 그대로 드러나서 재미있었다. 결코 남을 속이지 못할 장사꾼이니 말이다.

"허면 어쩐 일로?"

"대신 다른 책을 팔려고 왔네."

"예?"

언지는 무척이나 뜸을 들이더니 이내 품속에서 평범한 서책 하나를 꺼내 들었다. 박씨는 처음엔 이것이 뭔가, 하다가 이내 손이 떨려 차마 그 서책을 잡을 수가 없었다.

"이, 이, 이것은……. 이것은!"

"한성애사. 그 마지막 권일세."

"아, 아이고! 아이고! 아이고!"

박씨는 한성애사 마지막 권이라는 말에 차마 무슨 말을 하지 못하고서 감탄사만 늘어놓았다. 그토록 애타게 기다리던. 혹시나 절필하시지 않았을까 속이 탔던 그 한성애사의 마지막 권이 드디어, 드디어!

언지는 책을 끌어안고서 감격에 마지못한 박씨를 향해 싱긋 웃고서는 슬쩍 책방을 빠져나왔다. 돈은 받지 않을 생각이었다. 그에게 먼저 주겠다고 약조를 한 것이 있었으니 말이다.

주변이 온통 화려한 색채로 뒤덮여 눈이 아플 정도였다. 오색의 풍등들이 제 빛을 빛내며 하늘을 수놓으려 준비하고 있었고, 수많은 선남선녀들이 서로 아닌 척하면서도 수줍게 미소를 지으며 뜨거운 순간을 보내고 있었다.

그런데 그런 와중에 언지는 이리 남장을 하고서 혼자 있었다. 다시 생각하니 애써 억눌렀던 감정이 또다시 스멀스멀 피어올랐다. 물론 그녀도 오늘 그와 함께 풍등놀이를 즐길 생각이었다. 그런데 갑자기 궐에서 급한 일이 생겼다며, 달랑 미안하다는 서찰만 남기고 떠난 것이다.

"아니, 홍문관 교리 일은 자기가 혼자 다 하나? 다 해?"

못내 섭섭한 마음에 툴툴거리긴 했지만 그래도 그가 너무 힘든 것은 아닌지 걱정도 되었다.

'보약이라도 먹여야 하나. 녹용? 아니면 삼이 좋으려나.'

괜히 청승맞게 이곳에서 혼자 풍등을 보고 싶지는 않았기에 언지는 갓을 좀 더 깊숙이 눌러쓰고서 인적이 드문 곳으로 걸음을 옮겼다.

그렇게 얼마쯤 걸었을까? 갑자기 누군가 그녀의 손을 덥석 잡고서 끌어당겼다.

언지는 순간 놀라 얼른 손을 떼어 내려 했지만 마주 잡은 손의 힘이 장난이 아니었다. 그렇다고 고개를 돌리려고 했지만, 고개를 돌릴 수도 없었다.

'서, 설마 납치!'

언지는 사내의 손에 가로막힌 채 발버둥을 쳤다. 점점 인적이 사라지고, 이대로 있다가는 정말 큰 봉변을 당할 것 같아, 있는 힘껏 그자의 손을 꼬집은 순간!

"아악!"

잠깐, 이 목소리는 낯이 익는데. 설마?

"도련님!"

언지는 이제야 고개를 돌리고선 눈물을 찔끔 흘리고 있는 겸을 볼 수 있었다. 대체 이게 어찌 된 일이지? 어째서 궐에 있어야 할 그가!

"이게 어찌 된 일입니까?"

"그대야말로 어찌 이리 무자비하게 사내의 팔뚝을 꼬집는 것이오? 이대로 살점이 뜯겨 나갈 뻔하였소."

"아, 아니 그거야. 혹시나 괴한이면 어쩌나. 아니, 그보다 도련님은 어째서 이곳에 계십니까? 궐에 있어야 하는 것이 아닙니까?"

너무 당황하는 언지의 모습에 겸은 피식 웃으며 조금 우쭐한 표정으로 말을 이었다.

"시키신 일을 끝내느라 지금까지 아무것도 먹지 않고 일만 했소. 내 평생 그렇게 숨도 안 쉬고 일해 보긴 처음이었소. 조금 늦어지긴 했지만 그래도 뭐, 이렇게 때 맞게 만났으니."

"그, 그렇게까지 하실 필요는 없으신데……."

어쩐지 안색이 핼쑥한 모습에 언지는 영 마음이 아팠다. 풍등놀이야 못 보면 다음에 또 보면 되지만, 저 훤한 얼굴이 이리 상할 때까지!

“이럴 땐 그냥 고맙다고 하시오. 우리 너무 오랜만이지 않소? 안 그래도 서로 바쁜데. 어머니 때문에 더더욱 만나질 못하니.”

겸의 목소리가 한층 우울해지자 언지 역시 표정이 낮게 가라앉았다.

일이 어느 정도 정리가 된 후, 홍문관 교리의 직책을 받고서 언지와 겸은 좌상 대감 앞에 정식으로 인사를 하면서 혼인 승낙도 받으려고 했다. 물론 좌상 대감께서는 기꺼이 허락하셨지만 그의 어머니가 그녀를 허락하지 않고 있었다. 아마 겸에게 서운했던 감정이 이렇게 터져 나오는 듯했다.

“걱정하지 마십시오. 제가 누구입니까? 조선 팔도에서 사랑받고 있는 꽃 도령, 김 도령입니다. 어머님께도 반드시 사랑받을 것이니, 너무 신경 쓰지 마십시오.”

“훗.”

“그리고 너무 보고 싶었습니다.”

언지가 수줍게 웃으며 속삭이자, 겸은 피식 웃으며 그녀를 빤히 바라보았다. 참으로 그리운 얼굴. 곱디고운 여인. 어느새 그의 손길이 그녀의 갓을 벗겨 내고선 고운 뺨을 쓸어내렸다.

“한성애사의 마지막 권이 나왔다던데.”

“예.”

“그것도 우리의 이야기이오?”

“어쩝니까. 마지막은 허지와 최 판관님 이야기입니다. 처음부터 그 이야기는 그 두 사람의 이야기였으니까요.”

겸은 허지와 이영을 떠올리며 피식 웃었다. 특히나 영이가 많이 변하였다. 물론 여전히 고지식하고 뻣뻣한 사내였지만, 허지에게는 어쩔 줄 몰라 하고 쩔쩔매며 아주 사랑스러워 죽겠다는 눈빛이니.

이미 두 사람은 사주단자를 주고받았다. 어쩌면 허지가 먼저 시집을 가게 될 듯했다. 하지만 얼른 보내고 싶은 심정이었다. 밤마다 어찌나 최 도련님, 최 도련님, 어쩔 때는 벌써부터 서방님이라고 할 때도 있었다.

“그럼 우리 이야기는 언제 나오려나.”

"글쎄요?"

"소재를 줘야 하나?"

어느새 그의 손길이 은밀하게 그녀의 목덜미를 둥글게, 둥글게 쓰다듬었다. 언지는 서서히 달아오르는 열기에 입술을 깨물며 그를 슬쩍 밀어냈다.

"풍등놀이를 보려면 저쪽으로 가야 잘 보이는데 얼른 가서……."

그때, 갑자기 겸이 그녀의 앞에 무언가를 꺼내 놓았다. 바로 분홍빛이 고운 꽃신이었다. 언지는 저도 모르게 멍한 시선으로 그 꽃신을 바라보았다.

"도련님……."

"꽃신을 주기로 했잖소. 이걸 신고, 다가온 어여쁜 곳이 내 곁이 되었으면 한다고."

"……."

"나의 부인이 되어 주었으면 좋겠소. 그대가 머무는 걸음, 걸음마다 평생을 어여쁘게 아껴 줄 것이니."

언지는 떨리는 숨을 내쉬며 손가락으로 눈가를 눌렀다. 자꾸만 가슴이 뜨거워지면서 울컥거림이 눈가로 새어 나올 것 같았다. 어느새 겸은 그녀의 고운 발에 꽃신을 신겨 주었다. 어쩜 이리도 쏙 맞는지.

"이제야 꽃신이 주인을 만나는군. 물론, 그대가 꽃신보다 훨씬 어여쁘지만."

"당연하지요. 이 꽃신은 아주 영광으로 알아야 할 것입니다."

애써 울먹임을 누르며 언지가 당돌하게 속삭이자 겸은 피식 웃으며 그녀와 눈높이를 맞추었다. 그녀는 천천히 그의 손을 마주 잡았다.

"제가 가는 걸음은 그 어떤 길보다 어여쁠 것입니다. 그 곁에 도련님이 함께 가실 것이니까."

"……."

"저의 그림자가 되어 주신다고 하셨지요? 저 역시 도련님의 그림자가 될 것입니다. 저의 평생의 지아비가 되어 주십시오."

수줍게 속삭이는 그녀의 고백에 겸은 낮은 숨을 내쉬며 조심스럽게 그녀의 입술을 머금었다. 진하게 피어오르는 떨림. 그 속에서 따스하게 울리는 그녀의 마음.

점점 깊숙이 파고들던 열기가 점차 농밀해지면서 언지는 두 손으로 그의 어깨를 잡고서 바짝 당겼고, 겸은 언지를 벽 쪽으로 밀고선 제 커다란 도포로 그녀를 숨기며 그녀의 입술을 더욱 거세게 빨아 당겼다. 살며시 벌어진 입안으로 그가 거침없이 밀려들었다. 타액과 타액이 뒤엉키고, 숨결이 어지럽게 흐트러지면서 저도 모르게 격한 소리가 흘러나왔다.

"하아!"

"흐흣."

겸의 손길이 그녀의 둥근 어깨를 타고서 잘록한 허리를 붙잡았다. 하지만 두껍기만 한 사내 도포가 영 마음에 들지 않았다.

"이 꽃신이랑 어울리지가 않소."

"흣, 그렇습니까?"

확실히 꽃신과 김 도령은 어울리지가 않았다.

"지금은 김 도령보다 언지가 보고 싶소."

"저도 지금은 언지이고 싶습니다."

"고맙소."

"……."

"그 귀한 마음, 내게 다 준다고 하여서 솔직히 조금 떨렸는데, 그 말 한마디에 눈 녹듯 녹아내렸소."

"도련님……."

"그리고 각오하시오. 이제부터 그대를 마음껏 연모할 것이니. 이제부터 잔뜩 보여 줄 것이니. 아마 한성애사와는 비교도 안 될 만큼의 명작이 나올 것이오."

언지는 그의 말에 피식 웃으며 속삭였다.

"당분간 김 도령의 신작 때문에 뭇 여인네들이 날마다 밤을 지새우겠습니다."

"당분간이 아니라 평생."

겸은 고새를 참지 못하고 다시금 언지의 입술을 머금었다.

박씨는 감격에 겨워 한참 책을 보다가 이제야 정신을 차리고서 꽃 도령을 찾았지만, 그의 모습은 보이지 않았다. 돈도 안 드렸는데. 어디 잠깐 나가신 걸까? 그러고 보니 어째서 이리 귀한 김 도령의 책들을 꽃 도령이 가지고 있는 것인지. 비색고름 외전도 그렇고. 한성애사 마지막 권도.

"혹시 김 도령이……. 에이, 설마."

박씨는 설마, 그럴 리가 없다고 생각하면서 얼른 한성애사 마지막 장을 펼쳐 들었다. 역시나 주옥같은 필체가 펼쳐지면서 헌지 낭자와 최 도령의 절절한 사랑이 녹아내리고 있었다. 그리고 마지막에 쓰인 헌지 낭자의 짧은 목소리.

'제게 이런 설렘을 주셔서, 고맙습니다. 언제까지나 당신을…….'

저잣거리로 나온 두 사람은 하늘 위로 붉은색 풍등을 올려 보냈다. 지난날, 이토록 아름다운 풍등을 그와 함께 보고 싶다고 생각했었는데, 그게 이리 이루어질 줄은 몰랐다.

언지는 손에서 느껴지는 벅차오를 듯 뛰어오르는 맥을 느끼며 속삭였다.

"은애합니다."

그리고 그 목소리를 따라 겸 역시 다정하게 속삭였다.

"연모하오."

그렇게 언지와 겸은 서로의 손을 잡고서 붉게 넘실거리는 하늘을 올려다보았다. 어째서 바람은 서늘한데, 두 사람 사이로 부는 바람은 뜨거운 것인지 알다가도 모를 일이었다.

—終

작가 후기

오랜만에 종이책으로 인사드리는 것 같습니다. 그것도 첫 역사물 장르입니다. 호흡이 길었던 만큼 연재 기간도 길었고, 종이책으로 나오기까지도 꽤 오랜 시간이 걸린 아이입니다.

처음엔 단순히 조선시대에도 로맨스 소설이 인기 있지 않았을까. 게다가 작가가 여인이라면? 이런 생각에서 시작되었습니다. 시대가 조선시대인 만큼 여인들의 행동에 제약이 많았을 테지만 언지는 그럼에도 불구하고 신여성처럼 자유분방하고 자신의 외모에 당당하며 거침이 없는 아이입니다. 쓰는 내내 제가 에너지를 받는 듯한 기분이 들 정도로 즐겁게 연재를 했었습니다. 허겸 역시 좌상 대감의 귀한 자제이지만 고고한 선비라기보다는 김 도령의 소설을 즐겨 읽고, 언지에게 은근슬쩍 심술도 부리는 쾌활한 도령입니다. 하지만 자기 나름대로의 신념도 가지고 있고, 뜨거운 연심도 가지고 있지요.

이번 소설은 처음 구상했던 시놉대로 마무리할 수 있어서 내심 뿌듯한 작품이기도 합니다.

분량을 줄이면서 이영과 허지의 이야기가 줄어들기는 했지만 그래도 언지와 겸의 감정선과 이야기에 더 공감하고 집중할 수 있었을 거라 생각합니다.

후반부가 조금 슬퍼지긴 했지만 전체적으로 경쾌하고 밝은 이야기를 쓰고 싶었습니다.

김 도령의 소설처럼 저도 독자님들에게 웃음과 즐거움을 줄 수 있었으면 하는 바람입니다.

끝으로 출간을 많이 기다려 주시고 응원해 주신 네이버 독자님들과 로망 독자님들 감사드립니다. 현재 연재하고 있는 소설도 잘 마무리하도록 하겠습니다.

스칼렛 로맨스와 첫 작품과 더불어 다시 한 번 작업할 수 있어서 좋았습니다. 다음에도 좋은 작품으로 연이 되길 바라봅니다.

루미, 졸업 축하하고 준비하고 있는 시험 잘 마무리했으면 좋겠다.

댕이, 취업 축하하고 나머지 친구들도 다 같이 파이팅! 힘내자.

2014년 꽃샘추위가 제법 매서운 밤에 서이나.

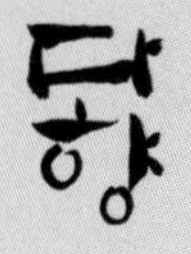

www.bbulmedia.com

www.bbulmedia.com